Nicola Upson · Die Schatten alter Sünden

NICOLA UPSON

DIE SCHATTEN ALTER SÜNDEN

KRIMINALROMAN

Aus dem Englischen von
Anna-Christin Kramer

Alle Bände der Reihe erscheinen bei Kein & Aber.
Bereits erschienen sind:
Experte in Sachen Mord (Bd. 1)
Wenn die Masken fallen (Bd. 2)
Die Schatten alter Sünden (Bd. 3)
Tödliche Sommerfrische (Bd. 4)
Mit dem Schnee kommt der Tod (Bd. 9)
Dorf unter Verdacht (Bd. 10)
Drehbuch des Todes (Bd. 11)

Die Arbeit der Übersetzerin am vorliegenden Text
wurde vom Deutschen Übersetzerfonds gefördert.

Die Originalausgabe erschien 2010 unter dem Titel
Two for Sorrow bei Faber and Faber Ltd, London
Copyright © 2010 by Nicola Upson

Deutsche Erstausgabe
Alle Rechte vorbehalten
Copyright © 2024 by Kein & Aber AG Zürich – Berlin
Coverfoto: Serge Sautereau, Model: Joëlle Rollet
Covergestaltung: Maurice Ettlin
Satz: Dörlemann Satz, Lemförde
Druck und Bindung: GGP Media GmbH, Pößneck
ISBN 978-3-0369-5048-8
Auch als eBook erhältlich
www.keinundaber.ch

Für Mandy. Zwei für Freude.

(OHNE TITEL)
VON JOSEPHINE TEY
ERSTER ENTWURF

GEFÄNGNIS HOLLOWAY, DIENSTAG, 3. FEBRUAR 1903

Dann kam der eiskalte Morgen, wurde unerbittlich zum Tag, sosehr Celia Bannerman ihn auch davon abhalten wollte. Sie sah zu den zwei Reihen winziger Fenster oben in der Mauer hinauf und fragte sich, weshalb jemand beim Bau dieses elenden, widerwärtigen Lochs noch Wert auf Tageslicht gelegt hatte. Zum Hinausschauen waren die kleinen Scheiben jedenfalls nicht gedacht, selbst wenn sie nicht blind vor Schmutz gewesen wären, dazu waren sie viel zu weit oben. So sammelte sich nun der Ruß von der Camden Road Schicht um Schicht auf dem Glas und trennte die Insassinnen damit noch mehr vom Leben, das dort draußen ohne sie weiterging. Es war drückend in der Zelle, die Luft stickig, und da es kaum natürliches Licht gab, brannte Tag und Nacht eine Lampe, verweigerte der Gefangenen auch noch den winzigen Trost, wenigstens im Dunkeln für sich zu sein. Wie so vieles andere im Gefängnisalltag war auch diese Beleuchtung ein Kompromiss, es war niemals wirklich hell oder richtig dunkel. Ob man sich wohl von dem gedämpften Licht auch eine gedämpfte Gefühlswelt der Insassinnen versprach, keine Ausfälle, bessere Kontrolle?

Schatten huschten über die vertraute Zellenausstattung: den hölzernen Waschtisch mit dem lächerlich kleinen Stück Harzseife, dem schmutzstarrenden Lappen, für die Reinigung von sowohl Tasse als auch Nachttopf, das Eckregal mit der Bibel für diejenigen, die tatsächlich noch Trost darin zu finden vermochten, über den Emailleteller und das Messer aus billigem Blech, stumpf wie ein Stück Pappe, und schließlich über das niedrige schwarze Bettgestell, das in der knapp acht Quadratmeter großen Zelle den meisten Platz einnahm. Die Frau darauf lag mit dem Gesicht zur Wand, doch Celia wusste, dass sie nicht schlief. Wie immer beim Gedanken an das, was ihnen bevorstand, krampfte sich alles in ihr zusammen. Einen Augenblick lang war sie wieder Kind, lag morgens im Bett, die Decke über den Kopf gezogen, und betete inständig, die Zeit möge stillstehen und sie vor dem Tag bewahren. Ihre Angst hatte sich damals fast unerträglich angefühlt, doch es waren Lappalien, die sie da beschäftigt hatten, im Vergleich zu dem, was Amelia Sach in den letzten Stunden vor ihrem Tod durchleben musste.

Celia stand leise auf und ging zur hinteren Zellenwand, wo ein robuster, dunkelblauer Umhang an einem Haken hing, bewusst nur auf halber Höhe, damit auch ja niemand auf die Idee kam, sein Schicksal in die eigenen Hände zu nehmen. Celia hob den Saum vom staubigen Boden und versuchte, den groben Stoff mit der Hand etwas zu glätten. Es war vergebliche Liebesmüh, doch sie wollte keine Gelegenheit einer freundlichen Geste ungenutzt verstreichen lassen, und sei sie auch noch so klein. Während der drei Wochen zwischen Verurteilung und Hinrichtung war Sach stets von zwei Frauen bewacht worden. Erst waren sie einander noch fremd gewesen, im Laufe der Zeit wurden sie jedoch zu Verbündeten, fast Freundinnen. Es bestand eine ungewöhnlich starke Bindung zwischen Aufseherin und Insassin: Während der achtstündigen Schichten teilte Celia jede Sekunde Sachs elender Existenz, sah ihr zu, wie sie sich wusch und anzog, aß und weinte, lernte ihre Gewohnheiten und Vorlieben kennen wie die eines Gatten in den ersten Ehetagen. Sie hatte mit Sach gelebt, und nun würde sie sie zu ihrem Tod begleiten. Zwei Wärter waren aus einem anderen Gefängnis gekommen, für den Fall, dass die Hinrichtung ihren weiblichen Gegenstücken zu viel abverlangte, doch zwischen Celia und ihren Kolleginnen herrschte die unausgesprochene Entschlossenheit, die Sache bis zu ihrem bitteren Ende zu bringen. Nicht etwa aus Gleichstellungsprinzipien oder professionellem Stolz, und – wenn sie ehrlich war – nicht einmal, um der Gefangenen in ihren letzten

Augenblicken Trost zu spenden, sondern schlicht deshalb, weil es zu spät war. Der seelische Schaden war bereits angerichtet. In den letzten Wochen hatten wirklich nur die abgestumpftesten unter ihnen die verbleibenden Tage nicht ebenso verzweifelt abgezählt wie die Verurteilte selbst.

Beine und Rücken waren Celia wegen des langen Sitzens gefühllos geworden, und sie wünschte, die Taubheit würde auch ihre anderen Sinne befallen. Sie streckte die verkrampften Gliedmaßen und wackelte mit dem Fuß, um das Kribbeln abzuschütteln. Ihre Kollegin, die auf dem anderen Stuhl eingeschlafen war, spürte die Bewegung und öffnete die Augen. Die beiden sahen einander an, und Celia nickte. Es war so weit. Sie trat ans Bett, wobei sie ihren Schlüsselbund festhielt, damit er nicht klirrte. Wie albern, dachte sie – wem wollte sie hier vormachen, sie wären nicht hinter Gittern? Doch es war ein weiteres kleines Stück Menschlichkeit, an das sie sich klammern konnte. Sach spannte sich in Erwartung der Hand an ihrer Schulter an, und Celia schlug die Decken zurück, die viel zu dünn für die Jahreszeit waren. Der Geruch von alten Laken, Schweiß und Angst stieg ihr entgegen. Sach rutschte näher an die Wand und versuchte, sich die Decken wieder überzuziehen, doch Celias Griff war fest, und schließlich ließ sich Sach auf die Füße holen. Celia versuchte vergeblich, die große, ausgemergelte Frau mit der arroganten, gefühlskalten Kreatur zu vereinbaren, die seit ihrer Festnahme im November die Zeitungen gefüllt hatte. Sach wirkte viel älter als neunundzwanzig. Ihr Gesicht war grau vor Erschöpfung, und ihr Körper wirkte kaum kräftig genug, um sie zum Galgen zu tragen – wie sehr sie sich doch von der Frau unterschied, die so ungläubig, fast schon empört eingeliefert worden war. In diesen Minuten würden sich die Menschen vor den Gefängnistoren sammeln, um auf die traditionelle Verkündung der Urteilsvollstreckung zu warten. Wenn sie Amelia Sach allerdings jetzt sehen könnten, würden sie in ihr wohl kaum das Monster erkennen, das in ihren Köpfen lebte.

Celia hielt die Gefangene dazu an, sich fertig anzukleiden,

und gab sich Mühe, dabei nicht die gleiche mitleidige Miene aufzusetzen, die sie bei sämtlichen Besuchern bemerkt hatte. Sach hatte ihre Kleidung bereits zu Bett getragen, und Celia half ihr lediglich dabei, das vorschriftsmäßige blaue Hemdkleid überzuziehen – ausgeblichen und formlos, um jegliches Gefühl der Individualität unter den Frauen in Holloway auszumerzen. Als sie sich hinkniete, um Sachs Füßen in die schäbigen, schlecht passenden Schuhe zu helfen, bemerkte sie Löcher in ihren Strümpfen, wo die Sohlennägel in der schwarzen Wolle hängen geblieben waren und ihre Haut durchdrungen hatten. Ihre Füße fühlten sich so klein und verletzlich an, dass es Celia kurz den Atem verschlug; die Jury hatte recht, dachte sie – für Frauen musste das Hängen viel schlimmer sein als für Männer. Oder war das ungerecht? Verspürten männliche Wärter dieselbe nackte Verzweiflung, wenn für ihre Gefangenen die Zeit zum Sterben kam? Sie war zu aufgewühlt, um aufzustehen, und kurz spürte sie, wie Sach ihr die Hand auf den Kopf legte; ob die Geste als Segen oder stumme Bitte um Beistand gedacht war, wusste sie nicht, doch sie reichte ihr. Celia riss sich zusammen und fasste Sachs strähniges, ehemals hübsches rotbraunes Haar zu einem Pferdeschwanz zusammen, den sie zu einem Dutt rollte, weit oben am Hinterkopf, damit er nicht in der Schlinge hängen bliebe. Es war ein schlichter Akt, doch er schien Sach mehr zuzusetzen als alles andere. Rasch nahm Celia den Umhang vom Haken und versuchte, das Geräusch zu dämpfen, das eher dem Winseln eines verletzten Tieres als irgendeinem menschlichen Laut glich. Während sie Sach das Gewand um die Schultern legte, fragte sie sich, ob sich Todesangst – so wie Schmutz – in einen Stoff weben, mit jeder armen Seele, die ihn getragen hatte, weiter anwachsen konnte. Sie drehte die Gefangene um, damit sie ihr ins Gesicht sehen konnte, wollte dem überbordenden Kummer Einhalt gebieten, doch die Schreie der Frau wurden lediglich lauter und zusammenhängender. »Lassen Sie das nicht zu! Ich habe doch nichts getan«, wiederholte sie immer und immer wieder und zog Celia damit so tief in ihre

Hoffnungslosigkeit hinein, dass die andere Aufseherin eingreifen musste.

»Schon gut, Mrs Sach.« Sanft, aber bestimmt löste sie die Hände, die sich kläglich an Celias Kleid festklammerten. »Sie haben Ihr Frühstück gar nicht angerührt. Essen Sie doch noch eine Kleinigkeit.«

»Können wir ihr nicht etwas Stärkeres geben als Brot und Tee?«, fragte Celia aufgebracht. »Was soll sie denn jetzt noch damit?«

Die ältere Frau schüttelte den Kopf und warf einen raschen Blick auf die Uhr. »Dafür haben wir keine Zeit«, flüsterte sie. »Es ist schon fast neun.«

Wie auf Kommando ertönte ein Geräusch auf dem Gang. Die meisten Gefangenen waren das Warten und Lauschen auf unsichtbare Geschehnisse gewohnt, und Sach nahm die herannahenden Schritte und ihre Bedeutung sofort wahr. Vor der Zelle verstummten sie kurz und gingen dann weiter, und das Flackern der Hoffnung auf Sachs Gesicht war Celia unerträglich. Sie wusste, dass nur die Hälfte der Vollstrecker weitergegangen war; die anderen standen noch vor der Tür und warteten auf ein Zeichen des Gefängnisdirektors. Sie starrte zur Tür und sah eine winzige Bewegung, als der Henker die Klappe über dem Guckloch beiseiteschob, um die geistige Verfassung der Gefangenen einzuschätzen, und dann, nach einem Moment, der sich unendlich anfühlte, setzte das Neun-Uhr-Geläut der benachbarten Kirche ein. Celia zählte zwei Schläge, bevor sie den Schlüssel im Schloss hörte, drei, bevor die schwere Eisentür aufging, und dann war die kleine Gruppe Männer auch schon in der Zelle, setzte eine erbarmungslose Kette von Ereignissen in Gang, aus der es kein Entkommen gab und die sich nicht ungeschehen machen ließe.

Der Henker schritt rasch durch die Zelle und machte sich daran, Sach die Hände hinter dem Rücken zu fesseln. Sobald sie jedoch die Lederriemen an der Haut spürte, schien sie auch noch die letzte Kraft zu verlassen. Celia trat nach vorne, um sie aufzufangen, raunte ihr tröstliche Worte zu, die jedoch das Gegenteil bewirkten, und Sach musste teils auf den Gang geführt, teils getragen werden. Ein paar Meter weiter rechts, an der Tür zur Nachbarzelle, spielte sich eine ähnliche Szene ab, doch der Kontrast zwischen den beiden Gefangenen hätte stärker nicht sein können. Annie Walters war klein, grauhaarig und Anfang fünfzig, mit ihrem stämmigen, unscheinbaren Äußeren das Gegenteil der zierlichen Sach, doch es waren nicht Körperbau oder Alter, das die beiden voneinander unterschied, sondern ihr Gebaren. Walters' Anblick versetzte Sach fast in Hysterie, wohingegen Walters gut gelaunt und gesprächig war, beiläufige Bemerkungen mit dem zweiten Henker austauschte, als wüsste sie nicht, dass es sich um ihre letzten Augenblicke auf Erden handelte. Beim Anblick der beiden Frauen, die sich zum ersten Mal seit der Verurteilung wieder gegenüberstanden, ließ sich nur schwer glauben, dass sie bei der brutalen Ermordung von Neugeborenen gemeinsame Sache gemacht hatten – bis zu zwanzig Kinder, die meisten davon nur ein paar Tage alt.

Von da an ging es schnell. Der erste Henker stützte Sach und bereitete sie auf den kurzen Weg zum Galgen vor. Mit einer Wärterin an jeder Seite folgten die Verurteilten dem Gefängnispriester durch die Doppeltür am Ende des Flügels in den neuen Hinrichtungsanbau. Es waren nur wenige Schritte, und doch bemerkte Celia die unnatürliche Stille im Gefängnis, fast so, als würde gemeinschaftlich der Atem angehalten. Seit drei Wochen waren die Frauen von Holloway unruhig und beklommen; die unvermeidliche Mischung aus Bestürzung und Sensationsgier, mit der das Urteil aufgenommen worden war, war von einer hilflosen Wut verdrängt worden, von der niemand unberührt blieb, egal, ob Personal oder Gefangene. Celia wusste, dass sie nicht die Einzige war, die sich danach sehnte, die Uhr entweder vor- oder zurückzudrehen, irgendwo anders zu sein, nur nicht in diesem Augenblick.

Und dann waren sie da. Zwei Schlingen hingen ihnen direkt gegenüber, eine etwas höher als die andere, und die Gefangenen wurden rasch auf die Falltür geführt. Die Henker gingen gleichzeitig auf die Knie, um ihnen die Fußfesseln anzulegen. Celia schaute Sach durch den ovalen Galgenstrick hindurch an, wünschte, ihre Tortur wäre zu Ende, und weigerte sich, angesichts des Todes wegzuschauen; nur so konnte sie noch helfen, und sie hielt Sachs verängstigtem Blick stand, während ihr die weiße Haube, die bis dahin aus der Brusttasche des Henkers geragt hatte, übergestülpt und die Schlinge geprüft wurde. Die ganze Zeit über hörte sie die leise, monotone Stimme des Geistlichen, der ein Totengebet intonierte, konnte seine Worte jedoch nicht verstehen. Als der Henker zum Hebel schritt, konzentrierte sie sich nur noch auf den kleinen Stoffkreis über Sachs Mund, der sich abwechselnd nach innen und außen bewegte.

Hinterher konnte Celia nicht mit Sicherheit sagen, ob sie tatsächlich hörte, wie sich Walters im letzten Moment mit einem kurzen Zuruf von Sach verabschiedete, oder ob sie es sich eingebildet hatte. Woran sie sich allerdings sehr deutlich erinnerte – und dabei war sie sich sicher, denn sie tauchte immer noch vor ihr auf, sogar heute, in den frühen Wintermorgenstunden –, war die Stille.

1

Josephine Tey nahm die aufwendig verpackte Hutschachtel entgegen und befestigte sie mithilfe der perfekten Selfridge-Schleife am Rest ihrer Päckchen.

»Und Sie sind sich sicher, dass wir nicht liefern sollen, Madam?«, fragte die Verkäuferin nervös, als wäre die selbstständige Abreise des Hutes eine Beleidigung ihrer professionellen Standards. »Das wäre wirklich nicht die geringste Mühe.«

»Nein, danke, ich komme zurecht.« Josephine lächelte die jungen Damen hinter der Theke schuldbewusst an. »So schwer bepackt schaffe ich es in kein anderes Geschäft mehr, und das ist wahrscheinlich auch besser so. Wenn ich noch mehr in meinen Club schicken lasse, berechnen sie mir bald ein zusätzliches Zimmer.«

Voll beladen mit ihren leichtfertigen Einkäufen betrat Josephine die Rolltreppe ins Erdgeschoss. Die gemächliche Fahrt bot ihr Gelegenheit, das weitläufige, offene Kaufhaus zu bewundern, das sich so sehr von den anderen Geschäften Londons unterschied. Das gesamte Gebäude glitzerte mit dem Wissen um die Verbindung zwischen dem Blick einer Frau und ihrem Portemonnaie; selbst auf den prominent platzierten Schnäppchentischen waren die wunderschönen Kisten fein säuberlich gestapelt, und nichts wies auf ihren herabgesetzten Preis hin. Bis Dezember war es zwar noch eine Woche, doch die Mitarbeiter schmückten die Gänge bereits für die Weihnachtszeit, und der vertraute Kaufhausgeruch – weiche Teppichböden und frische Blumen – hatte einem warmen Zimtduft Platz gemacht, dem lediglich die Parfümwolke der Kosmetikabteilung etwas entgegensetzen konnte. Anscheinend funktionierte der Plan, das Fest näher wirken zu lassen, als es wirklich war: Selbst am späten Nachmittag herrschte Hochbetrieb, und Josephine kämpfte sich an den Schminktheken vorbei hinaus in den Trubel der Oxford Street.

Sie bog nach links ab Richtung Oxford Circus, folgte der langen Reihe Schaufenster bis zur Ecke Duke Street. Hinter den Scheiben drängten sich die Schaufensterpuppen, die an Salzsäulen erinnerten, auf ewig in ihren Gesten gefangen. Manche lockten neugierige Betrachter ins Innere, andere gingen ihrem imaginären Leben nach, ungeachtet der leibhaftigen Frauen, die von draußen jedes Detail genau studierten, und alle waren vor einem Hintergrund aus Licht und Farbe arrangiert, der so kunstvoll geplant war wie eine Theaterkulisse. Josephine blieb vor einer besonders beeindruckenden Schlafzimmerszene stehen. Eine umwerfende Wachsfigur in einem Nachthemd aus Crêpe de Chine trat aus einem Nest seidener Laken und Kissen. Ihr rosafarbener Fuß ruhte leicht auf dem Boden, und sie streckte die perfekt manikürte Hand nach ihrem Nachttisch aus, auf dem eine Morgenzeitung, ein Roman – *Die Lady vom Lande in Amerika* – und ein Tablett mit feinstem Tee-Porzellan standen. Auf ihrem Schminktisch, dem Hort weiblicher Ausschweifungen, glänzten Kristallflakons mit goldenen Stopfen. Das Bild war bestechend, doch die Botschaft, häusliches Glück stünde ein jeder zur Verfügung, die wusste, wo man einzukaufen hatte, wirkte auf manche Betrachterinnen so schmerzhaft wie auf andere verlockend. Einer ganzen Generation Frauen war die Verwirklichung dieser Vorstellung verwehrt geblieben; einer Generation, deren Chance auf Zufriedenheit und Sicherheit, sogar auf Zweisamkeit, von einem Krieg zerstört worden war, und diesen Verlust konnten selbst die schönsten Satinlaken der Welt nicht dämpfen. Sie warf einen Blick auf die alten Jungfern zu ihrer Rechten und Linken, doch sie verwendete das Wort halbherzig, war sich darüber im Klaren, dass sie sich etwas vormachte, indem sie sich von der Gruppe abgrenzte. In jedem Fall steckte hinter den sorgenvollen Mienen mehr als nur Bedenken darüber, ob die spärliche Bekleidung der Schaufensterpuppe der Novemberkälte gewachsen war.

Der Bürgersteig war gerade breit genug, um zwei Fußgängerströmen Platz zu bieten, und Josephine ging langsam weiter, wobei sie sich in den Kleinstadtfrauen wiedererkannte, die völlig in ihren Besorgungen aufgingen und nichts verpassen wollten. Es war nach siebzehn Uhr, und im Laufe der letzten Stunde waren die Rosa- und Orangetöne des winterlichen Sonnenuntergangs von einem blau-schwarzen Himmel verdrängt worden. Straßenlaternen erstreckten sich vor ihr wie Perlen auf einem Faden, verloren sich in der Ferne und nahmen der Einkaufsmeile – der Damenmeile, wie sie allgemein genannt wurde – die Gewöhnlichkeit des Tages. Einige der kleineren Geschäfte hatten bereits geschlossen und entließen ihre Mitarbeiter auf die Straße, und ein paar Verkäuferinnen hielten inne und betrachteten sehnsüchtig die Schaufenster der größeren Läden. Der lange Arbeitstag hatte den Wunsch nur noch verstärkt, einmal auf der anderen Seite der Theke zu stehen. Die meisten jedoch machten sich rasch auf den Weg zur U-Bahn oder reihten sich in die Busschlangen ein, die mit jeder Sekunde länger wurden, wobei sie ungeduldig vor sich hinmurmelten und es kaum erwarten konnten, die wenigen freien Stunden zu genießen, bevor die alltägliche Routine aufs Neue begann.

So beeindruckend die aneinandergereihten Geschäfte auch sein mochten, die Oxford Street war einer der Teile Londons, die Josephine am wenigsten mochte, und sie ertrug sie aus einer puren Schwäche für Bekleidung, aber keine Sekunde länger als nötig. Sie war froh, das Gedränge und Geklapper hinter sich zu lassen und in die weniger überlaufenen Straßen Richtung Wigmore Street einzubiegen. Das Gefühl der Anonymität bei einem frühabendlichen Spaziergang durch London begeisterte sie nach wie vor. Niemand auf der Welt wusste, wo sie sich befand oder wie sie zu erreichen war, und sie genoss den Frieden, der damit einherging. Sie war vor zehn Tagen aus Inverness eingetroffen, hatte ihre Ankunft in London jedoch erfolgreich geheim gehalten, von ein paar Bekannten in ihrem Club einmal abgesehen. Es würde nicht ewig anhalten; in der nächsten Woche standen ihr mehrere Verpflichtungen bevor, und irgendwann würde sie den Hörer abheben und sich einer Flut von Einladungen stellen müssen. Doch damit hatte sie es nicht eilig. Eine Welt ohne Zeitpläne und Abgabetermine, in der niemand Nachrichten für sie hinterließ, war Josephine mehr als recht. Sie war fest entschlossen, sie so lange wie möglich auszukosten.

Trotzdem war ihr die ungezwungene Geselligkeit des Einkaufsnachmittags nach einem einsamen Morgen auf ihrem Zimmer willkommen gewesen – nur sie und ihre Schreibmaschine und ein paar unscharfe Figuren aus einer Vergangenheit, die sich völlig fremd anfühlte. Sie war sich mit dem Roman, an dem sie gerade arbeitete, noch immer nicht sicher – war der Wunsch, etwas anderes zu schreiben als einen Kriminalroman, wirklich so weise gewesen? Als ihr Verleger ein Buch mit historischem Einschlag vorgeschlagen hatte, war sie mit der Idee der fiktiven Verarbeitung eines realen Verbrechens sehr zufrieden gewesen, insbesondere, da eine persönliche Verbindung bestand, doch der klaustrophobische Schrecken von Holloway schlug sich allmählich auf ihre Stimmung nieder, und sie hatte gerade erst begonnen. Der Sommer – sowohl der echte, den sie in Cornwall verbracht hatte, als auch die imaginäre Version, die sie vor Kurzem bei ihrem Verlag eingereicht hatte – kam ihr weit entfernt vor, und sie sehnte sich nach der wärmenden Sonne auf ihrem Rücken und der tröstlichen Gesellschaft Inspektor Alan Grants, dem Helden ihrer zwei ersten Kriminalromane. Die frühen Stadien eines Buches, in denen die Figuren ihr noch nicht vertraut waren, fielen ihr stets am schwersten. Es fühlte sich an, als beträte sie einen Raum voller Unbekannter, was dank ihrer Schüchternheit eine entsetzliche Vorstellung war. Sie freute sich schon darauf, mit dem Text voranzukommen, obwohl die Welt, die sie erschuf, vermutlich nicht fröhlicher werden würde.

Der Times Book Club auf der anderen Straßenseite war noch

geöffnet, und es amüsierte sie, dass Bücher es stets schafften, den inneren Einkäufer im männlichen Geschlecht zu wecken. Eine Lampe unter der Markise warf warmes gelbes Licht auf die Regale, in denen verblasste Umschläge beliebter Romane an obskuren politischen Pamphleten lehnten – die Mischung war so willkürlich wie die Kundschaft, die darin stöberte. Sie überlegte, ob sie hineinschauen sollte, doch sie war zu schwer bepackt, um sich in Ruhe umzusehen, und ging weiter Richtung Cavendish Square. Dort waren die Straßenlaternen nachgiebiger, die Lichtkegel von längeren dunklen Abschnitten unterbrochen, und der Gegend wohnte eine beschauliche Eleganz inne. Der Platz hatte mehr Glück gehabt als andere Teile Londons, in denen Wohnhäuser sich nun an moderne Bürobauten drängen mussten, und bestand zum Großteil noch aus wunderschönen alten Häusern. Es war Feierabend, und auf ihrem Weg zur Nummer 20 beobachtete Josephine, wie in den oberen Stockwerken die Lichter angingen, und stellte sich vor, wie Türen geöffnet wurden und Stimmen nach oben riefen, während sich das Leben vom Büro ins Wohnzimmer verlagerte.

Der Cowdray Club befand sich in einem besonders ansehnlichen Stadthaus aus dem achtzehnten Jahrhundert an der Ecke Henrietta Street, im Herzen der schicksten Gegend des georgischen Zeitalters. Das Gebäude war Lord Asquith abgekauft worden – dem letzten einer Reihe namhafter Eigentümer – und im Jahr 1922 von Annie, Viscountess Cowdray, in einen Club für Krankenschwestern und berufstätige Frauen verwandelt worden. Lady Cowdray, deren Bekanntschaft Josephine nie gemacht hatte, musste eine herausragende Spendensammlerin und treue Unterstützerin des Schwesternberufs gewesen sein, hatte sie doch außerdem ein neues Hauptquartier für das College of Nursing in Asquiths ehemaligem Garten finanziert; dank eines architektonischen Meisterstreichs ergänzten sich die beiden Gebäude perfekt. Das eine war für die beruflichen Bedürfnisse der Krankenschwestern zuständig, das andere für Erholung und Entspannung. Etwas mehr als die Hälfte der Mitglieder waren

Schwestern, die anderen entstammten allen möglichen Berufen – Anwältinnen, Journalistinnen, Schauspielerinnen und Verkäuferinnen, die von anregenden Gesprächen, gediegener Umgebung und dem günstigsten Mittagessen der Stadt angelockt wurden –, und Josephine kam hier unter, wenn sie ihre Aufenthalte in London geheim halten und keine sozialen Verpflichtungen eingehen wollte. Seit Lady Cowdrays Tod vor etwas mehr als drei Jahren lebten die Mitglieder nicht mehr ganz so harmonisch zusammen: Die Krankenpflege war ein politischer Beruf, und diejenigen, die den Club fortführten, hatten andere Ansichten zu Prioritäten und Zukunftsgestaltung als seine Gründerin. Vermutlich war es immer so, wenn eine geborene Anführerin starb oder weiterzog, und irgendwann würden sich die Dinge wieder beruhigen. In der Zwischenzeit verhielt Josephine sich unauffällig und mied die Streitereien.

Vor dem Haupteingang verlagerte sie alle Päckchen auf einen Arm, doch die Tür flog auf, bevor sie sie selbst öffnen konnte, und eine junge Frau – eine der Bediensteten des Clubs – schoss heraus und stieß sie dabei um ein Haar zu Boden.

»Habe ich den Feueralarm überhört?«, fragte Josephine etwas sarkastischer als beabsichtigt.

»Oje, Miss, das tut mir leid.« Das Mädchen bückte sich nach den Päckchen, die über den Bürgersteig bis auf die Straße gerutscht waren. »Ich habe nicht richtig aufgepasst.«

»Das war nicht zu übersehen«, erwiderte Josephine, wurde jedoch nachsichtiger, als sie merkte, wie aufgebracht das Mädchen war. »Ist ja nichts passiert. Da ist nichts Zerbrechliches drin.« Sie streckte die Hand nach dem letzten Päckchen aus. »Warum haben Sie es so eilig? Ist alles in Ordnung?«

»Ja, Miss. Ich habe bloß gerade Pause, und die ist nicht besonders lang. Ich bin spät dran für eine Verabredung.«

»Für einen Mantel wird es doch noch reichen, oder?« Sie betrachtete die dünne Baumwolluniform, die sämtliche Angestellten trugen. »Es ist November – in dem Kleidchen holen Sie sich noch den Tod.«

»Ist schon gut, Miss, ich mach mich lieber auf den Weg. Eigentlich soll ich die Tür hier gar nicht nehmen, aber es geht viel schneller als durch die Seitentür und einmal rum. Deswegen hatte ich es auch so eilig. Miss Timpson am Empfang hat jemanden zur Bar gebracht, da bin ich schnell hier raus, als sie nicht hingeguckt hat.« Sie warf einen Blick zum Platz und wandte sich dann wieder Josephine zu. »Ich wäre Ihnen sehr dankbar, wenn Sie das für sich behalten könnten, Miss. Und ich komme schon zurecht, ehrlich. Ich bleibe nicht lange an der Luft.«

»Na gut, ...?«

»Lucy, Miss.«

»Na gut, Lucy, dann will ich Sie nicht länger aufhalten. Aber passen Sie nächstes Mal besser auf.«

»Jawohl, Miss. Danke.«

Josephine sah Lucy hinterher, wie sie auf die Mitte des Platzes zueilte, wandte sich dann ab und ging hinein. Sie war froh um die Wärme in dem geräumigen, ordentlichen Foyer, in dem alles auf eine lange Empfangstheke aus gewissenhaft poliertem Mahagoni ausgerichtet war. Rechts davon hing eine bescheidene eichengerahmte Bronzeplakette mit dem Wappen der Cowdrays, auf der die ersten zweitausend Mitglieder ihre Dankbarkeit gegenüber der Gründerin kundtaten; abgesehen davon waren die Wände leer, und die Blicke der Besucher wurden von mehreren wunderschön ausgestatteten Zimmern angezogen, die direkt vom Eingangsbereich abgingen. Miss Timpson war wieder an Ort und Stelle, und Josephine kam in den Genuss der geballten Cowdray-Club-Begrüßung.

»Miss Tey.« Sie strahlte Josephine an. »Wie ich sehe, hatten Sie einen erfolgreichen Nachmittag. Darf ich Ihnen Ihren Schlüssel holen?«

»Das wäre wunderbar, danke.« Sie erwiderte das aufrichtige Lächeln der Empfangsdame und überlegte, an wen sie sie erinnerte. »Es sind leider noch ein paar mehr Sachen auf dem Weg.«

»Sind schon hier – Robert hat die letzte Fuhre gerade auf Ihr Zimmer gebracht.« Sie warf einen missbilligenden Blick auf die beschädigten Pakete. »Soll er Ihnen mit denen hier helfen? Der Aufzug ist derzeit leider wieder außer Betrieb.«

»Nein, ich komme zurecht.« Josephine wusste, dass sie für Miss Timpsons Geschmack bereits zu viel von Roberts Zeit verschwendet hatte. »Die hier sind nicht schwer.«

»Wie Sie wünschen.« Sie griff nach dem Schlüssel, der an seinem Haken hing, und da fiel es Josephine wie Schuppen von den Augen: Miss Timpson hatte die gleiche unbekümmerte Art wie die Schaufensterpuppe, eine beiläufige Vollkommenheit, die den meisten Frauen unerträglich war, und sei es auch nur, weil sie sich selbst danach sehnten und sie nie erreichen würden. »Melden Sie sich einfach, wenn Sie noch etwas brauchen.«

»Sie erfahren es als Erste.« Josephine nahm den Schlüssel entgegen und machte sich auf den Weg zur Treppe, doch sie schaffte es nicht weit, bevor sie von einer vertrauten Stimme aufgehalten wurde.

»Josephine! Nach dir habe ich gesucht.«

Als sie sich umdrehte, um Celia Bannerman zu begrüßen, war sie – wie jedes Mal – überrascht davon, wie wenig sie sich in zwanzig Jahren verändert hatte. Das lange dunkle Haar, das sie stets zu einem strengen Knoten gebunden hatte, war mittlerweile an den Schläfen ergraut, und sie war zu sehr auf ihre Brille angewiesen, um sie lediglich an einer Kette um den Hals zu tragen, doch auf fast sechzig hätte sie niemand geschätzt. Sie hatten einander während des Krieges in Anstey kennengelernt, einem Ausbildungsinstitut für Sportlehrerinnen in Birmingham, das Josephine als Schülerin besuchte, während Miss Bannerman eine der erfahrensten Ausbilderinnen war. Als sie sich im Cowdray Club wiederbegegneten, hatte Miss Bannerman – beziehungsweise Celia, wie sie immer wieder beharrte – es zu einer der angesehensten Vertreterinnen der Pflegeverwaltung gebracht und viel mit der Geschäftsführung des Clubs zu tun. Seit ihrer Anstellung als Wärterin in Holloway hatte sie viel erreicht, doch an ebenjenen frühen Jahren war Josephine interessiert.

»Ich wollte dir gerade eine Nachricht am Empfang hinterlassen«, sagte Celia. »Aber die Mühe kann ich mir ja jetzt sparen. In deiner Nachricht stand, ich soll mir etwas für dich durchlesen?«

»Ja, den ersten Entwurf davon, worüber wir uns unterhalten hatten. Ich wollte Sie fragen, ob Sie ihn sich mal ansehen würden, nur damit es auch einigermaßen wirklichkeitsgetreu ist, und dann hätte ich noch ein paar zusätzliche Fragen, falls Sie Zeit dafür haben.«

»Ja, natürlich.« Sie schaute auf die Uhr. »Ich hätte jetzt Zeit, wenn dir das passt. In einer Viertelstunde im Salon? Dann kannst du dich kurz sortieren.«

Sie ging davon, ohne eine Antwort abzuwarten, und Josephine erkannte darin das Vertrauen in die eigene Autorität wieder, das ihr den Respekt sämtlicher Schülerinnen eingetragen hatte – Respekt, der mit dem genau richtigen Maß an Angst versetzt war. Nur einmal hatte sie erlebt, wie diese Autorität versagte, und dann auch nur kurz und unter außergewöhnlichen Umständen, und jedes Mal versetzte sie sie zurück in ihre Ausbildungszeit. Sie hastete zur Treppe, als käme sie zu spät zum Unterricht, wurde jedoch erneut aufgehalten, diesmal von Miss Timpson. »Ach, Miss Tey, das hätte ich fast vergessen – nehmen Sie das hier gleich mit«, rief sie, und dank der Lautstärke trat ihr East-End-Akzent hervor. »Das kam heute Nachmittag für Sie.« Sie beugte sich hinter den Tresen und hielt Josephine dann eine teuer aussehende Gardenie hin. Josephine streckte die Hand nach einer Karte aus.

»Tut mir leid, das ist alles. Es war keine Karte dabei.«

»Und Sie sind sich sicher, dass es für mich ist?«

»Und wie. Der Junge aus dem Laden hat sich sehr deutlich ausgedrückt. Ich musste sogar unterschreiben.«

»Aber niemand weiß, dass ich hier bin.«

»Dann hast du vielleicht eine Bewunderin im Haus, meine Liebe.« Josephine wusste sofort, von wem die Anspielung stammte. Die Stimme – warm, anziehend und voll von Zweideutigkeiten – gehörte genauso sehr zum Cowdray Club wie die Ausstattung und war genauso teuer. Die Ehrenwerte Geraldine

Ashby fiel in eine ungewöhnliche Mitgliederkategorie: Sie war weder Krankenschwester noch berufstätig, sondern gehörte zu einer Handvoll Damen, die vom Führungsgremium in den Club gewählt worden und nur aus gesellschaftlichen Gründen dabei waren. Geraldines Mutter sicherte ihr den Platz alljährlich nur zu gerne mit einem großzügigen Scheck an das College of Nursing – immerhin war die Zugehörigkeit ihrer Tochter das Respektabelste an ihr –, und Geraldine nahm ihre sozialen Pflichten so ernst wie die anderen Mitglieder ihre Arbeit. Niemand konnte behaupten, sie würde die Dinge nicht erheblich aufwirbeln, und nicht nur, weil sie die besten Cocktails außerhalb des Savoys mischte; alles an ihr war gewagt, was eine erfrischende Abwechslung zur Ernsthaftigkeit bildete, die sonst wolkenartig über dem Club schwebte. Es war unmöglich, sich nicht von ihrem Charme und ihrer guten Laune einnehmen zu lassen, und ihre Schönheit – eine elegante, abenteuerlustige Schönheit – schillerte in einem maßgeschneiderten Hosenanzug ebenso sehr wie im neuesten Chanel-Modell. Kurzzeitig vergaß Geraldine das Mädchen an ihrem Arm – eine hübsche, wenngleich langweilig wirkende Blondine – und lächelte Josephine diabolisch zu. »Überleg nur mal, jede von uns könnte sie dir geschickt haben. Wer wäre dir am liebsten?«

Aus Erfahrung wusste Josephine, dass ihr die passende Antwort – kokett mit einer fein dosierten Portion Geringschätzung – erst später einfallen würde, daher nahm sie die Pflanze lediglich mit einem hoffentlich mysteriösen Lächeln entgegen und schritt entschlossen die Treppe hinauf. An Miss Timpsons Grinsen hatte sie erkannt, dass die Frage, bei wem es sich um ihren Bewunderer handelte, seit Ankunft der Gardenie wild diskutiert worden war, und sie zerbrach sich selbst den Kopf, von wem sie stammen könnte. Archie? Unwahrscheinlich – Gardenien waren nicht seine Art, und wenn er wüsste, dass sie schon in London war, hätte er etwas weitaus Dezenteres gewählt und es persönlich überbracht. Die Motley-Schwestern waren es bestimmt nicht – sie bezweifelte, dass Ronnie ihren Lebtag je etwas Anonymes getan hatte, und Blumen von Lettice gingen normalerweise mit einer Einladung zum Abendessen einher. Lydia vielleicht – als Schauspielerin ohne festes Engagement läge so ein Geschenk zwar außerhalb des Budgets, doch ihre Freundin war für ihren unbekümmerten Umgang mit Geld bekannt, und eine derartige Extravaganz würde zu ihr passen. Oder womöglich hatte Geraldine recht, und ein anderes Clubmitglied hatte sie ihr geschickt. Das hatte ihr gerade noch gefehlt – sie musste den einzigen Ort hinterfragen, an dem sie sich sicher fühlte. Mit einem erleichterten Seufzen schloss sie die Tür hinter sich, stellte die Pflanze kurzerhand ins Waschbecken und versuchte, sie zu vergessen.

Ihr Zimmer war klein, aber gemütlich und mit allem Nötigen ausgestattet: ein Einzelbett, ein massiver Schreibtisch, ein großer Kleiderschrank und ausreichend Stauraum. Am besten gefiel ihr jedoch das große Fenster, das fast eine ganze Wand einnahm und den Cavendish Square überblickte. Sie verstaute ihre Einkäufe, puderte sich die Nase und setzte ihre Brille auf, bevor sie den Papierstapel von ihrem Schreibtisch nahm, an dem sie am Vormittag gearbeitet hatte. Sie überflog die Seiten rasch und notierte sich die Fragen, bei denen Celia ihr hoffentlich weiterhelfen konnte. Dann machte sie sich wieder auf den Weg nach unten und konnte es dabei kaum erwarten, so viel wie möglich über die Kindsmörderinnen von Finchley zu erfahren.

Von Celia war im Salon keine Spur, und Josephine nahm auf einem der blauen Rosshaarsessel an den Fenstern mit Blick auf die Henrietta Street Platz. Der Raum erstreckte sich über die gesamte Breite des ersten Stocks und war mit der hübsch proportionierten Wandvertäfelung – die in elfenbeinweißer Emaille gestrichen war, um so viel Tageslicht wie möglich zu reflektieren – und dem Parkettboden einer der schönsten im Haus. Exquisite Rokoko-Spiegel hingen über im Original erhaltenen Kaminen, von denen sich an jedem Ende einer befand, was darauf hinwies, dass der Bereich ursprünglich in zwei Räume aufgeteilt gewesen war, und hier und da blitzten weitere prachtvolle Stücke auf: ein vergoldetes Sofa mit saphirfarbenen

Polstern aus der Zeit Ludwigs XV. sowie drei gigantische Kronleuchter, doch der Rest der Ausstattung war dezent geschmackvoll. Schlichte Mahagoniregale mit einer eklektischen Mischung aus Belletristik und Sachliteratur, einfarbige Samtvorhänge und bequeme Sheraton-Stühle, die abwechselnd in Blau und Beige gepolstert waren und keine Quasten oder locker sitzenden Bezüge hatten, die den Raum unordentlich hätten wirken lassen. Frauen saßen in kleinen Gruppen oder allein an Tischen, spielten Karten oder lasen Zeitung, und leise Gespräche füllten den Raum, welche hie und da von Gelächter und dem Klirren von Geschirr durchsetzt wurden. Es roch nach Privileg, doch die meisten Frauen hatten hart für ihren Platz gearbeitet, und Josephine wusste noch gut, wie stolz sie bei ihrer Aufnahme gewesen war. Wie für viele Frauen ihrer Generation repräsentierte die Mitgliedschaft in einem privaten Club eine neue, wertvolle Unabhängigkeit; zehn Jahre später hatte ihr Leben sich zwar in eine unerwartete Richtung entwickelt, doch mit ihren Verdiensten als Romanschriftstellerin und Bühnenautorin hatte sie sich ihren Platz mehr als verdient. Ihr Erfolg hatte die Begeisterung der frühen Jahre jedoch nicht gedämpft. Teils hing es mit den frischen Zukunftsmöglichkeiten für Frauen zusammen – zumindest für diejenigen, die Glück hatten –, doch es steckte noch mehr dahinter. Im Cowdray Club hatte sie das Gefühl weiblicher Solidarität wiederentdeckt, das sie aus ihrer Jugend und ihren frühen Erwachsenenjahren kannte, und zu ihrem Leidwesen musste sie sich nach wie vor das Bedürfnis eingestehen, dazuzugehören.

»Josephine! Tut mir leid, dass du warten musstest, mir ist etwas dazwischengekommen.« Celia kam mit entschuldigender Miene auf die Fensterfront zugeeilt, und Josephine stand auf, um sie zu begrüßen.

»Schon gut«, sagte sie. »Machen Sie sich keinen Kopf. Wir können uns auch ein andermal treffen, wenn Sie gerade zu viel zu tun haben.«

»Nicht doch, ich freue mich, dich zu sehen. Und ehrlich gesagt, kann ich eine halbe Stunde ohne Komitees, Spendensammlung und Politik gut gebrauchen, du tust mir also im Grunde einen Gefallen.« Sie bedeutete Josephine, Platz zu nehmen, und setzte sich auf den Sessel gegenüber. »Hast du schon von der Benefizgala nächste Woche gehört? Bestimmt, du bist ja mit Ronnie und Lettice Motley befreundet. Die beiden schneidern uns wunderschöne Kleider. Amy Coward denkt jedenfalls anscheinend, ich hätte außer der Galaplanung nichts zu tun, und weil wir ohne sie Noël nicht auf die Gästeliste kriegen, darf ich ihr die Illusion nicht rauben.«

Josephine lachte. »Nach Lady Cowdrays Tod ist Ihnen bestimmt viel zusätzliche Arbeit in den Schoß gefallen. Ich kann mir nicht vorstellen, dass sich so ein Club leicht führen lässt, oder zumindest nicht reibungslos.«

Celia lächelte schief. »Ist das so offensichtlich?«

»Überhaupt nicht. Aber bei so vielen erfolgreichen Frauen auf einem Haufen ist es ja kein Wunder, dass Meinungen aufeinanderprallen.«

»Wenn es nur um persönliche Befindlichkeiten ginge, wäre es ja kein Problem, aber die Sache ist etwas ernster. Das geht alles auf die Prinzipien zurück, auf denen der Club und das College gegründet wurden. Hast du schon die *Times* von heute gesehen?« Josephine schüttelte den Kopf. »In den Leserbriefen wimmelt es nur so vor Krankenschwestern, die sich darüber beschweren, dass in ihrem Namen Spenden gesammelt werden, die dann Einrichtungen für Leute zugutekommen, die sich ihren Lebtag nie den Kranken genähert haben. Der Club wird zwar namentlich nicht erwähnt, aber wir wissen alle, wer gemeint ist.«

»Aber es läuft doch nicht nur in eine Richtung. Die Mitgliedsgebühren kommen doch auch dem College of Nursing zugute, oder?«

»Natürlich, aber das vergessen die Puristen gerne. Wenn wir nicht aufpassen, teilen wir uns bald in zwei, und ich weiß nicht, wie Club *oder* College das überstehen sollen.«

Da sie bei ihrer Aufnahme noch mit einem Fuß in der Krankenpflege gestanden hatte, konnte Josephine Verständnis für beide Seiten aufbringen. »Wie stehen Sie dazu?«, fragte sie und nickte kurz Geraldine zu, die gerade am Nebentisch Platz nahm und sie vielsagend angrinste.

Celia seufzte. »Ich probiere gern öfter mal Neues aus. Lady Cowdray meinte immer, Frauen würden viel zu engstirnig, wenn sie nicht zumindest einen Teil ihrer Freizeit mit Leuten aus anderen Berufen verbringen, und ich neige dazu, ihr zuzustimmen. Außerdem fühle ich mich ihrer ursprünglichen Vision verpflichtet, und damit werde ich es nicht einfach haben. Und zu allem Überfluss – das bleibt aber unter uns – haben wir es jetzt auch noch mit Diebstahl im Haus zu tun. Einigen Mitgliedern sind Dinge abhandengekommen, nichts sonderlich Wertvolles, hier ein Halstuch, da ein bisschen Kleingeld, aber natürlich ist es trotzdem besorgniserregend, und wir haben die Polizei eingeschaltet. Ganz diskret, natürlich. Ah, da kommt ja Tilly mit unseren Getränken.« Josephine entdeckte die junge Kellnerin, die zwei große Gläser Gin auf einem Tablett trug. »Ich war so frei. Wenn ich mich mit den Kindsmörderinnen von Finchley auseinandersetzen muss, muss ich mir erst Mut antrinken, und nur ein Schwein trinkt allein.« Sie warf einen Blick zu den Unterlagen auf dem Kartentisch. »Das soll ich mir ansehen?«

Josephine nickte und schob Celia das Schreibmaschinenmanuskript hin, wobei sie innerlich darüber staunte, wie leicht es war, wieder in die alte Lehrerin-Schülerin-Beziehung zu verfallen. Sie beobachtete, wie sich Celia langsam durch die Seiten blätterte, und dachte daran zurück, wie sie zum ersten Mal von Amelia Sach und Annie Walters gehört hatte. Es war der Sommer ihres letzten Jahres in Anstey gewesen, kurz vor den Abschlussprüfungen, als die Nächte lang und die Geduldsfäden angespannt gewesen waren. Der Erfolgsdruck, und für die älteren Schülerinnen auch die Notwendigkeit, eine Stelle in der echten Welt zu finden, lastete schwer auf der gesamten Einrichtung, und im Gemeinschaftsraum war es ungewöhnlich still, während ein halbes Dutzend Prüflinge jede verbleibende Sekunde zum Lernen nutzte. Für gewöhnlich schlug Celia

Bannermans hochgewachsene, Respekt einflößende Gestalt jeden Raum, den sie betrat, in ihren Bann, doch an jenem Abend musste sie bereits eine Weile im Zimmer gewesen sein, bevor sie jemand bemerkte. Als Josephine aufsah, stand sie am Fenster und betrachtete die Mädchen in ihrer Obhut aus tieftraurigen Augen. Eine nach der anderen sah auf und bemerkte sie, und als sie endlich die gesammelte Aufmerksamkeit hatte, erklärte sie mit ruhiger, aber ernster Stimme, Elizabeth Price, eine Schülerin in ihrem ersten Ausbildungsjahr, sei tot in der Turnhalle gefunden worden. Sie habe an einem der Seile gehangen, und es bestehe kein Zweifel daran, dass es sich um Suizid handelte – in ihrem Zimmer habe ein Abschiedsbrief gelegen. Miss Bannerman erklärte, Elizabeths eigentlicher Nachname sei Sach, und sie sei die Tochter einer Frau, die für furchtbare Verbrechen an Säuglingen gehängt worden war. Sie sei als kleines Kind adoptiert worden und habe bis vor Kurzem nichts von ihrer Herkunft geahnt. Irgendwie habe sie jedoch die Wahrheit erfahren, und aus ihrem Brief gehe hervor, dass sie nicht damit leben konnte. Celia Bannerman bewegte sich normalerweise mit der Eleganz einer Tänzerin, doch als sie an jenem Abend aus dem Zimmer ging, waren ihre Schritte langsam und schwer. Erst später erfuhr Josephine, dass sie sich die Schuld an Elizabeth Price' Tod gab.

Celia ließ sich mit der Lektüre von Josephines Manuskript Zeit, und als sie fertig war, nahm sie sich ein paar Abschnitte erneut vor. Schließlich legte sie die Blätter wieder auf den Tisch und griff nach ihrem Glas. »Nehmen Sie sich nicht zurück«, sagte Josephine und ärgerte sich über ihr Bedürfnis, das Schweigen zu brechen. »Ich komme inzwischen mit Kritik zurecht.«

Celia lächelte. »Mit Zurücknahme hat es nichts zu tun. Es ist sehr eindringlich. Vielleicht etwas zu eindringlich für meinen Geschmack – bei der Lektüre kommt alles wieder hoch. Wenn man nicht selbst dabei war, versteht man nicht, wie es ist, einer Hinrichtung beizuwohnen, aber das hier kommt nah dran. Darf ich ein paar Anmerkungen machen?« Josephine nickte. »Das ist natürlich deine Entscheidung, ob du eine packende Erzählung über die Wahrheit stellst, aber die letzten Stunden würden niemals so ruhig verlaufen. Ich verstehe ja, dass du die Beziehung zwischen Gefangener und Wärterin beleuchten willst, aber in der Zelle war mehr los als am Bahnhof von Finchley, wenn du mir die Bemerkung verzeihst. Am Morgen einer Hinrichtung kommen Gott und die Welt vorbei: erst der Direktor, dann der Pfarrer. Ich weiß natürlich nicht, wie es bei Walters war, aber der Pfarrer hat einige Zeit mit Sach verbracht. Ach ja, und der Direktor fragt die Gefangene immer, ob sie irgendwelche letzten Worte hat.«

»Und? Hatte sie welche?«

»Nein.«

»Kein Geständnis in letzter Sekunde?«

»Nein. Weder Sach noch Walters haben je ein Geständnis abgelegt. Irgendwer hat mir mal erzählt, Walters hätte gesagt, sie hätte nichts gegen ihren Tod, solange Sach auch sterben würde, aber ich weiß nicht, ob das stimmt. Zwischen den beiden herrschte am Ende viel Bitterkeit. Walters fühlte sich von Sach betrogen, weil sie unbedingt ihre eigene Haut retten wollte, und Sach fühlte sich vom Rechtssystem betrogen, weil sie sich für unschuldig hielt. Walters war für die Morde verantwortlich, und Sach hatte stets darauf geachtet, sich nicht die Hände schmutzig zu machen. Das hat sie uns immer wieder erzählt, mir und den anderen Frauen, die sich um sie gekümmert haben.«

»Macht es das nicht nur noch schlimmer? Jemand anderen die Drecksarbeit machen lassen?«

»Sie hat es jedenfalls nicht so gesehen. Ich war sogar überrascht, dass ihr Verteidiger das Argument nicht stärker ausgenutzt hat.«

»Wie haben Sach und Walters sich die Arbeit aufgeteilt? Aus der Zeitung erfährt man immer nur die Hälfte der Geschichte, und ich würde es lieber von jemandem hören, der sie persönlich kannte.«

»Sach hat ein Pflegeheim geführt und junge Frauen im Wochenbett aufgenommen. Die meisten waren unverheiratet und hätten alles darangesetzt, ihre Schande zu verbergen und heil aus der Situation herauszukommen. Anscheinend hat Sach behauptet, sie kenne zahlreiche Frauen, die ein Kind adoptieren wollen, und ihnen angeboten, ein gutes Zuhause für das Neugeborene zu finden.«

»Gegen ein kleines Entgelt, nehme ich an.«

»So klein war es nicht. Die meisten haben etwa dreißig Pfund bezahlt, was damals eine Menge Geld war, besonders für Frauen aus solchen Schichten.«

»Das heißt, sie haben bezahlt und ihre Kinder dann nie wiedergesehen?«

»Genau. Sie waren alle in dem Glauben, ihre Kinder würden adoptiert werden, zumindest haben sie das gesagt. Wobei einige wahrscheinlich zu verzweifelt waren, um sich groß darüber Gedanken zu machen. In Wirklichkeit hat Walters sie aber entgegengenommen und entsorgt. Eines Tages wurde sie mit einem toten Kind auf dem Arm gefunden und hat die Polizei schnurstracks zu Sach geführt. Sach hat bestritten, über die Kindsmorde Bescheid zu wissen, aber niemand hat ihr geglaubt.«

»Glauben Sie, dass sie schuldig war?«

»In so einer Position darf man nicht über Schuld oder Unschuld nachdenken. Das war nicht meine Aufgabe, und ich konnte meiner Arbeit nur nachgehen, indem ich auf das System vertraute. Rückblickend denke ich schon, dass es das richtige Urteil war; die beiden kamen sich allerdings ungerecht behandelt vor. Zwischen Verurteilung und Hinrichtung haben sie einander nicht gesehen, aber sie waren Zellnachbarinnen und haben oft an die Wand gehämmert und sich gegenseitig beschuldigt.«

»War das Ihre erste Hinrichtung?«

»Meine erste und Gott sei Dank auch letzte. In England wurde seit drei Jahren keine Frau mehr gehängt. Damals wurde eine große Sache daraus gemacht, dass es die erste Hinrichtung von Frauen unter dem neuen König war, als würde ein Herrscherwechsel irgendeinen Unterschied machen. Und es war die erste Hinrichtung im neuen Holloway. Ein Testlauf, sozusagen.«

Sie klang bitter, und Josephine wunderte sich nicht darüber. Hängen war ein entsetzlicher Tod, und die Tatsache, dass er staatlich organisiert war, nahm ihm nichts an Schrecken. »Keine von uns hatte bis dahin Erfahrung mit so etwas, und dann war es auch noch eine Doppelhinrichtung. Um ehrlich zu sein, haben wir alle auf eine Begnadigung gehofft. Anscheinend hat es selbst dem Henker davor gegraut.«

»Das war Billington, richtig?«

»Ja, zusammen mit zwei Assistenten. Seinem kleinen Bruder und einem der Pierrepoints.«

»Das nimmt einen sicher schwer mit, einer Verurteilten so nahezustehen.« Josephine wusste, dass sie das Offensichtliche aussprach, wollte aber unbedingt wissen, wie Celia sich wirklich gefühlt hatte. »So eine seltsame Beziehung.«

»Ich vermute, es wirkt sich bei jeder anders aus. Ein paar der älteren Kolleginnen waren zu dem Zeitpunkt bereits abgehärtet. Sie haben sicher jahrelang damit gekämpft, die emotionalen Impulse abzuschütteln, die für viele von uns so natürlich sind. Manche waren so verstört davon, dass sie den Dienst ganz verlassen haben, aber du hast recht, immun war niemand. Es hatte auf uns alle einen zerstörerischen Effekt.«

»Wobei eine oder zwei den Ruf sicher auch genossen haben. Ich kann mir gut vorstellen, dass jemand mit einer sadistischen Ader sich jahrelang an so etwas ergötzen kann.«

»Ich glaube, da verwechselst du uns mit Kriminalautorinnen.«

Celia lächelte zwar, doch die Schärfe der Bemerkung entging Josephine nicht. »Haben Sie etwas dagegen?«

»Dass du zum Spaß darüber schreibst? Das hängt von deiner Vorgehensweise ab, aber ich frage mich schon, weshalb man sich diesen Emotionen aussetzen sollte, wenn es nicht unbedingt sein muss – und wieso es jemand zum Vergnügen lesen sollte. Darf ich fragen, warum?«

Josephine dachte nach, bevor sie antwortete. »Ich habe den Abend in Anstey nie vergessen«, sagte sie schließlich. »Wie schockiert ich war, als Sie uns davon erzählt haben. Wir haben

Elizabeth natürlich nicht gesehen, und Sie haben uns die Einzelheiten erspart, aber dadurch wuchs ihr Tod in unserer Vorstellung nur noch weiter an. Sie wissen ja, wie fantasiereich Mädchen in dem Alter sein können, und wir waren damals in einer empfindlichen Phase, haben uns Gedanken um die Zukunft gemacht, und ich glaube, uns war allen akut bewusst, wie leicht diese Zukunft erlöschen kann. Ich weiß noch, wie fasziniert ich davon war, was für ein Mensch ihre Mutter gewesen sein musste und was sie dazu getrieben hatte. Damals war es noch gar nicht so lange her, und trotzdem hat es sich angefühlt wie ein Verbrechen aus einem anderen Zeitalter, etwas, worüber Dickens schreiben würde, und nichts, woran wir uns womöglich erinnern konnten.«

Celia nickte. »Einer Gruppe moderner junger Frauen ist es sicher sehr seltsam vorgekommen.«

»Und wir haben nie erfahren, wer Elizabeths Geheimnis entdeckt und sie damit verhöhnt hat, also kam noch ein rätselhaftes Element dazu, über das wir stundenlang spekuliert haben. Tagelang habe ich versucht, mich in ihre Lage zu versetzen, über meine eigene Vergangenheit nachgedacht und darüber, ob es etwas gab, mit dem ich nicht würde leben können.«

»Und?«

»Aus Scham würde ich es wohl nicht tun, aber ich kann mir vorstellen, wie schrecklich es sein muss, wenn man glaubt, man könnte aufgrund seiner Gene selbst zu so etwas Brutalem in der Lage sein. Vielleicht dachte sie, dass sie tief drinnen selbst grausam ist, und sie hatte Angst vor ihrer Zukunft – die Sünden der Mütter und so weiter. Möglicherweise hat sie ihrem Leben deswegen ein Ende gesetzt – sie dachte, das Schicksal ihrer Mutter würde sie eines Tages selbst einholen, da hat sie die Bestrafung selbst in die Hände genommen.« Sie lächelte beschämt. »Oder vielleicht war das auch nur die Fantasie einer Achtzehnjährigen.«

»Nein, ich glaube, da ist etwas dran«, erwiderte Celia ernst. »Sach hat sich während ihrer Haft ständig um ihre Tochter gesorgt. Fast schon ironisch, wenn man darüber nachdenkt, wie skrupellos sie mit anderer Leute Kindern umgegangen ist. Sie musste sich schon sehr von ihren Taten distanziert haben. Jedenfalls machte sie sich ständig Gedanken darum, ob ihr Mann auch Geld für neue Kinderstiefel sparen oder was man ihr später einmal über ihre Mutter erzählen würde. Und aus gutem Grund – der Kindsvater wollte für nichts mehr verantwortlich sein, sobald der Prozess vorbei war. In ihren letzten Tagen hat sie mich angefleht, auf Elizabeth aufzupassen, und ich habe es ihr versprochen, es kam mir nicht besonders schwerwiegend vor. Ich hätte mir nie ausmalen können, dass ich sie beide derart enttäuschen würde.«

»Geben Sie sich nicht die Schuld daran«, erwiderte Josephine sanft. »In gewisser Weise haben wir alle dazu beigetragen. Elizabeth war nicht besonders sympathisch, sie konnte hinterlistig und manipulativ sein. Wenn wir uns mehr Mühe gegeben hätten, sie in unseren Reihen aufzunehmen, wäre sie vielleicht mit den Neuigkeiten zurechtgekommen. Sie hätte eine Freundin gebraucht, und das war nicht Ihre Schuld.«

»Mag sein«, erwiderte Celia wenig überzeugt.

»Hatten Sie während ihrer Kindheit Kontakt zu ihr?«

»Nicht direkt, aber ich habe mich hin und wieder bei ihren Adoptiveltern gemeldet und ihre Schulbildung im Blick behalten. Sie war trotz allem ein schlaues Kind, und ich habe dafür gesorgt, dass sie nach Anstey kam. Das war womöglich ein Fehler, und außerdem war es nicht gerecht gegenüber allen anderen, die sich einen Platz erkämpft hatten. Aber ich habe wirklich geglaubt, sie würde darin aufgehen.«

»Vielleicht wäre das ja auch passiert, wenn sie die Zeit dafür gehabt hätte. Aber die Möglichkeit hat ihr jemand anders gestohlen, nicht Sie.«

»Ich hätte zumindest herausfinden sollen, wer sie dazu getrieben hat.«

»Und was hätte das genützt? Für Elizabeth hätte es keinen Unterschied gemacht, und ich bin mir sicher, diejenige hätte nie mit den Folgen gerechnet. Nun muss sie damit leben, und eine schlimmere Strafe wäre Ihnen wahrscheinlich auch nicht eingefallen. Ich hätte Sie gar nicht erst danach fragen dürfen«, fügte Josephine hinzu, und es tat ihr aufrichtig leid. »Wie unsensibel von mir, die Vergangenheit wieder ans Licht zu zerren und aus Neugier und Unterhaltungsdrang von Ihnen zu erwarten, dass Sie die Lücken füllen.«

»Du hast recht, es tut weh, und ich habe immer noch ein schlechtes Gewissen. Nicht nur wegen Elizabeth, sondern auch wegen ihrer Mutter. Ihre Hinrichtung hat mein Leben zum Guten gewendet, und wer will schon von einem Tod profitieren?«

»In welcher Hinsicht?«

»Das ist schwer zu erklären, aber was mir von diesem schrecklichen Morgen am deutlichsten in Erinnerung geblieben ist, ist der Augenblick, in dem wir den Hinrichtungsraum betreten haben. Mit deiner Beschreibung von Sachs geistiger Verfassung hast du ins Schwarze getroffen – sie war so verängstigt, dass sie kaum stehen konnte, aber der Gefängnisarzt stand an der Tür, und das schien ihr Kraft zu verleihen. Sie hat sich kurz gefasst, wirklich nur sehr kurz, um sich bei ihm für seine Freundlichkeit zu bedanken. Das werde ich nie vergessen. Sach und Walters nannten sich übrigens beide Krankenschwestern, und zumindest Sach war ausgebildete Hebamme, aber trotzdem haben sie diesen unschuldigen Kindern auf kaltblütigste Weise das Leben genommen und Kapital aus der Verzweiflung anderer Frauen geschlagen. Der Gefängnisarzt war ein fähiger Mediziner, und Sach und Walters hatten seinen Beruf verhöhnt. Wir hätten es ihm nicht verdenken können, wenn er ihnen eine menschliche Behandlung verweigert hätte, aber er legte Sach die Hand auf die Schulter und sagte, sie solle stark sein, und das kam mir damals so unglaublich barmherzig vor.« Sie lachte nervös, und Josephine hatte den Eindruck, es war ihr unangenehm, so leichtfertig so viel preisgegeben zu haben. »Und seitdem versuche ich, dieser Haltung gerecht zu werden.«

»Haben Sie sich deswegen für die Laufbahn als Krankenschwester entschieden?«

»Deswegen habe ich beschlossen, damit weiterzumachen. Vor

meiner Zeit in Holloway hatte ich schon einen Teil der Ausbildung absolviert, und ich habe eine Zeit lang im Krankenflügel gearbeitet. Eins kannst du mir glauben – wenn du dich je ermahnen musst, nicht auf die schiefe Bahn zu geraten, bist du dort an der richtigen Adresse. Die Frauen haben nicht auch nur einen Hauch von Privatsphäre. Ständig werden sie von einer Schwester bewacht, und die berüchtigteren Insassinnen werden von den anderen Gefangenen genaustens im Auge behalten. Du kannst dir sicher vorstellen, was das für eine Atmosphäre schafft, solche Frauen zusammenzuzwängen.«

»Ist dafür wirklich viel Vorstellungskraft nötig?« Josephine ließ den Blick vielsagend über die umliegenden Tische schweifen.

Celia lachte. »Glaub mir, das Essen hier ist besser. Aber im Ernst, wie soll man sich unter solchen Umständen auf einen Prozess vorbereiten?«

»Gibt es noch jemanden aus dem Gefängnis, der vielleicht mit mir reden würde? Was ist mit dem Arzt?«

»Ich glaube, er ist im Krieg gefallen«, erwiderte Celia. »Und sonst fällt mir spontan niemand ein. Ich war noch eine Weile mit Ethel Stuke in Kontakt, der anderen Aufseherin, aber sie ist 1915 bei einem Zeppelinangriff ums Leben gekommen. Billington lebt vielleicht noch, aber Gott weiß, wo. Ein paar Jahre lang war er der einzige Henker. Was aus dem Pfarrer geworden ist, weiß ich nicht, aber er war schon damals ziemlich alt. Ich könnte dir höchstens noch Mary Size anbieten. Sagt dir der Name etwas?«

»Nein.«

»Sie ist derzeit stellvertretende Direktorin in Holloway und hat viel für die Frauen dort und Gefängnisse an sich erreicht. Außerdem ist sie auch Mitglied, ich kann sie dir gerne vorstellen. Sach und Walters waren lange vor ihrer Zeit, aber sie könnte bestimmt mit dir über das Leben im Gefängnis an sich reden, wenn dir das weiterhilft.«

»Gern, vielen Dank. Und was ist aus den Familien der beiden geworden? Sie haben Sachs Ehemann erwähnt.«

»Ja, aber ich weiß nicht, wie du ihn finden solltest, sofern er überhaupt noch lebt.« Sie überlegte kurz. »Walters hatte zwei Nichten, die sie mehrfach besucht haben, aber ich weiß nicht mehr, wie sie hießen und wie viel sie dir erzählen könnten, selbst wenn du sie ausfindig machen würdest. Sie kam mir nicht unbedingt wie ein Familienmensch vor.«

»Was ist mit dem Prozess? Es gab doch sicher Zeugen.«

»Das müsstest du selbst recherchieren. Das liegt alles so lange zurück, und ich komme mir langsam alt vor, wenn ich darüber nachdenke, was in der Zwischenzeit alles passiert ist. Es ist gar nicht so einfach, auf den Anfang der eigenen Karriere zurückzublicken, wenn man dem Ende so nahe ist – eines Tages verstehst du das vielleicht.«

Josephine kam sich etwas bevormundet vor, machte sich jedoch lediglich einen Vermerk zu Walters' Nichten und leerte ihr Glas. »Ich habe noch einige Artikel vor mir«, sagte sie, während sie ihre Papiere zusammensuchte. »Und im schlimmsten Fall schuldet mir die Polizei noch ein paar Gefallen.« Celia hob fragend eine Augenbraue. »Ein guter Freund von mir arbeitet bei Scotland Yard, und ich habe ihm schon öfter ausgeholfen. Was hat es für einen Sinn, Verbindungen bei der Polizei zu haben, wenn man sie nicht ausnutzt?«

»Denk dir einfach etwas aus, Josephine. Ist das nicht dein Talent? Das Leben schreibt immer noch die merkwürdigsten Geschichten. Ich will dir nicht erklären, was du zu tun hast, damit bin ich seit zwanzig Jahren fertig, aber eins muss ich noch loswerden, damit meine Seele Frieden hat: Was damals passiert ist, war weder mysteriös noch faszinierend, es war elend und deprimierend. Sach und Walters waren nichts Besonderes – solche wie sie gab es wie Sand am Meer, und sie waren nicht einmal ausgesprochen gut darin. Falls du über die gewerbsmäßige Ermordung von Kindern schreiben willst, sieh dir mal Amelia Dyer an. Als sie gehängt wurde, hatte sie über vierhundert Säuglinge auf dem Gewissen. Mach nichts aus diesen Frauen, das sie nicht waren. Weder an ihrem Leben noch an ihrem Tod war irgendetwas edel oder heldenhaft.«

»Ich interessiere mich nicht für die Morde.« Josephine ärgerte sich darüber, dass Celia ihr einen Vortrag hielt, doch noch mehr störte es sie, dass sie recht hatte. »Ich bin an der Beziehung zwischen zwei Frauen interessiert, die gemeinsam ein Verbrechen begehen, und daran, wie sich das Vertrauen auflöst, wenn es schiefläuft. Das ist mir bei unserem Gespräch letzte Woche am meisten aufgefallen – die Verbitterung zwischen den beiden, als ihr Tod kurz bevorstand.« Sie spürte, dass sie diesmal wirklich über das Ziel hinausgeschossen war. Für Celia stand sie sicher auf einer Stufe mit den Schaulustigen, die sich ums Schafott gedrängt hatten, bevor Hinrichtungen zur Privatangelegenheit gemacht wurden. »Ich nehme es mir aber zu Herzen.«

»Tut mir leid, dass ich so entmutigend bin. Ich helfe dir natürlich trotzdem, soweit ich kann. Hast du im Moment noch andere Fragen?«

»Nur noch eine. Was passiert direkt im Anschluss an eine Hinrichtung? Ich wollte eigentlich weiterschreiben, aber ich wusste überhaupt nicht, wie.«

»Die Leichen bleiben eine Stunde hängen, dann werden sie abgenommen, gewaschen und für den Gerichtsmediziner und die Geschworenen vorbereitet.«

»Für die Geschworenen?«

Celia nickte. »Dann werden sie in Särge unter die Falltür gelegt, ganz schlichte Holzkisten, und der Mediziner geht die Liste durch, von wegen, die Hinrichtung sei gekonnt durchgeführt worden und der Tod sofort eingetreten – du weißt schon, damit man sich in einer Demokratie besser damit fühlt, was man gerade gemacht hat. In diesem Fall stimmte es sogar, aber andere hatten nicht so viel Glück.« Sie hielt inne. Vermutlich konnte sie die Szene noch so lebhaft vor sich sehen, als hätte sie sich erst gestern abgespielt. »Eins war allerdings ungewöhnlich. Jemand hatte einen Strauß Veilchen auf beide Frauen gelegt.«

»Jemand? Darf ich raten, wer das war?«

»Es ist dein Buch.« Celia lächelte. »Und danke, dass du mir am Ende so viel Mut verliehen hast, aber das ist nicht ganz wahrheitsgetreu. Ich habe es nicht geschafft, Sach in die Augen zu schauen, und ich schäme mich dafür.«

»Was ist Ihnen dabei durch den Kopf gegangen?«

»Es hätte auch mich treffen können«, erwiderte sie, ohne zu zögern. »Was anderes kann man in so einem Moment nicht denken.«

(OHNE TITEL)
VON JOSEPHINE TEY
ERSTER ENTWURF

CLAYMORE HOUSE, EAST FINCHLEY, MITTWOCH, 12. NOVEMBER 1902

Amelia Sach hielt das Kind fest an sich gedrückt und schaute ungeduldig auf die Standuhr, deren gleichmäßiges, zielstrebiges Ticken das Wohnzimmer des Hauses auf der Hertford Road beherrschte. Derzeit kam es ihr vor, als wäre ihr Leben dem Warten unterworfen – dem Warten auf die Ankunft von Kindern, dem Warten auf ihre Abreise, dem Warten auf das nächste schüchterne Klopfen, mit dem der gesamte Ablauf von vorne beginnen würde. Die Uhrzeit, die sie in ihrem Telegramm genannt hatte, war bereits seit zwanzig Minuten verstrichen, und immer noch keine Spur von Walters. Hin und wieder kam ihr der Gedanke, sie verspäte sich absichtlich, um Amelia vor Augen zu führen, wie unabkömmlich sie war, was sie auf sich allein gestellt mit dem Kind einer anderen Frau anfangen würde. Das Kind regte sich auf ihrem Arm und gab einen leisen, zufriedenen Laut von sich. Es war ein wunderschönes Mädchen, kaum ein paar Stunden alt, aber bereits an die seltsame neue Welt gewöhnt, die es so geschäftsmäßig betreten hatte. Die Geburt war unkompliziert verlaufen, sie hatte keinen Arzt rufen müssen, und Amelia betrachtete das Kind dankbar. Es war warm in eine Mütze und ein Tuch gehüllt, die seine Mutter ihm mühevoll gestrickt hatte. Tatsächlich hatte es nur einen angespannten Augenblick gegeben: Als sie das Kind zum Abschied ein letztes Mal zur Mutter brachte, hatte die Frau es derart sehnsüchtig und verzweifelt betrachtet, dass Amelia fast damit rechnete, sie würde es sich anders überlegen; nun wünschte sie insgeheim, sie hätte es getan.

Das warme Bündel erinnerte sie – wie immer – daran, wie

es sich angefühlt hatte, ihre eigene Tochter zum ersten Mal auf dem Arm zu halten. Über vier Jahre waren seitdem vergangen, doch sie erinnerte sich noch so genau daran, als wäre es gestern gewesen. Jedes Mal, wenn sie ihr kleines Mädchen betrachtete, ihre Lizzie, die mit dem rotbraunen Haar und den zarten Gesichtszügen eine Miniaturausgabe ihrer Mutter war, spürte sie dieselbe Mischung aus Glück und Stolz. Nachdem sie jahrelang auf ein Kind gehofft hatte, war ihr die Schwangerschaft wie ein Wunder vorgekommen, und ihr Leben bestand nun aus Gedanken um die Zukunft ihrer Tochter. Sie war fest entschlossen, dass Lizzie sich nie den schwierigen Entscheidungen würde stellen müssen, die sie selbst zu treffen hatte, und tröstete sich mit dem Wissen, dass diese Entscheidungen sich zumindest auszahlten: Ihr Geschäft wuchs mit jedem Tag. Der Regentenwechsel hatte für die ärmeren Schichten nicht den geringsten Unterschied gemacht; immer noch gab es zahlreiche Frauen, die auf jemanden angewiesen waren, der sie von der Schande befreite; wenn sie es nicht täte, würde es eine andere tun. Die Räumlichkeiten auf der Hertford Road waren die größten, die sie bislang bezogen hatte, und Claymore House war ein ansehnliches Gebäude, das sich bestens als Heim für werdende Mütter eignete und sich leicht für Pflegezwecke hatte umgestalten lassen. Ihr standen vier Zimmer zur Verfügung, wobei sie aus rechtlichen Gründen eigentlich immer nur ein Kind auf einmal aufnehmen durfte, doch Finchley lag außerhalb des Einflussgebiets der Inspektoren des Londoner Stadtrats, und nur, weil eine Bestimmung erlassen wurde, bedeutete das noch lange nicht, dass die Behörden für ihre Einhaltung sorgten. Nicht, dass sie etwas zu verbergen hätte. In ihren Annoncen in der Wochenzeitung bot sie angemessene Bedingungen, qualifizierte Betreuung und höchste Sorgsamkeit, und das war die Wahrheit. Über zwanzig Frauen hatten sie in den letzten achtzehn Monaten aufgesucht, und sie würde sich sehr wundern, eine Beschwerde zu erhalten; sie waren aus dem ganzen Land um ihrer Diskretion willen angereist, und ein verschwiegeneres Haus gab es in ganz London nicht.

Sie hörte, wie draußen das eiserne Tor ins Schloss fiel, doch die Schritte waren nicht diejenigen, auf die sie gehofft hatte. Die Haustür wurde zugeknallt, und ihr Mann rief nach ihr. »Ich bin hier, Jacob«, erwiderte sie fröhlich und wiegte das Kind, als es zu weinen begann. Ihr Lächeln verschwand jedoch, als er erst das Kind und dann sie betrachtete und sich schließlich wieder den Mantel überzog. »Jacob? Wo willst du hin? Sei doch nicht albern, Schatz, du bist doch gerade erst nach Hause gekommen. Bleib hier, Jacob – bitte!«

»Wie oft soll ich dir das noch sagen?« Die unterdrückte Wut in seiner Stimme ließ seine Worte bedrohlich wirken. »Ich will diese Frau nicht in meinem Haus sehen, und ich will nichts damit zu tun haben, was ihr treibt. Ich sage das jetzt zum letzten Mal, Amelia – sieh zu, dass es vorbei ist, wenn ich nach Hause komme. Hast du das verstanden?« Kurz glaubte sie, er wolle sie schlagen, und sie hob eine Hand, um das Kind zu beschützen, doch er drehte sich um und ging davon.

»Du willst nichts damit zu tun haben, ja?«, rief sie ihm hinterher. »Aber mein Geld gibst du gerne aus, oder? Und behauptest, das Haus gehört dir, wenn es dir passt, und du hättest hier das Sagen. Bloß mit deiner Frau und Tochter kannst du keine Zeit verbringen.« Doch sie sprach mit einer leeren Diele. Die Haustür fiel erneut knallend ins Schloss, und die Schreie des Kindes wurden lauter. »Schon gut«, sagte sie leise, achtete jedoch nicht weiter auf die Kleine. Sie dachte an Jacob und daran, wie er den Rest des Abends im Joiner's Arms verbringen und sein Selbstmitleid herunterspülen würde. Dafür tat sie das hier? Damit Jacob sich zu Tode trank oder mit einem trunkenen Fehltritt alles riskierte, wofür sie so hart gearbeitet hatte? Wenn das elende Kind doch nur den Mund halten würde, dachte sie ungeduldig, und presste den kleinen Körper fester an sich. Wo zur Hölle war Walters? Das hier war alles ihre Schuld.

Sie ging zurück ins Wohnzimmer und lüftete den Vorhang am großen Erkerfenster, wobei sie geistesabwesend auf das Kind einredete. In der Dunkelheit erspähte sie Walters, die vollkommen unbeschwert die Straße entlanggeschlendert kam. Womöglich hatte ihr Verlass auf Alkohol oder Drogen – Amelia wusste nicht, auf welches von beidem, und es interessierte sie auch nicht – sie derart vom Leben gelöst, dass sie für gewisse Aufgaben besonders gut geeignet war. Ihre Beziehung zu der Frau war merkwürdig, verzerrt. Sie waren durch ihre Arbeit verbunden und auf ein gewisses Vertrauen angewiesen, verdachten es einander jedoch, dass sie nur gemeinsam erfolgreich sein konnten. Wenn sie düsterer Stimmung war, die Distanz zu ihrem Mann spürte und sich um ihr Kind sorgte, kam es Amelia vor, als säße sie in einer Falle, aus der es kein Entkommen gab. Sie wusste zwar, dass diese selbstverschuldet war, hasste Walters jedoch dafür, dass sie sie an ihre Situation erinnerte und als Sündenbock herhalten musste. Viel Intellekt bedurfte es nicht, um zu erkennen, dass das Gefühl auf Gegenseitigkeit beruhte.

Sie öffnete die Tür, bevor Walters klingeln konnte, und ließ sie in die Diele. »Wo zum Teufel haben Sie gesteckt?«, flüsterte sie wütend. »Ich habe siebzehn Uhr gesagt.«

Walter gab ein recht anständiges Bild ab, trug denselben braunen Umhang wie immer, der mit einem schwarzen Band am Hals geschnürt war, doch das Lächeln in dem von ihrem Lebenswandel gezeichneten Gesicht, das deutlich über fünfzig wirkte, stach grotesk hervor und erinnerte Amelia an die bösen alten Weiber aus den Märchen, die sie Lizzie vorlas. Walters' Antwort trug weiter dazu bei. »Ein paar Minuten mehr oder weniger machen für das Kleine doch keinen Unterschied, oder?« Sie streckte die Hände aus. Amelia bemerkte die Schmutzränder unter ihren abgenutzten Fingernägeln und konnte ihren Ekel kaum verbergen, als sie ihr das Bündel überreichte. Sie war auf Hilfe angewiesen, egal, in welcher Form. Walters wusste das und nutzte es bei jeder sich bietenden Gelegenheit aus. Bei einem anderen Besuch war Amelia von einer Patientin gerufen worden, und als sie ins Wohnzimmer zurückkehrte, saß Lizzie bei Walters auf dem Arm. Ihr triumphierender Gesichtsausdruck hatte Amelia eindrücklich ins Gedächtnis gerufen, wie leicht sie einander zerstören konnten, und es bestand kein Zweifel daran, für welche von ihnen mehr auf dem Spiel stand. Nun gab Walters dem Neugeborenen einen Kuss auf die Stirn, und das Kind verstummte sofort. »So ein hübsches kleines Ding«, sagte sie leise und lachte. »Der Abschied wird mir schwerfallen.«

»Ich habe Ihnen das schon mal gesagt.« Amelia bemerkte, wie sehr ihre aufgebrachte Stimme der ihres Mannes ähnelte. »Ich will nicht wissen, was passiert, nachdem Sie hier verschwinden.«

Rasch ging sie zu einem kleinen Schreibtisch in der Ecke, schloss die obere Schublade auf und holte eine Kasse hervor, wobei sie die ganze Zeit über Walters' Blick im Rücken spürte. Während sie dreißig Schilling auszählte, legte Walters das Kind vorsichtig auf dem Sofa ab und schob das Geld in ihren Beutel, ohne dass sie sie dazu aufgefordert hätte. »Ein kleiner Preis für ein reines Gewissen«, sagte sie leise. »Wo ich Ihnen doch die Drecksarbeit abnehme.«

»So war es abgemacht.«

Walters hob das Kind hoch und wickelte es in die dicke Decke, die Amelia bereitgelegt hatte. »Die Abmachung ist eine ganze Weile her, und in letzter Zeit hatte ich ziemlich viel zu tun. Entweder müssen Sie sich der Wahrheit stellen oder ein bisschen mehr für Ihr Nichtwissen bezahlen.«

»Ich kann Sie nicht hören.« Amelia presste den Rest ihres Geldes fest an sich. »Nehmen Sie das Kind und verschwinden Sie.«

»Wie wird es wohl diesmal enden?«, fragte sich Walters laut und strich dem Kind sanft über die Wange. »Fluss oder Müllhalde? Was ist dir lieber, mein Schatz?«

Amelia wandte sich ab und hielt sich die Ohren zu. »Seien Sie still!«, schrie sie. »Verschwinden Sie, sofort!«

Ein leises Klopfen ertönte, und eine junge Frau schaute herein. Sie war die neueste Patientin, und an ihrem runden Bauch war deutlich abzulesen, dass die Niederkunft kurz bevorstand. »Ist alles in Ordnung?« Sie warf Walters und dem Kind einen fragenden Blick zu.

Amelia sammelte sich. »Ja, Ada, alles in Ordnung. Gehen Sie wieder nach oben. Sie sollten sich wirklich ausruhen.«

»Sie sind ja die Güte selbst, wie?«, fragte Walters, sobald sie wieder unter sich waren. »Machen sich immer so viele Gedanken um Ihre Patientinnen. Aber was ist mit mir? Wer kümmert sich um mich? Ich nehme das ganze Risiko auf mich, während Sie friedlich in Ihrem Bett schlummern. Woher soll ich wissen, dass Sie mich nicht ans Messer liefern?«

»Weil wir im selben Boot sitzen.« Amelia war entsetzt, wie zutreffend ihre Antwort war. »Und jetzt gehen Sie schon.« Walters setzte zu einer Antwort an, überlegte es sich jedoch anders und bedachte Amelia lediglich mit einem trotzigen Blick. Amelia hörte, wie die Tür zuging, dicht gefolgt von Schritten aus dem Obergeschoss. Die Mutter des Kindes hatte sich anscheinend aus dem Bett gemüht und war zum Fenster gegangen, um einen letzten Blick auf ihr Kind zu erhaschen. Was um alles in der Welt ihr wohl durch den Kopf ging? Stellte sie sich die wohlhabende feine Dame vor, die ihre Tochter aufziehen würde, oder wusste sie tief in ihrem Inneren, dass ihr Kind zum letzten Mal von jemandem auf dem Arm gehalten wurde? Bei dem Gedanken überkam sie das plötzliche Verlangen, Lizzie zu sehen, und sie eilte hinauf zum Kinderzimmer. Als sie die Tür öffnete, stand Lizzie am Fenster und sah ihre Mutter mit funkelnden Augen an.

»Es ist so kalt, Mummy. Meinst du, es schneit bald?«

»Lange kann es nicht mehr dauern.« Amelia ging zu ihr und nahm sie in den Arm. Sie schauten gemeinsam aus dem Fenster, vorbei an ihren Spiegelbildern in die Dunkelheit des Gartens und der Häuser auf der anderen Seite, und als sie sich selbst neben ihrer unschuldigen Tochter erblickte, kam es Amelia vor, als wäre ihr Gesicht in den letzten Monaten um Jahre gealtert. Wäre es doch nur die äußere Hülle, die mit dem Alter verderben würde, und nicht auch das Herz; die Welt – ihre Welt – wäre ein völlig anderer Ort.

»Was ist das, Mummy?« Lizzie deutete auf die Fünf-Pfund-Noten, die ihre Mutter nicht in die Schublade zurückgelegt hatte.

Sie lächelte. »Das ist Weihnachten.«

Lizzie verzog fragend das Gesicht. »Aber bis Weihnachten ist es doch noch so lange.«

»Nur noch ein paar Wochen, und die vergehen wie im Flug, solange du brav bist.« Sie drückte ihre Tochter fest an sich. »Und eins kann ich dir versprechen – es wird das schönste Fest, das ein kleines Mädchen sich nur vorstellen kann.«

2

Josephine nahm das Blatt aus der Schreibmaschine und legte es auf die anderen. Sie freute sich, dass der Stapel stetig anwuchs, war gleichzeitig jedoch auch froh, wieder eine Zeit lang in der Gegenwart zu leben. Das Gespräch mit Celia hatte sie aus dem Gleichgewicht gebracht, wobei sie nicht genau sagen konnte, weshalb, und es deprimierte sie ungemein, den Ursprung von Lizzie Sachs Selbstmord zurückzuverfolgen. Sie stand auf, um sich die Beine etwas zu vertreten, und merkte dabei plötzlich, dass sie überhaupt keine Lust auf den Komfort und die Privatsphäre ihres Zimmers hatte; sie brauchte Gesellschaft. Es war kurz nach neun und damit noch früh genug, um ein paar Stunden an der Bar zu verbringen, doch sie wollte nicht in Clubpolitik verwickelt werden, und nach belanglosem Geplänkel mit mehr oder weniger Fremden sehnte sie sich auch nicht. Vielleicht wurde es langsam Zeit, sich bemerkbar zu machen und Archie zu besuchen? Um diese Uhrzeit hatte er sicher nichts gegen eine Unterbrechung, und Celias Missfallen würde er mit aufrichtigem Interesse an ihrer Arbeit verdünnen. Selbst wenn er nicht zu Hause war: Nach einem Abend mit Sach und Walters würde sie ein Spaziergang durchs nächtliche West End sicher wieder aufmuntern.

Sie zog sich rasch um und kramte Archies Einzugsgeschenk aus dem Pakethaufen, den Robert ihr aufs Zimmer gebracht hatte, dann besorgte sie noch eine Flasche Wein an der Bar. Es war ungewöhnlich ruhig für diese Uhrzeit, und das einzige bekannte Gesicht unter den wenigen Frauen war Geraldine Ashby. Sie saß allein an einem Tisch, ungeschützt und vermeintlich unbeobachtet, und Josephine war von ihrer Miene überrascht – sie unterschied sich deutlich von der unverderblich guten Laune, die sie sonst zur Schau stellte. Sie beobachtete eine Gruppe junger Krankenschwestern, die offenbar gerade Feierabend hatten, und ihre Traurigkeit ließ sie unnahbar wirken. Als sie merkte, dass sie Gesellschaft hatte, legte sich die Maske jedoch mühelos wieder über ihr Gesicht, wobei ihre flüchtige Melancholie dadurch umso eindrücklicher wirkte.

»Josephine, Gott sei Dank.« Sie kam an die Bar. »Hier ist heute wirklich tote Hose. Du trinkst doch hoffentlich einen mit mir, oder?«

»Tut mir leid, Gerry, heute nicht. Ich wollte nur eben eine Flasche Wein besorgen.« Sie wählte einen Wein von der Liste und wartete, während die Flasche aus dem Keller geholt wurde. »Wo warst du geistig überhaupt? Du wirktest völlig abwesend.«

»Ach, du weißt schon – ein paar hübsche junge Dinger in Uniform, davon kann man sich leicht ablenken lassen.« Die Bemerkung war typisch für Geraldine, doch auf Josephine wirkte es nicht gerade, als stände ihr der Sinn nach zwanglosem Geschäker. »Und wo wir gerade beim Zeitvertreib sind«, fügte sie hinzu. »Wenn du hier feine Tropfen zum Mitnehmen bestellst, hast du doch sicher deinen heimlichen Bewunderer ausfindig gemacht, oder?«

»Ich weiß es nicht genau, aber anders finde ich es nie heraus.« Josephine lächelte. »Ich sage dir morgen Bescheid.«

Die Nacht war wunderbar klar, aber kalt, und Josephine zog ihren Pelzmantel enger um sich, während sie rasch die Oxford Street hinabging und dann auf die Charing Cross Road abbog. Archies neue Wohnung lag auf der Maiden Lane, und sehr zu ihrem Amüsement hatten seine Cousinen Ronnie und Lettice Wind davon bekommen und sich die restlichen drei Wohnungen im selben Haus unter den Nagel gerissen. Mit dem friedlichen Junggesellenleben, das Archie sich ausgemalt hatte, war es somit dahin, aber langweilig würde es sicher nie werden. An der Kreuzung Cranbourn Street und Long Acre blieb sie kurz stehen, um einen Blick die St Martin's Lane hinab zum New Theatre zu werfen, wo in den letzten achtzehn Monaten drei ihrer Stücke aufgeführt worden waren, und sie spürte deutlich die Erleichterung, ganz ohne Verpflichtungen in London zu sein, frei vom Zwang, einer Premiere beizuwohnen oder ihre Arbeit zu bewerben. Shakespeare durfte gern ein Weilchen im Rampenlicht stehen, dachte sie angesichts der *Romeo-und-Julia*-Plakate, die die Fassade bedeckten; sie war zufrieden damit, im Publikum zu sitzen und die Früchte anderer Leute Arbeit zu genießen. Gegenüber im Atelier der Motleys brannte noch Licht, und Josephine wusste aus Erfahrung, dass Lettice und Ronnie wahrscheinlich bis spät in die Nacht arbeiten und die Gala des Cowdray Clubs irgendwie zwischen die Produktionen zwängen würden, mit denen sie gerade beschäftigt waren. Sie widerstand der Versuchung, kurz Hallo zu sagen – ein kurzes Hallo gab es für die Motley-Schwestern nicht –, und ließ die Garrick Street rasch hinter sich.

Die Maiden Lane war eine schmale Straße, die parallel zum Strand verlief und anscheinend als Abkürzung zwischen der Bedford Street und Covent Gardens diente. Josephine ging über das Kopfsteinpflaster an einigen Restaurants vorbei, in denen es gerade ruhig war, die sich jedoch auf die Theatergänger vorbereiteten, und entdeckte Archies Hausnummer neben dem Künstlereingang des Vaudeville Theater. Das Haus war hoch und schmal, und im oberen Stockwerk brannte sehr zu ihrer Freude Licht; im Rest des Hauses herrschte Dunkelheit. Keins der Klingelschilder war beschriftet, also drückte sie kurzerhand alle Knöpfe und wartete. Wenige Minuten später hörte sie, wie jemand die Treppe hinuntergepoltert kam, dann riss Archie wutentbrannt die Tür auf.

»Josephine!« Sein Ärger verblasste, sobald er sie entdecke. »Ich dachte, du kommst erst am Wochenende. Was für eine schöne Überraschung.«

»Ich muss mich auch nicht lange aufhalten, wenn es gerade nicht passt.« Sie gab ihm einen Kuss auf die Wange. »Du wirkst nicht gerade, als könntest du Besuch gebrauchen.«

»Quatsch, ich dachte bloß, du wärst Ronnie. Sie hat sich in den letzten zwei Tagen fünf Mal ausgesperrt, und ich könnte schwören, sie macht es mit Absicht, um mich auf Trab zu halten.« Er lächelte und trat beiseite, um sie hereinzulassen. »Wie schön, dich zu sehen. Was hat es mit der Planänderung auf sich?«

»Ach, nur Recherche für eine neue Buchidee«, erwiderte sie beiläufig und hoffte, er würde nicht fragen, wie lange genau sie schon in London war. »Ich dachte, das lässt sich gut mit der Gala nächste Woche verbinden. Und jetzt, wo ich hier bin, will ich unbedingt deine neue Bude sehen.«

»Erhoff dir mal nicht zu viel. Im Moment macht sie keinen großen Eindruck. Alles ist noch verpackt, und die Möbel fehlen auch. Aber du darfst dir gerne die bequemste Kiste aussuchen.« Er nahm den Wein entgegen und musterte das Etikett beifällig. »Du musst dich allerdings gedulden, solange ich nach anständigen Gläsern suche. Den hier trinken wir jedenfalls nicht aus Tassen.«

Sie folgte ihm die drei Treppenabsätze ins oberste Geschoss. »Schieben Ronnie und Lettice heute Nachtdienst? Im Atelier brannte noch Licht.«

»Irgendwer ist bestimmt noch da«, erwiderte Archie. »Sie sind im Moment mit Arbeit zugeschüttet, und ständig ist die Rede von zusätzlichen Mitarbeitern und Überstunden. Heute haben sie allerdings frei. Die Snipe hat Geburtstag, und sie sind zusammen in *Romeo und Julia*.«

»Die Glückliche. Ich kann es kaum erwarten, mir die Aufführung selbst anzusehen.«

»Ich weiß ja nicht, wie sehr die Snipe das wirklich genießt. Als sie losgezogen sind, meinte sie noch, wenn sie zwei Familien sehen wollte, die einander an den Kragen gehen, hätte sie auch zu Hause bleiben können. Immerhin führen die beiden sie hinterher zum Abendessen aus.«

Josephine lachte. »Ich glaube, selbst Mrs Snipe wird sich dafür begeistern. Peggy gibt wohl eine ganz wunderbare Julia ab, wobei ich Lydia gegenüber das Gegenteil behaupten werde, wenn es sein muss. Sie hat es Johnny immer noch nicht verziehen, dass er ihr die Rolle nicht gegeben hat, und weil in ihrem Leben sonst nicht viel los ist, schmerzt es bestimmt umso mehr.«

»Für Lydia ist es ungewöhnlich, so lange ohne Begleiterin zu sein, oder?«

Archies Bemerkung war leicht dahingesagt, doch es stimmte: Lydia hatte einen legendären Ruf dafür, sich eine Liebhaberin nach der anderen zu angeln und ihrer schnell wieder müde zu werden; nur einmal hatte Josephine sie zufrieden erlebt, doch die Beziehung war im Vorjahr unter schwierigen Umständen gescheitert, und Josephine war mittendrin gewesen. »Ich hoffe, sie versucht es irgendwann noch mal mit Marta«, sagte sie, während Archie sie in die Wohnung führte. »So glücklich war sie davor noch nie.«

»Heißt das, Marta hat sich bei ihr gemeldet?«

»Nicht, dass ich wüsste.« Sie überließ Archie seiner Suche nach angemessenen Gläsern und ging ins Wohnzimmer. Das Chaos war noch größer als erwartet, doch die Kisten, von denen einige willkürlich zur Hälfte entpackt waren, konnten nicht über die Schönheit der Räumlichkeiten hinwegtäuschen. Sie hatte Archie offensichtlich bei der Arbeit unterbrochen. Aus großen Bücherkisten hatte er einen behelfsmäßigen Schreibtisch samt Stuhl gebaut, und in einem Aschenbecher neben einer vollen Tasse Kaffee und einem Stapel Ordner und Unterlagen glühte eine Zigarette. Josephine warf im Vorbeigehen einen Blick auf die Schwarz-Weiß-Aufnahmen, und als sie erkannte, was sie vor sich hatte, war es bereits zu spät. Eine dunkelhaarige Frau um die vierzig lag rücklings auf einem Bett, um ihren Hals war ein Seidenstrumpf gewickelt. Ihr linkes Bein war nackt. Die Schluppe ihrer Bluse hatte sich in dem Strumpf verfangen, und an Hals und Kehle waren Würgemale. Auf dem Kissen, ein paar Zentimeter weiter, lag eine schmale Zahnprothese, die sich vermutlich während des Kampfs aus ihrem Mund gelöst hatte.

»Verdammt«, sagte Archie von der Türschwelle. »Ich hatte ganz vergessen, dass die noch hier liegen.« Er stellte die Gläser ab und räumte die Unterlagen rasch beiseite. »Tut mir leid, das hättest du nicht sehen sollen.«

»Selbst schuld.« Josephine war immer noch leicht schockiert. »Die Arme. Was ist mit ihr passiert?«

»Ich weiß es noch nicht genau. Die Haushaltshilfe hat sie so in ihrer Wohnung in Piccadilly gefunden. Sie hatte Schulden in Höhe von vierzig Guineen für ein paar Pelze, da war die Rede von Suizid, aber Spilsbury ist sich sicher, dass sie ermordet wurde. Eine Nachbarin hat sie am Vorabend mit einem Mann über Geld streiten hören.«

»Aber du weißt nicht, mit wem genau?«

»Nein, und an Kandidaten mangelt es nicht. Vor ihrem Tod stand sie wegen vierundsiebzigfacher Prostitution vor Gericht.«

»Dann verstehe ich auch, wieso du noch nicht ausgepackt hast.« Sie setzte sich auf eine Kiste in der Nähe des Kamins. Dort war bereits ein Feuer angerichtet – die einzige Spur, die Mrs Snipe bislang hatte hinterlassen dürfen –, und Archie warf ihr eine Streichholzschachtel zu, damit sie es anzünden konnte.

»Das ist erst der Anfang«, sagte er, während er vorsichtig den Wein entkorkte. »Ich sitze noch an drei anderen offenen Fällen, vom Papierkram mal abgesehen. Nach einer Unterhauswahl ist es immer das Gleiche – die Leute sollen sich in ihren Betten sicher fühlen, deswegen müssen wir sämtliche Abläufe überholen, und am Ende machen wir doch so weiter wie vorher.« Seufzend betrachtete er die Kisten. »Wahrscheinlich dauert es also noch eine Weile, bis ich mich um die hier kümmern kann. Ich glaube, ich warte einfach noch einen Monat, und alles, was ich bis dahin nicht gebraucht habe, ist überschüssig. Dann kann ich die ganzen Kisten einem guten Zweck zukommen lassen.«

Josephine nickte und hielt die Gläser, während er eine zweite Kiste an den Kamin zog. »Soll ich dir damit helfen?«, fragte sie mit Blick auf das Durcheinander.

»Um Gottes willen, lass uns lieber in Ruhe trinken. Ich bin im Moment so selten hier, dass es eh keine Rolle spielt.«

»Fang vielleicht hiermit an.« Sie reichte ihm ein flaches, quadratisches Päckchen. »Immerhin ist an den Wänden nichts los, da kannst du es vielleicht sogar sehen.«

Gespannt öffnete Archie das braune Packpapier und besah sich begeistert das Bild, ein zartes Aquarell eines von Wäldern umgebenen Sees, ein exaktes Abbild seines Zuhauses in Cornwall, wo sie im Sommer einige Zeit zusammen verbracht hatten. Ganz abgesehen von der persönlichen Bedeutung war das Gemälde herausragend, und so wie bei allen großen Aquarellkünstlerinnen und -künstlern, wirkte das Medium täuschend schlicht. Die winzigen Details in den Bäumen standen in Kontrast zur ungezwungenen Farbgebung des Himmels und der Wasseroberfläche, und Josephine glaubte, den Zauber des Ortes selbst dann spüren zu können, wenn sie nie selbst dort gewesen wäre.

»Loe Pool!«, rief Archie. »Wo um alles in der Welt hast du das gefunden?«

»Ich habe es im Sommer dort gekauft.« Sie freute sich, dass es ihm so gut gefiel. »Ein Maler hat im Ort Urlaub gemacht, und beim Spazierengehen habe ich ihn immer am See gesehen. Er hat währenddessen bestimmt fünfzehn Bilder gemalt, und ich bin ihm so lange auf die Nerven gegangen, bis er mir eins verkauft hat. Wahrscheinlich nur, damit er mich loswurde. Vorhin kam es vom Rahmen zurück.« Sie betrachtete sein Gesicht, während er das Bild anschaute, und wusste, dass er über die tragischen Ereignisse von vor wenigen Monaten nachdachte. »Ich dachte, es erinnert dich vielleicht wieder daran, was für ein schöner Ort es ist«, fügte sie sanft hinzu. »Und kann ein paar der anderen Bilder ersetzen.«

Archie sah zu ihr auf. »Danke«, sagte er leise. »Es ist perfekt.« Er stand auf und hielt das Bild an eine Stelle, wo sein Vorgänger netterweise einen Nagel in der Wand gelassen hatte. »Über den Kamin, oder?« Sie nickte, und er hing es auf, dann erhob er sein Glas. »Auf einen ruhigeren Winter.«

»Darauf trinke ich gern.«

»Und jetzt erzähl mir von deinem neuen Buch.«

Josephine nahm die ihr angebotene Zigarette entgegen, und

Archie lauschte ihr aufmerksam, während sie Sachs und Walters' Verbrechen sowie ihre Verbindung zu Sachs Tochter umriss. »Hast du schon mal von dem Fall gehört?«, fragte sie, als sie fertig war.

Er schüttelte den Kopf. »Nein, aber mit dem Verbrechen an sich bin ich vertraut, und Dyer war mir ein Begriff. Sie stellt mit ihrer Produktivität alle anderen in den Schatten. Aber komisch, dass du es ausgerechnet jetzt erwähnst, das Thema ist aktuell. Gewerbliche Adoptionen stehen auf der Liste der neuen Regierung ziemlich weit oben.«

»Wie bitte? Heißt das, so etwas gibt es immer noch?«

»Und wie. Der Innenminister hat gerade erst ein neues Komitee geformt, das sich mit der gesamten Adoptionsfrage auseinandersetzen soll. Moment.« Er stand auf und kramte in einem Zeitungsstapel, dann streckte er ihr die Dienstagsausgabe der *Daily Mail* entgegen. »Hier – ›Regierung greift bei Adoptionsgewerbe durch‹. Der Prozess läuft heutzutage natürlich anders ab. Die Kinder werden in Länder verkauft, in denen die Adoption eingeborener Kinder illegal ist, aber im Prinzip ist es das Gleiche. Aus ungewollten Kindern Profit schlagen.« Er schenkte ihnen nach, während sie den Zeitungsartikel las. »Wie genau soll das Buch aussehen? Eine fiktionalisierte Darstellung des echten Falls oder eine moderne Version davon?«

»Das weiß ich noch nicht genau. Es unterscheidet sich so sehr von allem anderen, was ich in letzter Zeit geschrieben habe, dass es noch keine Form angenommen hat. Mit *Kif* habe ich wahrscheinlich noch am ehesten die Geschichte eines Verbrechens beleuchtet, ohne es in einen Kriminalroman zu verwandeln, aber hier geht es um einen wahren Fall. Jedenfalls werde ich morgen sämtliche Artikel über den Prozess lesen und so viel wie möglich über die beiden herausfinden, mal sehen, was das bewirkt. Ich glaube, am meisten interessiert mich allerdings, welche Auswirkungen ihre Verbrechen auf die Menschen in ihrem Leben hatten. Sach und Walters haben eine Reihe von Ereignissen in Gang gesetzt, die mit ihrer Hinrichtung nicht einfach endete, und zahlreiche Menschen wurden in Mitleidenschaft gezogen. Ihre Familien, die Mütter der Kinder, die Leute, die sich im Gefängnis um sie kümmern mussten. Es gibt haufenweise Figuren, die nur durch die beiden miteinander verbunden sind und für immer von ihnen verändert wurden. Denk nur mal darüber nach, was aus Elizabeth Sach geworden ist, und das war fast fünfzehn Jahre später. Ich glaube, wenn ich sie nicht gekannt und erlebt hätte, wie lange solche Verbrechen nachwirken, würde ich mich nicht an den Stoff heranwagen.«

»Interessant. Dein Buch fängt also dort an, wo die meisten anderen aufhören.«

»Könnte man wohl so sagen.« Sie lächelte. »In Detektivromanen bekommt man es nur selten mit den Folgen zu tun oder damit, dass das Leben weitergeht. Oder auch nicht, in Lizzies Fall. Lizzie hätte nie ihren Frieden mit den Taten ihrer Mutter schließen können, weil ihr die Chance verweigert wurde, mit ihr darüber zu sprechen. Das ist in der Todesstrafe nicht vorgesehen.« Sie stellte ihr Glas ab, um Kohle nachzulegen. »Aber schön, dass du es interessant findest. Nach meinem Gespräch mit Celia vorhin kamen mir ein paar Zweifel. Sie hat mich nicht gerade ermutigt.«

»Der Name kommt mir bekannt vor. Du meintest, sie war eine der Aufseherinnen?«

»Genau. Und sie leistet viel Wohltätigkeitsarbeit, deswegen steht sie oft in der Zeitung. Meistens in einem Atemzug mit der Queen.«

Er lachte angesichts ihrer angewiderten Miene. »In der Regel nehme ich mir die Gesellschaftsseiten nicht als Erstes vor.«

»Ich auch nicht. Und sie hat mir erzählt, dass sie deine Leute in den Cowdray Club gerufen hat, vielleicht hast du da ihren Namen gehört. Wobei ich nicht dachte, dass es ernst genug ist, um den Inspektor damit zu belästigen.«

»Ach ja, stimmt, die anonymen Briefe. Ich wusste doch, dass mir der Name kürzlich untergekommen ist.«

»Briefe?«

»Tut mir leid, das hätte ich eigentlich für mich behalten sollen, aber es klang, als wüsstest du schon davon.«

»Ich weiß nichts über irgendwelche anonymen Briefe. Celia meinte, es ginge um Diebstahl.«

»Ja, davon gab es wohl auch ein paar, aber du hast recht, damit würden wir uns nicht befassen. Unangenehme Briefe an die Reichen und Schönen sind allerdings ein anderes Paar Schuhe. Die Frau des Polizeichefs ist Mitglied.«

»Inwiefern unangenehm?«

»Gehässig ist wahrscheinlich die beste Beschreibung. Es wird zwar niemand explizit bedroht, aber die Schwächen der Empfängerinnen werden äußerst geschickt ausgenutzt. Vier Leute, die dort arbeiten oder im Gremium sitzen, haben bislang welche erhalten, darunter auch Miss Bannerman.«

»Stammen sie von jemandem aus dem Club?«

»Das wissen wir noch nicht, und ich kann auch nicht auf Einzelheiten eingehen, aber der- oder diejenige scheint die Frauen zu kennen, Willkür ist es also eher nicht.«

»Wie verstörend. Celia meinte, es gebe Ärger zwischen den Krankenschwestern und den anderen Mitgliedern. Ob das wohl etwas damit zu tun hat?«

»Möglich ist es. Du musst dir allerdings keine Sorgen machen, die Schreiben gehen nur an Leute, die eng in die Führung des Clubs verwickelt sind. Oder hast du etwa auch merkwürdige Briefe erhalten?«

Josephine beschloss, ihm die Wahrheit zu sagen. »Nichts in der Art, nein. Bloß eine mysteriöse Gardenie, für die niemand verantwortlich sein wollte.«

»Wie bitte?«, fragte er in gespielter Empörung. »Heißt das, jemand hat dich vor mir in der Stadt begrüßt? Da muss ich wohl eine Schippe drauflegen.«

»Dann warte wenigstens, bis die andere hinüber ist. Mein Zimmer ist zu klein für ein Blumengeschäft.« Sie leerte ihr Glas. »Ich mache mich besser auf den Weg. Es ist schon spät, und mir steht ein langer Vormittag im British Museum bevor.«

»Ich bringe dich zurück. Es sei denn, du willst lieber Taxi fahren?«

»Nein, lass uns zu Fuß gehen.« Sie gingen hinaus Richtung Leicester Square, und Josephine hakte sich bei Archie unter. Egal, wie viel Zeit zwischen ihren Treffen verstrich – mittlerweile fühlten sie sich in der Gesellschaft des anderen stets direkt wohl, und Josephine genoss das Gefühl. So war es nicht immer gewesen: Als Josephines Geliebter – Archies bester Freund – an der Somme fiel, gab Archie sich die Schuld daran, und die Entfernung, die sich daraufhin zwischen ihnen ausbreitete, die Unmöglichkeit, je nachzuempfinden, was der andere fühlte, war nur eine von vielen Arten, in denen der Krieg das Leben derjenigen in Mitleidenschaft gezogen hatte, die ihn überstanden hatten. Sie wusste, dass ihre Beziehung nie unkompliziert sein würde – darauf waren sie beide nicht ausgelegt –, doch sie hatten gelernt, mit ihren Beschränkungen zurechtzukommen, und verließen sich auf Ehrlichkeit und gegenseitiges Verständnis, welches sie beides nur ineinander fanden. »Ich frage mich, wieso Celia mir nichts von diesen Briefen erzählt hat«, sagte Josephine, während sie sich ihren Weg durch die Nachteulen in Piccadilly bahnten.

»Wahrscheinlich hat sie bloß den Ruf des Clubs im Hinterkopf. Du bist nicht nur eine Bekannte, sondern auch eine Kundin, und sie will die Mitglieder sicher nicht beunruhigen. Sie hat Bilanzen zu ziehen, und ihre Kundinnen zahlen für Diskretion und Privatsphäre. Da muss so etwas nun wirklich nicht ans Licht kommen, besonders vor der Gala am Montag, wenn sie ohnehin im Rampenlicht stehen.«

»Du kommst doch noch mit, oder?«

»Natürlich, wobei mir das Ganze jetzt schon zum Hals raushängt. Wenn ich Lettice und Ronnie mal zu Gesicht bekomme, gibt es kein anderes Thema.«

»Für den Club ist es allerdings ein echter Coup, dass Noël und Gertie kommen, zumal *Tonight at 8.30* noch gar nicht in London aufgeführt wurde.«

»Hat nicht irgendeine Verwandte von Noël was mit dem Cowdray Club zu tun?«

»Ja, seine Tante. Wegen ihr hat er auch zugesagt, sofern ein Teil des Erlöses dem Weisenhaus der Schauspieler zugutekommt. Dort ist er Präsident und nimmt seine Rolle anscheinend sehr ernst. Das wird wahrscheinlich ein frischer Streitpunkt – weniger Geld für die Krankenschwestern.«

»Könnte ein interessanter Abend werden. Anonyme Schreiben, Wohltätigkeitsorganisationen, die einander an die Gurgel gehen. Wahrscheinlich spannender, als darauf zu warten, was für eine schmeichelhafte Rolle sich Noël diesmal auf den Leib geschrieben hat.«

Sie versetzte ihm einen spielerischen Schlag auf die Schulter. »Jetzt tu doch mal nicht so. Du warst doch damals von *Private Lives* begeistert. Ich kann mich sogar noch recht gut daran erinnern, wie du auf der Party danach kaum den Mund aufbekommen hast, als Gertie mit dir gesprochen hat, und wir haben alle gehört, wie die Eiswürfel geklappert haben, als du ihren Drink halten solltest.«

»Schon gut, schon gut.« Er hob abwehrend die Hände. »Ich habe eine Schwäche für Miss Lawrence, aber die werde ich im Griff behalten.« Vor dem Cowdray Club blieben sie stehen. »Ich weiß zwar noch nicht, wie viel Zeit ich am Wochenende habe, aber ich würde mich gern mit dir treffen. Hast du schon was vor?«

»Nur Arbeit, und ich wollte bei deinen Cousinen vorbeischauen, um mein Kleid für die Gala anzuprobieren. Sie haben mir noch nichts verraten, aber sie haben mir mittlerweile schon genug Kleider geschneidert, um meinen Geschmack zu kennen.«

»Ich habe es schon gesehen, und ich glaube, du wirst nicht enttäuscht sein. Soll ich anrufen, wenn ich genauer Bescheid weiß?«

»Ja, bitte. Im Odeon läuft der neue Hitchcock, den könnten wir uns anschauen.«

»Perfekt, aber vielleicht müssen wir das kurzfristig entscheiden.«

»Kein Problem. Ich bin die meiste Zeit hier.«

»Darf ich überhaupt rein, wenn ich nicht beruflich unterwegs bin?«

»Nur, falls ich mich für dich verbürge, also spar dir lieber weitere Kommentare zu Gertrude Lawrence.« Sie gab ihm einen Kuss auf die Wange und lief rasch die Treppe zum Eingang hinauf, wobei ihr viel leichter ums Herz war als bei ihrem Aufbruch. Der Aufzug war immer noch außer Betrieb, und widerwillig stieg sie die Treppe hinauf. Celia Bannerman würde sich schämen, wenn sie sehen könnte, wie sie auf dem Absatz eine Pause einlegen mussten. Anstey-Schülerinnen durften nicht schnaufen, selbst wenn sie allmählich in die Jahre kamen. Beschämt erreichte sie den dritten Stock und stellte verwundert fest, dass ihre Zimmertür nur angelehnt war. Drinnen brannte Licht, obwohl sie wusste, dass sie es gelöscht hatte, und die Hassbriefe, die ihr in Archies Wohnung unendlich weit entfernt vorgekommen waren, fühlten sich plötzlich deutlich greifbarer an. Vorsichtig schob sie die Tür ein Stück weiter auf. Ihre Schreibtischlampe war eingeschaltet, und das Mädchen, mit dem sie vorhin zusammengestoßen war, stand neben ihrem Stuhl und blätterte sich durch den Papierstapel, den Josephine neben der Schreibmaschine hatte liegen lassen.

Josephine war gleichzeitig verärgert und erleichtert. »Was machen Sie hier um diese Uhrzeit?«

Das Mädchen zuckte zusammen und ließ die Seiten fallen, als hätte sie sich daran verbrannt. Als sie sich umdrehte, wurde deutlich, dass sie geweint hatte. »Es tut mir so leid, Miss. Ich hab nur die Vase hochgebracht, die Sie haben wollten, und ich ... ich ...« Sie konnte die Tränen nicht länger zurückhalten, drängte sich an Josephine vorbei und rannte den Flur entlang zur Treppe.

Josephine war immer noch leicht erschüttert und sah sich rasch um, ob irgendetwas fehlte, dann beugte sie sich vor, um die Blätter aufzusammeln. Sie brachte sie wieder in die richtige Reihenfolge, wobei sie bemerkte, dass die Tinte auf den neuesten Seiten an einigen Stellen verschmiert war. Hatte Lucy deswegen geweint? Sie war wütend, dass die Kleine etwas gelesen hatte, das sie nichts anging, und gleichzeitig wütend auf sich selbst, weil sie ihre Arbeit offen liegen gelassen hatte. Oder war etwas anderes im Club vorgefallen? Nun machte sie sich Sorgen und ging rasch zurück zur Treppe, um Lucy zurückzurufen, doch von ihr war keine Spur.

3

»Immer diese beschissene Wohltätigkeit.« Ronnie zog die Tür zum Atelier hinter sich zu und sackte dagegen, als wäre ihr ein wildes Tier auf den Fersen. »Von mir aus soll sie ruhig zu Hause anfangen, aber ich dachte nicht, dass wir jeden Morgen, Mittag und Abend damit leben müssen. Ich weiß wirklich nicht, wieso wir uns das antun.«

Lettice sah von ihrem Entwurf auf und wusch ihren Pinsel kraftvoll in einer bestoßenen Bauernkanne aus, der der Griff fehlte, so wie den meisten Antiquitäten in ihrer Sammlung. »Kopf hoch, meine Liebe«, erwiderte sie fröhlich. »Wir haben es fast geschafft.«

»Ach ja? Mit den Kostümen sind wir vielleicht fast fertig, aber irgendwer ...« – Ronnie warf ihrer Schwester einen bedeutungsvollen Blick zu –, »... irgendwer musste ja zustimmen, die Abendgarderobe für die ganzen Wohltäterinnen zu schneidern und den Erlös zu spenden. Jetzt müssen wir nicht nur die lächerliche Gala einkleiden, sondern auch noch sämtliche Mitglieder des verdammten Cowdray Clubs.« Lettice sah vorwurfsvoll auf. »Na gut, nur acht davon, aber es fühlt sich an wie der ganze Club.«

»Sieben, meine Liebe. Josephine darfst du nicht mitzählen. Ich freue mich schon so auf sie.«

»Das stimmt. Aber ich werde nie verstehen, wie sie sich mehrere Wochen am Stück mit diesen Weibern am Cavendish Square herumschlagen kann.«

»Es ist eben praktisch, und bei uns hätte sie jedenfalls nicht unterkommen können. Hier herrscht das reinste Chaos, und in der Maiden Lane ist es noch schlimmer. Im Club ist es allerdings wohl ziemlich komfortabel.«

»Das glaube ich gern, aber so viele Frauen auf einem Haufen ...« Ronnie schüttelte sich. »Das kann doch nicht gesund sein, und dann sind sie auch noch alle so langweilig. Mir fallen bei der Anprobe immer fast die Augen zu. Anproben, die wir deiner Großzügigkeit zu verdanken haben.«

»Ich dachte eben, es wäre eine nette Geste, auch die Roben zu schneidern«, erwiderte Lettice und steckte sich den Pinsel in den Mund, um eine feine Spitze zu bilden. »Die Krankenschwestern sind ein guter Zweck, und die Damen im Gremium arbeiten so hart, um Gelder für sie zu sammeln.«

»Harte Arbeit? Mit einem Glas Schampus in der Hand durch den Raum scharwenzeln?«

»Die Galas sind doch nicht alles.«

»Stimmt, zwei Mal im Jahr tauschen sie die maßgeschneiderten Kleider gegen Overalls und meinen dann, sie wüssten, wie sich harte Arbeit anfühlt.« Sie warf entnervt die Hände in die Luft. »Mir fällt auch eine nette Geste ein, aber die kann ich im Sitzen machen.« Sie steckte sich eine Zigarette an und demonstrierte ihre Geste. »Und natürlich muss es ausgerechnet dann sein, wenn wir in Arbeit ertrinken. Vor Weihnachten müssen wir noch Wendys Ballett ausstatten, und über *Bitter Harvest* haben wir noch überhaupt nicht nachgedacht. Lange kann es nicht mehr dauern, bis der Regisseur die Entwürfe sehen will. Anscheinend haben wir vergessen, dass wir eigentlich im Theater arbeiten. Celia Bannerman und Amy Coward werden sich in einer Wolke aus Seide und Chiffon auf dem Weg zur Bank prächtig amüsieren, während unsere Firma den Bach runtergeht.«

»Um Gottes willen, meine Liebe, jetzt übertreibst du aber.« Es klopfte an der Tür, und ein hübsches dunkelhaariges Mädchen steckte den Kopf herein. Ihr Gesicht hätte besser auf die Leinwand gepasst als hinter eine Nähmaschine, und Lettice lächelte sie, froh um die Unterbrechung, an. »Marjorie, was gibt es?«

»Mrs Reader hat gesagt, dass uns die schwarzen Stiftperlen

ausgegangen sind, und jemand aus dem Club hat gerade angerufen, um nach den Mustern für die Accessoires zu fragen. Sie haben wohl gesagt, eine von uns würde sie vorbeibringen. Soll ich gleich zwei Fliegen mit einer Klappe schlagen?«

»Nur wenn ich mir die Fliegen aussuchen darf«, murmelte Ronnie sarkastisch.

»Achte nicht auf sie«, sagte Lettice. »Ja, bitte, das wäre sehr hilfreich. Aber es kann sein, dass wir noch ein paar andere Sachen von Debenhams brauchen. In fünf Minuten kann ich dir eine Liste geben.«

Marjorie schloss die Tür hinter sich, und Ronnie hob eine Augenbraue. »Ich übertreibe also, ja? Accessoires? Sie müssen nur mit den teuer manikürten Fingern schnipsen, und schon kommen wir angelaufen, und wofür? Zur Beweihräucherung einer Handvoll gelangweilter Weiber mit zu viel Zeit und Geld. Na los, gibs schon zu, du weißt doch, dass ich recht habe.« Sie stand auf und schaute ihrer Schwester über die Schulter. »Mensch, das ist wirklich toll.« Sie bewunderte das filigrane Bild, das gerade vollendet wurde. »Jetzt sag bloß nicht, dass wir das verschenken.«

»Natürlich nicht.« Lettice riss das feste weiße Papier ungeduldig vom Block und wedelte damit, um es schneller zu trocknen. »Während du vor dich hin palavert hast, war ich bei der Arbeit.« Sie reichte ihr selbstgefällig die Zeichnung. »Wie du siehst, hat Wendys Ballett auch ohne dich Form angenommen.« Sie genoss Ronnies überraschte Miene und fuhr fort: »Außerdem ist nicht alle Wohltätigkeit selbstlos. Marjorie kam über das Rehabilitierungsprogramm aus dem Gefängnis zu uns, und jetzt ist sie unsere beste Schneiderin.«

»Na gut, das will ich ja gar nicht bestreiten, aber Rehabilitierung unterscheidet sich doch gewaltig von Einmischen und Spenden sammeln. Ich bin sehr stolz darauf, dass Marjorie dank uns einen Neuanfang hatte. Sie ist auch nicht mehr ganz so vorlaut wie am Anfang.«

Lettice lachte. »Da, wo sie herkommt, darf man sich nicht so leicht unterbuttern lassen. Außerdem freue ich mich immer, wenn dir jemand das Wasser reichen kann.« Sie stand auf und ging zu der Glastür, die den Schneiderbereich vom kleinen Atelier der Schwestern trennte. »Und die anderen Mädchen mögen sie anscheinend auch. Ich hatte ja Angst, dass sie es ihr am Anfang ein bisschen schwer machen, aber sie hat sich direkt eingewöhnt. Kaum zu glauben, dass sie erst seit sechs Monaten bei uns ist.«

Ronnie drückte ihre Zigarette aus und trat zu ihrer Schwester ans Fenster. »Kaum zu glauben, dass das hier überhaupt existiert.« Sie betrachtete den Raum voller Frauen, die alle in eine Reihe kleiner individueller Aufgaben vertieft waren, die zusammen ein bemerkenswert erfolgreiches Ganzes ergaben – eine Firma, die mittlerweile zwei Häuser auf der St Martin's Lane füllte und sechzig Mitarbeiter hatte, darunter dreißig Schneiderinnen in Vollzeit. »Die letzten achtzehn Monate waren verrückt, oder? Erst *Hamlet* und jetzt *Romeo*, und wir bekommen die besten Besprechungen aller Zeiten. Johnny hat uns wirklich Glück gebracht.«

»Und Josephine. Wenn *Richard von Bordeaux* nicht so erfolgreich gewesen wäre, hätte vermutlich keine von uns so viel Spielraum.«

Sie sahen zu, wie ihre Chefschneiderin einem der neueren Mädchen zeigte, wie sie mit einem Stück wunderschönen, weichen Krepps umzugehen hatte, ihr gut zuredete, als sie einen Fehler machte, und dann geduldig von vorne begann. »Ach, Hilda«, sagte Ronnie liebevoll. »Weißt du noch, wie sie uns beigebracht hat, Stoffe zuzuschneiden und uns Kostüme auszudenken? Sie war die Nichte des Dorfschneiders, und wir konnten die Nadelspitze nicht von der Öse unterscheiden. Wer hätte gedacht, dass wir eines Tages zusammen hier sitzen?«

»Gott sei Dank macht es ihr noch genauso viel Spaß wie uns. Wahrscheinlich könnten wir uns die Schneiderinnen und Leiterinnen jetzt aussuchen, aber ohne Hilda würde der ganze Laden den Bach runtergehen.«

»Dann beten wir besser dafür, dass sie bei uns bleibt. Und

solange wir noch an der Sonnenseite stehen, können wir uns wahrscheinlich ein paar verschenkte Kleider leisten. Schick die Kleine besser schnell mit den Mustern rüber.«

Lettice notierte ein paar Dinge auf einem Zettel und ging ins Schneiderzimmer, um die Liste zu übergeben. »Sie sollen es auf unser Konto setzen«, sagte sie, während sie Marjorie einen Haufen bunter Materialien in den Arm drückte, die es zu verpacken galt. »Und bring die Muster mit diesem Brief hier zu Miss Bannerman. Wir haben nur noch ein paar Tage Zeit, um Änderungen vorzunehmen, wenn sie also ein paar von den Frauen heute Nachmittag herschicken könnte, würde uns das ungemein helfen. Aber trödle nicht, wir haben heute noch so viel zu tun. Nimm den Bus, und sei spätestens heute Mittag wieder hier.«

»Und vergiss das Wechselgeld nicht.« Ronnie zwinkerte Marjorie zu. »Wir kennen dich doch.«

»Wenn Sie mich wirklich kennen würden, würden Sie rot anlaufen«, erwiderte Marjorie fröhlich und zwinkerte zurück. »Bis später, falls mir in der Zwischenzeit keiner ein besseres Angebot macht.«

Marjorie ging den Flur hinab zu der Kammer, in der die Mädchen ihre Überbekleidung aufbewahrten, und wühlte sich auf der Suche nach ihrem bescheidenen Regenmantel durch die Schichten aus Mänteln und Schals, die sich jeden Morgen dort ansammelten. An den Stangen hing eine bunte Mischung aus Kleidungsstücken, die als Modekatalog der letzten zwanzig Jahre dienten – die Motley-Schwestern zahlten zwar einen gerechten Lohn, aber einen anständigen Mantel würde man kaum rasch aus Modegründen ersetzen, wenn man ihn sich erst mal geleistet hatte, sogar hier nicht. Die unterschiedlichen Größen und Formen erinnerten sie an ihren letzten Tag im Gefängnis, als sie an mehreren Entlassungsspinden vorbeigeschritten war, die auf sämtlichen Flohmärkten Londons Aufsehen erregt hätten – Petticoats, Röcke und handgestrickte Pullover, manche davon in absurden Farben, andere ausgeblichen und eintönig; manche zerrissen und befleckt, manche eleganter und respektabler. Ihr bot sich ein kurzer Blick auf die pausierten Leben, die irgendwann erneut beginnen würden, und all das spielte eine große Rolle, da die Frauen in ihrer Kleidung ihr altes Ich wiederentdecken, dem gleichmachenden Effekt des Gefängnisses und dem Verlust der Individualität – ja, der Weiblichkeit – entkommen würden, die standardmäßig zu Holloway gehörten.

Schließlich fand sie ihren Mantel und zog den Gürtel fest, wobei sie daran dachte, wie sie am Ende ihrer letzten Haftstrafe einen Pelzmantel in einer der Zellen gesehen hatte, der nach monatelanger sorgfältiger Einlagerung aussah wie neu. Ein schwarzes Kleid aus Chinakrepp hing daneben auf einem Bügel, und auf der Bank lagen eine frisch gewaschene, zusammengelegte schwarze Seidenunterhose, ein Paar Strümpfe sowie ein hellrosa Büstenhalter. Marjorie hatte kurz innegehalten, war von den ihr so fremden Kleidern wie gefesselt gewesen und hatte sich ausgemalt, wie die Unterwäsche sich wohl getragen anfühlen würde. In was für ein Leben würde sie in solcher Kleidung zurückkehren? Die Gefängniswärterin hatte sie jedoch unsanft weiter zum Ende der Reihe geschoben, und sie wurde wieder zu Marjorie Baker, die hinter Gittern mit den Besten mithalten konnte, in Freiheit jedoch nichts Besonderes war. Der Anblick ihrer eigenen Kleider raubte ihr auch noch die letzten Illusionen. Hierfür war kein Kleiderbügel nötig – die abgetragene Wollstrickjacke, der gebrauchte Rock und die locker sitzenden Strümpfe, die an mehreren Stellen ausgebessert waren – genau wie ihr Leben – lagen in einem formlosen Stapel auf einem Stuhl. Sie war im Winter eingeliefert worden; nun war es Mai, aber zu Hause hatte sich niemand die Mühe gemacht, ihr passendere Kleider zu bringen, und sie war zu stolz gewesen, um Hilfe aus dem Gefängnislager anzunehmen. Sie schüttelte die Erinnerung ab, nahm sich das Paket und die Umschläge, entdeckte dann jedoch einen Lippenstift, der aus einer Manteltasche ragte, und bediente sich. Es wäre nur zu leicht, ein paar Kröten aus den Taschen ihrer Kolleginnen zu ziehen, doch der Diebstahl würde mit Sicherheit auf sie zurückfallen, und außerdem beklaute sie nicht gerne Leute, die mit ihr auf einer Stufe standen. Sie betrachtete ihr Spiegelbild in einer kleinen Puderdose, die netterweise jemand hatte liegen lassen, und steckte den Lippenstift dann wieder an seinen Platz. Selbst jetzt, sechs Monate nach ihrer Entlassung, bekam sie den Anblick der eleganten Kleidung nicht aus dem Kopf. Aber genau darin lag ihr Problem, das hatte ihre Mutter oft gesagt, und Marjorie wusste, dass sie recht hatte. Sie war nie zufrieden, noch nie gewesen. Sie wollte immer noch mehr.

Nicht, dass es viel gegeben hätte, womit sie zufrieden sein könnte, dachte sie, während sie vorsichtig die eiserne Treppe hinabging, die auf einen gepflasterten Hinterhof führte. Ihre Kindheit auf der Campbell Road – die Art von Straße, über die man besser log, wenn man sich auch nur den Hauch einer Chance auf Arbeit bewahren wollte – war nicht gerade der ideale Start ins Leben. Sieben Parteien teilten sich die Nummer 35, und die Bakers bewohnten ein Zimmer ganz oben, gegenüber von einem Messerwetzer und seiner Familie. An ihren Wohnverhältnissen war nichts ungewöhnliches; das Muster setzte sich die ganze Straße entlang fort, und im Mai hatte sie laut lachen müssen, als das alte Banner mit der Aufschrift *Arm, aber loyal* zum Thronjubiläum hervorgekramt wurde, so wie an jedem Nationalfeiertag. Es hing zwischen zerschlissenen Wimpelketten und verblassten Union Jacks, doch die Frage lautete: Loyal gegenüber wem oder was? Einem König, der nicht einmal wusste, dass es sie gab? Oder den guten alten Tagen des gemeinschaftlichen Lebens, in denen sich die Campbell Road irgendwie durchschlug, sich von draußen nicht reinreden ließ? Die einzigen Leute, die das wirklich glaubten, hatten mit Sicherheit nie dort gewohnt. Was Marjorie anging, lag der einzige Vorteil der Straße in der günstigen Lage zu Holloway; wenigstens musste sie sich bei ihrer Entlassung keine Gedanken um Geld für den Bus machen.

Sie überquerte die St Martin's Lane und ging durch Cecil Court, wobei sie an zwei Theatern vorbeikam, bevor sie die Charing Cross Road erreichte. Sie konnte den Bus schon sehen und musste rennen, um ihn noch zu erwischen, aber um diese Uhrzeit war auf den Gehwegen nicht viel los, und sie kam rechtzeitig an der Haltestelle an. Obwohl fast niemand im Bus war, räumte ein Mann auf dem unteren Deck seinen Platz für sie. Sie lächelte höflich und starrte dann angestrengt aus dem Fenster, damit er keinen Nutzen aus seinem Edelmut schlagen und sie in ein Gespräch verwickeln konnte. Eins hatte ihr Vater sie gelehrt, und zwar, dass man sich nicht auf Männer verlassen durfte, und sie war schon lange Meisterin darin, niemanden auf den Gedanken kommen zu lassen, ihr hübsches Äußeres böte Anlass zur Hoffnung. Ihr Vater war schon immer ein Nichtsnutz gewesen, soweit sie zurückdenken konnte. Als Bauarbeiter war er in ganz Nord-London unterwegs, doch sie konnten von Glück reden, wenn er mit dreißig Schilling die Woche nach Hause kam. Wenn er gerade keine Arbeit hatte, landete er wegen Kleinkriminalität immer wieder hinter Gittern. Außerdem war er Schürzenjäger – sie wusste, was das war, lange bevor sie das Wort dafür kannte – und hatte die Nachkriegsjahre ausgenutzt, sich an Frauen bedient, die mangels Männern und Eheaussichten dazu bereit gewesen waren, ihre Ansprüche zu senken und sich mit dem Anteil an der Ehe einer anderen zufriedenzugeben. Sie hasste seine Schwäche und seinen billigen Opportunismus, verachtete ihre Mutter jedoch noch mehr, da sie es zuließ. In der stummen Akzeptanz ihres Schicksals hatte Marjorie ein Bild ihrer eigenen Zukunft gesehen, bei dem ihre Alarmglocken schrillten, lauter und anhaltender als sämtliche Abschreckungsmittel, mit denen irgendeine Anstalt aufwarten konnte, und es lehrte sie, Eigenständigkeit zu ihrem Grundprinzip zu machen – egal, wie viel Ärger es ihr einbrockte oder welche Konsequenzen es mit sich brachte.

Sie betätigte die Glocke, damit der Bus sie am Oxford Circus absetzte, und schlenderte dann die Holles Street entlang. Sie genoss das Gefühl, mit gutem Grund durch ein anständiges Viertel zu gehen. Dieses Mal würde es doch sicher anders werden, oder? Sie hatte eine neue Stelle, die Arbeit war abwechslungsreich, und sie war gut darin. Sie hatte Freundinnen, manche aus

Holloway und manche aus dem geselligen Atelier der Motleys. Und zum ersten Mal in ihrem Leben sah sie einen Ausweg aus der Campbell Road. Das sollte doch reichen. Dennoch nagte die Unzufriedenheit an ihr, dennoch wusste sie, dass sie früher oder später etwas anderem nachjagen und ihrer Mutter damit recht geben würde. »Wir kennen dich doch«, waren Miss Motleys Worte gewesen. Marjorie wusste zwar, dass sie das nicht böse gemeint hatte, doch der Kommentar deutete auf eine vorhersehbare Zukunft hin, auf die Unmöglichkeit von Veränderung, und das deprimierte sie. Vor dem Cavendish Square Nummer 20 zögerte sie kurz, und nachdem sie sich vergewissert hatte, dass sie ordentlich und präsentabel aussah, schritt sie kühn durch die Türen des Cowdray Clubs, wobei es sie überraschte, wie bereitwillig sie sich ihr öffneten. Es stimmte, dass die Leute ihren Schlag kannten, aber sie wussten nicht, was sie sein *könnte*; das wusste nicht einmal sie selbst. Vielleicht hätte sie dieses Mal die Chance, es herauszufinden.

Sie blieb geduldig im Foyer stehen und wartete ab, dass die Empfangsdame ihr Telefonat beenden würde. Im Gefängnis lernte man, andere als Typen zu sehen statt als Menschen. Die Empfangsdame zog das Telefonat in die Länge, ließ sie warten und bedachte die vorbeigehenden Mitglieder mit einem einstudierten Lächeln, wobei sie zu glauben schien, sie gehöre dazu, und Marjorie wusste sofort, um was für eine Art Mensch es sich bei ihr handelte. Dieser kleine Bereich, in dem die Leute kamen und gingen, sich aber nie lange aufhielten, war das einzige Reich, das sie je kennen würde. Sollte sie es doch haben. Da draußen gab es eine ganze weite Welt, und sie würde sich von dieser glorifizierten Annahmestelle sicher nicht einschüchtern lassen. »Kann ich Ihnen helfen?«, fragte die Frau schließlich und sah Marjorie widerwillig an.

»Ich habe eine Lieferung von Motley für die Gala.« Sie legte das Paket mit den Stoffen auf die Theke. »Für Miss Bannerman.«

»Die können Sie bei mir lassen«, erwiderte die Empfangsdame mit einem abweisenden Nicken.

»Ich habe auch eine Nachricht von Miss Motley«, fuhr Marjorie unbeirrt fort. »Sie wäre sehr dankbar, wenn Sie Miss Bannerman alles direkt zukommen lassen würden.«

Die Frau seufzte tief. »Miss Bannerman hat heute Morgen viel zu tun, aber ich bin mir sicher, sie kümmert sich um diese ...« – sie gestikulierte in Richtung des Päckchens – »... anscheinend so dringende Sache, sobald sie Zeit dafür hat.«

Marjorie setzte gerade zur Widerrede an, da versetzte ihr jemand einen herzhaften Schlag auf die Schulter. »Baker, wie schön, Sie zu sehen!« Der irische Akzent war unverkennbar, gleichzeitig warm und souverän. Marjorie genoss die überraschte Miene der Empfangsdame und drehte sich um, um Mary Size zu begrüßen, doch sie freute sich nicht nur aus Gründen der Überlegenheit darüber, der stellvertretenden Direktorin von Holloway zu begegnen. Wie die meisten Frauen, die unter ihrer Aufsicht eine Haftstrafe abgesessen hatten, hegte Marjorie einen aufrichtigen Respekt für Miss Size und deren Herangehensweise an ihre schwierige und oft undankbare Arbeit. Ihrer langen Aufgabenliste zum Trotz konnte sich Marjorie nicht daran erinnern, dass sie je jemandem einen Termin verweigert hatte, egal ob Insassin oder Mitarbeiterin, und sie lauschte einer belanglosen Anfrage genauso geduldig und unvoreingenommen wie einer ernsten Beschwerde, was ihren Gesprächspartnerinnen wichtiger war als alles andere. Miss Size wusste instinktiv, was Frauen in Gefangenschaft wichtig war. Ihre Reformen reichten zwar nicht an ihre Ideale heran, doch sie arbeitete leidenschaftlich an Verbesserung. Ihretwegen hingen nun Spiegel und Fotografien in den Zellen, und Marjorie war nicht die erste Entlassene, die ihre Anstellung Miss Size' einfallsreicher Hintergrundarbeit zu verdanken hatte.

»Baker und ich kennen uns schon ewig, Miss Timpson«, erklärte die Direktorin, der die erstaunte Miene der Empfangsdame anscheinend ebenso viel Freude bereitete wie Marjorie. »Stimmts, Baker?«

»Ja, Miss. Jetzt schon seit drei Haftstrafen, oder?«

»Ihren Sinn für Humor haben Sie jedenfalls nicht verloren. Was bringt Sie in diese Ecke? Wollen Sie Peters besuchen?«

»Nein, ich bin dienstlich für Motley hier, wegen der Gala nächste Woche.«

»Ach ja, darauf freue ich mich schon. Muss ich das Kleid eigentlich abholen?«

»Nein, Miss, wir bringen alles zum Club. Aber Sie müssten erst zur Anprobe vorbeikommen, nur damit wir wissen, ob alles stimmt. Deswegen bin ich auch hier«, fügte sie mit einem bedeutungsvollen Blick zu dieser Timpson hinzu. »Miss Motley muss alle so schnell wie möglich sehen, für den Fall, dass wir noch Änderungen vornehmen müssen.«

»Na gut, dann komme ich nach dem Mittagessen auf dem Weg zurück ins Gefängnis vorbei. Passt das?«

»Natürlich, Miss. Wir nehmen alle, die heute noch nichts vorhaben.«

»Moment, ich schaue mal, wer da ist.« Marjorie lächelte Miss Timpson aufreizend an, während Mary Size in die Bar hineinschaute. »Gerry«, rief sie. »Du gehst doch auch zur Gala, oder? Kommst du mal bitte?« Die Frau, die daraufhin im Foyer erschien, trug einen umwerfenden Hosenanzug von Schiaparelli, und Marjorie erinnerte sich daran, sie einmal bei Motley gesehen zu haben. Sie war die Art Frau, die sich unmöglich vergessen ließ. »Wir müssen noch mal zur Anprobe. Kannst du Miss Baker einen Gefallen tun und heute Nachmittag auf der St Martin's Lane vorbeischauen?«

Geraldine lächelte. »Es wäre mir ein Vergnügen.« Sie ging auf Marjorie zu und strich ihr unverfroren über die Wange. »Schön, Sie wiederzusehen, Miss Baker. Kümmern Sie sich heute Nachmittag wieder um mich?«

»Das weiß ich noch nicht, Miss«, erwiderte Marjorie bescheiden. »Wobei ich Mrs Reader sagen könnte, dass Sie nach mir persönlich verlangt haben.«

»Genau, machen Sie das. Ich komme gegen fünf, aber falls ich mich verspäte, warten Sie doch sicher auf mich.«

»Ich werde es notieren. Lady Ashby, richtig?«

»Stimmt«, sagte sie, während sie wieder Richtung Bar davonglitt. »Wie lieb, dass Sie sich noch daran erinnern.«

»Sie haben doch hoffentlich noch Kontakt zu Peters, oder?«, fragte Miss Size, während sich Marjorie den Termin aufschrieb. »Sie waren ihr während ihres Aufenthalts bei uns eine gute Freundin, und mir wäre es lieb, wenn Sie sie im Auge behalten, jetzt wo Sie beide wieder frei sind.«

»O ja, Miss. Wir gehen zusammen aus und amüsieren uns, wenn wir Zeit dafür haben. Letztes Wochenende waren wir unterwegs, und gestern habe ich sie auch gesehen. Wirkte ganz normal, ein bisschen still vielleicht.«

»Na, das ist ja zu erwarten, aber sie wird schon wieder munter werden. Wollen Sie ihr kurz Hallo sagen, wo Sie schon hier sind? Ich bin mir sicher, Miss Timpson holt sie Ihnen gern.« Sie klang höflich, doch in ihrem Blick funkelte es, als sie sich der Rezeption zuwandte. »Das wäre doch kein Problem, oder?«

»Lucy Peters hat erst in zehn Minuten Pause.« Miss Timpson blieb so standhaft, wie sie konnte. »Aber ich lasse ihr ausrichten, dass Miss, ähm, Miss Baker sie sehen möchte.«

»Wunderbar. Dann bis später, Baker.«

Sie verschwand im Inneren des Clubs, und Marjorie blieb mit einer sichtlich pikierten Miss Timpson zurück. »Wenn Sie dann draußen warten möchten«, sagte sie. »Ich sage Lucy Bescheid, dass Sie hier sind. Fraternisierung des Personals ist in unseren Räumen nicht gestattet.«

Marjorie machte sich nicht die Mühe, dem zu widersprechen, da sie die Begegnung klar für sich entschieden hatte, und schlenderte zu einer Bank auf dem Cavendish Square. Es war kalt, aber nicht unangenehm, und die Sonne schien. Sie nahm Platz und zündete sich eine Zigarette an, wobei sie nervös die Uhr an der Fassade der Westminster Bank im Blick behielt. Heute war kein guter Tag, um sich bei den Motleys unbeliebt zu machen, und sie wollte gerade aufgeben und ihren anderen Besorgungen nachgehen, da erschien Lucy an der Ecke Henrietta Street.

Marjorie winkte sie zu sich. »Wo zum Teufel warst du?«, fragte sie. »Ich warte hier seit einer Viertelstunde, und wenn ich um zwölf nicht zurück bin, schmeißen die mich hochkant raus.«

»Tut mir leid, aber die Trulla am Empfang hat mir befohlen, sämtliche Aschenbecher im Salon auszuwischen, bevor ich gehen durfte.« Lucy nahm die angebotene Zigarette dankbar entgegen. »Aber ich bin froh, dass du hier bist. Du musst mir einen Gefallen tun.« Sie zog einen kleinen silbernen Fotorahmen aus der Schürzentasche. »Kannst du eine Weile für mich darauf aufpassen?«

Marjorie betrachtete das Bild einer Frau mit einem kleinen Kind. »Wo hast du das her?«

Lucy mied ihren Blick. »Stand auf einem Schreibtisch. Ich weiß, ich hätte es nicht nehmen sollen, aber ich konnte nicht anders – sie ist so niedlich. In meinem Zimmer kann ich es nicht aufbewahren.« Marjorie merkte, dass Lucy fast die Tränen kamen. »Ich habe gehört, wie Bannerman meinte, sie müssen die Polizei einschalten, und die schauen dann zuerst bei mir vorbei, so wie immer.«

»Das hier ist es doch wirklich nicht wert, oder?« Marjorie war wütend über die Dummheit ihrer Freundin. »Was zum Teufel hast du dir dabei gedacht?« Als sie jedoch Lucys traurigen Gesichtsausdruck bemerkte, schlug sie einen sanfteren Ton an. »Hör zu, Lucy, du musst vorsichtiger sein.« Sie legte ihr einen Arm um die Schulter. »Du musst das alles hinter dir lassen und dein Leben weiterleben, und du veränderst garantiert nichts, indem du irgendwelchen Plunder klaust.«

»Du hast gut reden. Du hast eine tolle Stelle mit anderen Mädchen, und einen Kerl, der sich um dich kümmern würde, wenn du ihn lassen würdest.«

Marjorie lachte verächtlich. »Der würde sich doch nur um sich selbst kümmern«, erwiderte sie. »Das musst du doch selbst am besten wissen. Männer sind alle gleich, egal, woher sie kommen, und wenn wir darauf warten, dass ein Mann uns hilft, können wir das Leben gleich vergessen. Du bist selbst für dein

Glück verantwortlich, Luce, aber doch nicht so.« Sie hielt den Rahmen hoch und steckte ihn sich dann in die Tasche. »Ich pass drauf auf, aber behalt deine Finger ab sofort bei dir – ich hab was viel Besseres für uns.« Sie lächelte und kniff Lucy in die Wange, um sie aufzumuntern. »Was, das für uns beide reicht. Wenn wir schon wieder untergehen, dann richtig, oder?« Das sollte ein Witz sein, doch Lucys besorgter Gesichtsausdruck ärgerte sie. »Wünschst du dir wirklich nichts Besseres als das hier?«, fragte sie ungeduldig. »Tische putzen, während die da drin auf dich herabschauen?«

»So schlimm ist es auch wieder nicht«, gab Lucy trotzig zurück. »Ich habe ein Dach über dem Kopf und verdiene ein bisschen Geld.«

»Genau, und dafür sollst du denen tagein, tagaus dankbar sein. Hast du denn schon vergessen, worüber wir gesprochen haben? Dass wir irgendwann unsere eigene Wohnung haben, Blumen auf dem Tisch, Freunde, die wir besuchen können. Ein Grammofon. Ab und zu vielleicht sogar mal ins Kino?« Ein Lächeln schlich sich in Lucys Gesicht. »Schon besser«, fuhr Marjorie fort. »Davon kann uns niemand abhalten, solange wir uns schlau verhalten.«

»Vielleicht. Aber willst du mir nicht wenigstens erzählen, was du vorhast?«

»Besser, wenn du es jetzt noch nicht weißt. Aber du vertraust mir doch, oder?«

Lucy nickte widerwillig. »Ich mach mich lieber wieder auf den Weg«, sagte sie. »Ich will heute nicht noch mehr Ärger.«

Marjorie nahm sie in den Arm, und sie gingen zurück zum Club. »Anscheinend bist du gerade noch rechtzeitig raus, Lucy.« Auf der gegenüberliegenden Straßenseite stieg ein Mann mittleren Alters aus einem Auto. »Wenn das kein Bulle ist, fress ich 'nen Besen.« Lucy folgte ihrem Blick, und Marjorie sah, wie sich Angst über ihr Gesicht legte. »Kopf hoch, Kleine«, sagte sie. »Dir passiert schon nichts. Sonst hast du doch nichts in deinem Zimmer versteckt, oder?« Lucy schüttelte den Kopf. »Gut, dann musst du dir auch keine Gedanken machen. Morgen Nachmittag hast du frei, oder?«

»Ja, um eins ist Schluss.«

»Dann hole ich dich ab, und wir gehen eine Runde spazieren. Vielleicht habe ich dann sogar schon gute Nachrichten für dich.«

»Worüber?«

»Über unsere Zukunft.« Sie warf den Zigarettenstummel auf den Boden und trat ihn aus, dann gab sie Lucy einen Kuss auf die Wange. »Schreib schon mal alle Filme auf, die du gerne sehen würdest«, rief sie ihr im Gehen noch zu.

»Richten Sie dem Sergeanten aus, dass ich gleich bei ihm bin.« Celia legte den Hörer auf und seufzte tief. Miss Timpsons Verkündung, Scotland Yard stünde im Foyer, fühlte sich an wie persönliches Versagen. Das Missfallen in der Stimme der Empfangsdame war überhaupt nicht nötig; sie verstand auch so, dass das Eintreffen des Polizisten alles bedrohte, was sie im Laufe der Jahre für den Cowdray Club erreicht hatte und noch erreichen wollte. Sie hatte keine Wahl gehabt – die Empfängerinnen der Briefe bestanden darauf, dass die Polizei eingeschaltet wurde, doch damit war ein Prozess in Gang gesetzt worden, über den sie keine Kontrolle besaß, und dabei war ihr unwohl, womöglich sogar leicht bang. Wie viele Frauen würden es ihr danken, wenn in ihre Privatsphäre eingedrungen, ihre Vergangenheit überprüft würde? Sicher war sie nicht die Einzige, die bestimmte Entscheidungen in ihrem Leben bereute. Und selbst, falls die Sache zur allgemeinen Zufriedenheit geklärt werden sollte, wäre sie immer noch dafür verantwortlich, dass es so weit gekommen war, und es wäre ein Beweis dafür, dass Lady Cowdray ihr besser nicht vertraut hätte.

Natürlich würde sie die Präsidentin ins Bild setzen müssen. Der Club wurde zwar separat geführt, war jedoch über die Finanzierung und seinen Ruf mit dem College of Nursing verbunden, und was auch immer in der einen Organisation nicht stimmte, würde bald in die andere sickern. Sie konnte von

Glück reden, dass sie die Vorfälle so lange unter Verschluss gehalten hatte, doch es fehlte ihr gerade noch, dass Miriam Sharpe ohne Vorwarnung einem Beamten Scotland Yards gegenüberstünde. Sie und Miriam stammten aus unterschiedlichen Bereichen: Sharpe war eine praktisch veranlagte Traditionalistin, voller vernichtender Kommentare über die Veränderungen, die sich im Laufe der Jahre in der Medizin vollzogen hatten, und ihre Beziehung war nie leicht gewesen. Lady Cowdray hatte ihre unterschiedlichen Talente zu Lebzeiten in einer zerbrechlichen, aber effektiven Partnerschaft vereint, doch nun drohten die verschiedenen Sichtweisen jeden Moment in offene Feindseligkeit umzukippen. In dieser Situation befand Celia sich in der Defensive, und aus reiner Höflichkeit sollte sie Miriam Sharpe anbieten, dem Gespräch beizuwohnen, das ihr bevorstand. Widerwillig griff sie nach dem Hörer.

»Miriam Sharpe.«

»Miriam, hast du kurz Zeit? Ich muss dringend mit dir sprechen. Kann ich auf dem Weg nach unten kurz bei dir vorbeischauen?«

»Spar dir die Mühe, ich war gerade auf dem Weg zu dir.«

Die Verbindung brach ab, und keine Minute später klopfte es an der Tür. »Herein«, rief Celia, doch die Präsidentin des College of Nursing benötigte keine Aufforderung. Sie schritt quer durch das Zimmer, ignorierte den angebotenen Platz und knallte eine Ausgabe der *Times* auf Celias Schreibtisch. »Was hat das zu bedeuten?« Ihr Gesicht war weiß vor Zorn.

»Das ist eine Anzeige für die Gala.«

»Ich weiß, was es ist, und es ist schon schlimm genug, dass du Krankenschwestern ihrer finanziellen und beruflichen Unabhängigkeit beraubst, indem du in ihrem Namen um Spenden bittest, aber dann verschweigst du auch noch, dass du etwas vom Erlös für einen privaten Frauenclub abzapfst? Abscheulich.«

»Um Himmels willen, wir zapfen doch überhaupt nichts ab. Wir sammeln Spenden, die zwei aufeinander angewiesene Organisationen unterstützen sollen.« Gerade war wohl nicht der richtige Zeitpunkt, um darauf hinzuweisen, dass ein weiterer Anteil dem Weisenhaus der Schauspieler zufließen würde, womit sie sich die Unterstützung Noël Cowards gesichert hatten.

»Du tust gerade so, als wäre es Betrug.«

»Ist es ja auch. Willst du mir wirklich weismachen, dass die Leute, die das hier lesen, nicht davon ausgehen, dass ihr Geld direkt den Bedürfnissen unserer Krankenschwestern zufließt? So habt ihr es doch mit Absicht formuliert.«

»Und das ist der gesamte Zweck des Clubs. Haben die Schwestern es vielleicht nicht verdient, sich zu entspannen und etwas Luxus zu genießen? Glaubst du nicht, sie arbeiten dann effektiver und bekräftigter? Du lebst hinter dem Mond, Miriam – das sind Frauen, keine Maschinen. Es ist nicht mehr so wie früher.«

»Ach ja? Und was hat sich verändert? Wer sich anderen hingibt, wird immer noch übergangen und mit Füßen getreten. Nach dem Krieg war es doch genau das Gleiche – wie viel von dem Geld, das im Namen Not leidender Krankenschwestern gesammelt wurde, ist ihnen tatsächlich zugeflossen? Das ging doch alles für Bauarbeiten oder Verwaltungskosten drauf. Wann verstehst du endlich, dass wir keine Lust mehr darauf haben, jedes Mal als schamlose Bettler vorgeschoben zu werden, wenn Geld gebraucht wird? In der Krankenpflege ist kein Platz für Politik, und das wird sich auch nie ändern.«

»Willst du mir wirklich weismachen, dass du den Wert von Politik nicht siehst? Die ganzen Leserbriefe in der *Times* kommen nicht von ungefähr, wir wissen alle, dass du dahintersteckst. Du hast eben Wort für Wort daraus zitiert. Aber wenn du glaubst, ich würde zulassen, dass du diesen Ort entzweist, dann hast du dich geschnitten.« Sie holte tief Luft, bevor sie es zu weit treiben konnte; sie hatte Sharpe nicht verärgern wollen, noch bevor sie ihr erklärt hatte, wer unten auf sie wartete. »Deswegen habe ich dich jedenfalls nicht angerufen«, sagte sie ungeduldig. »Wir hatten leider mehrere Diebstähle im Club, und ein, zwei Gremiumsmitglieder haben unschöne Briefe erhalten, anonym natürlich. Das College ist davon nicht betroffen, aber ich musste die Polizei einschalten und wollte dich darüber ins Bild setzen.«

»Nicht betroffen? Wie kannst du so etwas sagen? Du bist noch viel verblendeter, als ich dachte. Natürlich betrifft es uns. So ein schlechter Ruf bleibt nicht praktischerweise in einer Schublade, nur weil du es dir so wünschst.«

»Du machst aus einer Mücke einen Elefanten. Es ist bloß ...«

»Es ist bloß deine Entscheidung, ehemalige Häftlinge in die Organisation zu holen. Ich habe dir doch gesagt, was passieren wird, aber du wolltest ja nicht auf mich hören. Und schon wieder müssen wir Krankenschwestern als Versuchskaninchen für deine Rehabilitierungsbemühungen dienen.«

»Es besteht kein Grund zur Annahme, dass eins der Mädchen aus Holloway hinter den Diebstählen oder den Briefen steckt, wobei wir das natürlich überprüfen werden.«

»Natürlich war es eine von ihnen! Die Katze lässt das Mausen nicht.«

»Du würdest sie wahrscheinlich am liebsten alle einsperren und den Schlüssel wegschmeißen. Bist du schon mal auf den Gedanken gekommen, dass sie eine zweite Chance verdient haben?«

»Und bist du jemals auf den Gedanken gekommen, dass du vielleicht lieber im Gefängnisdienst geblieben wärst, wenn du Verbrecherinnen helfen willst? Du redest so blumig davon, den Horizont der Schwestern zu erweitern – indem du ihnen beibringst, wie man prellt und klaut? Was Lady Cowdray wohl davon gehalten hätte.«

Celia schnellte aus ihrem Sessel und schlug aufgebracht auf den Schreibtisch. »Ich kenne Lady Cowdray besser als alle anderen hier, also erzähl mir bitte nicht, was sie von irgendwas halten würde.« Das Telefon klingelte, und sie schnappte sich den Hörer. »Ja? Nein, Miss Timpson, natürlich habe ich nicht vergessen, dass er hier ist. Erzählen Sie doch keinen Stuss. Ich komme sofort.« Sie versuchte, sich wieder zu fassen, und betrachtete

Miriam Sharpe. Dann sprach sie mit unnatürlich ruhiger Stimme weiter. »Ich muss mich jetzt mit der Polizei unterhalten. Möchtest du mitkommen und hören, was er zu sagen hat?«

»Wieso sollte ich? Das hier ist dein Problem, und wie du schon gesagt hast, es hat nichts mit mir zu tun.« Sharpe machte auf dem Absatz kehrt und ging zur Tür, hielt jedoch kurz inne, bevor sie verschwand. »Du hast das Ziel aus den Augen verloren, Celia. Denk bloß nicht, dass ich dir helfen werde, wenn dein Reich zu Staub zerfällt.«

Nachdem Marjorie rasch die benötigten Sachen bei Debenhams besorgt hatte, rannte sie die Stufen zum Atelier um genau Viertel vor eins nach oben. »Alles gut im Club?«, fragte Hilda Reader, als Marjorie die Perlen auf dem Arbeitstisch ablegte.

»Ja, Mrs Reader. Miss Bannerman hatte zu tun, aber ich habe mit Miss Size gesprochen, und sie kommt heute Nachmittag zur Anprobe, genau wie Lady Ashby.«

»Sehr gut. Dann kannst du jetzt auch Pause machen. Du hast Besuch.«

»Wie bitte?«

»Dein Vater ist hier. Er meinte, du wüsstest Bescheid.« Marjorie wusste, dass ihr Gesichtsausdruck ihn bereits Lügen gestraft hatte, doch Hilda Reader war zu diskret, um sich dazu zu äußern. »Er sagte, er wartet auf der anderen Straßenseite auf dich.«

Bestimmt im Pub, dachte Marjorie, während sie wieder nach unten eilte. Ob ihr Wut und Scham wohl ins Gesicht geschrieben standen? Und natürlich saß ihr Vater in einer Ecke des Salisbury Arms und leerte gerade sein Glas, als sie hereinkam. »Was zum Teufel machst du hier?« Sie setzte sich ihm gegenüber.

»Komm schon, Süße, besonders freundlich ist das ja nicht, oder?«, sagte er. »Heute ist Freitag. Ich dachte, du hast vielleicht ein bisschen Lohn für mich.«

»Da hast du falsch gedacht. Wir werden erst bei Feierabend bezahlt, aber mach dir mal keine Hoffnung. Ich würde dir sowieso nichts geben, das da war dein letztes Bier.«

»Aber deine Mutter hat am Sonntag Geburtstag, Süße. Willst du nicht, dass sie was Schönes bekommt?«

»Das beste Geschenk wäre es, wenn du verschwindest und uns in Ruhe lässt.«

»Ach, das meinst du doch gar nicht so. Hüpf doch noch mal schnell über die Straße und frag die nette Dame, ob du deinen Lohn jetzt schon haben kannst. Ist ja nicht so, als würdest du dich heute Nachmittag aus dem Staub machen, und sie hat bestimmt Verständnis, wenn es für deinen Vater ist.«

»Als ob. Ich habe hier endlich eine richtige Chance, und das lasse ich mir von dir nicht kaputt machen.«

Sie stand auf, doch er packte sie am Handgelenk. »Mach dir doch nichts vor«, schnaubte er verächtlich. »Du weißt genauso gut wie ich, dass deine neuen Freundinnen nicht so toll sind, wie alle behaupten. Für die wirst du immer die billige, kleine Gaunerin sein. Du hast es im Blut, ich muss es ja wissen. Ehe du dich's versiehst, sitzt du wieder, und bis dahin hole ich alles aus dir raus, was geht.«

Marjorie zog die Hand weg, wobei sie versehentlich sein Glas umstieß. Blind vor Wut und Angst, ihr Vater könnte recht behalten, hob sie eine Scherbe auf und ging damit auf ihn los. Er hielt sich die Hände vors Gesicht, und zum ersten Mal in ihrem Leben fühlte sich Marjorie stärker als er. Das Machtgefälle hatte sich urplötzlich verschoben. Wie war es ihr entgangen, dass er ein alter Mann geworden war? Die Erkenntnis schien ihren Vater genauso sehr zu treffen wie sie; er schwieg, als sie die Scherbe sanft auf den Tisch legte und den Pub verließ.

4

Sowohl ihr Notizbuch als auch ihre Hände waren mit Tinte überzogen, als Josephine aus dem Zeitungsraum des British Museum trat. Die zahlreichen Artikel über den Prozess geisterten ihr im Kopf herum – die wortgetreuen Zeugenaussagen aus der *Times*, die vehementen Meinungen, die im *Echo* abgedruckt worden waren, sowie die ausführlichen, beschreibenden Kommentare im *Telegraph*. Bevor sie das Gebäude verließ, konnte sie der Versuchung nicht widerstehen, kurz den großen Lesesaal mit der beeindruckenden Kuppel zu betreten. Sie setzte sich an einen der lederbezogenen Lesetische, die wie Speichen vom Regalkreis in der Mitte des Raums abgingen, und fasste die interessantesten Aspekte des Falls zusammen, solange sie die Artikel und Berichte noch frisch im Gedächtnis hatte. Sie wusste zwar noch nicht, wie sie die Geschichte gestalten würde, stellte allerdings zufrieden fest, dass es eine Reihe bestechender Szenen gab, die sich bestens zur Nacherzählung eigneten. Aus ihrer juristisch nicht sonderlich bewanderten Perspektive stellten sich einige Fragen über den Prozess und den Mangel an Beweisen der Verteidigung, und sie freute sich darauf, alles mit Archie zu besprechen. Nach der weiterführenden Lektüre schien sich ihr ursprünglicher Instinkt jedenfalls bewahrheitet zu haben – es war das Machtverhältnis zwischen den beiden Frauen, das den Roman vorantreiben würde, und die Auswirkungen, die es auf die Menschen in ihrem Leben hatte. Die sozialen Bedingungen waren ebenfalls interessant; sie war von der Vielzahl anderer Berichte über Kinderverwahrlosung, -misshandlung und -aussetzung überrascht gewesen, auf die sie nebenbei gestoßen war.

Celia hatte recht: Sach und Walters waren mit ihren Verbrechen nicht allein. Im gleichen Zeitraum waren mindestens vier andere Frauen gefasst worden, die sich gewerbsmäßig ungewollter Kinder entledigt hatten.

Sie trat hinaus in die angenehm diesige Wintersonne und machte sich zum Mittagessen auf den Weg zum Cowdray Club, wobei die frische Luft ihre gedrückte Stimmung deutlich hob. Mit der vergangenen Woche hatte sich der November in London seinen schlechten Ruf jedenfalls nicht verdient. Ja, es war kalt, doch die Bäume auf dem Cavendish Square hatten ihre Blätter noch nicht abgeworfen. Der gedeckte Goldton, der sich durch das Geäst zog, deutete zwar schon auf die düstere Jahreszeit hin, doch die eigentümliche Schönheit des Monats mit seinen Rot- und Gelbtönen ließ sich nicht verleugnen.

»Miss Tey! Was für eine schöne Überraschung!«

Josephine schaute zum Eingang des Clubs und entdeckte dort zu ihrer Überraschung Bill Fallowfield, der Archie als Detective Sergeant unterstellt war. Neben ihm stand Celia, und ihrer verärgerten Miene nach zu urteilen, hatte er gerade ein wichtiges Gespräch unterbrochen, um sie zu begrüßen.

»Die Überraschung ist ganz meinerseits«, erwiderte sie lächelnd. Sie hatte eine Schwäche für Bill und bewunderte seine Loyalität ebenso sehr wie seine gute Laune, die ihn und Archie – nach dessen eigener Aussage – durch die schwierigsten Zeiten trug. »Was bringt Sie hierher? Die ersten Weihnachtseinkäufe erledigen?«

»Schön wärs, Miss«, erwiderte er. »Nein, das mache ich leider erst an Heiligabend.«

Er behielt den Grund seiner Anwesenheit diskret für sich, und Josephine gab nicht zu erkennen, wie viel sie bereits wusste. »Die Diebstähle?«, fragte sie an Celia gewandt, die daraufhin nickte. »Ist es wirklich so ernst?«

»Ich fürchte, ja. Wie gesagt, etwas wirklich Wertvolles wurde nicht gestohlen, aber darum geht es nicht. Es darf nicht den

Anschein haben, dass wir die Sicherheit unserer Mitglieder auf die leichte Schulter nehmen, sofern uns der Ruf des Clubs etwas bedeutet. Wenn das hier an die Öffentlichkeit gelangt, werden wir mit Sicherheit darunter leiden.«

»Wir werden alles tun, was in unserer Macht steht, damit es nicht außer Kontrolle gerät, Miss Bannerman. Sie haben mir sehr weitergeholfen.« Er wandte sich wieder an Josephine. »Inspector Penrose hat mir überhaupt nicht erzählt, dass Sie in London sind«, sagte er in gespielter Empörung. »Da muss ich wohl nachher ein ernstes Wörtchen mit ihm wechseln.«

Josephine wirkte beschämt. »Er wusste es ja selbst bis gestern Abend nicht. Ich konnte ein paar Tage früher anreisen als geplant.« Sie hoffte, Celia würde die genauen Daten für sich behalten. »Und ich musste einiges an Arbeit nachholen.«

»Für ein Buch oder ein Stück?«, fragte er vorsichtig.

»Ein Buch.« Sie wusste, dass er sich darüber freuen würde. Fallowfield war ein begeisterter Leser ihrer Romane und von Kriminalliteratur im Allgemeinen, aber mit Stücken »hatte er es nicht so« und war insgeheim der Meinung, sie würde ihr Talent damit vergeuden. »Wissen Sie was, Bill?« Sie betrachtete ihn nachdenklich. »Vielleicht können Sie mir ja helfen.« Fallowfield wirkte zwar jünger, war aber bereits über fünfzig, und damit wusste er aus eigener Erfahrung, wie es während der fraglichen Periode zugegangen war. »Wissen Sie irgendetwas über die Kindsmörderinnen von Finchley?«

Er wirkte interessiert. »Sie meinen Sach und Walters? Oje, das versetzt mich ja direkt zurück. Die Namen habe ich schon seit Jahren nicht mehr gehört.«

»Es versetzt Sie zurück?« Josephine wagte kaum zu hoffen.

»Ja, Miss«, antwortete er. »Komisch, dass Sie danach fragen – ich war damals in dem Auto, das die Billingtons am Tag vor der Hinrichtung nach Holloway gebracht hat.«

»Sie haben die Henker ins Gefängnis gebracht?« Sie konnte kaum der Versuchung widerstehen, ihm um den Hals zu fallen.

»Ja, mit meinem damaligen Sergeanten. Bei so was mussten

immer zwei von uns ran, falls es Probleme gab. Das muss mittlerweile über dreißig Jahre her sein.« Er schüttelte den Kopf, als könnte er nicht glauben, wie schnell die Zeit vergangen war. »Ich war noch nicht lange dabei, und das war eine meiner ersten Aufgaben, zumindest die erste dieser Art. Das werde ich nie vergessen.«

Seine Worte ähnelten Celias. Wie viele Menschen – junge, beeinflussbare Menschen, die gerade erst beruflich Fuß fassten – doch von den Verbrechen der beiden in Mitleidenschaft gezogen waren. »Würden Sie mir bei Gelegenheit davon erzählen?«

»Natürlich, Miss. Ich helfe Ihnen gern, und vielleicht kann ich auch noch ein paar andere Leute auftreiben, mit denen Sie reden könnten. Ich hab noch zu vielen von damals Kontakt.«

Celia räusperte sich. »Solange Ihnen dann noch genug Zeit bleibt, sich auf ungelöste Verbrechen zu konzentrieren«, bemerkte sie. »Bagatelldiebstahl ist natürlich nicht so glamourös wie systematischer Kindsmord, aber für diejenigen, deren Habseligkeiten bedroht sind, ist es doch etwas dringlicher.«

Mit diesem erfolgreichen Abschiedshieb schritt sie entschlossen zurück in den Club, wie um zu sagen, dass sich andere wohl ebenfalls besser wieder ihrer Arbeit zuwenden würden. Josephine und Bill sahen einander an, und Bill hob fragend eine Augenbraue. »Wieso kommt es mir vor, als wäre ich wieder in der Schule?«

»Fragen Sie mich mal«, erwiderte Josephine. »Mich hat sie nämlich wirklich unterrichtet.«

»Ach ja?«

»Und sie war als Wärterin in Holloway für Sach zuständig. Eigentlich war sie sogar der Grund dafür, weshalb ich überhaupt mit der Geschichte angefangen habe. Sie war bei der Hinrichtung dabei.«

»Meine Güte.« Bill sah Celia mit frischem Respekt nach. »Da lag ich wohl mit meiner Annahme daneben, dass Leute, die edle Clubs führen, nichts vom wahren Leben wüssten. Man braucht Mumm in den Knochen, um sich um jemanden zu kümmern, der in der Todeszelle sitzt. Dagegen ist unsere Aufgabe ein Kinderspiel.« Er lächelte Josephine an. »Waren Sie schon in Claymore House?«

»Sachs Pflegeheim? Noch nicht. Steht es denn noch?«

»Ja, wobei sich die Gegend ganz schön verändert hat. Ich habe zufällig in Finchley zu tun, das könnte ich heute Nachmittag erledigen. Dann kann ich es Ihnen ja zeigen, und wir unterhalten uns auf dem Weg dorthin.«

Josephine konnte sich nur zu gut vorstellen, was Archie dazu sagen würde, dass sie mit seinem Sergeanten Sehenswürdigkeiten besichtigte, während sie in Arbeit ertranken, doch die Gelegenheit wollte sie sich nicht entgehen lassen. »Unter einer Bedingung«, sagte sie. »Das Mittagessen geht auf mich.«

Lucy sah vom Salon aus zu, wie der Polizist mit der Frau davonfuhr, die sie am Vorabend erwischt hatte. Wie lange es wohl dauern würde, bis sie bei ihr auftauchen würden? Es war nett, dass Marjorie sich um sie kümmern wollte, doch daraus würde niemals etwas werden. Marjories Pläne verliefen jedes Mal ins Leere, und inzwischen war es Lucy auch egal, was mit ihr passierte.

Jedes Mal, wenn sie an ihr Kind dachte, rissen alte Wunden wieder auf. Sie konnte sich kaum noch an den Abschied erinnern – das Wetter, wer sonst noch dort gewesen war, was sie gesagt hatte, als sie das kleine Mädchen zum letzten Mal ansah. Lediglich die Schmerzen, die mit der Zeit nicht nachließen, bezeugten, dass es wirklich geschehen war. Alle hatten behauptet, es wäre besser so, und in dem Lärm aus guten Absichten war ihre eigene Stimme untergegangen. Wahrscheinlich hatten sie es gut gemeint, ahnten jedoch nicht, wie der Knoten aus Wut und Verbitterung in ihr immer weiter anschwoll, das Verlorene ersetzte, oder wie er sich jedes Mal regte und trat und schrie, wenn sie daran zurückdachte.

»Wie haben Sie die Billingtons erlebt?«, fragte Josephine, während sie durch Kentish Town fuhren. »Die zwei waren Brüder, oder?«

»Ja, William und John. John war der Jüngste, und sie hatten auch noch einen anderen Bruder, der auch Henker war, aber den habe ich nie kennengelernt.«

»Das ist ein echtes Familiengeschäft, kann das sein? Im Moment sind doch auch mehrere Pierrepoints tätig.«

»Ja. Da fällt mir ein, Henry Pierrepoint war Assistent bei Sach und Walters. Aber wahrscheinlich ist es ganz normal, dass es in der Familie bleibt. Hinrichtungen sind ein umkämpftes Gewerbe, was ich überhaupt nicht nachvollziehen kann, aber alle wollen Nummer eins sein. Wenn man seine Söhne mit an Bord holt, kann man den Spitzenplatz so lange behalten, wie man will. Die Billingtons haben jedenfalls alle bei ihrem Vater gelernt, der war ein bisschen vor meiner Zeit tätig, aber nach allem, was man so hört, war er ein echter Kauz. Ursprünglich war er Barbier, aber angeblich war er so versessen aufs Hängen, dass er in seinem Garten einen Miniaturgalgen zum Üben gebaut hat.« Fallowfield schüttelte den Kopf. »Zu der Zeit, an der Sie interessiert sind, war alles schon etwas organisierter. Ich glaube, William war sogar der erste Henker, der richtig ausgebildet wurde.«

Josephine war entsetzt. »Heißt das, vorher durften auch Leute ran, die überhaupt keine Ausbildung hatten?«

Er nickte. »Wahrscheinlich lief es wie bei anderen Berufen auch. Die Leute haben erst zugeschaut und dann in der Praxis gelernt.«

»Aber wenn man selbst dran glauben müsste, wollte man doch nicht mit einem Amateur zu tun haben, oder? Und das erste Mal ist bestimmt auch schrecklich. Es ist ja nicht so, als könnte man es noch mal probieren, falls es schiefgeht.«

»Da haben Sie recht. Ich bin mir sicher, dass es zahlreiche Unfälle gab, von denen die Öffentlichkeit nichts erfahren hat. Aber die Billingtons schienen sich auszukennen, das waren zwei ernste Jungs. Ich sehe sie jetzt noch vor mir, wie sie da still auf der Rückbank saßen: blasse Gesichter, dunkle Anzüge, Filzhüte. Sie haben während der ganzen Fahrt kaum einen Ton von sich gegeben, wirkten aber ruhig und gefasst. Man wäre nie auf den Gedanken gekommen, wohin sie unterwegs waren.« Er hielt kurz inne, um sich auf die geschäftige Kreuzung an der Archway Road zu konzentrieren, und bog dann schwungvoll zwischen zwei entgegenkommenden Autos ab, wobei er sich bei dem zweiten Fahrer bedankte, der in der Frage überhaupt keine Wahl gehabt hatte. »Ich weiß noch, wie ich die beiden im Rückspiegel betrachtet und gedacht habe, wie jung sie dafür sind, dass sie jemandem das Leben nehmen sollen – zumindest zu Friedenszeiten. Sie waren nicht viel älter als ich, und ich fand es schon verstörend genug, sie nur ins Gefängnis zu fahren.«

»Ich habe mich schon oft gefragt, welche Art von Mann so eine Arbeit erledigt. Gerechtigkeit ist ein Luxus, wenn man sie nicht selbst vollstrecken muss, aber die Henker bleiben davon sicher nicht unberührt. Es hat etwas Edles an sich.« Bill schnaubte verächtlich. »Bin ich da zu naiv?«

»Ich will ja nichts Falsches sagen, aber Heilige waren das nicht. Das ist eine Machtposition, das darf man nicht vergessen, und anscheinend haben viele von ihnen ihren Ruhm ausgenutzt, obwohl sie eigentlich nicht mit ihrer Arbeit angeben sollten. Und auf der richtigen Seite des Gesetzes waren die Kerle auch nicht immer. William hat einen Monat im Gefängnis gesessen, weil er seine Frau und zwei Kinder nicht unterstützen wollte. Die mussten am Ende ins Armenhaus. Henry Pierrepoint ist einmal betrunken bei einer Hinrichtung aufgetaucht und hat sich am Galgen mit seinem Assistenten geprügelt, bis ein Wärter sie voneinander getrennt hat. Gott weiß, was der arme Tropf am Galgen gedacht hat. Danach hat Mr Churchill Henry von der Liste gestrichen.«

»Was ist aus den beiden geworden? Sind sie noch tätig?«

»Henry ist schon lange tot. William wurde ein paar Jahre nach Sach und Walters entlassen, weil er nach einer Hinrichtung in Irland nicht zur Leichenschau erschienen ist. Ich glaube, er lebt allerdings noch. Und John ...« Er hielt inne, ein Lächeln umspielte seine Lippen. »Das ist eigentlich nicht zum Lachen. Er hatte einen schrecklichen Unfall und war noch keine sechsundzwanzig, aber da braucht man schon einen reiferen Sinn für Humor, um das nicht komisch zu finden.«

»Wieso? Was ist passiert?«

»Er ist durch die eigene Falltür gefallen, während er einen Galgen in Leeds aufgebaut hat. War dann noch in der Lage, die Hinrichtung auszuführen, aber ist ein paar Monate später gestorben.«

Josephine verkniff sich ein Lachen. »Das ist ja grauenhaft.« Es dauerte einen Moment, bis sie sich wieder gefasst hatte. »Glauben Sie, dass es die Männer sehr belastet hat?«, fragte sie ernster.

»Wie Sie schon sagen, komplett immun waren sie dagegen bestimmt nicht. James, der alte Billington, ist irgendwann dem Alkohol verfallen. Anscheinend musste er einen Freund hinrichten, und das hat ihm wohl den Rest gegeben.«

»Das hätte doch nie erlaubt werden dürfen. Das muss doch einen Riesenunterschied machen, wenn man denjenigen persönlich kennt.« Sie passierten die U-Bahn-Station East Finchley, und Josephine sah sich genauer um. »Schon komisch ... ich habe ein ganzes Stück darüber geschrieben, wie Maria Stuart sich in den Tagen vor ihrer Hinrichtung gefühlt haben muss, aber es hat mich nie so sehr mitgenommen wie das hier. Wahrscheinlich, weil es noch gar nicht so lange zurückliegt, das macht es viel echter. Etwas mehr als dreißig Jahre ist nicht besonders lang. Wenn es anders gelaufen wäre, könnten Sach und Walters immer noch durch die Straßen hier spazieren.« Sie schaute geradeaus auf die breite Straße, die von belebten Geschäften gesäumt wurde, und dachte daran, was Celia zu ihr gesagt hatte. »Sie waren weder edel noch besonders, und genau dieses Gewöhnliche macht einen Unterschied. Das hätten wir alle sein können.« Sie hielten in einer langen Schlange an einer Kreuzung. »Wie ist dieser Tag abgelaufen? Ich würde ihn gern in meinem Buch nacherzählen. Das war am Tag vor der eigentlichen Hinrichtung, richtig?«

Er nickte. »Sie mussten am späten Nachmittag im Gefängnis sein, und wir haben sie am Bahnhof abgeholt und nach Holloway gebracht. Sie hatten nichts dabei, das Gepäck war vorausgeschickt worden, und mir kam es vor, als würden wir in den verdammten Urlaub fahren, vom Wetter mal abgesehen. Es war bitterkalt – nicht lange nach Weihnachten, kann das sein?«

»Ja, Anfang Februar. Sie waren ausgerechnet an Heiligabend eingeliefert worden, und das Urteil ist im Januar gefallen.«

»Richtig. Als wir die Camden Road erreicht haben, wurde es schon langsam dunkel, aber das hat die Schaulustigen nicht abgeschreckt.«

»Hinrichtungsgegner oder Sensationslüsterne?«

»Hauptsächlich Sensationslüsterne. Damals war die Sache noch nicht so umstritten wie heute. Das ging erst bei der ganzen Geschichte mit Edith Thompson los. Nein, die meisten hatten gute Laune, lachten und unterhielten sich mit unseren Leuten am Tor. Eher wie bei einem Nationalereignis oder einem Fußballspiel als bei einer Totenwache. Noch mal dreißig Jahre früher, und sie hätten die Hinrichtung miterleben können, aber man nimmt, was man kriegen kann.« Das Auto rollte ein Stück weiter, doch die Ampel sprang wieder auf Rot, bevor sie die Kreuzung erreicht hatten. »Alle wollten einen Blick auf die Henker erhaschen, das waren echte Stars, und es herrschte einiges an Trubel. Sie wurden empfangen wie Helden, und es hat eine Weile gedauert, bis wir uns da durchgekämpft hatten. Ständig wurde aufs Auto geklopft und gejohlt.«

»Die Macht des Ruhms«, bemerkte Josephine sarkastisch.

»Es waren allerdings nicht alle nur wegen des Spektakels da. Die gewerbsmäßige Ermordung von Kindern hat für viel Aufregung gesorgt. Für die Hinrichtung von Dyer sind sie zu Hunderten nach Newgate. So viele waren es bei Sach und Walters nicht, aber doch eine ordentliche Menge, und viele davon waren Frauen.«

»Ob wohl auch welche von den Müttern dabei waren? Wie schrecklich, aus der Zeitung von dem Prozess zu erfahren, wenn man selbst in Claymore House gewesen war und gedacht hatte, das Kind hätte ein gutes Zuhause gefunden.«

»Das würde mich nicht wundern, aber es gab auch genügend andere, die stellvertretend aufgebracht waren.«

»Schon komisch, oder? Wenn man zynisch sein wollte, könnte man argumentieren, sie hätten bloß das gemacht, was Frauen seit Jahrhunderten machen – Kinder loswerden, um die die Gesellschaft sich nicht kümmern will. Wahrscheinlich haben sie sich eingeredet, sie täten allen einen Gefallen. Bestimmt ist es eher der gewerbliche Aspekt, der den Leuten Angst einjagt. Es ist eine Sache, das Bevölkerungswachstum im Stillen innerhalb der eigenen Familie zu begrenzen, aber eine ganz andere, die soziale Ordnung zu untergraben und Profit daraus zu schlagen.«

»Nach meiner Erfahrung reagieren die Leute bei allem Gerede von Gerechtigkeit und Mitgefühl je nachdem auf ein Verbrechen, wie bedroht sie sich davon fühlen, und keiner von uns will glauben, dass Frauen Kinder ermorden können. Das erschüttert alles, was wir als selbstverständlich hinnehmen.« Die Ampel sprang erneut um, und diesmal schaffte Fallowfield es bei Gelb. »Die Hertford Road ist direkt hier rechts«, erklärte er, und Josephine verspürte eine Mischung aus Aufregung und Neugier. Sosehr sie die Erzählliteratur auch liebte, nichts kam dem Eintauchen ins Leben echter Menschen gleich. Nichts half ihr so sehr dabei, sie zu verstehen, wie die Vorstellung von ihnen in ihrer Alltagsumgebung. Ein paar Minuten später bogen sie in eine Seitenstraße ein und hielten vor einem Tor. »Da wären wir.« Fallowfield deutete auf ein Reihenhaus auf der anderen Straßenseite. »Claymore House.«

Josephine hatte nicht gewusst, womit sie rechnen sollte, doch aufgrund des großspurigen Namens hatte sie sich ein frei stehendes, beeindruckenderes Gebäude vorgestellt als den unauffälligen roten Backsteinbau, der das exakte Ebenbild seiner Nachbarn und von den anderen Häusern kaum zu unterscheiden war. Von außen wirkte Claymore House nicht allzu groß, doch die Zahl an Schornsteinaufsätzen deutete darauf hin, dass der Schein trog;

aus den Zeitungen wusste Josephine, dass mehrere Patientinnen auf einmal untergebracht werden konnten, zusätzlich zu Sachs Familie. Dafür musste es einigermaßen geräumig sein, und bei genauerem Hinsehen entdeckte sie einen Keller und womöglich auch einen Dachboden, die zusätzliche Unterkünfte geboten haben könnten. Ein winziger Vorgarten trennte das Haus von der Straße, und ein paar Stufen führten auf eine offene Veranda mit einer schweren Haustür, deren Buntglasscheiben das einzige Alleinstellungsmerkmal des Hauses waren. Ihr Blick wanderte hinauf zu einem Erker mit Turmspitze – vermutlich dem Hauptschlafzimmer –, und sie entdeckte eine Plakette, auf der eigentlich ein Name hätte stehen sollen. Sie war leer; angesichts der grauenhaften Vorgänge war es kein Wunder, dass die Bewohner nichts mit dem Namen Claymore House zu tun haben wollten. »Ich weiß nicht, warum, aber ich habe es mir frei stehend vorgestellt«, sagte sie beim Aussteigen zu Fallowfield. »Es ist sehr gut einsehbar, oder? Da ließe sich nur schwer verschleiern, wer kam und ging.«

»Auf einer so anständigen Straße würde man allerdings auch nichts Ungewöhnliches erwarten. Das war ja das Perfide daran.«

Josephine nickte. »Und alles, was passierte, hätte auch zu einem richtigen Pflegeheim gepasst. Wie wäre es, wenn ich aussteige und Sie Ihre Arbeit erledigen? Ich würde gern ein bisschen hier spazieren gehen, um ein besseres Gefühl dafür zu bekommen, wie es früher hier gewesen sein muss.«

Fallowfield betrachtete sie skeptisch. »Und Sie sind sich sicher, dass Sie allein zurechtkommen?«

»Aber natürlich. Wie Sie schon sagten, das hier ist eine äußerst anständige Gegend. Holen Sie mich einfach ab, wenn Sie fertig sind.«

»Na gut, aber länger als eine halbe Stunde wird es nicht dauern.«

Sie sah zu, wie er wendete und sich wieder in den Verkehr auf der High Street zwängte. Dann überquerte sie die Straße, um sich das Claymore House genauer anzusehen, ohne dabei

Aufmerksamkeit zu erregen. Das Häuschen stammte aus der späten viktorianischen Ära und musste beim Einzug der Sachs nagelneu gewesen sein. Woher hatten sie das Geld dafür? Hatte Amandas florierendes Gewerbe den Umzug ermöglicht, oder hatte die Familie andere Einnahmequellen – entweder den Lohn ihres Mannes oder einen privaten Nebenverdienst? Sie betrachtete das Haus lange. Es war ein beneidenswertes Heim, selbst nach heutigen Maßstäben. Sie hatte viel über die fragliche Zeit gelesen und wusste über die Bedingungen Bescheid, die Frauen zum Mord treiben konnten, aber das hier war keine Armut – hier war jemand auf berechnende Art und Weise die soziale Leiter hinaufgestiegen. Die Erkenntnis bekräftigte ihre Überzeugung, dass Sach mit ihrem eiskalten Kalkül die größere Schuld traf. Sach war ausgebildete Krankenschwester und Hebamme – wieso reichte es ihr nicht, ihr Geld auf ehrliche Weise zu verdienen? Josephine dachte an die hart arbeitenden jungen Schwestern, denen sie täglich im Cowdray Club zunickte, und die Hingabe, die sie persönlich erlebt hatte; in den letzten dreißig Jahren war zwar viel erreicht worden, was das Ansehen von Krankenschwestern betraf, doch im Vergleich zu anderen berufstätigen Frauen wurden sie immer noch kümmerlich entlohnt. Doch wie viele von ihnen würden es gutheißen, ihre Ausbildung aus reiner Geldgier zu rechtswidrigen Zwecken zu missbrauchen, wehrlose Menschen auszunutzen, die keine andere Wahl hatten, als sich auf sie zu verlassen? Ihr fiel kein Beruf ein, der sich leichter missbrauchen, keine Grenze, die sich schwieriger überschreiten ließ.

Josephine spähte durch eine Lücke zwischen den Häusern und konnte gerade so deren hintere Teile ausmachen. Was Sach wohl durch den Kopf gegangen war, während sie ihre Tochter beim Spielen im Garten beobachtete? Hatte sie wirklich geglaubt, sie würde eine sichere Zukunft für Lizzie schaffen? Oder – und das hier war ein schrecklicher Gedanke – war ihre Tochter bloß ein Deckmantel für ihre Verbrechen, das perfekte Alibi in einer Welt, in der Frauen Kinder zur Welt brachten, sie jedoch nicht ermordeten, wie Fallowfield gesagt hatte? Sie ging bis zum Ende der Straße, um keinen allzu morbiden Eindruck zu erwecken, dann zückte sie ihr Notizbuch und hielt ihre ersten Beobachtungen zum Haus und der Gegend fest, wobei sie im Geist ihren Entwurf vom Vorabend überarbeitete. Währenddessen kam ein Mann aus dem Haus gegenüber und musterte sie neugierig. »Sie interessieren sich für die Hertford Road?«, fragte er lächelnd. »Bestimmt sind Sie hinter den Kindsmörderinnen her. Journalistin vielleicht?«

»Nein, ganz so aufregend ist es nicht«, erwiderte sie und fügte dann vage hinzu: »Ich recherchiere bloß für ein Buch.« Er sah sie interessiert an, war jedoch zu höflich, um weiterzubohren. »Sie waren vermutlich zu der Zeit noch nicht hier, oder?«, fragte sie hoffnungsvoll.

Er schüttelte den Kopf. »Nein, tut mir leid. Meine Frau und ich sind kurz nach dem Krieg hierhergezogen, und ich kenne niemanden, der schon länger hier wohnt. Aber von der Frau mit ihrem Pflegeheim, die die Kinder umgebracht hat, haben wir alle gehört.« Josephine korrigierte ihn nicht; sie fand es spannend, wie die Geschehnisse im Laufe der Zeit verzerrt wurden. Sach würde sich in Grund und Boden schämen, dass sie nach all ihren Bemühungen, sich die Hände nicht schmutzig zu machen, als Mörderin in die Geschichte eingegangen war. Der Mann schüttelte sich. »Da darf man gar nicht drüber nachdenken, oder?« Damit ging er wieder davon.

Als sie mit ihren Notizen fertig war, stand Fallowfield wieder am anderen Ende der Straße. »Haben Sie alles gesehen?«, rief er durchs Fenster, und sie nickte. »Wie wäre es mit einem kurzen Ausflug nach Islington zu Walters Zuhause? Wenn wir direkt losfahren, schaffen wir es noch bei Tageslicht.«

»Sie haben wirklich Zeit dafür, mich nach Islington zu chauffieren? Ich weiß doch, wie viel Sie zu tun haben. Laut Archie ist im Moment die Hölle los.«

»Manchmal muss man wirklich ewig warten, um mit einem Zeugen zu sprechen, und der Verkehr in Finchley um diese Zeit ist das reinste Chaos.« Er zwinkerte ihr zu. »Was Inspector Penrose nicht weiß, macht ihn nicht heiß.«

Sie stieg ein, und der Duft von Speck aus einem Päckchen auf dem Armaturenbrett schlug ihr entgegen. »Mittag ist längst vorbei, und ich dachte, Sie haben vielleicht Hunger«, sagte er. »Um die Ecke ist ein nettes Café, aber wenn wir da einkehren, schaffen wir es vor Einbruch der Dunkelheit nicht zur Danbury Street.«

Gerührt wickelte sie das Pergamentpapier auf. »Ich wollte Sie doch zum Mittagessen einladen, Bill. Sie tun mir schon genug Gefallen.«

»Keine Ursache, Miss. Nächstes Mal geht auf Sie.«

Sie fuhren auf dem Weg zurück, den sie gekommen waren, und bogen nach einer Weile links ab. Fallowfield navigierte gekonnt ein Netz aus schmalen Straßen abseits der Caledonian Road, und Josephine bewunderte seine Entschlossenheit. Er war zwar kein gebürtiger Londoner, gehörte aber trotzdem zu der Stadt, wurde von einem Band an sie gefesselt, das umso stärker war, da er es frei gewählt hatte. Sie konnte ihn sich nur schwer als den Anfänger vorstellen, der er zu Lebzeiten von Sach und Walters gewesen sein musste. »Wissen Sie noch viel über den Fall?«, fragte sie, nachdem sie ihr Sandwich aufgegessen und die Tüte, wie angewiesen, auf den Boden fallen gelassen hatte, wo sie sich zu den Überresten der Mittagsmahlzeiten der vergangenen Woche gesellte.

»Leider nicht«, erwiderte Fallowfield. »Ganz ehrlich, in den ersten Jahren hat man so viel damit zu tun, bei den eigenen Fällen nicht den Überblick zu verlieren, dass man kaum Zeit hat, irgendwelche anderen zu verfolgen. Ich hatte natürlich davon gehört, und auf der Arbeit wurde auch viel darüber gesprochen, weil Walters mit ein paar Polizisten zusammengewohnt hat, aber zu dem Zeitpunkt, als ich damit zu tun hatte, war der Prozess längst unter Dach und Fach. Ich habe die Billingtons chauffiert, mehr nicht.«

»Ich war ziemlich überrascht, wer ihre Mitbewohner waren«,

sagte Josephine. »Warum um alles in der Welt hat sie ein Zimmer in einem Haus mit zwei Polizisten gemietet?«

»Anscheinend war sie nicht die Hellste.«

»Viel Schulbildung hat sie jedenfalls nicht genossen, wenn man ihren Aussagen glauben kann, aber ich frage mich, ob das bloß eine Masche war, sodass alle dachten, sie wäre dümmer, als sie wirklich war.«

»Vielleicht war es dann sogar ein doppelter Bluff. Die unverschämteste Sache, die ihr einfiel. Kinder direkt vor der Nase der Polizei zu ermorden – das ist fast zu absurd, um wahr zu sein.«

»Der Schuss wäre in dem Fall nach hinten losgegangen.« Er warf ihr einen fragenden Blick zu. »Die zwei wurden misstrauisch, weil sie so viele Babys mit nach Hause brachte, wobei ich mich frage, wieso sie das überhaupt gemacht hat. Dann haben sie sie unter Beobachtung gestellt, und sie wurde mit einem toten Kind auf dem Arm erwischt. Wer weiß, ob sie je gefasst worden wäre, wenn sie woanders gewohnt hätte?«

»Gab es noch andere Beweise?«

»Eine Zeugin sagte aus, sie habe Walters einen oder zwei Tage vorher in einem Kakao-Haus in Whitechapel mit einem Baby in einer Decke gesehen. Sie war argwöhnisch, weil sich das Kind nicht bewegt und keine Geräusche von sich gegeben hat, aber Walters hat irgendeinen Blödsinn über ein Betäubungsmittel erzählt. Dann war da noch eine andere Frau, ich glaube, sie hieß Evans.« Josephine kramte in ihrer Tasche nach ihrem Notizbuch, blätterte ein paar Seiten zurück und streckte es dann ein Stück von sich, damit sie es ohne Brille lesen konnte. »Ach nein, Nora Edwards. Mir kommt es vor, als wäre sie der entscheidende Faktor gewesen. Sie hat sich auf Sachs Anzeige gemeldet und war bei ihr in Pflege, um ihr Kind zur Welt zu bringen. Sach wollte sie anscheinend dazu überreden, das Kind zur Adoption freizugeben, aber sie wollte es behalten. Sie ist allerdings dort geblieben und hat als Dienstmädchen gearbeitet. Während des Prozesses sagte sie aus, dass Walters regelmäßig Kinder bei Sach abholte und es ihr verboten war, den Müttern davon zu erzählen, wohin oder mit wem ihre Kinder verschwanden.« Sie steckte das Notizbuch zurück in die Tasche und überlegte kurz. »Eins habe ich allerdings nicht verstanden, besonders jetzt, wo ich das Haus gesehen habe. Edwards muss gewusst haben, was dort vor sich ging, aber wieso ist sie dann geblieben? Ihrem Kind wäre es um ein Haar ähnlich ergangen, wie konnte sie nur? Im besten Fall hat sie es möglich gemacht, indem sie weggeschaut hat, im schlimmsten Fall hatte sie mehr damit zu tun, als je ans Tageslicht gekommen ist. Vielleicht hat sie Sach und Walters ans Messer geliefert, um ihre eigene Haut zu retten.«

»Das kann sein, aber Sie dürfen nicht vergessen, dass sie unverheiratet war. Viele Optionen hatte sie nicht, und Sach hat ihr anscheinend Sicherheit geboten – ein Dach über dem Kopf und keine Nachfragen zu ihren Umständen. Das muss sich doch angefühlt haben wie ein Geschenk des Himmels. Prinzipien sind eins, Miss, aber wenn man in der Gosse liegt, ist moralische Überlegenheit weiter weg als Timbuktu.« Josephine schwieg und dachte über seine Worte nach. »Ich will damit nicht sagen, dass das Mädchen sich richtig verhalten hat«, fügte er hinzu. »Und ich billige natürlich nicht, was Sach und Walters getrieben haben, aber wir dürfen nicht vergessen, dass die Frauen nicht grundlos in dieses Pflegeheim gegangen sind, und niemand hat dafür gesorgt, dass die Männer, die sie geschwängert haben, ihren Teil abbekamen.«

»Apropos«, sagte sie. »Das war ja noch das Allerhöchste. Die Männer, die vor Gericht ausgesagt haben, durften ihre Anonymität wahren, während die Namen und Beschreibungen der Frauen in sämtlichen Zeitungen gedruckt wurden.« Sie betrachtete Fallowfield und schämte sich insgeheim dafür, dass ein Mann Mitte fünfzig, der in einem für seine Frauenfeindlichkeit berüchtigten Berufszweig arbeitete, ihren Geschlechtsgenossinnen gegenüber unvoreingenommener war als sie. »Sie haben natürlich recht. Man kann ein Leben auf mehr als nur eine Weise zerstören. Schade, dass es nicht mehr Männer gibt wie Sie, Bill.«

Er lächelte. »Als alleinstehender Mann jenseits des heiratsfähigen Alters ist es sicher einfacher, unparteiisch zu sein. Ah, da ist ja schon Angel. Von hier sind es nur noch ein paar Minuten.« Mehrere der großen Straßen im Norden trafen hier aufeinander, und es war Stoßverkehr. Sie müßten sich erst an der U-Bahn-Station, dann an einem ansehnlichen Lyons Corner House vorbei, das im Vergleich zu den anderen öffentlichen Gebäuden glänzend und vertraut wirkte, und Josephine war froh, als Fallowfield nach links in die friedliche Colebrook Row einbog. Ein hübscher, schmaler Park erstreckte sich entlang der Hälfte der Straße, trennte sie von der nächsten Reihe Häuser und bot einen willkommenen Kontrast zu den eleganten, aber monotonen georgischen Gebäuden zu beiden Seiten.

Die Danbury Street verlief parallel zur Colebrook Row und war über einen weiteren Abschnitt identischer Häuser erreichbar. Die Gebäude hier waren etwas moderner, vermutlich frühes viktorianisches Zeitalter, und nicht ganz so geräumig. Die meisten hatten lediglich drei Stockwerke, den Keller mitgezählt. Die Gegend befand sich näher an der Stadtmitte, und in vielen Häusern schienen mehrere Parteien zu wohnen, was darauf hinwies, dass viele der Unterkünfte nach wie vor vermietet wurden. »In welchem hat Walters gewohnt?«, fragte Josephine, während sie die Tür öffnete. Fallowfield deutete nach links, und sie sah zu dem Haus hinauf, in dem Annie Walters mindestens zwei Mal gemordet hatte. Dabei stellte sie fest, dass es sich um eines der wenigen Häuser handelte, das offensichtlich liebevoll behandelt wurde. Mittlerweile war es fast dunkel, und in der Novemberluft hing die Verheißung von Schnee, doch die Wärme der sanft beleuchteten Räume glich in nichts der trostlosen, erstickenden Pension, die sie sich angesichts der Zeitungsbeschreibungen ausgemalt hatte. Das Haus wurde anscheinend gerade auf eine Familienfeierlichkeit vorbereitet: In einem Fenster im Obergeschoss hing ein Spielzeug, und im Fenster rechts der hübschen Haustür türmten sich stolz die Geschenke. Eine attraktive Frau führte ein vier- oder fünfjähriges Mädchen zum Waschbecken im Keller und hob sie hoch, damit sie sich die Hände von Teigüberresten befreien konnte. Die Frau schaute zu ihnen auf und lächelte, doch Josephine war es peinlich, sie angestarrt zu haben, und sie ging rasch davon, wobei sie Fallowfield hinter sich herzog.

»Das hier ist die gleiche Jahreszeit, zu der Walters festgenommen wurde, fast auf den Tag genau, doch es könnte nicht unterschiedlicher sein, oder?«, fragte sie, während sie ein Stück weiter die Straße hinauf verdächtig herumlungerten. »Mir ist beim Anblick des Kindes das Blut in den Adern gefroren. Ich habe schon immer geglaubt, dass Häuser eine Spur von allem in sich aufnehmen, was in ihren vier Wänden passiert ist, aber ich bezweifle, dass die Familie irgendeine Ahnung davon hat. Gott sei Dank, das wäre ja schrecklich. Es ist eine Sache, ein berüchtigtes Haus zu begaffen, und eine ganz andere, darin zu wohnen.« Sie sah sich um und versuchte, sich ein Bild davon zu verschaffen, was Walters wohl jeden Tag auf ihrem Heimweg begegnet sein musste, da fiel ihr etwas auf. »Ist das da oben etwa ein Kanal?«, fragte sie.

»Jawohl, der Grand Union«, erwiderte Fallowfield. »Wieso? Spielt das eine Rolle?«

»Das weiß ich nicht.« Josephine ging ein Stück weiter, um sich das Gewässer genauer anzusehen. »Aber in den Zeitungen stand, welchen Weg Walters am Tag ihrer Festnahme genommen hat, um das tote Baby zu entsorgen. Sie ist bis zur South Kensington Station, teils zu Fuß und teils mit dem Bus, und ich dachte, sie hätte einfach keinen Ort in der Nähe, wo sie es hätte entsorgen können. Aber es wäre doch sicher viel leichter gewesen, die Leiche zu beschweren und in den Kanal zu schmeißen, oder?«

»So wie Dyer, meinen Sie?«

»Hat sie das so gemacht?«

»Ja, und sie ist jahrelang damit durchgekommen. Dann hat das elende Weib ein totes Baby in braunes Papier eingeschlagen, auf dem noch ihre Adresse stand.«

Sie blieben an einem Geländer stehen und schauten hinab auf

das Wasser. »Wieso sollte man das Risiko eingehen, mit einem toten Baby auf dem Arm durch ganz London zu gondeln, wenn man hundert Meter vor der eigenen Haustür einen Kanal hat?«

»Vielleicht war es einfach zu nah«, erwiderte Fallowfield. »Oder sie mochte die Gefahr. Das ist bei manchen Leuten so. Irgendwann fordern sie ihr Glück dann ein Stück zu weit heraus, und wir danken dem Himmel für ihre Arroganz, sonst würden wir sie nämlich nie fassen.«

Josephine war still geworden. Wie es sich wohl anfühlte, den Tod mit sich herumzutragen? Was für eine Frau zog das der einfacheren Alternative vor? Sie dachte erneut daran, wie Walters mit dem leblosen Bündel auf dem Arm auf einen heißen Kakao eingekehrt war, wie sie die Kinder mit nach Hause genommen hatte, statt sich ihrer direkt zu entledigen. »Vielleicht sollte ich nicht versuchen, sie zu verstehen«, sagte sie. »Vielleicht war sie einfach ein Monster.«

»Damit wäre sie die Ausnahme. Ich habe mittlerweile eine ganze Reihe Mörder festgenommen, und meistens sind das deprimierend gewöhnliche Leute, die irgendwo falsch abgebogen sind. Bösartigkeit ist nicht so weit verbreitet wie Schwäche«, fügte er sanft hinzu, und sie fragte sich, ob er ihr gut zureden wollte.

»Böse oder schwach, für die Opfer kommt es aufs Gleiche raus. Wir werden wahrscheinlich nie erfahren, wie viele es gab oder was mit den anderen Leichen passiert ist.«

»Nein. Damals sind ständig tote Kinder aufgetaucht, aus ganz unterschiedlichen Gründen, nicht nur wegen dieser Pflegeheime für werdende Mütter. Das war das Schwierigste, mit dem wir je zu tun hatten, und es wurde auch dadurch nicht leichter, dass es so oft passierte.«

»Nach dem, was ich heute Morgen gelesen habe, hat East Finchley mehr als seinen Teil davon abbekommen«, bemerkte sie trocken. »Kurz vor Sachs und Walters' Festnahme sind dort übermäßig viele aufgetaucht, aber dazwischen hat niemand eine Verbindung gezogen.«

»Das war auch nicht nötig. Für die Verurteilung reichte eine Leiche.«

»Ob Walters wohl noch mit anderen Frauen zusammengearbeitet hat?«, fragte Josephine auf dem Rückweg zum Auto. »Ihr Anteil war recht klein im Vergleich zu Sachs, und mir kam der Gedanke, dass sie vielleicht nebenbei noch ein paar andere Kundinnen hatte. Gewerbsmäßige Adoption war kein seltenes Verbrechen.«

»Nein, aber die Ausmaße haben sich schon unterschieden. Manche Frauen, so wie Sach und Walters, haben ein blühendes Geschäft geführt, und andere wurden für viel weniger über denselben Kamm geschoren.«

»Ja, ich habe von einer Frau gelesen, die vor Gericht stand, während Sach und Walters in Untersuchungshaft saßen. Die Berichterstattung lief eine Zeit lang parallel. Sagt Ihnen der Name Eleanor Vale etwas?«

Fallowfield schüttelte den Kopf. »Kommt mir nicht bekannt vor, Miss.«

»Sie war nicht ganz so berüchtigt, weil sie die Kinder nicht umgebracht, sondern in Eisenbahnwaggons abgelegt hat, damit sie gefunden werden. Aber das unterstreicht nur, wie einträglich der Kinderhandel gewesen sein muss.«

»Dafür wurde sie doch nicht gehängt, oder?«

»Nein, zwei Jahre Zwangsarbeit. Mir kam es nur seltsam vor, dass der Anwalt, der sie verfolgt hat, kurz darauf Sachs Verteidiger war.«

»So ist es mit dem Rechtssystem, logisch bis zuletzt.«

Sie lachte. »Sie hatten erwähnt, Sie könnten vielleicht noch ein paar andere Leute auftreiben, die damals dabei waren. Wen meinten Sie?«

»Ich könnte wahrscheinlich jemanden ausfindig machen, der die Polizisten kannte, die bei Walters im Haus wohnten. Der eine hieß Seal, ich glaube, sein Sohn ist in seine Fußstapfen getreten. Sollte sich recht leicht finden lassen. Walters kannte er zwar nicht persönlich, aber an das Haus wird er sich noch erinnern.«

»Das wäre wunderbar. Wie sieht es mit einem Anwalt aus? Nicht unbedingt einen, der mit dem Prozess zu tun hatte, das wäre wahrscheinlich zu viel verlangt, aber die Meinung eines Experten würde mir sehr weiterhelfen. Mir kommt so vieles an dem Fall seltsam vor, aber vielleicht liegt es nur daran, dass ich das System nicht begreife.«

»Da kann Ihnen Inspector Penrose weiterhelfen.« Fallowfield hielt ihr die Beifahrertür auf. »Das war zwar lange vor seiner Zeit, aber er kann Sie mit den ganz hohen Tieren in Kontakt bringen.« Er schaute auf die Uhr. »Er müsste eigentlich auch wieder im Büro sein. Wollen Sie mitkommen und ihn gleich fragen?«

»Lieber nicht, ich will ihn nicht auf der Arbeit stören.«

Fallowfield lächelte, während er den Wagen anließ. »Sie wissen doch genauso gut wie ich, dass Sie ihn nicht stören würden. Sie müssen auch gar nicht lange bleiben. Sagen Sie ihm einfach, was Sie brauchen, und ...«

Der Rest seines Satzes ging im Knistern des anspringenden Funkgeräts und einer vertrauten, wütenden Stimme unter. »Fallowfield? Wo zum Teufel stecken Sie?«

Josephine sah ihn fragend an. »Vielleicht ist jetzt doch kein so guter Zeitpunkt«, meinte sie, während Fallowfield das Auto rasch in Gang setzte.

»Vielleicht nicht, Miss.« Er hantierte am Funkgerät herum. »Darf ich Sie in Holborn absetzen?«

(OHNE TITEL)
VON JOSEPHINE TEY
ERSTER ENTWURF

VON WHITECHAPEL NACH ISLINGTON, FREITAG, 14. NOVEMBER 1902

Die Kirchturmuhr von St Mary's schlug gerade vier, als Annie Walters die Whitechapel High Street in Richtung Lockhart's Cocoa Rooms überquerte. Ihr Blick war auf die zwei weißen Schriftzüge gerichtet, die keinen Zweifel daran ließen, was im Inneren serviert wurde. Auf der breiten Durchgangsstraße herrschte reger Verkehr – anders kannte sie es nicht –, und sie schlug sich entschlossen einen Pfad durch das Chaos des Freitagnachmittags und rannte die letzten Meter, um einer Straßenbahn auszuweichen, die schneller fuhr als erwartet. Auf dem sicheren Gehweg angekommen, lehnte sie sich kurz an eine Laterne, um Atem zu schöpfen, und sah der Straßenbahn hinterher. Sie wünschte, ihr Leben würde einer vorgeschriebenen Route folgen, so wie die Räder der Bahn an die Schienen gebunden waren.

Die Novemberluft war verraucht und schmuddelig, und Lockhart's wirkte von außen recht einladend, würde allerdings nie zu den besseren Häusern zählen. Annie hatte einen Großteil des Tages im Freien verbracht und war froh, sich kurz aufwärmen zu können, bevor sie sich des Kindes entledigte. Sie verlagerte das Bündel auf den linken Arm und drückte die Tür auf, wobei sie dem Fett und Schmutz, die sich erbarmungslos auf dem Messing sammelten, ihren eigenen hinzufügte – eine Erinnerung daran, dass das Restaurant Leute bediente, die mit den Händen arbeiteten und in Essensfragen keinen Wert auf Etikette legten. Die Räume im Erdgeschoss waren belegt, doch sie bevorzugte ohnehin den vergleichsweise anonymen ersten Stock, wo sie einen Tisch in der Ecke wählte, so weit entfernt von der Theke wie möglich. Die Kundschaft war bunt gemischt, so wie immer – Hafenarbeiter, Taxifahrer, Standbetreiber, Straßenmädchen und solche wie sie, die keine feste Anstellung hatten, jedoch stets den Preis einer Mahlzeit auftreiben konnten. Sie nahm Platz, nickte ein, zwei bekannten Gesichtern zu und verließ sich darauf, dass sich niemand in ihre Angelegenheiten einmischen würde.

Die Bedienung im Lockhart's beschränkte sich auf das Nötigste, und eine Tasse heißer Kakao wurde vor ihr auf den Tisch geknallt, sobald sie es sich bequem gemacht hatte. »Was zu essen?«, fragte die Frau ruppig, wobei sie die Antwort nicht sonderlich zu interessieren schien.

»Das Gleiche wie immer«, sagte Annie, und die Frau nickte.

Der Kakao war süß und so heiß, dass man sich die Lippen daran verbrennen konnte. Annie nippte gedankenverloren daran und überlegte, ob sie sich den wissenden Blick eingebildet hatte, den die Mitarbeiterinnen an der Theke ausgetauscht hatten. Doch als die Kellnerin kurz darauf mit einem Teller Würstchen und Kartoffelbrei zurückkehrte, sagte sie kein Wort, und Annie konnte in Ruhe essen. Die Mahlzeit war genau wie immer, schnörkellos und köstlich, doch sie genoss sie nicht so sehr wie sonst, da sie das Gewicht auf ihrem Schoß spürte und merkte, dass die unausgesprochenen Regeln des Lokals kurz davorstanden, gebrochen zu werden. Die zwei Kellnerinnen an der Theke unterhielten sich, achteten dabei scheinbar nicht auf die Gäste, doch Annie wusste, dass sie sich auf eine Konfrontation einstellen musste. Und tatsächlich: Kaum hatte sie die Gabel abgelegt, kam die Jüngere der beiden auf sie zu.

»Was haben Sie da?« Sie nahm Annies Teller, machte jedoch keine Anstalten, ihn in die Küche zu bringen.

Annie legte schützend einen Arm um das Kind, wobei sie versehentlich an dem Tuch hängen blieb, das sie so sorgfältig um den kleinen Körper gelegt hatte. Entsetzt schaute sie auf das Gesicht hinab, das nun im hellen Licht deutlich sichtbar war, reglos und blass. »Ein Baby.« Sie wusste, dass eine Lüge sinnlos war.

»Nicht besonders lebhaft, kann das sein?«

Annie lachte unnatürlich und erstickt, doch zu mehr war sie vor Panik nicht in der Lage. »Nein, das arme Würmchen. Aber er wird schon wieder. Ich bin Krankenschwester«, fügte sie hinzu, während die Frau sie mit ihrem ungläubigen Blick durchbohrte. »Ich bringe ihn zurück nach Finchley, da liegt seine Mutter im Wochenbett.« Sie stand auf und kramte in ihrer Tasche nach dem Geld, das Sach ihr am Mittwochabend gegeben hatte. »Ich mache mich besser mal auf den Weg.«

»Ich würde ihn gern mal wach sehen.« Die Kellnerin streckte die Hand aus, um dem Kind über die Wange zu streichen.

Rasch wandte Annie sich ab. »Das glaube ich nicht.« Sie richtete das Tuch. »Der schreit Ihnen den ganzen Laden zusammen, und wer weiß, was Ihre Gäste davon halten würden.«

Eine Handvoll Münzen fiel auf den Tisch, mehr als genug für die Mahlzeit, doch Annie machte sich nicht die Mühe, das überzählige Geld einzusammeln. Stattdessen drückte sie das Baby fester an sich und ging zur Treppe, wobei sie sich vom Rennen abhalten musste. Aus dem Augenwinkel nahm sie wahr, wie die Frau auf sie zukam, doch da hatte sie sie Treppe bereits erreicht und lief so schnell hinunter, wie sie konnte, egal, wie viel Aufmerksamkeit sie damit auf sich zog. Draußen rannte sie Richtung St Mary's, dachte nicht weiter über ihr Ziel nach, wollte lediglich den bohrenden Blicken der beiden Frauen entkommen. An der Kreuzung bog sie links auf die Commercial Street ab und lehnte sich an die Mauer eines Hauses auf der Ecke. Ihr Herz hämmerte so wild, dass sie fast glaubte, es könnte das tote Kind wieder zum Leben erwecken, das sie sich an die Brust presste, und sie musste mehrmals tief Luft holen, um sich zu beruhigen. Sie wusste, dass sie zu viel preisgegeben hatte, und es war dumm gewesen, Finchley zu erwähnen, aber die Nerven waren mit ihr durchgegangen. Und wieso sollte sie Sach überhaupt beschützen? Annie hatte sich schon viel zu lange für andere geopfert, und sie würde auf gar keinen Fall die alleinige Schuld an dieser Sache auf sich nehmen.

Als sie sich etwas beruhigt hatte, ging sie die Commercial Street hinab. Der Gemüsemarkt war längst abgeräumt und hatte seine dürftige Überdachung den Verlorenen und Obdachlosen überlassen, und die Straße, die tagsüber vor Energie regelrecht strotzte, hatte ihre Leidenschaft verloren und wirkte nun fahl und teilnahmslos. Sie konnte das Gefühl gut nachvollziehen. Selbst in jüngeren Jahren, als sie noch rund um die Uhr gearbeitet hatte, war sie nie so müde gewesen, und der schwache, aber nostalgische Geruch russischer Zigaretten, der aus einer Gasse herüberzog, unterstrich das Gefühl, ihr Leben habe keinen Sinn. Sie schaute hinauf zu den Peabody Buildings an der Ecke White Lion Street, die sie an ihre Wohnung auf der Drury Lane erinnerten, wo sie vierundzwanzig Jahre lang mit ihrem Mann gelebt hatte; das Haus, das ebenfalls zum Peabody Trust gehörte, setzte sich aus denselben groben Winkeln zusammen wie dieses, und seine Haupterrungenschaft bestand darin, sämtliche Spuren von Schönheit auszumerzen, was im Übrigen auf sämtliche Häuser für die Armen zutraf. Ihr gesamtes Leben hatte sie an solchen Orten verbracht – Waisenhäuser, Krankenhäuser wie jenes, in dem sie Sach kennengelernt hatte, Mietskasernen –, und es kam ihr vor, als wären die Wohltäter, die hinter diesen Institutionen steckten, versessen darauf, die Armen an Hässlichkeit zu fesseln, als wären ihre Leben nicht schon hässlich genug. In den Räumlichkeiten der Drury Lane hatte wenigstens ein Gefühl der Gemeinschaft geherrscht, doch mit dem Tod ihres Mannes war sie zu einer der schäbigen Frauen auf Durchreise geworden, die von einem schmalen Londoner Bett ins nächste zogen, dabei den Namen wechselten und ihre Schulden zurückließen – so viele Namen, so viele überstürzte Aufbrüche, die Türen fest hinter so vielen Geheimnissen verschlossen. Und wofür? Womöglich wäre es barmherziger gewesen, wenn jemand ihr vor all den Jahren den Gefallen getan hätte, den sie dem leblosen Kind auf ihrem Arm erwiesen hatte.

Annie nahm die Brushfield Street, den schnellsten Weg zum Bahnhof. Auf der anderen Straßenseite stand ein kleines, dunkelhaariges Mädchen in einer Tür, etwa fünf, sechs Jahre alt, und starrte ins Leere. Sie war hübsch, doch es war nur eine Frage der Zeit, bevor Überlastung und Hunger ihre Selbstachtung zerfressen und ihre Schönheit vertreiben würden, als hätte es sie nie gegeben. Kurz verstand sie, was die kinderlosen Frauen in Sachs Arme trieb – das Bedürfnis, dieses Fragment der Kindheit zu retten, bevor der Kontakt zur Straße ihm permanent etwas anhaben konnte. Doch das war nicht genug, um den Gedanken an die Kinder auszulöschen, die nicht adoptiert, sondern anderweitig aus dem Weg geschafft wurden. Das Mädchen schaute zu ihr herüber, und kurz sah Annie in ihr den Geist aller Kinder, deren Leben genommen worden waren. Annie war sich nicht sicher, ob ihr Blick vorwurfsvoll oder dankbar war.

Auf der Liverpool Street begann gerade der Stoßverkehr, und Hunderte Männer und Frauen ergossen sich bereits in Richtung der Gleise. Annie blieb kurz auf der Fußgängerbrücke stehen, die über die Bahnsteige führte, und schaute hinab auf die in Schwarz gehüllte Menge. Ja, es war Zeit. Außerdem fiel es ihr immer schwerer, den merkwürdigen Frieden zu finden, den sie manchmal in den Stunden erlangte, die sie allein mit einem Kind verbrachte; insgeheim wusste sie, dass es nicht ewig so weitergehen konnte. Der Damenwartebereich befand sich in der Nähe von Gleis 1, und dort, geschützt vor neugierigen Blicken, entfernte sie alles von der kleinen Leiche, das auf ihre Identität hinweisen könnte. Dann schritt sie rasch unter dem Bogen hindurch auf den Betriebshof. Es war dunkel, die Luft voll von Rauch und Schmutz, und sie entschied sich für den Kohlenhaufen, der ihr am nächsten war. Sie warf einen Blick über die Schulter und legte ihr Bündel dann vorsichtig auf den Boden, nahm eine Schaufel und stocherte am unteren Ende des Haufens herum, bis ein Stoß Kohle hinabgerollt kam und die winzige Gestalt unter sich begrub.

Sie verließ den Bahnhof, ohne sich noch einmal umzusehen, und streifte eine Weile ziellos umher, um den Moment hinauszuzögern, da sie ohne das Kind in die Danbury Street zurückkehren musste, zog von einer Kneipe zur nächsten, fest entschlossen, auch noch den letzten Penny von Sachs Geld für den einzigen Trost auszugeben, der ihr noch blieb. Als sie nur noch den Preis einer Fahrkarte in der Tasche hatte, nahm sie den Bus nach Islington und stieg am Kanal aus. Regen hatte eingesetzt, und sie eilte die Noel Road hinunter, um sich ins Bett zu legen, bevor der betäubende Effekt des Alkohols nachließ. Der schmale Durchgang, der zur Rückseite des Hauses führte, war dunkel, und sie tastete sich am Zaun entlang, wobei sie die Tore zählte, bis sie ihren Hinterhof gefunden hatte. Er war allerdings mit Gerümpel zugestellt, und sie stieß gegen das Fahrrad eines Polizisten, das prompt klappernd zu Boden fiel und ihr dabei einen Kratzer am Schienbein verpasste. Sie fluchte leise und rieb sich das Bein, doch im Erdgeschoss brannte ohnehin Licht, und sie wusste, dass sie nicht unbemerkt auf ihrem Zimmer verschwinden könnte. Widerwillig stieg sie die drei Stufen zur Hintertür hinauf. Ihr war klar, dass sie eine Ginfahne hatte, doch es war ihr längst egal.

»Sind Sie das, Mrs Walters?«, rief jemand aus der Küche. Ihre Vermieterin saß mit Mrs Spencer am Tisch, einer Mieterin aus dem ersten Stock. Die Frauen tranken Tee, und es bedurfte keiner großen Geistesübungen, um zu wissen, worüber sie sich unterhalten hatten. »Sie haben das Kind nicht mehr dabei?«, fragte Mrs Seal, als könnte sie ihre Gedanken lesen.

»Nein, ich habe es zu seiner neuen Familie gebracht. Das habe ich Ihnen doch gesagt.« Ohne nachzudenken, schleuderte sie die Kleider, die sie dem Kind ausgezogen hatte, auf den Tisch, und genoss die entsetzten Mienen der Frauen. »Bitte sehr, die können Sie für Ihr Kleines haben. Meins braucht sie nicht mehr.«

Mrs Seal nahm eins der gestrickten Schühchen und betrachtete Annie. »Das arme kleine Ding, wird von Pontius zu Pilatus geschleppt«, sagte sie. »Was ist das nur für ein Start ins Leben?«

»Hm«, machte Annie abweisend. »Das Kind muss Ihnen nicht leidtun. Sie ist bei einer Adligen in Piccadilly gelandet, die hundert Pfund für sie gezahlt hat, und sie wird die Erbin.«

»Hatten Sie nicht gesagt, das Kind wäre ein Junge?« Mrs Spencer und Mrs Seal wechselten einen Blick.

Annie war kurz verunsichert; sie hatte ganz vergessen, dass sie über das Geschlecht des Babys gelogen hatte, doch warum genau, wusste sie nun selbst nicht mehr. »Ganz bestimmt nicht, Minnie«, erwiderte sie trotzig. »Da müssen Sie sich verhört haben.«

»Anscheinend«, erwiderte Mrs Spencer. »Tut mir leid, mein Fehler.«

Annie raunzte den beiden »Gute Nacht« zu und verschwand auf ihrem Zimmer im hinteren Bereich des Hauses. Sie merkte sofort, dass jemand ihre Habseligkeiten durchsucht hatte, während sie unterwegs gewesen war: Die Kinderkleider lagen anders auf dem Bett als zuvor, und sie war sich sicher, dass sie die Schublade geschlossen hatte, in der sie das Fläschchen und das Chlorodyne aufbewahrte. Ihr blieb nichts anderes übrig – sie musste weiterziehen, und zwar schnell. So wie die Schwangere bei Sach ausgesehen hatte, würden ihre Dienste allerdings bald wieder gebraucht, und vorher würde sie sicher kein neues Zimmer finden. Die Entscheidung war gefährlich, doch sie müsste noch ein letztes Kind hierherbringen und die Konsequenzen riskieren. Sach wäre entsetzt, wenn sie wüsste, wie kurz Annie davorstand, aufzufliegen – doch Annie konnte eine gewisse Genugtuung angesichts der Aussicht, Sach mit ins Verderben zu ziehen, nicht leugnen. Genau wie Edwards, falls sie die Gelegenheit dazu hätte. Sie wusste, dass Sach und das Mädchen unter einer Decke steckten und Edwards' Pflichten sich nicht aufs Kochen und Putzen beschränkten. Gut möglich, dass sie versuchten, Annie gänzlich loszuwerden, doch das würde sie unter keinen Umständen zulassen – nicht jetzt, nach allem, was sie getan hatte. Es gab zahlreiche andere Frauen, die ihre Dienste brauchen würden.

Sie goss den Rest der Milch, die sie am Vortag gekauft hatte, in einen Becher und gab ein paar Tropfen Chlorodyne hinzu, um ihr beim Einschlafen zu helfen. Doch als sie sich hinlegte, merkte sie, dass es nicht reichte, um den Lärm in ihrem Kopf zu übertönen, das Dröhnen und Klappern eines Zuges kurz vor der Abfahrt und das Geräusch eines Kindes, das in der Nacht erstickt.

5

Marjorie nahm sich eine Spule mit einem schmalen lila Band und schnitt es vorsichtig zu, wobei sie den Frieden und die Einsamkeit des Ateliers am frühen Abend genoss. Alle anderen hatten vor einer Stunde Feierabend gemacht – die meisten anderen Frauen hatten Familien, um die sie sich kümmern mussten –, und sie hatte bereitwillig angeboten, noch etwas länger zu arbeiten. Nach den Anproben am Nachmittag gab es eine lange Liste kleinerer Änderungen und letzter Handgriffe, und sie hatte es nicht eilig, in die Campell Road und damit zur nächsten Auseinandersetzung mit ihrem Vater zurückzukehren. Außerdem hatte sie ihre eigenen Gründe, allein sein zu wollen.

Sie rückte ihren Stuhl zurecht, um mehr Licht zu bekommen, dann wählte sie eine kräftige Haarnadel aus einer der Kisten auf der Tischmitte und bog sie zu einem Hufeisen, sodass die Enden knapp zweieinhalb Zentimeter auseinanderlagen. Dekorative Elemente für die Abendroben nahmen oft mehr Zeit in Anspruch als die Roben an sich, aber sie waren nicht besonders kompliziert, und während sie ruhig und methodisch die Stoffveilchen erschuf, mit denen Mary Size' Kleid besetzt würde, lösten sich die Spannungen des Tages. Wieso hatte der Streit mit ihrem Vater sie so aufgewühlt? Sie legte das Band über die eine Seite der Haarnadel, zog das längere Ende erst über und dann unter das andere Ende und drehte es dabei zur Hälfte, damit die glänzende Seite außen blieb. Ungewöhnlich war es nämlich nicht – kein Tag verging ohne irgendeinen Streit, und in letzter Zeit hatten sie ohnehin nichts füreinander übriggehabt. Sie hielt das Band gespannt und wiederholte den Vorgang, bis sie genügend Laschen gefertigt hatte, dann wand sie einen feinen Draht um die Mitte, um einen Stiel zu formen. Sie vergewisserte sich, dass alles an Ort und Stelle war, zog dann die Haarnadel heraus und drückte die Mitte zusammen, sodass sich die Blütenblätter ausbreiteten. Dann wickelte sie den Rest des Bandes um den Draht und schloss es unten mit einem festen Knoten ab. Lag es daran, dass sie inzwischen mehr zu verlieren und er es gewagt hatte, in die neue Welt vorzudringen, die sie sich erschaffen hatte? Oder hatte sie sich an seiner opportunistischen Ader gestört, die sie seit Kurzem auch öfter in sich entdeckte?

Geduldig schnitt Marjorie weitere Stücke vom Band ab und arbeitete so lange, bis sie ausreichend Blumen für einen kleinen Strauß hergestellt hatte. Sie band sie zusammen und arrangierte den Stoff so natürlich wie möglich, und als sie auf ihre Hände hinabsah, stellte sie überrascht fest, dass sie sie kaum wiedererkannte – relativ gepflegt, keine Spur von den Schmutzrändern und abgekauten Nägeln, die sie gewohnt war. Ihre Hände waren ihr größtes Pfand, und sie musste sich gut darum kümmern – das war das Erste, was Mrs Reader zu ihr gesagt hatte, als sie im Mai bei Motley anfing, und Marjorie hatte sich selbst damit überrascht, dass sie sich an diesen und sämtliche anderen Ratschläge hielt, die die Chefschneiderin ihr gab. Sie lernte schnell, und als Hilda Reader ihre Begeisterung und ihr Potenzial bemerkte, förderte sie beides bei jeder sich bietenden Gelegenheit, verlangte ihr viel ab, indem sie ihr Sticharten und Techniken beibrachte, die zur hochklassigen Maßschneiderei gehörten – handgerollte Säume und zierliche Biesen, Fransenbesatz und Perlenstickerei –, und half ihr dabei, die unterschiedlichen Gewichte und Qualitäten der Stoffe zu verstehen und wie sie sich unter Theaterbeleuchtung verändern würden. Unter Mrs Readers geduldiger, aber fordernder Aufsicht hatte sie nach und nach gelernt, so schnell zu arbeiten, wie es in einem gefragten Modehaus wie Motley nötig war, und zum ersten Mal in ihrem dreiundzwanzigjährigen Leben verspürte Marjorie aufrichtige Dankbarkeit. Ihr war es gleich, ob sie an Theaterkostümen oder traditionellerer Kleidung für die Boutiquenkollektion der Schwestern arbeitete – sie war von der magischen Verwandlung der Materialien begeistert, vom Privileg, von schönen Dingen umgeben zu sein.

Wieso hatte sie also alles mit einer unüberlegten Entscheidung riskiert, sich von ihrem Vater in eine Komplizenschaft verstricken lassen, die sie beschämte und entsetzte? Vielleicht hatte er recht, und die Gene würden sich immer durchsetzen, egal, wie sehr sie sich dagegen wehrte, und das Leben eines Kindes war schon von Geburt an vorherbestimmt. Sie sah sich im Atelier um, das vor Farbe und Individualität strotzte – Skizzen historischer Kostüme und glamouröse Bühnenaufnahmen hingen an den Wänden, die Regale ächzten unter dem Gewicht der Kunstbände und Galeriekataloge, aus denen die Motleys so oft ihre Inspiration zogen, und neben den Nähmaschinen lagen kleine persönliche Gegenstände der anderen Mädchen, von denen ein Gefühl von Eigentum und Fortbestand ausging –, und verglich es damit, woran sie gewöhnt war: lange Reihen mit Trittnähmaschinen, die von zwei Wärterinnen beaufsichtigt wurden, an denen die einzige Ausschmückungsarbeit darin bestand, eine Nummer auf eine Posttasche zu schablonieren. Keine Neckereien und keine Gesellschaft, von ein paar alten Säuferinnen mit geschwollenen Händen mal abgesehen, die lustlos Kokosbast zur Matratzenfüllung glatt strichen, und ganz sicher keine Kreativität oder Schönheit – nur mechanische, eintönige Arbeit, das unablässige Blau der Gefängnisuniformen.

Mit einem tiefen Seufzer legte sie die Veilchen ab und ging zu den hohen Fenstern, die die St Martin's Lane überblickten. Wie von der Kälte des Tages schon verhießen, segelten die ersten Schneeflocken herab, und Marjorie beobachtete, wie die Leute in Theater oder Gaststätten eilten, lachend das Wetter von ihrer Ausgehkleidung schüttelten, während das höchste Symbol für Weihnachten sich langsam über die Stadt legte. Wieso wirkte alles so viel hoffnungsloser, wenn Weihnachten vor der Tür stand? Das Gefühl der Enttäuschung und Sehnsucht war noch stärker als sonst, die kürzesten Glücksmomente intensiver. Im Dezember kam es bei ihr zu Hause stets zu den heftigsten Auseinandersetzungen, und der Druck, zu gefallen, verschlimmerte die größte Sorge der Familie nur noch – Geld. Den Höhepunkt hatten sie erreicht, als Marjorie ungefähr zwölf war und sie noch nicht in der Stadt wohnten; ihre Mutter war Mitglied in einer Kreditgruppe und griff in den Wochen vor Weihnachten stets auf die gemeinsame Kasse zurück. Marjorie erinnerte sich noch daran, wie ihre Mutter das Geld auf dem Küchentisch ausgebreitet hatte; mehr als ein paar Pfund konnten es nicht gewesen sein, doch sie legte etwas für die Geschenke der Kinder beiseite und bezahlte mit dem Rest ihre Schulden ab; kleine Münztürme auf Schuldscheinen und Einkaufslisten. Marjorie spülte Geschirr, während ihre Mutter vor sich hin summte und rechnete, ihr Vater saß mit der Zeitung am Kamin. Da rief einer ihrer kleinen Brüder etwas aus dem Nebenzimmer, und ihre Mutter ging nachsehen; ihr Vater musste ihr gefolgt sein, denn als Marjorie sich ein paar Minuten später umdrehte, standen beide in der Tür und sahen sie vorwurfsvoll an. Ein Münzstapel war vom Tisch verschwunden. Nach einem bitteren Streit rannte Marjorie aus der Wohnung. Sie wusste, dass ihr Vater das Geld eingesteckt hatte, genau wie ihre Mutter, die später zugab, es sei einfacher gewesen, ihrer Tochter die Schuld in die Schuhe zu schieben. Das Talent ihrer Mutter bestand darin, nie den wirklich Verantwortlichen zu beschuldigen. Diese Ader zog sich durch Marjories gesamte Familie, und mittendrin befanden sich ihre Eltern – abwechselnd wütend, befangen und verloren, als könnten sie sich nicht mehr daran erinnern, wer wen in die Falle gelockt hatte.

Verärgert wandte sie sich von ihrem Spiegelbild ab und ging in den kleinen Anproberaum, um die nächste Aufgabe auf Mrs Readers Liste in Angriff zu nehmen und etwas Ordnung zu schaffen. Ihrer schlechten Laune zum Trotz musste sie lächeln, als sie die Flasche Wodka und zwei Gläser entdeckte, die Geraldine Ashby am frühen Abend hereingeschmuggelt hatte. Marjorie machte sich keine Illusionen, was Gerrys Interesse an ihr betraf, sah darin jedoch keinen Grund, sich zu zieren. Am meisten faszinierte sie, dass Gerrys Zuneigung auf Gegenseitigkeit beruhte. Sie mochte Geraldine, und zwar nicht wegen ihres Vermögens oder ihres Titels, sondern wegen ihrer Unberechenbarkeit. Sie widersetzte sich den Erwartungen, und auf ein Mädchen, dessen trotzige Rebellionsversuche ihm immer wieder Ärger eingebrockt hatten, seit es fünfzehn war, wirkte diese Einstellung gefährlich attraktiv. Marjorie griff nach der Flasche, um sie wegzuwerfen, bevor jemand sie entdeckte, überlegte es sich dann jedoch anders und goss sich den Rest ein. An der Wand hing ein Ausschnitt aus dem *Tatler* des Vormonats mit der Überschrift: »Krankenschwestern profitieren von theatralischem Coup«. Das Bild zeigte die Schneiderinnen Motleys mit einigen Mitgliedern des Cowdray Clubs im Atelier, wo die Kleider für die Gala angefertigt wurden; darunter befand sich ein kleineres Bild mit Noël Coward und Gertrude Lawrence auf einer Bühne. Ronnie und Lettice hatten für alle Mitarbeiterinnen eine Ausgabe gekauft, und Marjorie dachte erneut an die Worte ihres Vaters, ihre neuen Freunde seien nicht alles, wofür sie sie halte. Sie wusste, was er damit meinte, und doch wohnte dieser glanzvollen Scheinwelt etwas inne, das sich echter anfühlte als alles andere, dem sie bislang begegnet war. Sie hatte Blut geleckt und war dadurch leichtsinnig geworden, hatte Lucy Versprechungen gemacht, von denen sie nicht wusste, ob sie sie einhalten konnte. Lucy schien sich daran nicht zu stören. Marjorie hatte ohnehin oft den Eindruck, dass Lucy bloß um ihretwillen mitspielte, denn auf emotionaler Ebene wirkte sie oft reifer als Marjorie; vielleicht passierte das, wenn man Mutter wurde. Sie hielt sich das Kleid vor die Brust, an dem Änderungen vorgenommen werden mussten, und betrachtete sich im Spiegel. Trotzdem, dachte sie. Trotzdem war dieser Plan besser als die meisten anderen, und außerdem war es dumm, kalte Füße zu bekommen, wenn es bereits zu spät war, um noch etwas daran zu ändern.

Sie trug das Kleid vorsichtig zurück ins Atelier, da fiel ihr Blick auf eine Schneiderpuppe neben einem Ballen dunkelblauer

Seide. Sie wusste, dass daraus ein passender Umhang für eine der Roben gemacht werden sollte, und auf Hilda Readers Liste für den nächsten Tag stand er ganz oben. Sie wurde es nie müde, dabei zuzusehen, wie sie die Entwürfe der Motley-Schwestern zum Leben erweckte, die Zeichnungen durch Feststecken, Drapieren und Zuschneiden der Stoffe scheinbar mühelos in ein dreidimensionales Kleidungsstück verwandelte. Es imponierte ihr, und Marjorie war begeistert gewesen, als Mrs Reader gesagt hatte, sie sei fast so weit, es selbst einmal auszuprobieren. Sie konnte Lettice und Ronnie gut leiden und bewunderte ihr Talent; natürlich war ihr ihre Meinung wichtig. In erster Linie wollte sie allerdings Hilda Reader beeindrucken – die Frau, die als Erste an sie geglaubt hatte, die Mutter, die sie sich gewünscht hätte –, und genau das könnte sie damit erreichen, wenn sie den Umhang selbst schneidern würde, jetzt, da alles still war. Es war riskant, doch das Risiko würde sich lohnen, wenn sie das Gesicht ihrer Chefin am nächsten Morgen sehen würde, und außerdem würde es sie von ihren Gedanken ablenken.

Sie trank sich noch einen Schluck Mut an und maß die Seide ab. Dann drapierte sie sie um die Puppe, wobei sie oben ausreichend Stoff ließ, um den Kragen später abzuschließen. Vorsichtig holte sie die Webkanten nach vorne und steckte sie oben an den Schultern am hinteren Teil fest, wobei sie darauf achtete, dass es an der Brust nicht zu sehr spannte. Sie kontrollierte die gewünschte Länge ein letztes Mal anhand des Entwurfs, holte tief Luft und nahm sich die Schere – ab hier gab es kein Zurück mehr, doch es hatte keinen Sinn, halbherzig vorzugehen. Entschlossen schnitt sie den Stoff ab, bedachte dabei die fünf Zentimeter für den Saum, und war erleichtert, dass der Schnitt gerade war und die Seide sich so an die Puppe schmiegte wie erwartet. Getragen von ihrem Erfolg, arbeitete Marjorie geduldig weiter, verlor sich so sehr in ihrer Arbeit, dass sie alles andere vergaß. Als sie einen Schritt zurücktrat, um die Form des Materials zu beurteilen, bevor sie die letzten Schnitte setzte, hörte sie plötzlich Schritte auf der eisernen Außentreppe. Beschwingt von der wundersamen Verwandlung des Stoffes in sein zweidimensionales Gegenstück, trat sie auf den Flur, und es gab nichts, dem sie nicht gewachsen war.

Als sie sah, um wen es sich handelte, wollte sie etwas sagen, doch bevor sie ein Wort herausbekam, wurde sie heftig gegen die Wand im Empfangsbereich gestoßen. Sie war völlig überrumpelt, da wurde ihr auch schon etwas ins Gesicht gesprüht. Sie wandte sich ab, ihre Augen brannten, doch erneut wurde gesprüht, und was sie einatmete, nahm ihr die Orientierung. Sie stolperte rückwärts ins Atelier, wollte die Tür hinter sich schließen, doch sie war zu langsam. Als sich das Maßband eng um ihren Hals schnürte, war sie zu schwach, um sich zu wehren.

Die Neuigkeiten von Josephines Ankunft in London hatten sich rasch verbreitet. Im Cowdray Club erwartete sie eine Nachricht von Ronnie und Lettice mit der Anweisung – nicht mal mit viel gutem Willen konnte die Rede von einer Einladung sein –, sich im Anschluss an die Abendaufführung von *Romeo und Julia* zum Abendessen mit ihnen im Rules zu treffen. Anscheinend gab es »viel zu besprechen«, und im Umschlag steckte außerdem eine Eintrittskarte für das Stück, falls sie es sich ansehen wollte. Die Zeiten, in denen sie kommen und gehen konnte, wie es ihr gefiel, waren offenbar zu Ende, doch es machte ihr nicht allzu viel aus.

Freundlicherweise hatten die beiden ihr einen Platz im hinteren Teil des Parketts reserviert, sodass sie jederzeit hinzustoßen konnte, und sie erledigte noch etwas Arbeit, bevor sie sich für das Theater umzog. Sie beschloss, mit dem Taxi ins New zu fahren, und rechnete damit, bis zur Oxford Street zu Fuß gehen zu müssen. Als sie jedoch den Club verließ, entdeckte sie ein Taxi ein paar Häuser weiter, das gerade jemanden vor der Kirche in der Henrietta Place absetzte. Der Fahrer nickte ihr zu, als er sie sah, und während er seinen Fahrgast abkassierte, dachte sie darüber nach, was sie in Finchley und Islington gesehen hatte.

»Josephine?«

Die Stimme klang zögerlich und kam von der gegenüberliegenden Straßenseite. Eine Frau stand an den eisernen Geländern, und Josephine konnte ihren Augen kaum trauen. Sie starrte hinüber, war viel zu überrascht, um auch nur ein Wort zu äußern, da trat die Frau aus dem Schatten und kam auf sie zu. Offensichtlich wusste sie nicht, auf welche Art von Begrüßung sie sich einstellen sollte. »Tut mir leid, dass ich so unangekündigt auftauche«, sagte sie. »Ich wollte dich sehen, bloß ist mir keine gute zufällige Begegnung eingefallen. Da dachte ich, ich komme einfach Hallo sagen.«

»Marta, du musst dir doch keine zufälligen Begegnungen einfallen lassen. Ruf mich einfach an.« Josephine freute sich aufrichtig, die Geliebte ihrer Freundin Lydia nach so langer Zeit wiederzusehen, und breitete die Arme aus. »Lydia hat mir überhaupt nicht erzählt, dass du zurück bist.«

»Sie weiß es auch gar nicht.« Marta löste sich aus der Umarmung, und Josephine fiel auf, wie sehr sie sich in den letzten achtzehn Monaten verändert hatte. Sie war immer noch umwerfend schön, doch von der Wärme in ihrem Blick, die maßgeblich zu ihrer Schönheit beigetragen hatte, war kaum noch etwas zu entdecken, und das trotzige Blitzen, das es Josephine so sehr angetan hatte, war fast völlig verschwunden. Kein Wunder, dachte sie. Sie war dem Tod unfassbar nahegekommen, und die zwangsweise Trennung von Lydia hatte sicher auch ihre Spuren hinterlassen. Gott weiß, was die anderen Geister ihrer Vergangenheit ihr in der Zeit angetan hatten. »Ich weiß, ich hätte mich bei Lydia melden sollen«, fuhr sie fort. »Aber das schaffe ich im Moment einfach nicht.« Sie hielt inne, suchte offenbar nach einer Erklärung. »Sie soll nicht denken, dass ...«

»Ich weiß, ich weiß«, fiel Josephine ihr ins Wort, um es ihr leichter zu machen. »Nach allem, was passiert ist, ist es sicher nicht einfach zwischen euch, aber sie hat jetzt bestimmt keine schlechte Meinung von dir.« Sie lächelte aufmunternd. »Lydia liebt dich, Marta, und daran hat sich auch nichts geändert, glaub mir. Soll ich dir den Weg ebnen? Bist du deshalb hier?« Sie schaute zum Taxi, das gerade wendete, um sie einzusammeln. »Ich wollte mich gerade mit Lettice und Ronnie treffen, aber das kann warten, wenn ich jetzt mit ihr reden soll. Mir ist es viel wichtiger, euch beide wieder zusammen ...«

»Josephine, hör mir bitte einfach kurz zu«, unterbrach Marta sie ungeduldig. »So meinte ich das gar nicht. Lydia soll nicht denken, dass wir da weitermachen, wo wir aufgehört haben. Die Dinge haben sich verändert. Ich habe mich verändert, und ich wollte dich um deinetwillen sehen. Das hat nichts mit Lydia zu tun.«

»Wie bitte?«

»Verstehst du das wirklich nicht?« Marta wandte sich kurz ab, sichtlich frustriert. Als sie sich wieder umdrehte, entdeckte Josephine zu ihrem Entsetzen Tränen in ihren Augen, doch sie wirkte gefasster. »Bei unserem letzten Treffen hatten wir nicht die Gelegenheit, uns näher kennenzulernen.« Sie lächelte schief. »Man könnte sagen, es ist etwas dazwischengekommen, aber ich will nicht über die Vergangenheit reden. Das hier ist ein Neuanfang für mich, und ich weiß nicht, ob dabei Platz für Lydia ist. Eigentlich hatte ich gehofft, du hättest einen Platz darin.«

Das Taxi hielt in diskretem Abstand. »Verstehe ich dich wirklich richtig?«, fragte Josephine schockiert.

»O Mann, ich wusste, dass ich es versemmeln würde, egal, wie oft ich es im Kopf durchgehe.«

»Keine Sorge, Marta. Es ist bestimmt nicht einfach, die richtigen Worte zu finden, um mich zu bitten, eine gemeinsame Freundin zu hintergehen. Na ja, zumindest bedeutet sie mir etwas.«

»Mir bedeutet sie natürlich auch etwas, aber so einfach ist es nicht. Du verstehst das eben nicht.«

Aus reiner Panik fiel Josephines Antwort grober aus als beabsichtigt. »Sei bloß nicht so herablassend«, sagte sie. »Ich musste fast zwei Jahre lang zusehen, wie Lydia versucht hat, wieder auf die Beine zu kommen, nachdem du ihr den Boden unter den Füßen weggerissen hast. Ich glaube, ich verstehe genug.«

»Ist dein Blick da nicht etwas romantisch verfärbt? Wenn es mit Lydias Karriere besser laufen würde, hätte sie meine Abwesenheit sicher viel leichter ertragen.« Sie seufzte. »Tut mir leid. Mir steht es nicht zu, Lydia zu kritisieren, und das war ein fieser Kommentar.«

»Wenngleich nicht völlig unberechtigt.« Josephine lächelte, und die Atmosphäre entspannte sich etwas. »Mir tut es auch leid, Marta, aber das hat mich völlig unvorbereitet erwischt.«

»Das kann ich gut verstehen. Mir geht es ähnlich.«

»Du kennst mich doch kaum. Wir haben uns während der schrecklichsten Zeit deines Lebens kennengelernt, und ich war nur zufällig dabei. Ich kann verstehen, was dir das bedeutet, aber das macht es noch lange nicht echt, das siehst du doch bestimmt auch, oder?«

»Und wer ist jetzt herablassend? Hör zu, ich habe schon mehr gesagt, als ich eigentlich wollte«, erwiderte Marta. »Eigentlich wollte ich dir nur das hier geben.« Sie holte einen Umschlag aus ihrer Tasche. »Ich führe jetzt schon seit ein paar Monaten Tagebuch. Ich dachte, es hilft mir vielleicht dabei, mit allem zurechtzukommen, und dann ist mir aufgefallen, wie oft von dir die Rede ist. Ich möchte, dass du es liest.« Josephine öffnete den Umschlag und spähte hinein. Im Licht der Straßenlaterne sah sie einen Stapel aus dünnem, blauem Papier, das von Martas unverwechselbarer Handschrift übersät war. »Vielleicht erklärt es alles etwas besser. Ich weiß, was das für ein Schock für dich ist«, fügte sie hinzu. »Aber kannst du wirklich ehrlich sagen, dass es nur von meiner Seite ausgeht? Habe ich mir nur eingebildet, dass unter anderen Umständen etwas zwischen uns gewesen sein könnte?« Josephine überlegte kurz, denn sie wollte ehrlich mit sich sein. Ihr Zögern schien Marta zu ermutigen. »Bitte, Josephine, gib mir eine Woche. Lies es und denk darüber nach, um mehr bitte ich dich gar nicht. Nächsten Freitag bin ich bei Prunier's, und wenn du Nein sagst, störe ich dich nie wieder.«

»Und falls ich Nein sage, was wird dann aus Lydia?«

»Falls?« Sie hob keck eine Augenbraue, und Josephine errötete angesichts des Zugeständnisses, dass es überhaupt etwas zu bedenken gab. »Aber um auf deine Frage zurückzukommen – über Lydia denke ich nicht nach, bevor ich weiß, was in dir vorgeht.« Sie hob abwehrend die Hände, als Josephine zum Protest ansetzte. »Tut mir leid, falls das brutal klingt, aber ich bin vierundvierzig und habe keine Zeit, Rücksicht auf Moral zu nehmen, und wenn ich deswegen Freundlichkeit und Mitgefühl aus dem Fenster werfen muss, dann ist es eben so. Die letzten Monate hatten kaum etwas Gutes an sich, aber ich konnte ehrlich mit mir sein und darüber reflektieren, was ich wirklich will. Ich habe viel zu viel von meinem Leben verschwendet, und ich fürchte, das hat mich egoistisch gemacht.« Sie beugte sich vor und gab Josephine einen sanften Kuss auf die Wange. »Wenn du nicht auftauchst, weiß ich, dass du dich entschieden hast.«

Marta ging zum Taxi und hielt Josephine die Tür auf, doch Josephine zögerte. »Woher wusstest du überhaupt, dass ich hier bin?«, fragte sie.

»Ich habe dich beim Einkaufen gesehen und bin dir nach Hause gefolgt.«

»Also war die Gardenie von dir.« Der Duft von Martas Parfüm hing immer noch schwer zwischen ihnen.

»Ja. Ich dachte, das ist besser, als einfach aus dem Nichts aufzutauchen.«

»Noch besser wäre es gewesen, wenn dein Name darauf gestanden hätte.«

»Ich dachte, das wäre nicht nötig«, sagte Marta leise. »Also habe ich meine Antwort vielleicht schon.«

Vor dem New Theatre gab Josephine – immer noch peinlich berührt – dem Fahrer ein großzügiges Trinkgeld und machte es sich rechtzeitig zum Ball der Capulets auf ihrem Platz bequem. Lettice und Ronnie hatten sowohl Bühnenbild als auch Kostüme entworfen, wodurch die Aufführung eine visuelle Kohärenz besaß, für die die beiden bekannt waren, und wenn Josephine Lust auf Fantasiespielchen gehabt hätte, hätte es sie sofort ins Italien der Renaissance versetzt. Ein schmaler Himmelsstreifen verlief an der Rückwand, deutete Sonne und Wärme an, und Wimpelketten verliehen den Vorgängen eine festliche Atmosphäre. Der Balkon befand sich im Zentrum, und im Laufe des Stücks verwandelte sich die Bühne rasch mit dem Zuziehen eines Vorhangs oder der raffinierten Änderung der Beleuchtung in einen Garten, eine Mönchszelle, in Julias Schlafzimmer und später in ihre Grabkammer, während die Kostüme, die am Anfang noch in bunten Farben leuchteten, allmählich zu Schwarz verblassten und damit die veränderte Stimmung in der Geschichte widerspiegelten.

Josephine hatte das Gefühl, sie hätte Lydia an diesem Abend bereits einen Schlag versetzt, und war fest entschlossen, der Darstellung der rivalisierenden Hauptdarstellerin nichts abzugewinnen, doch es war ihr unmöglich. Peggy sah aus, als wäre sie einem Botticelli-Gemälde entstiegen, und die Leichtigkeit und Spontanität ihrer Darbietung waren ein Genuss. Laurence Olivier hingegen näherte sich dem Ende seiner Zeiten als Romeo. Sicher würde Shakespeares Dichtung besser bedient, wenn John Terry die Rolle am Ende des Monats übernehmen würde, doch Josephine bezweifelte, dass Johnny – der ausschließlich in sich selbst verliebt war – die jugendliche, rastlose Leidenschaft in sich hatte, die das Publikum an diesem Abend in ihren Bann schlug. Irgendwie gelang es Larry, gleichzeitig ungestüm und zögerlich zu wirken, und man kaufte ihm leicht ab, dass die Liebe ihn fest im Griff hatte und er nicht über Konsequenzen nachdachte. Das hatte Josephine gerade noch gefehlt. Marta beherrschte ihre Gedanken, und als Larry den Balkon so zärtlich berührte, als wären die Steine eine Erweiterung Julias, konnte sie kaum hinsehen.

Während die Schauspieler sich zum dritten Mal verbeugten, stand Josephine auf und ging zum Bühneneingang. Larry war schon auf dem Weg nach oben aus dem Salon, und sie gratulierte ihm warmherzig. »Danke, Josephine.« Er bedachte sie mit dem neckischen Lächeln, das ihn als Bothwell in ihrer *Queen of Scots* so attraktiv gemacht hatte – er war kurzfristig eine Woche vor der Premiere eingesprungen. »Die Motleys haben mir schon erzählt, dass du heute vielleicht hier bist. Schön, dass es dir gefallen hat.« Er sah an ihr vorbei zu einer dunkelhaarigen Frau, die oben an der Treppe wartete, und sein natürlicher Charme intensivierte sich. »Tut mir leid, ich muss weiter. Schön, dich mal wieder gesehen zu haben.« Er sprintete die Treppe hinauf, und Josephine ging weiter, um nach Lettice und Ronnie zu suchen.

Der Salon war voll von den typischen Abfällen nach einer Aufführung – hinterlassene Weingläser, halb leere Teller, abgelegte Bescheidenheit –, und Josephine machte die Motleys rasch im amüsierten Geschrei in einer der Umkleiden aus. »Vivienne hatte vollkommen recht«, sagte Ronnie gerade, als Josephine den Kopf zur Tür hineinsteckte. »Erst kommt ihre Maske auf die Bühne, und Hephzibar dann drei Minuten später.« Die Anwesenden brachen in schallendes Gelächter aus, da entdeckte Ronnie sie und sprang aus Benvolios Schoß. »Josephine! Na endlich! Seit mindestens achtundvierzig Stunden in London, und wir haben keinen Mucks von dir gehört. Wie bist du nur ohne uns zurechtgekommen?«

»Überhaupt nicht. Was glaubst du, wieso ich hier bin?« Sie umarmte Ronnie und Lettice und gab dann Lettice' Verlobtem George, der Peter dargestellt hatte, einen Kuss auf die Wange. »Was für eine wunderbare Inszenierung. Ihr seid sicher ganz begeistert.«

»Sind wir«, erwiderte Lettice. »Von den Besucherzahlen sind wir allerdings noch begeisterter, wir kriegen nämlich jetzt einen Anteil vom Profit ab. Jede verkaufte Eintrittskarte bringt uns einen Viertelpenny.«

»Also lass dich ruhig zum Essen einladen, Josephine.« George lächelte.

»Kommst du etwa nicht mit?«

»Nein, aber ich«, sagte eine Stimme hinter ihr, dann spürte sie Hände auf den Schultern und einen Kuss am Hinterkopf.

»Lydia! Mit dir hatte ich ... wie schön, dich zu sehen.« Josephine hoffte, sie klang überzeugter, als sie sich fühlte. Angesichts der Begegnung mit Marta wäre es ihr schon mit den Motleys schwergefallen, sich normal zu verhalten; in Lydias Gegenwart würde es schlicht unmöglich werden, und ihre Fassade schien bereits jetzt zu bröckeln.

»Alles in Ordnung?« Lettice musterte sie besorgt. »Du bist irgendwie nicht ganz du selbst.«

»Ja, alles gut. Ich habe den Tag bloß mit ein paar merkwürdigen Gestalten verbracht, da dauert es eine Weile, bis ich wieder bei mir bin.«

»Das hast du davon, dich in einem Frauenclub einzuquartieren.« Ronnie drückte ihre Zigarette aus und griff nach ihrem Mantel.

Josephine lachte. »So meinte ich das nicht. Ich meinte die Figuren in meinem Buch.«

»Pass trotzdem lieber auf. Es ist nur eine Frage der Zeit, bis diese ganze Weiberwirtschaft auf dich abfärbt.«

»Ich hätte ja nichts dagegen«, sagte Lydia mit gespieltem Selbstmitleid. »Bei mir ist es so lange her, ich weiß schon gar nicht mehr, wie es geht.«

»Sollten wir uns nicht langsam auf den Weg machen?«, fragte Josephine.

»Ja, das stimmt.« Lettice schaute auf die Uhr und gab George einen Abschiedskuss. »Nicht, dass sie unseren Tisch jemand anderem geben. Ich stehe kurz vorm Verhungern. Wir können uns unterwegs unterhalten.«

Sie traten auf die St Martin's Lane, wo der Schnee sich gerade über Fensterbänke und Autodächer legte. »Um Himmels willen, Marjorie ist immer noch bei der Arbeit«, sagte Ronnie mit Blick auf die beleuchteten Atelierfenster. »Meinst du, wir sollen kurz reingehen und sie nach Hause schicken?« Sie pikte Josephine in die Schulter. »Und wir können dir dein Gewand für nächste Woche zeigen. Du bist wahrscheinlich die Einzige aus dem Cowdray Club, die heute nicht bei uns auf der Matte stand.« In dem Moment erlosch das Licht im Atelier.

»Anscheinend reicht es ihr jetzt doch«, sagte Lettice. »Kein Wunder, so hart, wie sie heute gearbeitet hat. Wir zeigen es Josephine lieber morgen. Wenn wir jetzt hochgehen, denkt Marjorie sonst, sie muss noch länger bleiben, und außerdem soll sie nicht denken, dass wir sie kontrollieren.«

Sie gingen weiter Richtung Restaurant, wobei Lydia sich an Josephines Seite gesellte, während die Motley-Schwestern über die Arbeit redeten. »Strumpfhosen stehen jedenfalls keinem von beiden«, sagte sie. »Larry ist zu dürr, und Johnny hat X-Beine.« Es war ein mutiger Versuch, unbeschwert zu wirken, doch Josephine wusste, wie schwierig es für Lydia sein musste, eine jüngere Frau in der Rolle zu sehen, nach der sie sich so sehr sehnte, und insgeheim zu wissen, dass sie wahrscheinlich nie wieder die Julia spielen würde. »Johnny hatte mir versprochen, dass wir es noch ein letztes Mal zusammen machen«, fuhr sie fort. »Und dann hintergeht dieses Arschloch mich und gibt Peggy die Rolle, ohne es mir auch nur im Ansatz zu erklären. Sei ehrlich – man würde doch nie meinen, dass zwischen uns siebzehn Jahre liegen, oder?«

»Nein, natürlich nicht.« Peggys Darbietung war deswegen so erfolgreich, da sie Julias Jugend mit ihrer Leidenschaft bewahrt hatte. Josephine dachte daran, wie oft sie Lydia auf der Bühne gesehen hatte, lange bevor sie sich kennenlernten, und wie sehr sie sie bewundert hatte; Josephine hielt sie für eine weitaus bessere Schauspielerin als sämtliche ihrer Zeitgenossinnen, doch das war auch kein Trost, wenn das Theater an eine neue Generation übergegangen war. »Aber du weißt doch, wie es ist«, fuhr sie unbestimmt fort. »Wenn Johnny freie Hand gehabt hätte, wärst du sicher seine erste Wahl gewesen, aber es haben so viele Leute die Finger im Spiel, und er muss es allen recht machen. Außerdem es ist ja auch nicht so, als hättest du nichts zu tun gehabt.«

»Ich habe in einem zweitklassigen Stück im Savoy hinter Flora aufgeräumt, das lässt sich wohl kaum vergleichen. Ich bin heilfroh, wenn das Jahr vorbei ist – das war eine Enttäuschung nach der anderen. Ich hoffe inständig, dass 1936 besser wird.«

»Immerhin hast du dein Cottage.« Josephine wusste, dass das Häuschen auf dem Land, das Lydia sich nach dem Erfolg von *Richard von Bordeaux* gekauft hatte, in Martas Abwesenheit ihr größter Trost war.

»Tagley? Ja, es ist wirklich himmlisch. Du musst mich unbedingt mal besuchen kommen.« Sie hakte sich bei Josephine unter. »Tut mir leid, dass ich so ein Häufchen Elend bin, aber ich habe immer noch nichts von ihr gehört. Ich hatte diese dumme Idee, wir könnten Weihnachten zusammen im Cottage verbringen und dort einen Neuanfang wagen. Ehrlich gesagt, war das einer der Gründe, warum ich es überhaupt gekauft habe, aber sie hat keinen einzigen Brief von mir beantwortet.«

»Gab es inzwischen eine andere?«, fragte Josephine. »Für dich, meine ich«, fügte sie rasch noch hinzu.

»Nichts Ernstes. Ich war zu nichts in der Lage, und ich dachte nie, dass ich das mal sagen würde.« Sie seufzte. »Ach, Josephine. Vor achtzehn Monaten hatte ich alles, was ich mir je gewünscht habe, aber es kann so schnell vorbeigehen, oder?«

Josephine nickte. »Falls Marta sich melden würde, würdest du dann anders weitermachen?«

»Wie meinst du das?«

»Nachdem sie weg war, meintest du, dass es vielleicht anders gelaufen wäre, wenn du ihr und ihren Gefühlen mehr Beachtung geschenkt hättest. Würdest du Marta jetzt an erste Stelle setzen? Vor deine nächste Rolle?«

»Natürlich.« Sie bemerkte Josephines Blick. »Na, zumindest würde ich es versuchen. Ich würde mir einreden, dass ich es kann. Machen wir uns nichts vor, mit zunehmendem Alter werde ich sicher mehr Freizeit haben.«

»Das klingt nach keiner großen Wahl.«

»Ja, da hast du wohl recht.« Lydia schwieg kurz. »Aber es hat funktioniert, oder?«, fragte sie schließlich. »Du hast uns glücklich erlebt, nicht wahr?«

Josephine dachte an die Zeit zurück, die sie mit Marta und Lydia verbracht hatte. Sie hatte die beiden überraschend heftig um ihre Nähe beneidet, und seitdem spürte sie mit erschreckender Regelmäßigkeit eine gewisse Ruhelosigkeit in sich, weigerte sich allerdings, sie als Einsamkeit zu bezeichnen. Vielleicht hatte Marta sie deshalb so wütend gemacht: Indem sie Lydia zu verraten drohte, verriet sie gleichzeitig Josephines zerbrechliche Hoffnung auf eine Partnerschaft, die auf Liebe, Respekt und Kompromissbereitschaft basierte. »Ja, das dachte ich«, erwiderte sie wahrheitsgemäß. »So glücklich, wie zwei Menschen eben miteinander sein können.«

»Optimistisch wie eh und je.« Lydia lächelte, und der sanfte Spott erinnerte Josephine an ihre alte Freundschaft. Plötzlich merkte sie, wie sehr sie ihr gefehlt hatte; dieser Tage sprachen sie kaum noch miteinander. »Vielleicht hast du recht.« Lydia seufzte. »Vielleicht wäre sie mit jemand anderem besser dran, und ich halte mich an die Tänzerinnen im Ivy.«

»So meinte ich das gar nicht.«

»Ich weiß, und mach dir keine Sorgen. Noch werde ich nicht aufgeben.«

Am Restaurant angekommen, öffnete Josephine dankbar die Tür. Sie konnte es kaum erwarten, endlich am Tisch zu sitzen, wo das Gespräch etwas verdünnt würde. Sie wusste nicht, wem sie die Schuld geben sollte – Marta, weil sie sie in diese Situation gebracht, oder sich selbst, weil sie es zugelassen hatte –, aber solange sie wütend war, musste sie wenigstens nicht über ihre wahren Gefühle nachdenken.

Das Rules lag nicht nur direkt gegenüber der neuen Wohnung der Motleys, sondern war gleichzeitig auch das älteste Restaurant Londons und das zweite Zuhause zahlreicher Theaterleute. Schon lange gingen hier Berühmtheiten aus sämtlichen Schichten ein und aus, und Gäste wie Charles Dickens und Edward VII. lebten in Karikaturen und Fotografien an den Wänden weiter. Der Ruf der Familie basierte auf traditionellen Londoner Speisen, und das Restaurant war nach wie vor auf Wild spezialisiert, das oft aus hauseigenen Jagdgründen stammte; normalerweise hätte das Angebot Josephine begeistert, doch heute warf sie bloß einen kurzen Blick auf die Karte und wählte das erstbeste Gericht.

»Dann erzähl uns mal etwas mehr über die merkwürdigen Leute, mit denen du dir die Zeit vertreibst.« Lettice klang fröhlich, schien jedoch zu spüren, dass etwas nicht stimmte. »Archie meinte, es hat irgendetwas mit einem echten Verbrechen zu tun.«

»Ja, das stimmt.« Sie lauschten, während Josephine in groben Zügen den Fall von Sach und Walters umriss und dann die Verbindung zu den Vorgängen in Anstey Jahre später erklärte.

»Ich verstehe ja nicht ganz, was ihr Problem war.« Ronnie spülte ihren Sarkasmus mit einem Schluck Champagner hinunter. »Ihre Mutter ist doch auf eine Bombenidee gestoßen. Ich musste einmal eine halbe Stunde lang auf das Kind einer Freundin aufpassen, dafür hätte ich dreißig Pfund gar nicht mal so unangemessen gefunden.«

»Aber wie um alles in der Welt dachten sie, dass sie damit durchkommen?«, fragte Lettice fasziniert. »Dafür hätten sie doch viel vorsichtiger sein müssen.«

»Da wäre es sicher schlauer gewesen, sich eine etwas wortgewandtere Verteidigung auszudenken als nur ›Ich hab nie irgendwelche Kinder umgebracht‹.« Ronnies Cockney-Akzent war äußerst überzeugend, und Lydia lächelte beifällig. »Aber im Ernst.« Ronnie lehnte sich zurück, damit der Kellner eine große Platte Austern vor ihr abstellen konnte. »Hat eure Gala nicht auch was mit irgendeiner Organisation für Kinder zu tun?«

»Ja, mit dem Waisenhaus der Schauspieler. Das liegt Noël sehr am Herzen, und seine Tante sitzt im Clubgremium.«

»Da kommt man ins Nachdenken, oder?«

»Inwiefern?« Die Gewohnheit ihrer Schwester, nie genau zu sagen, was sie meinte, nervte Lettice gewaltig.

»Na ja, es ist 1935, und wir müssen immer noch Spenden für ungewollte Kinder sammeln, damit sie in Einrichtungen aufwachsen, in denen es bestimmt nicht sehr gemütlich zugeht, selbst wenn sie vom König der Londoner Bühnen unterstützt werden. Legal ist es vielleicht, aber besonders fortschrittlich kommt es mir nicht vor.«

»Schon lustig – als ich Gertie das erste Mal auf der Bühne gesehen habe, war sie so schwanger, dass sie kaum noch in die Kostüme gepasst hat.« Lydia nahm sich ein Stück Brot. »Das war kurz nach dem Krieg, und anscheinend hat sie am Tag vor der Geburt eine Frühvorstellung und eine Abendvorstellung gegeben. Die ganze Sache ging dann natürlich in die Hose. Wenn sie das Kind nicht ihrer Mutter aufs Auge hätte drücken können, wäre es vermutlich auch im Waisenhaus gelandet.«

»Und du bist dir wirklich sicher, dass das Geld den Wohltätigkeitsorganisationen zufließt?«, fragte Ronnie mit einem Funkeln in den Augen. »Ich würde da an deiner Stelle ganz genau aufpassen. Für die Lawrence beginnt die Wohltätigkeit im Moment vor ihrer eigenen Tür.«

»Sei doch nicht so reißerisch«, rügte Lettice. »Das liegt alles hinter ihr. Sie zahlt ihre Schulden mit fünfzig Pfund die Woche ab, und außerdem wurde sie gerade von der Pleite befreit.«

»Von welcher Pleite?«

»Um Gottes willen, warst du hinter dem Mond? Gibt es in Inverness etwa keine Zeitungen? Miss Lawrence' finanzielle Zwangslage ist seit Monaten ein gefundenes Fressen für die Presse. Anscheinend war sie so sehr damit beschäftigt, neue Autos und Blumen zu bestellen, dass sie vergessen hat, ihre Wäschereirechnung zu begleichen. So was kann schnell mal passieren.«

»Wirklich schrecklich«, meinte Lettice mitfühlend, während sie Bratkartoffeln um ihre Rindfleisch-Nieren-Pastete arrangierte. »Gertie, ihre Haushälterin und ihr Hund wurden auf die Straße gesetzt. Irgendwann sind sie dann bei ihrem Agenten untergekommen.«

»Schön zu wissen, dass Agenten zumindest für eine Sache taugen«, sagte Lydia bitter. »Wobei sich ihre Standards anscheinend trotzdem nicht gesenkt haben.«

»Nein, sie ist fest entschlossen, sich nicht zurückzunehmen.« Lettice war für ihre Kenntnis sämtlicher Klatschkolumnen bekannt, und Josephine wunderte sich kein bisschen über ihr Wissen um Gertrude Lawrence' Finanzen. »Sie will jeden Penny durch Varieté und zusätzliche Filmaufnahmen wieder reinholen.«

»Und Benefizgalas.«

Während die Motleys ihren Schlagabtausch fortsetzten, bemerkte Josephine, wie oft sich Traurigkeit über Lydias Gesicht legte, und irgendwann ertrug sie es nicht mehr. Wenn sie hierbliebe, würde sie Lydia vermutlich diskret mit vor die Tür nehmen und ihr alles erzählen, was Marta gesagt hatte, und das würde die Situation nur noch verschlimmern. »Ich muss leider los«, warf sie in einer kurzen Pause ein. »Ich habe morgen früh noch einen Termin mit meinen Kindsmörderinnen.«

»Jetzt schon? Bleib doch noch zum Nachtisch.«

»Das geht leider nicht, aber ich verspreche, dass ich morgen zur Anprobe ins Atelier komme. Archie meinte, es lohnt sich. Passt euch gegen fünfzehn Uhr?«

Die beiden nickten und ließen sie ohne weitere Widerrede ziehen. Auf der Straße atmete Josephine erleichtert durch und schaute zu Archies Wohnung hinauf, doch dort brannte kein Licht. Enttäuscht ging sie die Maiden Lane hinab und hoffte, in der Bedford Street ein Taxi zu finden, aber sie schaffte es nicht weit, bevor jemand nach ihr rief. »Ich kann dich nicht einfach so gehen lassen.« Lettice kam zu ihr geeilt. »Du warst den ganzen Abend über neben der Spur. Was ist los, Josephine? Ist zwischen dir und Archie etwas vorgefallen?«

»Nein, daran liegt es nicht. Ich hatte bloß nicht mit Lydia gerechnet, und das war ein bisschen unangenehm.«

»O Gott, du weißt was über Marta, oder? Hat sie sich bei dir gemeldet?« Josephine nickte. »Und sie hat keine Lust auf eine fröhliche Zusammenführung?«

»Nein, derzeit nicht. Vielleicht nie wieder.«

»Solltest du das nicht besser Lydia erzählen?«

»Ja, aber ich muss mir erst gut überlegen, was ich sagen will.«

»Marta mochte dich schon immer, oder?« Lettice betrachtete sie, und Josephine wusste, was ihr durch den Kopf ging. Dankenswerterweise ging sie jedoch nicht weiter darauf ein und sagte stattdessen: »Ihr bekommt das schon hin, aber wenn du Hilfe brauchst, weißt du ja, wo ich wohne. Davon muss sonst niemand erfahren.«

Josephine lächelte dankbar. »Was erzählst du den anderen? Die fragen sich sicher, warum du mich in den Schnee verfolgst.«

»Keine Angst, die glauben, ich hätte deinen Handschuh unter dem Tisch gefunden.« Sie drückte Josephine die Hand. »Das wird schon. Bis morgen dann.«

Als Marjorie wieder zu sich kam, lag sie auf dem Boden des Ateliers. Die Deckenbeleuchtung war ausgeschaltet worden, und die einzige Lichtquelle war eine Lampe auf Hilda Readers Arbeitstisch. Es war eiskalt, und sie wollte sich aufsetzen, doch ihr Körper fühlte sich schwer an, und Schwindel und Übelkeit machten es ihr unmöglich, sich länger als ein paar Sekunden lang aufrecht zu halten. Ihr Kopf sackte zurück auf die Dielen, und sie wartete schweigend darauf, dass die Symptome nachließen und sie verstehen würde, was passiert war. Es war so still, dass sie dachte, sie wäre allein, doch ihre Erleichterung hielt nicht lange an. Ein Geräusch erklang zu ihrer Linken; Tabletten, die aus einem Fläschchen geschüttet wurden. Sie lauschte angestrengt und hörte leise, gemächliche Schritte im Atelier. Diese Gelassenheit jagte ihr Angst ein.

Sie musste erneut das Bewusstsein verloren haben. Als sie die Augen wieder öffnete, merkte sie, dass sich jemand über sie beugte, dann spürte sie Hände unter ihren Armen und wurde zum Tisch der Chefschneiderin geschleift. Dort wurde sie unsanft auf einen Stuhl gezerrt, und die Hände wurden ihr mit einem weichen Material hinter dem Rücken gefesselt. Sie wollte protestieren, doch die Worte in ihrem Mund waren dick und schwer, und den Laut, den sie ausstieß, erkannte sie selbst nicht wieder. Kalter Schweiß brach ihr im Gesicht und an den Händen aus. Irgendwie wusste sie, dass es wahrscheinlich an dem

Sprühnebel lag, den sie eingeatmet hatte, doch es fühlte sich trotzdem an, als träte ihre Angst greifbar aus ihr hervor, breitete sich langsam, aber unaufhaltsam in ihrem Körper aus. Verzweifelt versuchte sie zu sehen, was vor sich ging, doch zwischen ihr und der Lampe befand sich eine Gestalt, und erst, als sie zur Seite trat, erkannte sie, dass ihr das Schlimmste noch bevorstand. Der Lichtschein fiel auf eine Nadel – keine, die sich für gewöhnlich auf Hilda Readers Arbeitstisch fand, sondern eine Sacknadel, die nicht für Seide, sondern für Sackleinen verwendet wurde und ihr aus ihrer Zeit im Gefängnis vertraut war. Daneben stand die Kiste mit Perlen, die sie am Morgen gekauft hatte. Als die Kiste angehoben und geöffnet wurde, hörte sie erneut das Geräusch, das sie für Tabletten gehalten hatte, und sah entsetzt zu, wie sich die Perlen in einem Strom aus scharfkantigem, schwarzem Glas auf den Tisch ergossen.

Das Warten war unerträglich und wurde nur dadurch leichter, dass sie so schrecklich müde war. Sie wollte sich einfach hinlegen und der Bewusstlosigkeit hingeben, doch sie war an den Stuhl gefesselt, und das, was ihr an Überlebensinstinkt blieb, befahl ihr, wach zu bleiben. Ihr Atem ging tief und unregelmäßig, doch sie versuchte ein letztes Mal, dem Wahnsinn ins Auge zu sehen. Das war ihr letzter Akt des Widerstands. In Sekundenschnelle wurde die tödliche Ruhe von einem Rausch aus Gewalt und Hass ersetzt, und Marjorie spürte, wie ihr der Mund aufgestemmt und ihre Schreiversuche mit einer Handvoll Glas nach der anderen erstickt wurden. Die scharfkantigen Perlen schnitten ihr in die Zunge und rieben sich an ihren Zähnen, und ihr Mund füllte sich mit Blut. Sie versuchte, das Glas auszuspucken, damit ihr nicht zu viel davon in die Kehle geriet, doch kräftige Finger hielten ihr die Nase zu und zwangen sie zum Schlucken, und sie spürte, wie sich die durchdringende Gewissheit des Todes in ihren Magen bewegte. Kurz löste sich der Griff, und sie schnappte nach Luft, was jedoch lediglich die Invasion ihres Körpers beschleunigte. Sie keuchte hilflos, und dann begann die Tortur aufs Neue. Ihr Kopf wurde nach hinten gerissen, und die Nadel fuhr ihr durch die Haut, zwang ihre Aufmerksamkeit auf Schmerzen, die so groß waren, dass außer ihnen nichts existierte, zerriss das Gewebe in einem Schwall aus Rage. Das Gefühl des Fadens, der sich durch ihre Lippen wob, brachte sie zum Würgen, doch für das Erbrochene war außer in ihrer Nase oder Kehle kein Platz. Sie spürte, wie sie langsam erstickte, und ihre Füße traten nutzlos auf den Boden, zählten die letzten Sekunden ihres Lebens ab. Kurz bevor sie das Augenlicht verlor, legten sich die Hände erneut an ihr Gesicht, doch diesmal war keine Spur von Gewalt. Marjorie konnte sich nicht mehr wehren und ließ zu, dass ihr Kopf sanft nach rechts gedreht wurde. Im sorgfältig platzierten Ganzkörperspiegel sah sie dem hässlichen, demütigenden Schrecken ihres eigenen Todes zu.

6

Hilda Reader entstieg der U-Bahn-Station am Piccadilly Circus und fand sich in einer von Frische und Licht verwandelten Welt wieder. Bis in die frühen Morgenstunden hatte es heftig geschneit, und der tief hängende Himmel verhieß mehr. Sie war schon immer der Meinung gewesen, dass der Winter besser zu London passte als die anderen Jahreszeiten; die Stadt leuchtete in der seltsamen, harten Klarheit des kalten Wetters, und sie war froh, dass sie dem abgestandenen Mief der U-Bahn eine Station früher entstiegen war, um die frische Luft zu genießen. Auf den Straßen und Gehsteigen war der Schnee bereits dem Verkehr und spielenden Kindern zum Opfer gefallen, doch auf den Markisen und Dächern war er noch unberührt, und die oberen Stockwerke verblassten in Schwarz-, Weiß- und Grautönen, fast wie auf einer Fotografie. Die einzigen Farbtupfer bildeten ein paar wackere Blumenverkäufer, die auf den Stufen rings um Eros saßen und deren Auslage durch die bittere Witterung nur noch wertvoller erschien.

Sie ging die Coventry Street hinab und überquerte den Leicester Square, wobei sie sich bereits auf die Arbeit freute, so wie immer. Die Motleys hatten so viel zu tun wie noch nie, und sie ging oft samstags ins Atelier, da sie sich dann endlich um Aufgaben kümmern konnte, die sie unter der Woche nicht erledigt bekam, da sie dreißig Schneiderinnen beaufsichtigen musste. Ihr Privatleben litt nicht darunter. Ihr Mann war Einkäufer bei Debenhams, und sie hatte Glück, in zweiter Ehe einen Mann gefunden zu haben, dem ihre Karriere ebenso wichtig war wie seine. Mit dreißig Jahren war sie zur Kriegswitwe geworden und hatte akzeptieren müssen, dass ihre Hoffnung auf ein liebevolles Zuhause, wie sie es aus ihrer Kindheit kannte, zusammen mit ihrem Mann auf belgischem Boden begraben worden war. Widerwillig hatte sie sich mit einem einsamen Leben abgefunden und war froh, dass sie in einem der wenigen Berufe arbeitete, der nicht für die Handvoll Männer aufgegeben werden musste, die von der Front zurückkehrten. In ihrer Stelle bei Motley fand sie eine andere Art der Erfüllung. Später, als sich ihre Freundschaft zu John wundersamerweise wandelte, lebte sie in der ständigen Angst, sich irgendwann entscheiden zu müssen – doch sie hatte ihn unterschätzt. Er war ein guter, schlauer Mann und wusste, dass sie ihn niemals geheiratet hätte, hätte er sie zu einer Entscheidung gezwungen.

Die Ehe funktionierte, und die gemeinsame Zeit war ihnen beiden wichtig. Jeden Samstagabend gingen sie zusammen aus, und Hilda waren die Theater und Kinos des West Ends so vertraut wie gute Freunde. Die Motleys ermutigten sie dazu, so viel wie möglich zu sehen, um über die neusten Ideen und Moden auf der Bühne im Bilde zu sein, und genau das liebte sie an den beiden am meisten: ihre Bereitschaft, andere mit einzuschließen. Sie lauschten ihr heute noch genauso aufmerksam wie damals, als sie zu ihren Füßen saßen und das Nähen lernten, und der Ruhm der letzten Jahre hatte daran nichts geändert. Im Atelier ging es mit jedem Tag chaotischer zu, und manchmal trieb es Hilda mit ihrem Ordnungssinn in den Wahnsinn, doch ihre Kolleginnen bildeten die große, unbändige Familie, die ihr verwehrt geblieben war, und derzeit waren sie mit talentierten Mitarbeiterinnen gesegnet. Sie gab gerne zu, dass die Aussicht, ehemalige Insassinnen aufzunehmen, ihr Angst und Schrecken eingejagt hatte, doch sie war eines Besseren belehrt worden. Ihre größte Sorge bestand nun darin, Marjorie nicht zu verlieren, sie nicht auf die schiefe Bahn geraten zu lassen und sie so weit wie möglich mit einzubeziehen, sodass sie von keinem anderen Modehaus abgeworben wurde, denn dort erkannte man echtes Talent ebenfalls auf den ersten Blick.

Als Hilda auf die St Martin's Lane einbog, segelten die ersten Flocken des angekündigten Schneefalls herab. Sie kramte in ihrer Tasche nach dem schweren Schlüsselbund, stellte dann jedoch überrascht fest, dass das schmiedeeiserne Tor zum Personaleingang offen stand. Erst dachte sie, die Motleys hätten heute früher angefangen, doch die unberührte Schneedecke auf dem Kopfsteinpflaster zeugte davon, dass an diesem Morgen noch niemand das Gebäude betreten hatte. Marjorie hatte doch sicher nicht die ganze Nacht lang gearbeitet? Vielleicht hatte sie auch nur vergessen, hinter sich abzuschließen, und in dem Fall würde Hilda am Montag ein ernstes Wörtchen mit ihr wechseln. Sie zog das Tor hinter sich zu und stapfte über den Hof, wobei sie das trockene Knirschen des unberührten Schnees unter ihren Schritten genoss. Als sie um die Ecke bog, blieb sie jedoch wie angewurzelt stehen. Am Fuß der eisernen Treppe – zu nahe am Haus, als dass man es von der Straße aus hätte sehen können – lag jemand reglos im Schnee, teilweise in tödliches Weiß gehüllt. Um Gottes willen, nicht doch, dachte sie und eilte weiter, nicht Marjorie – die Kleine musste im Dunkeln auf der Treppe ausgerutscht sein, und wenn sie die ganze Nacht dort gelegen hatte, hätte sie die Kälte niemals überstanden. Aus der Nähe erkannte sie allerdings, dass es sich um einen Mann handelte – nicht Marjorie lag dort im Schnee, sondern ihr Vater.

Für ihn kam alle Hilfe zu spät, das war ihr sofort klar. Er lag auf der Seite, die Augen offen; Schneeflocken hatten sich an seine Wimpern und seinen Bartschatten gesetzt. Hilda spürte den einsamen Schrecken seines Todes, dankte jedoch gleichzeitig Gott, dass er sie vor Schlimmerem bewahrt hatte. Der Szene wohnte eine tiefgreifende Stille inne, und sie fragte sich, weshalb sie noch nie zuvor bemerkt hatte, wie die Alltagsgeräusche der St Martin's Lane verschwanden, sobald man den Hof betreten hatte. Hier, inmitten der zweifachen Desorientierung aus Schnee und unerwartetem Tod, fiel es ihr schwer, die Geschehnisse einzuordnen. Hatte Marjories Vater nach Marjorie gesucht und war dabei verunglückt? Oder steckte etwas Schlimmeres dahinter? Sie dachte daran, wie aufgelöst Marjorie gestern nach der Mittagspause gewirkt hatte. Hatten sie sich gestritten? Hatte er ihr wehtun wollen, und war Marjorie in dem Versuch, sich zu verteidigen, weiter gegangen als beabsichtigt? Hilda zögerte. Sie wusste, dass sie nach oben gehen und Hilfe rufen musste, wollte den Toten jedoch nur ungern allein lassen. Ja, das war dumm – was sollte ihm noch passieren, und auch Einsamkeit und Kälte konnten ihm nichts mehr anhaben –, doch es kam ihr falsch vor, ihn zurückzulassen. Außerdem verlangte es sie nach Gesellschaft, selbst nach der eines Fremden.

Rasch ging Hilda zurück Richtung St Martin's Lane und winkte einen jungen Mann heran, der gerade zufällig vorbeiging. Er wirkte überrascht, war aber hilfsbereit und bot an, sich nach einem Polizisten umzusehen. Hilda wusste, dass es schneller gehen würde, die Polizei vom Atelier aus zu rufen, und außerdem musste sie die Motleys so schnell wie möglich über die Vorfälle informieren. Sie stationierte den Mann bei der Leiche und erklomm vorsichtig die Stufen. Sie waren immer noch gefährlich, und sie hielt sich am glatten, wenig vertrauenerweckenden Geländer fest. Wo war Marjorie, und was war passiert? Oben angekommen, stellte sie fest, dass die Eingangstür offen stand. Schnee war in den Flur geweht und dort zu feuchtem Schlamm geschmolzen. Leise ging sie auf das Atelier zu und spürte, dass sie nicht allein war, noch bevor sie Marjorie am anderen Ende des Raumes entdeckte, wo sie mit dem Rücken zur Tür saß.

»Marjorie, Liebes – Gott sei Dank geht es dir gut. Was um Himmels willen ist passiert?« Das Mädchen stand sicher unter Schock, denn sie reagierte nicht, selbst als Hilda erneut nach ihr rief. »Schon gut, Liebes, egal, was passiert ist, du bist nicht allein. Wir kümmern uns um dich.« Als Hilda näher trat und die Hand ausstreckte, bemerkte sie den Geruch, konnte ihn jedoch erst einordnen, als es bereits zu spät war. Sie sah Marjories Ebenbild in dem großen Spiegel, der nur ein paar Meter von ihr entfernt stand. Entsetzt und angeekelt starrte sie auf das Blut und die Schwellungen um ihren Mund, auf die Nadel, die an einem

Faden von ihren Lippen hing, an ihr eigenes Spiegelbild, das neben der Toten stand und Marjories Demütigung allein dadurch verschlimmerte, dass sie sie bezeugte. Nun verstand Hilda, weshalb Marjorie ihr nicht geantwortet hatte, und sie öffnete den Mund und schrie für sie beide.

Detective Inspector Archie Penrose saß an seinem Schreibtisch in New Scotland Yard und überlegte, wie er am besten einen Pakt mit dem Teufel schließen sollte, um seine Tage um jeweils ein paar Stunden zu verlängern. Er war seit sieben Uhr morgens auf der Arbeit und hatte gerade mal die Hälfte der Berichte überprüft, die über Nacht eingetroffen waren, darunter auch Fallowfields Bericht über die Diebstähle und anonymen Briefe im Cowdray Club. Normalerweise würde sich Penrose damit nicht befassen, doch der Polizeichef hatte ihm Druck gemacht, und je schneller die Sache geklärt wäre, desto besser.

Er griff nach dem Hörer, um einen Termin zu vereinbaren, doch noch bevor er mit der Telefonistin sprechen konnte, steckte Fallowfield den Kopf zur Tür herein. »Tut mir leid, dass ich störe, Sir, aber wir müssen los. Thompson hat gerade von unten angerufen, ein Mann hat zwei Leichen gemeldet, und ich habe die Adresse erkannt. Das Atelier Ihrer Cousinen, und eine der Toten ist eine junge Frau.«

Kurz war Penrose wie benommen. Dann griff er erneut nach dem Hörer und schnauzte Lettice' Nummer ins Telefon. »Na los, geh schon ran«, murmelte er, während es läutete und läutete, doch niemand hob ab, und bei Ronnie verlief es genauso. »Was hat Thompson noch gesagt?«, fragte er, während sie zum Auto rannten. »Haben wir eine Beschreibung der Toten?« Fallowfield zögerte, und Penrose erkannte, dass es etwas gab, das er ihm nur ungern berichten wollte. »Ja?«

»Eine Personenbeschreibung haben wir nicht, Sir, bloß davon, was ihr angetan wurde.«

»Und? Mensch, Bill, raus mit der Sprache.«

»Jemand hat ihr den Mund zugenäht.«

»Um Gottes willen!« Penrose hielt kurz inne, bevor er einstieg, um die Bilder vor seinem inneren Auge abzuschütteln. »O Gott, bitte nicht«, sagte er leiser.

»Na also, Sir – noch wissen wir doch gar nichts.« Fallowfield nahm Penrose ruhig den Schlüssel aus der Hand und ging zur Fahrerseite. »Sie wurde im Atelier gefunden. Die andere Leiche liegt auf dem Hof – sieht aus, als wäre er auf dem Weg nach draußen die Treppe runtergestürzt.«

»Und wer hat es gemeldet?«

»Ein Kerl namens Gaunt. Ellis Gaunt, glaube ich.«

Der Name sagte Penrose nichts, doch im Moment galt das für alles. Die kurze Fahrt vom Embankment zur St Martin's Lane verging wie in einem Nebelschleier, und er war bereits ausgestiegen, bevor Fallowfield gänzlich vor Haus Nummer 66 zum Stehen gekommen war. Kurz hinter dem Tor entdeckte er Lettice und Ronnie, die eine ältere Frau trösteten, die er als ihre Chefschneiderin erkannte; ein Mann – vermutlich Gaunt, der sie gerufen hatte – stand verlegen ein Stück abseits, als wollte er den Kummer der Frauen nicht stören. Als Penrose auf sie zugerannt kam, sahen alle erschrocken auf. »Gott sei Dank«, stieß er hervor, und es war ihm egal, dass er nicht besonders professionell klang. »Ich dachte kurz, eine von euch ...«

»Nein, Archie, uns geht es gut.« Lettice lächelte schwach, doch genau wie Ronnie wirkte sie um Jahre gealtert, und Ronnie konnte ihre Gefühle kaum beherrschen – keine Tränen, sondern Wut, aber das verwunderte ihn nicht. Schon seit ihrer Kindheit reagierte Ronnie auf Trauer oder Ungerechtigkeit stets zornig, um ihre Verletzlichkeit zu verbergen. Die andere Frau – wieso fiel ihm ihr Name nicht ein? – gab sich sichtlich Mühe, sich zusammenzureißen, doch es nutzte nichts. Sie starrte auf das Taschentuch in ihren Händen, wickelte sich immer wieder eine Ecke davon um den Finger und schüttelte den Kopf; sie wirkte dankbar, dass Lettice es ihr ersparte, das Erlebte direkt berichten zu müssen. »Marjorie ist ermordet worden. Marjorie Baker, eins von unseren Mädchen. Hilda hat ihren Vater an der Treppe gefunden, als sie heute Morgen zur Arbeit kam, und als sie nach oben ist, um Hilfe zu rufen, hat sie Marjorie entdeckt.«

Penrose warf einen Blick zum Treppenabsatz. »Es gibt noch einen anderen Weg zum Atelier, oder?«

»Ja, den Kundeneingang vorne am Haus.« Lettice öffnete ihre Tasche und holte einen Schlüsselbund hervor. »Hier, die wirst du brauchen.«

Penrose ging zurück auf die Straße, wo Fallowfield gerade Handschuhe und andere Ausrüstung aus dem Auto holte, und reichte ihm die Schlüssel. »Bill, sieh dich kurz drinnen um, und alle müssen runter vom Hof. Sie stehen unter Schock und sollten bei diesen Temperaturen nicht hier draußen sein, aber sieh dir erst alles genau an. Wir können keine weiteren Überraschungen gebrauchen.«

Er ging zurück zu der Gruppe und sprach sanft die Frau an, die die Leichen gefunden hatte. »Es tut mir sehr leid, dass Sie das durchmachen mussten. Mein Sergeant durchsucht gerade die Räumlichkeiten und sperrt das Atelier ab. Das wird nicht lange dauern, und dann muss ich Ihnen ein paar Fragen stellen. Entweder machen wir das hier, oder ich suche uns etwas in der Nähe, wenn Sie lieber nicht direkt wieder ins Haus gehen wollen.«

»Nein, schon gut«, erwiderte sie. »Ich will Ihnen nicht noch mehr Umstände bereiten.«

»Wir gehen gleich hoch in die Wohnung.« Lettice drückte Hilda die Schulter. »Da ist zwar alles mit Material vollgestopft, aber es ist ruhig und abgeschirmt, und wir können uns ein bisschen mit Tee aufwärmen.«

Penrose war dankbar für das Taktgefühl seiner Cousine. Das Kommen und Gehen von Tatortfotografen, Spurensicherung und Leichenwagen waren für jemanden, der es nicht gewohnt war, ein unangenehmer Anblick, und es war wichtig, dass Hilda nicht abgelenkt würde. »Sie sind Mr Gaunt?« Er streckte dem Mann am Tor die Hand hin. »Ich bin Detective Inspector Penrose. Sie haben den Mord gemeldet, richtig?«

»Richtig«, erwiderte Gaunt. »Ich war auf dem Weg zur Arbeit, da habe ich gesehen, wie Mrs Reader vom Hof kam. Irgendwas stimmte nicht, da bin ich stehen geblieben, und sie hat mich gebeten, hier unten bei der Leiche zu warten, während sie die Polizei rief, damit niemand anders auf den Hof kommt. Dann habe ich sie schreien gehört und bin direkt nach oben. Ich dachte, ihr wäre etwas zugestoßen.« Er hielt inne und betrachtete Hilda Reader. »Als ich gesehen habe, was passiert ist, habe ich mich geärgert, dass ich den Anruf nicht selbst getätigt hatte, aber in dem Moment kam es mir sinnvoll vor. Sie wusste, wo das Telefon steht und alles. Aber ich wünschte, ich hätte ihr den Anblick ersparen können. Das da oben ist schrecklich, und sicher umso mehr, wenn man das Opfer kennt.«

»Das konnten Sie ja nicht ahnen.« Penrose war vom Anstand des jungen Mannes überrascht. »Was haben Sie getan, als Sie oben ankamen?«

»Ich habe Mrs Reader gefragt, wo das Telefon ist, und ihr gesagt, sie soll auf dem Flur warten. Dann habe ich Sie gerufen.«

»Und danach sind Sie direkt wieder zusammen nach unten?«

»Nein, Archie, sie haben noch ein bisschen Staub gewischt und die Frühjahrskollektion fertiggestellt. Natürlich sind sie direkt wieder runter. Sie wollten bestimmt nicht mit einem menschlichen Nadelkissen da oben bleiben.« Ronnie konnte ihre Wut nicht länger verhehlen, doch in ihrem aufgebrachten Blick blitzten Tränen.

Gaunt wirkte peinlich berührt, doch Penrose nickte ihm aufmunternd zu. »Ja, fast. Mrs Reader hat mich erst noch gebeten, ihre Chefinnen anzurufen. Also habe ich das gemacht, und dann haben wir unten gewartet.«

»Wir sind sofort los«, schaltete sich Lettice ein. »Wir konnten es einfach nicht glauben. Wir waren ungefähr seit fünf, zehn Minuten hier, als du kamst.«

»Und niemand hat den Hof verlassen?«

»Nein, natürlich nicht. Wir wussten ja, dass wir nichts anfassen dürfen.«

»Eins ist allerdings passiert.« Hilda Reader sprach so leise, dass Penrose sie kaum verstehen konnte. »Oben ... der Geruch. Ich konnte nicht anders. Der Schreck, als ich sie gefunden und gesehen habe, was er ihr angetan hat. Ich ... ich musste mich leider übergeben, ich konnte nicht anders«, wiederholte sie. »Es tut mir leid. Ich hoffe, ich habe damit kein Beweismaterial zerstört.«

»Ach, Hilda.« Lettice nahm sie in den Arm. »Wie furchtbar. Du musst dich für nichts entschuldigen.«

»Lettice hat recht, Mrs Reader«, sagte Penrose. »Kein Grund zur Entschuldigung, das ist eine völlig natürliche Reaktion.«

»Mir war erst nicht klar, dass sie tot ist«, erklärte Hilda. »Sie saß mit dem Rücken zu mir, und ich dachte, etwas wäre zwischen ihr und ihrem Vater vorgefallen. Ehrlich gesagt, dachte ich, sie hätte ihm etwas angetan, doch dann wurde mir klar, dass es andersrum war.«

»Wieso dachten Sie, Marjorie hätte ihrem Vater etwas angetan?«, wollte Penrose wissen.

»Weil er sich gestern Mittag hier rumgetrieben hat und sie sehen wollte. Sie hat sich drüben im Pub mit ihm getroffen, und als sie zurückkam, wirkte sie aufgewühlt, ja, wütend. Ich glaube, sie hat sich für ihn geschämt. Sie hat nie über ihr Elternhaus gesprochen. Sie hat sich immer wieder entschuldigt, für den Fall, dass er mir lästig gewesen war.«

»Dabei müsste es vielmehr uns leidtun«, sagte Lettice. »Wir waren die ganze Zeit drüben im Theater. O Gott«, fügte sie hinzu, als es ihr wieder einfiel. »Wir haben sogar gesehen, wie das Licht ausging. Wir hätten ihr helfen können.«

»Um wie viel Uhr war das?«

»Kurz nachdem das Stück vorbei war, also gegen Viertel nach zehn. Wir hätten nach ihr sehen sollen. Wir hätten das nie zulassen dürfen.«

»Da hast du verdammt recht.« Ronnie steckte sich eine Zigarette an und warf Archie einen trotzigen Blick zu, als wollte sie ihn dazu auffordern, ihr das Rauchen am Tatort zu verbieten. »Wieso wussten wir nicht, dass Marjorie in Schwierigkeiten steckt? Weil wir nie Zeit dafür haben, uns mit den Mädchen über irgendetwas außer der Arbeit zu unterhalten. Wir sind so sehr mit unseren Stücken und Besprechungen und beschissenen Wohltätigkeitsveranstaltungen beschäftigt, dass wir nicht mal merken, was unter unserem eigenen Dach vorgeht. Wenn das Arschloch sich nicht selbst den Schädel eingeschlagen hätte, hätte ich ihm die Arbeit liebend gern abgenommen.«

Fallowfield tauchte wieder auf dem Hof auf und nickte Penrose diskret zu. »Drinnen ist alles in Ordnung, Sir«, sagte er. »Nichts Auffälliges außer dem Atelier.«

»Gut. Geht ihr bitte alle in die Wohnung? Ich komme so bald wie möglich nach. Mr Gaunt, Sie sind bestimmt schon viel zu spät dran, wir wollen Sie also nicht länger aufhalten. Zu gegebener Zeit brauchen wir noch eine offizielle Aussage und haben eventuell noch weitere Fragen – sagen Sie Sergeant Fallowfield, wie wir Sie am besten erreichen können, dann dürfen Sie gehen. Können wir Sie irgendwo hinbringen?«

»Nein, danke, Sir. Ich arbeite nur ein paar Minuten von hier im Coliseum.«

»Bühnentechnik?«, fragte Penrose, und Gaunt nickte. Sie sahen zu, wie Lettice und Ronnie Hilda Reader zum Haupteingang führten. »Danke für Ihren Einsatz heute Morgen«, sagte Penrose. »Das war sicher nicht leicht. Bitte behalten Sie die Einzelheiten einstweilen für sich. Wir müssen Miss Bakers Hinterbliebene informieren, und ich muss herausfinden, was genau hier passiert ist, und das geht alles leichter, wenn die Abendzeitungen mich nicht dabei unterstützen. Darf ich mich darauf verlassen, dass Sie niemandem irgendwelche Namen nennen?«

»Ja, natürlich«, erwiderte Gaunt.

Zur Abwechslung schenkte Penrose der Antwort auf diese Frage Glauben. »Sind unsere Leute unterwegs?«, fragte er Fallowfield. »Im Moment schneit es zwar noch nicht so viel, aber es soll noch schlimmer werden.«

»Sollten jeden Augenblick hier sein, Sir. Ich habe Spilsbury gerade noch erwischt, und er meinte, er kommt direkt rüber.«

»Wunderbar.« Penrose überließ es Fallowfield, sich Gaunts Kontaktdaten zu notieren, und ging zur Treppe. Aus der Ferne, um die direkte Umgebung der Leiche nicht zu kompromittieren, sah er auf den Toten hinab. Sein Kopf lag an der Treppe, sein Körper parallel zum Haus, eine Hand nahe am Gesicht, die andere hinter sich geworfen, sodass sie gerade noch die Stufe berührte und es wirkte, als hätte er sich auffangen wollen, während er bereits fiel. Penrose schätzte ihn auf Mitte sechzig, und danach zu urteilen, was der Schnee nicht bedeckt hatte, war er schäbig gekleidet. Er ging in die Hocke und bemerkte die rote, wunde Verfärbung an den Fingerknöcheln, wo die Haut der Kälte ausgesetzt gewesen war. Der Schnee hatte seine stille Arbeit verrichtet – wehen, verhüllen, auslöschen –, hatte ihm kaum merklich das Leben entzogen, falls der Sturz ihn nicht schon vorher getötet hatte, und bereitete denjenigen zusätzliche Schwierigkeiten, die den Todesfall untersuchen würden.

Penrose wandte Baker den Rücken zu und ging durch den Haupteingang nach oben, um die letzten Augenblicke im Leben seiner Tochter zusammenzusetzen, wobei er vorher noch seine Tasche aus dem Auto holte. Kurz hinter der Tür zum Atelier blieb er stehen, nutzte die Ruhe, um die Szene in ihrer Gesamtheit auf sich wirken zu lassen, bevor die Spurensicherung eintreffen würde. Wenn die genaue Untersuchung der einzelnen Beweisstücke erst einmal begonnen hatte, war die Gelegenheit verloren, und er war stets froh, wenn er der Erste war, der dienstlich an einem Tatort eintraf; Fotografien waren von unschätzbarem Wert, und manch grausamer Mord war in der Fotografieabteilung hoch oben über der Themse aufgeklärt worden, doch für den eigenen ersten Eindruck gab es keinen Ersatz. Vorsichtig stellte er seine Tasche auf den nächstgelegenen Tisch, nahm ein Paar Handschuhe heraus und ging langsam in den Raum. Der Anblick war entsetzlich und Übelkeit erregend. Marjorie hing auf einem Holzstuhl, und obwohl er ihre Verletzungen im Spiegel hatte sehen können, war er nicht darauf vorbereitet, wie traumatisch es war, ihr direkt ins Gesicht zu schauen. Er konnte sich unmöglich vorstellen, wie sie vorher ausgesehen hatte, derart verzerrt und entstellt waren ihre Züge. Blut und Erbrochenes waren ihr aus der Nase und den Zwischenräumen ihres zugenähten Mundes geronnen und liefen in dünnen Rinnsalen ihr Gesicht hinab auf den Schneiderkittel, wo sie das Monogramm der Motleys beschmutzten. Penrose bemerkte die kleinen schwarzen Glasstücke darin – Marjories Leiden hatte begonnen, lange bevor die Nadel ihre Haut berührte. Bei genauerem Hinsehen machte er winzige Schnittwunden und Kratzer rings um ihre Nase und Wangen aus, vermutlich von Glassplittern, die bei dem brutalen Übergriff nicht in ihrem Mund gelandet waren; einige Perlen lagen noch auf dem Tisch neben der Leiche, und er sah, dass sie grob zerstoßen worden waren, um die Kanten noch schärfer und tödlicher zu machen. Ihre Lippen waren geschwollen und verfärbt, und die Nadel – etwa zehn Zentimeter lang und mit gebogener Spitze – hing an einem dicken, schwarzen Faden von ihrem Mund herab. Die Naht war grob, und Penrose konnte sich Marjories Schmerzen kaum ausmalen, doch das war auch nicht nötig – er konnte sie von ihren Augen ablesen. So glasig und passiv sie im Tod auch das erbarmungslose Spiegelbild anstarrte, schien sie ihn doch anzuflehen, ihrer Qual ein Ende zu setzen. Als er vor ihr in die Hocke ging und damit die Sicht auf den Spiegel blockierte, hätte er sie fast für dankbar halten können.

Marjorie hatte die Hände im Schoß zusammengelegt, doch die roten Male an ihren Handgelenken wiesen darauf hin, dass sie gefesselt worden war. An ihrem Hals fanden sich ähnliche Spuren, und deren Breite schien zum Maßband zu passen, das über der Stuhllehne hing. Penrose hatte versucht, sich vom Gestank der Leiche abzulenken, doch erfolglos; erst nach der Autopsie wüsste er, ob ihre Inkontinenz einer giftigen Substanz oder schlicht ihrer Angst geschuldet war. Es würde ihn allerdings wundern, wenn Marjorie nicht in irgendeiner Art und Weise beeinträchtigt gewesen wäre. Sie war jung und wirkte einigermaßen kräftig, doch im Raum gab es keine Kampfspuren. Die

Nähtische befanden sich immer noch in ordentlichen Reihen, und die Stühle und Schneiderpuppen standen aufrecht an ihren Plätzen. Natürlich hätte der Mörder oder die Mörderin genug Zeit gehabt, wieder aufzuräumen, doch daran glaubte Penrose nicht. Nein, er spürte etwas weitaus Kontrollierteres und Methodischeres in der brutalen Entstellung der jungen Frau. Er stand auf und musterte die Stoffe und Zeichnungen, die Kontraste aus Farben und Beschaffenheiten, die den Raum füllten. Der Tod war immer hässlich, ob nun in Form einer gnädigen Kugel in den Kopf oder der ausgedehnten Folter, die er vor sich sah, doch meistens beschränkte er sich auf die ärmeren Bezirke und unauffällige, sogar verwahrloste Haushalte; die Tatsache, dass er hier einen Ort der Schönheit verschandelt hatte, dass Marjorie auf abstoßende Art und Weise zwischen Insignien von Eleganz und Mode entstellt worden war, kam ihm bedeutsam vor.

Zum ersten Mal in seiner Karriere war er bereits mit einem Tatort bekannt, und ihm fiel auf, wie sehr Gewalt die Atmosphäre beeinflusste; die Veränderung ging weit über jeden materiellen Schaden hinaus, und er fragte sich, wie Lettice und Ronnie wohl damit umgehen würden, und ob Hilda Reader je wieder dazu in der Lage wäre, in diesem Atelier zu arbeiten. Er dachte an sein Gespräch mit Josephine: Die Geschichte eines Mordes bestand nicht nur im Verbrechen oder den Ermittlungsarbeiten – die beiden Phasen, mit denen er zu tun hatte –, sondern darin, wie sich die Menschen im Anschluss aufrappelten und ihr Leben weiterführten. Falls die naheliegendste Erklärung tatsächlich die richtige war und Marjories Vater nach ihrer Ermordung einen tödlichen Sturz erlitten hatte, war es mit Penrose' Beteiligung vorbei, bevor es überhaupt angefangen hatte. Für alle anderen – Marjories Familie und Kolleginnen und all jene, die von der Schande der Tat ihres Vaters zerstört würden – war es erst der Anfang, und plötzlich verspürte er überwältigenden Kummer für die unsichtbaren Opfer eines Mordes, Tausende Menschen, für die Gerechtigkeit nicht gleich Trost bedeutete und die mit den Folgen leben mussten, während sich Profis wie er die Hände von einem Fall reinwuschen und zum nächsten übergingen.

Allerdings glaubte er nicht, dass es zwischen ihm und den Bakers so schnell vorbei wäre. Das offensichtliche Szenario war zwar logisch, doch er war nicht davon überzeugt. Er warf einen Blick zu dem Tisch neben der Leiche, musterte die Garnrollen und Stoffproben, die Kästchen mit Steck- und Nähnadeln – das ganze Wirrwarr, das die Tatortuntersuchung erschweren würde –, und hielt inne, als er eine leere Flasche Wodka und zwei Gläser entdeckte. Das könnte erklären, wie Marjorie außer Gefecht gesetzt worden war, doch war es nach Hilda Readers Aussage wirklich wahrscheinlich, dass Marjorie es sich mit ihrem Vater auf einen Absacker bei der Arbeit gemütlich gemacht hätte? Er bezweifelte es. Außerdem fiel ihm etwas anderes auf: Auf dem Boden beim Spiegel lag ein weiterer Schneiderkittel, einer wie der, den Marjorie trug. Er beugte sich vor, um ihn genauer zu untersuchen, und nahm den Geruch von Erbrochenem wahr, entdeckte kleine Blutspritzer. Der Kittel war eindeutig vom Täter oder der Täterin getragen worden. Wieso hatte er oder sie ihn zurückgelassen? Und war es Baker wirklich zuzutrauen, dass er derartige Vorsichtsmaßnahmen treffen würde? Er wollte keine voreiligen Schlüsse ziehen, bevor ihm die wissenschaftlichen Erkenntnisse vorlagen, doch sein Instinkt sagte ihm, dass Baker seine Tochter eher mit einem Schlag gegen den Kopf oder einem Stoß die Treppe hinab ermordet hätte – ungelenk und einfallslos. Das hier war etwas völlig anderes. Es war boshaft, emotional, und wenn er sich seinen Spekulationen gänzlich hingeben wollte, die Art von Verbrechen, die eher von Frauen als von Männern begangen wurde. Die Stiche um den Mund hatten offenbar eine Bedeutung: Marjorie hatte zu viel gesagt, vielleicht ein Geheimnis aufgedeckt oder gelogen. Dann war sie dazu gezwungen worden, sich selbst beim Sterben zuzusehen, verhöhnt von ihrer Hilflosigkeit. Womöglich täuschte er sich, doch bislang passte der Charakter des Verbrechens nicht zu dem Mann, der unten tot im Schnee lag.

Er hing seinen Gedanken nach, als er ein Geräusch hörte und sich rasch umdrehte. Er rechnete mit Fallowfield oder einem Kollegen der Spurensicherung, doch es war Ronnie. »Was zum Teufel machst du hier?«, bellte er sie an. Aus Sorge um sie reagierte er zorniger als beabsichtigt. »Ich hab dir doch gesagt, du sollst in die Wohnung gehen.« Er ging zur Tür und nahm sie am Arm, doch sie schüttelte ihn ab.

»Ich will sie sehen, Archie«, sagte sie. »Und glaub ja nicht, du kannst mich davon abhalten. Das hier sind unsere Geschäftsräume, und wir sind – oder waren – für Marjorie verantwortlich. Hilda hat sie gefunden, dabei hätte es eine von uns sein sollen, und jetzt sitzt sie deswegen da oben und macht die Hölle durch. Ich kann mich nicht einfach verstecken und so tun, als wüsste ich, wie schrecklich es ist. Das mache ich nicht. Erstens ist es respektlos gegenüber Marjorie, und zweitens einfach nur feige, was Hilda angeht. Und jetzt lass sie mich bitte richtig sehen.«

Sie wollte sich an ihm vorbeizwängen, doch er hielt sie auf. »Weiß Hilda, dass du hier bist?« Sie schüttelte den Kopf. »Das dachte ich mir. Sie kam mir nicht vor, als wollte sie ihr Leid mit irgendwem teilen, zumindest nicht auf diese Art. Du kannst ihr auch helfen, indem du dir das hier nicht antust, bloß weil du ein schlechtes Gewissen hast.« Ronnie und er ähnelten sich in vielen Dingen, und er wusste genau, woher ihre Wut rührte. »Bitte vertrau mir. Ich kannte Marjorie im Gegensatz zu dir nicht, aber keine Frau will so gesehen werden, das hat nichts mit Respekt zu tun. Du kannst gerne kurz hier bei mir bleiben, aber näher lasse ich dich nicht ran.« Ronnie schien zu erkennen, dass sie keine Wahl hatte. Sie starrte verwirrt und verstört in den Raum, und er beobachtete ihr Gesicht, während sie mit einer Reihe unbekannter Emotionen rang. Wie befremdet und hilflos sie sich an diesem Ort fühlen musste, wo sie sonst die Kontrolle besaß. »Fällt dir irgendetwas auf?«, fragte er nach einer kurzen Pause.

»Von der toten Schneiderin mal abgesehen?«

»Ja, davon abgesehen.«

Ronnie schaute erneut in den Raum. »Der Spiegel steht

eigentlich woanders«, sagte sie schließlich. »Normalerweise ist er da drüben am Fenster, wegen des Lichts. Sonst ist alles wie immer.« Sie lachte bitter. »Man könnte fast glauben, es wäre ein ganz normaler Arbeitstag, oder? Ach, Archie, wieso musste er sich ausgerechnet Hildas Tisch dafür aussuchen? Das kommt dir jetzt bestimmt kleinlich vor, denn was macht es bei so einem grausamen Tod für einen Unterschied, wo sie gestorben ist. Aber wenn es an einem anderen Tisch passiert wäre, hätte diejenige es nie erfahren müssen. Jetzt weiß ich wirklich nicht, wie wir hier weitermachen sollen.«

Er sah keinen Grund, sie anzulügen. »Anfangs wird es schwierig sein, und ich bin ganz deiner Meinung – für Hilda ist es vielleicht unmöglich. Aber das Bild vor dem inneren Auge verblasst irgendwann, ob das nun gut ist oder schlecht.«

»Hat er ihr wirklich den Mund zugenäht?« Er nickte, und Ronnie schien nach Worten zu suchen, die ihren Gefühlen gerecht wurden. Am Ende sagte sie einfach: »Ich konnte sie gut leiden, Archie. Ich konnte sie richtig gut leiden.«

»Na los«, sagte er und führte sie sanft davon. »Wir gehen hoch.«

Als sie an der offenen Tür vorbeikamen, die zur Außentreppe führte, warf Penrose einen Blick in den Hof, wo Fallowfield den neu eingetroffenen Kollegen Anweisungen gab. Es schneite immer noch, aber nur leicht, und es befriedigte ihn, dass den Vorgängen eine gewisse Dringlichkeit innewohnte; je schneller beide Tatorte fotografiert und die Leichen abtransportiert wären, desto besser. Er benötigte die vorläufigen Ergebnisse so schnell wie möglich, damit er wusste, womit er es genau zu tun hatte, und er konnte sich darauf verlassen, dass Spilsbury gleichermaßen flott wie gründlich vorgehen würde.

Lettice hatte nicht übertrieben, was den Zustand ihrer alten Wohnung im obersten Stockwerk der Nummer 66 anging. Überall standen Stoffrollen, und das Wohnzimmer war in ein behelfsmäßiges Atelier verwandelt worden, um zu Stoßzeiten zusätzliche Mitarbeiterinnen unterzubringen. Die drei Schlafzimmer, die davon abgingen, sahen aus wie Lagerräume für einen West-End-Flohmarkt. Jedes einzelne war mit Requisiten, Modellen und Kostümen vergangener Aufführungen vollgestopft, und Penrose fragte sich, wie lange es wohl dauern würde, bis seine Cousinen das Haus in der Maiden Lane ebenfalls gefüllt hätten. Irgendwie hatte Lettice unter dem Gerümpel das Sofa gefunden, und dort saß sie nun mit Hilda Reader und trank Tee. Er war froh, dass beide etwas mehr bei Kräften schienen als unten im Hof. Sobald Lettice ihre Schwester erblickte, stand sie auf und nahm sie in den Arm, und sie wechselten stumme Worte des Trostes. Nicht zum ersten Mal bewunderte und beneidete er sie um ihre Nähe zueinander.

»Mrs Reader, könnten Sie mir wohl erzählen, was genau passiert ist, als Sie heute Morgen auf der Arbeit eingetroffen sind?«, fragte er und nahm ihr gegenüber Platz.

»Ich wusste gleich, dass etwas nicht stimmte, weil das Tor nicht abgeschlossen war«, erwiderte sie. »Ich dachte, Miss Lettice oder Miss Ronnie sind vielleicht früher gekommen, wir haben ja im Moment so viel zu tun, und das machen sie öfter, aber dann wurde mir klar, dass das nicht sein kann, weil der Schnee noch unberührt war. Wunderschön sah er aus.«

»Das heißt, es waren keinerlei Fußspuren oder sonstige Zeichen auf dem Hof?«

»Nein, gar nichts, also dachte ich, jemand hätte es einfach vergessen. Als ich dann um die Ecke gegangen bin, habe ich gesehen, dass jemand unten an der Treppe liegt. Erst dachte ich, es sei Marjorie, und sie ist gestern Abend nach der Arbeit im Dunkeln auf der Treppe ausgerutscht. Aber als ich dann näher kam, habe ich erkannt, dass es ein Mann war. Ich war so erleichtert, was bestimmt nicht für mich spricht, aber ich war einfach froh, dass es nicht Marjorie war.«

Penrose ließ ihr einen Augenblick Zeit, um sich zu sammeln. Dann fragte er: »Wieso hat Marjorie gestern Abend allein hier gearbeitet? Kam das öfter vor?«

Diesmal antwortete Lettice. »In letzter Zeit mussten wir oft

Überstunden schieben. Wie Hilda schon sagte, wir haben unglaublich viel um die Ohren, und bald ist Weihnachten, da sind die Mädchen froh, wenn sie ein bisschen was extra verdienen. Sie bleiben oft länger, außer freitags. Da wollen alle nach Hause zu ihrer Familie oder ausgehen, deswegen machen sie rechtzeitig Feierabend.«

»Nur nicht Marjorie?«

»Nein«, sagte Hilda. »Sie wollte unbedingt noch bleiben. Ich hatte immer den Eindruck, dass zu Hause nichts auf sie wartete, aber sie hat nie viel über ihre Familie gesprochen.«

»Aber Sie haben nicht vermutet, dass sie aus irgendeinem bestimmten Grund länger bleiben wollte? Etwas, wofür sie allein sein musste?«

Hilda schüttelte den Kopf. »Nein, da fällt mir nichts ein. Sie hat sich immer extra Mühe gegeben, um uns zu beweisen, dass wir uns auf sie verlassen können. Wir haben mit den meisten Mädchen Glück, alle ehrlich und fleißig, aber ich glaube, Marjorie dachte immer, aufgrund ihrer Herkunft müsste sie mehr arbeiten als die anderen.«

»Was meinen Sie damit?«

»Sie war im Gefängnis«, erklärte Ronnie. »Vor sechs Monaten haben wir sie probeweise aufgenommen, kurz nach ihrer Entlassung aus Holloway. Das war ihr dritter Aufenthalt, glaube ich. Kennst du Mary Size?«

»Die stellvertretende Direktorin?«

»Genau. Ihr ist es sehr wichtig, den Insassinnen irgendeine Stelle zu bieten, wenn sie wieder auf freien Fuß kommen. Manche von den Frauen sind talentierte Handarbeiterinnen – genug Übung haben sie da drin ja –, deswegen kam sie zu uns. Marjorie ist die Vierte, die in den letzten zwei Jahren zu uns gestoßen ist. Sie haben sich alle wacker geschlagen, aber Marjorie ist regelrecht aufgeblüht.«

»Weshalb war sie im Gefängnis?« Insgeheim war Penrose von dem sozialen Verantwortungsgefühl seiner Cousinen überrascht und beeindruckt.

»Hauptsächlich für mehrfachen Diebstahl, kleinkriminelles Zeug.«

»Und damit hattet ihr hier keine Probleme?«

»Nein«, antwortete Lettice entschlossen. »Überhaupt nicht.«

»Wer hat als Letztes Feierabend gemacht, von Marjorie mal abgesehen?«

»Ich«, sagte Hilda. »Wir hatten noch eine späte Anprobe für die Gala des Cowdray Clubs. Lady Ashby war hier, und Marjorie hat sich um sie gekümmert, also habe ich noch gewartet, bis sie fertig waren.«

»Wie spät war es da?«

»Sieben Uhr. Da bin ich mir sicher, weil Lady Ashby um halb acht im Ham Bone Club sein musste, und ich habe ihr angeboten, ein Taxi zu rufen, aber sie meinte, sie hätte genug Zeit, um zu Fuß zu gehen. Wir sind zusammen die St Martin's Lane runtergegangen. Sie hat versucht, Marjorie dazu zu überreden, sie zu begleiten, aber ich glaube, das war eher im Scherz gemeint.«

»Da bin ich mir nicht so sicher«, warf Ronnie ein. »Vor Geraldine ist kein hübsches Mädchen in London sicher, wenn sie erstmal in Fahrt kommt.«

Unter anderen Umständen wäre Hilda Readers Gesichtsausdruck unbezahlbar gewesen. »Wie wirkte Marjorie auf Sie, als Sie gegangen sind?«, fragte Penrose.

»Sie war wieder besser gelaunt als nach dem Vorfall mit ihrem Vater in der Mittagspause. Wir haben sie auf Trab gehalten, und die Arbeit hat sie anscheinend davon abgelenkt. Ich habe ihr gesagt, was noch erledigt werden muss, und sie schien es kaum erwarten zu können, damit weiterzumachen.«

»Haben Sie das Tor hinter sich abgeschlossen?«

»Nein, ich habe es bloß zugezogen. Von innen lässt es sich nur schwer aufschließen, weil es unter dem Bogen so dunkel ist. Ich dachte, so ist es für Marjorie einfacher, wenn sie nach Hause geht.«

Penrose fragte sie nicht, ob jemand das Tor von der Straße aus hätte öffnen können. Das ließ sich leicht überprüfen, und er wollte nichts sagen, was darauf hindeuten könnte, dass Hilda Reader in irgendeiner Weise für Marjories Tod verantwortlich war. »Und von ihrem Vater war keine Spur, als Sie gegangen sind?«

»Nein, sonst hätte ich sie doch nie allein gelassen.«

»Natürlich. Könnten Sie mir erzählen, was in der Mittagspause passiert ist?«

»Ja, das war um kurz nach zwölf. Eins der anderen Mädchen kam von hier runter, um etwas zu holen, und sie hat mir erzählt, dass draußen ein Mann ist, der Marjorie sehen will.«

»Das heißt, er war auf den Hof gekommen?«

»Ja. Ich wollte raus, um mit ihm zu reden, und er stand direkt oben an der Treppe vor der Tür. Ich habe ihn sofort erkannt. Er war oft hier, wenn die Mädchen freitags Feierabend machten, aber ich wusste nicht, dass er wegen Marjorie hier war. Er hat sich vorgestellt – ich glaube, er hieß Joe – und wollte wissen, ob er kurz mit Marjorie sprechen kann. Ich habe ihm gesagt, sie sei unterwegs – sie hat ein paar Muster im Cowdray Club abgeliefert, aber dass sie bald wiederkommen würde. Er meinte, er würde auf der anderen Straßenseite auf sie warten, und ob ich ihr das ausrichten könnte. Ich bin davon ausgegangen, dass er damit den Pub meinte. Ich habe noch kurz aus dem Fenster geschaut, aber draußen habe ich ihn nicht mehr gesehen.«

»Und wie hat Marjorie reagiert?«

»Es war ihr peinlich, und sie war wütend. Wahrscheinlich hatte sie Angst, er könnte sie in Schwierigkeiten bringen.«

»Aber sie hat sich trotzdem mit ihm getroffen?«

»Ja, aber sie war nicht lange weg, zehn Minuten vielleicht. Den Rest ihrer Pause hat sie nicht genommen.«

»Und als sie zurückkam, stand sie neben sich?«

»Richtig. Ich habe sie nicht gefragt, was passiert ist, weil sie nie wollte, dass man sie für verletzlich hält. Sie hat immer so abgehärtet getan, als wäre ihr alles egal, aber das stimmte nicht. Sie meinte bloß, sie würde sich auf keinen Fall so mit Füßen treten lassen wie ihre Mutter, und dass sie eher zur Hölle fahren würde, als sich noch einen einzigen Penny von ihm abpressen zu lassen. Sie hat eher mit sich selbst geredet, und als sie gemerkt hat, dass ich zuhöre, ist sie schnell verstummt. Ich wünschte, ich hätte mit ihr darüber gesprochen, aber in dem Moment wollte ich das nicht.«

»Wie kam Marjorie mit den anderen Mädchen zurecht?«

»Ziemlich gut«, erwiderte Hilda nach kurzem Überlegen. »Es gab nie irgendwelche Vorfälle. Sie brachte die anderen zum Lachen, und ich glaube, sie haben sie bewundert, weil sie ein Naturtalent war und so schnell lernte. Was die Arbeit anbelangt, war sie den meisten meilenweit überlegen.«

»Und das hat nicht für Neid gesorgt? Es wäre ja nicht ungewöhnlich, sich von einer Neuen bedroht zu fühlen, und in so einer Situation können Frauen mitunter recht unfreundlich werden.«

Hilda lächelte. »Das stimmt, Inspector, aber falls es so war, habe ich es zumindest nie bemerkt, und mir entgeht nicht viel. Marjorie besaß eine Art charmante Dreistigkeit. Sie war nicht arrogant, sie war bloß jung. Es war sehr schwer, sie nicht zu mögen, und ich glaube, die meisten Mädchen sahen zu ihr auf, weil sie ihre Vergangenheit abschütteln wollte, und waren auf ihrer Seite.«

Die Vergangenheit abschütteln, dachte Penrose, interessanter Ausdruck. »Hatte sie noch mit Bekannten aus dem Gefängnis zu tun?«, fragte er.

»Da war ein Mädchen, mit dem sie hin und wieder zu Mittag gegessen und an freien Tagen etwas unternommen hat, solche Sachen. Ich habe sie aber nie gesehen und weiß nicht mehr, wie sie hieß. Miss Size kann Ihnen da bestimmt weiterhelfen.«

»Können Sie mir etwas über die anderen Schneiderinnen erzählen? Arbeiten die meisten schon länger hier? Wie kommen sie zu Ihnen?«

Ronnie machte keinen Hehl aus ihrer Verbitterung. »Es ist ja nett, dass du dich für unsere Firma interessierst, aber was spielt das jetzt noch für eine Rolle? Marjorie ist tot, und eine vollständige Auflistung sämtlicher Mitarbeiter bringt sie auch nicht mehr zurück.«

»Tut mir den Gefallen.«

»Wir nehmen jedes Jahr Schülerinnen aus den Ausbildungsstätten auf«, erklärte Lettice. »Hauptsächlich aus Shoreditch und der Barrett Street. Die meisten werden uns von den Mitarbeitern dort empfohlen, und manchmal gehen Ronnie und ich auch zu den Ausstellungen und wählen aus, wer einen vielversprechenden Eindruck macht. Wir haben Glück. Meistens bekommen wir alle, die wir wollen, weil wir nicht nur Mode zu bieten haben, sondern auch das Theater, und das halten natürlich alle für glamourös. Heutzutage besteht kein großer Bedarf mehr an Gesellschaftsschneiderei. Die Leute wollen praktische Kleidung.«

»Gott sei Dank«, warf Ronnie inbrünstig ein. »Ein paar kommen auch aus den Kaufhausateliers. Hilda hat uns schon öfter echte Perlen bei Debenhams besorgt. Ihr Mann arbeitet dort, deswegen kennt sie sich aus.«

»Und wenn sie erst mal hier sind, bleiben sie meistens auch. Wirken alle recht zufrieden.«

Penrose nickte. »Unten auf dem Tisch steht eine Flasche Wodka, und es sieht aus, als hätte Marjorie vor ihrem Tod mit jemandem getrunken. War die Flasche schon da, bevor Sie gegangen sind, Mrs Reader?«

»Auf gar keinen Fall. Trinken im Schneiderraum ist streng verboten. Viel zu gefährlich.«

»Das heißt, Lady Ashby hat ihn nicht bestellt oder mitgebracht?«

»Nein«, erwiderte Hilda bestimmt, doch Ronnie wirkte skeptisch.

»Was ist gestern sonst noch passiert? Marjorie war vormittags im Cowdray Club?«

»Ja«, sagte Lettice. »Sie hat ein paar Muster für die Gala am Montag abgeliefert, und dann war sie bei Debenhams, um ein paar Sachen zu besorgen. Perlen, ein paar Garne, nichts Ungewöhnliches.«

»Schwarze Perlen?«

Sie musterte ihn neugierig. »Unter anderem, ja. Sie hat auch eine Nachricht für Miss Bannerman überbracht, damit sie die Damen zur letzten Anprobe schickt. Vier kamen gestern Nachmittag, und Marjorie hat sich um sie gekümmert.«

»Wer waren die vier?«

»Lady Ashby, Mary Size, Celia Bannerman und Miriam Sharpe, die Präsidentin des College of Nursing. Frag mich nicht, wie das zum Cowdray Club gehört, das übersteigt meine Vorstellungskräfte. Wir lächeln einfach nur und machen, was von uns verlangt wird, aber sie wirkte nicht sonderlich erfreut, hier zu sein.«

Penrose notierte sich die Namen. »Habt ihr viel mit dem Cowdray Club zu tun?«

»Eigentlich nicht«, antwortete Lettice. »Ein paar der Mitglieder sind auch Privatkundinnen, und nächste Woche machen wir die Gala, zumindest war das der Plan. Aber auch nur, weil Amy Coward, Noëls Tante, das so verlangt hat. Wahrscheinlich sollten wir uns geschmeichelt fühlen, aber das ist ein Haufen Arbeit.«

»Ja, auf solche Schmeicheleien können wir verzichten«, pflichtete Ronnie ihr bei. »Im Gegenzug hat der Club uns mit Kursen für die Mädchen ausgeholfen – Gymnastikkurse und solche Sachen. Unsere Branche ist von gesundheitlichen Problemen geplagt.«

»Und Marjorie hat dort auch teilgenommen?«

»Ja«, sagte Lettice. »Sie war zwar nicht an vorderster Front mit dabei, aber wir bestehen darauf, dass alle in irgendeiner Form mitmachen. Es ist wichtig, dass sie auf sich achten.«

»Mrs Reader, es tut mir leid, falls das schmerzhaft für Sie ist, aber eins muss ich Sie noch fragen. Die Nadel, mit der Marjorie attackiert wurde – sie ist ungefähr zehn Zentimeter lang und hat eine gebogene Spitze.« Sie wand sich, doch die Frage ließ sich nicht vermeiden. »Ich habe mich unten kurz umgesehen und dort keine ähnlichen Nadeln entdeckt. Haben Sie viele davon? Hätte ein Eindringling sich leicht eine nehmen können?«

»Zehn Zentimeter? Sind Sie sich sicher?« Sie versuchte, sich auf die Frage zu konzentrieren, nicht auf die Implikationen. Er nickte. »Das ist eine Sacknadel, die haben wir eigentlich nicht vorrätig.«

»Wie bitte? Gar nicht?«

»Für die Materialien, mit denen wir gewöhnlich arbeiten, sind sie zu grob. Irgendwann hatten wir mal eine für die Bühne, für Segeltuch und solche Sachen, aber das ist lange her, und ein Fremder hätte sie nicht so einfach gefunden. Ich wüsste jedenfalls nicht, wo ich eine hernehmen sollte, falls wir überhaupt welche haben.«

Der Mörder oder die Mörderin war also auf die Demütigung vorbereitet gewesen, was Penrose nur noch mehr davon überzeugte, dass der Tod von Marjorie und ihrem Vater komplizierter war, als es den Anschein hatte. »Eins noch. Hat Marjorie gestern ihren Lohn bekommen?«

»Ja, den Wochenlohn bekommt jeder zu Feierabend.«

»Und soweit Sie wissen, hat sie das Gebäude danach nicht verlassen?«

»Nein.«

Er wandte sich an seine Cousinen. »Bewahrt ihr Bargeld in den Räumlichkeiten auf?«

»Nur ein bisschen Kleingeld im Büro«, sagte Lettice. »Höchstens ein paar Pfund.«

»Ich muss mich dort umsehen. Ich brauche Marjories Adresse – im Büro liegt doch alles, was eure Mitarbeiterinnen angeht, oder?« Sie nickte. »Ich lasse Ihnen ein Auto rufen, Mrs Reader. Ist bei Ihnen jemand zu Hause? Sie sollten lieber nicht allein sein.«

»Mein Mann ist auf der Arbeit, aber wenn mich jemand zu Debenhams bringen könnte, begleitet er mich nach Hause und bleibt bei mir.« Sie stand auf, und Penrose half ihr in den Mantel. »Was ist mit den Sachen für Montag?«, fragte sie Lettice und Ronnie. »Falls wir rechtzeitig fertig werden wollen, gibt es noch eine Menge zu tun.«

»O Gott, darüber habe ich gar nicht nachgedacht«, sagte Ronnie. »Wir müssen den anderen Mädchen irgendwie Bescheid sagen, aber ich weiß wirklich nicht, wie wir diese Gala noch schaffen sollen.«

»Wieso nicht?«, fragte Hilda.

Lettice wirkte überrascht. »Zum einen haben wir keinen Platz zum Arbeiten.«

»Im Cowdray Club ist reichlich Platz.« Hilda knöpfte sich den Mantel zu. »Und nach allem, was Sie für sie gemacht haben, sind sie Ihnen sicher etwas schuldig. Immerhin ist es ihre Scheißgala.«

»Hilda!« Ronnie war schockiert. »In fünfzehn Jahren habe ich dich noch kein einziges Mal fluchen gehört.«

»Ich habe das eine oder andere von Ihnen gelernt, Miss Ronnie. Ich wähle bloß den richtigen Zeitpunkt aus.«

»Aber können wir wirklich einfach weitermachen, nach dem, was passiert ist?«, fragte Lettice. »Mir kommt es so herzlos vor.«

Hilda sah sie an, dann setzte sie sich und nahm ihre Hand. »Es wäre viel zu leicht, sich auszudenken, was die Toten sich gewünscht hätten oder nicht«, sagte sie. »Damit kenne ich mich aus. Es hat lange gedauert, bis ich wegen meiner zweiten Ehe kein schlechtes Gewissen mehr hatte. Aber früher oder später muss man an die Lebenden und ihre Bedürfnisse denken – und die anderen Mädchen freuen sich schon seit Wochen auf diese Gala. Wenn sie erfahren, was mit Marjorie passiert ist, werden sie am Boden zerstört sein, und dann brauchen sie etwas, worauf sie sich konzentrieren können, um damit zurechtzukommen. Untätig rumsitzen hilft dabei nicht. Und außerdem glaube ich, Marjorie wäre die Letzte gewesen, die ihr Handwerkszeug hingelegt hätte, wenn es jemand anderen getroffen hätte.«

»Ach Hilda, du bist die Beste.« Lettice nahm sie in den Arm. »Du hast natürlich recht, wir fragen Miss Bannerman.«

»Auf gar keinen Fall fragen wir«, sagte Ronnie. »Wir sagen ihr das. Geh mit Archie, Hilda, und wir melden uns bei dir, wenn es etwas Neues gibt. Wenn du irgendetwas brauchst, egal was, versprich mir, dass du uns Bescheid sagst.«

»Eine Bitte hätte ich – den Umhang für Miss Bannerman, den aus der blauen Seide. Marjorie hat anscheinend gestern Abend damit angefangen, und ich würde ihn gern für sie fertigstellen. Sie passen doch auf, dass ihm nichts passiert, oder, Inspector?«

»Natürlich. Wir müssen leider alles genau untersuchen, und das wird eine Weile dauern, aber wir beeilen uns.« Hilda ging zur Tür, und er stand ebenfalls auf. »Ich weiß ja nicht, wie viel ihr dieser Frau bezahlt«, sagte er zu seinen Cousinen. »Aber es ist nicht mal annähernd genug.«

»Glaubst du etwa, wir wüssten das nicht?«, erwiderte Lettice, und Ronnie winkte ihn zu sich.

»Du glaubst, da steckt mehr dahinter, oder?«, fragte sie leise.

»Später«, sagte er. »Passt gut auf euch auf.« Er lieferte Mrs Reader bei Constable Ellis ab und machte sich dann auf die Suche nach Fallowfield. »Schau mal drüben im Salisbury vorbei, Bill. Ich glaube, Marjorie und ihr Vater haben sich gestern Mittag da drüben gestritten. Vielleicht kannst du ja rausfinden, worum es ging. Ich gehe hoch und rede mit Spilsbury.«

Wie erwartet, hatte sich das Atelier der Motleys komplett verwandelt, und die unheilvolle Ruhe von vor einer Stunde hatte dem Lärm organisierter Aktivität Platz gemacht. Mehrere Fotografen befanden sich am Tatort, alles ausgebildete Beamte, und der Pathologe des Innenministeriums, Sir Bernard Spilsbury – selbst so berühmt wie die Verbrecher, die er überführte –, wartete geduldig darauf, dass er die Leiche untersuchen konnte. »Du machst auch keine halben Sachen, oder, Archie?«, sagte er, als er Penrose entdeckte. »Ich habe gehört, der Laden gehört deinen Cousinen. Das tut mir sehr leid, das ist bestimmt schrecklich für sie. Die logische Erklärung ist wohl, dass er sie umgebracht hat und dann auf der Flucht die Treppe runtergestürzt ist.«

»Aber?« Sein Eifer war ihm anscheinend anzusehen.

Spilsbury lächelte. »Ja, irgendwie dachte ich mir schon, dass du nach einem Aber suchst. Im Moment kann ich dir auch nicht mehr bieten als Instinkt, aber die logische Erklärung ergibt für mich nicht so richtig Sinn. Ich würde behaupten, dass der Mann beim Sturz das Bewusstsein verloren hat und erfroren ist, und damit gibt es kaum eine andere Erklärung, aber ich hoffe, dass ich hier oben etwas Aufschlussreicheres für dich finde.«

»Wir sind fertig, Sir«, rief einer der Fotografen, und Spilsbury trat näher an die Leiche.

»Sie hatten recht mit dem Streit, Sir.« Fallowfield war hinter Penrose aufgetaucht. »Der Wirt meinte, er dachte schon, er müsste Hilfe rufen. Anscheinend hat sie Baker mit einer Glasscherbe bedroht.«

»Tatsächlich? Worum ging es?«

»Um Geld. Er wollte ihren Lohn, und damit war sie gar nicht einverstanden. Wussten Sie, dass sie gesessen hat?« Penrose nickte. »Deswegen hat er sie auch angegangen, da hat sie sich das Glas geschnappt.«

»Sonst noch was?«

»Nein. Sie war nicht besonders lange dort. Ihr Vater war in den letzten Wochen anscheinend ab und zu da, aber vorher hatte der Wirt ihn noch nie gesehen. Bis gestern war er allerdings immer allein.«

»Gut, dann müssen wir herausfinden, ob Marjories Lohn noch hier ist.« Penrose ging zu Spilsbury, der gerade seine aufwendige Untersuchung durchführte. »Bernard, sag mir sofort Bescheid, falls du Geld an der Leiche findest.«

»Das kann ich dir direkt sagen.« Er hielt einen kleinen braunen Umschlag in einer Tüte in die Höhe. »Meintest du das hier? War in der Tasche von ihrem Kleid.« Penrose nahm die Lohntüte entgegen, die noch verschlossen war. »Und das hier war auch dabei.« In einer zweiten Tüte befand sich ein kleiner silberner Fotorahmen mit dem Bild einer jungen Frau und eines Babys. Er erkannte sie nicht.

»Interessant, Sir.« Fallowfield nahm die Tüte entgegen. »Ich müsste das natürlich überprüfen, aber das passt zu der Beschreibung eines Gegenstands, der aus dem Cowdray Club gestohlen wurde. Wieso sollte sie das haben?«

»Keine Ahnung, Bill, aber ich glaube, wir müssen dem Club

so langsam einen Besuch abstatten.« Er brachte Fallowfield rasch auf den neuesten Stand.

»Sie glauben also, dass jemand anders damit zu tun hat?«

»Ich glaube, das hier deutet darauf hin.« Penrose hielt die Lohntüte in die Höhe. »Sie haben sich wegen dem Geld gestritten, wieso sollte er sich also die Mühe machen und dann die eine Sache liegen lassen, wegen der er gekommen ist? Was glaubst du außerdem, wie viel hier drin ist? Zwanzig Schilling? Dreißig? Nichts, was einen solchen Gewaltausbruch rechtfertigen würde. Nein, ich glaube, jemand hat ihn unterbrochen, bevor er es sich holen konnte.«

»Was die Frage aufwirft, weswegen der- oder diejenige sich nicht gemeldet hat.«

»Richtig. Oder er war es nicht. Ich bezweifle nicht, dass er auf der Suche nach Marjorie hierhergekommen ist, aber ich glaube, er hat sie so vorgefunden. Kein Wunder, dass der arme Kerl die Treppe runtergestürzt ist. Sie kamen vielleicht nicht miteinander zurecht, aber kannst du dir vorstellen, wie sich das für einen Vater anfühlen muss, seine Tochter so zu sehen?«

»Möglicherweise ist er vielleicht sogar reingekommen, als es gerade passiert ist.«

»Das kann gut sein, und dann haben wir es nicht mit einem, sondern mit zwei Mordfällen zu tun. Aber das ist reine Spekulation, bis die Autopsieberichte vorliegen.« Er fuhr sich mit der Hand durch die Haare. »Bis dahin müssen wir ihre Mutter unterrichten, also suche ich lieber mal nach ihrer Adresse. Und dann müssen wir uns eine taktvolle Strategie überlegen, um sie danach zu fragen, ob sie glaubt, ihr Mann sei dazu in der Lage gewesen, ihre Tochter mit Perlen zu ersticken und ihr den Mund mit einer Sacknadel zuzunähen. Falls Sie da eine gute Idee haben, können Sie sie mir unterwegs erläutern.«

(OHNE TITEL)
VON JOSEPHINE TEY
ERSTER ENTWURF

CLAYMORE HOUSE, EAST FINCHLEY, DIENSTAG, 18. NOVEMBER 1902

Amelia griff nach dem Buch und rückte Lizzie auf ihrem Schoß zurecht. Aus dem Kinderzimmerfenster sah sie Rauchfahnen aus den Kaminen der gegenüberliegenden Häuser aufsteigen, dünne Kohlelinien auf dem schiefergrauen Himmel. Der Schnee, der Lizzie am Sonntag so sehr begeistert hatte, war längst geschmolzen, und die einzige Spur seiner flüchtigen Existenz lag in einer Ecke des Gartens, ein kleines, schmutzig weißes Häufchen mit Zweigen und Knöpfen und einer von Jacobs alten Pfeifen, die ihm erbärmlich schief im Herzen steckte. Ihre Tochter wand sich ungeduldig auf ihrem Knie, wollte die Geschichte weiterhören. Amelia gab ihr einen Kuss auf den Kopf und schlug pflichtbewusst die richtige Seite auf. »Es war in der Tat eine wunderliche Gesellschaft, die sich am Strande versammelte«, begann sie. »Die Vögel mit triefenden Federn, die übrigen Tiere mit fest anliegendem Fell, alle durch und durch nass, verstimmt und unbehaglich. Die erste Frage war, wie sie sich trocknen könnten: Es wurde eine Beratung darüber gehalten, und nach wenigen Minuten kam es Alice ganz natürlich vor, vertraulich mit ihnen zu schwatzen, als ob sie sie ihr ganzes Leben gekannt hätte.«

Während der Außenwelt das letzte Tageslicht entwich, las Amelia weiter und genoss es, sie beide an einen anderen Ort zu versetzen – einen privaten, imaginären Ort weit weg von der Hertford Road, in dem sich Abenteuer sicher zwischen zwei Umschlagklappen einschließen ließen. Irgendwann hatten das warme Zimmer und ihre beruhigende Stimme den gewöhnlichen Effekt: Lizzie war tief und fest eingeschlafen, und Amelia legte das Buch sanft auf dem Nachttisch ab. Sie schaute auf ihre Tochter hinab und fragte sich zum wiederholten Mal, was das Leben wohl für sie bereithielte; sie hatte stets damit gerechnet, als Mutter ein neues Gefühl der Verantwortung zu spüren, doch nichts hatte sie darauf vorbereitet, wie intensiv es sich anfühlen würde, wenn ein Kind auf einen angewiesen war, wie sie nachts aus Angst vorm Scheitern wach liegen würde. Es war Zeit, dass Lizzie ein Geschwisterchen bekäme – mitunter war die Kleine so zurückgezogen, so eigenständig, und sie konnten es sich mittlerweile leisten, es mit einer erneuten Schwangerschaft zu versuchen. Das würde Jacob doch sicher verstehen? Seit ihrem Streit letzte Woche herrschte ein fragiler Waffenstillstand, und vielleicht würde ein zweites Kind sie einander näherbringen; vielleicht wäre es der einzige Traum, der nicht von dem Geld besudelt würde, der ihn ermöglichte. Amelia verspürte einen Stich, als sie daran zurückdachte, wie glücklich sie kurz nach ihrer Hochzeit gewesen waren. Jetzt kam sie sich vor wie eine Fremde in ihrer eigenen Ehe. Womöglich bildete sie es sich nur ein, doch anscheinend wurden neue Allianzen in ihrem Haus gebildet, zu denen sie nicht länger gehörte.

Wie auf Kommando hörte sie Edwards' Schritte auf der Treppe. Das Mädchen klopfte laut an, womit sie Lizzie aufweckte, und als sie den Kopf zur Tür hereinsteckte, wirkte sie erhitzt und aufgeregt. »Unten ist ein Polizist, Ma'am. Er will mit Ihnen reden. Ich habe ihn gefragt, worum es geht, aber er wollte es mir nicht sagen.«

Auf einmal bekam Amelia kaum noch Luft. »Ich habe gar nichts gehört«, sagte sie, als könnte sie damit widerlegen, was Edwards ihr berichtete. Lizzie brach auf ihrem Arm in Tränen aus, und Amelia bemerkte, dass sie die Hand ihrer Tochter zu fest umklammert hatte. Sie gab ihr einen Kuss und wischte ihr die Tränen ab, dann legte sie sie sanft aufs Bett.

»Pass auf sie auf«, befahl sie Edwards ruppig. »Ich bin gleich wieder da. Ist Mr Sach schon zurück?«

»Nein, Ma'am, noch nicht.«

Immerhin, dachte Amelia, während sie die Treppe hinabeilte. Mit ein bisschen Glück könnte sie die Sache klären, bevor Jacob nach Hause kam, und er würde nie davon erfahren. Sie hatte mit einer Uniform gerechnet, doch der Mann in ihrem Wohnzimmer trug einen gewöhnlichen braunen Anzug. Er stand unbeholfen vor dem Kamin und drehte einen runden Filzhut in den Händen, und sie lächelte ihn selbstbewusst an, als sie seine Befangenheit spürte. Doch sobald er den Mund öffnete, war jeglicher Vorteil dahin, den sie sich eingebildet hatte. »Mrs Amelia Sach?«, fragte er, und sie nickte. »Ich bin Detective Inspector Kyd von der Metropolitan Police. Ich muss Ihnen leider berichten, dass wir heute eine Frau unter Mordverdacht an einem kleinen Jungen festnehmen mussten. Die Frau wurde mit der Leiche gefasst, und wir haben Grund zur Annahme, dass er hier zur Welt gekommen ist. Worin besteht Ihre Verbindung zu Mrs Annie Walters aus der Danbury Street in Islington?«

Amelia hätte vor Erleichterung laut auflachen können. Wenn Walters heute mit einem Kind gefasst worden war, konnte es unmöglich eins der ihren sein. Das Kind, das sie ihr am Samstag überlassen hatte, wäre längst verschwunden. Wahrscheinlich war Walters zu gierig geworden und arbeitete für eine weitere Arbeitgeberin – diesen Verdacht hegte sie schon lange, und an Gelegenheiten bestand kein Mangel. »Der Name sagt mir nichts«, behauptete sie kühn, wobei sie von dem Wissen getragen wurde, dass es heute einer anderen die Stunde schlagen würde. »Tut mir leid, aber da kann ich Ihnen nicht weiterhelfen.«

Der Beamte ließ sich nicht so leicht abschrecken. »Mrs Walters sagt, sie arbeitet für Sie, Madam.«

»Dann lügt diese Mrs Walters. Ich bin Krankenschwester und ausgebildete Hebamme, Inspector. Ich nehme Frauen für die Niederkunft auf, und sie erhalten hier die bestmögliche Pflege. Ich kann Ihnen versichern, dass die Kinder, die unser Haus verlassen, sich bester Gesundheit erfreuen.«

Er lächelte, und zum ersten Mal entdeckte Amelia etwas in seiner Miene, das ihr Angst einjagte. »Ich wollte Ihnen auch gar nichts unterstellen, Madam. Wenn ich Ihrem Gedächtnis allerdings kurz auf die Sprünge helfen dürfte – Mrs Walters ist Mitte fünfzig, kräftig ...«

Amelia fiel ihm ins Wort. »Ich kenne sie nicht, Inspector, und ich habe ihr auch keine Kinder gegeben, falls Sie das damit sagen wollen. Ich habe einen Ruf zu bewahren und achte sehr genau darauf, wer für mich arbeitet.«

»Ihres Wissens war Mrs Walters also nie hier?« Sie schüttelte den Kopf. »Lustig, sie hat mir dieses Zimmer sehr genau beschrieben, aber seis drum. Ich glaube, am vergangenen Samstag ist hier ein Junge zur Welt gekommen?«

»Das stimmt. Dr. Wylie war hier, da es einige Komplikationen gab. Das kann er Ihnen sicher bestätigen.«

»Das bezweifle ich auch gar nicht, Madam. Wo sind Mutter und Kind jetzt?«

»Oben, Inspector.« Ihre Stimme stockte kurz.

»Ich würde das Kind gerne sehen, Ma'am, wenn Sie nichts dagegen haben.«

»Ich fürchte, die Mutter ist viel zu schwach für Besuch. Wie gesagt, die Geburt verlief schwierig, und die beiden sind noch nicht wieder bei Kräften. Ich kann nicht zulassen, dass sie gestört werden.«

Sobald sie es ausgesprochen hatte, wurde ihr klar, dass Angriff in diesem Fall die falsche Strategie war. In Inspector Kyds Stimme war keine Spur mehr von Höflichkeit. »Ich werde mir das Kind ansehen, Ma'am, ob es Ihnen nun passt oder nicht, und wenn Sie mich nicht selbst zu ihm bringen, bleibt mir leider keine andere Wahl, als Dr. Wylie zu rufen, damit er nach Mutter und Kind sieht. Sie haben doch sicher nichts dagegen, dass ein Mediziner nach ihnen schaut, oder?«

Amelia schwieg, als er aus dem Zimmer ging und die Haustür öffnete. Sie hörte Stimmen und ging zum Fenster. Zu ihrem Entsetzen sah sie, wie der Beamte sich in ihrem kleinen Vorgarten mit zwei Streifenpolizisten unterhielt, die die ganze Zeit über dort gewartet haben mussten. Einer von ihnen drehte sich um und lief auf die Straße, der andere begleitete seinen Vorgesetzten zurück ins Haus, und sie standen schweigend zu dritt im Wohnzimmer. Verzweifelt ging Amelia im Geist mehrere Geschichten durch; Dr. Wylie wohnte direkt um die Ecke, und ihr blieb nicht lange, um sich eine Erklärung für das verschwundene Kind auszudenken. Wieso hatte sie sich nicht schon früher um Walters gekümmert? Sie wusste, dass die Frau ein Risiko darstellte, und zürnte sich selbst, da sie es so weit hatte kommen lassen; offenbar hatte Walters der Polizei alles erzählt, und jetzt müsste sie zugeben, dass sie mit ihr zu tun hatte, und irgendeine harmlose Erklärung dafür finden. Nach gefühlten Sekunden hörte sie erneut, wie das Tor geöffnet wurde. Der Polizist war mit Dr. Wylie zurück, und sie war schockiert, als sie ihren Ehemann an seiner Seite entdeckte.

»Was ist hier los, Amelia?«, fragte er, sobald er das Zimmer betreten hatte, doch Kyd gab ihr keine Gelegenheit, darauf zu antworten.

»Mrs Sach, bringen Sie Dr. Wylie bitte zum Zimmer der Mutter.« Dann wandte er sich an Wylie. »Ich muss bloß sicherstellen, dass es dem Kind gut geht, Sir.«

Der starrte Amelia betroffen an, und als er gerade aus dem Zimmer gehen wollte, ertrug sie es nicht länger. »Nicht nötig«, flüsterte sie so leise, dass sie es selbst kaum hören konnte.

»Wie bitte, Madam?«, fragte Kyd. »Was haben Sie gesagt?«

»Sie müssen nicht nach oben gehen. Das Kind ist nicht mehr da. Es wurde weggebracht. Aber es kann unmöglich dasselbe sein«, rief sie und sah ihren Mann flehend an. »Unmöglich.« Sie wiederholte die Worte erneut und versuchte, ihre Gedanken zu ordnen. Das Kind hatte das Haus am Samstagabend verlassen – sie hielt es nicht aus, die Kinder nach ihrer Geburt noch lange im Haus zu behalten –, und heute war Dienstag. Wieso sollte Walters es drei Tage lang mit sich herumgetragen haben, statt es bei der ersten sich bietenden Gelegenheit zu entsorgen? Was hatte sie sich dabei gedacht? »Ich weiß ja nicht, welches Kind Sie gefunden haben«, sagte sie schließlich. »Aber es war nicht der Junge, der am Samstag hier zur Welt gekommen ist.«

Inspector Kyd nickte seinem Kollegen zu, der ihm ein kleines Jäckchen reichte. »Erkennen Sie das hier wieder?« Es war ein schlichtes Kleidungsstück, von dem es sicher Hunderte gab, und Amelia schüttelte den Kopf. »Merkwürdig.« Er faltete das Jäckchen auf und streckte es ihr hin. »Mrs Robertson aus der Wäscherei in der Marine Parade meinte, das hier sei Ihr Zeichen.« Er hielt es ihr noch näher hin, doch Amelia weigerte sich, hinzuschauen. Allmählich wurde ihr das Ausmaß dessen bewusst, was ihr bevorstand. Natürlich wurde in Finchley bereits über sie getratscht und spekuliert, und wenn auch nur ein Nachbar auf der Hertford Road die Beamten bemerkte, würden sich die Neuigkeiten rasant verbreiten. Selbst wenn sie sich diesmal aus der Sache herausreden könnte, der Schande würde sie nie entkommen, und welche Auswirkungen würde das auf Lizzie haben? Was würde es mit ihrer Ehe anrichten? »Geben Sie zu, dass F236 Ihr Wäschezeichen ist?«, wiederholte Kyd ungeduldig. Sie nickte hilflos.

»Dr. Wylie, haben Sie am Samstag einer Geburt in Claymore House beigewohnt?«

»Ja, eine junge Frau namens Ada Galley lag seit früh am Freitagmorgen in den Wehen. Als es am Samstag immer noch nicht so weit war, hat Mrs Sach mich gerufen. Das Kind kam schließlich gegen Samstagmittag zur Welt, aber nur mit viel Unterstützung. Ich musste die Zange benutzen.«

»Und würde das zu Verletzungen am Kopf des Kindes führen?«, fragte Kyd. Aus dem Augenwinkel nahm Amelia wahr, wie Jacob das Gesicht in den Händen vergrub.

»Höchstwahrscheinlich zu blauen Flecken und Schwellungen«, erwiderte Wylie.

»Aber abgesehen davon war das Baby gesund?«

»Ja, das war ein properes kleines Kerlchen.«

»Waren Sie danach noch einmal hier, um nach Mutter und Kind zu sehen?«

»Ja.« Der Arzt warf Amelia einen Blick zu. »Ich war am Sonntag noch mal hier, doch da war das Kind verschwunden. Ich habe mich nach ihm erkundigt, und Mrs Sach meinte, es ginge ihm gut, aber die Schwester der Mutter hätte ihn mit zurück nach Holloway genommen.«

»Und dabei haben Sie sich nichts gedacht?«

»Nein, ich bin davon ausgegangen, dass die Schwester der Mutter helfen will, damit sie sich in Ruhe erholen kann.«

»Verstehe. Ist so etwas Ähnliches hier schon mal vorgefallen?«

Er zögerte. »Ja, letzten Monat. Da hat Mrs Sach mir erzählt, die Großmutter hätte das Kind mitgenommen.«

»Werden Sie oft hierhergerufen, Sir?«

»Ich schätze, bisher war ich zehn, zwölf Mal hier.«

»Und wie oft kam es vor, dass das Baby verschwunden war, als Sie nach der Patientin sehen wollten?«

»Bloß diese zwei Mal.«

»Aber es gibt auch Geburten, zu denen Sie nicht gerufen werden?«

»Richtig. Mrs Sach ist eine fachkundige Hebamme.«

»Sind hier in letzter Zeit noch weitere Kinder zur Welt gekommen, Mrs Sach?«

»Am Mittwoch wurde eins geboren, ein kleines Mädchen.«

»Und wurde das Kind ohne seine Mutter aus dem Haus gebracht?«

Vier Augenpaare schossen vorwurfsvoll zu Amelia, und sie sah verzweifelt vom einen zum anderen. »Sie denken doch nicht ...«

Der Rest ihres Satzes ging unter, als Kyd ihr den Vorwurf nannte. »Amelia Sach, ich nehme Sie unter Verdacht an Beihilfe zum Mord fest.«

»Mord? Nein! Unmöglich. Sie wollten damit doch nicht sagen, dass die Kinder tot sind? Dass diese Frau sie umgebracht hat?«

»Wir bringen Sie zur Polizeiwache King's Cross Road, wo Sie bis zur weiteren Befragung in Untersuchungshaft sitzen werden.«

»Jacob, bitte!«, schrie sie. »Was ist mit Lizzie? Sag ihnen, dass das Unsinn ist. Sag ihnen, dass ich nichts davon wusste.« Der Streifenpolizist nahm sie am Arm, und sie schüttelte ihn ab; dann packte er sie erneut, diesmal unsanfter, und führte sie hinaus zum Auto. Ein Stück weiter die Straße hinab hatte sich eine Menschentraube gebildet, und sie war fast schon froh, als sich die Tür hinter ihr schloss. Als der Wagen anfuhr, warf sie einen letzten Blick auf ihr Haus, wobei sie die Angst erfüllte, sie könnte ihr Zuhause und ihre Tochter nie wiedersehen. Jacob starrte aus dem Fenster auf sie herab, seine Miene war völlig gefühlsleer. Sie senkte beschämt den Kopf. Am Ende der Hertford Road bogen sie links ab, und die Geschichte, die sie Lizzie gerade vorgelesen hatte, hallte ihr durch den Kopf: »›Ich bin Zeuge, ich bin Richter‹, sprach er schlau und schnitt Gesichter, ›das Verhör leite ich und verdamme dich zum Tod!‹«

John Kyd sah zu, wie Sach abgeführt wurde, und wandte sich leise an ihren Ehemann. »Wir müssen leider das gesamte Haus durchsuchen, Sir. Wenn Sie solange hier warten würden – wir beeilen uns auch.«

Kurz hatte er den Eindruck, der Mann würde ihn nicht hören, da er weder antwortete noch seine Miene veränderte, doch dann sagte er: »Darf ich meine Tochter holen? Sie ist mit Nora oben im Kinderzimmer.«

»Ja, natürlich. Am besten wäre es, wenn Sie alle zusammen warten würden. Ich gehe mich mit der Patientin Ihrer Frau unterhalten. Dr. Wylie, wenn Sie wohl mitkommen würden?« Der Arzt wirkte erleichtert, endlich eine Aufgabe zu haben, und folgte Kyd auf dem Fuß.

Im ersten Stock war nur eine Tür geschlossen, und Kyd ging korrekterweise davon aus, dass sich dahinter Sachs unglückselige Patientin verbarg und nichts vom Schicksal ihres Kindes ahnte. Er klopfte sanft und ging direkt hinein. Zu seiner Überraschung war das Zimmer hübsch eingerichtet, warm und gemütlich, und alles deutete auf gute, umsichtige Pflege hin. Wie dumm von ihm, etwas anderes zu erwarten, dachte er bitter. Sachs

Geschäftsmodell verließ sich auf ihr Ansehen, und die Frauen hatten weiß Gott teuer genug für ihre Pflege bezahlt.

Das Mädchen lag bleich auf den Kissen, war offensichtlich noch immer erschöpft, aber trotzdem hübsch. Er schätzte sie auf achtzehn und spürte – womöglich nur aufgrund seines Wissensstands – eine gewisse Zerbrechlichkeit an ihr, die ihn umso heftiger traf, da sie so rasch auf Sachs gefühlskaltes Selbstbewusstsein folgte. »Miss Galley?«, fragte er, und sie nickte, musterte erst ihn und dann den Arzt neugierig. »Ich bin Detective Inspector Kyd. Tut mir leid, dass ich Sie störe, aber ich habe ein paar Fragen zur Geburt Ihres Kindes und Ihrem Aufenthalt hier in Claymore House. Könnten Sie mir sagen, wann Sie Ihr Kind das letzte Mal gesehen haben?«

»Wahrscheinlich am Samstag«, antwortete sie, und ihr Akzent stammte nicht aus der Stadt. Kyd tippte auf Wiltshire oder Dorset. »Ungefähr eine Stunde nach der Geburt, würde ich sagen. Mir ging es nicht so gut, deswegen weiß ich es nicht mehr so genau, aber Mrs Sach hat ihn zu mir gebracht, damit ich ihn mir ansehen konnte. Dann meinte sie, ich soll ihm einen Abschiedskuss geben.«

»Sie wussten also, dass Ihr Kind nicht hierbleiben würde.«

»Ja, Mrs Sach hatte ein neues Zuhause für ihn gefunden. Sie meinte, sie hat fünf Frauen, die selbst keine Kinder kriegen können und adoptieren wollen. Sie meinte, der Kleine wäre in guten Händen und würde irgendwann viel Geld erben. Ich hoffe, dafür kriegt sie keinen Ärger«, fügte sie hinzu, als sie die ernste Miene des Beamten bemerkte. »Sie hat mich zu nichts gezwungen. Ich bin auf mich allein gestellt, und mit einem Kind im Schlepptau kann ich kein Geld verdienen. Wir würden beide im Armenhaus sterben. So ist es am besten, wirklich.«

»Hat Mrs Sach Ihnen den Namen der Frau genannt, die Ihr Kind adoptieren würde?«

»Nein, sie meinte, es wäre besser, wenn ich es nicht wüsste, nur für den Fall, dass ich es mir anders überlegen würde und das Kind zurückhaben wollte.«

»Wie lange sind Sie schon hier?«

»Seit September. Ich habe die Anzeige in der Zeitung im August gesehen, und einen Monat später hat sie mich aufgenommen.«

»Und Sie haben sie dafür bezahlt?«

»Ja, drei Guineen, als ich angekommen bin, und dann eine für jede weitere Woche.«

»Und für die Adoption?«

»Sie meinte, ich müsste der neuen Mutter dreißig Pfund geben.«

»Obwohl diese Frau selbst wohlhabend war?«

»Ja. Mrs Sach meinte, sie will dem Kind ein Geschenk kaufen, damit es sich an seine Mutter erinnert. Dreißig Pfund konnte ich mir allerdings nicht leisten, da meinte sie, sie würde der Frau schreiben und fragen, ob fünfundzwanzig auch in Ordnung wären, und das hat dann geklappt.«

Ein Geschenk, damit es sich an seine Mutter erinnert – Kyd fiel es schwer, sich den Ekel nicht anmerken zu lassen. »Fünfundzwanzig Pfund, das ist immer noch eine Menge Geld für eine junge Frau.«

Sie senkte beschämt den Blick. »Ich musste zum Vater des Kindes gehen«, gab sie zu. »Seine Familie wollte keinen Skandal, da haben sie mir das Geld gegeben. Krieg ich deswegen Ärger? Ich dachte nicht, dass ich irgendwas falsch mache, wirklich nicht.«

»Nein, Sie kriegen keinen Ärger«, beruhigte Kyd sie.

»Was ist dann los?« Nun brach sie in Tränen aus. »Wieso wollen Sie das alles wissen?«

Kyd schaute zu Dr. Wiley, der den Kopf schüttelte. »Miss Galley muss sich ausruhen«, sagte er. »Ich bleibe noch kurz bei ihr und gebe ihr etwas, das ihr beim Einschlafen hilft.«

Kyd erhob sich zum Gehen. Der Anblick von Ada Galleys totem Sohn begleitete ihn schon den ganzen Tag über und ließ ihn nicht los, sosehr er sich auch bemühte. Irgendwann würde er dem Mädchen erklären müssen, was mit ihrem Kind passiert war, aber erst, wenn er mehr Antworten hatte, und sicher nicht, solange sie noch unter Sachs Dach lebte. Er öffnete die Tür, um wieder nach unten zu gehen, und vor ihm auf dem Flur stand Jacob Sach mit einem drei- oder vierjährigen Kind auf dem Arm. Er hatte offensichtlich gelauscht – Tränen liefen ihm über die Wangen, und er wischte sie nicht fort –, doch was Kyd am meisten traf, war Lizzie Sachs Ähnlichkeit zu ihrer Mutter. Um ihretwillen hoffte er, dass die Ähnlichkeit sich auf Äußerlichkeiten beschränkte. »Gehen Sie bitte nach unten«, sagte er. »Ich bin gleich bei Ihnen.«

Eine gründliche Durchsuchung des Hauses würde mehrere Stunden in Anspruch nehmen, doch als Kyd wieder nach unten zu Jacob Sach ging, hatte er bereits genug gesehen, um das Ausmaß des Geschäfts seiner Frau abzuschätzen. Seine Leute hatten über dreihundert Kleidungsstücke für Neugeborene gefunden, die vermutlich von Müttern angefertigt worden waren, die nicht ahnten, wie kurz sie benötigt würden. Kyd fand die Überbleibsel der Familie in der Küche. Sach saß über eine volle Tasse Tee gebeugt am Tisch, und eine dunkelhaarige junge Frau saß mit zwei Kindern auf dem Boden, von denen eins noch ein Kleinkind war, und gab sich vergeblich Mühe, die beiden bei Laune zu halten. Als sie ihn sah, stand sie auf, um davonzugehen, doch er hielt sie mit einer Geste auf. »Miss …?«

»Edwards. Nora Edwards.«

»Und Sie arbeiten für die Eheleute Sach?«

»Richtig.«

»Wie lange arbeiten Sie schon hier?«

»Seit Juli letzten Jahres, beziehungsweise, das war nicht hier, da war Mrs Sach noch in der Stanley Road.«

»Und Sie sind mit ihr hierhergezogen?«

»Ja, mit der Familie.«

Sie wirkte argwöhnisch, und er fragte sich, wie viel sie wohl wusste. Es war schwer zu glauben, dass sie seit über einem Jahr mit den Sachs zusammenwohnte und nichts von den Vorgängen ahnte. »Haben Sie auf eine Stellenanzeige geantwortet?«

»Nein, keine Stellenanzeige.«

»Sondern?«

»Ich bin zu ihr, um mein Kind zur Welt zu bringen.« Sie deutete auf das jüngere Mädchen.

»Und Ihr Kind wurde unter Mrs Sachs Pflege geboren?«

»Ja, sie hat sich selbst um mich gekümmert. Sally kam letzten September auf die Welt.«

»Was ist nach der Geburt passiert?«

Edwards zögerte. »Mrs Sach wollte wissen, was ich vorhabe, und ich wusste es nicht. Sie meinte, es gibt eine Frau im Balcombe, die Sally für zwölf Pfund adoptieren würde. Ich wollte die Kleine aber nicht weggeben, das habe ich ihr auch gesagt.«

»Und hat sie sich dagegen gewehrt?«

»Sie meinte, die Frau hätte schon ein Bettchen für sie und würde sich gut um sie kümmern, aber ich konnte das nicht.«

»Aber Sie sind trotzdem im Haus geblieben, richtig?«

»Ja. Am Anfang habe ich ihr noch fünfzehn Schilling die Woche bezahlt, aber dann hat sie mir angeboten, gegen Kost und Logis zu arbeiten.«

»Und eine Adoption hat sie nie wieder erwähnt?«

»Nein. Sie war immer gut zu uns, und die Kinder spielen zusammen, das sehen Sie ja.«

Kyd schaute zum Boden, doch Lizzies Schmollmund und der drohende Wutanfall des anderen Kindes überzeugten ihn genauso wenig wie Edwards' Aussage über Sachs liebenswürdige Natur. »Worin bestehen Ihre Pflichten?«

»Ach, das Übliche. Putzen, ein bisschen Kochen, Besorgungen erledigen.«

»Sind Sie hier je einer gewissen Mrs Walters begegnet?« Er beschrieb Annie Walters, und Edwards nickte.

»So jemanden hab ich mal gesehen, aber sie hieß Laming. In beiden Häusern, hier und Stanley Road. Sie kam immer, wenn ein Kind geboren wurde. Mrs Sach hat ihr ein Telegramm geschickt.«

»Haben Sie je gesehen, wie zwischen den beiden Geld übergeben wurde?«

Edwards warf Jacob Sach einen nervösen Blick zu. »Ja.«

»Und hat Mrs Sach Ihnen je etwas über Mrs Walters erzählt?«

»Ich sollte den Müttern nicht sagen, dass sie die Kinder mitgenommen hat.«

»Wie viele Kinder, würden Sie schätzen, hat Mrs Walters mitgenommen, seit Sie hier sind?«

»Das weiß ich nicht. Ich habe nicht mitgezählt.«

»Miss Edwards, ich brauche nur eine ungefähre Zahl.«

»Vielleicht acht? Und einmal sollte ich ein Kind zusammen mit drei Pfund zu Mrs Laming in Plaistow bringen, Mrs Walters, meine ich.«

»Danke, Miss Edwards.« Er sah zu, wie sie ihre Tochter auf den Arm nahm und an sich drückte. »Hat Mrs Walters je mit Ihnen über Ihr Kind gesprochen?«, fragte er.

»Ja, mehrmals. Sie meinte, es wäre dumm von mir, sie zu behalten.«

Im Haus herrschte unerträgliche Stille, nachdem die Polizei verschwunden war. Jacob Sach saß in der Küche und ging im Geiste immer wieder die Fragen durch, die sie ihm über seine Frau gestellt hatten, wollte die Person, die sie abgeführt hatten, mit der vereinbaren, die er geheiratet hatte, doch nichts ergab einen Sinn. Er schenkte sich noch ein Glas Rum ein und ging damit in den Garten, da das Zimmer ihm vorkam wie die Zelle, in der Amelia sitzen musste. Hatte sie bereits gestanden? Oder hielt sie sich wirklich für unschuldig?

Er hörte ein Geräusch an der Hintertür und entdeckte Nora mit Lizzie auf dem Arm. Das Licht aus der Küche fiel auf das rotbraune Haar seiner Tochter, und es kam ihm vor, als betrachte er seine Frau in jüngeren Jahren. Lizzies Unschuld war schmerzhaft, führte ihm all seine Unzulänglichkeiten vor Augen.

»Bring sie weg«, sagte er leise, da er sich nicht zu rühren wagte.

»Aber sie will dich, Jacob. Lass es nicht an ihr aus. Das ist alles nicht ihre Schuld.«

»Ich hab gesagt, du sollst sie wegbringen«, brüllte er und schleuderte das Glas Richtung Tür. Es zersprang an der Wand, und Nora sah ihn entsetzt an, bevor sie mit dem Kind auf dem Arm zurück nach oben floh.

7

Normalerweise frühstückte Josephine auf ihrem Zimmer, doch Martas Umschlag hatte während einer langen, durchwachten Nacht dafür gesorgt, dass der kleine Raum ihr zunehmend die Luft zum Atmen nahm, sodass sie ihn am Morgen nur zu gern zurückließ und in die relative Sicherheit des Speisesaals flüchtete, wo sie sich wenigstens darauf verlassen konnte, dass eventuell erforderliche Gespräche sich auf Oberflächliches beschränken würden.

Der Speisesaal bildete das Zentrum des Gebäudes, befand sich mittig zwischen Cowdray Club und College of Nursing und war von beiden Seiten leicht zugänglich. Entlang einer Wand war das Frühstück bereitgestellt worden. Josephine nahm den Deckel von einer Platte mit perfekt gebratenen Würstchen, merkte dann jedoch, dass sie außer Kaffee nichts vertragen würde. Sie suchte sich einen Tisch in der Ecke und genoss die Ruhe und Harmonie in dem wundervoll eingerichteten Raum. Die Wände waren mit Eichenholz vertäfelt, und kannelierte korinthische Säulen und Pilaster mit kunstvoll geschnitzten Kapitellen stützten eine prachtvolle Decke. Der Boden war ebenfalls aus Eichenholz und glänzte in einem satten Braunton. Im Saal herrschte eine warme, herbstliche Atmosphäre, die in angenehmem Kontrast zu dem elfenbeinfarbenen Lack stand, der einen Großteil des Gebäudes dominierte. Helles Tageslicht fiel durch hohe Fenster und eine Glaskuppel und beleuchtete die dekorativen Mittelpunkte: vier Porträtreliefs – eines an jeder Wand –, die Florence Nightingale, Edith Cavell sowie Viscount und Viscountess Cowdray zeigten und jeden Gast an die Wurzeln des Clubs in der Krankenpflege erinnerten.

»Du siehst aus, wie ich mich fühle.« Geraldine Ashby setzte sich zu Josephine, ohne auf eine Aufforderung zu warten.

»Solange ich nicht aussehe wie du heute Morgen. Wo hast du dich herumgetrieben? Oder sollte ich eher sagen, mit wem?«

Gerry grinste. »Jetzt, wo du es sagst – die letzte Nacht hat mich ganz schön mitgenommen. Wir waren im Ham Bone, warst du schon mal dort?« Josephine schüttelte den Kopf. Lettice und Ronnie hatten den Club zwar schon erwähnt, und eine solch schillernde, unkonventionelle Szene ließ sich in London nur schwer finden, doch sie war selbst noch nie dort gewesen. »Du musst unbedingt mal mit mir hin. Wenn die richtigen Leute da sind, ist es der Wahnsinn. Und gestern Abend waren alle richtigen Leute da. Enid und Eileen haben Toupie dabei geholfen, über ihre peinliche Scheidung hinwegzukommen, und dann mussten wir Poppy und Honey im Schnee nach Hause bringen, weil sie vollkommen betrunken waren. Das war das Mindeste, aber natürlich kamen wir aus ihrer Wohnung nicht raus, ohne noch einen zu trinken, und auf einmal war es draußen hell.«

Aus Gerrys glasigem, fast schon leeren Blick zu schließen, waren es nicht nur die Drinks, die sie die ganze Nacht über wach gehalten hatten. Josephine betrachtete die dunklen Augenringe, an denen sich Gerrys Lebenswandel mittlerweile deutlich ablesen und sie hinter ihrer Maske der Ekstase älter wirken ließ. »Wird dir die ganze Feierei nie langweilig?«

»Glaub mir, Liebes, heutzutage muss man sich den Spaß holen, wo man noch kann. Was ich nicht geben würde, um in die Zwanziger zurückzukehren, bevor die gute John dieses langweilige Buch geschrieben hat und alle sich so über die Maßen bedroht davon gefühlt haben, dass Frauen ohne Männer mehr Spaß haben.« Josephine hatte Lydia oft von der in den letzten Jahren veränderten Haltung zum Lesbianismus reden gehört; in der Theaterwelt war das Problem noch gering, doch in anderen Lebensbereichen bestand kein Zweifel daran, dass zwei Frauen, die sich ein gemeinsames Leben aufbauen wollten, Argwohn und Kritik ausgesetzt waren. Sie erinnerte sich noch gut daran, wie befreiend die frühen Zwanzigerjahre gewesen waren, als sie und andere Mädchen wie sie – belebt von den weiblichen Kriegsanstrengungen und mit dem Optimismus der Jugend – sich eine neue, eigenständige Existenz aufgebaut, gemeinsam gearbeitet und gewohnt hatten und nie auf die Idee gekommen wären, dass die Ausprägung ihrer Freundschaft infrage gestellt werden könnte. Sie war zwar eine der wenigen, die finanziell und emotional so unabhängig waren, dass sie über ihr eigenes Leben bestimmen konnten, konnte sich allerdings trotzdem nicht des Eindrucks erwehren, dass Frauen insgesamt dafür bestraft wurden, dass sie weitergemacht hatten. Nun wurden sie als undankbar für ein Opfer dargestellt, das sie nie eingefordert hatten. »Es entbehrt nicht einer gewissen Ironie, oder?«, fuhr Gerry fort und verlieh damit Josephines Gedanken Ausdruck. »Die Politiker vernichten alle jungen Männer, indem sie sie in den Krieg schicken, und beschließen dann, die Nation sei in Gefahr, wenn wir Mädchen uns allein bei Laune halten. Aber genug von mir, warum siehst du so erschöpft aus?«

»Frag nicht.« Reflexartig unterbrach Josephine das Gespräch, als es intim zu werden drohte, überlegte es sich dann jedoch anders: Sie konnte Gerry gut leiden und musste mit jemandem sprechen, der nicht persönlich involviert war. Lettice' Angebot war zwar aufrichtig und gut gemeint gewesen, aber es war nicht gerecht, von ihr zu verlangen, eine Freundin anzulügen. »Wobei«, fuhr sie fort, »du bist ja sehr an meinem Liebesleben interessiert, seit diese elende Pflanze hier abgeliefert wurde, daher darfst du ruhig fragen.« Sie winkte die Kellnerin heran. »Was willst du trinken?«

Gerry lebte sichtlich auf und zwinkerte das Mädchen an. »Starken Kaffee, Liebes. Du weißt ja, wie ich ihn am liebsten mag, und reichlich frischen Toast. Auf einmal habe ich einen Riesenappetit.« Sie wandte sich wieder an Josephine. »Ich glaube, das wird richtig gut. Ich hol mir schnell was zu essen, dann bin ich ganz Ohr.« Ein paar Minuten später kehrte sie mit zwei Tellern zurück, auf denen sich Rührei, Speck und Tomaten stapelten, und stellte einen vor Josephine ab. »Keine Widerrede – erzähl mir alles.«

Josephine berichtete ihr alles, was sich am Vorabend abgespielt hatte, da sie es für sicherer hielt, die Wahrheit zu sagen. Gerry war die inoffizielle Kummerkastentante des Clubs, und was sie nicht wusste, erfand sie kurzerhand mit viel Flair und Einfallsreichtum. Andererseits war ihre Integrität ebenso legendär wie ihre Neugier unersättlich, und Josephine wusste von keinem Geheimnis, das sie je verraten hätte. »Diese Frau hat also ein Tagebuch nur für dich geschrieben?«, fragte sie.

»Nicht *für* mich. Sie hat es mir gegeben, weil ich darin vorkomme.«

»Trotzdem. Als Annäherungsversuch hat es eine glatte Zehn verdient. In jedem Fall schlägt es einige der armseligen Liebesbriefverschnitte, die mich über die Jahre erreicht haben.«

»Das ist kein Liebesbrief.«

Geraldine spähte Josephine über ihre Kaffeetasse hinweg an. »Tatsächlich?«, fragte sie sarkastisch. »Was ist es dann? Was hat sie über dich geschrieben?«

»Ich weiß es nicht. Ich traue mich nicht, es zu lesen.«

»Du hast es noch nicht gelesen?« Dieses Mal war ihr Unglaube echt. »Um Gottes willen, Josephine, was ist denn mit dir los? Ich hätte es aus dem Umschlag gezerrt, bevor die Tinte getrocknet wäre. Stell dir nur mal vor – die Gelegenheit, sich mit den Augen einer anderen zu sehen. Wenn sie in dich verliebt ist, wird es wohl kaum unschmeichelhaft sein, oder? Es sei denn, du weist sie ab, dann würde ich mir die nächsten paar Einträge sparen.« Sie legte ihren Toast beiseite und betrachtete Josephine ernst. »Ich muss dir wahrscheinlich nicht erklären, was es bedeutet, dass du dir solche Sorgen machst, oder? Wovor hast du so viel Angst?«

Ihre Stimme klang sanft, aber Josephine wusste nicht einmal, wo sie mit der Wahrheit hätte anfangen sollen. »Ich dachte bloß, es wäre einfacher für alle Beteiligten, wenn ich es direkt zurückschicken würde«, sagte sie.

»Zusammen mit einem Ablehnungsschreiben von deinem Verlag? Komm schon, Liebes, das ist doch unter deiner Würde. Ich hätte dich nie als herzlos bezeichnet, aber einen heftigeren Schlag könnte ich mir nicht vorstellen. Ich kenne die Frau zwar nicht, aber ich bezweifle, dass es einfach für sie war, dich ausfindig zu machen und dir ihr Tagebuch zu geben. Das macht sie unglaublich angreifbar. Worin liegt also das Problem? Magst du sie nicht?«

Josephine lächelte. »Und diese Frage ist unter deiner Würde. Bei dir klingt es so unkompliziert. Ich mag sie, zumindest nach dem, was ich über sie weiß, und das ist nicht besonders viel. Aber es ist kompliziert, Gerry. Zum einen ist sie die Geliebte einer meiner besten Freundinnen.«

»Ah. Schwierig, aber nicht unüberwindbar. Habt ihr euch dadurch kennengelernt?«

»Ja, letztes Jahr, als *Richard* im New lief. Da waren sie und Lydia schon seit ein paar Monaten zusammen.«

»Lydia Beaumont?«

»Ja. Lydia wollte, dass wir uns kennenlernen, weil Marta auch schreibt, und sie dachte, wir verstehen uns bestimmt.«

»Womit sie recht hatte. Die Architektin ihres eigenen Niedergangs – wie griechisch. Wann werden wir Frauen je lernen, Gutes für uns zu behalten?«

»So war es auch wieder nicht. Es ist nichts passiert. Wobei, es ist sehr viel passiert, aber nicht zwischen uns. Ich hatte keine Ahnung von ihren Gefühlen, bis sie sie mir gestanden hat.«

»Keinen blassen Schimmer? Wie süß.«

Josephine warf mit einer Serviette nach ihr. »Wir sind nicht alle so wie du.« Sie lachte. »Manche von uns rechnen nicht damit, angehimmelt zu werden.« Gerry grinste und schenkte ihnen Kaffee nach. »Jedenfalls mussten die beiden kurz darauf getrennte Wege gehen. Aber nicht meinetwegen.«

»Das heißt, derzeit sind sie gar nicht zusammen?«

»Nein, aber das haben sie sich nicht ausgesucht. In Martas Leben sind ein paar Sachen passiert, die sie zum Weggang gezwungen haben.«

Gerry warf ihr einen messerscharfen Blick zu. »Ist das die Frau, die in der Zeitung war?«

Josephine nickte widerwillig. »Ich will nicht, dass Lydia verletzt wird, also sag ihr bitte nicht —«

»Natürlich sage ich nichts. Aber eine Frau mit einer düsteren Vergangenheit? Wie wunderbar! Wenn du sie nicht willst, Liebes, gib sie mir. Ich könnte ein bisschen Aufregung gebrauchen. Was meinst du?«

»Wozu?«

»Ob du sie willst.«

Die Kellnerin trat an den Tisch, um die Teller abzuräumen, doch Gerry scheuchte sie mit einer Handbewegung davon. »Ich weiß nicht, was ich will«, erwiderte Josephine schließlich. »Das klingt zwar lachhaft, aber ich habe wirklich gehofft, ich müsste nicht zu sehr darüber nachdenken.«

»Wer es findet, darf es behalten, oder wie? Das ist natürlich die einfachste Methode«, sagte Gerry spöttisch. »Lydia hatte sie zuerst, deswegen muss die Arme jetzt bei ihr bleiben. Gott bewahre, dass es zwischen euch zu irgendwelchen Unannehmlichkeiten kommt, es steht ja bloß dein Liebesglück auf dem Spiel.«

Josephine ging nicht darauf ein. »Von deiner Warte sieht es sicher feige aus, aber für mich ist das ein echtes Problem. Ich war schon immer mit einem moralischen Kompass gestraft, der sich nicht danach richtet, was andere Leute für akzeptabel halten, das ist mir scheißegal. Mir geht es darum, was für mich akzeptabel ist, was sich tief drinnen richtig anfühlt. Und etwas mit Marta anzufangen, wenn ich weiß, dass Lydia sie immer noch liebt, fühlt sich nicht richtig an. Lydia ist mir wichtig, und sie hat ein schlimmes Jahr hinter sich.«

»Wenn ich ihr hin und wieder begegnet bin, hat sie sich allerdings immer redliche Mühe gegeben, darüber hinwegzukommen. Wir haben sie alle sehr dafür bewundert.«

Josephine lächelte. »So ist Lydia eben. Ich würde anders damit umgehen, aber man greift eben auf das zurück, was funktioniert, oder? Dabei ist das meiste allerdings nur Prahlerei. Ich weiß, was du sagen willst«, fügte sie hinzu, als Gerry zu einer Antwort ansetzte. »Ich soll Lydias Glück nicht über mein eigenes stellen, und sie wäre sicher nicht so zimperlich, wenn es andersherum wäre. Aber ich könnte nie von Glück reden, wenn ich es mir so holen müsste. Ich hätte keinen Frieden, und Frieden ist etwas, das ich wirklich will. Verstehst du das?« Gerry nickte, wurde kurz ernster. »Egal, wie sehr es sich nach Ausrede anhört: Es spielt keine Rolle, welche Gefühle ich für Marta habe oder haben könnte.«

»Das hört sich an, als hättest du deine Entscheidung bereits getroffen. Wieso bist du dann so wütend auf sie?«

»Ist das wirklich so offensichtlich?«, fragte Josephine überrascht.

»Und wie. Du bist stinksauer, Liebes. Liegt es daran, dass du jemanden gefunden hast, der die Macht hat, deinen Frieden zu stören?«

»Die Leute wollen zu viel, und dann sind sie beleidigt, wenn ich es ihnen nicht geben kann.« Josephine wusste, wie eingebildet und herablassend sie klang. »Einmal Abendessen, und schon wollen sie den Rest ihres Lebens mit einem verbringen.«

»Es liegt in der menschlichen Natur, enttäuscht zu sein. Wenn zwei Leute aufeinandertreffen, die das Gleiche wollen, grenzt das an ein Wunder. Außerdem ist es ja wohl kaum verwunderlich, dass es irgendwann eine auf dich absehen würde, so viel Zeit, wie du mit Lydia und ihren Freundinnen verbringst. Ärgerlich, dass es ausgerechnet Lydias Partnerin ist, aber wer mit dem Feuer spielt, verbrennt sich irgendwann.« Sie steckte sich eine Zigarette an. »Bist du dir sicher, dass es dir wirklich so egal ist, was die Leute von dir denken? Du wärst nicht die Erste, die sich gegen die Liebe entscheidet, weil sie sich um ihren Ruf sorgt.«

»Du meinst, mit einer anderen Frau zusammen zu sein?«

Sie nickte. »Es ist nicht mehr so einfach wie früher, wobei Geld und eine künstlerische Veranlagung natürlich helfen.«

Josephine lächelte, doch die Frage hatte eine ernste Seite, und über die hatte sie schon oft nachgedacht. »Ich führe zwei Leben,

Gerry, und je weniger Berührungspunkte sie haben, desto besser. Du hast natürlich recht – zu Hause denken die Leute, ich bin komisch, aber ich will mein Glück nicht auf die Probe stellen, und sei es nur um meiner Familie willen. Sogar du würdest wahrscheinlich nicht mit einer Frau am Arm die High Street von Inverness entlanggehen, aber was ich hier in London mache, bleibt mir überlassen.«

»Du hast jemanden im Krieg verloren, oder?«

»Ja, an der Somme, und was die Leute in Inverness angeht, ist das die einzig normale Sache, die ich je getan habe. Woher weißt du das?«

»Ach, die Leute reden. Über dich wird oft gesprochen, immerhin bist du die Berühmtheit in unseren Reihen, deine flüchtigen Besuche und berühmten Freunde, dein mysteriöses anderes Leben in Schottland und der gut aussehende Inspector von Scotland Yard. Und jetzt auch noch die exotischen Blumen am Empfang. Der Tratsch in diesem Laden ist kaum auszuhalten, aber was bleibt uns auch sonst übrig?« Josephine dachte an die Briefe, über die Archie mit ihr gesprochen hatte. Die Informationen, um sie zu verfassen, besaß Gerry allemal, nicht jedoch die Gehässigkeit oder die Geduld, anonym zu bleiben, und sie verwarf den Gedanken sofort wieder. »Der Krieg ist noch eine gute Ausrede, um sich auf niemanden einzulassen«, fügte Gerry hinzu. »Wenngleich nicht sonderlich originell.«

»Du bist nicht die Erste, die mir das sagt, und wahrscheinlich auch nicht die Letzte.«

»Nein, Marta wird dir am Freitagabend vermutlich das Gleiche sagen, je nachdem, wofür du dich entscheidest. Wir Frauen werden uns auch an den letzten Strohhalm klammern, um uns einzureden, dass die Ablehnung nicht unsere Schuld ist – glaub mir, ich hab genug Übung.« Sie lächelte. »Wir sind uns ganz schön ähnlich, du und ich.«

»Inwiefern?« In Josephines Augen hätten sie und Gerry unterschiedlicher nicht sein können. Sie waren zwar ungefähr gleich alt, aber zwischen ihrer jeweiligen Herkunft bestand ein himmelweiter Unterschied, und während sie zurückhaltend war und sich ständig hinterfragte, war Gerry kühn und unbefangen.

»Wir besitzen eine Freiheit, um die uns viele Frauen beneiden. Wir haben Geld und sind unabhängig. Na gut, du hast dir deins durch Talent verdient, mir ist es durch meine Eltern in den Schoß gefallen, aber am Ende kommt es auf das Gleiche raus. Wir müssen uns nicht dieselben Sorgen machen wie andere Leute, und wir müssen uns nur selten auf Kompromisse einlassen. Irgendwann werde ich wohl heiraten müssen, wenn ich erben will, aber bis dahin kann ich machen, wonach mir der Sinn steht. Und du hast nicht einmal diesen Druck.«

»Ich bin allerdings auch nicht gänzlich ungebunden. Ich kann Inverness nicht einfach verlassen – da ist zum einen mein Vater und zum anderen das Haus. Ich habe eine gewisse Verantwortung.«

»Verantwortung, ja, aber keine Pflichten, das ist der Unterschied. Und soweit ich das überblicken kann, wirst du deiner Verantwortung in dem Maße gerecht, in dem es dir passt. Es steht einiges auf dem Spiel, ob es Lydia nun betrifft oder nicht. Da wundert es mich nicht, dass du in Herzensfragen so selbstgenügsam bist.«

»Bin ich das?« Josephine lächelte schief, und Gerry erwiderte ihr Lächeln.

»Das ist noch nett gesagt.«

»Du hast natürlich recht. Mir jagt die Ehe am meisten Angst ein. Tagein, tagaus mit derselben Person, die ganze elende Häuslichkeit, die ständigen gegenseitigen Forderungen.« Gerry musste über ihren entsetzten Tonfall lachen, doch Josephine nahm gerade erst Fahrt auf. »Und die Gespräche – um Gottes willen, die Gespräche. Kannst du dir vorstellen, wie anstrengend das sein muss, das ganze Leben lang Gesprächsthemen zu finden? Oder wie sehr es einen ermüden muss, jeden Abend beim Essen interessant zu sein? Ich weiß nicht, ob ich mir das wünsche, egal ob mit einem Mann oder einer Frau. Es passt nicht zu meinem Leben.« Dann schlug sie einen ernsteren Ton an. »Ich werde nie vergessen, was jemand während des Krieges zu mir gesagt hat, als ich noch in Anstey war – das ist eine Sportausbildungsstätte in der Nähe von Birmingham.«

»Ja, die kenne ich«, sagte Gerry rasch. »Ich wusste allerdings nicht, dass du dort warst, bis du dich mit Bannerman darüber unterhalten hast. Ihre Verbindung dorthin kannte ich auch nicht.«

»Das ist mittlerweile lange her, und sie hat seitdem so viel erreicht. Wahrscheinlich kommt es ihr nicht mehr allzu wichtig vor. Aber es war tatsächlich Celia Bannerman, die es gesagt hat. Eines Tages hat sie uns alle zusammengetrommelt. Jack war damals schon tot, und fast alle Mädchen trugen Trauer für jemanden aus ihrer Familie, und sie meinte, nur jede Zehnte von uns würde heiraten. Der Rest von uns würde sich allein in der Welt zurechtfinden müssen, weil fast alle Männer, die uns womöglich geheiratet hätten, gefallen waren. Eigentlich hätte das ein schrecklicher Moment für uns Mädchen sein sollen, aber ich weiß noch, wie ich mich umgesehen und gefragt habe ob ich wohl die Einzige bin, die sich erleichtert fühlt.«

»Erleichtert? Obwohl du einen geliebten Menschen verloren hast?«

»Ja. Schändlich, oder? Damals habe ich das niemandem anvertraut, und es hat auch nichts an meiner Trauer oder Wut über die Ungerechtigkeit geändert, aber ich war erleichtert. Vielleicht war das egoistisch, aber auf einmal stand mir ein Leben voller Möglichkeiten und ohne Zwänge offen. Und ich glaube, das war schon immer meine größte Errungenschaft – mir das Recht verdient zu haben, nichts zu tun, das ich nicht tun möchte. Ständig wird mir gesagt, ich soll doch noch mehr Stücke schreiben, auf den Erfolg von letztem Jahr aufbauen, aber darauf habe ich keine Lust, und ich habe es nicht nötig, also lasse ich es bleiben. Und niemand zu Hause kann mich vom Gegenteil überzeugen.«

»Ich kann mich nicht entscheiden, ob du eine Verräterin deines Geschlechts oder ein Vorbild für uns alle bist. Die meisten Frauen beschweren sich darüber, dass die Ehe sie vom Arbeiten abhält, nicht dass sie sie dazu zwingt.«

Josephine lachte. »Lustig, dass du das sagst. Marta meinte einmal zu mir, dass Frauen heutzutage ein Recht auf beides haben – Arbeit und Liebe. Ich bin mit beidem nicht besonders gewissenhaft. Wenn sie mich wirklich kennenlernen würde, wäre sie sicher zutiefst enttäuscht.«

»Das wage ich zu bezweifeln.« Gerry fiel nicht auf den scheinbar so leicht dahingesagten Kommentar rein. »Aber es ist ja ganz normal, sich vor dem Versagen zu fürchten.« Josephine spürte, wie sie errötete. »Es baut eine Menge Druck auf, angehimmelt zu werden, um es mit deinen Worten zu sagen. Damit kommen wir allerdings wieder auf mein Argument vom Anfang zurück. Geld macht faul, und Unabhängigkeit macht einsam.«

»Du und einsam?« Josephine lenkte die Aufmerksamkeit gekonnt von sich. »Nach dem, was ich so höre, verwandelst du sogar eine Benefizanprobe in einen Anlass zur Verführung.«

»Du fällst doch sicher nicht auf diesen falschen Wagemut herein, oder? Den muss ich mir antrinken.« Erneut war Josephine überrascht davon, wie schnell Gerrys Stimmung umschlug. »Einmal hat jemand zu mir gesagt, ich wäre zu reich, als dass mir irgendetwas wichtig sein könnte«, gab sie zu. »Damals habe ich es abgestritten, aber ich weiß nicht, ob ich ihr im Laufe der Jahre nicht doch das Gegenteil bewiesen habe.«

Josephine rührte sich etwas mehr Zucker in den kalten Kaffee. Sie spürte, dass sie nicht die Einzige mit Redebedarf war. »Jemand, der dir etwas bedeutet hat?«

»O ja, sie hat mir etwas bedeutet. Mit achtzehn bedeuten einem die Leute sehr viel, oder?«

»Letztens an der Bar hast du an sie gedacht.«

»Ich denke ständig an sie, wenn ich hier bin. Sie wollte Krankenschwester werden, so wie ihre Mutter.«

»Wer war sie?« Josephine fragte sich, ob die Vergangenheitsform, in die sie beide verfallen waren, einer gescheiterten Beziehung oder etwas Tragischerem zuzuschreiben war.

»Sie ist der Grund, weshalb ich seit Donnerstagabend versuche, unter vier Augen mit dir zu sprechen.« Die Einladung auf einen Drink hatte sehr beiläufig geklungen, aber vielleicht war Josephine auch zu sehr mit ihrer Arbeit und ihrer Vorfreude auf Archie beschäftigt gewesen, als dass sie andere Absichten als reine Freundlichkeit hätte bemerken können. »Ich bin mit ihr aufgewachsen. Wahrscheinlich haben wir uns so mit fünf, sechs kennengelernt, aber ich kann mich ehrlich gesagt nicht daran erinnern, dass es sie jemals nicht gegeben hätte. Sie hat bei unserer Haushälterin in Sussex gelebt. Ihre Mutter war gestorben, und ihr Vater konnte sie aus irgendeinem Grund nicht aufziehen, da hat Mrs Price sie adoptiert, als sie vier war. Sie und ihr Mann hatten sich schon seit Jahren ein Kind gewünscht, und meine Mutter hatte damals mit zahlreichen Wohltätigkeitssachen zu tun, da war es ihre leichteste Übung, ein Straßenkind für ihre Bediensteten aufzutreiben.« Sie hatte einen harten, unversöhnlichen Ton angeschlagen, und Josephine zweifelte nicht daran, dass Gerry ihrer Mutter die Schuld an dem gab, was auch immer in ihrem Leben falsch gelaufen war. »Mensch, Josephine, diese Jahre fühlten sich an wie ein einziger glorreicher Sommertag. Ich hatte mein Zuhause immer für selbstverständlich gehalten, aber sie kam aus London, und dann habe ich es mit ihren Augen gesehen – die Parklandschaft und die Wälder, sogar der Himmel sah anders aus, und alles schien uns zu gehören. Wir haben immer von dem Tag geträumt, an dem wir nur noch zu zweit dort wären – keine Eltern, keine Bediensteten, nur wir zwei, allein auf der Welt.« Sie lachte leise. »Die Erbschaftsgesetze und das englische Klassensystem waren noch nie meine Stärke, und sie war wunderschön – so willensstark und unabhängig, dass ich dachte, alles wäre möglich. Eben haben wir noch darüber gelacht, dass ich ein gutes Auge für so etwas habe, aber die Kleine bei Motley erinnert mich an sie. Sie hat das gleiche Temperament wie Lizzie.«

»Lizzie?«

»Ja. Am Donnerstag in der Bar habe ich gehört, dass du sie kanntest.«

Josephine war fassungslos. »Um Gottes willen, Gerry, das tut mir so leid. Sie war auch in Anstey. Elizabeth Price …«

»Anscheinend ja Elizabeth Sach.«

»Sag bitte nicht, dass du das von mir erfahren hast.«

»Nein, nein, das wusste ich schon seit Jahren. Ich wusste es schon vor ihrem Tod.« Gerry drückte ihr die Hand. »Ich will dir damit kein schlechtes Gewissen machen. Woher hättest du das wissen sollen? Aber als ihr Name fiel, hat mich das alles wieder eingeholt, und ich wollte mit dir reden. Dir erklären, was wirklich passiert ist, und herausfinden, ob es irgendetwas gibt, das du mir erzählen kannst. Niemand wollte mit mir über ihre Zeit in Anstey sprechen, aber dir vertraue ich.«

Josephine nickte. »Ich erzähle dir alles, was ich weiß. Aber was ist wirklich passiert?«

»Am Anfang das Gleiche wie immer. Solange sie noch dachten, ich würde irgendwann zu alt dafür, durfte ich mich mit der Dienstbotentochter rumtreiben, aber als wir älter wurden, machten sich die Klassenunterschiede bemerkbar. Als sie dann sechzehn war und ich fast achtzehn, war es nicht mehr nur peinlich, sondern ein Problem. Meine Mutter beschloss, wir müssten getrennt werden, und heckte mit irgendwelchen wohlmeinenden Bekannten einen Plan aus. Jetzt ist mir klar, dass das Bannerman war, und Lizzie wurde nach Birmingham geschickt, Ende der Diskussion.«

»Das muss sich angefühlt haben wie das Ende der Welt«, sagte Josephine. »Nicht nur für dich, sondern vor allem auch für sie. Ich weiß noch genau, was für ein Schock Birmingham nach den Highlands war. Und das ausgerechnet im Krieg, der alles noch viel düsterer machte. Ich habe mich nach der Luft in Blair Atholl verzehrt, aber stattdessen musste ich mich mit dem Gestank von Kynochs Stahlfabrik begnügen.« Gerry lächelte. »Schon komisch. Niemand gibt zu, wie sehr einen Heimweh lähmen kann, aber in meiner Erfahrung ist es das stärkste Gefühl von allen. Ich war wochenlang am Boden zerstört, und das nur wegen eines Ortes. Ich habe niemanden zurückgelassen, meine beste Schulfreundin ist sogar mit mir nach Anstey gegangen, da muss es für Lizzie viel schlimmer gewesen sein.«

»Vor ihrer Abreise haben wir uns fürchterlich gestritten. Sie gab mir die Schuld daran, weil ich es zugelassen hatte, daher stammte auch der Kommentar, ich sei zu reich, als dass mir etwas wichtig sein könnte. Erst da wurde mir klar, wie die Standesunterschiede sich schleichend in unserer Beziehung breitgemacht hatten, aber wahrscheinlich ist es wirklich viel einfacher, nichts davon zu merken, wenn man diejenige mit dem Haus und dem Geld ist. Jedenfalls wollte ich ihr unbedingt das Gegenteil beweisen, deswegen bin ich mit zehn Pfund in der Tasche nach Paris gereist und habe als Fahrerin für das Rote Kreuz gearbeitet.« Sie griff nach einer Zigarette, doch ihr Etui war leer, und Josephine schob ihr ihres hin. »Ich konnte es kaum erwarten, von zu Hause wegzukommen. Es fühlte sich an, als hätte Lizzie den gesamten Zauber eingepackt und mitgenommen.«

»Wusstest du die ganze Zeit über, wer sie war und was mit ihrer Mutter passiert ist?«

»Nein. Meine Mutter und die Prices wussten es natürlich, aber weiter sollte es sich eigentlich nicht verbreiten. Ich hätte es nie erfahren, wenn ich es nicht darauf angelegt hätte.«

»Inwiefern?«

»Ach, Paris war schuld.« Josephine sah Gerry fragend an. »Es war so schrecklich«, fuhr Gerry fort. »Die Stadt wurde bombardiert, und die Leute starben auf der Straße, aber wir haben ihnen geholfen, und es gab nichts Beglückenderes, als jemandem das Leben zu retten. Ich dachte, ich könnte alles. Wenn ich Leute vorm Sterben bewahren konnte, könnte ich mir und Lizzie ein Leben dort aufbauen, ob nun mit dem Segen meiner Eltern oder nicht. Also bin ich nach Hause gereist und habe meiner Mutter gesagt, was ich vorhabe, sobald der Krieg vorbei ist. Bis dahin hätte Lizzie ihren Abschluss in Anstey gemacht, und wir könnten zusammen sein. Sie hätte als Krankenschwester arbeiten können, und ich … na, ich hätte schon etwas gefunden, mit dem ich Geld verdient hätte.«

»Und da hat deine Mutter es dir erzählt?«

»Genau. Aus irgendeinem Grund dachte sie, ich würde es mir

dann anders überlegen, und die Sache wäre erledigt. Und mit Letzterem hat sie dann ja auch recht behalten, nur nicht so, wie sie sich das gedacht hatte.«

»Du hast Lizzie erzählt, was mit ihrer Mutter passiert ist, oder?«

Gerry nickte. »Es ist meine Schuld, dass sie sich das Leben genommen hat. Ich habe ihr direkt geschrieben. Ich war so wütend, Josephine. Ich war in dem Glauben aufgewachsen, Geburtsrecht wäre alles. Sobald ich alt genug war, um es zu verstehen, haben mir meine Eltern die lange Reihe arrivierter Ashbys eingetrichtert, und jetzt wollten sie Lizzie das Wissen vorenthalten, das ihr zustand. Mir kam das damals so scheinheilig vor, tut es eigentlich immer noch. Ich weiß ja, wie chaotisch ich bin und dass mein Leben ein Desaster ist, aber ich wusste immer, wer ich bin und wohin ich gehöre. So viel hat doch jeder verdient.« Während Josephine darauf wartete, dass Gerry fortfahren würde, malte sie sich aus, wie es sich am Donnerstagabend für sie angefühlt haben musste, als ihre Vergangenheit von zwei vergleichsweise Fremden umgeschrieben wurde, von denen keine auch nur im Ansatz ahnte, was es für jemanden bedeuten könnte, der emotional in die Geschichte verstrickt war. »Ich glaube immer noch, dass es falsch von ihnen war, es ihr vorzuenthalten, aber ich wünschte, ich hätte es anders gemacht. Ich wünschte, ich hätte gewartet, bis ich es ihr persönlich sagen könnte, statt es ihr in einem Brief zu erzählen, aber ich habe die Auswirkungen unterschätzt. Ich dachte wirklich, wenn ich Lizzie eine Zukunft bieten würde, an die sie glauben kann, wäre es egal, woher sie stammt.« Sie schüttelte angesichts ihrer Naivität ungläubig den Kopf. »Ich war eine dumme, arrogante kleine Schnepfe und dachte, ich könnte ihr gerecht werden. Nicht zu reich, als dass mir nichts wichtig wäre, aber zu reich, um sie zu verstehen.«

Josephine suchte nach einer Antwort, die weder herablassend noch klischeehaft klingen würde. Es war kaum sinnvoll, Gerry daran zu erinnern, dass niemand in diesem Alter mit der Situation besser umgegangen wäre: Zu jung, um zu verstehen, war auch nicht besser als zu reich. Gerry schien die Ehrlichkeit ihres Schweigens zu schätzen. »Erzähl mir von ihrer Zeit in Anstey, Josephine«, sagte sie leise. »Alles, woran du dich erinnerst. Ich weiß so wenig über die letzten Wochen ihres Lebens.«

Wie leicht die Narben des Schweigens doch weitergegeben wurden, dachte Josephine. Elizabeth Sach war es verwehrt geblieben, ihren Frieden mit den Taten ihrer Mutter zu schließen, und indem sie sich das Leben nahm, verdammte sie jemanden, der sie liebte, zu jahrelangen Schuldgefühlen und Selbstvorwürfen. »Ich kannte sie nicht besonders gut, Gerry«, erwiderte sie sanft und wünschte, ihr würde eine Kleinigkeit einfallen, die den Schmerz lindern könnte. »Ich war im Abschlussjahrgang und sie im ersten, und wir sind uns nicht oft begegnet. Ich könnte dir erzählen, wie es dort war, wie ihr Tag ablief, was sie beim Aufstehen sah, aber das meinst du nicht, oder?«

Gerry schüttelte den Kopf. »Also erinnerst du dich wegen ihres Todes an sie, nicht wegen ihres Lebens.«

»Ja, das stimmt wohl. Und du hast schon alles gehört, was ich darüber weiß, obwohl ich wünschte, es wäre anders.«

»Ich könnte Bannerman dafür umbringen. Nicht nur dafür, dass sie sich in Lizzies Leben eingemischt hat, sondern dafür, dass sie die Sache nicht zu Ende gebracht hat. Ich habe gehört, wie sie gesagt hat, sie wolle Lizzie im Auge behalten, aber als es wirklich drauf ankam, war sie nicht da.«

»Sie hat getan, was sie für richtig hielt«, erwiderte Josephine halbherzig, eher aus gewohnheitsmäßiger statt aufrichtiger Loyalität. Insgeheim teilte Josephine Gerrys Meinung über Celia Bannermans schicksalhaftes Eingreifen.

»Und ich nehme an, das College wurde fürstlich dafür entlohnt, dass es die Tochter einer Kindsmörderin aufgenommen hat.«

»Das weißt du nicht. Ich bin mir sicher, dass keine Geldgier im Spiel war.«

»Ach ja? Ich weiß doch, wie diese Frauen funktionieren, und

sie sind alle gleich. Bannerman toleriert meine Anwesenheit nur, weil die Ashbys so großzügig die Schatulle des Cowdray-Clubs füllen. Sie hatte schon immer etwas dagegen, dass ich hier bin – früher dachte ich, es läge daran, dass meine losen Sitten den werten Ruf des Clubs beschädigen könnten, aber jetzt verstehe ich es.«

»Willst du Celia erzählen, was passiert ist? Ich meine, wie Lizzie davon erfahren hat.«

»Mach dir da mal keine Sorgen. Ich werde Celia alles ganz genau ausführlich erläutern. Und auch du musst eine Sache verstehen. Du hast gesagt, es wäre schwierig gewesen, mit Lizzie warm zu werden, aber das stimmt nicht. Sie war bloß traurig, Josephine. Ihre Welt war zum zweiten Mal in Stücke gerissen worden, und sie war verloren, völlig verloren. Wer würde seinen Schmerz da nicht an anderen auslassen? Versprich mir, dass du auf ihrer Seite bist, wenn du über sie schreibst.«

»Um Gottes willen, Gerry, ich würde doch nach alldem niemals über sie schreiben. Zu viele Leute sind verletzt worden – es wäre nicht richtig.«

»Aber wieso nicht, wenn es doch wahr ist?«

»Genau darum geht es mir. Woher soll ich wissen, was wahr ist und was nicht? Wenn wir uns nicht unterhalten hätten, hätte ich ein völlig verzerrtes Bild von Lizzie gezeichnet, und wie hättest du dich dann gefühlt? Und wer weiß, welche Lügen und Missverständnisse ich über ihre Mutter fabriziere. Geschichte ist kein Rätselraten.«

»Ignorieren lässt sie sich allerdings auch nicht. Ja, ich war fuchsteufelswild, als ich euch gehört habe, aber als du erklärt hast, warum du es machen willst, kam es mir schlüssig vor. Es ist richtig, dass wir versuchen zu verstehen – nicht verurteilen, sondern verstehen. Wenn Lizzie geglaubt hätte, dass mehr Leute dazu bereit wären – wenn sie die Gelegenheit gehabt hätte, es selbst zu tun –, gäbe es vielleicht überhaupt kein Buch.« Sie hob die Hände, wie um einen Waffenstillstand zu signalisieren. »Nicht, dass ich deinen berühmten Sinn für Recht und Unrecht beeinflussen wollte, aber mir zumindest würde es besser damit gehen, wenn Lizzies Geschichte objektiv erzählt würde. Versprichst du mir, dass du darüber nachdenkst?« Josephine nickte, war jedoch nicht überzeugt. Gerry stand auf und zwinkerte ihr zu. »Aber auch nur, wenn du nach Freitagabend überhaupt noch Zeit dafür hast.«

Sie verließen den Speisesaal, sehr zur Erleichterung der Angestellten, die darauf warteten, die Tische für das Mittagessen eindecken zu können, und gingen langsam zurück nach oben. »Was macht Marta aus?«, fragte Gerry, und als Josephine zögerte, fügte sie ungeduldig hinzu: »Ich will keine wohlüberlegte Abhandlung, sondern eine spontane Reaktion. Schieb die Schriftstellerin beiseite und benimm dich zur Abwechslung mal wie ein normaler Mensch.«

»Na gut. Sie ist unmöglich. Verliert schnell die Fassung, ist so mutig, dass es fast schon waghalsig ist, und sie hat die ärgerliche Fähigkeit, jede Ausflucht direkt zu durchschauen. Sie ist der stärkste Mensch, den ich je kennengelernt habe, und das muss sie auch sein, um das zu überleben, was sie erlebt hat. Sie nimmt kein Blatt vor den Mund. Sie ist leidenschaftlich, warmherzig, intelligent, widersprüchlich, und ich nehme an, dass ein Leben mit ihr mich wahnsinnig machen würde, aber nie langweilig wäre.«

»Und nie friedlich.«

Josephine lachte. »Nein, eher nicht.«

»Und sie ist schön, nach dem zu urteilen, was ich auf den Fotos in der Zeitung gesehen habe.«

»Das trifft doch wohl auf jeden zu, den ich so beschreiben würde, oder? Aber ja, sie ist auch äußerlich schön.«

Sie blieben vor dem Salon stehen, und Gerry sah sie wissend an. »Ich nehme zurück, was ich gesagt habe. Von wegen, deine Entscheidung wäre schon gefallen«, sagte sie. »Aber egal, in welche Richtung du gehst, sprich erst mit ihr. Sie hat das nicht ernst gemeint, dass du im Zweifel einfach nicht auftauchen sollst. Es ist so wichtig, sich persönlich zu unterhalten. Wenn ich etwas weiß, dann das. Es steht mir zwar nicht zu, dir Ratschläge zu geben, aber von dieser falschen Bescheidenheit, mit der du letztes Mal durchgekommen bist, will sie bestimmt nichts mehr hören. Also erzähl ihr nicht, was sie fühlt, und wenn sie sagt, dass sie in dich verliebt ist, dann akzeptier es. Die Frage – die einzige Frage – ist bloß, ob du ihre Liebe willst oder nicht. Und eins noch.«

»Ja?«

»Irgendwann wirst du noch genug Zeit für Frieden haben.«

8

Vom Gefängnis einmal abgesehen, war Holloway eine gewöhnliche Gegend, die derart unauffällig in die angrenzenden Bezirke überging, dass sich nur schwer sagen ließ, wo sich die Grenze überhaupt befand. Die Campbell Road, in der Marjorie und ihr Vater gelebt hatten, ging von der Seven Sisters Road ab und durchschnitt eine Reihe gut besuchter Geschäfte nahe der U-Bahn-Station Finsbury Park. Ein Elendsviertel war es nicht direkt, doch fanden sich dort einige der ärmlichsten Behausungen Nord-Londons, und auch die schlimmsten Lebensbedingungen, wie Penrose fand. Gleich zu Beginn seiner Zeit bei Scotland Yard war er hierhergekommen – ein dreijähriges Mädchen war im Schlaf erstickt, weil die Familie sich zum Schutz vor der Kälte in einem Bett zusammengedrängt hatte –, und der schreckliche Einsatz vor fünfzehn Jahren, der an einem ähnlichen Tag wie heute stattgefunden hatte, begleitete ihn noch immer.

»Kinder, die im Bunk aufwachsen, können meistens auf sich selbst aufpassen«, sagte Fallowfield. Unter dem Namen war die Straße bei Anwohnern und Polizei besser bekannt. »Aber ich kann mir nicht vorstellen, unter welchen Voraussetzungen das Mädchen wirklich eine Chance gehabt hätte.« Er schüttelte den Kopf. »Ich kriege ihr Gesicht nicht aus dem Kopf. Die Arme, ich meine, wie alt kann sie gewesen sein? Zwanzig? Einundzwanzig?«

»Dreiundzwanzig, laut der Unterlagen meiner Cousinen«, erwiderte Penrose. »Und in den letzten drei Jahren saß sie drei Mal in Holloway.«

»Kein Wunder, wenn sie von hier stammt.«

Fallowfields Kommentar wäre bei den Sozialbeamten nicht gut angekommen, war allerdings nicht völlig ungerechtfertigt. Alle Bezirke besaßen ihre berüchtigten Straßen, doch der Ruf der Campbell Road war besonders düster, und unter den Beamten, die alltäglich dort zu tun hatten, hatte der Bunk einen legendären Ruf. In der chamäleonartigen Straße wimmelte es regelrecht von häuslicher Gewalt und Nachbarschaftszwisten, doch sobald sich Fremde einmischten, wurden die Reihen geschlossen und eine unfreundliche, aber bemerkenswert vereinte Fassade präsentiert.

Sie parkten am südlichen Ende der Straße vor einem Zeitungshändler und einem kleinen Bierkiosk. Ein paar Männer unterhielten sich auf dem Gehweg und vertrieben sich so den Samstagmorgen. Ihre abgenutzten Krägen waren aufgestellt, ihr Atem mischte sich mit dem Rauch ihrer Zigaretten, und ihre Feindseligkeit, als Penrose und Fallowfield ausstiegen, war deutlich spürbar. »Soll ich auf die Karre aufpassen?«, rief ein kleiner Junge frech von der anderen Straßenseite, und ein, zwei Männer lachten hämisch, als eine Handvoll Schnee und Dreck auf der Windschutzscheibe landete. Der Junge näherte sich und trat tollkühn ein paar Kieselsteine in Richtung des Autos, um seine Freunde zu beeindrucken. Fallowfield blitzte ihn wütend an und wollte anscheinend etwas sagen, doch Penrose schüttelte den Kopf. Wie früh die Ablehnung schon einsetzte, dachte er. Der älteste Junge war höchstens sechs oder sieben Jahre alt.

Der Bunk war so breit, dass es wirkte, als hätten die anliegenden Häuser eine Daseinsberechtigung, und im Gegensatz zu den meisten Elendsvierteln kauerte die Straße nicht im Schatten einer Fabrik oder eines Gaswerks. Ein Fremder, der nicht mit der Geschichte der Straße vertraut war, wäre nie auf den Gedanken gekommen, die dreistöckigen Gebäude könnten etwas anderes beherbergen als die Handwerkerfamilien, für die sie gebaut worden waren. Das gesellschaftliche Antlitz der Straße mochte sich gewandelt haben, doch die Spuren architektonischer Ambition waren nach wie vor in den breiten Gehsteigen und eisernen Zäunen sichtbar, die an den Häusern entlangführten und ein winziges Scheibchen Privatbesitz von öffentlichen Schritten trennten. Die Tür von Nummer 35 war verwittert und vernachlässigt, genau wie die Frau, die ihnen öffnete. Sie sah aus wie vierzig, war aber vermutlich jünger. Penrose roch ihre Alkoholfahne, bevor sie den Mund aufmachte. »Wir sind auf der Suche nach einer Mrs Baker«, erklärte er. »Ist sie zu Hause?«

Die Frau grinste schief. »Maria? Ich wüsste nicht, wo sie sonst sein sollte. Ganz oben, die zwei hinteren Zimmer. Soll ich Sie hochbringen, Sir?«

Das letzte Wort spuckte sie sarkastisch hervor, und Penrose ignorierte die spöttische Höflichkeit, drückte die Tür auf und ging an ihr vorbei. »Nein, danke. Wir kommen zurecht.«

Das Innere war grundlegend sanierungsbedürftig. Der Gips an den Wänden blätterte ab, die Decken waren fleckig und schäbig, und auf dem Weg nach oben bemerkte Penrose, dass die feuchten Dielen unter seinen Schritten nachgaben. Nach dem zu urteilen, was er durch die offenen Türen sehen konnte, war es noch überfüllter als bei seinem letzten Besuch. Hier wohnten mehr Menschen in einem Zimmer als gesetzlich zugelassen, aber eine Überraschung war das nicht. Aus Erfahrung wusste er, dass die Leute sich weniger daran orientierten, was legal war, sondern vielmehr an dem, was sie gewohnt waren.

»Wir setzen ihr die Fakten so sanft wie möglich auseinander«, raunte er Fallowfield auf dem Treppenabsatz zu. »Sie kannte die beiden vermutlich besser als irgendjemand sonst, und ich bin gespannt, welche voreiligen Schlüsse sie ziehen wird.«

Er klopfte an die erste der vier Türen, die vom Flur im zweiten Stock abgingen, und fast unmittelbar wurde sie von einer dunkelhaarigen Frau Ende vierzig, Anfang fünfzig geöffnet. Sie sah aus müden Augen zu ihm auf, ihr Gesicht war fahl und ausdruckslos – keine Spur von dem Schuldbewusstsein oder Entsetzen, die ihn für gewöhnlich begrüßten. »Mrs Baker?«

»Was hat er jetzt schon wieder verbrochen?« Ihre Stimme war

tief und von Zigaretten aufgeraut, und sie klang wie eine gebürtige Londonerin. »Anscheinend was Ernstes, wenn die Bullen hier sind. Oder sind Sie hinter Marjorie her?«

»Wir müssen mit Ihnen über beide sprechen. Dürfen wir reinkommen?« Sie nickte und ließ sie vorbei. Das Zimmer der Bakers wirkte nach dem heruntergekommenen Haus erfrischend sauber, aber immer noch ärmlich und deprimierend. Verblasste Vorhänge an einer Schnur verdeckten kaum die Fenster, und das Linoleum war rissig und abgenutzt. An der Decke prangten die obligatorischen Feuchtigkeitsflecken, und das Bett in einer Ecke war so ausgerichtet, dass nichts aus den drei oder vier Lecken darauf tropfen konnte. Das restliche Mobiliar bestand aus einem Gitterbett, einem hässlichen Kartentisch samt Stuhl und einem abgeplatzten Marmorwaschtisch. Ein Kleinkind mit blondem Lockenschopf brach in Tränen aus, und die Frau ging zu ihm, um es zu trösten. Penrose sah zu, wie sie das Mädchen aus dem Bettchen hob, wobei ihm die Verbrennungen und Narben auf ihren von Arbeit geschundenen Händen auffielen; unmöglich konnte man in diesen nicht zeitgemäßen Räumen sicher leben, wo auf Kohlenfeuer gekocht wurde und Öllampen und Kerzen für die Beleuchtung zuständig waren. Es war fast schon ein Wunder, dass hier nicht mehr Leute ums Leben kamen.

Nachdem die Kleine sich beruhigt hatte, sah Maria Baker sie herausfordernd an, als könnten jedwede Neuigkeiten sie nur schwer überraschen. »Mrs Baker, leider gibt es keinen einfachen Weg, Ihnen das zu sagen«, setzte Penrose leise an, doch schon fiel sie ihm ins Wort.

»Hat sie ihn endlich abgemurkst, ja?« Ihre Sachlichkeit erwischte ihn auf dem falschen Fuß, und das musste sie ihm angesehen haben. »Bei den zweien überrascht mich nichts mehr«, fügte sie hinzu. »Ich habe schon viel zu lange mitten in ihren Streitereien gelebt. Es war nur eine Frage der Zeit, bis es aus dem Ruder laufen würde.«

»Es tut mir sehr leid, aber sowohl Ihr Mann als auch Marjorie sind tot.« Zum ersten Mal wirkte Maria Baker entsetzt und verwirrt. »Ihre Leichen wurden heute früh an Marjories Arbeitsplatz entdeckt, aber wir gehen davon aus, dass sie gestern Nacht gestorben sind. Marjorie wurde ermordet. Ihr Mann wurde unten an einer Treppe gefunden, und sein Tod war womöglich ein Unfall.«

»Er hat sie umgebracht?«

»Ist das wahrscheinlich?«

Sie ging zum Bett und ließ sich darauf sinken, dann bedeutete sie Penrose mit einem Nicken, sich auf den Stuhl zu setzen. »Sie konnten einander nicht ausstehen, noch nie. Sie hat ihm die Stirn geboten, wissen Sie. Hat seine Lügen und seine Faulheit durchschaut und es ihm ins Gesicht gesagt. Da war sie die Einzige, aber so sind die Mädchen heutzutage eben, oder? Uns wurde immer beigebracht, uns mit dem zu bescheiden, was uns gegeben wurde, und haben uns dann eben überlegt, wie wir damit zurechtkommen. Aber Marjorie war ganz anders. Sie hat ihn offen niedergemacht, den Spieß umgedreht. Und Joe konnte es nicht leiden, die Oberhand zu verlieren.«

»War er ihr gegenüber gewalttätig?«, fragte Fallowfield.

Mrs Baker sah ihn verächtlich an. »Er war uns allen gegenüber gewalttätig. Was glauben Sie, woher ich das hier habe?« Sie strich sich das Haar zurück, und Penrose sah eine Wunde, die gerade erst zu heilen begann. »Ich schlage mir den Kopf nicht selber an die Wand, auch wenn es sich manchmal so anfühlt. Nein, Joe meinte, wenn ich schon die Hosen anhaben will – Geld verdienen, Kinder züchtigen –, dann kann er mich auch wie einen Mann bestrafen. Damit ist er nicht allein, so machen das alle Männer hier. Draußen sind sie nichts, also wollen sie zu Hause Macht demonstrieren.« Sie dachte kurz nach, strich geistesabwesend die Decken glatt. »Er war nicht immer so, aber es ist eben schwer, andere zu lieben, wenn man sich selber hasst und sich schämt.«

»Wofür hat er sich geschämt?«

»Für sein Leben. Dafür, dass es hier zu Ende geht. Er war alt, fast siebenundsechzig. Er hat viel bereut, und für das meiste davon hat er mir die Schuld gegeben. Marjorie konnte sich um sich selbst kümmern, besonders als sie älter war – sie hatte echtes Temperament. Einmal hat sie ihm die Nase mit dem Schürhaken gebrochen. Wenn überhaupt, hatte er Angst vor ihr. Deswegen dachte ich ...« Sie brach ab, während sie das, was ihrer Familie zugestoßen war, damit zu vereinbaren versuchte, was sie über sie wusste. »Sind Sie sich sicher, dass er es war?«

Penrose wich der Frage aus. »Der Mord an Marjorie war geplant, und sie war das Opfer einer boshaften, brutalen Attacke.« Er wählte seine Worte mit Bedacht, um Mrs Baker die Details zu ersparen, die keine Mutter je hören sollte. »Es besteht Grund zur Annahme, dass sie ermordet wurde, weil sie etwas wusste, möglicherweise ein Geheimnis, das sie zu verraten gedroht hatte. Haben Sie irgendeine Idee, worum es sich dabei gehandelt haben könnte?«

Die Frage basierte lediglich auf seiner Interpretation von Marjories entstelltem Gesicht, doch Maria Baker warf ihm einen scharfen Blick zu, und die Wachsamkeit, die kurz nachgelassen hatte, während sie über ihren Mann sprach, kehrte stärker zurück als zuvor. »Falls das stimmt«, erwiderte sie kühl, »hat es nichts mit jemandem in unserer Familie zu tun. Wenn man sich gegenseitig auf den Füßen wohnt, kann man nichts verheimlichen.«

»Wie lange wohnen Sie schon hier?«, wollte Fallowfield wissen.

»Seit knapp fünfzehn Jahren. Eine Tante von mir hat hier gewohnt und uns aufgenommen. Sie hatte nie geheiratet, und sie war froh, dass jemand auf sie aufpasste. Als sie gestorben ist, haben wir das Zimmer übernommen.«

»Wie hieß sie?«

»Edwards. Violet Edwards.«

»Und wo haben Sie davor gewohnt?«

»Eine Weile waren wir in Essex. Joe hat Verwandte in Southend, aber das hat nicht geklappt.« Sie lächelte verbittert. »Im Grunde hat es nirgendwo für uns geklappt. Wir hatten nie eine richtige Chance.«

»Darf ich fragen, weshalb?«, fragte Penrose sanft. Aufgrund der dünnen Beweislage wollte er so viel wie möglich über Marjories Hintergrund erfahren, und sei es auch nur, um sich von der Unschuld ihres Vaters zu überzeugen. Zumindest der Unschuld an ihrem Tod, nicht daran, vom Moment ihrer Geburt an Leid und Elend über sie gebracht zu haben.

»Joe war schon mal verheiratet, bevor wir uns kennengelernt haben, aber das war eine Katastrophe und zum Ende hin ziemlich bitter. Die Erinnerung ist er nie losgeworden, das hat ihn auf ewig gebrandmarkt, das können Sie sich gar nicht vorstellen.«

»Wusste Marjorie davon?«

»Nein, das war lange vor ihrer Geburt, und wir durften nie über seine erste Frau sprechen. Soweit Marjorie es wusste, gab es immer nur mich und Joe.«

»Gab es Kinder aus der ersten Ehe?«

»Nur eins, und er hat danach den Kontakt zu ihr verloren. Das hat er mit mir aber wieder wettgemacht. Wir waren praktisch eine verdammte Kinderfabrik. Acht in zwölf Jahren. Als wäre es seine Aufgabe, die Wohnung mit Kindern zu füllen.« Sie schaute auf ihre Hände. »Gott weiß, warum, weil, wenn sie erst mal da waren, wollte er nichts mit ihnen zu tun haben.«

»Wann wurde Marjorie geboren?«

»Sie war die Jüngste von denen, die überlebt haben.«

»Und Ihre anderen Kinder?«

»Haben sich aus dem Staub gemacht, sobald sie alt genug waren.«

»Wer ist dann das hier?«, fragte er und deutete mit dem Kinn auf das Gitterbett.

»Gehört nach nebenan. Ich kümmere mich um andere Kinder, zumindest um die, die noch nicht alt genug zum Arbeiten oder Betteln sind. Wir versuchen alle, uns was dazuzuverdienen. Ein paar Frauen machen Haushalt, manche verleihen Geld. Ich kümmere mich um die Kleinsten, damit habe ich ja genug Erfahrung.«

»Hat Marjorie nebenan geschlafen?«

Sie nickte. »Ja, mit ein paar Mädchen aus der Familie gegenüber. Die geben uns was zur Miete dazu.«

»Dürfte Sergeant Fallowfield sich dort umsehen?«

»Nur zu, aber Sie werden nichts finden. Marjorie hat nie was rumliegen lassen, das hat sie im Knast gelernt.«

»Was hat Ihr Mann beruflich gemacht?«, fragte Penrose, nachdem Fallowfield aus dem Zimmer gegangen war.

Sie schnaubte verächtlich. »Joe hat sich noch nie mit Arbeit vertragen. Immer nur auf Zeit – Fundamente für die neuen Tribünen vom Highbury graben, Kohle für den Händler um die Ecke ausfahren, hier und da mal was bauen.« Sie sah sich um und fügte sarkastisch hinzu: »Das hier ist ja nicht gerade ein Heim, für das es sich zu arbeiten lohnt, oder? Und wenn man den Arbeitgebern erzählt, wo man wohnt, findet man sich ganz schnell am Ende der Schlange wieder. Das meinte Joe zumindest, aber er hatte immer eine Ausrede dafür parat, dass er nicht genug beigetragen hat. Das war ein Grund, warum Marjorie ihn so verabscheut hat, weil wir die Lücken schließen mussten.«

»Rührten Marjories Haftstrafen daher, dass sie Lücken schließen musste?«

»Sie hat sich schon als Kind allein durchgeschlagen. Kindergehälter sind wichtig, was glauben Sie, warum es die gibt?« Sie lachte, doch Penrose erkannte, dass es nicht als Scherz gemeint war. Er warf einen Blick zu Fallowfield, der gerade wieder hereingekommen war, doch er schüttelte lediglich kurz den Kopf. »Und sie war richtig gut darin«, fuhr Mrs Baker fort. »Sie hat am Empire um gebrauchte Programme aus der ersten Vorführung gebettelt und sie dann an die Besucher der zweiten weiterverkauft, oder sie hat billige weiße Blumen gekauft und für Knopflöcher gefärbt. Kreativ war unsere Marjorie schon immer gewesen.«

Wie leicht sie in die Vergangenheitsform verfallen war, dachte Penrose. »Aber was hat sie nach Holloway gebracht?«

»Zum ersten Mal saß sie an Weihnachten vor drei Jahren.

Sie hatte eine Stelle zum Postsortieren in Mount Pleasant und hat alles abgezwackt, was sich lohnte. Dann hat sie eine Handtasche geklaut, und beim letzten Mal, da war tatsächlich ihr Vater schuld. Sie war als Botengängerin bei einem der Geldverleiher um die Ecke, und einmal hat Joe sie auf dem Rückweg von einem Kunden aufgehalten und sie dazu gezwungen, ihr das Geld zu geben, aber sie haben sie trotzdem für Diebstahl drangekriegt.«

»Wieso hat sie nicht einfach die Wahrheit gesagt?«, fragte Fallowfield ungläubig. »Die beiden hatten doch sowieso nichts füreinander übrig.«

Maria Baker blitzte ihn an. »Die eigene Familie verpfeift man nicht, und außerdem bleibt immer irgendwas hängen. Da haben alle schnell geglaubt, dass Marjorie auf der falschen Seite war.«

Penrose bemerkte, wie schwer es Fallowfield fiel, seine Meinung zur Verbrecherehre für sich zu behalten. »Anscheinend ist sie mit einem Mädchen aus dem Gefängnis in Kontakt geblieben«, sagte er. »Wissen Sie, bei wem es sich darum handelt?«

»Sie meinen bestimmt Lucy. Lucy Peters. Die hat sie ein paar Mal mit nach Hause gebracht. Verängstigtes kleines Ding, aber Marjorie hat sich immer für die Schwächeren eingesetzt.«

Fallowfield notierte sich den Namen. »Erzählen Sie mir mehr über Marjorie«, sagte Penrose. Es war leicht, einem Mordopfer einen Heiligenschein überzustülpen. Die Leute, insbesondere nahe Verwandte, redeten verständlicherweise nur ungern schlecht über Tote, und häufig wurde ihm das Bild eines Menschen gezeichnet, den es nie gegeben hatte, eine Person frei von den irdischen Schwächen, die ihn oder sie mit Sicherheit das Leben gekostet hatten. Schon jetzt konnte er sehen, wie einfach es wäre, Marjorie Baker mit ein paar Stempeln zu versehen – die Kleinkriminelle mit dem goldenen Herzen, der vorlaute Emporkömmling, der seinen Platz nicht kannte, das Armutsopfer, das nie eine Chance gehabt hatte –, doch er vertraute dem Urteil seiner Cousinen und vermutete, dass die echte Person eine komplexe Mischung dieser Facetten gewesen war. Nur selten konnten Mütter ein akkurates Bild ihrer Kinder zeichnen, doch Mrs Baker machte auf ihn nicht gerade einen sentimentalen Eindruck. »Was machte sie aus?«, fragte er.

»Sie war anders als ich, so viel steht fest. Heute ist das eine andere Welt für Mädchen, die können sich Dreistigkeit erlauben.« Hilda Reader hatte Marjorie mit dem gleichen Wort beschrieben, doch diesmal fehlte ihm die Zuneigung, und Penrose spürte eine Rivalität zwischen Mutter und Tochter. »Wenn ich der Trödelladen auf der Fonthill Road bin, war sie der Markt in Islington – das glaubte sie zumindest. Sie war sich zu gut für unser Leben, und fast wäre sie damit durchgekommen. Manchmal hat sie mich so mitleidig angesehen, und ich wusste genau, was sie dachte – alles, nur keine Türschwellen schrubben und Häuser putzen. Hier gibt es haufenweise Leute, die einem, ohne mit der Wimper zu zucken, die Putzstelle wegnehmen würden, aber nicht Marjorie. Nein, sie war viel zu stolz, um bei anderen um Arbeit zu betteln, wobei ich sie manchmal nur zu gern darum angefleht hätte.«

»Aber in ihrer neuen Stelle kam sie anscheinend gut zurecht. Ihre Arbeitgeberinnen haben mir erzählt, wie wertvoll sie war.«

»Na, es passte ja auch zu ihrer Vorstellung davon, wer sie war.« Mrs Baker biss sich auf die Lippe und bereute anscheinend ihre Worte. »Sie halten mich bestimmt für ein bösartiges Weib«, sagte sie. »Und vielleicht gibt es da draußen sogar bessere Frauen als mich, die ihren Töchtern nicht böse sind, dass sie Chancen bekommen, die sie nie hatten, aber so bin ich nicht. Marjorie konnte von Glück reden, dass sie nach dem Knast so eine Stelle bekommen hat. Wenn sie mir von den ganzen Sachen erzählt hat, die sie im Knast gelernt hatte, habe ich immer gesagt, und was willst du jetzt damit? Im Gefängnis bringen sie dir bei, wie du etwas machst, und sorgen dann dafür, dass dich ja nie jemand dafür einstellt. Aber ich habe mich getäuscht, und jemand hat ihr eine zweite Chance gegeben. Und jetzt kommen Sie hier reinmarschiert und erzählen mir, dass Marjorie sich wegen irgendwas hat umbringen lassen, das sie gesagt hat, und ich bin so wütend auf sie, dass sie die Gelegenheit vergeudet hat. Nicht um ihretwillen, sondern wegen mir. Wenn ich das gewesen wäre, hätte ich es nicht so einfach weggeschmissen.«

Penrose wartete kurz ab, dann fragte er: »Hat Marjorie je über ihre Kolleginnen gesprochen? Wirkte sie glücklich?«

»Ja, sie war glücklich, wobei Joe sich redlich Mühe gegeben hat, es ihr zu verderben.«

»Indem er sie auf der Arbeit gestört und vor den anderen Mädchen blamiert hat?«

Sie wirkte überrascht. »Da wissen Sie mehr als ich. Nein, indem er sie kleingemacht hat und meinte, es würde nicht lange halten. Darin war er gut: uns alle auf sein Niveau runterziehen. Marjorie kam mit einem Ausschnitt aus so einer Zeitschrift für Leute nach Hause, die mehr Zeit als Verstand haben. Sie war darauf abgebildet, zusammen mit den anderen Mädchen aus der Fabrik und den Frauen, für die sie die Kleider gemacht haben. Sie war so stolz, aber das hat Joe furchtbar gereizt. Irgendwas hat er zu ihr gesagt, das ihr zugesetzt hat.«

»Was genau?«

»Weiß ich nicht, sie wollte es mir nicht verraten. Aber ich hatte den Eindruck, er wollte sie überreden, mehr aus ihrer neuen Stelle zu holen als nur die Lohntüte.«

»Haben Sie das Bild noch?«

»Irgendwo muss es rumliegen.« Sie stand auf und kramte in einem Zeitungsstapel, der neben dem Kamin darauf wartete, verheizt zu werden. »Hier, bitte schön.«

Penrose nahm den Ausschnitt entgegen und betrachtete das Bild. Es stammte aus dem Atelier der Motleys, und Marjorie stand ganz links, ergreifend nahe der Stelle, an der sie ermordet worden war. Über dem Arm hielt sie eine elegante Abendrobe, stellte das Material zur Schau, und Penrose fiel der Kontrast zwischen der Welt auf der Fotografie und derjenigen auf, in die sie geboren worden war – und wie wohl sie sich in Ersterer fühlte. Sie war ausnehmend attraktiv, ihr Lächeln erinnerte an Gwen Farrar in jungen Jahren, und während er das sorglose Bild betrachtete, spürte er erneut den gesamten Schrecken ihrer letzten Augenblicke auf Erden.

Er reichte die Aufnahme an Fallowfield weiter, der sich die Namen in der Bildunterschrift notierte und es dann Marjories Mutter zurückgab. »Hatte sie außerhalb der Arbeit mit bestimmten Kolleginnen zu tun?«, fragte er.

Mrs Baker zuckte die Achseln. »Nicht, dass ich wüsste.«

»Wie ist es mit Männern? Ging sie mit jemandem aus?«

Der gezierte Ausdruck schien sie zu amüsieren. »Wenn ja, dann hat sie mir nie davon erzählt, aber das wäre auch kein Wunder. Sie hat ihre Geheimnisse für sich behalten, und ich habe sie nicht ständig beaufsichtigt – so eine Beziehung hatten wir nicht.«

»Also haben Sie sich keine Sorgen gemacht, als sie gestern Abend nicht nach Hause kam? Als keiner von beiden nach Hause kam?«

»Nein, ich war froh, dass ich meine Ruhe hatte. Ich bin immer froh, wenn Joe die ganze Nacht wegbleibt, und wie ich schon sagte, Marjorie hatte andere Orte, an die sie gehen konnte. Ich kann ihnen deswegen keinen Vorwurf machen. Ich wünschte, ich könnte selbst hier weg.«

»Wohin ist Ihr Mann gegangen? Mit wem hat er verkehrt?«

»Mit jedem Mann, der ihm ein Bier ausgegeben hat, und mit jeder Frau, die ihn in ihr Bett gelassen hat.«

»Können Sie uns Namen nennen?«

Sie schüttelte den Kopf. »Er hat entweder im Feathers oder im Green Man getrunken, da können die es Ihnen vielleicht sagen. Die Frauen waren wenigstens nicht von hier, das eigene Nest hat er immerhin nicht beschmutzt.«

»Waren Sie den ganzen Abend über hier, Mrs Baker?«, fragte Fallowfield.

Sie lachte ihm ins Gesicht. »Nein, Sergeant. Ich habe erst ein langes, heißes Bad genossen und bin dann mit ein paar Freundinnen zum Abendessen ausgegangen. Danach sind wir ins Theater.« Ihrem Gelächter wohnte ein hysterischer Unterton inne, und als es verstummte, hatte sie Tränen in den Augen. »Natürlich war ich den ganzen Abend über hier. Ich bin immer hier, darauf können Sie sich verlassen.«

Penrose stand auf. Einstweilen gab es hier nichts weiter zu erfahren. »Mein aufrichtiges Beileid, Mrs Baker, und vielen Dank, dass Sie sich die Zeit genommen haben. Falls Ihnen noch etwas einfällt, das uns helfen könnte, wäre ich Ihnen sehr dankbar, wenn Sie sich sofort melden würden. Wir werden Sie natürlich über sämtliche Entwicklungen auf dem Laufenden halten.«

»Ich weiß, was Sie beide denken«, sagte sie, während sie zur Tür gingen. »Ich bin nicht so schockiert, wie ich sein sollte. Aber Trauer ist ein Luxus, den ich mir nicht leisten kann – nicht, wenn ich Marjories Lohn ersetzen muss. Ich weiß nicht einmal, wie ich die zwei beerdigen soll.«

Penrose wusste, wie nutzlos es war, doch trotzdem sagte er: »Falls wir Ihnen irgendwie helfen können, melden Sie sich bitte.«

Auf dem Weg nach unten sagte Fallowfield: »Lucy Peters gehört zum Cowdray Club. Arbeitet als Hausmädchen.«

»Ach ja? Dann ist Marjorie vielleicht über sie an den Rahmen gekommen, den wir bei ihr gefunden haben. Gehörte womöglich zur Vereinbarung – Peters besorgte die Sachen, und Marjorie verkaufte sie weiter. Und ein paar der Frauen auf dem Bild ...«

»... haben auch Drohbriefe erhalten und Marjorie am Tag ihres Todes gesehen. Ja, das ist mir auch aufgefallen. Meinen Sie, da besteht eine Verbindung? Vielleicht hat Marjorie die Briefe geschrieben.«

»Der Gedanke kam mir auch schon. Wir müssen wohl mal im Cowdray Club vorbeischauen, aber erst muss ich zurück zum Yard und versuchen, Spilsbury zu erwischen. Möglicherweise hat er ein paar Antworten für uns, und dann wissen wir wenigstens, womit wir es genau zu tun haben.«

»Was halten Sie von der Mutter?«

Penrose überlegte kurz, bevor er antwortete. »Ich glaube, das

Leben hat ihr übel mitgespielt, und es gibt nichts mehr, was sie noch mögen oder nicht mögen könnte. In gewisser Hinsicht haben die beiden Todesfälle es ihr wohl leichter gemacht, in anderer schwerer. Ich würde allerdings gern noch eine andere Meinung über die Familie hören. Ob die Frau, die uns reingelassen hat, wohl noch hier ist?«

Sie entdeckten sie im Hinterhof, wo sie ein paar leere Holzkisten zerlegte. Sie sah auf, als sie sie hörte, und ein etwa zehnjähriges Mädchen mit wackligen Beinen und fahler Haut, die vermutlich den kalten, feuchten Räumlichkeiten geschuldet war, versteckte sich hinter seiner Mutter und spähte sie schüchtern an.

Ohne auf Einzelheiten einzugehen, erklärte Penrose kurz, was sie nach Campbell Bunk gebracht hatte. »Wenn Sie mich fragen, ist die Alte ohne die zwei besser dran«, sagte sie. »Joe Baker war ein faules, egoistisches Arschloch, und Marjorie hatte auch wer ins Hirn geschissen. Bisschen billigen Schmuck und Schminke, und schon dachte sie, sie wär Joan Crawford.«

»Sie hat sich angeblich oft mit ihrem Vater gestritten.«

»Und mit ihrer Mutter. Nix Schlimmeres, als wenn zwei Frauen aufeinander losgehen, das können Sie mir glauben. Wir wissen, wo es wehtut.«

Penrose lauschte auf. »Sie meinen, die beiden hatten körperliche Auseinandersetzungen?«

»Wenn das heißen soll, ob die sich die Birne eingeschlagen haben, dann ja. Ich weiß noch, wie Marjorie letztens mit einem neuen Mantel und Rock nach Hause kam, Gott weiß, wie teuer das Zeug war, aber sie hat es nicht mal ins Haus geschafft. Maria ist auf die Straße und hat ihr die Sachen runtergerissen. Später meinte sie zu mir, Marjorie hätte mehr verdient, als sie gesagt hatte, und es für sich selbst ausgegeben statt für die Familie, aber ich glaube, das war der pure Neid. Hinterher waren die Klamotten jedenfalls nichts mehr wert, und wenn es ums Geld gegangen wäre, wär sie damit zum Pfandleiher.«

Fallowfield hob eine Augenbraue, und auch Penrose war

überrascht. In den letzten dreißig Jahren hatte sich das Leben von Frauen drastischer verändert als je zuvor, und es wäre schon eine besondere Art der Liebe nötig, es ihnen nicht ein kleines bisschen zu missgönnen. Aber diese Auseinandersetzung zwischen Mutter und Tochter klang erbitterter und brutaler als nur die Wut der einen Generation über die Möglichkeiten, die der nächsten offenstanden.

»Wissen Sie, ob Mrs Baker gestern Abend zu Hause war?«, fragte Fallowfield.

»Natürlich«, erwiderte die Frau automatisch. »Ich war ein paar Mal bei ihr oben.«

Das war gelogen, doch es hatte keinen Sinn, Zeit damit zu verschwenden. »Herzlichen Dank«, sagte Penrose, wobei er eine Spur von Sarkasmus nicht unterdrücken konnte. »Sie haben uns sehr weitergeholfen.«

Während ihrer Abwesenheit war auf der Fahrerseite des Autos auf mysteriöse Art und Weise ein langer, tiefer Kratzer aufgetaucht, fast schon bewundernswert in der gekonnten Ausführung. Fallowfield fluchte, während die Umstehenden mit spöttisch betonter Unschuld zusahen. Penrose öffnete die Tür und stieg ein, wobei Schmutz und Demütigung immer noch an seinen Kleidern klebten; wäre da nicht die Art und Weise von Marjories Tod und das lebhafte Bild gewesen, das die Leute von ihr zeichneten, hätte er fast glauben können, dass die junge Frau nun an einem besseren Ort war.

Maria Baker blieb noch lange auf dem Bett sitzen, nachdem die Polizisten sich verabschiedet hatten, und wagte kaum zu glauben, dass es tatsächlich vorbei sein sollte. Der Schatten des Hauses in Finchley, der sich wie ein Schleier über ihre Beziehung zu Joe gelegt, einen Keil zwischen sie getrieben und sie gleichzeitig erbarmungslos aneinandergefesselt hatte, hatte sich mit seinem Tod endlich gelichtet; die Erinnerungen und die Schande, die ihnen folgten, egal wohin sie gingen und wer sie wurden, konnten ihr nicht länger wehtun.

Sie stand auf und legte den Zeitungsausschnitt zurück auf den Stapel neben dem Kamin, bereit für das Abendfeuer. Als sie sich vorbeugte, fiel ihr das Datum der Zeitung von gestern auf, die Joe hatte herumliegen lassen, der 22. November. Morgen hatte sie Geburtstag. Fast auf den Tag genau vor dreiunddreißig Jahren hatte ihr Albtraum begonnen, und jetzt, mit einundfünfzig, wurde ihr ein Neuanfang geboten. Sie versuchte, sich an die Frau zu erinnern, die sie früher gewesen war, und ging hinüber zum Gitterbett. Das Kind sah staunend zu ihr auf, während sie lachte, bis ihr die Tränen kamen.

Penrose fand im Büro nichts auf seinem Schreibtisch.

»Ich muss ihn anrufen«, sagte er widerwillig zu Fallowfield. Spilsbury konnte es nicht leiden, wenn man ihn unter Druck setzte, und ungeduldige Beamte waren das Einzige, was sein ausgeglichenes Gemüt stören konnte.

»Lieber Sie als ich, Sir«, erwiderte Fallowfield. »Ich kümmere mich so lange um den Cowdray Club, in Ordnung? Sage Miss Bannerman Bescheid, dass wir vorbeikommen.«

»Gut. Wer aus dem Club war noch auf dem Foto?«

Fallowfield studierte seine Notizen. »Miriam Sharpe, die Präsidentin des Colleges, und daraus zu schließen, was Miss Bannerman mir erzählt hat, ist sie nicht besonders glücklich über diese Gala-Geschichte, wobei sie in der Öffentlichkeit natürlich so tut, als ob. Ich hatte den Eindruck, sie und Bannerman verstehen sich nicht besonders gut. Dann sind da noch Lady Ashby, Mary Size und Sylvia Timpson, die Empfangsdame.«

»Kennen Sie sie?«

»Ja, ziemlich borstig und arrogant. Sie wissen schon.«

»Nur zu gut. Alles andere können Sie mir ja unterwegs erzählen. Mit ein bisschen Glück können wir uns mit Bannerman, Sharpe und Timpson unterhalten, und mit Lucy Peters, falls sie samstags arbeitet. Ich bezweifle, dass die anderen beiden um diese Tageszeit dort sind, also finden Sie raus, wie wir Lady Ashby erreichen können. Mit Mary Size würde ich sowieso lieber im Gefängnis sprechen, können Sie das organisieren? Außerdem brauchen wir Kopien von Marjories Akte, und dann können wir uns genauso gut auch gleich die von Peters anschauen. Sagen Sie Miss Bannerman, mit wem wir reden wollen, aber bitte keine Details. Sie soll ruhig denken, dass es um diese andere Sache geht.«

»Möglicherweise haben Ihre Cousinen ihr schon erzählt, was passiert ist, falls sie wegen der Räumlichkeiten bei ihr angefragt haben.«

»Mist, das hatte ich ganz vergessen. Na gut, rufen Sie zuerst bei Lettice oder Ronnie an und finden Sie es raus, und falls sie noch keinen Kontakt zum Club aufgenommen haben, sollen sie Bannerman nicht sagen, wozu sie den Platz brauchen. Und jemand soll mehr über die Bakers rausfinden, auch über die Edwards-Seite. Haben Sie dafür ein paar Leute übrig?«

»Jawohl, Sir, ich setze Waddingham und Merrifield darauf an. Zwischen den beiden herrscht eine gesunde Konkurrenz, da können wir uns auf rasche Ergebnisse einstellen.«

»Wunderbar.« Penrose griff nach dem Hörer und erreichte die Leichenhalle auf der Gower Street. Spilsbury hatte sich seinen Ruf durch sein langsames Arbeitsprinzip aufgebaut, nahm nichts für selbstverständlich und untersuchte jeden Zentimeter einer Leiche genau, bevor er sie öffnete. Er bestand allerdings darauf, alles selbst zu tun, was zu gelegentlichen Verzögerungen führte und die meisten Beamten – darunter auch Penrose – in den Wahnsinn trieb. Doch genau dieser Blick für Details, zusammen mit einem umfassenden Wissensschatz aus jahrelanger Erfahrung ermöglichten es ihm, Dinge zu entdecken, die für andere unsichtbar waren, und soweit Penrose wusste, war noch keiner seiner Befunde mit bloßem Auge je von einer mikroskopischen Untersuchung widerlegt worden. Ihm war klar, dass er sein Glück auf die Probe stellte, doch er hoffte, dass die erste Untersuchung es Spilsbury zumindest ermöglicht hatte, ihren Vater als Täter auszuschließen.

»Wie oft soll ich dir das noch sagen, Archie? Wenn du dir ein

Wunder wünschst, musst du dich nach weiter oben wenden.« Seine Worte waren streng, jedoch nicht ganz ohne Humor, was Penrose Hoffnung machte. »Ich wollte dich übrigens gerade anrufen. Ich fürchte, ihr habt euren Mörder noch nicht gefunden – ich weiß nicht, ob das gute oder schlechte Neuigkeiten sind.«

»Ich bin für jegliche Neuigkeiten dankbar«, erwiderte Penrose.

»Das hier ist lediglich meine persönliche Meinung, und nichts, was ich bislang gefunden habe, würde eine Jury überzeugen, aber ein paar Dinge weisen darauf hin, dass er sie nicht umgebracht hat, und in Verbindung mit der Art des Verbrechens und deiner eingänglichen Reaktion sind sie recht eindeutig. Baker hatte frische Kratzspuren im Gesicht, aber unter Marjories Fingernägeln habe ich nichts gefunden.«

»Kratzer haben aber nicht unbedingt …«

»… mit dem Mord zu tun, das ist mir auch klar. Der zweite Punkt ist etwas verlässlicher. Ein paar Meter vom Atelier den Flur runter gibt es einen kleinen Garderobenraum.«

»Ja, den habe ich gesehen.«

»Dort haben wir ein Handtuch mit Blutflecken gefunden, und bei genauerer Untersuchung auch winzige Spritzer auf den Fliesen hinter dem Waschbecken. Wir müssen natürlich abwarten, ob es sich um dieselbe Blutgruppe handelt wie Marjories, aber falls ja, finde ich es ziemlich eindeutig, dass der Täter sich dort gewaschen hat, bevor er verschwunden ist. Damit können wir Baker ausschließen – sein Gesicht und seine Hände waren schmutzig. Er kann sich unmöglich das Blut seiner Tochter von den Händen gewaschen und dann noch so viel Dreck an den Fingern gehabt haben.«

»Eine der anderen Schneiderinnen könnte sich verletzt haben.«

»Ja, der Gedanke kam mir auch, aber deine Cousinen wissen nichts von irgendwelchen Unfällen, und anscheinend muss schon die kleinste Wunde gemeldet werden.«

»Selbst wenn es sich um Marjories Blut handelt, sie hätte sich ja selbst dort waschen können.«

»Denk doch mal nach, Archie – abgesehen von ihren Lippen und ein paar Kratzern rings um den Mund hatte sie keinerlei äußerliche Verletzungen. Falls es tatsächlich ihr Blut ist, hätte sie im Anschluss daran zum Waschbecken gehen müssen, und man würde wohl kaum kurz austreten, um sich präsentabel zu machen, wenn man so eine Folter durchgestanden hätte. Nein, ich glaube, dass Gesicht und Hände des Täters oder der Täterin mit den gleichen Spritzern von Blut und Erbrochenem übersät waren, die wir auch auf der Schürze gefunden haben, und er oder sie wollte alle Spuren wegwaschen, bevor es wieder auf die Straße ging.«

»Wieso sollte man Schürze und Handtuch zurücklassen? Ich verstehe ja, wie man in der Eile das Blut im Waschbecken übersehen kann, aber das kommt mir doch ziemlich nachlässig vor.«

»Vielleicht wollte der- oder diejenige nicht damit gesehen werden. Außerdem können wir aus den beiden Sachen kaum Rückschlüsse ziehen – es sei denn, du glaubst, der Plan bestand von vornherein darin, Marjories Vater die Schuld in die Schuhe zu schieben.«

»Verstehe. Baker war womöglich einfach auf der Suche nach Marjorie und ist im falschen Moment aufgetaucht, da hat ihm jemand die Treppe runtergeholfen?«

»Ich setze die Geschichte nicht zusammen, Archie, das ist deine Aufgabe, aber ich habe nichts gefunden, was dieser Auslegung widerspricht. Joseph Baker hatte allerdings auch genug Alkohol intus, dass er von allein dort gelandet sein könnte. Nur die Kratzer weisen auf irgendeinen Streit hin. Er hat bei dem Sturz das Bewusstsein verloren und ist erfroren, und dadurch lässt sich der genaue Todeszeitpunkt nur schwer festsetzen. In seinem Alter hat man bei solchen Temperaturen keine Chance.«

»Was ist mit Marjories Todeszeitpunkt?«

»Als sie gefunden wurde, war sie zwischen acht und zwölf

Stunden lang tot. Inoffiziell würde ich behaupten, eher Richtung zwölf.«

Was dazu passte, was Lettice über das Erlöschen der Lichter im Atelier gesagt hatte. »Du sagtest, sie hätte sonst keine Verletzungen gehabt – wenn sie sich nicht gewehrt hat, war sie vermutlich unter Drogen gesetzt worden, richtig?«

»Ja, wobei ich dir die genaue Substanz nicht sagen kann, bevor uns die Testergebnisse vorliegen. Irgendwann ist sie über den Boden geschleift worden. Ihre Strümpfe waren zerrissen, und wir haben die entsprechenden Fasern an einem Tischbein gefunden.«

»War die Substanz im Wodka?«

»Vielleicht. Ihre Pupillen waren geweitet, und ihre Haut war grau. Wenn man mal von den entsetzlichen Verletzungen absieht, sieht das Ganze nach Kreislaufversagen aus, dafür hätte ein Nitrit gereicht. Amylnitrit wäre eine Möglichkeit – das ist ein Muskelrelaxans und wird zur Behandlung von Angina eingesetzt. Die Lunge nimmt es schnell auf, und eine gute Dosis davon würde reichen, damit der Täter oder die Täterin seine Arbeit vollenden könnte.«

»Ist es frei verfügbar?«

»Es wird für verschiedene medizinische Zwecke eingesetzt und häufig verschrieben.«

»War sie während der schlimmsten Phase bei Bewusstsein?« Penrose glaubte die Antwort bereits zu kennen.

»Auf jeden Fall. Zumindest eine Zeit lang. Die Kraft in ihren Muskeln würde sie verloren haben, und sie dürfte benommen gewesen sein, aber nicht benommen genug. Wenn sie sich hätte hinlegen dürfen, hätte sie sich rasch wieder von dem Mittel erholt, aber solange sie aufrecht an den Stuhl gefesselt war, hatte sie keine Chance.«

»Medizinisches Hintergrundwissen?«

»Möglich.« Er seufzte tief. »Ich lasse dir den vollständigen Bericht so bald wie möglich zukommen.«

»Danke, Bernard, wirklich.« Penrose legte zufrieden auf. Insgeheim hatte er gewusst, dass Joseph Baker zwar kein Unschuldskind, jedoch nicht für den Mord an seiner Tochter verantwortlich war, doch er verstand noch nicht ganz, wie der Cowdray Club ins Bild passte. Hatte er Marjorie dazu überredet, die Briefe zu schreiben und es mit Erpressung zu versuchen, und falls ja, wie war sie an die darin enthaltenen Informationen gelangt? Er versuchte, sich daran zu erinnern, was in den Briefen gestanden hatte, doch er hatte sie lediglich überflogen. Wieso sollte jemand Marjorie töten, um sie zum Schweigen zu bringen, wo die Briefe mitsamt ihren Inhalten doch bereitwillig der Polizei übergeben worden waren? Vielleicht gab es jemanden im Club, der ein Schreiben erhalten und es nie gemeldet hatte.

Fallowfield steckte den Kopf zur Tür herein, und Penrose brachte ihn auf den neusten Stand. Dann fragte er: »Glauben Sie, unsere Kollegin Wyles kann mit einer Nadel umgehen?«

Fallowfield musterte ihn neugierig. »Wieso, Sir? Haben Sie was, das gestopft werden muss?«

Penrose lachte. »Nein, aber ich werde meinen Cousinen gleich berichten, dass sie eine neue Mitarbeiterin haben. Ich will Wyles im Club haben, damit sie diese Frauen im Auge behalten kann.«

»Wieso fragen Sie nicht Miss Tey, ob sie die Augen offen halten kann? Sie ist sowieso schon dort.«

»Weil sie Miss Tey ist und nicht Miss Marple, verdammt noch mal. Sie haben den Feierabend wohl öfter mal wieder in St Mary Mead verbracht, stimmts?«

Fallowfield wirkte verlegen. »Aber im Ernst, Sir, für so was ist Wyles doch nicht wirklich geeignet, oder? Für Zeugenaussagen und zum Kinderhüten sind die Frauen ja ganz gut, aber verdeckte Ermittlungen sind ein bisschen riskant, oder?«

»Ach, seien Sie mal nicht so altmodisch, Bill. Sie wird sich in einem Schneiderkittel besser machen als Sie, und sie kann durchaus auf sich selbst aufpassen. Ich hatte erst überlegt, sie als Krankenschwester einzuschleusen, aber dafür müsste ich jemandem dort vertrauen, und soweit wir wissen, sind dort alle dazu in der Lage, eine Sacknadel zu schwingen. Nein, die Gelegenheit ist viel zu günstig.« Fallowfield wirkte noch immer skeptisch. »Nicht so griesgrämig, Bill. Selbst wenn ich falschliege, schaffen wir uns damit die Frau des Polizeichefs vom Hals. Haben Sie diese anonymen Briefe irgendwo? Die möchte ich mir noch mal ansehen, bevor wir zum Club fahren.«

Während er wartete, klingelte das Telefon. »Inspector Penrose? Hier spricht Hilda Reader. Entschuldigen Sie die Störung.«

»Sie stören mich nicht im Geringsten, Mrs Reader. Ist alles in Ordnung?«

»Ja, danke, aber ich bin froh, dass ich Sie erwische. Ich habe gerade etwas von meinem Mann erfahren, das Sie wissen sollten.«

»Worum geht es?«

»Ich habe ihm von Marjorie erzählt. Ich hoffe, Sie hatten nichts dagegen, aber er hat gemerkt, wie sehr ich neben mir stand, und es hat mir geholfen, mit ihm darüber zu sprechen.«

»Natürlich, dafür habe ich vollstes Verständnis.«

»Anscheinend hat er sie gestern gesehen, als sie ins Geschäft kam, um die Sachen für Miss Motley zu besorgen. Ein Mann in seiner Abteilung hat sie bedient, und es kam wohl zu einer Auseinandersetzung. John, mein Mann, musste eingreifen, damit sie sich beruhigten. Dieser Mann, Lionel Bishop, hatte wohl eine Affäre mit Marjorie, aber sie hatte ihn in die Wüste geschickt. Er wollte sie dazu überreden, es noch einmal mit ihm zu probieren, aber sie wollte nichts davon hören. John meinte, sie hätte ihm damit gedroht, seiner Frau davon zu erzählen, wenn er sie nicht in Ruhe ließe. Er war wohl fuchsteufelswild.«

»Arbeitet Mr Bishop heute?«

»Ja, den ganzen Tag.«

»Vielen Dank, Mrs Reader, das ist äußerst hilfreich.«

»Eins noch, Inspector.«

»Ja?«

»Ich weiß nicht, ob es eine Rolle spielt, aber er hat ihr diese Perlen verkauft.«

Nachdem sie das Gespräch beendet hatten, machte sich Penrose auf die Suche nach Fallowfield und reichte ihm einen Zettel, während er die Akte mit den Drohbriefen entgegennahm. »Lionel Bishop. Arbeitet in der Kurzwarenabteilung bei Debenhams. Er hat mit Marjorie Baker angebandelt, aber sie hatte keine Lust mehr darauf und hat ihm gedroht, sie würde seiner Frau davon erzählen.«

»Und das fand er nicht gerade berauschend?«

»Richtig. Bringen Sie ihn hierher.«

9

Der Mann, der unten auf seine Befragung wartete, stand auf, als Penrose und Fallowfield den Raum betraten. »Was zum Teufel ist hier los, Inspector?«, fragte er aufgebracht. »Ihre Leute tauchen bei mir auf der Arbeit auf, blamieren mich vor meinen Kollegen, und niemand besitzt den Anstand, mir zu erzählen, worum es geht. Ich habe gewisse Rechte, nur damit Sie es wissen. Sie hätten ruhig etwas diskreter vorgehen können.«

Penrose bedeutete ihm, sich zu setzen, und stellte sich gelassen vor. Menschen, die sofort auf ihren Rechten beharrten, trampelten seiner Erfahrung nach gern achtlos auf den Rechten anderer herum, doch er versuchte, seinen Zynismus zurückzuhalten, während er Lionel Bishop prüfend musterte. Marjorie Bakers Möchtegern-Liebhaber war Ende dreißig, hatte ein fliehendes Kinn, fahle Haut und dünnes, sandfarbenes Haar. Er war teuer, aber einfallslos gekleidet und trug die Kleidung mit wenig Überzeugung, so als wiese sie auf eine Autorität hin, von der er sich selbst nicht sicher war, ob er sie überhaupt besaß. Penrose gab sich Mühe, keine voreiligen Schlüsse zu ziehen, doch nach allem zu urteilen, was er gehört hatte, war er kaum der Typ Mann, den das Opfer bemerkt, geschweige denn attraktiv gefunden hätte. »Entschuldigung, dass wir Ihnen so viele Umstände bereitet haben, aber ich muss Ihnen ein paar Fragen zum Mord an Marjorie Baker stellen.« Bishops moralische Überlegenheit schwand plötzlich dahin, und Penrose bemühte sich, lediglich auf professioneller Ebene Genugtuung daraus zu ziehen. »Ich glaube, Sie waren gut mit ihr bekannt.«

»Mord?« Bishops schockierte Miene wirkte echt, doch das

Entsetzen in seiner Stimme schien eher seiner eigenen Situation geschuldet als aufrichtigem Kummer. »Was hat das mit mir zu tun? Ich kannte sie bloß als Kundin. Sie kam ein, zwei Mal die Woche in den Laden, um ein paar Sachen auf Rechnung abzuholen.«

»Sie haben sie gestern gesehen, richtig?«

»Ja, sie kam gegen Mittag vorbei und hat ein paar Sachen gekauft. Perlen, Nadeln und ein, zwei Rollen Schrägband. Wir haben uns kurz unterhalten, mehr nicht. Nehmen Sie jeden fest, der mit ihr geredet hat?«

Penrose ging nicht auf die Frage ein. »Welche Art von Nadeln?« Bishop sah ihn ungläubig an. »Welche Art von Nadeln hat Miss Baker gekauft?«, wiederholte er ungeduldig. »Keine schwierige Frage.«

»Ganz normale Sticknadeln.«

»Haben Sie sich gestern mit Miss Baker gestritten?«

»Über Kurzwaren lässt sich nicht groß streiten«, erwiderte Bishop mit sarkastischem Unterton.

»Wo waren Sie gestern Abend zwischen einundzwanzig Uhr und Mitternacht?«

»Zu Hause bei meiner Frau natürlich. Wo sollte ich auch sonst gewesen sein?«

Penrose bedachte ihn mit einem Blick, der seine Skepsis gerade so spürbar machte. »Haben Sie etwas dagegen, wenn wir uns das von Ihrer Frau bestätigen lassen?«

Zum ersten Mal wirkte Bishop nervös. »Müssen Sie ihr sagen, worum es geht? Nicht, dass sie denkt ...«

»Was sollte sie denken, Mr Bishop?«, fragte Penrose ungehalten. »Sollen wir noch einmal von vorne anfangen? Wie gut kannten Sie Marjorie Baker?«

»Na gut, ich hab sie ein paar Mal zum Mittagessen eingeladen, und ab und zu waren wir nach Feierabend einen trinken. Ja, und? Macht doch nichts. Sie wissen doch, wie es ist.«

»Leider nicht. Könnten Sie es mir wohl erklären?«

»Hören Sie, Inspector, ich habe meine Frau kennengelernt,

da waren wir noch sehr jung. Wir haben viel zu schnell und aus den falschen Gründen geheiratet. Das war während des Krieges. Sie war Krankenschwester, und ich war kurz zurück von der Front, weil mir eine deutsche Kugel das Bein zerlegt hat. Wir haben Mitgefühl und Dankbarkeit mit Liebe verwechselt, mehr nicht. Da waren wir nicht die Einzigen, aber das macht es auch nicht leichter.«

»Also haben Sie sich mit Miss Baker getröstet – bis es ihr reichte und sie Ihnen den Laufpass gegeben hat. Das hat Sie sicher wütend gemacht.«

Bishop zuckte die Achseln. »Nicht besonders. Von ihrer Sorte gibt es hier genug. Kommen Sie schon, Inspector, wir dürfen uns doch alle ein bisschen Spaß gönnen, oder nicht? Was meine Frau nicht weiß, bringt sie nicht um.«

»Nur ist es nicht Ihre Frau, die umgebracht wurde, oder, Mr Bishop?« Penrose stand auf. Sie verschwendeten lediglich ihre Zeit mit diesem Mann. »Geben Sie Sergeant Fallowfield Ihre Kontaktdaten. Sofern Ihre Frau Ihre Aussage bestätigt, dürfen Sie gerne gehen.«

Männer wie Lionel Bishop weckten Penrose' schlechteste Seite, und kochend vor Wut ging er aus dem Zimmer. Er war gerade auf dem Weg nach unten, als Fallowfield nach ihm rief. »Wir müssen ihn wohl noch ein bisschen hierbehalten, Sir.«

»Reine Zeitverschwendung, Bill. Sie hat ihm zu Lebzeiten viel zu wenig bedeutet, als dass er ihren Tod gewollt hätte.«

»Gut möglich, aber ich frage mich, wer hier wohl wem ein Alibi gibt.«

»Wie meinen Sie das?« Penrose nahm den Zettel entgegen, den Fallowfield ihm hinstreckte.

»Ich meine seine Frau, Sylvia Bishop. Auf der Arbeit benutzt sie ihren Mädchennamen, Timpson. Und sie arbeitet im Cowdray Club.«

Celia Bannerman blieb auf halbem Weg die Haupttreppe des Cowdray Clubs hinab stehen und lauschte den beruhigenden

Geräuschen des geregelten Betriebs von unten. Egal, wie viel sie zu tun hatte, sie nahm sich stets Zeit, hier, an einem der schönsten Orte des Gebäudes, kurz innezuhalten. Der Treppenaufgang war ein prachtvoller Teil der ursprünglichen Stadtvilla und während der Umwandlung in Club und College unberührt geblieben, wodurch er der einzige Bereich war, der sich geschichtsträchtig anfühlte. Pompöse Gemälde des alten Rom bedeckten die Wände, vermutlich die Arbeit von Sir James Thornhill, dem Schwiegervater Hogarths und einer der bekanntesten Wandmaler seiner Zeit. Das Überleben des Treppenaufgangs und seine neue Blüte waren eine greifbare Erinnerung an die Vergangenheit inmitten einer sich auf steten Fortschritt stützenden Gegenwart, ein Symbol früherer Errungenschaften und ein stabiles Fundament für alle, die noch folgen würden.

Das hoffte sie zumindest. Die Unruhen im Club in letzter Zeit, ihre ständigen Kämpfe mit Miriam Sharpe um die Zukunft der Organisation und, in anderer Hinsicht, auch ihre Gespräche über die Vergangenheit mit Josephine Tey hatten Celia dazu veranlasst, Bilanz über ihr Leben zu ziehen. Insgesamt war sie zufrieden damit, was sie erreicht hatte – zufrieden, aber erschrocken darüber, wie schnell die Jahre verstrichen waren, und wenn sie ganz ehrlich war, auch etwas verängstigt davon, was die Zukunft für sie bereithalten mochte. Es kam ihr vor, als hätte sie die Ausbildung zur Krankenschwester, bevor sie in Holloway angefangen hatte, gestern absolviert, und nun wurde ihr klar, dass darin die Inspiration für alles lag, was sie danach getan hatte. Sie erinnerte sich noch gut an den Schock der ersten Monate auf der Station, als sie sich eher vorkam wie eine Putzhilfe als wie ein junges Mädchen mit der Berufung, den Kranken zu helfen. Die Pflege bestand damals aus kaum mehr als Knochenarbeit in meist ekelerregenden Umständen, und sie war oft zutiefst erzürnt darüber gewesen, dass ihr guter Wille und ihr Pflichtbewusstsein so hemmungslos ausgenutzt worden waren, dass von ihr und ihren Kolleginnen erwartet wurde, so viel von sich zu geben und im Gegenzug kaum etwas zu erhalten.

Desillusioniert und erschöpft hatte sie den Ehrgeiz fahren lassen, es zur Krankenschwester oder Oberschwester zu bringen, nur wenige Wochen nach dem Ende ihrer Probezeit.

Ironischerweise stellten die Leute, die sie im Gefängnisdienst traf, ihren Glauben an die Ideale der Krankenpflege wieder her. Als sie sich ein paar Jahre später dem Beruf wieder zuwandte, herrschten zwar kaum bessere Bedingungen, doch nun war sie fest entschlossen, etwas daran zu ändern. Nach ein, zwei Verwaltungsstellen in Krankenhäusern weiter nördlich war ihr eine Leitungsposition in Anstey angeboten worden, und sie packte die Gelegenheit beim Schopfe, zukünftige Krankenschwestern und Lehrerinnen auszubilden. Darauf folgte der Krieg, und eine weitere Generation idealistischer Frauen hatte sich dem Dienst an den Kranken und Verletzten hingegeben, blieb am Ende jedoch finanziell und emotional erschöpft zurück. Auf Lady Cowdrays Anfrage hin hatte Celia den schützenden Hafen Ansteys verlassen – der ohnehin von Elizabeth Sachs Tod verunreinigt worden war – und all ihre Kräfte in die Reformbewegung gesteckt, wobei die Stärkung der Ausbildung immer an erster Stelle stand. Sie war maßgeblich am Erreichen zahlreicher Meilensteine beteiligt gewesen – Ausbildungskurse für Krankenschwestern, Stipendien für Arbeit im Gesundheitswesen, die Gründung einer Bibliothek und einer Verbindung für Schwestern in der Ausbildung –, doch nichts verschaffte ihr größere Befriedigung als ihre Arbeit im College of Nursing und dem Cowdray Club. Dank des Drangs zur Modernisierung war die Krankenpflege kein isolierter, in sich abgeschlossener Beruf mehr, sondern konnte es mit anderen Laufbahnen aufnehmen, in denen Frauen mit jedem Tag neue Freiheiten und Belohnungen erlangten. Lady Cowdrays Tod war ein herber Schlag gewesen, machte diejenigen, die mit ihr gearbeitet hatten, allerdings umso entschlossener, ihre Vision weiter zu verfolgen – und egal, was Miriam Sharpe sagte, mittlerweile waren sie doch sicher zu weit gekommen, um sich die ganze Arbeit von ein paar Ewiggestrigen zunichtemachen zu lassen.

Celia ging weiter die Treppe hinab und freute sich, dass in

Foyer und Salon reger Betrieb herrschte. Das Mittagessen an Samstagen war immer beliebt, und kleine Grüppchen von Frauen – manche in Arbeitskleidung, andere auf Einkäufe vorbereitet – unterhielten sich, während sie auf einen Tisch warteten. Sie erkannte ein, zwei Stammgäste und blieb auf dem Weg in ihr Büro kurz bei ihnen stehen.

»Bannerman!« Celia drehte sich überrascht um. »Nach Ihnen habe ich gesucht, so wahr mir Gott helfe!« Es war gerade mal halb eins, und Geraldine Ashby hatte anscheinend schon eine ganze Weile an der Bar verbracht. Sie stand mit kaum verhohlener Wut in der Tür. »Ich glaube, Sie müssen mir ein paar Sachen erklären. Fangen wir doch damit an, warum Sie es zugelassen haben, dass sich eine verletzliche junge Frau in Ihrer Aufsicht in einer beschissenen Turnhalle aufgehängt hat.«

Eine unmittelbare, beunruhigende Stille legte sich über das Foyer, und Celia fühlte sich, als wäre sie plötzlich unter Wasser getaucht worden. Sie lief vor Scham und Zorn rot an, ließ sich jedoch nichts davon anmerken. »Was auch immer Sie mir zu sagen haben, Geraldine – ich glaube, das besprechen wir am besten unter vier Augen, wenn Sie Ihren Rausch überstanden haben.«

»Da bin ich mir sicher. Ich bin mir sicher, dass es nicht sonderlich zu Ihrem professionellen Stolz oder Ihren sozialen Bestrebungen passt, mit dem Tod eines jungen Mädchens in Verbindung gebracht zu werden.«

»Elizabeth Price' Suizid war eine tragische, sinnlose Verschwendung, aber ich hätte ihn nicht verhindern können.«

»Es war also alles ihre eigene Schuld? Sie machen mich krank. Sie tun so, als hätten Sie nichts mit Lizzie zu tun gehabt, bis sie sich umgebracht hat, aber wir wissen doch, wer sie überhaupt erst auf diese Schiene gebracht hat. Sie haben ihr eine Existenz erschaffen, die komplett auf Lügen basierte, und sie von der einen Sache weggerissen, die etwas Wahres an sich hatte. Wenn jemand dafür verantwortlich ist, dass sie den Kopf durch die Schlinge gesteckt hat, dann Sie.«

»Ihre Mutter wollte nicht, dass Lizzie je erfährt, wer sie ist, und wenn ...«

»Ihre Mutter hat das Recht verloren, Lizzie irgendetwas vorzuschreiben, als sie das Kind einer anderen umgebracht hat und dabei erwischt wurde.«

»... und wenn Sie mit der einen Sache Ihre Freundschaft meinen – so eine Freundschaft konnte sie nicht gebrauchen. Mit sechzehn war sie viel zu jung, um einem derartigen Einfluss ausgesetzt zu sein, da waren wir uns alle einig, besonders Ihre Eltern.«

»Was zum Teufel hatten die damit zu tun? Irgendeiner von euch? Ich habe sie geliebt.«

»Das dachten Sie vielleicht, aber ich muss Ihnen sicher nicht erklären, weshalb es nie dazu hätte kommen können. Wir hatten bloß Elizabeths bestes Interesse im Sinn.«

»Wo waren Sie dann, als sie Sie wirklich gebraucht hat? Als sie die Wahrheit erfahren und jemanden gewollt hat, der ihre Geschichte kannte und ihr dabei helfen konnte, alles zu verstehen?«

»Sie haben recht«, erwiderte Celia. »Ich hätte ihr mehr helfen müssen, aber da bin ich nicht die Einzige. Heben Sie sich ein bisschen Schuld für diejenige auf, die es ihr erzählt hat.«

»Glauben Sie etwa, das tue ich nicht? Ich verfluche mich jeden Tag dafür, dass ich diesen Brief geschrieben habe, aber sie hatte ein Recht darauf, zu erfahren, wer sie war.«

»Sie haben es ihr erzählt?« Celia konnte ihren Ohren kaum trauen, und die Erleichterung, die sie nach all den Jahren durchflutete, war so heftig und überwältigend, dass sie nicht über ihre Worte nachdachte. »Sie sind also schuld an ihrem Tod«, sagte sie, während sie auf Geraldine zuging. »Und das sagt Ihnen nichts über die Art von Liebe, die Sie ihr geben konnten?«

Sie spürte das Brennen auf ihrer Wange, bevor sie überhaupt merkte, was passiert war. Jemand trat zu Geraldine, um sie zurückzuhalten, bevor sie erneut zuschlagen würde, und dann durchschnitt eine strenge, autoritäre Stimme den Raum und wies alle an, sich zu beruhigen. Celia erkannte den Polizisten, der am Vortag im Club gewesen war. »Alles in Ordnung, Miss Bannerman?«, fragte er sie. Sie nickte, da sie noch zu schockiert war, um etwas zu sagen, und er stellte den Mann an seiner Seite vor. »Das hier ist Detective Inspector Penrose.«

»Inspector Penrose, ich habe gar nicht mit Ihnen gerechnet.« Sie wusste, wie albern sie klang, doch ihr fiel nichts anderes ein. »Ich dachte, ich hätte gestern bereits alles mit Ihrem Kollegen besprochen.«

»Wir sind leider aus einem anderen Grund hier, Miss Bannerman.« Penrose bedeutete ihr mit einer Geste, sich von der Menge zu lösen. Ihr fiel auf, wie entspannt und attraktiv seine Stimme trotz der formellen Situation klang. »Ich muss Ihnen ein paar Fragen in Verbindung mit dem Mord an Marjorie Baker stellen.«

»Marjorie Baker? Das Mädchen von Motley?«

»Genau. Sie wurde heute Morgen tot im Atelier in der St Martin's Lane gefunden. Gibt es einen etwas ruhigeren Ort, an dem wir uns unterhalten können?«

Penrose folgte Celia Bannerman die Treppe hinauf und über einen breiten Flur auf ein Zwischengeschoss, das anscheinend gänzlich zu Verwaltungszwecken genutzt wurde. Nach der Eleganz und Pracht des Eingangsbereichs und der öffentlichen Räume schien die asketische Schlichtheit des Sekretariats zu einem völlig anderen Gebäude zu gehören. Das Eichenmobiliar war geschmackvoll und teuer, aber minimalistisch – lediglich ein Schreibtisch, zwei Stühle und Schränkchen in den Nischen. Das einzige dekorative Element bildete ein Set aus drei chinesischen Vasen auf dem Kamin, und er fragte sich, ob die Strenge des Raums Celia Bannermans persönlichem Geschmack geschuldet war oder lediglich die praktische Effizienz der Krankenpflege widerspiegelte. Ihr Schreibtisch – eigentlich ein guter Hinweis auf die Gewohnheiten und Vorlieben eines Menschen – deutete auf Ersteres hin: keine Fotografien, keine Schmuckelemente, keine Bücher, nichts, was eher einer Person als einer Organisation gehört hätte.

Er nahm auf dem ihm angebotenen Stuhl Platz und wartete ab, während sie ein Puderdöschen hervorholte und den roten Abdruck auf ihrer Wange kontrollierte. Vermutlich sorgte sie sich weniger um die Verletzung als vielmehr um die öffentliche Blamage, die sie darstellte. »Wenn mir der Vorfall nicht ohnehin schon peinlich wäre, dann spätestens jetzt.« Sie klappte den Spiegel zu und warf ihn auf den Schreibtisch. »Im Vergleich zu Ihrem Anliegen wirken unsere Auseinandersetzungen sehr kleinlich, egal, was für einen tragischen Hintergrund sie haben.«

»Darf ich fragen, worum es in der Auseinandersetzung ging?«

»Um einen Fehler, den ich vor zwanzig Jahren begangen habe. Wie seltsam, dass er mich ausgerechnet jetzt einzuholen scheint.«

»Wieso?«

»Weil es etwas damit zu tun haben könnte, weshalb Sie hier sind. Wobei ich nicht ganz verstehe, wieso Miss Bakers Tod Sie in den Cowdray Club gebracht hat.«

Penrose' Interesse war geweckt, und er beantwortete ihre Frage. »Soweit ich es verstanden habe, hatten Sie in Verbindung mit der Gala am Montag mit Miss Baker zu tun.«

»Das stimmt. Sie war mehrfach hier, um etwas für Motley abzuliefern oder abzuholen, das letzte Mal gestern. Da habe ich sie nicht gesehen, aber später dann, als wir zur Anprobe in der St Martin's Lane waren. Sie hatte mit den letzten Änderungen zu tun.«

»Und mehrere Mitglieder waren gestern dafür im Atelier?«

»Ja, vier von uns. Ich, Mary Size, Miriam Sharpe und Lady Ashby.« Es sprach für sie, dass sie den letzten Namen ohne Vorwurf in der Stimme nannte. »Das sind nicht die Einzigen, die Kleider bekommen, aber die anderen haben es gestern nicht zur Anprobe geschafft.«

»Wir gehen derzeit unterschiedlichen Theorien nach«, sagte Penrose. »Ich muss allerdings alle befragen, die das Opfer gestern gesehen haben, wo sie zwischen einundzwanzig Uhr und

Mitternacht waren, damit ich sie aus den Ermittlungen ausschließen kann.«

Sie sah ihn überrascht an. »Fragen Sie mich wirklich gerade nach meinem Alibi? Ich fürchte, da muss ich Sie enttäuschen. Ich wohne hier im Haus und war den ganzen Abend über in meinen Zimmern. Ich habe früh zu Abend gegessen und bin um acht direkt nach oben gegangen. Danach habe ich niemanden mehr gesehen, nur ein Hausmädchen, das mir eine heiße Schokolade gebracht hat.«

»Wie heißt sie?«

»Tilly Jenkins.«

»Und um wie viel Uhr hat sie Ihnen das Getränk gebracht?«

»Ich schätze, so gegen kurz nach elf. Ich konnte nicht einschlafen und habe gehört, wie die Uhr zur vollen Stunde schlug. Hören Sie, Inspector«, fügte sie ungeduldig hinzu. »Dürfte ich Ihnen wohl etwas Zeit ersparen?« Er nickte. »Ich bin mir sicher, dass Sie sehr gewissenhaft sämtliche Stränge in Marjorie Bakers Leben verfolgen, aber es gibt einen, der sich womöglich mehr lohnt als die anderen.«

Die offenkundige Herablassung war eine neue Erfahrung für Penrose, doch er ließ sich nichts anmerken. »Dann wäre ich Ihnen dankbar, wenn Sie mir die Richtung weisen könnten.«

»Ich missbrauche nur ungern das Vertrauen anderer, und jeder hat ein Recht auf Privatsphäre, aber Lady Ashby war so gut, mir die Gefahren von Verheimlichung aufzuzeigen, und vielleicht hat sie recht. Sagt Ihnen der Name Amelia Sach etwas?«

Er war zu überrascht, um den sarkastischen Abtausch fortzusetzen. »Die Kindsmörderin? Ja, sie ist mir ein Begriff. Eine Freundin von mir recherchiert den Fall gerade. Sie hat mir erzählt, dass Sie Mrs Sachs Wärterin in Holloway waren.«

»Ach, Sie sind also Josephines Freund bei Scotland Yard, der ihr so viele Gefallen schuldet.«

Penrose war amüsiert über Josephines öffentliche Auslegung ihrer Beziehung, aber er hätte später noch ausreichend Gelegenheit, sie deswegen aufzuziehen. Jetzt brauchte er erst einmal

Antworten. »Was hat Marjorie Baker mit Amelia Sach zu tun?«, wollte er wissen.

»Streng genommen nichts«, erwiderte sie. Er ärgerte sich, spürte allerdings, dass sie vermutlich nur auf der Suche nach der besten Erklärung war und ihn nicht an der Nase herumführen wollte. »Als Marjorie auf die Welt kam, war Amelia schon mehrere Jahre tot, aber sie hat mit der Familie zu tun. Josephine hat Ihnen sicher einiges über die Sachs erzählt, aber das, was danach passiert ist, könnte Ihnen vielleicht dabei helfen, Marjories Mörder zu finden.« Penrose nickte. Er wollte unbedingt so viel wie möglich über die Vergangenheit der Bakers erfahren, und vermutlich würde ihm eine vergleichsweise Fremde mehr dabei helfen als sein Besuch in der Campbell Road. »Ich musste eins und eins zusammenzählen, aber falls ich recht habe, ist Jacob Sach – Amelias Mann – Marjories Vater.«

»Sie meinen, die Bakers haben sie adoptiert?« Er war überrascht. Maria Baker wirkte auf ihn, als hätte sie mit ihren eigenen Kindern genug zu tun.

»Nein, nein, ich habe mich nicht klar ausgedrückt. Der Fall von Finchley hat eine Menge Aufsehen erregt, selbst an der Schwere des Verbrechens gemessen, und wenn es nach Josephine geht, soll das alles für eine neue Generation wieder ans Licht gezerrt werden.« Penrose hätte gern widersprochen, doch die Geschichte war zu wichtig, um sie zu unterbrechen. »Zum Teil lag es an dem natürlichen Entsetzen über Kindsmord, aber auch an Amelia Sach selbst. Nach außen hin war sie der Inbegriff des Anstands, kümmerte sich um junge Frauen, die von der Gesellschaft zu streng verurteilt wurden, verdiente sich den Lebensunterhalt aus eigenem Antrieb und arbeitete sich die soziale Leiter hinauf – und es war alles nur Fassade. Amelia war in Finchley wohlbekannt, sie hatte mehrere sogenannte Pflegeheime betrieben, und ihre Schande war für diejenigen, die sie zurückließ, eine unerträgliche Last. Der Name Sach lässt sich leicht nachverfolgen.«

»Also hat er seinen Namen zu etwas Unauffälligerem geändert. Jacob Sach wurde zu Joseph Baker.«

»Ganz genau. Ich glaube, Baker war der Mädchenname seiner Mutter. Damals wurde viel darüber spekuliert, wie viel er mit Amelias Geschäft zu tun hatte, und ich habe keine Antwort darauf. Ich vermute, er ist der Einzige, der es weiß. Aber nach dem Prozess hat er alles getan, was in seiner Macht stand, um sich von den Verbrechen seiner Frau zu distanzieren. Er hat Jacob Sach in Finchley zurückgelassen und ist weggezogen, um als Joseph Baker neu anzufangen. Das war damals nicht schwer, und er hat keine Zeit vergeudet. Ich glaube, das Haus stand schon am Tag der Hinrichtung zum Verkauf.«

»Und Sie wussten damals davon?«

»Ja.«

»Ich will Ihnen nicht zu nahe treten, aber das ist doch eine Menge Hintergrundwissen für eine Gefängniswärterin.«

Sie nahm den Kommentar so auf, wie er gemeint gewesen war. »Ich gebe gerne zu, dass ich für den Beruf nicht unbedingt die beste Wahl war. Ich habe es nie geschafft, professionelle Distanz zu wahren, was für diese Arbeit sehr wichtig ist. Ich hatte viel zu viel mit dem Leben der Frauen zu tun, was auch ein Grund ist, weshalb ich nicht lange in Holloway geblieben bin. Ich dachte, ich könnte all ihre Probleme lösen.« Ein trauriges Lächeln umspielte ihre Lippen. »Das einzig Gute, was man den Frauen tun kann, ist, sie wie einen Menschen zu behandeln und versuchen, selbst menschlich zu bleiben, aber es ist nicht leicht, keine Versprechen zu machen, die man nicht halten kann, besonders in der Todeszelle. Man sagt, was sie hören wollen, weil man denkt, sie werden es ohnehin nie erfahren. In den letzten drei Wochen von Amelia Sachs Leben saß ich stundenlang bei ihr, und ich lernte sie gut kennen. Besser als die meisten Kolleginnen im Gefängnis, besser als die meisten Leute hier. Wenn man nur eine begrenzte Zeit hat, spricht man darüber, was einem wichtig ist, und das Wichtigste für Amelia war ihre Tochter.« Sie hob abwehrend die Hände, als sie seinen Gesichtsausdruck bemerkte. »Ja, ich weiß, was Sie denken. Die Ironie ist wirklich bemerkenswert angesichts ihrer Verbrechen, aber

Amelia hätte eine hervorragende Wärterin abgegeben. Sie war bis zuletzt völlig von ihren Taten losgelöst. Bis heute weiß ich nicht, ob sie gespürt hatte, dass sie mich manipulieren konnte, oder ob sie einfach verzweifelt war und ihr Herz ausschütten wollte. Wie dem auch sei, auf einmal habe ich ihr versprochen, mich nach ihrem Tod um ihr Kind zu kümmern.«

»Das war sehr großzügig von Ihnen.«

»Sie meinen wohl dumm.«

»Naiv wäre vielleicht passender. Deswegen hatten Sie mit ihrem Mann zu tun?«

»Genau. Amelia hat ihm nicht zugetraut, sich ordentlich um Lizzie zu kümmern, wobei sie sicher nie auf den Gedanken gekommen wäre, er könnte sie zur Adoption freigeben.«

»Und wieso hat er es getan?«

»Wenn ich raten müsste, hat sie ihn zu sehr an Amelia erinnert. Lizzie war ihrer Mutter wie aus dem Gesicht geschnitten.«

»Das kommt mir ziemlich grausam vor.«

»Mag sein, aber bei einem Neustart ist nur wenig Platz für das Ebenbild dessen, vor dem man davonläuft. Ich habe ihn nie nach seinen Beweggründen gefragt – es ging mich nichts an, und ich war mir nur zu deutlich bewusst, dass ich die Grenzen bereits überschritten hatte.«

»Was ist dann passiert?«

»Ich war zwei Tage vor der Hinrichtung bei ihm. Inoffiziell, natürlich, ich wäre sofort gefeuert worden, wenn es jemand erfahren hätte. Aber ich hatte Amelia versprochen, mit Jacob zu reden und ihm meine Hilfe anzubieten, und ich wollte ihr vor ihrem Tod in die Augen sehen und sagen können, dass ich mein Versprechen gehalten hatte.« Sie stand auf und ging zum Fenster, das die Henrietta Street überblickte. »Damals schneite es. Vor Weihnachten ist der Winter immer so aufregend, und danach so deprimierend. Jedenfalls habe ich das Haus gefunden und angeklopft, bevor ich es mir anders überlegen konnte. Jacob erkannte mich erst nicht. Er hatte mich schon oft im Gefängnis gesehen, wenn er seine Frau besuchte, aber außerhalb seines Kontexts sieht jeder anders aus, und er dachte, ich wäre von der Zeitung. Seit Amelias Festnahme lungerten mehrere Reporter vor dem Haus herum. Irgendwann ließ er mich dann rein, und das Haus war derart trostlos und kahl, so etwas habe ich nie wieder erlebt. Auf dem Weg in die Küche habe ich gesehen, dass sämtliche Zimmer ausgeräumt worden waren. Von Lizzie war keine Spur, und Jacob trank zu dem Zeitpunkt schon viel zu viel. Draußen stand eine Kiste, die vor leeren Flaschen überquoll.«

Sie seufzte tief und setzte sich wieder an den Schreibtisch. »Ich habe ihm jedenfalls gesagt, weshalb ich dort war, und ihn gefragt, ob ich ihm irgendwie mit Lizzie helfen könnte. Er hat sofort geantwortet: Wenn ich ihm wirklich helfen wolle, solle ich ihm Lizzie abnehmen, je schneller, desto besser.«

»Damit waren Sie in einer sehr schwierigen Position.«

»Das stimmt. Ich konnte ja schlecht zu Amelia zurückkehren und ihr sagen, dass ihre Tochter jetzt auch noch ihren Vater verlieren würde, aber ich habe selbst gesehen, dass man Elizabeth keinen Gefallen damit tun würde, sie in diesem Haus zu lassen.« Der Satz erinnerte Penrose an das, was sie in der Eingangshalle zu Geraldine Ashby gesagt hatte, und er fragte sich, wie viele Entscheidungen sie im Laufe der Jahre wohl für andere Leute getroffen hatte. »Auf mich wirkte es, als wollte Jacob sich so schnell wie möglich zu Tode saufen«, fügte sie hinzu. »Und davon würde er sich nicht von einem Kind abhalten lassen. Dann schleuderte er mir einen Papierstapel entgegen – zahlreiche Briefe von Frauen, die wegen einer Adoption bei Amelia Sach angefragt hatten.«

Penrose war erstaunt. »Ich dachte, die Adoptionssache wäre nur Fassade gewesen.«

»Nein, ganz so einfach war es nicht. Nicht alle Kinder wurden adoptiert, wie Sie wissen, aber manche schon.«

»Haben Sie die Briefe der Polizei gezeigt? Für den Fall hätten sie wichtig sein können.«

Sie sah ihn an wie ein Kind, das auf der Existenz des Osterhasen beharrt. »Die Polizei wusste bereits davon. Sie hatten Amelia mit der Ermordung eines Kindes in Verbindung gebracht, und das reichte, um sie zu erhängen. Sie hatten kein Interesse an den anderen Kindern, die das Pflegeheim durchlaufen hatten.«

»Was haben Sie getan?«

»Ich habe Jacob gesagt, dass ich mich darum kümmern würde, aber noch etwas Zeit bräuchte. Dann habe ich die Briefe verpackt und an eine der Wohltätigkeitsorganisationen geschickt, die sich um Kinder kümmern, zusammen mit einer anonymen Erklärung. Schauen Sie mich bitte nicht so an, Inspector – ich weiß, dass ich zu weit gegangen bin. Ich hätte mich niemals emotional verstricken lassen dürfen, aber die Situation war so aussichtslos, und ich wollte nur helfen. Innerhalb weniger Tage nach Amelias Hinrichtung meldete sich jemand bei Jacob, und die Adoption wurde vollzogen. Natürlich kam sie zu keiner der Frauen, die die Briefe geschrieben hatten, und dabei hatte Phyllida Ashby die Finger im Spiel. Sie saß im Vorstand, und das Kind landete bei ihrer Haushälterin. Aber alles lief legal und funktionierte gut, zumindest eine Zeit lang. Lizzie hätte sich ein gutes Leben aufbauen können, wenn man es ihr erlaubt hätte, ihre Vergangenheit zurückzulassen. Ich weiß nicht, wie viel sie unten mitbekommen haben, aber ich stehe dazu, was ich zu Lady Ashby gesagt habe – sie hatte kein Recht dazu, sich in Dinge einzumischen, die sie nicht verstand.«

»Aber Sie sagten, Ihr Fehler läge zwanzig Jahre zurück, nicht dreißig.«

»Und dass ich wegen der ursprünglichen Sache kein schlechtes Gewissen habe, sondern wegen der Folgen? Ja, das stimmt wohl. Ich war immer stolz auf mein Gespür für Schülerinnen, die Hilfe brauchten, aber ich lag anscheinend falsch. Bei jedem Mädchen wäre es schrecklich gewesen, aber da es Elizabeth war, war es noch schlimmer. Ich hatte das Gefühl, ich hätte zwei Menschen betrogen – sie und Amelia.«

Nach wie vor sprach Celia Bannerman von Sach eher wie von einer Freundin als wie von einer Gefangenen. Penrose wollte wissen, wie es weiterging. »Hat je irgendjemand davon erfahren, was Sie getan hatten?«

»Irgendwann habe ich es Phyllida gestanden, als es zu spät für Konsequenzen war. Unsere Wege haben sich im Vorstand mehrerer Wohltätigkeitsorganisationen gekreuzt, und ich war natürlich an Elizabeths Fortschritt interessiert.«

»Hatten Sie nach der Adoption noch Kontakt zu Jacob Sach?«

»Ja, nach dem Tod seiner Tochter. Ich habe ihm nicht geglaubt, als er gesagt hat, er wollte ihren Namen nie wieder hören – ein Beweis, dass Naivität nichts mit Alter zu tun hat.«

»Sie haben ihm nach Essex geschrieben?«

»Nein, ich habe ihn besucht. Er hat mich weggeschickt, ohne auch nur eine Träne zu vergießen.«

»Aber Sie wussten nichts von seiner neuen Familie?«

»Nein. Er hätte mich wohl kaum auf eine Tasse Tee und einen Plausch über alte Zeiten eingeladen.«

»Woher wussten Sie dann von Marjorie? Baker ist ein häufiger Name, das war ja der Grund, weshalb er ihn gewählt hat. Mir ist nicht ganz klar, wie Sie darauf schließen sollten, dass das Mädchen, das Ihnen die Kleider anpasst, zu der Geschichte gehört.«

»Sie haben recht. Ich hätte mir nie etwas dabei gedacht, aber letzten Freitag, auf dem Weg zu Motley, habe ich einen Mann auf der Straße gesehen. Er ist mir aufgefallen, weil er mit Marjorie sprach und mir bekannt vorkam, aber ich konnte ihn nicht einordnen. Es hat mich wahnsinnig gemacht, aber ich glaube, ich hätte mich nicht daran erinnert, wenn ich nicht mit Josephine die Vergangenheit hätte aufleben lassen. Dabei kam alles wieder hoch, und gestern Abend ist es mir endlich eingefallen. Er war älter geworden, und das Leben hatte es offensichtlich nicht gut mit ihm gemeint, aber er war es. Deswegen konnte ich nicht schlafen. Ehrlich gesagt, würde ich diese Jahre am liebsten vergessen.«

»Und Sie sind sich sicher?«

»Ich bin mir sicher, dass der Mann, den ich mit Marjorie auf der Straße gesehen habe, Jacob Sach war. Den Rest habe ich mir zusammengereimt, wie gesagt, aber es ergibt durchaus Sinn, dass eine junge Frau mit demselben Nachnamen seine Tochter war.«

Auch für Penrose ergab es Sinn, und falls das das Geheimnis war, für das man Marjorie ermordet hatte, waren die wahrscheinlichsten Verdächtigen diejenigen, die in enger Verbindung zu ihr standen. Einen Augenblick lang zweifelte er an seinem Instinkt, Joseph Baker als möglichen Täter auszuschließen, und fragte sich, ob sich Spilsburys unterstützendes Beweismaterial anders erklären ließe, doch dann dachte er an Maria Baker – ihre emotionslose Reaktion auf den Tod ihrer Tochter, den Kampf, den die beiden sich angeblich auf der Straße geliefert hatten, die Eifersucht und Missgunst. Worin bestand ihre Vergangenheit, und wie sehr hatte sie unter dem Stigma des Namens ihres Mannes gelitten? Wusste sie überhaupt davon? Er wünschte, er wäre strenger mit ihr vorgegangen, statt eine Trauer zu respektieren, die es überhaupt nicht gab; er würde sie sofort erneut aufsuchen müssen.

Als er aufsah, merkte er, dass Celia Bannerman auf eine Antwort wartete, doch er war zu sehr mit seinen Gedanken beschäftigt gewesen und hatte die Frage überhaupt nicht gehört. »Ich wollte wissen, ob Sie schon mit Miss Bakers Vater gesprochen haben«, wiederholte sie ungeduldig.

»Das ist leider nicht möglich«, erwiderte Penrose. An ihrer Miene erkannte er, dass sie ihn auch ohne Erklärung verstanden hatte.

»Ist er etwa auch tot?«

»Ja. Er wurde zum gleichen Zeitpunkt tot aufgefunden wie seine Tochter.«

»Bei Motley?« Er nickte, und sie schwieg lange. »Noch ein Leben, das von diesen Verbrechen zerstört wurde«, sagte sie schließlich. »Wenn Amelia nur geahnt hätte, wie weit die Gewalt um sich greifen würde. Wenn ich wohl fragen dürfte – wurde er auch ermordet?«

»Dazu kann ich derzeit leider nichts sagen.« Ihr schiefer Blick deutete darauf hin, dass sie wusste, was das bedeutete, doch sie sagte nichts. »Hat Jacob Sach Sie letzte Woche erkannt?«

»Ich glaube, er hat mich gar nicht gesehen. Er war ganz in

sein Gespräch mit Miss Baker vertieft und hat nicht viel davon mitbekommen, was ringsum passierte.«

»Hatten Sie je das Gefühl, Marjorie würde ihren Familienhintergrund oder Ihre Verbindung dazu kennen?«

»Nein. Sie hat über das Wetter und die Gala gesprochen und mir viele Fragen gestellt, aber alles auf professioneller Ebene.« Sie lächelte. »Ich erwarte nicht, dass Sie das wissen, aber unter Friseurinnen und Schneiderinnen herrscht eine bestimmte Etikette, die vorschreibt, dass sie ein Interesse an ihren Kundinnen vorheucheln müssen. Uns kommt es so vor, als wären wir ihnen wichtig, und es hilft einem über die etwas peinlicheren Vertraulichkeiten hinweg, die wir über uns ergehen lassen müssen, um respektabel zu wirken. Miss Baker hatte ein Talent dafür. Sie war immer sehr freundlich und hatte einen gesunden Appetit auf Belanglosigkeiten.«

»Und Sie haben nichts zu ihr gesagt?«

Sie sah ihn frostig an. »Natürlich nicht.«

»Aber von irgendwem muss sie es erfahren haben.«

Sie zuckte die Achseln. »Da kann ich Ihnen nicht weiterhelfen. Vielleicht ist es ihrem Vater herausgerutscht, er war ja offensichtlich immer noch Säufer. Lebt ihre Mutter noch?«

»Ja.«

»Sie wusste es wahrscheinlich nicht einmal. Ich kann mir nicht vorstellen, dass er zu Beginn einer neuen Beziehung das Bedürfnis gehabt hätte, offen und ehrlich zu sein.«

»Nein, wobei ich den Eindruck hatte, dass sie schon lange verheiratet waren. Marjorie war die Jüngste von acht Kindern. Jedenfalls wissen wir jetzt, wonach wir suchen, vielen Dank für die Informationen. Natürlich kann es sein, dass Marjorie im Gefängnis davon erfahren hat. Ich nehme an, solcher Klatsch hat in Holloway eine längere Halbwertszeit als anderswo, oder?«

»Ja, jetzt, wo Sie es sagen.« Anscheinend dauerte es einen Moment, bis sie verstanden hatte, was er damit meinte. »Und niemand kann gänzlich verschwinden. Nicht einmal Jacob Sach kann sämtliche Spuren verwischen.«

Die Bemerkung passte. »Und Sie haben nie irgendwem gegenüber seine neue Identität erwähnt?«

»Auf gar keinen Fall. Das Geheimnis gehörte mir nicht.«

»Sie waren nicht einmal versucht, Josephine auf die richtige Fährte zu bringen?« Er malte sich aus, was sie für die Gelegenheit gegeben hätte, fünf Minuten mit Jacob Sach zu verbringen. »Sie hat mir erzählt, Sie hätten ihr bereitwillig weitergeholfen.«

»Das hier ist kein Romanmaterial, Inspector. Sie sollten doch genug über die Trümmer von Verbrechen wissen, um zu erkennen, dass sie kein guter Gegenstand für Kaminlektüre sind.«

»Ich glaube, Josephine möchte mit dem Buch auch etwas anderes erreichen.«

»Möglich, aber ihre Recherchen haben zwischen mir und Lady Ashby bereits für Ärger gesorgt, und ich kann mir nicht vorstellen, dass eine von uns glücklicher ist, weil wir mehr wissen als letzte Woche. Ich bin mir sicher, Josephine hat die besten Absichten«, fügte sie hinzu, und Penrose verkniff sich eine Bemerkung über Steine und Glashäuser. »Aber was sie da macht, ist falsch.«

»Selbst wenn es anderen dabei hilft, damit zurechtzukommen, was ihnen zugestoßen ist? Ich kann gut verstehen, weshalb Sie gewisse Dinge hinter sich lassen wollen, doch es zwingt nicht nur die Täter zum Verstummen, sondern kann auch den Opfern schaden, die Vergangenheit zu begraben. Nicht gerade der beste Weg, um Gerechtigkeit zu erlangen.«

Sie schnaubte verächtlich. »Wann haben Sie das letzte Mal einen Kriminalroman gelesen, in dem es um Gerechtigkeit ging?«

»Da müssen Sie sich wohl an meinen Sergeant wenden. Er liest mehr davon als ich. Aber er würde Ihnen vermutlich sagen, dass *A Pin to See the Peepshow* mehr dazu beigetragen hat, die Mängel am Fall von Thompson und Bywaters aufzuzeigen, als alle Protestaktionen der Welt.«

»Indem er das breite Publikum dazu ermuntert hat, einen komplexen Sachverhalt zu vereinfachen?« Sie schüttelte den Kopf, und Penrose fragte sich, wieso er das Gefühl hatte, er wäre derjenige, dem es an juristischer Erfahrung mangelte. »Jetzt, da die Vergangenheit mit der Gegenwart zusammenstößt, können Sie es Josephine vielleicht ausreden, es mit ihrem Projekt zu weit zu treiben.«

»Josephine macht, was sie will«, erwiderte er, doch sein höfliches Lächeln konnte seine Verärgerung nicht gänzlich verhehlen.

»Ja.« Mit einem Mal wirkte Celia Bannerman weicher. »Daran erinnere ich mich noch.« Er wollte etwas sagen, doch sie kam ihm zuvor. »Tut mir leid, dass ich so entschieden bin, aber damals in Anstey habe ich eine richtige Krise durchlebt, und das kann ich nur schwer gegenüber einer ehemaligen Schülerin zugeben. Die Eitelkeit stellt sich der Ehrlichkeit in den Weg. Ich kann es schlecht erklären, aber in Josephine sehe ich eine erfolgreiche, unabhängige Frau, die noch so viel vor sich hat. Und die Leute lieben sie, obwohl sie das gar nicht aktiv sucht, und manchmal merkt sie es gar nicht. So, wie Sie sie verteidigen, verstehen Sie das vermutlich selbst.«

Penrose ärgerte sich ungemein, dass er ihr mit seinem Zögern recht gab, und seine Antwort fiel ungewöhnlich schlicht aus. »Sie beneiden Josephine um ihren Erfolg.«

»Nein, gar nicht. Bitte verstehen Sie mich nicht falsch, Inspector. Ich habe selbst eine beneidenswerte Karriere gemacht. Die Verbesserungen in der Pflege und der Verwaltung, zu denen ich beigetragen habe, werden Bestand haben, und dadurch werden zahlreiche Frauen ein besseres Leben führen. Ich bereue keine Entscheidung, die ich für mein Leben getroffen habe, und ich bin zufrieden. Nicht glücklich. Zufrieden. Aber manchmal fragen sich angesehene, zufriedene Frauen in meinem Alter, was sie womöglich verpasst haben. Es hält nicht lange an, und wir verfallen deswegen nicht in Hysterie, aber es kommt vor.«

Während sie sprach, öffnete sie die rechte obere Schreibtischschublade und holte einen Umschlag hervor. Sie schob ihn Penrose entgegen, und er holte eine einzelne Bibelseite hervor, die jemand aus dem Buch gerissen hatte. Sie stammte aus dem

Hohelied, und ganz oben hatte jemand mit Bleistift darauf geschrieben: »Danke.«

»Amelia hat es mir am Abend vor ihrer Hinrichtung gegeben«, erklärte sie. »Bis zu Elizabeths Tod hat es mich getröstet, und seitdem verfolgt es mich. Wenn man sein ganzes Leben der Arbeit widmet, muss man es richtig machen. Wenn nicht, fühlt es sich an, als hätte man auf mehr als nur auf beruflicher Ebene versagt. Als hätte man als Frau versagt. Als Elizabeth Price sich das Leben nahm, durfte ich lediglich als Lehrerin um meine Schülerin trauern. Ich war weder ihre Mutter noch ihre Freundin. Was ich damit sagen will: Mir fiel niemand ein, dessen Tod mich privat stärker treffen würde als beruflich, und deswegen habe ich mich vermutlich gefragt, ob es das alles wert ist. Nach dem Tod von Lady Cowdray haben sich die Dinge hier geändert, und jetzt stehe ich wieder vor derselben Frage.« Sie hielt inne, war anscheinend von ihrer eigenen Offenheit peinlich berührt. Dann fügte sie mit zynischem Unterton hinzu: »Man macht so weiter, als würde es sich lohnen, nicht wahr? Es wäre unerträglich, sich die Wahrheit einzugestehen.«

»Wieso erzählen Sie mir das, Miss Bannerman?« Penrose verstand nicht recht, weshalb ihr Gespräch eine derart persönliche Wendung genommen hatte.

»Ich weiß es selbst nicht genau«, erwiderte sie. »Wahrscheinlich hat Lady Ashby einen wunden Punkt getroffen. Wenn Sie eine Stunde später gekommen wären, hätte ich mich vielleicht sammeln können, und Ihnen wären die Selbstvorwürfe einer in die Jahre gekommenen Frau inmitten Ihrer Mordermittlungen erspart geblieben.«

Sie lächelte und stand auf, um ihn zu entlassen, doch Penrose war noch nicht zum Gehen bereit. Er war hier, weil er mehr über den Cowdray Club und die Frauen auf dem Foto hatte erfahren wollen. Celia Bannermans Enthüllungen deuteten zwar darauf hin, dass Maria Baker das Bild womöglich zu Ablenkungszwecken genutzt hatte, doch er hatte noch nicht alle Antworten bekommen. »Ich hätte noch ein paar Fragen, wenn

Sie nichts dagegen haben«, sagte er gelassen. »Ich halte Sie auch nicht lange auf.« Verärgert nahm sie wieder Platz. »Muss man sich am Empfang ein- und austragen?«

»Das hier ist ein privater Club und kein Gefängnis, Inspector. Ich kenne den Unterschied. Unsere Mitglieder müssen uns nicht darüber informieren, wenn sie das Haus verlassen wollen.«

»Aber der Empfang ist durchgehend besetzt?«

»Ja, den ganzen Tag über. Und ab zweiundzwanzig Uhr übernimmt ein Nachtpförtner.«

»Gibt es noch andere Ein- und Ausgänge?«

»Auf der Henrietta Street. Streng genommen gehört er zum College of Nursing, aber unsere Mitglieder können ihn ebenfalls benutzen, wenn es ihnen besser passt.«

»Und an dieser Tür sitzt niemand.«

»Nein. Sie wird um Mitternacht abgeschlossen, also könnte Ihre Mörderin es gerade noch rechtzeitig zurückgeschafft haben.«

Penrose ging nicht auf den sarkastischen Unterton ein; der rasche Wechsel von zutiefst persönlichen Informationen zur simplen Befragung kam sogar ihm bizarr vor. »Wir wissen also nicht, wer gestern Nacht im Haus war, richtig?« Sie schüttelte den Kopf. »Was können Sie mir über Ihre Empfangsdame sagen, Miss Timpson? Oder besser gesagt, Mrs Bishop.«

Celia Bannerman betrachtete ihn mit widerwilligem Respekt. »Sylvia ist schon bei uns, seit der Club seine Türen geöffnet hat. Sie ist ganz hervorragend in ihrer Arbeit – gewissenhaft, verlässlich und immer freundlich zu Mitgliedern und Gästen. Und wenn sie auf der Arbeit ihren Mädchennamen benutzen möchte, geht mich das nichts an. Oder Sie, hätte ich gedacht.«

»Sie erfreut sich bei den Mitgliedern also allgemeiner Beliebtheit?«

»Sie ist höflich und diskret, was wir alle sehr zu schätzen wissen. Eine Empfangsdame hat sich nicht um ihre ›Beliebtheit‹ zu sorgen.«

»Wissen Sie, ob sie Marjorie Baker kannte? Schon vor der Gala, meine ich.«

»Da bin ich mir nicht sicher, aber ich kann mir nicht vorstellen, wo sie sich begegnet sein sollten.«

»Was ist mit Miriam Sharpe und Lady Ashby? Hatte Marjorie durch die Arbeit oder außerhalb viel Kontakt zu den beiden? Sie sagten ja selbst, dass eine Anprobe sehr persönlich sein kann, und für Gespräche besteht sicher auch ausreichend Gelegenheit.«

»Inspector Penrose, ich weiß ja nicht, was Sie damit andeuten wollen, aber ich weigere mich, über die Mitglieder dieses Clubs oder meine Kolleginnen zu sprechen, bis Sie mir einen überzeugenden Grund dafür nennen. Sie untersuchen den Tod einer Schneiderin in einem anderen Gebäude. Ich habe Ihnen erklärt, dass das tote Mädchen aus einer Familie kam, die viel zu verbergen hatte. Selbst wenn das nichts mit dem Mord zu tun hat, hätte ich gedacht, dass es wahrscheinlichere Ermittlungsansätze gibt, die Sie verfolgen können – ihre Kolleginnen zum Beispiel, oder die Frauen, mit denen sie hinter Gittern gesessen hat. Im Gefängnis staut sich Wut sehr leicht auf, und niemand hat ein besseres Gedächtnis als ein ehemaliger Häftling. Der Cowdray Club ist auch ohne Ihren Beitrag bereits in einer prekären Lage, und wenn Sie unbedingt in diese Richtung weiterforschen wollen, werde ich mich wohl bei Ihrem Vorgesetzten beschweren müssen.«

»Sprechen Sie gerne mit dem Polizeichef, Miss Bannerman. Seine Frau wird es jedenfalls sehr beruhigen, dass wir den bösartigen Briefen auf der Spur sind, die sie anscheinend nachts wach halten.«

Der Kommentar war völlig gehaltlos, hatte aber den gewünschten Effekt. Zum ersten Mal während der Befragung schien Celia Bannerman im Nachteil. »Was sollten diese Briefe mit dem Mord an Marjorie Baker zu tun haben?«, fragte sie vorsichtig.

»Genau das versuche ich herauszufinden«, gab Penrose zurück. »Aber es ist sehr wahrscheinlich, dass eine Verbindung besteht.«

»Und damit meinen Sie, dass Marjorie Baker für die Briefe verantwortlich ist? Wie kommen Sie darauf?«

»Mehrere Aspekte weisen darauf hin, dass Miss Baker ermordet wurde, um sie zum Schweigen zu bringen«, erwiderte er, und diesmal ließ er sich nicht unterbrechen. »Ja, ich weiß, was Sie jetzt sagen wollen, und ich bin ganz Ihrer Meinung. Das, was Sie mir über ihren Hintergrund erzählt haben, bildet ein sehr glaubwürdiges Motiv. Ich muss allerdings sämtliche Möglichkeiten untersuchen, und Marjories Mutter hat mir ein Foto gezeigt, von dem sie glaubt, dass es mit dem Tod ihrer Tochter zusammenhängt.«

»Ein Foto?« Sie wirkte besorgt, und mit gutem Grund. Falls Marjorie die Briefe geschickt hatte und deshalb ermordet worden war, könnte das den Ruf des Cowdray Clubs ernstlicher gefährden, als Celia Bannerman es sich je ausgemalt hätte, und sie kam zu demselben Schluss. »Das Foto war letzten Monat im *Tatler*. Sie waren auch darauf.«

»Ja, ich erinnere mich. Das, was bei Motley gemacht wurde.«

»Richtig. Mrs Baker glaubt, dass Marjorie aufgrund dieses Fotos von ihrem Vater zu etwas genötigt wurde. Ich muss natürlich noch einmal mit Mrs Baker sprechen und herausfinden, ob sie wusste, um wen es sich bei ihrem Mann handelte, und falls ja, wie sie in diese Geschichte passt – aber ich darf nicht einfach alle anderen Möglichkeiten ausschließen.«

»Ich nehme an, Miss Baker könnte die Briefe geschrieben haben, aber ich wüsste nicht, wie sie an die Informationen gelangt sein sollte. Ich sage es ja nur ungern, aber ich bin immer davon ausgegangen, dass sie von jemandem im Haus stammen.«

»Sie war mit Lucy Peters befreundet. Sie haben zusammen gesessen und danach Kontakt gehalten. Soweit ich weiß, arbeitet Miss Peters hier.«

»Ja, als Hausmädchen. Sie ist seit ein paar Monaten hier, aber für gewöhnlich geben wir unseren Hausmädchen keinen Zugriff auf persönliche Informationen.«

»Irgendwie finden sie trotzdem immer etwas raus. Bei Miss Bakers Leiche wurde ein kleiner Silberrahmen gefunden, dessen Beschreibung zu einem der Gegenstände passt, die aus dem Club verschwunden sind, und es kann sein, dass die beiden sowohl mit den Diebstählen als auch den Drohbriefen zu tun hatten.«

Sie dachte darüber nach und sagte dann widerwillig: »Lucy hat heute den Tag über frei, aber ich werde mit ihr reden, sobald sie heute Abend zur Arbeit kommt.«

»Ich wäre Ihnen dankbar, wenn Sie das mir überlassen könnten. Sagen Sie uns einfach Bescheid, wenn sie wieder hier ist.«

»Gut, aber seien Sie bitte nicht zu grob mit ihr. In den Briefen war nie von Geld die Rede, ich kann mir also nicht vorstellen, was Marjorie und Lucy damit hätten erreichen wollen. Ich glaube immer noch, dass Sie Ihre Antwort bei den Sachs finden werden – und dann hat Lucy zu allem Überfluss auch noch eine gute Freundin verloren.« Penrose sah sie fragend an. »Lucy war schon mehrmals in Schwierigkeiten verwickelt, bevor sie ins Gefängnis kam«, erklärte sie. »Während sie in Holloway war, hat sie ein Kind zur Welt gebracht und musste es aufgeben. Das hat ihr schwer zugesetzt. Sie ist immer noch nicht ganz darüber hinweg, falls das überhaupt möglich ist.«

»Machen Sie sich keine Sorgen, in der Regel bedrängen wir unsere Zeuginnen nicht«, sagte Penrose freundlich und freute sich darüber, dass seine Herablassung ihr nicht entgangen war. »Ich verstehe, was Sie meinen, aber es gibt keinen Grund, weshalb die Antwort nicht sowohl bei den Sachs als auch beim Cowdray Club liegen sollte – immerhin haben Sie zu beiden eine Verbindung, genau wie Lady Ashby. Angenommen, Sie haben recht, dann ist Marjorie Baker die Halbschwester von Elizabeth Sach.« Auf den Gedanken war sie anscheinend noch nicht gekommen, und er gab ihr einen Augenblick, um ihn zu verarbeiten. »Was ist mit Miriam Sharpe und Mary Size? Kann dort eine Verbindung zu Amelia Sach bestehen?«

»Mary ist seit acht Jahren in Holloway«, erwiderte sie skeptisch. »Abgesehen davon, dass sie stellvertretende Direktorin des Gefängnisses ist, in dem Amelia hingerichtet wurde, sehe ich keine.« Sie wollte Miriam Sharpe anscheinend direkt abtun, überlegte es sich dann jedoch anders. »Wobei, Amelia hat mir einmal erzählt, dass sie Walters im Krankenhaus St Thomas kennengelernt hat. Wussten Sie, dass beide Krankenschwestern waren?« Penrose nickte. »Miriam hat sich von ganz unten hochgearbeitet und war dort lange Oberschwester. Die genauen Daten müssten Sie mit ihr klären, aber es kann sein, dass sie gleichzeitig dort waren.«

Penrose klappte sein Notizbuch zu und stand auf. »Vielen Dank, Miss Bannerman. Sie haben mir sehr weitergeholfen. Ich oder meine Kollegen müssen noch mit den Mitgliedern sprechen, die Miss Baker kannten, und mit ein paar Angestellten – insbesondere Miss Peters und Miss Timpson. Wir werden so diskret vorgehen wie möglich.«

»Vielen Dank, Inspector, das weiß ich zu schätzen. Sie wissen sicher bereits, dass Motley für ein paar Tage in den Club ziehen wird, um alles für die Gala vorzubereiten?«

Er nickte. »Ich wusste zumindest, dass sie deswegen bei Ihnen anfragen wollten.«

»Ja. Zu dem Zeitpunkt war mir noch nicht klar, weshalb. Lettice wollte es mir später erklären. In Anbetracht der Umstände helfe ich allerdings nur zu gern. Ich finde es sehr ehrenwert von ihnen, dass sie überhaupt daran weiterarbeiten wollen. Ich nehme an, Sie haben nichts dagegen?«

»Nicht im Geringsten.«

»Gut. Ich sorge dafür, dass Sie und Ihre Kollegen sich auf die volle Kooperationsbereitschaft des Cowdray Clubs verlassen können.«

Ein wackeliger Waffenstillstand, doch Penrose war mehr als zufrieden mit dem, was er von Celia Bannerman erfahren hatte. Die Befragung hatte länger gedauert als geplant, und Fallowfield wartete unten am Empfang auf ihn. Er lauschte aufmerksam, was Penrose zu berichten hatte, doch Penrose sah ihm an, dass er genauso aufgeregt war wie er. »Dann also ab zurück zum Bunk, Sir.«

»Ja, wir müssen sofort erneut mit Maria Baker sprechen, aber diesmal offizieller. Sie kommt mir nicht vor, als ließe sie sich leicht aus der Ruhe bringen, aber eine Befragung auf der Wache verschafft uns vielleicht einen Vorteil. Schicken Sie Waddingham und Merrifield, aber sagen Sie ihnen bloß, dass sie sanft mit ihr umgehen sollen. Die Frau hat gerade eine Tochter und einen Mann verloren, und wir wissen nicht, ob sie überhaupt etwas damit zu tun hatte. Wir nehmen sie nicht fest – noch nicht. Wir brauchen bloß ein paar Antworten. Ich habe in der Zwischenzeit hier noch ein paar Fragen zu klären. Hat Lady Ashby sich inzwischen beruhigt?«

»Ja. Ich habe kurz mit ihr gesprochen, und sie wirkte ehrlich schockiert über den Tod von Miss Baker. Schockiert und aufgewühlt. Sie hat alles bestätigt, was Mrs Reader Ihnen über gestern Abend erzählt hat, sogar, dass sie Marjorie Baker eingeladen hat, mit ihr auszugehen, und sie hat auch den Wodka mitgebracht. Das hat sie mir alles bereitwillig erzählt, ich musste nicht nachhelfen.«

»Aber nicht zu bereitwillig? Sie glauben ihr?«

»Jawohl, Sir. Ich habe den Eindruck, sie sagt, was sie meint, und macht, was sie will. Sie wissen ja, wie es mit den Adligen ist. Sie ist allerdings auch ziemlich angetrunken, das erklärt wahrscheinlich auch die Szene von vorhin.«

»Wahrscheinlich.« Insgeheim hielt Penrose es für schwierig, der Versuchung zu widerstehen, Celia Bannerman eine Ohrfeige zu verpassen, egal ob nüchtern oder betrunken. »Hat sie ein Alibi?«

»Sie war bis nach Mitternacht im Ham Bone Club. Ich habe das überprüft, und sowohl der Besitzer als auch der Barmann haben bestätigt, dass sie den ganzen Abend über da war. Sie hat mir auch die Namen von ein paar Bekannten genannt, mit denen sie nach Hause gegangen ist, falls wir das weiterverfolgen wollen.«

»In Ordnung. Wenn sie dort Stammgast ist, würden sie allerdings wahrscheinlich alles bestätigen. Ist sie noch hier?«

»Ja, in der Bar. Dort gibt es auch ein Nebenzimmer, falls Sie ungestört sein wollen.«

»Die Bar ist besser, da redet sie vielleicht lieber. Was noch?«

»Lucy Peters hat den Nachmittag frei. Sie ist kurz nach eins hier raus, und seitdem hat sie niemand mehr gesehen. Sylvia Timpson hat immer den ganzen Samstag frei.«

»Das habe ich auch so verstanden. Dann müssen wir ihr zu Hause einen Besuch abstatten.«

»Mary Size ist im Gefängnis. Ich habe Ihnen einen Termin um halb vier gemacht.«

»Gut.« Penrose schaute auf die Uhr. »Haben Sie ihr gesagt, worum es geht?«

»Ja, sie wird alle Akten bereitstellen. Sie war auch sehr traurig. Man kriegt fast das Gefühl, Marjorie war überall beliebt, nur nicht zu Hause, oder?« Penrose dachte an Ronnies Gesichtsausdruck und nickte. »Sie hat direkt nach Peters gefragt. Die beiden waren anscheinend gut miteinander befreundet. Ich habe am Empfang Bescheid gesagt, sie sollen sich sofort melden, wenn sie sie sehen.«

»Ausgezeichnet. Das Gleiche habe ich auch Miss Bannerman gesagt. Ich unterhalte mich noch schnell mit Lady Ashby, dann fahre ich nach Holloway, und Sie können sich um Timpson kümmern.«

»Was ist mit ihrem Mann?«

»Ich glaube nicht, dass er etwas damit zu tun hat, aber es macht ihm sicher nichts aus, noch etwas länger zu warten, oder?« Fallowfield lächelte. »Zumindest, bis ich mit seiner Frau gesprochen habe. Ich kann gut verstehen, weshalb sie seinen Namen nicht annehmen will.«

Er fand Geraldine Ashby in Gesellschaft einer Flasche Cognac. »Will die Schlampe mich anzeigen?«, fragte sie, als er hereinkam.

Penrose nahm ihr gegenüber Platz. »Falls Sie damit Miss Bannerman meinen, ist es mir leider entfallen, ihr die Gelegenheit dazu zu bieten.«

Er lächelte, und sie wirkte überrascht. »Um Gottes willen, zwei verständnisvolle Polizisten an einem Tag. Dann verzeihe ich Ihnen auch, dass Sie mich davon abgehalten haben, es zu Ende zu bringen. Bannerman ist billig davongekommen, was man von Marjorie ja anscheinend nicht behaupten kann.«

Sie nickte in Richtung der Flasche, und Penrose schüttelte den Kopf. »Im Moment nicht, danke. Haben Sie etwas dagegen, wenn ich Ihnen ein paar Fragen stelle?«

»Nur zu. Sie sehen ja, dass ich nichts Besonderes zu tun habe.«

Sie klang ruhig, und man konnte ihr nicht anhören, wie viel sie schon getrunken hatte, doch in ihren Augen war der Rausch deutlich sichtbar, und ihre Hand zitterte, als sie sich eine Zigarette anzündete. »Hat Marjorie Ihnen je etwas über ihre Familie erzählt, wenn Sie bei Motley waren?«

»Nein«, erwiderte sie sofort, doch Penrose' Enttäuschung hielt nicht lange an. »Sie wusste selbst nichts über sie.«

»Wie meinen Sie das?«

»Na, genau so. Als ich sie zum ersten Mal gesehen habe, wollte sie wissen, wie es sich anfühlt, seine Familie über mehrere Generationen zurückverfolgen zu können, weil sie nur ihre Eltern und ihre Geschwister kannte. Ich weiß, dass sie sich zu dem Zeitpunkt weder mit ihrer Mutter noch mit ihrem Vater verstanden hat, aber sie meinte, schon als sie klein war, wollten sie ihr nichts über den Rest ihrer Familie erzählen.«

»Sie hat sich also für ihre Geschichte interessiert.«

»Ja, oder für deren Fehlen. Sie hat mich gefragt, wie sie mehr darüber rausfinden könnte, und ich meinte, ich wäre da keine Expertin. Wenn ich etwas über meine Familie wissen will, schaue ich mir ein Porträt an der Wand an. Ich habe gesagt, dass es vielleicht besser ist, wenn sie es nicht weiß, aber dann meinte sie, ich hätte leicht reden, und da hatte sie natürlich recht. Sie hatte oft recht.«

»Womit zum Beispiel?«

»Zum Beispiel, dass man seine Gelegenheiten beim Schopfe packen und auf den eigenen Füßen stehen muss. Ich glaube, das meinte sie gar nicht als Kritik, wobei sie damit auch recht gehabt hätte. Machen wir uns doch nichts vor, ich lebe ausschließlich von meinem monatlichen Taschengeld, das fast schon beleidigend großzügig ist. Aber sie war einfach nur ehrlich. Ich nehme an, deswegen wurde sie auch umgebracht, oder?«

»Gut möglich. Wir wissen es noch nicht genau, aber wir werden es herausfinden, und was Sie mir gerade erzählt haben, hilft mir sehr weiter.«

»Ach ja?«, fragte sie. »Das freut mich, mir hilft es nämlich nicht. Manchmal kommt es mir vor, als ob alle hellen Lichter auf der Welt ausgelöscht werden, sobald sie zu strahlen beginnen.« Zum ersten Mal sah sie ihm in die Augen, und ihre Verletzlichkeit überraschte ihn. »Die meisten von uns vermuten das schon, aber wir geben uns beste Mühe, uns vom Gegenteil zu überzeugen. In Ihrer Branche wissen Sie bestimmt, dass es die Wahrheit ist. Keine Ahnung, wie Sie das machen.«

Nur zu gerne hätte er erwidert, dass er es selbst nicht wusste. Stattdessen stand er auf. »Es tut mir sehr leid, was passiert ist«, sagte er leise. »Mit Marjorie und mit Elizabeth.«

Sie hob traurig ihr Glas, und er ließ sie allein zurück. »Also hatte Miss Bannerman recht«, sagte Fallowfield, als er wieder in der Eingangshalle ankam. »Marjorie hat zu viel herausgefunden. Wollen Sie Miss Size verschieben und direkt zum Yard gehen, um mit Baker zu sprechen?«

Penrose dachte darüber nach. »Nein, sie hat sicher einen vollen Kalender, und es dauert eine Weile, bis Waddingham und Merrifield es zur Campbell Road und wieder zurück geschafft haben. Wir bleiben dabei, was wir gesagt haben, aber trödeln Sie nicht.«

Er war auf dem Weg zur Tür hinaus, als Fallowfield nach ihm rief. »Gerade ist mir noch etwas eingefallen, Sir. Miss Tey hat etwas gesagt.« Penrose musterte ihn neugierig. »Das war eher beiläufig«, fuhr Fallowfield schuldbewusst fort und versuchte, die argwöhnische Miene seines Chefs zu ignorieren. »Ich bin ihr zufällig begegnet, und sie hat mir erzählt, dass sie an Sach und Walters interessiert ist, da haben wir uns kurz unterhalten.«

»Ach ja? Das haben Sie mir ja gar nicht erzählt.«

»Nein, Sir. Sie hatten zu viel zu tun. Jedenfalls kann es sein, dass ich mich täusche, aber ich glaube, sie meinte, eine der Frauen, die beim Prozess ausgesagt hat, hieß Edwards.«

»Edwards? Maria Bakers Mädchenname?« Mit einem Mal war Penrose wieder ernst.

»Ja. Diese Edwards hat mit im Haus gewohnt. Ihre Aussage hat anscheinend Sachs Schicksal besiegelt. Sie haben vielleicht noch gerade genug Zeit, um mit Miss Tey zu reden, falls sie hier ist«, fügte Fallowfield hinzu, wobei er sich die Selbstgefälligkeit verkneifen musste. »Sie ist vielleicht keine verdammte Miss Marple, Sir, aber sie hat einen Haufen Notizen.«

Penrose lächelte und ging zum Empfang, um sich danach zu erkundigen, wo er Josephine wohl finden könnte.

10

Heute Nachmittag saß ich im Auto und verzehrte mich so sehr nach dir, dass es mir den Atem verschlug. Sind deine Augen blau oder grau, oder grau-blau? Grau, nicht wahr? Vielleicht sehe ich dich nie wieder. Vielleicht wird es nicht ein Jahr dauern, sondern hundertundeines, bis ich über dich hinweg bin. Schon merkwürdig, diese lebhafte körperliche Fantasterei von jemandem, dessen Körper man nicht kennt, und amüsant, wie einen eine monatealte Liebe dazu bringt, jeden Annäherungsversuch zu verabscheuen. Du bist wie ein Gespenst, meine Liebste, stellst dich zwischen mich und jeden anderen Menschen, aber ich werde dich schon noch in die Hände bekommen – im respektvollsten Sinne des Wortes. Und London ist schöner, wenn du dort bist.

Josephine legte die Seiten aus Martas Tagebuch ab und trat ans Fenster. Der Schnee auf dem Cavendish Square sah mitgenommen aus, war von einer Reihe fröhlicher Verkäuferinnen und Verkäufer in der Mittagspause zertrampelt worden, aber auf ihrer Höhe war er noch frisch und zauberhaft, sank friedlich auf die Äste und bildete einen umwerfenden Kontrast zu einer der schönsten Bronzestatuen der Stadt. Die Skulptur zeigte Mutter und Kind, und während ihres aktuellen Aufenthaltes hatte Josephine sie öfter bewundert als zuvor; die nüchterne, zarte Intensität des Bandes zwischen den beiden fand eindringlichen Widerhall in dem Buch, an dem sie arbeitete.

Im Moment hatte sie ihre Arbeit jedoch fast vergessen. Das schmale Bett war von einem Meer aus blauem Papier bedeckt, und sie setzte sich wieder hinein, zog die Beine an und las weiter. Wäre das hier ein Buch, sie wäre von der wortgewandten, intimen Beschreibung der Gefühle fasziniert gewesen; allein ihre Verwirrung darüber, Gegenstand des Textes zu sein, verdarb ihr die Freude am Stil.

> *Ich bin sehr glücklich. Gestern Nacht habe ich geträumt, wir hätten uns geküsst. Das war das erste Mal, dass ich von dir geträumt habe. Ich habe meinen Tagträumen keinen freien Lauf gelassen, ich habe dir in Gedanken nichts genommen. Aber gestern Abend, kurz nachdem ich eingeschlafen war, warst du da. Du kamst auf mich zu, und ich wusste einfach, dass du mich küssen würdest. Ich lag da und sah zu dir auf, und du nahmst mein Gesicht in die Hände und legtest deine Lippen auf meine. Und dann wachte ich auf. Heute Morgen weiß ich mehr über dich, als all deine Bücher und Worte mich gelehrt haben, und falls du dich fragst, wie ein geträumter Kuss mir es gezeigt haben kann, so kann ich es nicht erklären.*

Ein Klopfen an der Tür riss sie gewaltsam aus Martas Welt, und sie sah ungeduldig auf. »Herein«, sagte sie, und dann: »Archie! Was machst du denn hier? Wieso hast du nicht angerufen?«

»Nimm es nicht persönlich, aber ich bin nicht deinetwegen gekommen.«

»Ach ja?« Sie lächelte und sammelte die verstreuten Seiten auf. »Du weißt, wie man einer Frau schmeichelt.«

»Tut mir leid, aber ich bin beruflich unterwegs, und es gibt ein paar Sachen, mit denen du mir vielleicht weiterhelfen kannst. Passt es gerade nicht?«

»Doch, natürlich. Ich habe bloß einen Brief gelesen.«

»Anscheinend hast du den Absender lange nicht gesehen.«

Sie warf ihm einen scharfen Blick zu. »Wie meinst du das?«

»Sieht so aus, als gäbe es eine Menge Neuigkeiten.« Er musterte sie neugierig. »Ist alles in Ordnung?«

»Alles bestens. Ich habe einfach nicht mit dir gerechnet.« Sie sah sich nach dem Umschlag um, und er hob ihn vom Boden auf und reichte ihn ihr. »Ich hatte einen interessanten Vormittag. Sollen wir runtergehen und Kaffee trinken? Du hast bestimmt keine Lust auf dieses Chaos.«

»Mich stört es nicht.« Er deutete auf den Schreibtisch, der mit Notizen für ihr Buch übersät war. »Wegen diesem Chaos da drüben bin ich sogar hier. Ich brauche ein paar Informationen über Sach und Walters.«

»Tatsächlich?«, fragte sie überrascht. »Wieso? Was ist passiert?«

Rasch umriss Archie die Ereignisse des Vormittags. »Um Gottes willen, wie furchtbar«, sagte sie anschließend. »Wie geht es Ronnie und Lettice?«

»Die beiden sind am Boden zerstört, wollen es aber nicht zugeben. Sie schlagen gerade unten ihr Lager auf.«

»Hier im Haus?«

»Ja. Sie können das Atelier aktuell nicht benutzen, da haben sie Celia Bannerman überredet, sie hier alles für die Gala vorbereiten zu lassen.«

»Mich wundert es, dass sie überhaupt noch stattfindet.«

»Der erste Impuls war, sie abzusagen, aber sie haben wohl das Gefühl, sie sind es Marjorie schuldig. Angeblich wollen sie damit den anderen Angestellten helfen, aber vermutlich helfen sie ebenso sehr sich selbst. Wenn sie arbeiten, denken sie wenigstens nicht zu sehr darüber nach.«

»Das stimmt wahrscheinlich. Ich gehe gleich mal nach ihnen sehen. Aber verrate mir erst mal, wie ich dir helfen kann.« Sie nahm einen Papierstapel vom Schreibtisch. »Ich fasse es nicht. Ich weiß ja, dass mich nur dreißig Jahre von ihnen trennen, aber es kam mir so weit entfernt vor. Sie haben sich so ungefährlich angefühlt, so ...«

»So tot?«

»Ja, genau das meine ich. Du glaubst wirklich, Marjories Mutter könnte die Edwards sein, die bei den Sachs gewohnt hat?«

»Der Zufall wäre zu groß. Was weißt du über sie?«

»Das hier sind meine Notizen zu den Zeitungsartikeln über

den Fall, aber am schnellsten geht es, wenn du das hier liest.« Sie löste das neueste Kapitel aus dem Manuskript. »Alles, was sie darin der Polizei erzählt, stammt direkt aus ihrer Aussage vor Gericht. Ich habe es bloß nach vorne gezogen, damit sie früher in der Geschichte auftaucht. Dann siehst du auch, dass ihre Aussage für die Verurteilung von Sach entscheidend war.«

Archie nahm die Seiten entgegen und las sie sorgfältig. »Das hier impliziert, dass Edwards und Jacob Sach bereits vor Amelias Festnahme eine Affäre hatten.«

»Ja, aber ich weiß nicht, ob das stimmt«, räumte Josephine ein. »Je mehr ich darüber lese, desto überzeugter bin ich, dass sie im Zentrum der ganzen Geschichte stand. Im besten Fall wusste sie, was vorging, und schaute weg, im schlimmsten Fall hatte sie damit zu tun und ist davongekommen, weil sie zu Sachs Verurteilung beigetragen hat.«

»Aber du behauptest nicht, Amelia Sach wäre völlig unschuldig gewesen, und Edwards und Jacob Sach haben gemeinsame Sache gemacht, um sie aus dem Weg zu räumen?«

»So weit würde ich nicht gehen, aber der Gedanke kam mir. Nein, ich denke nur, dass sie nicht die Einzige in diesem Geschäft war, und das Strafmaß war die reinste Lotterie, der Ausgang abhängig davon, welcher Richter verantwortlich war, ob eine anständige Verteidigung erlaubt wurde und wer einem das Messer in den Rücken rammen konnte. Sach und Walters wurden für einen Kindsmord verurteilt, und niemand hat sich die Mühe gemacht, nach all den anderen Kindern zu forschen. Manche ihrer Zeitgenossinnen haben den Kopf aus der Schlinge gezogen, da sie die Kinder nicht töteten, sondern aussetzten. Aber diese Kinder wären auch gestorben, wenn man sie nicht so rasch gefunden hätte, wo zieht man also die Grenze?«

Die Frage war rhetorischer Natur, spiegelte jedoch wider, was Celia Bannerman über die Arbeit der Polizei in diesem speziellen Fall gesagt hatte. »Danke«, sagte er. »Das hilft mir wirklich, und ich halte dich auf dem Laufenden. Kennst du ein Hausmädchen namens Lucy Peters?«

»Eine Lucy ist mir ein paar Mal begegnet, aber ich weiß nicht, wie sie mit Nachnamen heißt. Was hat sie damit zu tun? Verrats mir nicht – sie ist die verloren geglaubte Nichte von Annie Walters. Das würde ja bestens zu dir passen, einen vollständigen Satz lebendiger Leute aufzutreiben, während ich durch die Druckerschwärze wate.«

Er lachte. »Nein, nicht ganz. Zumindest nicht, dass ich wüsste. Sie war mit Marjorie Baker befreundet.« Josephine schaute nachdenklich drein. »Was denkst du?«

»Sie war kürzlich abends in meinem Zimmer. Sie meinte, sie hätte mir eine Vase gebracht, aber sie hatte gerade etwas gelesen, das ich über Sach und Walters geschrieben habe, und sie hat geweint. Sie ist verschwunden, bevor ich sie ausfragen konnte. Rückblickend war ich wahrscheinlich nicht besonders freundlich zu ihr. Ich war wütend, weil sie in meiner Arbeit herumgeschnüffelt hat.«

»Weißt du, was genau sie gelesen hat?«, wollte Archie wissen.

»Das hier, glaube ich.« Sie blätterte durch die Seiten und gab ihm ein anderes Kapitel. »Du glaubst doch nicht, sie hat etwas mit dem Mord zu tun, oder?«

»Nein, eigentlich nicht. Aber ich hoffe, sie kann mir erzählen, ob Marjorie irgendetwas umgetrieben hat, das zu ihrem Tod geführt haben könnte.« Er studierte die Seiten, dann sagte er: »Wenn Marjorie allerdings von ihrer Verbindung zu Sach erfahren und es Lucy anvertraut hätte, dann wäre das hier ziemlich verstörend gewesen. Darf ich es mir ausleihen?« Sie nickte, und er erhob sich. »Ich mache mich besser auf den Weg. Ich muss die Informationen über Edwards an die Kollegen durchgeben, und ich habe einen Termin in Holloway. Tut mir leid, dass ich dich so überfallen habe.«

»Ist schon gut, keine Sorge.« Sie überlegte kurz, dann sagte sie: »Wäre es völlig unangebracht, dich um eine Mitfahrgelegenheit nach Holloway zu bitten?«

»Nicht im Geringsten, aber was willst du dort?«

»Celia hat Mary Size von meiner Arbeit erzählt, und sie hat

mich eingeladen, mich im Gefängnis umzusehen. Ich muss erst anrufen, ob es gerade passt, aber in ihrer Notiz stand, ich sei jederzeit willkommen und solle ihr nur Bescheid geben. Ganz ehrlich, mir graut ziemlich davor, aber es wäre unhöflich, die Einladung auszuschlagen. Vielleicht ist es mit Scotland Yard an der Seite nicht ganz so einschüchternd.«

»In Ordnung. Ich sage in Holloway Bescheid, während du dich fertig machst.«

»Ich bin fertig«, erwiderte Josephine, griff sich Mantel und Handschuhe und folgte ihm nach unten. »Was trägt man überhaupt zu einem Gefängnisrundgang?« Sie bemerkte, wie er auf dem Weg nach draußen kurz die Gardenie musterte.

Am Empfang war die Präsenz der Motleys bereits deutlich spürbar: Die sonst so elegante, geordnete Atmosphäre des Cowdray Clubs hatte unter dem Gewicht der unzähligen Stoffballen, halb fertigen Kleider und einer kuriosen Ansammlung von Nähmaschinen und Krimskrams nachgegeben. Zu schade, dass Miss Timpson freihatte – ihr Gesichtsausdruck wäre unbezahlbar gewesen.

»Ich gehe eben telefonieren.« Archie verzog das Gesicht angesichts des Chaos. »Bin gleich wieder da.«

Josephine entdeckte die Schwestern in einem großen Raum, der von der Eingangshalle abging und normalerweise für Privatkonferenzen genutzt wurde. »Ich nehme alles zurück, was ich über diesen drögen Laden gesagt habe.« Ronnie ließ ihr Bündel fallen und ging auf Josephine zu, um sie in den Arm zu nehmen. »Das Erste, das wir gehört haben, als wir ankamen, war der Streit in der Lobby, und wir haben uns schon gefragt, ob wir uns als Aufnahmeritual gegenseitig ohrfeigen müssen.«

»Welcher Streit? Wovon redest du?«

»Ach, Geraldine Ashby und diese Bannerman haben anscheinend die Schlacht von Bosworth nachgestellt. Die Schlange zum Mittagessen wurde langsam unruhig, da haben sie sich wohl ein Ablenkungsmanöver einfallen lassen.«

»Sie übertreibt«, schaltete sich Lettice ein. »Aber es gab

tatsächlich einen kleinen Zwischenfall. Geraldine hat Celia wegen irgendeines Kommentars eine gewischt, und zwar in aller Öffentlichkeit.«

»Die Leichen sind so zahlreich aus dem Keller geholt worden, da dürfen wir ihnen wahrscheinlich auch noch Kleider für die Gala schneidern«, fügte Ronnie sarkastisch hinzu und zog eine Schneiderpuppe aus der Lobby hinein. »Wenn das nur das Mittagessen war, reserviere ich mir direkt einen Tisch zum Abendessen. Welcher ist der beste?«

»Um Gottes willen, ich glaube, das ist alles meine Schuld«, sagte Josephine, und die Schwestern sahen sie fragend an. »Für Erklärungen habe ich jetzt keine Zeit, aber ich kann es euch später erzählen, wenn ihr dann noch hier seid. Es tut mir so leid, was passiert ist. Ihr müsst völlig am Ende sein.«

»Ja, nur bei uns bekommt man beste Unterhaltung schon drei Tage vor der eigentlichen Veranstaltung«, erwiderte Ronnie bitter. Wie Archie schon gesagt hatte – keine von beiden schien imstande, das Geschehene wirklich zu verstehen, und Ronnie bewegte sich auf frenetische, verzweifelte Art, so als hätte sie Angst, zu lange innezuhalten und mit ihrer Trauer konfrontiert zu werden.

Josephine wollte gerade etwas sagen, als sie von einer Stimme an der Tür abgelenkt wurde. »Entschuldigen Sie, ich bin Lillian Wyles.« Eine attraktive Frau in einem Schneiderkittel von Motley stand zögerlich auf der Schwelle. »Ich glaube, Sie erwarten mich.«

»O Gott, sehen so etwa Polizistinnen aus?«, murmelte Ronnie. »Kein Wunder, dass Archie unbedingt mehr davon in seinen Reihen haben will.«

Lettice versetzte ihr einen Stoß. »Du sollst doch nichts verraten«, schimpfte sie. »Na los, geh sie begrüßen.«

»Was war denn das?«, fragte Josephine, während Ronnie zu ihrer neuen Angestellten ging.

Lettice sah sich um, als könnten sich Spione hinter der Eichenvertäfelung verbergen. »Verrate es niemandem«, raunte sie,

»aber die Frau gehört zu Archie. Sie soll verdeckt bei uns arbeiten, damit sie die Vorgänge hier im Blick behalten kann.« Kurz musterten sie schweigend Miss Wyles. »Aber Ronnie hat recht«, räumte Lettice schließlich ein. »Ich kann verstehen, weshalb er sie ausgesucht hat. Niemand würde je auf die Idee kommen, oder?«

»Nein«, antwortete Josephine mit Blick auf das gewellte, nussbraune Haar und das perfekt geschminkte Gesicht. »Ganz bestimmt nicht.«

»Hör mal, jetzt, wo wir kurz unter uns sind – ist alles in Ordnung?«, fragte Lettice. »Ich habe mir gestern Abend Sorgen um dich gemacht.«

»Bei mir ja, aber bei euch offensichtlich nicht. Ihr gebt euch viel zu viel Mühe, den Anschein von Normalität zu wahren, und das ist lächerlich. Was euch heute zugestoßen ist, ist kein bisschen normal.«

»Ach, wir kommen schon zurecht. Ronnie hat es härter getroffen, glaube ich. Für mich ist es tragisch, für sie ein persönlicher Angriff. Mich würde es nicht wundern, wenn sie den Täter oder die Täterin aufspürt, bevor diese Polizistin ihren ersten Saum genäht hat.«

Unterdessen war Archie zurückgekehrt, und Josephine sah zu, wie Ronnie die beiden einander gespielt vorstellte. Die Frau sagte etwas, das sie nicht hören konnte, doch Archie lachte herzlich, dann winkte er Josephine und Lettice heran.

»Wo soll ich anfangen?«, fragte Lillian Wyles, nachdem alle miteinander bekannt gemacht worden waren.

»Sie können uns erst mal beim Aufbauen helfen«, sagte Lettice. »Über das Nähen machen wir uns später Gedanken.«

»Das sollte kein Problem werden. Meine Großmutter war Kostümbildnerin im Lyceaum, und ich bin praktisch hinter der Nähmaschine aufgewachsen.«

»Wunderbar!« Ronnie kniff Archie in die Wange. »Du kannst von Glück reden, wenn wir sie dir hinterher wieder zurückgeben.«

»Das Risiko muss ich eingehen.« Er zwinkerte seiner Kollegin zu. »Wir machen uns jetzt besser auf den Weg.«

»Hast du nicht etwas vergessen?« Ronnie deutete vorwurfsvoll mit dem Finger auf Josephine. »Du solltest doch dein Kleid anprobieren.«

»Tut mir leid, das muss noch warten«, sagte sie. »Ich habe einen Termin mit kratzig blauem Uniformstoff. Darf ich später noch mal vorbeikommen?«

Lettice nickte. »Natürlich. Wir wollen nichts überstürzen. Ich glaube, diesmal haben wir uns selbst übertroffen.«

»Ist es eine Überraschung?«, fragte Wyles unschuldig, und Lettice flüsterte ihr etwas ins Ohr. »Oh, Sie werden ganz umwerfend aussehen.«

»Ja«, erwiderte Josephine freundlich und ignorierte Ronnies Grinsen. »Da bin ich mir sicher.«

»Doppelagentinnen in den Cowdray Club einschleusen? Ist das nicht ein bisschen übertrieben?«, fragte sie, als sie mit Archie im Auto saß. »Das passt eher zu John Buchan als zur englischen Polizei.«

Archie lächelte, und es baute sie nicht unbedingt auf, dass er sie nicht ernst nahm. »Du hörst dich an wie Bill«, erwiderte er. »Er fand sogar, du könntest dafür besser geeignet sein. Insofern hast du wahrscheinlich recht. Es wäre viel englischer, eine Amateurin auf einen Mörder anzusetzen, aber ich glaube, ich bleibe einstweilen lieber bei qualifiziertem Personal wie Kollegin Wyles.«

Sie verfielen oft in diese Art des freundschaftlichen Schlagabtausches, aber Josephine hatte keine Lust, darauf einzugehen. Das Gespräch mit Geraldine hatte sie aus der Ruhe gebracht, und sie war schockiert von den Vorfällen, die ihre Recherche zu Sach und Walters überschatteten. Außerdem ärgerte sie sich ungemein darüber, dass sie wie eine schuldbewusste Schülerin reagiert hatte, als sie mit Martas Tagebuch ertappt worden war. Sie wusste, dass es ungerecht war, ihre schlechte Laune an

Archie auszulassen, aber sie konnte nicht anders, und sei es nur, weil er gerade zufällig hier war. »Gut«, sagte sie mit einem Blick aus dem Fenster. »Ich habe nämlich auch so genug Sorgen, ohne dass dein Sergeant mir noch mehr Arbeit aufs Auge drückt.«

Sie war dankbar, dass er sie so gut kannte und nicht auf die Spitze reagierte, und sie schwiegen beide, bis sie angekommen waren. »Da ist es«, sagte er und deutete nach links. Josephine erhaschte ihren ersten Blick auf Holloway durch die Bäume an der Kreuzung Parkhurst und Camden Roads hindurch. Aus Gründen, die nur der Architekt kannte, war das Gebäude Warwick Castle nachempfunden, inklusive hoher Mauer, imposantem Tor und mit Zinnen bewehrter Türme. Es beherrschte die Umgebung wie eine Parodie seines mittelalterlichen Vorbilds – es diente nicht dazu, Eindringlinge fernzuhalten, sondern die Bewohnerinnen einzusperren. Archie parkte den Daimler vor dem Haupteingang und betätigte die Klingel am massiven, mit Nägeln beschlagenen Tor. Sie warteten, lauschten dem Klirren eines Schlüsselbunds auf der anderen Seite, und schließlich wurde eine kleine, ins Tor eingelassene Holztür geöffnet. Hinter dem Pförtnerhäuschen entdeckte Josephine ein vergittertes Tor, das vermutlich auf den Gefängnishof und zum Hauptgebäude führte. Der Pförtner verlangte nach ihren Namen und schaute dann in ein riesiges Buch, bevor er sie telefonisch ankündigte. »Männliche Beamte dürfen nicht weiter rein«, erklärte er lächelnd. »Jemand kommt Sie gleich abholen.«

»Kennst du Mary Size?«, wollte Josephine von Archie wissen.

»Ich habe sie nie persönlich kennengelernt, aber schon viel von ihr gehört. Im öffentlichen Dienst sind wir sehr geizig mit Lob, aber darüber, was sie hier erreicht hat, kommt mir nur Gutes zu Ohren.«

»Das ist wie bei Celia. Ich weiß nicht genau, was ich erwarten soll. Es braucht sicher eine ganz besondere Einstellung, um sein Leben hier verbringen zu wollen, und erhebliche Widerstandsfähigkeit, um so einen Ort erfolgreich zu führen.«

Die Frau, die ein paar Minuten später am Pförtnerhäuschen

eintraf, wirkte weder zielstrebig noch eindrucksvoll, zumindest nicht äußerlich, und es dauerte einen Augenblick, bis Josephine begriff, dass sie nicht von einer Handlangerin, sondern von der stellvertretenden Direktorin persönlich abgeholt wurden. Mary Size war etwa Anfang fünfzig und ähnelte sämtlichen Lehrerinnen, von denen Josephine je unterrichtet worden war: elegantes, aber anonymes Kostüm, sachliche Art und ein strenges Gesicht, das sich durch ein Lächeln rasch verwandeln konnte. Der Pförtner wunderte sich nicht im Geringsten über sie – anscheinend begrüßte Miss Size ihre Besucher oft persönlich –, und der aufrichtig erfreute Ton in seiner Begrüßung sagte Josephine mehr darüber, was Mary Size hier erreicht hatte, als es tausend Beamte je könnten.

Sie lächelte Josephine an und räumte dann die Formalitäten aus dem Weg. »Willkommen in Holloway sage ich nicht oft, Inspector Penrose, und Sie verzeihen mir sicher, dass ich es heute auch für mich behalte. Es tut mir sehr leid, dass Sie heute hier sind. Marjorie Baker hatte echten Kampfgeist, und sie war gerade erst am Aufblühen. Ich sollte es wahrscheinlich besser wissen, aber ich kann nur schwer glauben, dass so eine Persönlichkeit sich so leicht auslöschen lässt.« Ihre Stimme hatte einen sanften irischen Einschlag, der ihre Worte noch wärmer klingen ließ, und zum ersten Mal bekam Josephine ein Gespür für das Mädchen, dessen Tod sie hierhergeführt hatte. »Aber ich freue mich sehr, Sie endlich kennenzulernen, Miss Tey«, fuhr sie fort. »Ich weiß zwar nicht, wieso wir uns im Club nie begegnet sind, aber Celia hat mir viel von Ihnen erzählt, und ich war natürlich ganz begeistert von *Richard von Bordeaux*. Ich habe es bestimmt fünf, sechs Mal gesehen.«

»Um Gottes willen, vielleicht gehören Sie hinter Gitter«, erwiderte Josephine, ohne nachzudenken, doch Mary Size lachte herzlich.

»Sie sind nicht die Erste, die das sagt, und wahrscheinlich auch nicht die Letzte.«

»Aber Spaß beiseite, ich bin Ihnen sehr dankbar, dass ich mich umsehen darf. Ich kann mir vorstellen, wie viel Sie und Ihre Leute zu tun haben, und Schriftstellerinnen, die in der Vergangenheit herumwühlen, stören dabei vermutlich eher.«

»Unsinn, ich hoffe, es hilft Ihnen weiter. Ich hatte es Ihnen ja schon geschrieben, soweit ich weiß, gibt es niemanden mehr, der während der fraglichen Zeit hier gearbeitet hat, aber am Gebäude selbst hat sich nicht viel verändert, und ich habe ein paar alte Zeugnisse des Gefängnisalltags von Suffragetten für Sie gefunden – das war natürlich später, aber viel dürfte sich auch hier nicht geändert haben. Ah, da ist ja Cicely McCall.« Eine junge Frau in einer blauen Wärterinnenuniform war zu ihnen getreten. »Sie schreibt ein Buch über das Gefängnis, bei ihr sind Sie also in besten Händen. Und es macht uns wirklich nichts aus.«

»Trotzdem, ich weiß es wirklich sehr zu schätzen. Immerhin ist das hier kein Museum, und Sie machen sich bestimmt mehr Sorgen um die Zukunft als um ehemalige Insassinnen, denen Sie nicht mehr helfen können.«

Mary Size betrachtete sie beifällig, und Josephine spürte, dass sie gerade in eine subtile Falle getappt war. »Lustig, dass Sie das sagen«, erwiderte sie. »Aber ich habe tatsächlich meine Hintergedanken. Mir ist es sehr wichtig, dass die Öffentlichkeit endlich sieht und anerkennt, was wir hier leisten. Derzeit haben wir eine gute Gruppe an Bord, darunter auch viele Schriftstellerinnen. Vera Brittain natürlich, und Elizabeth Dashwood – Sie wissen schon, E. M. Delafield – schreibt ein Vorwort für Cecilys Buch. Ich hoffe, wir können Sie dazu überreden, uns weiterzuhelfen.« Ein Funkeln lag in ihrem Blick, und Josephine spürte ihre Überzeugungskraft in jeder Faser. Sie betrachtete sich allerdings nicht als Aktivistin und lächelte lediglich unverbindlich. Beeindruckt war sie dennoch – es war ein echter Coup, die Lady vom Lande höchstselbst für die Gefängnisreform einzuspannen.

Miss Size führte sie zum Verwaltungsgebäude und von dort eine steinerne Treppe hinauf in den ersten Stock. »Wir können uns in meinem Wohnzimmer unterhalten, Inspector«, sagte sie. »In meinem Büro würden wir alle zwei Minuten unterbrochen.

Miss Tey, ich hoffe, die Führung wird Ihnen gefallen, und fragen Sie Cecily ruhig alles, was Sie wissen wollen. Wir sehen uns dann in einer Dreiviertelstunde.«

Sie verschwand mit Archie, und Josephine fiel auf, wie effizient sie die beiden Besuchsgründe abgehandelt und für die nötige Diskretion gesorgt hatte, ohne sie dabei vor den Kopf zu stoßen. Allein mit Miss McCall fühlte sie sich etwas unwohl. Normalerweise war sie zu faul oder zu schüchtern, um im Namen der Recherche so weit zu gehen, und ihr heutiger Wagemut war in großen Teilen Celia Bannerman geschuldet, die ihre Arbeit als reine Unterhaltungsliteratur abgetan hatte. Sie wusste selbst nicht, weshalb ihr die Authentizität auf einmal so wichtig war – in der Vergangenheit hatte es ihr stets gereicht, ein breites Publikum zu unterhalten –, doch sie konnte sich auch eingestehen, dass sie einen persönlicheren Grund für ihren Besuch in Holloway hatte, als lediglich ihrer ehemaligen Lehrerin etwas beweisen zu wollen. Sie wappnete sich innerlich, lächelte ihre Führerin übertrieben selbstbewusst an und ging durch die Glastür, die McCall ihr offen hielt, in den ersten Stock, wobei sie sich ein bisschen wie Dante fühlte, der Vergil in die Hölle folgt.

Holloway war symmetrisch angelegt. Vier Flügel mit Glasdächern gingen vom Zentrum ab und erinnerten an die Speichen eines Rads. Aus ihrer Warte konnte Josephine die Zellen im Erdgeschoss und die zwei Galerien weiter oben sehen, und sie empfand den Gebäudekomplex als unerwartet hell. Die Nachmittagssonne wurde zwar von Dunst gedämpft, schlug sich aber wacker und erleuchtete frisch gestrichene weiße Wände, die einen wohltuenden Kontrast zu den dunklen Bürofluren bildeten.

»Ziemlich frappierend, oder?«, fragte die Wärterin, als sie Josephines Gesichtsausdruck bemerkte. »Anscheinend hat Miss Size gleich als Erstes die Farben geändert. Das war früher alles orange und braun. Können Sie sich vorstellen, wie deprimierend das gewesen sein muss?«

»Wie lange arbeiten Sie schon hier?«, fragte Josephine, während sie weiter in das Hauptgebäude hineingingen.

»Erst seit ein paar Jahren. Ich habe 1932 als Sozialarbeiterin angefangen, weil ich mich für die Lebensbedingungen im Gefängnis interessiert habe, aber dann kam es mir sinnvoller vor, von innen mit anzupacken. Was möchten Sie zuerst sehen?«

»Ach, das überlasse ich Ihnen.«

»Gut, dann fangen wir direkt mit den Zellen an.«

Auf dem Weg zu einem der Flügel kamen sie an einem Tisch voller Blumen vorbei, manche davon exotisch und offensichtlich teuer, andere sahen aus, als wären sie im Garten gepflückt worden. Auf jedem Topf und jeder Vase klebte ein Zettel mit Namen und Nummer der Besitzerin, und Josephine war von der leuchtenden Auslage überrascht. »Aus irgendeinem Grund habe ich nicht mit Blumen gerechnet«, sagte sie.

»In den Zellen sind sie nicht erlaubt, daher bewahren wir sie hier auf. So können die Gefangenen vier Mal am Tag sehen, was ihnen geschickt wurde, wenn sie zur Arbeit oder zum Sport gehen, und für diejenigen, die nie etwas bekommen, ist es auch schön. Manche stellen wir auch in die Kapelle, aber da müssen wir gut aufpassen.« Sie grinste. »In Tulpen lässt sich Schminke besonders gut verstecken.« Josephine fragte sich, ob die Mischung aus Fröhlichkeit und Pragmatismus sie eher beruhigen oder verärgern würde, wenn sie sich auf der anderen Seite befände. »Das hier ist der Flügel für die Ersttäterinnen.« Cicely schloss eine weitere Glastür am Ende des Flurs auf. »Die Frauen hier tragen grün karierte Overalls statt blaue.« Auf Josephine wirkte der Unterschied unwesentlich. Den Frauen, die sie bisher erblickt hatte, war die Individualität mit formloser, dunkler Kleidung, einem Putzoverall, klobigen Schuhen und dicken, schwarzen Strümpfen geraubt worden; manche standen an den Türen ihrer Zellen, andere holten Wasser aus einem Hahn auf dem Flur oder standen Schlange an einer Waschraumnische, und ihr resignierter Gesichtsausdruck ließ darauf schließen, dass es für den Gefängnisalltag keinen Unterschied machte, ob die Uniform blau oder grün war. »Die meisten Frauen essen in ihren Zellen, aber unten gibt es einen Speisebereich, wo diejenigen, die genug Punkte durch gute Führung erhalten haben, gemeinsam essen, sich unterhalten oder Zeitung lesen können«, fügte sie hinzu. »Das klingt toll, ist aber nur ein freudloser Abschnitt zwischen zwei Zellen, und ehrlich gesagt, interessieren die meisten Frauen sich hier nicht für die Meinung des *Daily Telegraph* zum Weltgeschehen. Immerhin bleiben sie so in Kontakt mit der Außenwelt, aber wir haben noch ein gutes Stück Arbeit vor uns, wenn wir zu den Männern aufschließen wollen.«

»Die Männergefängnisse sind also sehr anders?« Josephine war erleichtert, dass Cicely McCalls Einstellung zur Gefängnisreform nicht ganz so blauäugig war, wie sie befürchtet hatte.

»Ja, und wie. In Wakefield dürfen sie ohne Aufsicht zusammen essen, und sie sehen auch nicht so aus, als kämen sie gerade aus dem Zuchthaus. Wahrscheinlich liegt es daran, dass es so viel mehr männliche Gefangene gibt als weibliche – sie sind das größere Problem, deswegen kriegen sie auch mehr Aufmerksamkeit von den Entscheidungsträgern. Aber es wäre schön, wenn mehr Leute da draußen begreifen würden, dass die Demoralisierung Frauen nicht weniger ausmacht als Männern.« Sie blieb vor einer offenen Tür am Ende des Flügels stehen. »Aber jetzt Schluss mit der Predigt, ich zeige Ihnen die Zelle.«

Josephine ging hinein und erkannte zu spät, wie naiv ihre Vorstellung gewesen war, der Raum würde leer sein. Eine Frau um die dreißig stand vor einem Spiegel. Sie errötete, als sie die Unbekannte bemerkte, und Josephine spürte, wie ihr selbst die Hitze ins Gesicht stieg – schwer zu sagen, wem es peinlicher war. »Browning, das hier ist Miss Tey«, erklärte Cicely. »Miss Size hat sie geschickt, damit sie sich mal hier umsieht.«

»Was für eine hübsche, helle ... ähm ... Kammer.« Josephine hätte sich für den unsinnigen Kommentar die Zunge abbeißen können, doch Browning schien sich tatsächlich darüber zu freuen.

»Ja, oder?« Sie betrachtete die Bilder an der Wand. »Das hier ist mein Mann.« Sie zeigte auf die Aufnahme eines gut aussehenden jungen Mannes in Briefträgeruniform. »Und das hier, das ist mein Bobby, wobei er jetzt wahrscheinlich ganz anders aussieht. In dem Alter wachsen sie schnell.«

Tränen stiegen ihr in die Augen, als sie über das Kind sprach.

»Sind Sie noch lange von ihnen getrennt?«, fragte Josephine sanft.

»Noch sechs Monate, Miss.«

»Das ist sicher nicht einfach.«

»Nein, Miss. Das ist sein halbes Leben.«

Josephine trat einen Schritt näher an das Bild heran. »Aber er sieht aus wie Sie. Daran können auch sechs Monate nichts ändern.« Sie überließen Browning ihrer aufgezwungenen Privatsphäre und gingen den Flur wieder hinab. Während sie sich dem Zentrum des Gefängnisses näherten, bemerkte Josephine, wie viel dunkler die Zellen wurden, wo die anderen Flügel ihnen näher waren. Cicelys Reformergeist hatte anscheinend nicht das Bedürfnis erstickt, einen guten Eindruck auf Besucher zu machen. »Haben sich die Zellen in den letzten dreißig Jahren stark verändert?« Josephine fiel plötzlich wieder ein, weshalb sie eigentlich hier war.

»Fotografien und Spiegel wurden erst in den letzten Monaten erlaubt, und die Betten sind anders. Heutzutage haben sie richtige Federn, nicht nur alte Bretter. Außerdem gibt es bis zehn elektrisches Licht, damit sie noch Briefe lesen oder schreiben können. Ach ja, eine Klingel gibt es jetzt auch, falls sie in einem Notfall etwas brauchen. Manchmal funktioniert sie sogar.«

»Wofür sitzen die Frauen auf diesem Flur?«

»Alles Mögliche.« Sie deutete nacheinander auf die Zellen. »Williams hat bei ihrem Pflegekind zu stark Hand angelegt, Pears und Gregory sind Diebinnen, so wie Browning, und Gaskell ist die Tochter eines Admirals, die immer vergessen hat, ihre Hotelrechnungen zu bezahlen. Hier drüben haben wir eine Bigamistin, eine Prostituierte und eine Witwe, die ihre Anstellung verloren hat und zwei Dosen Obst bei Woolworth's klauen wollte.«

»Die einzige Gemeinsamkeit ist also, dass keine von ihnen vorbestraft ist?«

»Richtig. Die einzigen Ersttäterinnen, die woanders landen,

sind Bordellbetreiberinnen.« Josephine hob eine Augenbraue. »Aus irgendeinem Grund werden sie am schwersten bestraft, wie Aussätzige behandelt und auch von der Strafentlassenenhilfe nicht berücksichtigt. Wenn sie wieder auf freien Fuß gesetzt werden, kriegen sie nie Geld. Wir vermuten, es liegt daran, dass die Frauen im Komitee sich um das moralische Wohlergehen ihrer Ehemänner sorgen.«

»Aber alle anderen werden gleich behandelt, egal, was sie gemacht haben?«

»Ja. Alle Schichten, alle Verbrechen, alle Altersklassen. Alle kriegen den gleichen Tagesablauf und die gleiche Behandlung, egal, wie lange sie hier sind.«

Für Josephine schien es dem Erfolg der Reform nicht gerade zuträglich, Frauen ohne jegliches Verständnis für ihre Herkunft oder ihre Bedürfnisse zusammenzudrängen, und das erklärte sie auch Cicely. »Oder ist das naiv von mir?«

»Überhaupt nicht, Sie haben vollkommen recht. Aber wir kämpfen für moderne Veränderungen in einem viktorianischen Gebäude, und selbst Miss Size stößt da an ihre Grenzen. Wenn es nach ihr ginge, würden sie den gesamten Laden abreißen und mit etwas Praktischerem ersetzen, aber sie hat sich mit ihren Errungenschaften selbst ins Knie geschossen. Das Innenministerium sieht, dass sie das Leben hier erträglich gemacht hat, und schon rutschen wir bei der Staatskasse ganz ans Ende der Liste.«

Erträglich war relativ, dachte Josephine, schwieg jedoch. »Bekommen die Familien irgendeine Unterstützung, während die Frauen hier sind?« Josephine dachte an das Gesicht der jungen Frau, als sie das Bild ihres Kindes betrachtet hatte.

»Es gibt einen freiwilligen Besuchsdienst, der nach den Familien sieht.« Josephines Zweifel waren anscheinend offensichtlich, denn Cicely fügte hinzu: »Ich weiß, was Sie denken, und im Großen und Ganzen besteht er aus wohlhabenden Gutmenschen, aber es ist ganz anders als die Damen des früheren Besuchsdienstes. Die waren alle schrecklich ernst und ganz dem spirituellen Wohlergehen von Frauen hingegeben, aber sie hatten keine Ahnung, wie sie hiermit umgehen sollten. Nein, die Freiwilligen heute sind pragmatischer. Sie spenden Geld, damit die Frauen das Werkzeug ihrer Männer aus dem Pfandhaus holen oder ihre Mietrückstände begleichen können, damit die Familie weitermachen kann und die Gefangenen eine Chance haben, nicht in einer Woche schon wieder hier zu landen. Und manche Freundschaften, die hier drin entstehen, halten lange über das Ende der Haftstrafen hinaus.« Josephine konnte sich nicht des Gedankens erwehren, wie sehr sich alles von den Bedingungen unterschied, die Celia mit zurückhaltenden Kommentaren über ihre Zeit im Strafvollzug beschrieben hatte, und wo Verbrüderung missfallend beäugt worden wäre. »Ich weiß ja, was ich über die Bordellbetreiberinnen gesagt habe«, fügte Cicely hinzu. »Aber abgesehen davon ist die Entlassenenhilfe wirklich bemerkenswert. Seit ihrer Gründung haben sie fast zwanzigtausend Pfund gesammelt.«

Die Nähstube und Waschküchen befanden sich in separaten Gebäuden, und Josephine war froh, den erdrückenden Geruch von Fett, Schweiß und Dreck hinter sich lassen zu dürfen, während sie über den Hof gingen. »Wo Sie schon hier sind, kann ich Ihnen auch die Werkstätten zeigen«, sagte Cicely. »In der Zeit, über die Sie schreiben, wurde die Arbeit allerdings in den Zellen verrichtet.«

»Die Insassinnen hatten also nichts miteinander zu tun?«, fragte Josephine überrascht. Vor ihrem geistigen Auge hatte sie das Bild von Sach und Walters heraufbeschworen, die sich über den Hof hinweg anblitzten, während sie auf ihren Prozess warteten, oder Sach mit anderen Pflegemörderinnen wie Eleanor Vale an einem Tisch gesehen, wie sie sich unterhielten und an ihrem geteilten Leid trösteten.

Cicely lächelte. »Ich kann Ihnen nur beantworten, wie es heute zugeht. In sämtlichen Zellen gibt es eine Karte mit Gefängnisregeln, und wenn man sich die Mühe macht, sie zu lesen, findet man heraus, dass Reden zu keinem Zeitpunkt gestattet ist.« Josephine setzte zu einer Antwort an, doch Cecily kam ihr zuvor. »Ich weiß, ich weiß. Sie sind erst seit einer halben Stunde hier und sehen jetzt schon, dass das Unsinn ist. Sie unterhalten sich, während sie an den Türen stehen oder darauf warten, in die Kapelle zu gehen. Den meisten Tratsch gibt es morgens und abends, wenn sie sich in der Schlange aufhalten, um ihre Toiletteneimer zu leeren, oder auf den Luxus des Waschraums warten. Sie wollen mir doch nicht weismachen, dass fünfzig Frauen auf einem Flur mit einem heißen Wasserhahn und vier Toiletten nicht miteinander reden werden, und sei es auch nur, um die Vorderfrau höflich zur Eile anzuhalten. Dann gibt es noch den Hof, und ich könnte Ihnen einen ganzen Haufen alter Hasen zeigen, die sich mit der Frau vor ihnen unterhalten können, ohne die Lippen oder den Kopf zu bewegen. Echte Bauchrednerinnen.« Sie lachte. »Damit will ich nicht behaupten, dass hier von früh bis spät nur geschwätzt würde, aber sie kommunizieren durchaus, und ich vermute, dass es damals ähnlich ablief.«

»Eine der Frauen, die zur gleichen Zeit wie Sach und Walters wegen der Misshandlung von Pflegekindern angeklagt wurde, hat man zu zwei Jahren Zwangsarbeit verurteilt. Wie sah das früher aus?«

»Für Frauen ist das eine ganz normale Haftstrafe.«

»Ganz normal?« Insgeheim hatte Josephine sich gefragt, ob Eleanor Vale schlimmer gelitten hatte als Sach und Walters, deren Strafe zwar endgültig, aber dafür rasch vorbei gewesen war.

»Verstehen Sie mich nicht falsch. Das Leben im Gefängnis ist nicht leicht, und damals war es noch viel schlimmer. Aber die meisten Leute klammern sich mit aller Kraft ans Leben, und wenn sie mit Zwangsarbeit davongekommen ist, ist sie sicher vor Dankbarkeit auf die Knie gegangen.«

An einem Samstagnachmittag gab es in den Werkstätten nur wenig zu sehen, und sie hielten sich nicht lange dort auf. Der Weg zurück zum Hauptgebäude führte über einen der Höfe für körperliche Ertüchtigung, und Josephine blieb stehen, um die merkwürdige Ansammlung von Frauen zu betrachten, die niedergeschlagen ihre Runden auf in konzentrischen Kreisen angelegten Betonwegen drehten, die jeweils ungefähr einen Meter breit und durch schneebedeckte Grasstreifen voneinander getrennt waren. Der äußere Kreis war von einer energischen Gefangenen belegt, die so aussah, als würde sie durch die Pennines marschieren, während sich eine ältere, gebrechliche Frau, die vor Kälte gebeugt ging, zentimeterweise auf einem kleineren Kreis entlangschob, und Josephine hatte nie etwas Deprimierenderes gesehen als diese Gruppe von Frauen, die stoisch voranschritten und nirgendwo ankamen. »Auf den Gedanken würde man zwar nie kommen, aber hier freuen sie sich auf den Hofgang«, sagte Cicely. »Solche Gärten sind für manche unserer Insassinnen Neuland, und andere finden darin Zuflucht.«

Im schwindenden Novemberlicht wirkte der Anblick trostlos, doch Josephine konnte sich vorstellen, wie wichtig die Rasenflächen und sorgfältig angelegten Blumenbeete den Frauen waren; im Frühling und Frühsommer könnte man sie – von ihrer Umgebung losgelöst – sicher als schön bezeichnen. Sie sah sich um, und ihr Blick fiel auf ein längliches Beet mit sauber gestutzten Immergrüngewächsen; es lag abseits und passte nicht zu dem Muster aus Wegen und Pflanzen zwischen den strahlenförmig angeordneten Zellblöcken. Cicely folgte ihrem Blick. »Dort liegt Edith Thompson begraben. Sie war die letzte Gefangene, die hier hingerichtet wurde. Es gibt zwar weder Grabstein noch Plakette, aber das ist auch nicht nötig. Hier weiß jede Frau, was es damit auf sich hat und was es bedeutet, und sie können es nur schwer vergessen.«

»Liegen hier viele Frauen begraben?«

»Zu viele, wenn Sie mich fragen.«

»Auch Sach und Walters?« Cicely nickte. Einen Augenblick lang sahen sie schweigend zu den Bäumen hinüber. »Was ist das?« Josephine zeigte auf ein neues Gebäude, dessen Dach über eine Mauer hinweg gerade so sichtbar war.

»Das ist der neue Hinrichtungsbau, und damit meine ich nagelneu.« Sie schüttelte den Kopf. »Die ganze Arbeit, und dann probiert ihn niemand aus. Undankbares Pack.« Ihr Sarkasmus war offensichtlich, aber Josephine hielt ihn für angebracht. Der neue Galgen war den Hinrichtungsopfern viel zu nahe. »Nach Thompson wurde der alte Bau abgerissen«, erklärte sie. »Angeblich hat sie dort gespukt. Diese Schönheit hier wurde von einer Gruppe männlicher Häftlinge gebaut. Wurden jeden Tag mit dem Bus hierhergebracht wie auf einem Ausflug. Wollen Sie es sich ansehen?«

»Nein, es ist ja nicht das Original.« Cicely wirkte erleichtert, und Josephine dachte daran, was Celia über die Belastung der Wärterinnen bei Hinrichtungen gesagt hatte; allein das Betreten des Raums musste sich anfühlen, als fordere man das Schicksal heraus. »Wir machen uns auch lieber auf den Rückweg. Ich möchte Inspector Penrose nicht aufhalten.« Ihr war klar geworden, wie dringend sie Holloway verlassen wollte.

»Wieso arbeiten Sie hier?«, fragte sie auf dem Weg zum Ausgang. »Wegen der Bezahlung sicherlich nicht.«

»Da haben Sie recht, und am Sozialleben liegt es auch nicht.« Sie dachte eine Weile nach. »Am besten kann ich es wahrscheinlich erklären, wenn ich Ihnen etwas über Miss Size erzähle. Einmal hatten wir eine Frau hier, die beim Klauen erwischt worden war. Sie hatte sich zusammen mit ihrem Mann schwer verschuldet und war ganz verzweifelt, weil sie nicht wusste, wie er ohne sie zurechtkam oder was sie nach ihrer Entlassung tun sollte. Miss Size hat sie um eine Liste ihrer Schuldner gebeten und jeden persönlich angeschrieben und gefragt, was er als Bezahlung akzeptieren würde. Sämtliche Schulden wurden durch die Entlassenenhilfe beglichen, und die Frau konnte einen Neuanfang machen und war zum ersten Mal in ihrem Leben schuldenfrei. Und das ist nur eine Geschichte. Ich hätte noch einen ganzen Haufen, und deswegen arbeite ich hier.«

Ein Blick in Mary Size' Wohnzimmer genügte, und schon wurde klar, wie sie ihre begrenzte Freizeit verbrachte. Überall lagen Bücher, und Penrose fiel auf, dass sie ihre Loyalitäten zwischen ihren Landsmännern – eine ordentliche Portion Joyce,

Swift und Wilde – sowie zeitgenössischen Schriftstellerinnen aufteilte, die in die Reformbewegung rekrutiert worden waren. Ihr Geschmack für Satire zeigte sich auch im Visuellen: Sie sammelte Karikaturen, und Exemplare von Tom Webster und David Low reihten sich an den Wänden. »David ist ein Freund von mir«, erklärte sie, als sie seinen Blick bemerkte. »Wobei ich manchmal ins Zweifeln komme.« Sie zeigte ihm eine kleine gerahmte Zeichnung am Kamin, auf der eine monströse Frauengestalt über drei eingesperrten, abgemagerten Männern aufragte, von denen einer als »Disziplin«, einer als »Strafe« und der Dritte und Schwächste als »Gerechtigkeit« beschriftet war. Wie in jeder guten Karikatur waren ihre Züge gleichzeitig grotesk übertrieben und eindeutig erkennbar.

Lächelnd nahm Penrose auf dem angebotenen Stuhl Platz. Auf dem Tisch lagen zwei Ordner, einer für Marjorie Baker, der andere für Lucy Peters, und sie schob sie ihm zu. Er bedankte sich, ließ sie jedoch unberührt; Mary Size war ihm sofort sympathisch gewesen, und er war an ihrer persönlichen Meinung mehr interessiert als an den offiziellen Aufzeichnungen. »Erzählen Sie mir von Marjorie Baker«, bat er.

Die offene Frage schien sie kurz zu überraschen, und sie dachte sorgfältig darüber nach. »Als ich Marjorie kennengelernt habe, war sie mürrisch, verbittert und aggressiv. Sie hatte keinerlei Interesse an ihren Mithäftlingen und ging keine Freundschaften ein. Vollzugsbeamte waren ihre Todfeinde. Sie war immer dazu bereit, den ersten Schlag auszuteilen, egal ob körperlich oder verbal, um zu beweisen, dass sie vor niemandem Angst hatte. Als ich sie das letzte Mal gesehen habe, das war gestern, hatte sie einen festen Arbeitsplatz mit viel Verantwortung, wurde für ihr Talent bewundert und für ihre harte Arbeit geschätzt. Sie hat sich ganz offensichtlich gut mit ihren Chefinnen und Kolleginnen verstanden und sich auf ihre Zukunft gefreut. Für solche Veränderungen braucht es einiges an Mut und Stärke, und das ist wahrscheinlich das Wichtigste, was ich Ihnen über Marjorie berichten kann.«

»Wem oder was schreiben Sie diese Veränderungen zu?« Er lächelte. »Abgesehen von Ihrem Rehabilitationsprogramm, meine ich. Es klingt, als hätte sie von ihrer Zeit hier profitiert.«

»Ja, das stimmt. Ihr eingängliches Verhalten war Frust und Verzweiflung geschuldet, und sie hatte eine Heidenangst, dass sie es nie zu etwas bringen würde. Als sie erst einmal glaubte, dass ihr eine Zukunft bevorstand, konnte sie anderen Leuten wieder in die Augen schauen. Das klingt furchtbar sentimental«, fügte sie hinzu, da sie seine Skepsis spürte. »Und natürlich gab es auch ein paar Rückschläge. Ich merke schon, dass Sie mich daran erinnern wollen, dass Marjorie mehr als nur eine zweite Chance gebraucht hat, aber schließlich hat es geklappt. Aller guten Dinge sind drei, wenn Sie an so etwas glauben.«

»Glauben Sie, dass sie etwas angestellt haben könnte, was sie zurück hinter Gitter bringen würde?«

»Ich arbeite seit dreißig Jahren im Strafvollzug und habe gelernt, keine derart definitiven Aussagen zu treffen. Die älteren Kolleginnen behaupten zwar, die Insassinnen kämen immer wieder zurück, aber das stimmt nicht, und für Marjorie stand etwas auf dem Spiel. Einen stärkeren Anreiz kann ich mir nicht vorstellen.«

»Fällt Ihnen irgendjemand ein, der ihr etwas hätte antun wollen? Eine Gefangene, die ihr schlecht gesonnen war, oder jemand, der kürzlich entlassen wurde und noch eine Rechnung zu begleichen hatte? Sie sagten, sie habe sich zu Beginn ihrer Haftstrafe mit niemandem angefreundet.«

»Das stimmt, aber so etwas wird einem meistens direkt vergolten. Und dabei geht niemand so brutal vor, wie Sie es angedeutet haben. Als Ihr Sergeant anrief und mir erzählte, dass ihr Vater ebenfalls tot ist, bin ich davon ausgegangen, dass er mit ihrem Tod zu tun hat, aber aus Ihren Fragen schließe ich, dass das nicht der Fall ist. Darf ich fragen, wie sie umgebracht wurde?«

Penrose umriss den Mord möglichst unscharf, und Mary Size wirkte gleichermaßen betroffen wie entsetzt. Es dauerte eine Weile, bevor sie wieder sprach. »Mir fällt wirklich nichts ein, was hier passiert ist, das zu so etwas führen sollte«, sagte sie. »Ich bekomme natürlich nicht alles mit, aber viel entgeht mir nicht. Und wenn es etwas gäbe, würde ich es Ihnen sagen, egal, was für ein schlechtes Licht es auf uns werfen würde.« Penrose schätzte ihre Direktheit; nach Celia Bannermans vagen Antworten auf seine Fragen über den Cowdray Club wirkte sie erfrischend, dabei war der Ruf eines Orts wie Holloway es eher wert, verteidigt zu werden, als der einer Gesellschaft für privilegierte Frauen. Er vermutete, dass die Zuneigung der stellvertretenden Direktorin zum Opfer ihren Wunsch zu helfen beeinflusst hatte, und dadurch wurde sie ihm nur noch sympathischer. »Ich nehme an, die Art und Weise ihres Todes hat dazu geführt, dass Sie ihre Zeit im Gefängnis im Verdacht haben«, fügte sie hinzu.

»Ja, teilweise«, erwiderte er. »Die fragliche Nadel wird wohl traditionell eher für grobe Materialien wie Sackleinen und Posttaschen verwendet.«

»Ich dachte eher an das Glas in ihrem Mund – klassische Gefängnisgewalt. Unter meiner Aufsicht ist es noch nie passiert, aber es ist durchaus schon vorgekommen, dass Glassplitter sich in eine Mahlzeit geschlichen haben.« Auf den Gedanken war Penrose noch gar nicht gekommen, doch es ergab Sinn. »Ich weiß allerdings nicht, wieso jemand Marjorie das antun sollte.«

»Ist Ihnen gestern Nachmittag bei Motley etwas an ihr aufgefallen? Hat sie irgendetwas belastet, oder hat sie Ihnen irgendetwas anvertraut?«

»Von belastet würde ich nicht reden, aber sie hat mir erzählt, dass ihr Vater sie belästigen würde. Sie hatte Angst, er könnte ihre Stelle gefährden, und ich glaube, ich sollte ein gutes Wort für sie einlegen, aber das war überhaupt nicht nötig. Bei Motley waren sie mehr als zufrieden mit ihr, und das habe ich ihr auch gesagt.« Nichts daran war Penrose neu, und er wollte gerade das Thema wechseln, da fügte sie hinzu: »Eine Sache hat sie allerdings erwähnt. Sie sagte, ihr Vater hätte ihr etwas erzählt, das sie ihm erst nicht geglaubt hat, aber es hat sich dann doch als wahr herausgestellt.«

»Ach ja? Hat sie erwähnt, worum es ging?«

»Nein. Ich habe sie gefragt, und ich glaube, sie hätte es mir um ein Haar erzählt, aber dann hat sie es doch abgetan.«

Penrose hätte darauf gewettet, dass es um Marjories Familiengeschichte ging. Anscheinend hatte Celia Bannerman recht – die Information musste von Jacob Sach persönlich gekommen und von Marjories Nachforschungen bestätigt worden sein. Falls Josephines Verdacht sich bestätigen sollte, dürfte das ein herber Schlag für Nora Edwards gewesen sein, und er fragte sich, ob sie bereits festgenommen worden war. Falls sein Flüchtigkeitsfehler ihr Zeit gegeben hatte, erneut zu verschwinden, könnte er sich direkt an sein Kündigungsschreiben setzen. »Was wissen Sie über Marjories Mutter?«, fragte er.

»Ich weiß, dass Marjorie von ihren Eltern nicht sonderlich beeindruckt war. Sie hatten wohl nicht viel füreinander übrig.«

Er entschied, dass er nichts zu verlieren hatte, indem er Mary Size über die Geschichte der Familie Baker in Kenntnis setzte; seine Quelle behielt er jedoch für sich. Erstaunen legte sich über ihr Gesicht, und er sah ihr an, dass sie hundert Fragen hatte, gleichzeitig jedoch wusste, dass jetzt nicht der richtige Zeitpunkt war, ihre Neugier zu befriedigen. Am Ende sagte sie lediglich: »Ihre Nachforschungen und die Miss Teys sind also nicht so strikt voneinander getrennt, wie ich dachte. Wie seltsam, dass diese Pfade sich kreuzen.«

»Das stimmt. Fällt Ihnen irgendjemand ein – egal, ob Mitarbeiterin oder Häftling –, der von der Verbindung zwischen den Bakers und den Sachs gewusst haben könnte?«

»Nur, falls es als Tratsch weitergegeben wurde. Als ich Miss Teys Anfrage bekommen habe, habe ich genau geprüft, ob ihr hier jemand weiterhelfen könnte, aber ich hatte kein Glück. Celia könnte es wissen, aber von ihr haben Sie es wahrscheinlich überhaupt erst erfahren, oder?« Er nickte. »Sie können sich natürlich gerne mit jedem hier unterhalten, aber ich kann Ihnen leider keine Abkürzung bieten. Sie glauben anscheinend, dass ihr Tod mit ihrer Herkunft zu tun hat?« Er nickte erneut. »Sie haben sicher recht, aber eins kann ich Ihnen sagen: Marjorie wird ähnlich viel Interesse daran gehabt haben, die Wahrheit ans Licht zu bringen, wie ihre Eltern. So eine Schande breitet sich leider aus, und Marjorie wusste sehr gut, wie schwierig es ist, sich von den Schatten alter Sünden zu lösen.« Penrose stimmte ihr zu, hielt es jedoch nicht für ausgeschlossen, dass die Panik es Nora Edwards erschwert hatte, wohlüberlegt zu handeln. »Das war jedenfalls ein echter Neustart für Marjorie«, sagte Mary Size.

»Bei Motley?«

»Ja. Mir ist es am wichtigsten, was aus den Frauen wird, wenn sie Holloway verlassen. Wir bereiten sie auf die Außenwelt vor, so gut wir können, bieten Nachhilfe im Kochen, Kinderversorgung oder Haushalt, aber Leute wie die Motleys helfen uns dabei, einen echten Unterschied zu machen.« Er lächelte. »Kennen Sie Lettice und Ronnie?«

»In der Tat, die beiden sind Cousinen von mir.«

»Ach, wirklich? Da sind sie sicher froh, dass Sie ihnen in dieser Situation beistehen. Nachdem ich den ersten Schreck verdaut hatte, habe ich direkt an die beiden gedacht. Wie furchtbar, mit so etwas zurechtkommen zu müssen – so ein grauenhafter Tod unter ihrer Aufsicht.« Sie sprach von Lettice und Ronnie, als wären sie persönlich für Marjorie verantwortlich gewesen, und in gewisser Weise stimmte das wohl. Mary Size fuhr fort und wiederholte dabei unwissentlich, was schon Celia Bannerman gesagt hatte. »Was ich eigentlich sagen wollte: Ohne sinnvolle Arbeit, ohne Einkommen und die Möglichkeit, seinen eigenen Weg zu gehen, ist die menschliche Existenz überflüssig, und für ehemalige Häftlinge ist das besonders schwierig, vor allem für die jüngeren. Sie werden von Arbeitgebern systematisch benachteiligt, von Kolleginnen gepiesackt und von verbitterten Polizisten bloßgestellt. Nehmen Sie mir das nicht übel.«

»Tue ich nicht. Ich kenne das Problem.«

»Früher haben wir uns daran aufgerieben, aber jetzt konzentrieren wir uns auf ein paar fortschrittliche Organisationen, die wirklich etwas Gutes tun wollen, und es lohnt sich. Kurz nach dem Krieg konnten wir im Durchschnitt hundertfünfzig Gefangenen eine Stelle bieten, dieses Jahr sind es zweihundertfünfzig. Menschen wie Ihre Cousinen und Celia im Cowdray Club haben es uns ermöglicht.«

»Wie gefällt es Ihnen im Club? Ich dachte ja nicht, dass Sie so viel Freizeit haben.«

»Oder dass ich sie in einer anderen Anstalt voller Frauen verbringen würde?« Erneut kam er in den Genuss ihres Lachens. »Das habe ich auch nicht, aber so ein Tapetenwechsel ist ab und zu durchaus wohltuend. Außerdem kann ich dort wertvolle Kontakte knüpfen, deswegen sitze ich auch im Gremium. Einige unserer Schwestern waren auf dem College, und viele Mitglieder sind in der Strafentlassenenhilfe aktiv. Wenn man zynisch sein wollte, ist es ein fruchtbarer Jagdgrund für Frauen mit zu viel Zeit und Geld, und Celia unterstützt mich ungemein – sie ist eine von uns, die auf die andere Seite gewechselt ist, und die freiwilligen Helferinnen finden das toll. Und das Essen ist natürlich auch hervorragend.«

»Haben Sie gestern im Club zu Abend gegessen?«

»Was für eine charmante Art, sich nach meinem Alibi zu erkundigen. Nein, ich war hier. Ich bin direkt nach meiner Anprobe zurückgekommen, weil wir etwas Ärger im Krankenflügel hatten. Das können Ihnen zahlreiche Leute bestätigen.«

»Hatte Marjorie irgendetwas mit dem Club zu tun, von den Vorbereitungen für die Gala mal abgesehen?«

»Nicht, dass ich wüsste. Gestern Mittag bin ich ihr zufällig begegnet, als sie etwas abgeliefert hat, und sie schien sich sehr wohlzufühlen. Dieser furchtbaren Timpson hat sie jedenfalls die Stirn geboten.«

»Ach ja? Inwiefern?«

»Ach, sie ist schrecklich hochnäsig und kann es nicht ausstehen, wenn Leute wie Marjorie ihren Platz nicht kennen, und Marjorie hat es ganz offensichtlich Spaß gemacht, dass sie das gleiche Recht hatte, dort zu sein, wie Timpson.«

»Aber es wirkte nicht rachsüchtig?«

»Absolut nicht. Ein bisschen frech vielleicht, aber ich kann es ihr nicht verdenken. Ich habe sie sogar dazu ermutigt.«

»Ich weiß nicht, ob Sie darüber Bescheid wissen, aber einige Mitglieder des Gremiums haben unschöne Briefe erhalten.«

»Ja, ich auch.«

»Wirklich? Auf Miss Bannermans Liste stand davon nichts.«

»Ich habe mir nicht die Mühe gemacht, ihn zu melden. In meiner Position bekommt man eine Menge Post, hauptsächlich freundlich und namentlich unterschrieben, aber nicht immer. Ich habe ihn direkt zerstört.«

»Darf ich fragen, worin es darum ging?«

»Natürlich. Angeblich sei meine Anstellung hier nur der Vetternwirtschaft im Innenministerium geschuldet.«

»Glauben Sie, dass Marjorie hinter diesen Briefen gesteckt haben könnte?«

Sie zögerte keine Sekunde. »Nicht im Geringsten. Zumindest nicht hinter meinem. Das war einfach nicht ihr Stil. Wenn Marjorie ein Problem mit jemandem hatte, hat sie es derjenigen ins Gesicht gesagt, und das Innenministerium ging ihr auch am Allerwertesten vorbei.«

»Wie sieht es mit der Freundschaft zu Lucy Peters aus? Ging das im Gefängnis los, oder kannten die beiden sich schon vorher?«

»Sie haben sich hier kennengelernt. Lucy ist allerdings ein ganz anderer Fall, ein Opfer, und das konnte man von Marjorie nie behaupten, zumindest nicht bis heute.«

»Wofür saß Lucy?«

»Sie hat ihre Arbeitgeber bestohlen. Natürlich hat sich erst nach drei Monaten hier herausgestellt, dass ihr Arbeitgeber ihr auch etwas gestohlen hatte, beziehungsweise sein Sohn. Ich weiß ja, dass es keine Entschuldigung ist, aber sie ist nicht die Hellste, und sie war absolut nicht in der Lage, mit einer Haftstrafe oder einer Schwangerschaft zurechtzukommen. Beides auf einmal hätte zur Katastrophe führen können, daher habe ich Marjorie gebeten, sie im Auge zu behalten.«

»Und dazu war sie bereit?«

»Ja, ich hätte sie wahrscheinlich nicht einmal fragen müssen. Marjorie hat immer erkannt, wenn jemand verletzlich war.« Penrose konnte sich nicht des Gedankens erwehren, dass Marjorie jemandes Verletzlichkeit mit tragischen Konsequenzen unterschätzt hatte, doch er schwieg. »Haben Sie schon mit Lucy gesprochen?«, fragte Miss Size.

»Nein. Als wir in den Club kamen, war sie mit ihrer Tagesschicht schon fertig.«

»Also weiß sie wahrscheinlich noch gar nicht, dass Marjorie tot ist.«

»Wir reden mit ihr, sobald sie heute Abend zurückkommt, und ich sorge dafür, dass sich jemand um sie kümmert.«

»Ja, die beiden standen sich so nahe. Können Sie ihr bitte ausrichten, dass sie jederzeit zu mir kommen kann?«

»Natürlich. Hätte Marjorie Lucy gedeckt?«

»Da bin ich mir recht sicher. Wieso?«

»Im Club wurden einige Diebstähle gemeldet. Einer der Gegenstände wurde bei Marjories Leiche gefunden.«

»Was war es?«

»Ein kleiner Silberrahmen.«

»Und das Foto?«

»Wie bitte?«

»Was war auf dem Foto?«

»Ein Frau mit ihrem Kleinkind.«

»Das hat Lucy also gestohlen. Der materielle Wert des Bilderrahmens war nur ein Zufall. Der Schmerz, den eine Mutter spürt, wenn sie ihr Kind aufgibt, ist durchaus eine Art von Trauer, aber nicht so wie bei einem Todesfall. Es gibt keine Sicherheit, keine Rituale wie etwa eine Beerdigung, mit denen man den Heilungsprozess beginnen könnte. Wenn man sein Kind zur Adoption freigibt, gibt man auch das Recht auf, mehr über es zu erfahren, und das ist für viele Frauen sehr schwierig. Lucy hat sehr darunter gelitten – offensichtlich leidet sie noch immer. Aber Marjorie würde sie auf jeden Fall beschützen.«

Kein Wunder, dass Josephines Manuskript Lucy derart aufgewühlt hatte, dachte Penrose. »Wie läuft der Adoptionsprozess hier ab? Werden die Mütter dazu ermutigt, ihre Kinder aufzugeben?«

»Nein, das bleibt ganz ihnen überlassen. Die Kinder kommen im Krankenflügel zur Welt, und die Mütter erhalten Vorsorgeuntersuchungen und im Anschluss viel Unterstützung. Bei ihrer Entlassung bekommt jede Mutter einen Satz Kleider für ihr Kind. Das ist zwar nicht viel, aber es hilft.«

»Und wenn die Mutter das Kind aufgeben will?«

»Dann sorgen wir dafür, dass es so schmerzlos wie möglich ist. Dabei helfen uns unsere Freiwilligen, und die Wärterinnen kümmern sich um das Wohlergehen der Insassin.«

Wie sehr sich die Dinge seit Lizzie Sachs Adoption geändert hatten, dachte Penrose; wäre Celia Bannerman die Norm gewesen, wäre die Unterstützung vor dreißig Jahren so offen und umfassend gewesen wie heute, hätte sich womöglich zumindest eine Tragödie vermeiden lassen. »Miss Bannerman muss als Wärterin ihrer Zeit voraus gewesen sein«, sagte er, doch es klopfte an der Tür, bevor sie etwas darauf antworten konnte.

»Störe ich?«, frage Josephine.

»Überhaupt nicht«, erwiderte er. »Wir sind fast fertig.«

»Hat Cicely Ihnen alles gezeigt, was Sie sehen wollten?«, fragte Mary Size und bot ihr einen Platz an. Sie musterte Josephines Miene und sagte mitfühlend: »Der erste Besuch ist immer etwas verstörend.«

»Ja, das stimmt, aber nach allem, was Cicely mir erzählt hat, war es vor dreißig Jahren noch viel schlimmer. Sie ist wunderbar. Stehen alle Angestellten den Veränderungen so offen gegenüber wie sie?«

»Himmel, nein. Ich wollte es Inspector Penrose gerade erzählen – einige der Dienstälteren sind in ihren Gewohnheiten sehr festgefahren und der Meinung, dass wir die Frauen nicht bestrafen, sondern ihnen einen Urlaub bieten, aber die neueren Kolleginnen sind da offener, und das Verhältnis verschiebt sich mit jedem Ruhestand. Es besteht Hoffnung, solange die Mädchen geduldig auf ihre Beförderung warten können. Ich habe den Grund dafür zwar noch nie verstanden, aber wir dürfen niemanden wegen Inkompetenz feuern.«

»Damit sind Sie nicht allein.« Penrose lächelte. »Aber ich kann gut verstehen, wie frustrierend es für Miss Bannerman gewesen sein muss, in einem so verknöcherten System zu arbeiten.«

»In der Tat. Die meisten Wärterinnen ihrer Generation würden Ihnen wahrscheinlich immer noch sagen, ich betüddele die jungen Frauen, aber wenn Celia heute hierher zurückkehren würde, gehörte sie zur Mehrheit. Ich würde sie mit offenen Armen willkommen heißen, aber leider ist sie in ihrer derzeitigen Stelle zu gut.«

»Sie bewundern sie offensichtlich, aber sie hat mir erzählt, dass sie als Vollzugsbeamtin für mangelhaft befunden wurde, da sie sich nicht ausreichend abgrenzen konnte.«

Josephine sah ihn überrascht an, doch Mary Size lächelte lediglich. »Das würde ich bestreiten, nach allem, was mir zu Ohren gekommen ist. Im Gefängnis wimmelt es von beschädigten Leben und zerstörter Hoffnung, das ist heute nicht anders als vor dreißig Jahren, und Celias Fehler bestand darin, dass sie sich zu sehr auf das Individuum konzentriert hat statt auf das System. Ich glaube, ihr Mangel an Distanz hat ihr mehr geschadet als den Gefangenen.« Sie wandte sich an Josephine. »Ich weiß, dass Sie sich mit Celia über Holloway unterhalten haben, aber sie war nicht typisch für ihre Zeit. Wenn Sie darüber schreiben wollen, wie es im Gefängnis wirklich war, sollten Sie mit dem anderen Extrem reden, Ethel Stuke zum Beispiel.«

»Ich dachte, sie wäre tot.«

»Ethel?«

»Ja, Celia meinte, sie wäre im Krieg bei einem Zeppelinangriff ums Leben gekommen.«

»Glauben Sie mir, da hätte der Zeppelin schlechte Karten gehabt. Ethel ist eine echte Naturgewalt. Nein, als ich angefangen habe, hat sie noch hier gearbeitet, ist aber kurz darauf verschwunden.« In ihrer Stimme schwang Stolz mit, und er passte hervorragend zu dem Funkeln in ihrem Blick. »Soweit ich weiß, erfreut sie sich bester Gesundheit und wohnt in Suffolk. Ihre Anschrift haben wir irgendwo in den Akten. Celia hat wahrscheinlich eine andere Wärterin gemeint. Es gab drei Tandems, die sich um die Todeskandidatinnen kümmerten.«

»Haben Sie die Personalunterlagen von Celia Bannerman aufbewahrt?«, wollte Penrose wissen.

»Unser Archiv reicht bis zur Umstellung auf ein reines Frauengefängnis zurück, also nehme ich an, dass sie noch irgendwo sind. Darf ich fragen, wozu Sie sie brauchen?«

»Sie ist die Hauptverbindung zu Sach, und ich habe mich gefragt, ob in ihrer Akte vielleicht irgendetwas steht, das uns weiterhelfen könnte.«

»Wenn Sie einen Moment Geduld haben, können Sie das direkt überprüfen.« Sie griff nach dem Telefonhörer. »Smithers? Kommen Sie bitte kurz in mein Wohnzimmer.« Kurz darauf stand sie in der Tür. »Das hier ist Detective Inspector Penrose. Würden Sie ihn bitte ins Büro bringen und im Archiv nach der Akte von Celia Bannerman suchen? Sie war 1902 Wärterin hier. Und geben Sie ihm bitte auch Ethel Stukes Adresse.«

Penrose nahm sich die zwei Ordner. »Die hier schicke ich so schnell wie möglich zurück.«

»Danke. Haben Sie etwas dagegen, wenn ich mich noch kurz mit Miss Tey unterhalte? Ich halte sie auch nicht lange auf, ich weiß ja, wie viel Sie zu tun haben.«

Er sah zu Josephine, die nickte und wieder Platz nahm. »Dann warte ich unten. Vielen Dank, dass Sie sich die Zeit genommen haben, Miss Size.«

»Ich weiß nicht, wie sehr ich Ihnen geholfen habe, aber keine Ursache.«

»Sie haben mir dabei geholfen zu verstehen, was passiert, wenn meine Arbeit zu Ende ist«, sagte er. »Manchmal glaube ich, dass wir uns nicht ausreichend der Konsequenzen unserer Taten bewusst sind.«

Er ging davon, und Mary Size wandte sich an Josephine. »Miss Tey ...«

»Nennen Sie mich bitte Josephine«, erwiderte sie. »Aber dürfte ich zuerst Sie etwas fragen?«

»Nur zu.«

»Marta Fox – wie ist sie hier zurechtgekommen?«

Mary Size wirkte überrascht, widerstand jedoch der Versuchung, Josephines Frage mit einer Gegenfrage zu beantworten. »Das eigentliche Wunder besteht darin, dass sie überhaupt zurechtgekommen ist«, antwortete sie leise. »Ich besuche jede Gefangene innerhalb ihrer ersten Stunden hier, und anfangs hatte ich Angst um Marta. Das war keine Überraschung, nach allem, was sie durchmachen musste – eine gewalttätige Ehe, der Verlust ihrer Kinder unter unvorstellbaren Umständen, so viele Enthüllungen, mit denen sie unmöglich ins Reine kommen konnte –, aber ich glaube, ich habe noch nie einen so leeren Menschen gesehen. An Schuldgefühle und Selbstvorwürfe bin ich gewöhnt, sogar an Verzweiflung, und damit kann ich umgehen. Aber diese Leere, diese völlige Gleichgültigkeit demgegenüber, was aus einem wird, das ist sehr schwierig, und es hat eine ganze Weile angehalten. Sie hat sämtliche Besucher abgelehnt und ihre Briefe ungelesen zurückgeschickt, aber das wissen Sie wahrscheinlich schon.«

Josephine nickte. »Und wie hat es sich verändert? Hat es sich überhaupt verändert?«

»Ja, nach und nach. Zwei Dinge haben ihr geholfen. Zum einen die Gärten – sie schien dort Frieden zu finden, Frieden statt Leere. Und das Schreiben. Ich weiß zwar nicht, woran sie gearbeitet hat, aber ich glaube, sie hat sich zurück zum Bewusstsein geschrieben.«

»Und jetzt? Wie fühlt es sich an, am anderen Ende wieder hervorzukommen?«

»Sind Sie eigentlich deswegen hier? Um zu verstehen, was sie durchgemacht hat?«

»Um es zu wissen, vielleicht. Ich bezweifle, dass ich es jemals verstehen könnte. Aber ich hätte gern eine Vorstellung davon, was sie jetzt braucht.«

»Jedenfalls nichts, wobei sie die Entlassenenhilfe unterstützen kann. Ich bin keine Psychologin, aber ich würde behaupten, Marta braucht etwas oder jemanden, auf den sie sich verlassen kann. Etwas, das ihr nicht entrissen wird. Und am allerwichtigsten, Sicherheit.« Ihr Telefon klingelte. »Wir kommen sofort«, sagte sie. »Sie werden am Tor erwartet. Dann werde ich Sie jetzt nicht mit der Gefängnisreform belästigen, anscheinend haben Sie ja Ihr eigenes Rehabilitationsprojekt. Aber denken Sie doch bitte darüber nach, und falls Sie mit mir sprechen wollen, egal worüber, wissen Sie ja, wie Sie mich erreichen können. Nächstes Mal dann aber lieber bei einem Drink im Club.«

»Und wir sehen uns am Montag bei der Gala.«

»Davon können Sie ausgehen. Ich hatte allerdings kurz überlegt, die Veranstaltung zu boykottieren. Ich bin stinkwütend auf Celia, weil sie Noël und Gertie bekommen hat. Jetzt muss ich bei der Spendensammlung eine Schippe drauflegen. Vielleicht könnten Sie ja irgendwo ein gutes Wort für mich einlegen?«

Josephine lächelte. »Ich schaue mal, was ich tun kann.«

»Wunderbar. Und falls es passt, richten Sie Marta bitte viele Grüße von mir aus.«

»Glaubst du wirklich, Celia Bannerman meinte eine andere Wärterin?«, fragte Archie, während er auf eine Lücke im Verkehr der Camden Road wartete.

»Wie bitte? Nein, absolut nicht. Ich bin mir sicher, sie hat Ethel Stuke gesagt. So einen Namen würde ich mir nicht ausdenken.«

»Aus dem Mund der Schöpferin von Ray Marcable.«

Sie lachte. »Das ist was anderes. In Detektivromanen darf man sich lächerliche Namen ausdenken, es wird sogar fast erwartet. Nein, Celia muss sich getäuscht haben. Es war ja auch so gut wie unmöglich, nach dem Karrierewechsel auf dem Laufenden zu bleiben. Hast du die Adresse von Ethel Stuke?«

»Ja. Vielleicht brauche ich sie noch, wenn aus Edwards nichts wird. Wohin gehst du jetzt? Zurück zum Club?«

»Ja, sieht so aus«, erwiderte sie, wobei der Nachtzug nach Inverness durchaus verlockend wirkte. »Für ein Gläschen hast du wahrscheinlich keine Zeit, oder?«

»Leider nicht. Ich muss zurück zum Yard. Hoffentlich ist Edwards mittlerweile dort.«

»Ich finde sie ja faszinierend. Für mich ist sie die interessanteste Person in dem ganzen Fall. Ich muss dich wahrscheinlich gar nicht erst bitten, bei der Befragung dabei sein zu dürfen?«

»Nein, musst du nicht.«

»Bill würde es mir erlauben.«

»Und deswegen ist Bill auch immer noch Sergeant.«

»Glaubst du wirklich, sie hat Marjorie umgebracht?«

Archie überlegte, wobei er den ganzen Tag kaum an etwas anderes gedacht hatte. »Sie ist auf jeden Fall die Hauptverdächtige. Sie hat ein Motiv und kein Alibi, und die Art und Weise des Mordes passt zu der Eifersucht, die sie angeblich gegenüber ihrer Tochter verspürte. Und ihre Reaktion auf die Nachricht war sehr merkwürdig.«

»Aber du bist dir nicht sicher?«

»Tief drinnen nicht, nein. Aber ich verspreche dir etwas. Wenn sie keine Verbindung zu dem Mord hat, frage ich sie, ob sie mit dir sprechen würde. Meinst du wirklich, ich kann dich nicht irgendwo absetzen, wo es etwas netter ist als im Cowdray Club?«

»Ach, so schlimm ist es gar nicht, und Ronnie und Lettice sind womöglich noch da. Wenn nicht, gehe ich mir vielleicht nachher noch einen Film ansehen. Anscheinend muss ja irgendjemand Geraldine auf der richtigen Bahn halten.«

»Willst du nicht lieber zum Holly Place?«

Sie sah ihn entsetzt an. »Wie hast du die Adresse auf dem Brief entziffert?«

»Habe ich gar nicht, ich habe bloß Martas Handschrift wiedererkannt. Mir hat sie ein paar Wochen nach ihrer Entlassung auch geschrieben. Gott sei Dank nicht so ausführlich wie dir, ihre Klaue ist wirklich unmöglich. Sie hat sich nur bedankt. So wie du nach deiner Führung ausgesehen hast, hat sie dafür anscheinend nicht allzu viele Gründe.«

»Da bin ich mir nicht so sicher. Sie wurde wegen Beihilfe zum Mord verurteilt, und es war äußerst großzügig, was du für sie getan hast.«

»Ich habe das Richtige getan, mehr nicht. Sie hat niemanden umgebracht und wurde übel ausgenutzt, und zwar von sämtlichen Menschen in ihrem Leben, wenn ich das richtig sehe.«

»Trotzdem hat sie es dir schwer gemacht, und ich habe dir auch nicht gerade geholfen.«

»Ich bin nicht für meinen persönlichen Vorteil bei der Polizei.«

Sie starrte aus dem Fenster und war froh, dass Archie das Thema angesprochen hatte. Sie war sich allerdings nicht sicher, wie viel sie ihm erzählen sollte. »Wieso hast du mir nicht gesagt, dass sie sich bei dir gemeldet hat?«, wollte sie wissen.

»Weil ich dachte, sie würde sich auch bei dir melden, und wenn nicht, hätte es keinen Sinn, das alles wieder aufzuwärmen.« In Camden Town fuhr er links ran, ignorierte das wütende Hupen seines Hintermanns und sah sie aufrichtig besorgt an. »Also, wie sieht es aus? Holly Place oder Cowdray Club?«

»Zum Cowdray Club«, erwiderte Josephine rasch. »Ich bin noch nicht bereit, mit Marta zu reden.«

(OHNE TITEL)
VON JOSEPHINE TEY
ERSTER ENTWURF

GEFÄNGNIS HOLLOWAY, MITTWOCH, 14. JANUAR 1903

Am Vorabend ihres Prozesses saß Amelia Sach in ihrer Zelle und wartete auf Neuigkeiten über das Schicksal einer anderen Frau. Eleanor Vales Gerichtstermin war das Gesprächsthema Nummer eins unter den Gefangenen, aber Amelia hatte bessere Gründe als die meisten, gespannt des Urteils zu harren: Die Ähnlichkeit ihrer Fälle – noch immer weigerte sie sich, von »Verbrechen« zu reden – war unleugbar, und sie hoffte, aus Vales Behandlung darauf schließen zu können, wofür sie sich wappnen musste.

Sie fröstelte – ob es an der Kälte oder der Anspannung lag, konnte sie nicht sagen. Im Winter bestand die Gefängniskleidung aus einem Baumwollkleid, einer dünnen Weste und einer Unterhose aus verwaschenem Kattun sowie einer groben, schwarzen Wollstrumpfhose mit faustgroßen Löchern. Sie wusste nicht, ob die trostlose Uniform ein Sommerpendant hatte oder absichtlich zu keiner Jahreszeit so richtig passte, und sie betete dafür, es herausfinden zu dürfen. Noch vor zwei Monaten hätte sie nie geglaubt, die unmenschliche Behandlung in Holloway könne das geringere zweier Übel sein, doch um ihrer Tochter willen klammerte sie sich mit aller Kraft ans Leben. Das letzte bisschen Wärme sickerte aus ihrem Körper in den steinernen Boden, doch sie konzentrierte sich auf die Kälte wie auf ein Gegengift zu dem brennend heißen Schmerz, der sie durchfuhr, wenn sie daran dachte, dass sie Lizzies viertes Weihnachtsfest verpasst hatte und womöglich noch zahlreiche weitere verpassen würde. Ihre Tochter fehlte ihr mehr als ihre Freiheit. Der Kummer um ein verlorenes Kind und das Geräusch einer weinenden Mutter in der Nacht waren ihr ins Herz gebrannt, gehörten zum

Muster des Lebens, das sie sich ausgesucht hatte. Zum ersten Mal verstand sie, wie es sich anfühlte.

Seit sie Holloway betreten hatte, war Lizzies Zukunft ihre oberste Priorität gewesen, und es hatte nicht lange gedauert, bis sie eine Verbündete gefunden hatte. Celia Bannerman war jünger als die meisten anderen Wärterinnen und noch nicht lange genug in Holloway, um sich dessen Zynismus zu eigen zu machen. Außerdem hatte sie noch nicht gelernt, ihr Entsetzen über die Behandlung bestimmter Insassinnen zu verbergen, und schon bei ihrem ersten Kennenlernen wusste Amelia, dass sie Celias Mitgefühl zu ihrem Vorteil würde nutzen können. Sie hatte mit dem Gedanken gespielt, sie dafür zu bezahlen, dass sie sich um Lizzie kümmerte, spürte jedoch, dass dies nicht die richtige Herangehensweise war, da Celias Schwäche auf dem Wunsch beruhte, Gutes zu tun. Falls nötig, könnte sie diese Schwäche ausnutzen. Amelia glaubte zwar immer noch fest daran, dass sie vor Gericht gewinnen würde, doch der Gedanke, Lizzie im Zweifel nicht gänzlich ihrem Vater aussetzen zu müssen, war tröstlich.

Es wurde allmählich spät, doch sie war zu nervös, um sich auszuruhen. Außerdem war das Bett zu unbequem, und sie kämpfte mit einer Erkältung. Der grobe, blaue Umhang, den sie bei Bewegung an der frischen Luft tragen sollte, starrte am Kragen vor Fett und Schmutz der vorherigen Besitzerin, weshalb Amelia ihn mehrfach geschrubbt hatte. Sie zitterte lieber in nasser Kleidung, als schmutzige zu tragen, und ihre Hände waren so rissig, dass sie an mehreren Stellen bluteten. Sie hatte um Salbe gebeten, doch Stuke hatte nur gelacht; schließlich hatte Bannerman ihr erklärt, das Fett auf heißer Schokolade eigne sich bestens als Mittel, und sie schöpfte es jeden Abend auf einen Teller ab und rieb sich damit die Hände ein. An Fett mangelte es in Holloway nicht: Ein dünner Film davon überzog alles, was sie berührte.

Immerhin durfte sie morgen vor Gericht normale Kleidung tragen. Dabei wusste sie jetzt schon, dass sie sich darin wie eine Fremde fühlen würde: Auch die letzten Spuren ihrer Weiblichkeit waren im Laufe der letzten sieben Wochen systematisch und effizient ausradiert worden. Sie stellte sich ihr Haar vor, das so lange nicht gepflegt worden war, erkannte an ihrem Kragen, dass ihre Kopfhaut trocken und schuppig war, und wusste, dass ihre Haut im grellen Licht des Gerichtssaals kränklich und fahl aussehen würde. Wenig überraschend hatte sie an Gewicht verloren, und, da sie sich vorkam wie ein liederliches Frauenzimmer unter vielen, auch ihre Selbstachtung. Was für einen Eindruck würde sie auf die Geschworenen machen, wenn sie so schrecklich aussah, wie sie sich fühlte? Bisher war sie dankbar für das Fehlen eines Spiegels gewesen, morgen jedoch bräuchte sie alles, was ihr zu einer respektablen Präsenz verhelfen könnte.

Vom Korridor erklang ein Geräusch, und Amelia sprang auf, um an ihre Tür zu hämmern. Sie war erleichtert, als Celia Bannerman sie öffnete. »Und?«, fragte sie. »Was hat Vale bekommen?«

»Zwei Jahre Zwangsarbeit«, erwiderte Celia; der Geist eines Lächelns umspielte ihre Lippen, oder zumindest kam es Amelia im Flackern der Gaslampe so vor. Die Erleichterung, die sie überwältigte, war so heftig, dass sie kaum Luft bekam. Zwangsarbeit – was sollte schlimmer sein als diese Stunden des Wartens, des Ratens über ihre Zukunft? Nur zu gerne würde sie im strömenden Regen Kohleneimer füllen oder literweise kochend heiße Flüssigkeiten über drei Stockwerke schleppen, solange sie danach ihre Tochter wiedersehen dürfte. »Danke«, sagte sie leise.

»Sie haben es also gehört.« Ethel Stuke tauchte hinter Bannerman auf und grinste Amelia spöttisch an. Sie trug eine dunkelblaue Haube, deren Schnüre auf beiden Seiten ihres langen Gesichts herabhingen, klirrte mit den Schlüsseln und Ketten an ihrer Hüfte und erinnerte Amelia dabei an eine Figur von Charles Dickens, die ihren Termin an Weihnachten verpasst hatte, die Warnung aber unbedingt trotzdem überbringen wollte. »Machen Sie sich keine Hoffnungen, Sach. Ihr Fall ist völlig anders. Vale hat niemanden umgebracht.«

»Ich auch nicht. Die Geschworenen werden das verstehen.« Amelia versuchte, sich ihre Zweifel nicht anhören zu lassen.

Stuke lachte verächtlich. »Nicht, wenn Darling mit denen durch ist. Er wird nicht ohne Grund Galgenrichter genannt.« Sie ging zu Amelia, die sich aufs Bett gesetzt hatte, und richtete ihren Kragen, wobei sie ihr kurz die Hand an den Nacken legte. Die Bedeutung der flüchtigen Geste war deutlich, und Amelia spürte Panik in sich aufsteigen. »Wie dem auch sei«, fuhr Stuke fort. »Vale hatte Glück mit dem Staatsanwalt, der hat das Ganze an die Wand gefahren.« Sie hielt inne, damit ihre Worte ihre volle Wirkung entfalten konnten. »Das Problem ist, dass er Sie verteidigen wird. Schlafen Sie gut, Mrs Sach.«

Sie schob Bannerman vor sich aus der Zelle, und die Tür fiel hinter ihnen ins Schloss. Die Schritte entfernten sich, und Amelia lauschte, wie die Rufe nach Aufmerksamkeit weiter unten vor Erschöpfung schwächer wurden und schließlich ganz verstummten. Allein durch Stukes Worte war sie viel zu verängstigt, um selbst zu schreien.

11

Sylvia Timpson wirkte erst argwöhnisch, dann entsetzt, als sie am Samstagmorgen ihre Haustür öffnete und Fallowfield davorstand. In der Vorstadtenge der Westcott Road waren Polizisten offensichtlich ebenso unwillkommen wie im Campbell Bunk, denn sie zerrte ihn praktisch über die Schwelle ihres Reihenhäuschens und baute sich dann so im Flur auf, dass er es ohne Erklärung nicht weiter schaffen würde.

»Ich hätte ja gedacht, dass sich alle weiteren Fragen zu diesen unangenehmen Zwischenfällen im Club klären lassen. Ich finde es nicht schön, in meinem eigenen Zuhause gestört zu werden.«

Fallowfield lächelte höflich. »Leider geht es um einen anderen unangenehmen Zwischenfall, Mrs Bishop.« Sie reagierte überrascht darauf, dass er ihren Ehenamen benutzte. »Marjorie Baker wurde gestern Nacht ermordet, und ich muss Ihnen ein paar Fragen stellen.«

Zuerst schien sie den Namen nicht zuordnen zu können, dann sagte sie: »Die Kleine von Motley? Sie war gestern Mittag im Club. Aber wieso müssen Sie deswegen mit mir sprechen?«

»Wir sprechen mit allen, die sie am Freitag gesehen haben«, erwiderte Fallowfield unverbindlich. »Dürfte ich wohl kurz reinkommen?«

»Ja, natürlich.« Sie führte ihn durch ein anscheinend ungenutztes Wohnzimmer, in dem ihm lediglich das Foto einer jungen Frau in Schwesterntracht ins Auge fiel, die vor dem Krankenhaus St Thomas stand. Sie bemerkte seinen Blick. »Das ist so lange her, dass ich mich selbst kaum noch erkenne.« In ihrer Stimme lag unverhohlene Bitterkeit.

»Sie waren Krankenschwester – sind Sie darüber im Cowdray Club gelandet?«

»Ob ich deswegen dort vor mich hinsieche, meinen Sie? Ja. Ich habe meine Karriere verloren, weil ich so dumm war zu heiraten. Jetzt darf ich die Post von Frauen sortieren, die schlauer waren als ich, die ihre Unabhängigkeit bewahrt haben, und von solchen, die zu reich oder zu adlig sind, als dass es einen Unterschied machen würde. Schon lustig, wie es im Leben manchmal läuft, nicht wahr?«

»Sie bereuen Ihre Ehe?«

»Ich war eins von den blauäugigen Mädchen, die sich im Krieg für die Verwundeten geopfert haben. Das war eine typische Soldaten-Schwestern-Ehe, so wie tausend andere. Wir hatten alle das Gefühl, wir müssten wiedergutmachen, was die Jungs durchgestanden haben, aber mehr waren sie auch nicht – Jungs, die sich eine Mutterfigur gewünscht haben. Am Anfang hat die Dankbarkeit sich noch gut angefühlt, aber das ließ schnell nach.« Ihre Beschreibung der Ehe war der ihres Mannes sehr ähnlich, bemerkte Fallowfield. »Aber was soll das alles mit Marjorie Baker zu tun haben?«

»Sie waren gestern im Dienst, als Miss Baker in den Club kam, richtig?«

»Das stimmt. Sie hat ein paar Sachen von Motley für Miss Bannerman abgeliefert.«

»Wie lange war sie da?«

»Ungefähr eine Viertelstunde.«

»Mit wem hat sie noch gesprochen?«

»Miss Size war da. Die beiden kannten sich natürlich schon.« Aus ihrem Ton ließ sich schließen, was sie von der Rehabilitierung ehemaliger Gefangener hielt. »Und Lady Ashby hat sich mal wieder in der Eingangshalle aufgeplustert.«

»Inwiefern?«

»Sie hat sehr deutlich gemacht, wie sehr sie sich auf ihre Anprobe freut, wenn Sie verstehen. Sonst war keiner hier. Baker wollte allerdings mit Lucy Peters sprechen, also habe ich ihr gesagt, sie soll draußen warten, bis Peters Pause hat. Wir können nicht zulassen, dass die Angestellten in der Lobby fraternisieren.«

»Also haben Miss Baker und Miss Peters sich unterhalten?«

»Ich gehe davon aus. Ich habe noch gesehen, wie Miss Baker auf einer der Bänke auf dem Platz gewartet hat.«

»Und sonst war sie nirgends im Haus oder hat sich mit jemandem im Club unterhalten?«

»Richtig.«

»War das die einzige Gelegenheit, bei der Sie sie gestern gesehen haben?«

Sie sah ihn scharf an. »Natürlich.«

Fallowfield nickte. »Nur noch ein paar Fragen. Wo waren Sie gestern Abend zwischen einundzwanzig Uhr und Mitternacht?«

»Hier.«

»Und kann Ihr Mann das bestätigen?«

Sie lachte auf, doch Fallowfield war sich nicht sicher, ob aus Gründen des Zorns oder der Erleichterung. »Da liegt der Hund also begraben. War Miss Baker einer der Seitensprünge meines Mannes? Geht es darum? Jetzt schauen Sie doch nicht so überrascht. Ihr Männer, immer haltet ihr zusammen wie Pech und Schwefel. Noch so ein Erbe des Krieges. Jedenfalls kann Lionel Ihnen das bestätigen, wir waren den ganzen Abend über zu Hause. Wir haben Radio gehört und sind gegen zehn ins Bett gegangen und haben den ganzen Abend über etwa drei Wörter miteinander gewechselt. Da haben Sie's, das Alibi, dessentwegen Sie hier sind.« Sie schien es fast zu bedauern, und Fallowfield zweifelte nicht daran, dass sie die Wahrheit sagte. »Lionel ist jedenfalls kein Mörder«, fügte sie hinzu. »Dafür fehlt ihm das Rückgrat.«

»In Ihrer Position sehen Sie sicher viel Kommen und Gehen, Mrs Bishop. Gibt es Ihres Erachtens im Club jemanden, der das entsprechende Rückgrat besitzt?«

»Mehrere, würde ich behaupten, wobei ich mir nicht vorstellen kann, dass eine Schneiderin, die gerade noch in Holloway saß, die Mühe wert sein soll. Haben Sie es mal auf der Straße versucht? Vielleicht eine ihrer Knastfreundinnen – am besten reden Sie mal mit Lucy Peters.«

»Das haben wir vor. Können Sie mir bitte sagen, was genau Marjorie gestern im Club abgeliefert hat?«

»Ein Päckchen mit Stoffproben und zwei Briefe, beide für Miss Bannerman.«

»Zwei Briefe?«

»Ja.«

»Hand- oder maschinenschriftlich?«

»Beide handschriftlich, aber nicht vom gleichen Absender. Einer war auffällig und mit Tinte geschrieben, der andere mit Bleistift und sah gewöhnlicher aus. Aber die Umschläge waren identisch.«

»Also kamen die beiden zusammen mit dem Päckchen von Motley?«

»Davon gehe ich aus.«

»Vielen Dank, Mrs Bishop. Sie haben mir sehr weitergeholfen. Ich halte Sie nicht länger auf.«

Sie brachte ihn zur Tür, und auf dem Weg spähte er in eines der Zimmer, das offenbar regelmäßig von den Bishops genutzt wurde. Auf einem Tisch stand eine Schreibmaschine, daneben lag ein Stapel Papier, doch die Tür wurde rasch zugezogen, bevor er noch mehr sehen konnte. »Nette Maschine«, sagte er beiläufig. »Haben Sie viel Korrespondenz zu erledigen?«

»Sie gehört meinem Mann«, erwiderte Sylvia Timpson schnell. »Er braucht sie für die Arbeit. Einen schönen Tag noch.«

Lucy saß an einem Ecktisch im Lyons auf der Oxford Street und sah zu, wie eine junge Frau ihr Kind aus dem Kinderwagen holte und es auf den Schoß nahm. Aus irgendeinem Grund schien es überall von Kindern zu wimmeln, wo Lucy hinging; manchmal folgte sie aus einem Impuls heraus einer Mutter mit einem Kind und fragte sich, ob es sich dabei um das kleine Mädchen handelte, das sie aufgegeben hatte. Normalerweise konnte sie sich einreden, dass ihr Verhalten dem natürlichen Wunsch geschuldet war, mehr über den Verbleib ihres Kindes zu erfahren; manchmal jedoch spürte sie, dass ihr das Wissen nicht reichen würde. Das Einzige, was ihrer herzzerreißenden Trauer Einhalt gebieten würde, wäre es, ihr Kind wieder auf dem Arm zu halten.

Die ständige Sehnsucht nach einer Sache, die sie ursprünglich gar nicht gewollt hatte, war merkwürdig. Der Gedanke an eine Schwangerschaft, als die Schande der Haftstrafe noch so frisch war, war zu traumatisierend, um direkt damit zurechtzukommen. Sie hatte sie so lange wie möglich verborgen und so getan, als wäre alles in Ordnung. Auf das Leugnen folgte die Angst. Sie wusste nichts über Schwangerschaften und Geburten und konnte niemanden fragen, also warf sie sich mit aller Kraft in die schwere körperliche Gefängnisarbeit und hoffte, irgendetwas würde passieren, um sie aus dieser Falle zu retten. Ironischerweise war es just das Gefühl der Isolation, das ihre Haltung zu ihrem Kind änderte: Allein in der schwersten Zeit ihres Lebens, wurde das Kind nach und nach zu dem einzigen Menschen, für den es sich zu leben lohnte, ihrem einzigen Freund in einer feindseligen Welt. Doch da war es schon zu spät: Sie hatte einer Adoption bereits zugestimmt und einen unumkehrbaren Prozess in Gang gesetzt.

Sie trank den letzten Schluck ihres Tees, an den sie sich über eine Stunde lang geklammert hatte, und kämpfte gegen die Schmerzen an, die sie jedes Mal heimsuchten, wenn sie an die Wochen vor der Geburt dachte, doch sogar noch acht Monate später waren die Erinnerungen grausam lebendig. Werdende Mütter sollten im letzten Schwangerschaftsmonat eigentlich in den Krankenflügel verlegt werden, aber als es für Lucy so weit war, waren alle Betten belegt, und sie war auf ihrer Zelle geblieben, wurde jede Nacht dort eingesperrt und hatte keine Möglichkeit, im Notfall um Hilfe zu rufen, von einer launischen Klingel einmal abgesehen. Ihre Panik wuchs bei dem Gedanken, das Kind könnte auf die Welt kommen, wenn sie allein war, doch am Ende wünschte sie fast, es wäre so gewesen. An der Geburt war nichts schön oder vertraut, und die Angestellten behandelten sie derart brutal, als hätten sie sich gemeinsam mit dem Kind dazu verschworen, sie für ihre Entscheidung zu bestrafen.

Im Anschluss durfte sie zwanzig Minuten mit ihrem Kind verbringen. Sie versuchte, sich ihre Züge einzuprägen, und wünschte, die Leute würden den dummen Mund halten, damit sie ungestört sämtliche Details dieses kleinen Teils von sich aufsaugen könnte, der ihr gleich entfernt würde. Die Gefühle waren ihr so neu, dass sie unmöglich darauf reagieren konnte, doch sie wusste noch, dass ihre Hände eiskalt gewesen waren und sie verzweifelt versucht hatte, sie aufzuwärmen, sodass die einzige Erinnerung ihrer Tochter an sie nicht die kalte, fremde Berührung wäre. Dann hörte sie, wie die Tür aufging, und wusste, dass jemand gekommen war, um sie voneinander zu trennen. Sie wollte es ignorieren und rutschte an die andere Seite des Bettes, drehte sich zur Wand, um ihr Kind zu beschützen, doch es nützte nichts. Aus irgendeinem absurden Grund hatte sie versucht zu lächeln, als sie sie wegnahmen, hatte nett aussehen wollen, so als wäre dieser Moment nicht nur auf ewig in ihr Gedächtnis eingebrannt, sondern auch in das ihres Kindes. Sie spürte, wie der Schrei in ihr aufstieg, bevor die Tür wieder zuging, und er war nie ganz verhallt.

Die Frau mit dem Kinderwagen stand auf, und Lucy folgte ihr auf die Straße. Sie ging in ein paar Schritten Entfernung hinter ihr her, und dann, als die Mutter vor einem der glitzernden Weihnachtsschaufenster stehen blieb, die die Oxford Street in warmes Licht tauchten, nutzte Lucy die Gelegenheit. Während die Mutter abgelenkt war, zog sie vorsichtig die Decke ein Stück hinunter, um sich das Gesicht des Kindes genauer anzusehen, doch sie hatte die Wachsamkeit der anderen Frau unterschätzt. Sie starrte Lucy entsetzt an und riss den Wagen an sich; Lucy wurde klar, wonach es ausgesehen hatte, und da sie nicht erklären konnte, dass sie bloß auf der Suche nach ihrem Kind war, tauchte sie in der Anonymität des Oxford Circus unter.

Durch den Eingang an der Henrietta Place schlüpfte sie in

den Cowdray Club und hoffte, sie würde die Küche erreichen, bevor jemand ihre Verspätung bemerkte. »Lucy, warte bitte kurz.« Celia Bannerman stand an dem geschnitzten halbkreisförmigen Balkon, der die Lobby vom Zwischengeschoss aus überblickte. »Ich will mich vor der Arbeit kurz mit dir unterhalten.«

Celia hatte lange darüber nachgedacht, was sie tun sollte, wenn Lucy Peters von ihrem freien Nachmittag zurückkehrte, und war zu dem Schluss gekommen, das Mädchen solle der Polizei nicht ohne sanfte Vorwarnung gegenübertreten. Sie zweifelte nicht daran, dass Lucy hinter den Diebstählen im Club steckte, und sie würde entsprechend diszipliniert werden müssen. Celia hatte jedoch angesichts all der anderen Vorfälle nicht vor, die Sache aus dem Ruder laufen zu lassen; Lucy war im besten Falle labil, und wer weiß, wozu sie in der Lage wäre, wenn ihr die Nachricht von Marjories Tod von einem unbekannten und gefühlskalten Beamten überbracht würde. Der Ruf des Cowdray Clubs stand auf dem Spiel, und dessen Wahrung war ihre Hauptaufgabe.

Schon aus der oberen Etage konnte sie das ängstliche Gesicht der jungen Frau erkennen und fiel ihr ins Wort, als sie sich für ihre Verspätung entschuldigen wollte. »Mach dir deswegen keine Gedanken«, sagte sie freundlich. »Komm kurz mit hoch, deine Abendpflichten können warten. Ich habe Mrs Lawrence Bescheid gesagt, dass ich dich eine Weile brauche.«

Lucys Anspannung verwandelte sich in Argwohn, und Celia fragte sich, wie sie sonst auf die Mädchen wirkte, wenn so die Reaktion auf ein paar nette Worte aussah. Sie ging mit Lucy die Treppe hinauf zu ihren Räumlichkeiten im dritten Stock und bat sie, Platz zu nehmen. Lucy kauerte auf der Sofakante, und Celia versuchte, sich nicht über ihre Schüchternheit zu ärgern. »Lucy, es gibt ein paar ernste Dinge, die ich mit dir besprechen muss. Mach dir bitte keine Sorgen, ich verspreche dir, dass ich mich um dich kümmere, aber es ist wichtig, dass du ehrlich zu mir bist.« Lucy nickte. »Die Polizei war heute Nachmittag hier, weil in letzter Zeit ein paar Sachen aus dem Club verschwunden sind, unter anderem Lady Westons silberner Fotorahmen. Weißt du irgendetwas darüber?«

»Bloß weil ich schon mal im Knast war, soll ich das gewesen sein?«, erwiderte Lucy wütend, aber halbherzig.

»Hast du ihn gestohlen, Lucy?«, fragte Celia geduldig. Lucy nickte. »Und die anderen Dinge? Das Tuch und das Geld?«

»Ja.« Sie sah auf, und Celia bemerkte Panik in ihrem Blick. »Was passiert jetzt mit mir, Miss? Muss ich wieder in den Knast?«

»Nicht unbedingt. Wir müssen der Polizei natürlich Bescheid sagen, aber ich werde dich schützen, solange du mir die Wahrheit sagst. Wieso hast du diese Sachen geklaut? Nichts davon war wirklich wertvoll, wieso riskierst du dafür deine Anstellung?«

Lucy zuckte die Achseln. »Kann ich nicht so gut erklären, Miss. Ich weiß es selbst nicht genau, aber die Kleine auf dem Foto sah meiner so ähnlich. Ich weiß ja, dass es falsch war, aber ich wollte irgendwas, das mich an sie erinnern würde und das ich behalten kann.« Sie sah zu Celia auf, wollte es ihr unbedingt erklären. »Diese Frauen haben alle Kinder, die sie lieben können, und irgendwer da draußen hat meins. Mit der Kleinen hab ich mich besonders gefühlt. Sie war die Einzige, die mich je gebraucht und mir das Gefühl gegeben hat, ich hab vielleicht was Wertvolles zu geben.«

Sie brach in Tränen aus, und Celia setzte sich neben sie. Sie ärgerte sich darüber, dass sie Lucys Kummer bislang nicht bemerkt hatte. »Wieso hast du sie abgegeben, wenn du so sehr an ihr gehangen hast?«, fragte sie sanft.

»Ich dachte, ich hätte keine Wahl. Alle haben gesagt, es wär besser so, und ich hab nichts dagegen sagen können. Das klingt wahrscheinlich dumm, weil ich ja schon vorbestraft war, aber ich hatte Angst, was die Leute von mir denken würden und was das für die Kleine bedeuten würde. Und wie hätte ich mich außerdem je um so ein kleines Kind kümmern sollen?«, fügte sie hinzu, wie um sich selbst zu überzeugen.

Gute Frage, dachte Celia. »Was ist mit dem Vater? Hätte er nicht helfen können, und sei es nur finanziell?«

Lucy schnaubte verächtlich. »Er hat behauptet, sie wär nicht von ihm, das hat ihm seine Familie befohlen. Sie meinten, meine Aussage stünde gegen seine, und einer Vorbestraften würde niemand glauben.«

»Was ist mit deiner Familie?«

»Meine Mutter hat es mir sofort geglaubt. Sie hat gesagt, jetzt hätte ich doppelt Schande über die Familie gebracht, und an der Haftstrafe könnte sie zwar nichts ändern, aber wegen dem Kind würde sie schon was unternehmen. Meinem Vater hat sie nichts davon erzählt, weil sie meinte, er würde vor Scham sterben. Er weiß immer noch nicht, dass er irgendwo da draußen eine Enkeltochter hat.« Sie wischte sich über die Augen. »Das ist wahrscheinlich auch besser so. Er hat es nicht verdient, sich so schrecklich zu fühlen.«

»Du auch nicht.«

»Ach ja? Meine Mutter ist da anderer Meinung. Sie meinte, ich wäre selber schuld daran, weil ich so schwach bin, und da hat sie wahrscheinlich recht. Im Knast gewöhnt man sich dran, das zu tun, was einem gesagt wird, aber für mich war das nichts Neues, das mache ich schon mein ganzes Leben lang. So bin ich ja überhaupt erst in die Lage mit dem Kind gekommen, und deswegen hab ich sie auch abgegeben. Ich war zu schwach, um mich zu wehren. Ich hab immer geträumt, dass im letzten Moment noch jemand kommen und uns davor retten würde, voneinander getrennt zu werden, aber mit Träumen kommt man nicht weiter. Im Gefängnis haben sie eine Frau geholt, die hat sich um alles gekümmert. Sie war ständig in Eile und hat gedrängelt, damit ich es mir nicht anders überlege. Ich hab sie dafür gehasst, dass sie ihr Geld damit verdient, mir mein Baby wegzunehmen.«

»Ich nehme an, sie wollte nur helfen. Sie hat ihre Arbeit erledigt, so wie wir alle, und eine Leistung angeboten, von der sie glaubte, dass du sie benötigst. Natürlich ist es leichter, der Botin die Schuld zu geben, aber sie war nicht dafür verantwortlich.«

»Ich weiß, ich weiß, und ich wollte mich auch eigentlich

selbst bestrafen. Das klingt jetzt bösartig, Miss, aber ich wünschte mir fast, die Kleine wäre tot. Das wäre mir recht geschehen.«

Celia wusste, dass Frauen, die es nicht selbst erlebt hatten, sich unmöglich die Schande einer ungewollten Schwangerschaft vorstellen konnten, aber sie war dennoch schockiert. »Du glaubst doch nicht wirklich, dass es besser gewesen wäre, wenn sie gestorben wäre, oder?«

»Dann wüsste ich wenigstens, was aus ihr geworden ist. So weiß ich nicht, ob sie traurig ist oder froh, reich oder arm, krank oder gesund. Ich weiß nicht, wie sie aussieht, oder ob man ihr von mir erzählt hat. Sie könnte genauso gut tot sein, ich weiß es ja nicht.«

Unklarheit war der vermutlich grausamste Nährboden für Trauer. Celia kannte Frauen, die während des Krieges täglich die Zeitungen durchforstet hatten, da sie Jahre zuvor ihre Söhne zur Adoption freigegeben und schreckliche Angst hatten, sie könnten gefallen sein. Die Arbeit war vergeblich, da sie ja nicht wussten, nach welchem Namen sie suchten, doch das war ihnen anscheinend egal, so sehr litten sie unter ihrem Nichtwissen. Lucy hatte ihr Kind verloren, aber die Tatsache, dass die Kleine nun bei jemand anderem lebte, hatte dem Trauerprozess eine Wendung gegeben, die eine junge Frau in den Wahnsinn treiben konnte. Celia brachte es nicht übers Herz, ihr zu erzählen, dass die Schuldgefühle und Selbstvorwürfe mit der Zeit vermutlich nur noch schlimmer würden. Stattdessen lauschte sie nur, da sie spürte, dass Lucy selten die Gelegenheit hatte, über ihre Gefühle zu sprechen. »Ich werde mir nie verzeihen, dass ich nicht mehr zu ihr gesagt habe, als ich noch konnte«, fuhr sie fort. »Aber es hat sich angefühlt, als hätte ich kein Recht dazu. Ich hätte zumindest fragen sollen, was für ein Leben sie bekommen wird. Ihr könnte doch alles Mögliche passiert sein. Ich hab gelesen, was die Frau oben schreibt. Ich weiß ja, dass es mich nichts angeht, aber ich konnte nicht anders. Was, wenn so was mit meinem Kind passiert ist?«

Sie klang nun leicht hysterisch, und zum wiederholten Male

verfluchte Celia Josephine dafür, dass sie in der Vergangenheit herumschnüffelte. »Das ist ein Roman, Lucy. Sie versteht überhaupt nicht, worüber sie da schreibt, und außerdem ist das schon ewig her. Heutzutage passiert so etwas nicht mehr, dafür gibt es Gesetze und Systeme. Du musst tief drinnen glauben, dass es die beste Entscheidung war.«

»Sie klingen wie alle anderen«, erwiderte Lucy bitter. »Alle haben gesagt, ich soll es hinter mir lassen und so tun, als wäre es nie passiert, aber nur, damit ich ihnen nicht noch peinlicher werde. Man konnte fast hören, wie erleichtert sie geseufzt haben, dass jetzt wieder alles beim Alten ist. Niemand versteht, dass mein Leben nie wieder normal sein wird.«

»Du bist immer noch sehr wütend, oder?«

»Ja, auf alle. Sie haben alles nur noch schlimmer gemacht.«

»Inwiefern?«

»Indem sie so herzlos waren. Manchmal denke ich, ich hätte nicht so sehr an ihr gehangen, wenn die Leute ein bisschen mehr Verständnis gehabt hätten, aber so waren wir nur zu zweit. Am Ende hatte ich eine Riesenangst vor der Geburt, weil ich wusste, dass ich sie verlieren würde. Solange sie noch in mir drin war, waren wir zusammen. Wenn ich nicht im Gefängnis gelandet wäre, wäre es vielleicht anders gelaufen.«

»Ach, Lucy.« Celia legte ihr den Arm um die Schulter, da sie vor Kummer und Wut zitterte. »Die Leute glauben oft, sie würden es einem leichter machen, indem sie keine Gefühle zeigen. Dir hätte nur jemand weiterhelfen können, der die gleiche Erfahrung gemacht hat.« Sie wusste noch, wie sie damals gedacht hatte, dass genau darin Amelia Sachs Schwäche gelegen hatte: Sie verstand den Schmerz von Frauen, die sich Kinder wünschten, aber nicht den derjenigen, die dazu überredet wurden, sie aufzugeben, sonst hätte sie die Kinder nie so gleichgültig an Walters übergeben. »Du darfst dich nicht mit dem quälen, was hätte sein können.«

»Aber es ist alles so ungerecht. Als meine Schwester ihren kleinen Sohn bekommen hat, hat meine Mutter sich die Finger wund gestrickt. Sie hat sich so gefreut, aber mein Kind hat sie nie zu Gesicht bekommen. Hätte es ihr denn geschadet, ein bisschen Verständnis zu zeigen? Hätte es irgendwem geschadet? Ich wollte alle anschreien, und das wäre noch das Mindeste gewesen. Wegen ihnen hat irgendeine unfruchtbare Schlampe mein Kind, und ich wünschte, sie würden alle so sehr leiden wie ich und echte Schmerzen spüren.«

Celia sah sie überrascht und beunruhigt an. »Sogar Marjorie?«, fragte sie.

Lucy nickte. »Ja, sogar Marjorie mit ihrer Stelle und ihren Aussichten und ihren Verehrern. Und was habe ich? Nichts. Manchmal hasse ich sie am allermeisten, weil ihr so viel offensteht. Ich saß nach dem Knast immer noch fest, aber nicht mehr hinter Gittern, sondern in meinem Kopf.« Lucy wirkte verzweifelt in ihrer Trauer, und Celia kam auf den Gedanken, dass sie zu dramatischen Taten in der Lage wäre. Sie wusste, dass sie Penrose von den Diebstählen erzählen musste, aber sollte sie ihm auch anvertrauen, was Lucy darüber gesagt hatte, anderen Leuten Leid zufügen zu wollen? Wie würde er das deuten, und wie würde er sie behandeln? Nie im Leben wäre Lucy schlau genug, sich zu verteidigen, falls die Polizei sie für die Mörderin hielt, und es gab keine Garantie, dass sie ihren Geisteszustand nach dem Verlust ihres Kindes strafmildernd berücksichtigen würden. Brachte sie es wirklich über sich, all das in Gang zu setzen? »Ich weiß ja, wie gemein das ist«, fuhr Lucy fort. Anscheinend war ihr der Ausbruch etwas unangenehm, und sie beruhigte sich allmählich wieder. »Es war nicht Marjories Schuld, sie war immer gut zu mir. Letztes Wochenende hat sie mit mir einen Ausflug gemacht. Hat uns beiden Zugfahrkarten ans Meer besorgt, um mich aufzumuntern.«

»Wie schön. Wo wart ihr denn?«

»Irgendwo in Suffolk. Ich weiß nicht mehr genau, wie der Ort hieß, irgendein komischer Name. Sie wollte mit irgendwem dort sprechen, und ich weiß noch, wie ich dachte, wie gut die es da hätten. Ich hatte das Meer vorher noch nie gesehen, höchstens auf Ansichtskarten, und ich bin am Strand spazieren gegangen, während ich auf Marjorie gewartet hab, und hab mir ausgemalt, wie es wohl wäre, dort zu wohnen und es ständig zu sehen, im Sommer wie im Winter.« Sie lächelte leise bei dem Gedanken, und Celia ließ sie weitersprechen, damit sie in den glücklichen Erinnerungen schwelgen konnte, bevor sie die Sprache auf Marjories Tod bringen musste. »Wir hatten einen Tee, bevor wir wieder zurück sind, und es hat sich angefühlt, als hätten wir den ganzen Dreck hinter uns gelassen. Wir waren keine ehemaligen Sträflinge oder Mädchen, die nach Ärger suchen, oder irgendwas, mit dem wir sonst beschimpft werden, sondern nur Lucy und Marjorie bei einem Ausflug ans Meer. Ich habe sogar kurz nicht mehr an die Kleine gedacht. Das war einfach, als ich woanders war.«

»Du brauchst mehr solche Tage, Lucy«, sagte Celia sanft. »Das Leben ist sehr kurz. Versuch, die Vergangenheit mit jedem Tag ein Stück weiter zurückzulassen. Es wird einfacher, versprochen.« Lucy sah dankbar zu ihr. »Jetzt geh besser mal nach unten und kümmere dich um den Kakao für den Salon. Dann können wir eine Tasse zusammen trinken und überlegen, was wir der Polizei sagen wollen. Eine Sache müssen wir noch besprechen, bevor du mit ihnen redest.« Ein Schatten legte sich über Lucys Gesicht. »Mach dir keine Sorgen, ich passe auf dich auf. Na los, sonst zieht Mrs Lawrence uns beiden die Ohren lang, aber beeil dich. Der Aufzug ist mal wieder kaputt, also nimm die Haupttreppe. Wenn du hintenrum gehst, ist der Kakao wahrscheinlich kalt, bevor du wieder hier oben bist.«

Lucy lächelte, und Celia sah ihr nach. Dann griff sie schweren Herzens nach dem Telefonhörer.

Penrose verlor langsam die Geduld mit Maria Baker. Die Frau ihm gegenüber wollte immer noch mit diesem Namen angesprochen werden, doch wie die meisten Leute wirkte sie im Verhörzimmer weitaus weniger selbstsicher als zu Hause. Seit Waddingham und Merrifield sie hierhergebracht hatten, schwieg sie allerdings eisern, wenn sie nicht gerade ihren Namen nannte; lediglich die kaum merkliche Überraschung, als er »Sach« und »Edwards« als Alternativen angeboten hatte, wiesen darauf hin, dass er auf der richtigen Spur war.

»Mrs Baker, wir haben Mittel und Wege, Ihre Identität und die Ihres Mannes zu überprüfen, aber das kann mehrere Tage dauern, wenn nicht sogar Wochen. Wenn Sie uns dazu zwingen, statt uns jetzt zu helfen, geben Sie dem Mörder Ihrer Tochter einen Vorsprung. Wollen Sie das wirklich?«

Sie schwieg noch immer und starrte auf den Tisch, als hätte sie ihn nicht gehört. Penrose warf Fallowfield einen entnervten Blick zu und beschloss, es mit einer anderen Strategie zu versuchen. Bislang hatte er die grauenvollen Einzelheiten des Mordes bewusst für sich behalten: Falls Mrs Baker ihre Tochter umgebracht hätte, würde sie sich dadurch früher oder später verraten, und falls sie nichts damit zu tun hätte, handelte es sich um Informationen, die keine Mutter je hören sollte. Mit Logik und Strenge war er allerdings nicht weitergekommen, und so würde er sie wohl schockieren müssen. »Marjorie wurde mit Glas erstickt«, sagte er rundheraus. »Der Täter hat sie mit Drogen außer Gefecht gesetzt, darauf gewartet, dass sie wieder zu Bewusstsein kommt, und sie dann auf grausamste Art und Weise gefoltert. Während Marjorie noch bei Bewusstsein war, hat er oder sie eine zehn Zentimeter lange Nadel genommen und ihr damit den Mund zugenäht, sodass die Glassplitter und das Erbrochene in ihre Lunge gepresst wurden.« Maria Baker hielt sich die Ohren zu, doch Penrose fuhr gnadenlos fort. Er konnte sein Vorgehen zwar selbst kaum ertragen, war jedoch entschlossen, die Oberhand zu behalten, jetzt, da er ihr endlich eine Reaktion abgerungen hatte. »Die Nadel hat Marjories Haut zerrissen und ihren Mund schwer verletzt, und es muss schmerzhafter gewesen sein, als wir uns vorstellen können. Und zu allem Überfluss wurde Marjorie währenddessen auch noch dazu gezwungen, im Spiegel zuzusehen. Ihr Tod war qualvoll, hässlich und demütigend, und jemand muss dafür zur Rechenschaft gezogen werden.« Er hatte mehrfach Marjories Namen benutzt, um die außergewöhnliche Distanziertheit zu zerstören, die Maria Baker zur Schau stellte, seit sie vom Tod ihrer Tochter erfahren hatte, und anscheinend hatte es funktioniert. Tränen liefen ihr über das Gesicht, und Penrose nutzte seinen Vorteil eiskalt aus. »Ich glaube, Ihr Mann hat Marjorie von seiner Vergangenheit erzählt, entweder absichtlich oder weil er betrunken war. Als Sie davon erfahren haben, waren Sie entsetzt, weil die Schande, vor der Sie seit Jahrzehnten davonlaufen, Sie ein weiteres Mal einholen würde.«

»Nein«, beharrte sie wütend. »Marjorie wusste nichts davon. Wenn sie es gewusst hätte, hätte sie niemals den Mund gehalten.«

»Aber genau darin liegt das Problem, oder? Marjorie musste zum Schweigen gebracht werden, also haben Sie dafür gesorgt. Und als dann noch Ihr Mann auftauchte, war das die perfekte Gelegenheit, beide aus dem Weg zu räumen.«

»Nein!« Sie stand auf und schlug heftig mit der Hand auf den Tisch. »So meinte ich das nicht. Marjorie wusste nicht, wer wir sind.«

»Darf ich Sie also Mrs Sach nennen?«

»Das ist mir scheißegal, aber meine Tochter habe ich nicht umgebracht.«

Sie war ihm so nahe, dass Penrose ihren Atem auf dem Gesicht spüren konnte, doch er widerstand der Versuchung, zurückzuweichen. »Sie haben sich nicht gut mit ihr verstanden, oder?«

»Ja, und? Versuchen Sie doch mal, mit so einem Leben glückliche Familie zu spielen. In was für einer Welt leben Sie eigentlich, verdammt noch mal? In einer Straße wie unserer kann man die liebevollen Mutter-Tochter-Beziehungen an einer Hand abzählen. Aber dazwischen und dem, was Sie mir gerade erzählt haben, liegt ein himmelweiter Unterschied. Ich könnte nie jemandem so etwas antun, und das habe ich auch nicht.«

»Was ist mit Ihrem Mann? Könnten Sie ihn die Treppe hinuntergestoßen haben?«

»Er war nicht mein Mann. Ich habe ihn nie geheiratet. Er hat mich nie gefragt. Er hat immer nur Amelia geliebt.«

Penrose war erstaunt, dass sie dieses Leben für einen Mann ertragen hatte, der sie nicht liebte, aber er wollte ihr keine Gelegenheit geben, ihm erneut seine Naivität unter die Nase zu reiben. Stattdessen sagte er lediglich: »Aber Sie sind Nora Edwards?« Sie nickte. »Gut, Miss Edwards. Ich gebe Ihnen ein paar Minuten Zeit, um sich zu fassen, und dann bitte ich Sie, mir meine Fragen so ehrlich und ausführlich zu beantworten wie möglich. Sagen Sie dem Kollegen vor der Tür Bescheid, falls Sie irgendetwas brauchen.«

In Wirklichkeit brauchte Penrose eine Pause. Er schloss die Tür hinter sich und lehnte sich dagegen. »Gute Arbeit, Sir«, sagte Fallowfield leise. »Ich dachte schon, sie will es nie zugeben.«

»Aber um welchen Preis?«, fragte Penrose. »Manchmal hasse ich diese Arbeit, Bill. Falls sie es nicht war, musste sie das alles gar nicht wissen.«

»Sie hat Ihnen keine Wahl gelassen, Sir. Glauben Sie, sie war es?«

»Ich weiß es wirklich nicht. Irgendwie bezweifle ich es, aber vielleicht will ich auch bloß nicht glauben, dass eine Mutter zu so etwas fähig ist.« Er lächelte bitter. »Wir geben ihr fünf Minuten, dann gehen wir wieder rein. Ich brauche jedenfalls erst mal einen Kaffee.«

Fallowfield kehrte mit zwei Tassen und einem Blatt Papier zurück. »Nachricht für Sie, Sir. Miss Bannerman hat gerade angerufen. Lucy Peters ist wieder da, und sie behält sie im Blick.«

»Die Arme«, erwiderte Penrose. »Aber das sind gute Neuigkeiten. Wenn wir mit Edwards fertig sind, gehen wir rüber. Unter der Aufsicht wird Lucy bestimmt nicht verschwinden.«

Celia stand am Treppenabsatz und wartete darauf, dass Lucy mit dem Kakao zurückkehren würde. Um diese Uhrzeit war es im Club stets ruhig, besonders an einem Samstag, wenn die meisten

Mitglieder entweder im Theater oder beim Abendessen waren, und sie genoss den Frieden des alten Hauses, wie er zu Zeiten gewesen sein musste, als es noch ein Familienanwesen war. Sie wusste, dass er nicht lange anhalten würde. Sie hatte ihre Pflicht erfüllt und eine Nachricht für Inspector Penrose hinterlassen, und er würde sicher bald auftauchen, um mit Lucy zu sprechen. Sie hoffte inständig, dass sie die richtige Entscheidung getroffen hatte.

Stimmen drangen zu ihr nach oben, und Josephine kam in Begleitung der Motley-Schwestern auf sie zu. Celia begrüßte sie freundlich. »Ich hoffe, Sie hatten nach diesem furchtbaren Tag einen friedlichen Abend.«

»Von friedlich kann keine Rede sein«, erwiderte Josephine trocken. »Wir waren kreuz und quer in den Highlands unterwegs und haben eine Schießerei im Palladium durchgemacht.«

»Wir haben uns den neuen Hitchcock angesehen«, erklärte Lettice. »Furchtbar aufregend.«

»Wobei die Rolle der liebeshungrigen Kleinbäuerin keine Sternstunde in Peggys Karriere war«, warf Ronnie ein und fuhr mit schrecklichem schottischem Akzent fort: »Sie sollten die Sauchiehall Street mit ihren feinen Geschäften sehen.‹ Lydia wird sich totlachen, wenn sie das sieht.«

»Ich fand sie eigentlich ganz gut. Was meinst du, Josephine?«

»Nicht schlecht für jemanden, der es nie weiter nördlich als Camden geschafft hat. Aber ich glaube, Lydia würde liebend gern den Acker spielen, wenn sie damit eine Filmrolle bekommen würde, also sprechen wir es lieber nicht an.«

Celia begleitete sie den Flur entlang bis zum Salon. »Fühlen Sie sich wie zu Hause. Die Heißgetränke sind schon auf dem Weg.«

»Pah, Heißgetränke.« Ronnie verzog das Gesicht. »Nach dieser ganzen erfrischenden Highland-Luft brauche ich etwas Stärkeres.«

Celia lachte. »Dann setzen Sie sich, und ich lasse Ihnen etwas bringen. Eine Runde Brandy für alle?«

»Sehr schön. Und vielen Dank, dass wir den Saal unten übernehmen dürfen. Ich weiß nicht, was wir sonst gemacht hätten.«

»Unsinn. Ich muss mich bei Ihnen bedanken, für alles, was Sie für den Club tun, besonders nach dem, was passiert ist. Das muss ja schrecklich für Sie sein. Ich weiß, wie es ist, sich für seine Mitarbeiter verantwortlich zu fühlen, und Marjorie schien so gut zu Motley zu passen.«

»Ja, wir werden so schnell keinen adäquaten Ersatz finden«, sagte Lettice. »Aber wir sind fest entschlossen, die Gala zu einem vollen Erfolg zu machen, und sei es auch nur, um ihr die letzte Ehre zu erweisen.«

Lettice und Ronnie suchten sich einen Platz am Fenster, während Josephine noch kurz an der Tür stehen blieb. »Es tut mir so leid, was vorhin passiert ist«, sagte sie. »Ich fühle mich dafür verantwortlich, dass Geraldine so aufgewühlt war. Geht es Ihnen gut?«

»Aber natürlich.« Celia klang überzeugter, als sie war. »Bitte mach dir darüber keinen Kopf. Mach dir lieber einen schönen Abend, vielleicht stoße ich nachher noch auf einen Absacker dazu.«

Gott sei Dank streikte der Aufzug nur selten, dachte Celia, als sie wieder an der Treppe stand und Lucy mit einem heißen Topf Kakao entdeckte. Sie war hochkonzentriert darauf, nichts zu verschütten – im Gefängnis war das vielleicht ein gewöhnlicher Anblick, im Cowdray Club hatte er jedoch nichts zu suchen. Der Behälter war schwer und unhandlich, und Celia lächelte aufmunternd zu ihr hinab. »Sei vorsichtig, Liebes. Verbrenn dich nicht.« Sie wartete, bis Lucy nur noch wenige Stufen von ihr entfernt war, dann fügte sie hinzu: »Übrigens, das hatte ich noch vergessen. Diese kleine Schlampe Marjorie ist tot.«

Der Schreck und die Verwirrung in Lucys Blick überzeugten Celia davon, dass sie im Vorteil war. Während die Kleine nicht aufpasste, stemmte Celia den Fuß gegen den Topf und trat dagegen, so fest sie konnte. Sie hatte den Winkel richtig eingeschätzt. Lucy verlor das Gleichgewicht und stürzte rückwärts die Treppe hinab, wobei sich der kochend heiße Inhalt des Topfs über ihren Oberkörper ergoss. Der Kakao verteilte sich überall – doppelt oder dreifach so viel, wie in einem einzigen Topf hätte stecken sollen –, und durch den Zuckergehalt blieb er an Lucys Gesicht und Hals kleben wie eine tödliche zweite Haut, versengte ihren Leib und spritzte ihr in die Augen. Sie blieb auf dem mittleren Absatz liegen, den Topf an ihrer Seite, doch zu Celias Missfallen war sie noch bei Bewusstsein, und ihre Schreie klangen primitiv, fast schon unmenschlich. Sie klang wie ein Tier, das um den Tod fleht, der körperliche Ausdruck einer Qual, die Lucy bislang nur innerlich gespürt hatte.

In wenigen Sekunden wäre der Treppenaufgang voller Menschen. Celia eilte sofort an Lucys Seite und versuchte, sie zu beruhigen, doch sie wehrte sich noch immer, und Celia war gleichzeitig fasziniert und entsetzt von der Stärke, die sie zeigte, obwohl sich ihr Körper unter Schmerzen wand. Panik stieg in ihr auf, als ihr klar wurde, dass ihr nur noch wenige Sekunden blieben, um es zu Ende zu bringen. Ihre Hände legte sich automatisch um Lucys Kehle, die von der Hitze bereits rot und blasig war, riss sich jedoch rechtzeitig zusammen. Das wäre Selbstmord – aber es sollte doch nach einem Unfall aussehen. Stattdessen packte sie Lucys Haar und rammte ihren Kopf gegen die Wand, um ihre Schreie zu ersticken. Die Wucht des Aufpralls verteilte heiße Flüssigkeit über dem empfindlichen Wandgemälde, aber endlich war die Kleine still. Celia fühlte ihren Puls, und ihr war so schlecht vor Erleichterung, dass sie die Verletzungen an ihren Händen und Unterarmen, wo sie selbst mit dem heißen Kakao in Berührung gekommen war, überhaupt nicht bemerkte. Lucy lebte noch, aber nur gerade so, und Celia kannte sich mit Verbrennungen aus – der Schock würde sie innerhalb weniger Stunden töten, lange bevor sie wieder zu Bewusstsein käme. Als die Panik verebbte, konnte sie wieder klarer denken und löste rasch einen von Lucys Schnürsenkeln. Hinter sich hörte sie, wie Leute aus der Lobby und dem Salon herbeieilten; jetzt, da sie sich überzeugt hatte, dass es nichts nutzen würde, schrie sie um Hilfe aus dem College of Nursing.

»Was ist nach Amelia Sachs Hinrichtung passiert?«, wollte Penrose wissen. »Wohin sind Sie gegangen?«

»Am Anfang sind wir oft umgezogen – Kilburn, Stockwell, ins East End, aber irgendwie haben die Leute immer herausgefunden, wer wir waren. Es gab niemanden, der nicht von dem Prozess gehört hatte, und Jacob wurde gequält, als wäre er der Schuldige gewesen. Er wurde auf der Straße bedroht und aus jeder Arbeit vertrieben. Manchmal haben sie Sachen vor unserem Haus abgelegt – Kinderkleidung und alte Zeitungen. Einmal kamen wir aus dem Pub nach Hause, und eine Puppe mit einem Strick ums Genick lag vor der Tür. Und alles nur, weil dieses Miststück den Hals nicht vollkriegen konnte. Im Laufe der Jahre haben die Leute uns dann vergessen und mit dem nächsten armen Trottel weitergemacht. Dann wurde es für uns leichter, aber der Schaden war natürlich angerichtet.«

»Wie viel hatte Jacob mit den Vorgängen zu tun?«

»Nichts«, sagte sie rasch. »Er wusste es natürlich, er war ja nicht dumm, aber wie gesagt, er hat sie geliebt. Er konnte sie nicht davon abhalten, also hat er es einfach ausgeblendet. Die meisten Männer hätten sie dazu gezwungen, ihnen zu gehorchen, aber Jacob nicht. Er hat seine ganze Wut stattdessen auf sich gerichtet. Manchmal denke ich, das hat er in mir gesehen – eine Strafe, eine zweitklassige Version von dem, was er verloren hat.«

»Wieso sind Sie dann bei ihm geblieben?«

»Was glauben Sie denn, wie viele Optionen ich hatte? Ich war neunzehn, unverheiratet und hatte einen Bastard großzuziehen – genau die Art Idiotin, die Amelia Sach und ihre Kolleginnen reich gemacht hat. Und es dauerte auch nicht lange, bis er mir noch mehr Kinder angehängt und dafür gesorgt hat, dass ich nicht wegkonnte.« Sie klang wütend, wurde dann jedoch sanfter. »Außerdem hat es Jahre gedauert, bis ich alles verstanden hatte. Wenn man jung ist, ist einem das nicht klar, oder? Wir waren auf Gedeih und Verderb durch das miteinander verbunden, was in Finchley passiert ist.« Sie lachte verbittert auf. »Und in schlechten Tagen eher als in guten. Ich dachte, ich würde ihn lieben.«

»Haben Sie deswegen mit Ihrer Aussage für die Verurteilung seiner Frau gesorgt?« Sie blitzte ihn an, schwieg jedoch. »Was Sie über Jacob gesagt haben, gilt doch sicher auch für Sie, Miss Edwards. Sie waren nicht dumm. Sie müssen gewusst haben, womit Amelia Sach ihr Geld verdiente.«

»Für welches Verbrechen wollen Sie mir hier den Prozess machen, Inspector?«

Sie hatte nicht unrecht, aber das würde Penrose sicher nicht zugeben. »Ich mache Ihnen überhaupt keinen Prozess, Miss Edwards. Ich will bloß erfahren, was vor all den Jahren passiert ist, damit ich die Relevanz für meine Ermittlungen besser einschätzen kann. Marjorie hat etwas herausgefunden und wurde deshalb umgebracht. Von Zeugen wissen wir, dass die Informationen von ihrem Vater stammten, sie dem nachgegangen ist und es bestätigt wurde. Wir können annehmen, dass das Geheimnis mit der Geschichte Ihrer Familie zu tun hat, und der einzige Mensch, der mir einfällt, der dieses Geheimnis noch hätte schützen wollen, sind Sie.« Er hielt inne, und sie starrte ihn trotzig an. »Sie sagen, Sie sind unschuldig, also muss ich mir die Tatsachen noch einmal genauer ansehen, um herauszufinden, wer sonst noch dafür töten würde, dass die Vergangenheit begraben bleibt. Wie Jacobs Tochter Lizzie – sie wurde von einem Bedienstetenpaar in Sussex adoptiert, glaube ich.«

Sie zuckte die Achseln. »Keine Ahnung, wer das war. Das ging alles so schnell, und Jacob war auf einen richtigen Neuanfang aus, deswegen wollte er keine Einzelheiten wissen. Irgendeine Wärterin hat sich darum gekümmert.«

»Die gleiche Wärterin, die Sie im Krieg besucht hat, um Ihnen von Lizzies Tod zu erzählen.«

»Lizzie ist tot?«

Sie wirkte aufrichtig erschrocken und traurig darüber, und der Kontrast zu ihrer Reaktion auf Marjories Ermordung verwunderte Penrose kurz. »Das wussten Sie doch«, erwiderte er. »Celia Bannerman war bei Ihnen in Essex und hat es Ihnen erzählt.«

»Ich habe keine Ahnung, worüber Sie reden. Seit Lizzie weggeholt wurde, hat uns niemand etwas über sie erzählt.«

»Na, jedenfalls hat sie es Jacob erzählt. Dann hat er es Ihnen wohl verheimlicht.«

»Wieso sollte er? Ehrlich, diese Bannerman war nie auch nur in der Nähe. Außerdem waren wir während dem Krieg überhaupt nicht in Essex.«

Rückblickend wurde Penrose klar, dass er derjenige war, der von Essex gesprochen hatte, wobei Celia Bannerman ihn nicht korrigiert hatte. Vielleicht hatte sie es nicht gehört oder hielt es für nebensächlich. Trotzdem verstand er nicht, wieso Nora Edwards lügen sollte. »Wann sind Sie nach Essex gezogen?«, fragte er.

»Im Januar 1919, direkt nachdem Jacob aus Pentonville kam. Er hat vier Jahre wegen Körperverletzung gesessen, zufällig genau während des Krieges. Er war eigentlich zu alt für die Front, aber langsam wurden sie verzweifelt, und er wollte auf Nummer sicher gehen.«

Essex und Pentonville ließen sich nur schwer miteinander verwechseln, doch Penrose fiel kein plausibler Grund ein, weshalb Bannerman lügen sollte. Ob sie Lizzies Vater von deren Tod berichtet hatte oder nicht, machte keinen Unterschied, außer vielleicht für ihr Gewissen. »Fällt Ihnen sonst noch jemand ein, der Ihre Geschichte kennt?«, fragte er.

»Nein. Nach meiner Erfahrung haben sie es einem immer direkt unter die Nase gerieben, wenn sie es herausgefunden haben, deswegen gehe ich nicht davon aus.«

»Ihr erstes Kind – was ist aus ihr geworden?«, wollte er wissen.

»Aus ihm«, berichtigte sie ihn, und Penrose schalt sich dafür, dass er vergessen hatte, dass nicht alles in Josephines Manuskript den Tatsachen entsprach. »Ich weiß es nicht. Jacob hat mich gezwungen, ihn abzugeben. Ihm war es ernst mit dem Neuanfang.«

Egal, wo die Wahrheit lag: Penrose konnte Edwards' Verbitterung gut nachvollziehen. Wenn er es richtig verstanden hatte, hatte sie beachtlichem Druck von Sach und Walters standhalten müssen, um ihr Baby zu behalten, von der sozialen Ausgrenzung einer unverheirateten Mutter einmal abgesehen, und dann hatte sie das Kind an die egoistischen Schuldgefühle eines anderen Mannes verloren. War das Verhältnis zu ihren anderen Kindern deswegen so angespannt? Weil sie sie daran erinnerten, was sie hatte aufgeben müssen, und an den Mann, der sie dazu gezwungen hatte? Er wollte gerade fragen, da klopfte es an der Tür.

»Entschuldigen Sie die Störung, Sir.« Waddingham klang nervös. »Dringender Anruf. Es geht um Lucy Peters.«

»Was soll daran dringend sein?«, gab Penrose verärgert zurück. »Die Nachricht hat Fallowfield mir schon vor einer halben Stunde überbracht.«

»Nein, Sir, das hier ist was anderes. Das Mädchen ist auf der Treppe gestürzt, und es ist noch unklar, ob sie überlebt.«

12

Als Penrose und Fallowfield im Cowdray Club eintrafen, war Lucy bereits in ein Behandlungszimmer im zweiten Stock gebracht worden. Ohne auf eine Einladung zu warten, gingen sie durch die Lobby zum Treppenhaus. Zwei Hausmädchen schrubbten vergeblich die Treppe, um die Spuren von Lucys Unfall zu beseitigen, und Penrose erkannte sofort, wie schwer sie sich verletzt haben musste.

»Sagen Sie ihnen, sie sollen damit aufhören, bis wir wissen, was hier passiert ist«, raunte er Fallowfield zu. »Und lassen Sie Peters' Zimmer abschließen. Dann brauchen wir Aussagen von allen, die zum Zeitpunkt des Sturzes in der Nähe waren. Ich gehe nach ihr sehen.« Er wandte sich ab, fügte dann jedoch hinzu: »Und falls meine Cousinen und Miss Tey hier sind, kümmern Sie sich bitte um sie. Noch so einen Schock können Ronnie und Lettice heute wirklich nicht gebrauchen.«

Am Empfang wartete eine Krankenschwester auf ihn. »Hätte Miss Peters nicht lieber direkt ins Krankenhaus gebracht werden sollen?«, fragte er, während er ihr einen kurzen Flur hinunter, vorbei am Speisesaal und eine andere Treppe hinauf folgte, die weniger prunkvoll war als ihr Gegenstück im Cowdray Club, aber genauso elegant. Der Anbau, in dem das College untergebracht war, war bewusst so gestaltet, dass er sich nahtlos in das Erscheinungsbild des älteren Hauses einfügte, mit dem er verbunden war; eine beeindruckende architektonische Leistung, die kein bisschen bemüht wirkte.

Seine Begleiterin lächelte ihn aufmunternd an, als wäre er ein betroffener Verwandter. »Eine bessere Behandlung als hier bekommt sie nirgends«, sagte sie. »Bei solchen Verletzungen ist es am besten, wenn man die Patientin so wenig wie möglich bewegt, und je schneller man die Verbrennungen behandelt, desto größer ist die Chance auf Erholung.«

»Und Sie sind entsprechend eingerichtet?«

»O ja. Natürlich nicht in großem Maßstab, aber das College ist hervorragend ausgestattet, und einen reicheren Wissensschatz finden Sie im ganzen Land nicht. Gutes, praktisches Schwesternwissen, meine ich, und das brauchen wir in diesem Fall. Wir würden natürlich keine größeren Operationen durchführen, aber Wundsäuberung und Infektionsprävention, Blutwerte und Schmerzbehandlung, das beherrschen wir aus dem Effeff, und wir haben ausgezeichnete Kontakte zu den örtlichen Krankenhäusern. Ein Arzt wird regelmäßig nach ihr sehen und die Behandlung beaufsichtigen. Bitte glauben Sie nicht, dass ich das auf die leichte Schulter nehme, aber falls ich mich verbrühen würde, dann lieber hier als irgendwo anders.«

»Wie ernst ist die Lage?«

»Äußerst ernst, aber Miss Sharpe wird Ihnen alles Weitere erklären. Warten Sie bitte hier, ich sage ihr Bescheid.«

Allein auf einem langen, tonnengewölbten Flur, spähte Penrose durch die Glasscheibe in der Tür und entdeckte Lucy Peters auf einem Krankenhausbett; ihre Verletzungen wurden von einem mit Laken verhüllten Gestänge verborgen, das über ihrem Oberkörper stand, damit die Bettwäsche ihre Wunden nicht berührte, sie gleichzeitig genug Luft bekamen und geschützt waren. Drei Krankenschwestern standen an ihrem Bett, darunter eine in Oberschwesternuniform, vermutlich Miriam Sharpe. Von Celia Bannerman war keine Spur.

Er sah beeindruckt zu, wie Miss Sharpe ruhig das Laken anhob, um die Verletzungen zu untersuchen, und den anderen Frauen dann etwas zuflüsterte. Als sie nach draußen kam, deutete sie zunächst schweigend in Richtung eines kleinen Raumes, in dem ein paar Sessel und ein antikes Bücherregal standen. »Wie kann ich Ihnen weiterhelfen, Inspector?«, fragte sie schließlich, und in ihrer Stimme schwang die gleiche gefasste Effizienz mit wie in ihrer Haltung. Außerdem machte er einen Einschlag aus Yorkshire darin aus.

»Ich hatte eigentlich vor, später hierherzukommen und Lucy Peters in Verbindung mit dem Mord an Marjorie Baker zu befragen.« Penrose war froh, dass ihr Gespräch voraussichtlich von zeitaufwändigen Formalitäten verschont bleiben würde. »Die Ereignisse sind mir offensichtlich vorausgeeilt. Wie geht es Miss Peters?«

»Ihr Zustand ist kritisch. Überraschenderweise hat sie den Sturz weitgehend unbeschadet überstanden, abgesehen von einem Schlag gegen den Kopf, aber die Verbrennungen an Gesicht, Hals und Brust sind großflächig und schwer, besonders an der Brust, wo die Kleider sich mit Kakao vollgesogen haben und länger in Kontakt mit der Haut waren. Wir haben alle Wunden gesäubert, die Blasen drainiert und das lose Epithel entfernt, das ist die dünne äußere Hautschicht. Aber ihr Körper steht unter Schock, und ihr Blutdruck ist gefährlich niedrig. Die nächsten zwei Stunden sind entscheidend, aber selbst wenn sie die überlebt, gibt es noch genügend Gründe zur Sorge – sekundärer Schock, Blutarmut, Infektion. Im Moment kann ich Ihnen leider keine Versprechungen machen, von der Qualität der Pflege einmal abgesehen.«

Es hatte keinen Sinn, um den heißen Brei herumzureden. »Wann kann ich im besten Fall mit ihr reden?«

»Das wird noch eine Weile dauern. Falls sie wieder zu sich kommt, und ich meine falls, ist sie noch nicht in der Verfassung, sich einer Befragung zu unterziehen. Die Belastung könnte sie umbringen, und das kann ich nicht zulassen. Abgesehen davon sind ihre Lippen und ihre Zunge schwer verbrannt, was ihr das Reden schmerzhaft, wenn nicht sogar unmöglich machen wird.«

»Können Sie mir sagen, was genau passiert ist?«

»Ich war nicht dabei, aber sie ist wohl gestolpert und mit einem heißen Topf die Treppe hinuntergestürzt. Was sie damit überhaupt dort zu suchen hatte, weiß ich nicht. Die Führung des Cowdray Club obliegt allein Celia Bannerman, und falls Sie vorhaben, sich bei ihr danach zu erkundigen, wieso zum Teufel sie solche Dinge zulässt, haben Sie meine vollste Unterstützung. Meine Mädchen haben schon genug zu tun, auch ohne Unfälle, die sich mit einem Fünkchen Verstand hätten vermeiden lassen.«

Die Feindseligkeit in ihrem Ausbruch schien über den Vorfall von heute hinauszugehen. »Wo ist Miss Bannerman?«

»Sie wird ebenfalls behandelt.«

»Ach ja?«

»Leichte Verbrennungen an den Händen, weil sie helfen wollte. Ich habe ihr geraten, sich danach hinzulegen, sie stand selbst unter Schock.«

»War sie die Erste am Unfallort?«

»Ja, sie war innerhalb weniger Sekunden dort. Zum Glück – jemand ohne Pflegewissen hätte am Ende noch mehr Schaden angerichtet. Celia sitzt zwar schon seit Jahren in der Verwaltung, aber die praktische Ausbildung vergisst man nie.«

»Ich muss so bald wie möglich mit ihr reden, aber könnten Sie mir vorher noch ein paar Fragen beantworten? Ich würde Sie nicht damit belästigen, wenn es nicht wichtig wäre.« Sie nickte. »Sie kannten Marjorie Baker, richtig?«

»Wir sind uns ein, zwei Mal begegnet. Dieser elende Zirkus am Montag ist mir praktisch aufgezwungen worden. Wenn es nach mir ginge, würde die Gala überhaupt nicht stattfinden, aber da es im Namen des Colleges geschieht, dessen Präsidentin ich bin, fühle ich mich dazu verpflichtet. Jedenfalls habe ich Miss Baker im Modehaus kennengelernt. Sie hat mir bei den Anproben geholfen. Bitte sagen Sie jetzt nicht, Lucy Peters wird des Mordes verdächtigt?«

»Würde Sie das schockieren?«

»Offen gesagt, es würde mich entsetzen. Ich bin mir sicher, Sie sind über die peinlichen Vorgänge im Cowdray Club in letzter Zeit im Bilde, wir mussten die Polizei einschalten, und das wirft natürlich ein schlechtes Licht auf das College. Wenn Sie mir jetzt auch noch erzählen, dass eine Angestellte des Clubs unter Mordverdacht steht, kann ich meine Kündigung direkt einreichen. Angeblich sind wir zwei Organisationen, die sich der Krankenpflege und den beruflichen Bedürfnissen der Pflegenden widmen. Wir verlängern das Leben. Wir nehmen es niemandem.«

Penrose dachte an Sach, Walters und die anderen und fragte sich, wie deren Verbrechen zu Miriam Sharpes Haltung ihrem Beruf gegenüber passten. »Miss Peters ist allerdings keine Krankenschwester.«

»Dieser Unterschied hat keinen Platz in der Überschrift ›Mörderin im Herz der Pflege verhaftet‹. Und Sie haben meine Frage nicht beantwortet. Gilt sie als tatverdächtig? Ich habe ein Recht darauf zu wissen, wie viel Schande Celia Bannerman über uns gebracht hat, und sei es nur, um den Schaden zu begrenzen.«

Da war die Feindseligkeit wieder, und sie gab sich keine Mühe, sie zu verbergen. Natürlich hatte sie recht: Für die Presse war so eine Geschichte ein gefundenes Fressen. »Im Moment kann ich nichts ausschließen«, erwiderte er vorsichtig. »Aber ich will hauptsächlich mit Lucy Peters reden, weil sie mit Marjorie befreundet war und mir hoffentlich Einblicke in ihr Leben geben kann, die ich woanders nicht bekomme. Um mehr geht es derzeit nicht.« Er hielt kurz inne und dachte an die Aufnahme aus dem *Tatler,* die er noch einmal mit Nora Edwards hatte besprechen wollen. Miriam Sharpe war ebenfalls darauf gewesen, und falls Bannerman recht hatte, könnte sie zu Beginn ihrer Karriere eine Verbindung zu Amelia Sach gehabt haben. »Stimmt es, dass Sie eine Weile im Krankenhaus St Thomas gearbeitet haben?«

Sie wirkte überrascht von der Wendung ihres Gesprächs. »Ja. Ich habe meine Probezeit dort verbracht und bin im Anschluss dortgeblieben, erst als Schwester und schließlich als Oberschwester.«

»Wann war das?«

»Von 1896 bis 1916, als das College gegründet wurde. Wieso?«

»Kannten Sie Amelia Sach und Annie Walters?«

»Wie soll das bitte zusammenhängen?«

Er wiederholte die Frage, doch ihr Gesichtsausdruck hatte ihm bereits die Antwort gegeben. Sie schwieg, und er fügte hinzu: »Marjorie Bakers Vater, der gestern ebenfalls tot aufgefunden wurde, war Jacob Sach, Amelia Sachs Ehemann. Ich glaube, Marjories Tod hängt mit ihren Verbrechen und der Hinrichtung der beiden zusammen. Mir hilft alles weiter, was Sie mir darüber erzählen können, egal, wie unwichtig es auch wirkt.«

»Ich wusste von Amelia Sach, mehr nicht. Annie Walters dagegen hat eine Weile mit mir zusammengearbeitet. Ich gehe davon aus, dass Sie wissen, dass die beiden sich in St Thomas kennengelernt haben?«

»Ja, das ist mir zu Ohren gekommen.«

»Sie waren beide Hebammen, und Sach war jung und ehrgeizig, wenn ich das richtig verstanden habe. Walters war von der alten Schule und ausgebildet worden, als die Pflege noch nicht so fürsorglich war wie heute. Manche werden Ihnen erzählen, dass es bei mir genauso ist, aber da werden lediglich Disziplin und Kaltherzigkeit verwechselt. Das eine führt nicht unbedingt zum anderen.« Penrose nickte. Er hatte bereits genug von Miriam Sharpes Stil gesehen, um zu verstehen, was sie damit meinte, doch er fragte sich, wohin ihre Geschichte führen würde. »Walters war das Produkt eines gefühlskalten Systems, in dem Frauen lernten, psychisch robust zu werden, insbesondere gegenüber ihren Patienten. Damit will ich nicht entschuldigen, was sie später gemacht hat. Zahlreiche Schwestern wurden so ausgebildet, aber soweit ich weiß, wurden nur sehr wenige zu Mörderinnen. Aber gepaart mit ihrer Einstellung, führte es zu grauenhaften Ergebnissen. Ende der 1890er-Jahre hatten wir mehrere Totgeburten, was an sich nicht ungewöhnlich war, aber die Zahl stieg immer weiter, und irgendwann schalteten sich die Behörden ein. Walters hatte vielen dieser Geburten beigewohnt, und manche hielten sie für verantwortlich.«

»Inwiefern?«

»Wenn ein Kind bei der Geburt erstickt wird, noch bevor es

seinen ersten Atemzug getan hat, sieht es genauso aus wie eine Totgeburt. Sie wurde von einer Kollegin gemeldet, aber es gab keine Beweise, und sie hat es natürlich abgestritten. Sie wurde entlassen, aber aus Mangel an Beweisen nicht angezeigt. Unter den Krankenschwestern wurde viel geredet, wie Sie sich vorstellen können, und Sach wird es auch mitbekommen haben. Sie hat kurz darauf gekündigt, um selbst ein Kind zu bekommen, aber ich habe mich oft gefragt, ob ihr Plan dort seinen Ursprung hatte. In gewisser Hinsicht fühle ich mich verantwortlich. Ich war diejenige, die Annie Walters unserer Vorgesetzten gemeldet und die Ereignisse in Gang gesetzt hat. Rückblickend war das ein Wendepunkt, und das setzt mir sehr zu.«

»Sie hätten es ja schlecht für sich behalten können. Wer weiß, wie viele Kinder es noch das Leben gekostet hätte? Wahrscheinlich mehr, als Sach und Walters auf dem Gewissen haben.«

»Mit Sicherheit, und ich weiß auch, dass ich die richtige Entscheidung getroffen habe. Aber das geringere Übel ist immer noch ein Übel. Das sehen Sie doch sicher oft.«

Er nickte. Diese Verbindung zur Vergangenheit hatte er nicht erwartet, sah darin allerdings auch keine Relevanz für seine Ermittlungen. »Das stimmt, Miss Sharpe, und vielen Dank für Ihre Offenheit. Ich würde mir jetzt gerne das Zimmer von Miss Peters ansehen.«

»Ich schicke jemanden, der Ihnen den Weg zeigt.«

»Machen Sie sich bitte keine Umstände. Ich muss sowieso zurück zum Empfang, ich frage einfach dort.«

Von Fallowfield war in der Lobby keine Spur, also holte Penrose sich beim Nachtportier den Schlüssel zu Lucys Zimmer und folgte seiner Wegbeschreibung zum Bedienstetenbereich im dritten Stock. Lucys Zimmer lag auf dem gleichen Flur wie Josephines, nur im hinteren Teil des Hauses, wo es ohne den beneidenswerten Blick auf den Cavendish Square bedrückend und trist wirkte – kein großer Unterschied zu ihrer Unterbringung in Holloway, dachte Penrose trocken, während er das schmale Bett und schlichte Mobiliar betrachtete.

Dem Zimmer wohnte keine Persönlichkeit inne, und weder Schrank noch Kommode boten hilfreiche Hinweise. Beim Bett hatte er allerdings mehr Glück: Unter der Decke und mit dem Kissen bedeckt, fand er den wertvollsten Gegenstand in Lucy Peters' Besitz, eine Brownie-Kastenkamera. Überrascht nahm er sie in die Hand und fragte sich, ob sie auf ehrlichem Wege daran gelangt war oder ob sie ebenfalls im Club vermisst wurde. Er würde jedenfalls rasch herausfinden, ob sich auf dem Film etwas Hilfreiches befand. Er kontrollierte den Rest des Bettes und zog zwei Ansichtskarten unter dem Kissen hervor: eine mit einer Reihe Strandhütten und ein paar Dünen, die andere mit einem Leuchtturm. Keine von beiden war beschriftet, und er vermutete, Lucy habe sie entweder gekauft oder als Andenken an einen Besuch erhalten. Die Namen auf der Rückseite wiesen sie als Ansichten der Küste Suffolks aus – eine aus Walberswick, eine aus Southwold. Damit war ihm Walberswick zwei Mal innerhalb weniger Stunden begegnet – das erste Mal war auf dem Zettel mit Ethel Stukes Anschrift –, und er spürte, dass es sich nicht um einen Zufall handelte.

Er steckte die Postkarten ein und nahm die Kamera. Gerade, als er gehen wollte, ging die Tür auf, und Celia Bannerman stand vor ihm. Erst dachte er, jemand hätte ihr gesagt, er wolle mit ihr sprechen, doch aus ihrer erstaunten Miene schloss er, dass sie nicht seinetwegen auf Lucy Peters' Zimmer war. »Tut mir leid, dass ich so hereinplatze.« Sie wirkte nervös. »Ich hatte nicht damit gerechnet, dass jemand hier ist.«

»Darf ich fragen, weshalb Sie hier sind?«

»Das klingt sicher albern, aber ich dachte, sie würde sich über ein paar vertraute Dinge freuen, wenn sie wieder zu sich kommt.«

Penrose warf einen kurzen Blick auf die kahlen Wände und Oberflächen. »Mir kommt sie nicht wie eine große Sammlerin vor«, erwiderte er leicht sarkastisch. »Und womöglich kommt sie auch nie wieder zu sich.«

Sie hatte sich wieder gefasst und starrte ihn trotzig an. »Meiner

Erfahrung nach ist es besser, positiv zu bleiben.« Sie zeigte mit einer bandagierten Hand auf die Kamera. »Sie haben sie also gefunden. Die rechtmäßige Besitzerin wird sich bestimmt sehr darüber freuen.«

»Alles zu seiner Zeit, Miss Bannerman. Einstweilen bleibt sie bei mir. Ein Glück, dass Sie hier sind, ich wollte Ihnen noch ein paar Fragen zu Lucys Unfall stellen. Haben Sie gesehen, was passiert ist?«

»Nein. Ich war gerade vom Salon auf dem Weg zur Treppe, da habe ich Lucy schreien gehört. Ich bin sofort losgerannt und habe sie im Treppenhaus gefunden.«

Penrose bemerkte, dass sie ihm nicht mehr erzählte, als er hatte wissen wollen. »Und Sie sind davon ausgegangen, dass sie gestürzt ist?«

»Zuerst habe ich überhaupt nichts angenommen, ich wollte ihr nur helfen. Aber danach ja, natürlich. Was sollte auch sonst passiert sein? Ihr Schnürsenkel war offen, und sie ist auf dem Weg nach oben darüber gestolpert und hat das Gleichgewicht verloren. Lucy hätte so einen schweren Topf nie allein die Treppe hochbringen dürfen«, fügte sie hinzu und kam Penrose damit zuvor. »Aber der Aufzug ist defekt, und sie dachte vermutlich, sie hätte keine andere Wahl.«

»Haben Sie den Topf angefasst?«

»Ja, ich habe ihn zur Seite geschoben, als ich ihr geholfen habe. Das war meine Schuld, ich hätte besser aufpassen müssen.«

»Wieso haben Sie mich nicht sofort angerufen, als Lucy Peters zurückkam?«

Sie merkte, dass ihre Selbstvorwürfe ihr kein Mitgefühl einbrachten, und schlug prompt einen anderen Ton an. »Ich habe eine Nachricht hinterlassen, so wie von Ihnen verlangt, und Sie können gern ebenso zu Ihren Unzulänglichkeiten stehen wie ich zu meinen. Der Cowdray Club kann schlecht zum Erliegen kommen, nur weil die rechte Hand von Scotland Yard nicht weiß, was die linke tut.«

»Nein, Miss Bannerman, das kann er natürlich nicht. Eine

junge Frau wurde ermordet, und bei einer anderen steht der Tod vor der Tür, aber der Abendkakao muss natürlich getrunken werden.« Er führte sie auf den Flur und schloss die Tür hinter sich ab. »Bis Lucy wieder zu sich kommt, werden wir jemanden vor dem Krankenzimmer stationieren«, sagte er auf dem Weg zur Treppe. »Ich werde Ihrem Ratschlag folgen und bleibe zuversichtlich, dass wir bald mit ihr sprechen können. Ich bin mir vollkommen sicher, dass sie den Schlüssel zu Marjories Tod besitzt.«

Er fühlte sich weniger selbstsicher, als er klang, doch er sah, wie ein Schatten der Angst über Celia Bannermans Gesicht huschte. Für sich genommen, waren ihre Lügen belanglos gewesen, in der Häufung jedoch zeichneten sie ein anderes Bild, und die Wahrscheinlichkeit, dass sie sich jedes Mal lediglich getäuscht hatte, war gering. Er fragte sich, ob er sie jetzt damit konfrontieren sollte, entschied sich jedoch dagegen. Es gab nichts, das direkt in Verbindung mit Marjories Mord stand, und der andere Grund, aus dem er die Dinge hätte eskalieren wollen – Lucys Sicherheit, wobei er damit reichlich spät kam –, war durch die angekündigte Polizeipräsenz abgedeckt. Nein, bevor er sich erneut mit Celia Bannerman unterhielt, musste er herausfinden, ob Marjorie und Lucy bei Ethel Stuke gewesen waren, und falls ja, was sie ihnen erzählt hatte.

Unten traf er auf Fallowfield, der gerade aus der Küche nach oben gekommen war. Nachdem er ihn über Miriam Sharpe und Celia Bannerman ins Bild gesetzt hatte, fragte er: »Bei Ihnen etwas Interessantes?«

»Nein, Sir. Niemand hat gesehen, wie es passiert ist. Nur, wie Miss Bannerman ihr geholfen hat, und dann, wie sie nach oben gebracht wurde.«

»Ich frage mich, wie sehr sie Lucy wirklich helfen wollte.«

»Was meinen Sie damit?«

»Irgendetwas entgeht uns hier, Bill. Denken Sie doch mal nach: Das einzige Motiv, das wir bisher für den Mord an Marjorie – und den ihres Vaters – haben, ist ihr Wissen über die

Sach-Geschichte. Edwards lassen wir jetzt mal außen vor. Drei Personen in diesem Club geben offen zu, dass sie mit der Sache zu tun hatten: Geraldine Ashby, Miriam Sharpe und Celia Bannerman, aber keine von ihnen hat deswegen einen Grund zum Mord. Soweit wir wissen, lügt allerdings nur eine von ihnen. Bannerman hat Josephine über Ethel Stukes Tod angelogen und mich darüber, dass sie Jacob Sach besucht hat. Jetzt ist sie die Erste am Unfallort. Ich habe das Gefühl, ich habe einen furchtbaren Fehler gemacht, indem wir uns an Edwards festgebissen haben, statt direkt hierherzukommen, als wir wussten, dass Lucy wieder da ist.«

»Da bin ich mir nicht so sicher, Sir. Was, wenn Edwards mehr mit der systematischen Ermordung zu tun hatte, als allgemein bekannt ist, und vor Gericht gelogen hat, um den eigenen Hals zu retten? Sie hat es doch selbst gesagt, Sach hat seine Frau geliebt, und wenn er später erfahren hätte, dass Amelia nur der Sündenbock gewesen war, wäre er nur noch wütender auf Edwards gewesen. Vielleicht hat er es Marjorie erzählt oder sogar mit der Polizei gedroht – damit hätte sie ein starkes Motiv, die beiden zum Schweigen zu bringen.«

»Sie glauben, es war Edwards?«

»Ich würde es nicht ausschließen. Sie hat auch gelogen, und das schon seit Jahren.«

»Ja, aber in ihrem Fall kann ich es nachvollziehen. Ich wette, das, was sie uns über die Folgen des Prozesses erzählt hat, war nur die Spitze des Eisbergs. Bannermans Lügen dagegen wirken auf den ersten Blick sinnlos, und dadurch werden sie interessant. Dahinter steckt irgendeine Bedeutung, die wir noch nicht entschlüsselt haben.«

Fallowfield wirkte skeptisch. »Ich habe gerade mit den Mädchen in der Küche gesprochen, Sir. Lucy hat ihnen erzählt, wie nett Miss Bannerman vorhin zu ihr war. Angeblich haben sie sich lange unterhalten.«

»Und Bannerman wirkt auf Sie wie jemand, der gerne mal einen freundlichen Schwatz mit seinen Angestellten hält?«, gab

Penrose ungeduldig zurück. »Herablassung oder Disziplinierung, dazwischen gibt es für sie nichts.«

»Sie können sie nicht leiden, oder?«

»Nein, aber das tut nichts zur Sache«, erwiderte er vehementer als nötig. »Sie mögen sie doch nicht etwa, oder?«

»Nicht besonders, aber ich bewundere ihre Arbeit als Gefängniswärterin. In ihr steckt mehr als nur feine Clubs und Gremien. Und ich glaube, sie ist zu schlau, um am Samstagabend mitten im Cowdray Club jemanden umzubringen. Das wäre recht riskant.«

Allmählich ging es Penrose auf die Nerven, wie Fallowfield Celia Bannerman in Schutz nahm, unter anderem auch deswegen, weil es Sinn ergab. »Riskant war es nicht unbedingt – das Treppenhaus ist im Grunde ein abgegrenzter Bereich und kann weder von unten noch von oben eingesehen werden. Und vielleicht blieb ihr nichts anders übrig. Vielleicht ging es bei dem kleinen Plausch darum zu erfahren, was sie tun musste. Falls Lucy mit Marjorie bei Ethel Stuke war – und diese Ansichtskarten sind kein Zufall – und dabei etwas über Bannerman erfahren hat, hätte sie das Problem aus dem Weg räumen müssen, bevor wir hier auftauchen.« Fallowfield wirkte noch immer nicht überzeugt, aber Penrose gab nicht nach. »Wie ist es hiermit? Sach sieht das Foto im *Tatler* und erzählt Marjorie etwas über Celia Bannerman, von dem er denkt, es lässt sich etwas Geld damit herausholen, etwas, das sie unter Verschluss halten will. Marjorie soll die Drecksarbeit machen, weil sie über Motley eine Verbindung zu Bannerman hat, aber sie glaubt ihm nicht. Wieso auch? Er hat ihr schon oft Ärger eingebrockt, und dieses Mal steht mehr für sie auf dem Spiel. Also überprüft sie es selbst. Denken Sie daran, was sie zu Lady Ashby gesagt hat – ihr Vater hat ihr etwas erzählt, das sich als wahr herausgestellt hat. Wir sind davon ausgegangen, es hätte mit ihrer Herkunft zu tun, aber womöglich ging es um etwas anderes.«

»Was sollte Jacob Sach gegen Celia Bannerman in der Hand haben? Sie hat doch schon zugegeben, dass sie bei der Adoption seiner Tochter die Finger im Spiel hatte, wieso sollte sie das also unter Verschluss halten wollen? Und was konnte er sonst gewusst haben?«

»Vielleicht kann Ethel Stuke uns das verraten. Ich fahre gleich morgen früh nach Suffolk, und Sie kümmern sich um alles vor Ort. Fahren Sie noch mal in die Campbell Road und finden Sie ein für alle Mal heraus, ob Edwards gestern Abend zu Hause war. Das Haus ist so voll, da müssen wir das doch herausbekommen, egal, wie sehr sie uns veräppeln wollen. Wir müssen Mary Size darüber informieren, was mit Lucy passiert ist, und möglicherweise hat sie noch mehr über Celia Bannerman zu sagen – aber seien Sie da vorsichtig, sie darf keinen Verdacht schöpfen. Ich bringe Wyles auf den neuesten Stand und sage Ronnie und Lettice, sie sollen sich etwas einfallen lassen, damit sie rund um die Uhr hier ist. Haben Sie sie übrigens gefunden?«

»Ja, Sir, oben im Salon. So weit alles in Ordnung. Sie sind natürlich schockiert, aber nach heute Morgen wirken sie noch so benommen, da hat es sie nicht so sehr berührt wie unter normalen Umständen. Sonst noch etwas?«

Penrose dachte nach. »Ja. Vielleicht sollten wir noch etwas mehr über Lizzie Sachs Tod in Erfahrung bringen. Sagen Sie den Jungs in Birmingham morgen früh Bescheid, sie sollen nachschauen, was sie zu einem Suizid am Anstey College im Jahr 1916 haben.«

»Alles klar. Miss Tey kann uns da sicher auch weiterhelfen.«

»Ist sie noch wach?«

»Ja, Sir, zusammen mit Ihren Cousinen.«

»Gut. Ich dachte, sie kann mich morgen vielleicht begleiten. Ich will alles wissen, was sie mir über Bannerman erzählen kann, und mir gefällt es sowieso nicht, dass sie im Moment hier ist.«

Fallowfield deutete mit dem Kinn auf die Kamera, die Penrose in der Hand hielt. »Soll ich das entwickeln lassen?«

»Ja. War das Mädchen eben unten, das Bannermans Alibi für gestern Abend bestätigt hat?«

»Tilly Jenkins? Jawohl, Sir.«

»Gut. Gehen Sie noch mal kurz runter und klären das, und die Treppe können sie jetzt auch sauber machen. Ich werde mit Josephine sprechen und nach Lucy sehen, bevor wir uns aus dem Staub machen. Ich will im Büro noch mal in die Gefängnisakten schauen, für den Fall, dass ich etwas übersehen habe. Edwards kann bis morgen warten, bis Sie im Bunk waren und ich bei Ethel Stuke.«

Josephine saß mit Lettice, Ronnie und Geraldine Ashby im Salon, der wie die anderen öffentlichen Bereiche einen merkwürdig femininen Ton anschlug. Selbst, wenn niemand dort gewesen wäre, hätte man anhand der durchdachten Details in der Gestaltung erkannt, dass hier Frauen zusammenkamen und er dort normalerweise nicht willkommen wäre. Penrose war von Natur aus ein Verfechter der Gleichstellung und kam mit beiden Geschlechtern zurecht, spürte jedoch einen ungewohnten Stich der Eifersucht ob der weiblichen Solidarität, die das Gebäude ausstrahlte. Der Stich war umso heftiger, da Josephines Freundschaft mit Marta Fox einen Bereich in ihrem Leben geschaffen hatte, aus dem er ebenfalls ausgeschlossen war, und er fragte sich, ob er wohl das Gleiche fühlen würde, wenn sie einem anderen Mann näherkäme. Wahrscheinlich nicht. Er konnte zwar nicht ausstehen, dass sich seine Gefühle auf angestaubte Stereotype reduzieren ließen, doch seine Bitterkeit rührte ganz offensichtlich aus der Tatsache, dass er mit Marta schlicht nicht konkurrieren konnte.

Josephine lächelte ihn an, und er winkte sie zur Tür. »Willst du den anderen nicht Hallo sagen?«, fragte sie.

»Gleich, aber ich wollte erst kurz mit dir reden. Kannst du mir einen Gefallen tun?«

»Natürlich, alles, was in meiner Macht steht.«

»Kommst du morgen früh mit mir nach Suffolk? Ich muss mit Ethel Stuke sprechen.«

»Tust du damit nicht eher mir einen Gefallen?«

Er wirkte verlegen. »Bei so einer Befragung darfst du leider nicht dabei sein. Ich kann dir nicht einmal versprechen, dass du sie kennenlernst. Es kommt darauf an, wie sie sich verhält und wie viel Zeit wir haben. Tut mir leid.«

»Schon gut, ich verstehe. Aber wieso soll ich dann mitkommen? Ein Ausflug nach Suffolk klingt zwar nett, aber was soll daran ein Gefallen sein, von meiner charmanten Gesellschaft mal abgesehen?« Sie lächelte selbstironisch. »Das könnte ich natürlich nachvollziehen.«

»Das sowieso. Aber wir müssen über die Vergangenheit sprechen – Sach, Walters und Anstey, und ich weiß nicht, wann ich sonst Zeit dafür finde. Wenn wir uns auf der Fahrt unterhalten, kann ich zwei Fliegen mit einer Klappe schlagen.«

»Solange du nicht zu feste zuschlägst«, erwiderte sie, doch es war ihm anscheinend ernst, und sie fügte besorgt hinzu: »Wie geht es Lucy?«

»Nicht gut. Die nächsten Stunden sind wohl entscheidend, aber selbst wenn sie es schafft, wird es lange dauern, bis sie wieder auf den Beinen ist. Wie sieht es aus, kommst du mit?«

»Natürlich. Ich kann einen Tapetenwechsel und die Meeresbrise gut gebrauchen. Vielleicht bekomme ich sogar den Kopf frei.«

Er fragte nicht, weshalb das nötig war. »Wir müssen früh los.«

»Kein Problem. Sag mir einfach, wann ich bereit sein soll, und wenn du mich schon ins Verhör nehmen willst, dann richte der Snipe aus, sie soll uns Frühstück einpacken. Gegen eine Kanne Tee und Wurstbrötchen erzähle ich dir alles.«

Er lachte. »Ich bin mir sicher, sie wird dich nicht enttäuschen.«

»Bestimmt nicht. Kommt Bill auch mit?«

»Nein, er hat hier zu viel zu tun, aber er ist noch unten, falls du mit ihm sprechen willst.«

Sie schüttelte den Kopf. »Nein, deswegen habe ich nicht gefragt. Ich wollte bloß wissen, ob ich dich für mich allein habe.«

Am Bahnhof von Ipswich wartete das Auto, das Penrose angefordert hatte, mit freundlichen Grüßen der Polizei von Suffolk. Sonntags fuhren nur wenige Regionalzüge, und außerdem hatte er bei den Kollegen vor Ort sichergehen wollen, dass Ethel Stuke immer noch an der ihm genannten Adresse lebte, dass sie zu Hause war und ihn empfangen würde; es war eine lange Fahrt für eine Ahnung, die noch länger werden würde, wenn diese Ahnung beschlossen hätte, über das Wochenende ihre Schwester in Bournemouth zu besuchen. Während der Zugfahrt hatte Josephine ihm berichtet, was sie über den Fall von Sach und Walters wusste, wobei jedoch nichts Neues ans Licht gekommen war, und er fragte sich, wie viel er ihr von seinen Vermutungen erzählen sollte. In der Gefängnisakte von Celia Bannerman hatte er lediglich Zeugnisse ihres beispielhaften Verhaltens und eine Kopie ihres Kündigungsschreibens gefunden, das sie wegen einer Verwaltungsstelle in einem Krankenhaus in Leeds eingereicht hatte. An ihrem Alibi für den Abend von Marjories Mord gab es nichts zu rütteln, doch falls der frühere Zeitpunkt von Spilsburys Schätzung korrekt war, hätte sie ausreichend Zeit gehabt, die Tat zu begehen, bevor sie wieder in den Club zurückkehrte. Er wollte allerdings Josephines Beziehung zu ihrer ehemaligen Lehrerin nicht belasten; falls Bannerman etwas zu verbergen hatte, sollte Josephine ihre Sicherheit und seine Ermittlungen nicht dadurch gefährden, dass sie sich in ihrer Gegenwart nicht mehr unbefangen verhalten konnte.

Wie besprochen holte er den Autoschlüssel beim Bahnhofsvorsteher ab, und sie fuhren aus der Stadt hinaus aufs offene Land. Die ostenglische Landschaft war von der Kargheit des Winters entstellt. Dank kahler Bäume und brachliegender Äcker wirkte sie wie ein Negativ ihres fruchtbaren Sommer-Ichs.

»Erzähl mir von Anstey und Lizzie Sachs Suizid.« Archie reichte ihr die Karte, auf der er ihre Route eingezeichnet hatte.

»Was willst du wissen?«

»Wer hat sie gefunden?«

»Eine der Ausbilderinnen, glaube ich. Sie hat sich mit einem Tau in der Turnhalle erhängt.«

»Hat im Vorfeld irgendetwas darauf hingedeutet? Wie lange wusste sie schon über ihre Mutter Bescheid?«

»Das weiß ich nicht. Da müsstest du Gerry fragen, wann sie ihr den Brief geschickt hat. Damals dachte ich, Lizzie hätte sich direkt umgebracht, nachdem sie es erfahren hatte, aber ich weiß nicht, ob das stimmt. Und falls es Anzeichen gab, wären sie mir nicht aufgefallen, weil ich sie nicht gut kannte. Ich weiß noch, dass es im Sommerhalbjahr war, weil wir uns gerade auf die Prüfungen vorbereitet haben. Da war sie also seit einem knappen Jahr am College, aber sie schien sich nie richtig wohlzufühlen. Das ergibt natürlich Sinn, nach dem, was ich von Gerry gehört habe. Aber ich bezweifle, dass es Warnzeichen gab. Die Lehrerinnen in Anstey waren alles in allem hervorragend ausgebildet und schienen sich wirklich um unser Wohlergehen zu sorgen. Ich glaube, es wäre ihnen aufgefallen, wenn sie Symptome einer Depression gezeigt hätte, und sie hätten etwas unternommen.«

»Wie hat Celia Bannerman reagiert?«

Josephine überlegte kurz. Sie wollte Celias damalige Reaktion nicht mit dem vermischen, was sie ihr kürzlich über den Vorfall erzählt hatte. »Sie war natürlich schockiert. Ich glaube, sie hatte ein schlechtes Gewissen, weil es unter ihrer Aufsicht passiert war und sie Lizzie überhaupt erst nach Anstey gebracht hatte.«

»Aber ihre Trauer war eher professioneller Natur und weniger dem Verlust eines bestimmten Mädchens geschuldet?«

»So klingt es ziemlich egoistisch, aber du triffst den Nagel vermutlich auf den Kopf.« Sie betrachtete eine Windmühle, bewunderte das Licht, das von ihren Segeln reflektiert wurde. »Es war sehr seltsam für uns alle. So eine Atmosphäre hatte ich noch nie erlebt. Anstey war ein lauter Ort, rund um die Uhr. Kein Wunder, es war ja voll mit jungen Frauen. Am nächsten Morgen fühlte es sich allerdings so an, als wäre das College von Gespenstern bevölkert. Es hat nicht lange angehalten, muss ich zu unserer Schande gestehen. Wenn ich jetzt auf ihren Tod zurückblicke, sehe ich die Tragödie dahinter, besonders seit meinem Gespräch mit Gerry, aber ich glaube, das liegt an meinem Alter. Ich gebe es ja nur ungern zu, aber als Mädchen waren wir davon eigentümlich fasziniert. Den Ausbilderinnen hat es allerdings wirklich zugesetzt. Ich kann mir vorstellen, dass an dem Tag eine Menge schwarzer Kaffee in ihrem Salon getrunken wurde und Anschuldigungen die Runde machten.«

»Mich wundert es, dass Lizzie mit dem Brief nicht zu Bannerman gegangen ist. Wäre das nicht die normale Reaktion auf so etwas, Unglaube? Das Bedürfnis, es sich bestätigen zu lassen?«

»Das kommt wahrscheinlich darauf an, von wem man es erfahren hat. Sie hat Gerry vertraut und ihr geglaubt. Außerdem wissen wir nicht, woran sie sich noch erinnerte. Sie war ja kein Kleinkind mehr, als sie adoptiert wurde, und die Geschichte passte vielleicht zu ein paar blassen Erinnerungen. Erwachsene denken immer, sie könnten Kindern etwas vormachen, aber das ist oft reine Illusion.«

»Trotzdem würde ich denken, sie hätte es klarstellen wollen. Aber soweit du weißt, hat sie das nicht?«

»Korrekt. Wenn sie zu Celia gegangen wäre, hätte sie den Suizid sicher verhindert. Ich weiß natürlich nicht, ob sie wusste, wie viel Einfluss Celia auf ihr Leben gehabt hat.«

»Ich nehme an, es war tatsächlich Suizid?«

»Um Gottes willen, Archie, was soll es denn sonst gewesen sein? Sie hat einen Abschiedsbrief hinterlassen.« Penrose fragte sich, ob Fallowfield das Schreiben wohl über die Kollegen in Birmingham würde auftreiben können. »Und mir kam es bedeutsam vor, dass sie so sterben wollte wie ihre Mutter. So etwas lässt sich doch nur schwer vortäuschen, oder?«

»Da hast du wohl recht«, stimmte er widerwillig zu.

Sie fuhren an einem Wegweiser Richtung Framlingham vorbei, und Josephine schaute ihm nach. »So langsam nähern wir uns meinen Wurzeln«, sagte sie.

»Wie bitte? Du stammst aus Suffolk?«

»Auf der Seite meiner Mutter, vor mehreren Generationen. Sie haben anscheinend irgendwo zwischen Framlingham und Saxmundham Bier gebraut.«

»Stell dir nur mal vor, am Ende bist du mit Bill verwandt. Da würde er sich vielleicht freuen, besonders, wenn es dazu noch

Freibier gibt.« Er verlangsamte vor einer scharfen Rechtskurve. »Kennst du dich hier aus? Warst du schon mal mit deiner Familie hier?«

»Nein, und meine Erfahrungen mit Suffolk als Erwachsene beschränken sich auf die Fahrt nach Newmarket und zurück. Die Rowley Mile kriegt mich immer wieder. Ich würde die Gegend allerdings gern besser kennenlernen«, fügte sie hinzu, während sie eine Hauptstraße entlangfuhren, die zu beiden Seiten von hübschen Häusern und kleinen Geschäften gesäumt war. Endlich schaffte es die Sonne durch die Wolken und brachte die Gehwege wie auf Kommando zum Strahlen, und Josephine war begeistert. »Wie schön! Am Ende muss ich doch in den Süden ziehen.«

»Meinst du nicht, das ist alles ein bisschen zu perfekt?«

»Geht das überhaupt? Wie kommst du darauf?«

Er zeigte auf ein malerisches Giebelhaus mit ummauertem Garten, das ein Stück von der Straße entfernt stand. »Und wenn du wüsstest, dass dort nach einem heftigen Gewitter eine junge Bedienstete mit zweifelhaftem Lebenswandel tot aufgefunden wurde? Mehrere Stiche in die Brust, und die Kehle von einem Ohr zum anderen aufgeschlitzt?«

Sie lachte über die melodramatische Note in seiner Stimme. »Dann würde ich wahrscheinlich sagen, das ist ein hübsches Haus, und ich hoffe, sie haben ordentlich geputzt. Wer hat sie umgebracht?«

»Angeblich ein Mann namens William Gardiner. Er hat sie geschwängert, obwohl er eine Frau und zwei Kinder hatte.«

»Um Gottes willen, das war hier?«

»Du kennst den Fall?«

»Ich habe kürzlich davon gelesen. Das war zeitgleich mit Sach und Walters in der Zeitung. Mussten sie den Prozess nicht wiederholen?«

»Genau, die Geschworenen konnten sich nicht einigen. Beim ersten Mal haben sie elf gegen eins für schuldig gestimmt, beim zweiten Mal elf gegen eins für unschuldig.«

»Wieso war es so umstritten?«

»Die Beweislage war verwirrend. Bei Rose Harsents Leiche wurde ein Fläschchen mit Paraffin gefunden, mit dem jemand ihre Kleider in Brand gesetzt hatte, und es war als Medizin für Gardiners Kinder gekennzeichnet. Die Staatsanwaltschaft sah darin einen unbestreitbaren Beweis seiner Schuld; die Verteidigung meinte, nur jemand, der den Verstand verloren hätte, wäre dumm genug, um so etwas liegen zu lassen, und jemand hätte ihm eine Falle stellen wollen.«

»Ich neige dazu, der Verteidigung zuzustimmen, wobei es natürlich auch ein tollkühner Doppelbluff gewesen sein könnte. Was ist am Ende passiert? Kam es zu einem dritten Prozess?«

»Nein. Der Richter hat versucht, aufgrund der Beweislage eine Verurteilung zu erzwingen, doch die Jury wollte davon nichts wissen, und Gardiner kam auf freien Fuß. Er ist in den ersten Zug zur Liverpool Street gestiegen und in London untergetaucht.«

»Ich weiß nicht, ob er dadurch schuldiger oder unschuldiger wirkt. Wie konnte er einfach verschwinden? Er war doch sicher im ganzen Land berüchtigt.«

»Damals war es ziemlich einfach, vom Erdboden zu verschwinden, das ist ständig passiert. In den Zeitungen gab es nicht so viele Fotos wie heute, und die Leute mussten ihm glauben, wenn er seinen Namen nannte. Nimm mal das, was du mir über Annie Walters erzählt hast – sie ist von Ort zu Ort gezogen, jedes Mal mit einem neuen Namen, und ist damit durchgekommen. Sie hat sich Ärger eingehandelt, indem sie zu lange am selben Ort geblieben ist, aber Gardiner war sorgfältiger, und London ist weit von Peasenhall entfernt.«

»Das muss doch furchtbar gewesen sein«, sagte Josephine. »Bestimmt hat er sich das ganze Leben lang über die Schulter geschaut und wusste nie genau, ob er wirklich davongekommen ist. So war es wahrscheinlich auch für Jacob Sach und Nora Edwards.«

»Ja, und das ist alles zeitgleich passiert. Nimm es doch mit in dein Buch auf.«

»Du willst mich wohl veräppeln. Ein echtes Verbrechen reicht mir, vielen Dank.« Sie kramte in ihrer Handtasche nach einem Feuerzeug und steckte ihnen beiden eine Zigarette an, wobei sie hoffte, dass Archie Martas Tagebuch im Durcheinander nicht aufgefallen war. »Interessant ist es schon – Rose Harsent klingt wie jemand, den Sach aufgenommen hätte. Das stimmt doch nachdenklich, oder? Diese Mädchen oder ihre Kinder – alle zum Tode verurteilt, weil Männer sich nicht den Konsequenzen ihrer Taten stellen wollten. Ich habe nicht das Gefühl, dass die zwölf männlichen Geschworenen bei Sach die Beweislage so genau untersucht haben. Falls Gardiners Frau für den Mord vor Gericht gestanden hätte, hätten sie sie bestimmt direkt beim ersten Mal gehängt.« Sie hatte recht, dachte Penrose; er war überrascht gewesen, wie wenig Beweise für Sachs und Walters' Unschuld angeführt worden waren. Er zweifelte zwar nicht an ihrer Schuld, sah jedoch mehrere Schlupflöcher, mit denen ein anständiger Anwalt die beiden vor dem Strick hätte bewahren können. Sie kamen an eine Kreuzung, und Josephine schaute auf die Karte. Die Namen der Ortschaften faszinierten sie. »Hier links«, sagte sie. »Und in acht Kilometern dann rechts.«

Sie bogen von der Hauptstraße ab, als in der Ferne eine herrliche Kirche sichtbar wurde, und erneut veränderte sich die Umgebung. Die hügelige, urbare Landschaft wich Heideland, in dem sich Heide mit Tannen und Stechginster abwechselte. Wundersamerweise blühten ein, zwei Stechginsterbüsche sogar noch, und ihr Gelb – obgleich müde und verblasst – bildete einen willkommenen Kontrast zu den gedämpften Grautönen ihrer bisherigen Reise. Am Rande eines kleinen Waldstücks bewegte sich eine Rothirschkuh schüchtern durch den Wechsel aus Licht und Schatten. »Im Sommer muss das traumhaft sein.« Josephine war von der üppigen, abwechslungsreichen Landschaft wie verzaubert.

Walberswick selbst war ebenfalls charmant. Es kauerte an der Küste Suffolks, wo der Blyth in die Nordsee floss. Der Ort hatte offensichtlich eine lange Geschichte, dachte Josephine, während sie sich langsam in seinen Kern schlängelten. Die Mischung aus Architekturstilen war faszinierend, reichte von kleinen Cottages und umgebauten Fischerhütten zu großen, ausufernden Villen. Zahlreiche Häuser waren im Stil der Arts-and-Crafts-Bewegung gebaut, für die Josephine eine besondere Vorliebe hegte, und als sie an der Kirche vorbeikamen, die trotzig auf den Ruinen eines älteren, grandioseren Gotteshauses thronte, waren ihr bereits drei Grundstücke aufgefallen, die sie gerne besessen hätte. »Schöner Ort für den Ruhestand«, sagte sie.

»Sehr schön«, stimmte Archie zu. »Holloway am Meer ist es jedenfalls nicht. Sie wohnt am Dorfplatz, mitten im Trubel.« Sie fanden das Ortszentrum dank der wenig verzweigten Straße problemlos. Archie fuhr noch ein Stück weiter und hielt vor dem Bell Hotel, einem freundlichen Gebäude mit Reetdach, das die Mündung überblickte. »Ich weiß nicht, wie lange es dauern wird«, sagte er. »Was machst du solange?«

»Mir das Meer anschauen, glaube ich. Das ist das ideale Spazierwetter. Und auf der anderen Seite vom Platz habe ich eine Teestube gesehen. Wenn es mir zu kalt wird, warte ich dort auf dich, aber hetz dich bitte nicht. Ich mache extra langsam mit den Scones.«

Er lächelte und sah ihr nach, dann ging er in die Richtung zurück, aus der sie gekommen waren. Ethel Stukes Haus stand am Ende einer Reihe kleiner Klinkerhäuschen auf der linken Seite des Dorfplatzes, und er fragte sich, wer es wohl lustig gefunden hatte, ihn nach einer berühmten Belagerung zu benennen. Er schloss das Holztor leise hinter sich und klopfte an die Haustür, wobei sich die Vorhänge im Erdgeschoss bereits derart wild bewegt hatten, dass er seine Anwesenheit eigentlich nicht mehr hätte ankündigen müssen. Es dauerte ein, zwei Minuten, bevor sich ein Schlüssel im Schloss drehte, und ihm fiel wieder ein, dass die ehemalige Wärterin mindestens Anfang siebzig sein musste. Als sie jedoch vor ihm stand, wurde ihm klar, dass die Verzögerung nicht an ihrem Alter, sondern an ihrer Arthritis gelegen hatte. Sie war groß, aber über zwei Gehstöcke gebeugt, und ihre Gliedmaßen waren so dünn, dass jede Bewegung ohne Verletzung an sich schon ein Wunder war. »Miss Stuke?«, sagte er. »Ich bin Detective Inspector Archie Penrose von der Metropolitan Police. Sehr freundlich, dass Sie mich so kurzfristig empfangen können.«

Sie sah ihn kurz an, bevor sie etwas erwiderte, und er konnte nicht sagen, ob sie ein hartes Gesicht hatte oder er lediglich davon beeinflusst worden war, was er über ihren Seelsorgestil gehört hatte; in jedem Fall schien Ethel Stuke nichts für Nettigkeiten übrigzuhaben. »Ihre Kollegen haben mir nicht genau gesagt, was Sie wollen.« Sie trat zur Seite, um ihn ins Wohnzimmer zu lassen. »Ich hoffe, Ihnen ist das klarer.« Die Zeit in Suffolk hatte ihrem Tonfall nichts an Londoner Schärfe genommen. »Tee?«, fragte sie knapp. Penrose vermutete, ihre Einsilbigkeit war dem jahrelangen Hervorbellen von Befehlen geschuldet; das Angebot klang eher nach einer Herausforderung, und er wollte gerade ablehnen, als sein Blick auf ein Tablett in der Ecke fiel, das mit Tassen, Untertassen und Gebäckstücken besetzt war. Womöglich bellte Ethel Stuke, biss aber nicht, oder womöglich war ihre Einsamkeit schon so lange ihre Begleiterin, dass sie sich keine Gedanken um ihren Ruf mehr machte. »Das wäre sehr nett«, sagte er. »Vielen Dank.«

Sie ging langsam in die Küche nebenan, und er nutzte die Gelegenheit, sich im Wohnzimmer umzusehen. Es war vollgestellter, als er es von jemandem mit einer Vergangenheit in einer Einrichtung wie Holloway erwartet hätte, aber vielleicht kompensierte sie mit dem Nippes und der Unordnung auch lediglich, was ihr so lange verwehrt gewesen war. Die meisten Oberflächen waren mit dekorativen Elementen und Topfpflanzen bedeckt – hauptsächlich afrikanische Veilchen, dazwischen ein paar Schusterpalmen –, doch am meisten interessierten ihn ihre Bücherregale. Sie waren vollgestopft mit Kriminalromanen – Christie, Sayers und Allingham, gespickt mit Freeman Wills Croft und einer Ngaio Marsh –, und er konnte zwar keine Ausgabe von Josephines *Der Mann in der Schlange* ausmachen, doch Ethel Stukes Geschmack schien ein gutes Vorzeichen für die Bitte, die er in Josephines Namen an sie herantragen wollte.

»Wohnen Sie schon lange hier, Miss Stuke?«, fragte er, als sie schließlich zurückkehrte. Sie bewegte sich nun noch langsamer, da sie einen Gehstock gegen eine Teekanne ausgetauscht hatte. »Das Dorf wirkt sehr nett.« Er widerstand der Versuchung, ihr zu helfen, da er spürte, dass es sie beleidigt hätte; er sollte sie besser nicht kränken, noch bevor sie ihm irgendetwas erzählt hatte.

»Setzen Sie sich.« Sie nickte zu einem der Sessel am Kamin. »Ich bringe Ihnen den Tee.« Sie legte eine Scheibe Früchtebrot auf die Untertasse und stellte sie auf dem Tisch neben ihm ab. »Ich bin vor acht Jahren wegen meiner Schwester hierhergekommen, als ich in den Ruhestand gegangen bin. Schlecht ist es nicht. Voll mit Menschen, die zu viel Zeit und nichts Besseres zu tun haben, als sich in anderer Leute Angelegenheiten einzumischen, aber damit habe ich genug Erfahrung, und in letzter Zeit werden sie hier nicht mehr so freundlich empfangen. Mabel ist im Januar gestorben.«

»Mein Beileid.«

»Nicht nötig. Wir standen uns nicht nahe. Sie konnte meinen Beruf nie leiden. Es hat keinen guten Eindruck gemacht, wenn sie den Leuten erzählte, dass ihre Schwester in Holloway ist.«

Er konnte unmöglich sagen, ob sie einen Scherz machte oder lediglich Tatsachen aussprach. »Genau darüber möchte ich mit Ihnen sprechen«, sagte Penrose. »Und über ein paar Kolleginnen und Insassinnen, um die Sie sich gekümmert haben.« Die Aussicht, über das Gefängnis zu sprechen, ließ sie aufleben, und ihm wurde klar, dass sie genauso sehr für die Arbeit gelebt hatte wie Celia Bannerman, Mary Size und Miriam Sharpe; auf sie musste der Ruhestand am Meer wie eine grausame Parodie der Einrichtung wirken, der sie widerwillig den Rücken gekehrt hatte. »Aber zuerst muss ich Sie eins fragen – waren in letzter Zeit zwei junge Frauen hier und haben sich nach der gleichen Sache erkundigt?«

»Nein«, sagte sie, und Penrose war entmutigt. Hatte er die

lange Fahrt wirklich auf sich genommen, nur um zu erfahren, dass er sich getäuscht hatte? »Es kam nur eine. Sie war letzte Woche hier.«

»Hieß sie Marjorie Baker?«

Sie lächelte. »Mir war sofort klar, dass sie eine Delinquentin war, als sie vor mir stand. Viel zu selbstsicher – sie wird den Rest ihres Lebens immer wieder in dem Laden landen.« Die Naturgewalt, von der Mary Size gesprochen hatte, wurde deutlicher, als die ehemalige Wärterin Platz nahm und ihre Gebrechlichkeit weniger auffiel. »Was hat sie dieses Mal verbrochen? Muss ja ernst gewesen sein, wenn jemand wie Sie sich dafür interessiert.«

»Sie hat überhaupt nichts verbrochen, Miss Stuke, aber ich wüsste gerne, weshalb sie bei Ihnen war.«

»Sie wollte mehr über eine andere Wärterin wissen, mit der ich in Holloway gearbeitet hatte, eine Bannerman. Sie hat es natürlich zu weitaus vornehmeren Posten gebracht.« In ihrer Stimme schwang unverhohlene Ablehnung mit, doch Penrose war so zufrieden, dass er nicht darauf achtete. »Die kleine Baker hat sich allerdings für die Anfangszeit interessiert, als das Gefängnis zum reinen Frauenknast wurde.«

»Was wollte sie wissen?«

»Wie Bannerman als Wärterin war. Ich hatte den Eindruck, sie wusste selbst nicht so genau, wonach sie gesucht hat. Sie hat nie nachgefragt und mich nur reden lassen.«

»Hätten Sie etwas dagegen, wenn wir es auch so machen?« Sie zuckte die Achseln. »Wann haben Sie Miss Bannerman kennengelernt?«

»1902. Ihr fiel es von Anfang an schwer, sich anzupassen. Die meisten von uns haben damals dort gearbeitet, weil es in der Familie lag – in der Hinsicht war es so ähnlich wie Hausdienerschaft –, aber Bannerman hat es sich ausgesucht. Sie kam aus der Krankenpflege, und irgendwann ist sie auch wieder dahin zurückgekehrt. Jedenfalls hatte sie irgendeinen Vortrag über die schreckliche medizinische Versorgung von Frauen im Gefängnis gehört und dachte, sie könnte etwas daran ändern.«

»Und da hat sie sich getäuscht?«

»Natürlich. Jetzt kommt sie mit dem Quatsch vielleicht durch. Soweit ich das überblicken kann, gibt es heutzutage ja keine Disziplin mehr, aber damals war das ein Kampf gegen Windmühlen. Sie war auch viel zu zart und freundlich mit den Gefangenen. So fangen die meisten von uns an, aber das legt man schnell ab. Nein, Bannerman war zu gut für uns, und damit meine ich nicht, dass sie so hochnäsig war wie jetzt anscheinend, sondern, dass sie einfach ein guter Mensch war.« Sie sprach es in dem ungläubigen Ton aus, in dem die meisten Leute nur von außergewöhnlichen Leistungen sprachen, die außerhalb des scheinbar Menschenmöglichen lagen. »In Holloway war kein Platz für Gefühlsduselei, und es war nur eine Frage der Zeit, bis sie sich Ärger eingehandelt hat.«

»Inwiefern?«

»Sie ist den Frauen zu nahe gekommen. Hat sie nicht gemeldet, wenn sie gegen die Regeln verstoßen haben, und sich in ihre Leben draußen eingemischt.«

»Meinen Sie Sach und Walters?«

»Sach hatte Bannerman um den kleinen Finger gewickelt, aber sie war ja auch ein manipulatives Miststück, deswegen saß sie überhaupt. Hat jemand anderen die Drecksarbeit machen lassen und dachte, sie kommt damit durch. Hat sich beim Hausgeistlichen und beim Gefängnisrat angebiedert, und Bannerman hat ihr aus der Hand gefressen. Sie dachte wirklich, dass sie es rausschafft, bis wir sie zum Galgen gebracht haben. Das hat ihr das Grinsen dann ausgetrieben.«

Zum ersten Mal zeigte sie Anzeichen einer Geisteshaltung, die in ihrer Brutalität über Pflicht und Disziplin hinausging, und es widerte Penrose an. Mary Size' Bemühungen waren umso bewundernswerter, wenn man sah, wogegen sie anzukämpfen hatte. »Soweit ich es verstanden habe, kam Miss Bannerman mit der Hinrichtung nicht gut zurecht«, sagte er.

»Sie hat es einfach nicht verstanden, Inspector. Sie war genau wie diese anderen Gegner der Todesstrafe, die sich die Hände nicht schmutzig machen wollen und nie mit einem echten Verbrecher gesprochen haben. Sie hat nicht verstanden, dass manche Verbrechen für anständige Menschen so schrecklich sind, dass es nur eine Antwort darauf gibt.«

Sie ging aufgrund seines Berufs davon aus, dass er ihrer Meinung war, und er korrigierte sie nicht. Penrose erlaubte es sich nur selten, darüber nachzudenken, ob es ethisch vertretbar war, einem anderen Menschen im Namen der Gerechtigkeit das Leben zu nehmen, da er sonst niemals seine Arbeit verrichten könnte. Jedoch gab es durchaus einen praktischen Grund, aus dem er die Todesstrafe hinterfragte: Zeugen sagten nur ungern in Prozessen aus, die zum Todesurteil führen könnten, und Geschworene verurteilten nicht gern zum Tod. Zusammengenommen führte das zu weitaus weniger Schuldsprüchen, als es eigentlich hätte geben müssen. Insgeheim glaubte er, der Gerechtigkeit und den Familien der Opfer wäre mit einer Alternative mehr geholfen – aber jetzt war nicht der richtige Zeitpunkt für eine Debatte zur Abschaffung der Todesstrafe. »Wollte Marjorie etwas über Sach und Walters wissen?«

»Nein. Kann sein, dass ich die beiden erwähnt habe, aber sie kannte die Namen nicht und wollte auch nicht mehr über sie erfahren.«

»Woran war sie dann interessiert?«

»An Bannermans Beziehung zu Eleanor Vale. Genau das meinte ich – sie war zu nachsichtig mit den Frauen und hat sich dann gewundert, dass sie es ausnutzten.«

Penrose kannte den Namen aus Josephines Arbeit. »Eleanor Vale hat ebenfalls unerwünschte Kinder aus dem Weg geschafft, oder? Aber sie wurde nicht zum Tod verurteilt.«

Ethel Stuke nickte. »Das stimmt.«

»Was meinen Sie mit ›Beziehung‹?«

»Das ging kurz nach der Hinrichtung von Sach und Walters los. Unter den Gefangenen hat das für Aufruhr gesorgt, und manche haben sich gegen Vale gewendet, haben sie verhöhnt und gesagt, sie hätte auch an den Galgen gehört. Manche meinten, sie wäre noch schlimmer gewesen, weil sie die Kinder sich selbst überlassen hat, statt ihnen ein schnelles Ende zu bereiten. Sie dürfen nicht vergessen, dass die meisten Frauen in Holloway einfach nur Säuferinnen und Prostituierte waren. Sie haben zusammengehalten und hatten was gegen Leute, die solche wie sie ausgenutzt haben. Sie wollten dafür sorgen, dass Vale wünschte, sie wäre erhängt worden, und das haben sie gut hingekriegt. Eines Nachts hat sie es nicht mehr ausgehalten und angefangen, ihre Zelle zu zerlegen. Bannerman war im Dienst, aber die Wärterinnen haben keine Schlüssel, die müssen von der Vorsteherin geholt werden, und das dauert.« Dann viel Glück bei einem echten Notfall, dachte Penrose, unterbrach sie jedoch nicht. »Als sie endlich da waren, hatte Vale ihr Fenster schon mit einem Brett aus ihrem Bett eingeschlagen. Bannerman ist als Erste rein und wollte sie aufhalten, da hat Vale sie mit einer Glasscherbe angegriffen, genau hier.« Sie fuhr mit der Hand von ihrer linken Schulter über ihre Brust. »Ein paar Zentimeter höher, und sie hätte ihre Kehle erwischt. Sie ist auch so schon fast verblutet.«

Penrose wirkte skeptisch. »Davon steht in Celia Bannermans Akte nichts.«

Sie strafte seine Naivität mit einem verächtlichen Gesichtsausdruck. »Solche Sachen werden gerne ausgelassen, die machen sich beim Innenministerium nicht gut.«

»Hat Celia Bannerman deswegen eine andere Laufbahn eingeschlagen?«

»Ja, unter anderem, aber wir dürfen auch nicht vergessen, über wen wir hier reden. Die meisten von uns hätten die Frau dafür gehasst, aber Bannerman hat ihre Feindseligkeit als persönliche Herausforderung betrachtet. Sie hat vergessen, dass die Waffe einer Gefängniswärterin ihre Macht ist, nicht ihr Verstand, und war im Anschluss nur noch freundlicher. Hat ihr eigenes Rehabilitationsprogramm entworfen, sich um Vale gekümmert und sie nach ihrer Entlassung sogar bei sich aufgenommen. Das war wahrscheinlich noch ein Grund für die Kündigung.

Wärterinnen hatten sich nicht mit ehemaligen Insassinnen anzufreunden.«

Penrose verstand nicht, weshalb Marjories Neugier damit befriedigt gewesen sein sollte; Freundlichkeit und Naivität waren kaum Verbrechen, die es geheim zu halten galt, und Celia Bannerman war aus dem Vorfall kein Vorwurf zu machen. Eine Affäre mit einer verurteilten Kinderquälerin wäre es allerdings wert, vor den Kreisen, in denen sie nun verkehrte, verschleiert zu werden. »Waren die beiden ein Paar?«, fragte er.

Ethel Stuke starrte ihn an, als hätte er sie absichtlich beleidigt. »Natürlich nicht«, sagte sie. »Manchmal kommen die Gefangenen zwar auf solche Gedanken, aber das wird ihnen schnell ausgetrieben. Eine Wärterin würde sich nie darauf einlassen, nicht einmal Bannerman. Ein bisschen ist der Schuss allerdings schon nach hinten losgegangen. Vale hat an ihr geklebt wie eine Klette, was Bannerman wohl nicht in den Kram gepasst hat, als sie dann nach Höherem strebte.«

»Mit wem hatte Miss Bannerman noch zu tun? War sie außerhalb der Arbeit mit anderen Wärterinnen oder Mitarbeitern befreundet?«

»Nein. Wenn man so eine Stelle antritt, kann man sich von einem Privatleben verabschieden. Die meisten Leute trifft das am Anfang schwer, sie allerdings nicht. Das Gefängnis war ihr Leben, und sie schien ansonsten nichts zu brauchen. Ihre Karriere war ihr das Allerwichtigste.«

»Und was ist aus Eleanor Vale geworden?«

»Bannerman hat sie zum alten Eisen geworfen, sobald sie die neue Stelle oben im Norden bekommen hat. Ich habe den Mietvertrag für ihr Haus in Holloway übernommen, aber ich habe ihr gesagt, dass ich Vale nicht als Untermieterin haben will, also hat sie sie wohl rausgeschmissen. Sie hat mir ihre neue Adresse gegeben und mir alles Gute gewünscht, aber über Vale hat sie kein Wort verloren, und ich habe sie nie wiedergesehen. Keine Ahnung, wohin es sie verschlagen hat. Ich habe Bannerman ein paar Mal geschrieben, aber sie hat mir nie geantwortet.

Und auf einmal steht sie ständig in der Zeitung und ist wichtiger als die Queen.«

»Ich nehme an, dass Sie die Adresse in Leeds nicht mehr haben, oder? Und von dem Haus in London, das Sie übernommen haben?«

»Irgendwo sind die bestimmt noch.« Sie ging nach nebenan, wo Penrose ihr Schlafzimmer vermutete; er bezweifelte, dass sie noch oft die Treppe hinaufstieg. Sie kehrte mit einem Fotoalbum voller Bilder und Zeitungsausschnitte zurück; hauptsächlich schien es sich um Artikel zu berühmten Fällen zu handeln, und es kam ihm surreal vor, die Gesichter verurteilter Verbrecherinnen und Verbrecher vor sich zu sehen, wo er mit Familienfotos und Urlaubsandenken gerechnet hätte. »Hier.« Sie reichte ihm einen Zettel.

»Darf ich mir das ausleihen?«, fragte er, und sie nickte neugierig. »Haben Sie das hier Miss Baker gezeigt?«

»Nein. Nachdem ich ihr erzählt hatte, was im Gefängnis passiert ist, wollte sie nichts mehr wissen.«

»Hat sie Ihnen ein Foto aus einer Zeitschrift gezeigt?« Sie schüttelte den Kopf. »Dann habe ich Sie lange genug in Anspruch genommen, Miss Stuke. Vielen Dank, Sie haben mir sehr weitergeholfen.« Sie wirkte fast schon traurig über seinen Abschied; all ihren Beteuerungen zum Trotz waren ihr Besucher offensichtlich willkommen, sofern sie über die Vergangenheit sprechen wollten, und das war ein gutes Zeichen für Josephine. Er wollte ihr zumindest den Weg ebnen. »Eine Freundin von mir schreibt einen Roman, der auf dem Fall von Sach und Walters basiert«, erklärte er. »Wären Sie vielleicht dazu bereit, sie bei ihrer Recherche zu unterstützen?«

»Einen Roman? Da ist sie wohl kaum an der Wahrheit interessiert, oder?«

Die vehemente Antwort überraschte ihn. »Das eine schließt das andere nicht aus«, erwiderte er. »Außerdem ist mir aufgefallen, dass Sie eine Schwäche für Kriminalliteratur haben.«

»Diesen Kram kann ich nicht ausstehen.«

»Dafür nimmt er eine Menge Platz in Ihren Regalen ein.«

»Das meiste gehörte meiner Schwester. Ich habe sie zwar gelesen, aber darin wimmelt es nur so vor Fehlern, genau wie in Mabels Leben.«

Ihr gereizter Unterton entging ihm nicht. »Sie lesen sie also, um sie zu kritisieren?«

»Niemand, der mit echten Verbrechen zu tun hatte, würde damit seine Zeit verschwenden.« Er fragte sich, was sie dazu sagen würde, wenn sie wüsste, wie sehr sie nach Celia Bannerman klang. »Ich kann Ihrer Freundin leider nicht helfen.«

Als er aufstand, blieb sein Hut an einer Pflanze hängen, und ihm fiel ein, was Josephine zu ihm gesagt hatte. »Hat Celia Bannerman nach der Hinrichtung Veilchen auf die Leichen gelegt?«, fragte er, während sie ihn zur Tür begleitete.

»Nein, das war ich.«

Penrose war erstaunt. »Wieso sollten Sie ihnen diesen Respekt zollen, nach allem, was Sie über Strafe und Buße für Verbrechen gesagt haben?«

»Weil sie zu dem Zeitpunkt in Gottes Augen wieder unschuldig waren«, sagte sie. »Genau das ist es ja. Sie haben den Preis für ihre Verbrechen gezahlt und sich damit meinen Respekt verdient.«

Josephine war froh, nach der langen Fahrt die frische Luft auf ihrer Haut zu spüren, und noch froher, dass sie sie nicht mit einer Menschenmenge teilen musste. Der schmale Weg zur Flussmündung war praktisch menschenleer, und sie konnte ungestört am Wasser stehen und den Blick genießen, von ihren Gedanken einmal abgesehen. Es herrschte Ebbe, und weite Flächen glänzenden Watts lagen offen, sehr zur Freude der Schreit- und Zugvögel, die hier überwinterten. Auf der anderen Seite des Flusses konnte sie den Leuchtturm und den Kirchturm ausmachen, die eine nah gelegene Ortschaft begrenzten. Die Fähre, mit der sie dort hingelangen könnte, hatte Winterpause, doch sie hegte ohnehin keinerlei Absichten, sich einem größeren Trubel hinzugeben als dem Ufer, auf dem sie stand; stattdessen machte sie sich auf den Weg den Strand hinab, genoss den knirschenden Kies unter ihren Schritten und das unerschütterliche Gefühl des Alleinseins.

Der Horizont in Suffolk wurde von Meer und Himmel dominiert, von dem endlos faszinierenden Spiel von Licht auf Wasser. Zuerst wirkte das Meer flach und grau, doch wenn man genau hinsah, war es von Hunderten metallischen Schattierungen aus Silber und Gold übersät, und es kam ihr vor wie das Meer ihrer Kindheit. Sie spürte es tatsächlich so sehr, dass sie sich fragte, ob ihre Eltern sie in Kindertagen einmal hierhergebracht hatten und sie sich schlicht nicht mehr daran erinnerte. Sonst ließe sich ihre Verbundenheit zu dieser Landschaft nur mit einem angeborenen Gefühl des Wiedererkennens eines fernen Teils ihrer selbst erklären, von Wurzeln, die sich durch Zeit und Raum nie gänzlich lösen ließen.

Als sie die Kälte nicht mehr aushielt, wandte sie sich wieder dem Landesinneren zu und nutzte den Kamin einer roten Ziegelvilla als Wegweiser zurück ins Dorf. Die Old Cottage Tearooms befanden sich in einem hübschen, einstöckigen Gebäude an der Dorfwiese. In die Balken und Dielen waren mehrere Jahrhunderte Leben eingesickert, und als sie sich an einen Tisch am Kamin setzte, genoss sie den Duft hausgemachter Mahlzeiten, der den Raum füllte. Eine Glocke an der Tür hatte ihre Anwesenheit verkündet, und sie spürte die Inhaberin hinter der Küchentür, lange bevor sie herauskam. »Was darf ich Ihnen bringen, Madam?«, fragte sie und fachte das Feuer an.

»Tee, bitte. Und ein paar Crumpets, falls Sie welche haben.«

»Marmelade oder Käse?«

»Butter reicht mir, vielen Dank.«

Sie lächelte, und Josephine wusste, was auf sie zukam. »Ihr Akzent stammt aber nicht aus der Gegend«, sagte die Frau und wischte ein paar imaginäre Krümel vom Tisch.

Josephine war versucht, ihre Wurzeln in Suffolk anzuführen, wollte aber nicht ohne Not Gesprächsthemen anbieten. »Nein, ich bin nur zu Besuch«, sagte sie. »Ein Freund von mir hat im Dorf zu tun, da wollte ich währenddessen eine Kleinigkeit essen. Lange braucht er sicher nicht mehr.« Die Frau verstand den Wink und verschwand in der Küche, und Josephine atmete erleichtert auf. Von ihrem Platz aus hatte sie freie Sicht über die Wiese, und von Archie war nichts zu sehen. Sie holte den Umschlag aus der Tasche, setzte sich die Brille auf und las. Die Handschrift war – wie Archie schon angemerkt hatte – unmöglich, doch sie gewöhnte sich allmählich daran, und die Marotten waren ihr fast so vertraut wie ihre eigenen.

»Josephine, ich bin wirklich müde, und das Leben kommt mir etwas düster vor«, fuhr Marta fort, und die direkte Ansprache traf sie immer noch ins Mark. *»Ich dachte, es wäre sicher schön, vier komplette Tage zum Schreiben zu haben, aber mein Hirn lässt mich im Stich. Ich will einfach nur faulenzen. Es gibt so viel, was ich dir über ...«*

»Bitte schön, einmal Crumpets mit reichlich Butter und eine schöne Kanne Tee.« Die Wirtin lud alles von ihrem Tablett und trat einen Schritt zurück, um ihre Arbeit zu bewundern. »Da fehlt noch etwas Süßes. Ich habe gerade einen leckeren Walnuss-Zimt-Kuchen aus dem Ofen geholt, wie wäre es mit einem Stück davon?«

Josephine lächelte sie ungerührt an. »Wunderbar.« Hauptsache, die Frau hatte zu tun. Sie wandte sich wieder ihrer Lektüre zu, da ihre Zeit begrenzt war, und wünschte, sie hätte sich trotz der Kälte auf eine Düne gesetzt.

Es gibt so viel, was ich dir über Dinge erzählen will, die seit Langem wie Gesteinsschichten in mir ruhen. Seit fünf Monaten führe ich dieses Tagebuch und habe so wenig gesagt – nichts, was dich interessieren könnte. Beschämende Zeugnisse eines schändlichen, kleinen Charakters – arrogant und unsicher. Ich kann nicht in Großbuchstaben über meine Arbeit sprechen oder darüber nachdenken; ich will sie einfach nur machen, und der Mangel an Gelegenheiten dazu – ein Resultat meiner

Unzulänglichkeit – flößt mir Angst ein, tiefer darüber nachzudenken. Ich bete nicht einmal mehr so wie in jüngeren Jahren, denn das Gebet würde zu einem Wassertropfen, der mein Herz aushöhlt.

»Eigentlich soll man sich ja nicht selbst loben, aber einen besseren finden Sie im ganzen County nicht.« Ein großes Stück Kuchen landete voller Stolz auf dem Rest des Tagebuchs, und Josephine war entsetzt, als die Frau ihr gegenüber Platz nahm. »Was hat Ihr Freund in Walberswick zu tun? Wen besucht er? Es ist doch ein Mann, oder?«

Josephine ließ die Hoffnung fahren, vor Archies Rückkehr noch mehr zu lesen, und legte die Seiten ab. »Eine gewisse Ethel Stuke«, presste sie hervor. »Ich glaube, sie wohnt irgendwo am Dorfplatz.«

»Ethel? Ja, das Haus direkt links.« Sie zeigte aus dem Fenster. »Auf einmal ist sie ganz schön beliebt. Vor ein paar Tagen waren zwei Mädchen hier, die haben auf Ihrem Platz gesessen. Eine von ihnen war bei Ethel, und sie war sehr zufrieden mit sich. Keine Ahnung, warum. Ethel ist ganz anders als Mabel, ihre Schwester. Mit der konnte man ein schönes Schwätzchen halten, aber Ethel hat für so was nichts übrig. Sie hat sich ihren Lebtag noch kein Stück Kuchen gegönnt, wenn Sie verstehen, was ich meine, und ich hätte nicht gedacht, dass sie mal so viel Besuch bekommt.«

»Was waren das für Mädchen?«, fragte Josephine mit vollem Mund. Der Kuchen war hervorragend, und fast schon das Opfer wert.

»Anfang zwanzig, würde ich sagen. Kamen aus London, nur für einen Tagesausflug. Sie haben von allen Kuchen ein Stück bestellt, und ich hab sie gebeten, im Vorhinein zu bezahlen. Heutzutage kann man nicht vorsichtig genug sein, oder? Die Hübsche hat bezahlt. Sie meinte, sie hätten was zu feiern, und bald hätten sie noch eine Menge mehr.«

Das war interessant. Josephine hatte keine Zweifel daran, dass es sich bei den Mädchen um Marjorie und Lucy handelte, und es stimmte sie traurig, dass die Feierlichkeiten von so kurzer Dauer gewesen waren. Vielleicht hatte Archie mittlerweile den Grund dafür entdeckt. Als wären ihre Gebete erhört worden, klingelte die Türglocke, und Mrs Reynolds rauschte davon, um sich um die Neuankömmlinge zu kümmern, sodass sie einen Moment Ruhe bekam. Statt weiter im Tagebuch zu lesen, dachte sie darüber nach, was sie bereits gelesen hatte, und ihre Gedanken wanderten zu einem Satz aus den ersten Seiten. *Immer, wenn ich an dich denke, habe ich das Gefühl, wir könnten zusammen sein, ohne zu reden oder etwas Bestimmtes zu tun, und dabei glücklich sein.* Gott sei Dank hatte Gerry es nicht zu Gesicht bekommen; ihre triumphierende Miene, wenn sie Martas unbewusste Widersprüche auf Josephines Einwände gelesen und gesehen hätte, dass sie ihr den ersehnten Frieden bot, wären unerträglich gewesen. Sie hob den Kopf und entdeckte Archie auf dem Dorfplatz. Rasch sammelte sie die Blätter zusammen und stopfte sie wieder in die Tasche. Mrs Reynolds warf ihr einen neugierigen Blick zu, und zur Abwechslung konnte sie ihr das nicht zum Vorwurf machen. Sie führte sich lächerlich auf und musste einfach damit aufhören.

»Crumpet?«, fragte sie, als Archie sich setzte.

»Nein, danke«, antwortete er. »Ich bin mit Ethel Stukes Kuchen bestens bedient worden.« Josephine konnte sich einen verschlagenen Blick zu Mrs Reynolds nicht verkneifen, die an den Tisch getreten war, um seine Bestellung entgegenzunehmen, und offenbar nicht so allwissend war, wie sie gedacht hatte. Er lächelte die Inhaberin an, und Josephine beobachtete amüsiert, wie sein Charme sie kurz auf dem falschen Fuß erwischte. »Wären Sie wohl so freundlich, mir zu verraten, wo ich das nächste öffentliche Telefon finden kann?«

»Da kann Ihnen mein Bruder weiterhelfen, Sir«, sagte sie. »Er betreibt den Einkaufsladen an der Hauptstraße, direkt wenn man ins Dorf reinkommt. Er macht Ihnen sicher gern auf.«

»Ich möchte ihm auf gar keinen Fall Umstände bereiten«, erwiderte Archie. »Ein öffentliches reicht mir vollkommen.«

»Dann beim Gemeindesaal. Wenn Sie hier rausgehen, links, und dann ungefähr hundert Meter geradeaus.«

Josephine blieb zurück, um ihre Rechnung zu begleichen, während er bei Scotland Yard anrief. »Bill, Sie müssen herausfinden, was aus Eleanor Vale geworden ist. Sie ist die Verbindung zwischen Bannerman und dem, was Marjorie und Lucy passiert ist.« Er erklärte kurz, was Ethel Stuke ihm erzählt hatte, und gab die Anschriften durch. »Zwischen den beiden ist irgendetwas passiert, das Bannerman vergessen will, davon bin ich überzeugt. Kontrollieren Sie, ob das Haus in Holloway wirklich so übergeben wurde, wie Stuke meinte, und dann finden Sie raus, ob Vale sich in Leeds hat blicken lassen. Ich weiß, ich weiß«, kam er Fallowfield zuvor. »Wir suchen nach einer Nadel im Heuhaufen, aber tun Sie, was Sie können. Und wenn Sie da nicht weiterkommen, suchen Sie nach verdächtigen Todesfällen oder Unfällen im Zeitraum von ...« – er schaute in seine Notizen – »... März bis August 1905. Das ist von Vales Entlassung bis zu Bannermans Umzug nach Leeds.«

»Glauben Sie wirklich, Bannerman hat sie um die Ecke gebracht, Sir?« Die Entfernung dämpfte die Skepsis in seiner Stimme nicht. »Ich dachte, Sie meinten, sie sei die Ausgeburt der Menschlichkeit gewesen?«

Penrose dachte kurz über den Widerspruch nach, stellte sich eine junge Celia Bannerman vor, die eine neue Arbeit und ein neues Leben beginnen wollte, aufgrund ihrer übermäßigen Freundlichkeit und einem schlechten Urteilsvermögen jedoch mit einer ehemaligen Insassin belastet war. Wäre sie wirklich dazu in der Lage gewesen, den letzten Schritt zu gehen, um ihre Karriere ungestört voranzutreiben? Dann dachte er an dieselbe Frau dreißig Jahre später, die Frau, die nach eigener Aussage die Entscheidung getroffen hatte, die Arbeit zu ihrem Leben zu machen; könnte sie töten, um diese Entscheidung zu rechtfertigen? Mit dem Anblick von Marjories verfärbten, blutigen Lippen noch frisch in seinem Gedächtnis, war Penrose der Annahme durchaus zugeneigt.

Er konnte es kaum erwarten, wieder im Büro zu sein, aber die Fahrt durch Suffolk fühlte sich endlos an. Weder er noch Josephine verloren viele Worte; beide schienen mit ihren eigenen Gedanken beschäftigt, und er spürte, dass Josephine sich ebenso sehr zurückhielt wie er, wenn auch zu einem völlig anderen Thema. Er war froh, dass der Zug in Ipswich halb leer war und sie ein Abteil für sich hatten. »Tut mir leid, dass sie nicht mit dir sprechen will«, sagte er, als der Zug anfuhr.

»Unsinn. Wenn ich ehrlich bin, verlässt mich langsam der Mut in der ganzen Sache. Ethel Stuke und Celia haben wahrscheinlich recht – ich sollte keinen Roman über echte Menschen schreiben und sie um der Geschichte willen zurechtbiegen. Das ist falsch.«

Er steckte sich eine Zigarette an und schaute aus dem Fenster. »Das glaubst du doch nicht wirklich. Du denkst bloß, du solltest es glauben.« Sie lächelte und ging nicht darauf ein, und er nahm an, dass sie ihm damit schweigend recht gab. »Weißt du irgendetwas über Celia Bannermans Privatleben?«, fragte er beiläufig. »Hat sie je über ihre Familie gesprochen?«

Josephine dachte darüber nach. »Jetzt, wo du es sagst ... ich habe sie nie über ihre Familie reden hören. Das ist vielleicht gar nicht so seltsam, wie es klingt – sie war meine Lehrerin, eine gewisse Distanz herrschte also immer, aber über die meisten anderen Lehrerinnen könnte ich dir tatsächlich etwas Persönliches erzählen. Am Anfang hatten wir alle Heimweh, da haben sie uns Dinge über ihre eigenen Familien erzählt, um uns zu trösten, und wir haben sie rasch kennengelernt. Das war in Anstey so. Ich habe allerdings nie gehört, wie Celia über jemanden geredet hat, der nicht durch die Arbeit mit ihr verbunden war.«

Ihre Verschlossenheit würde Sinn ergeben, wenn sie in einem Heim aufgewachsen wäre, dachte Penrose; bis heute haftete dieser Art von Kindheit ein Stigma an. »Hat sie jemals erwähnt, dass sie von einer Gefangenen attackiert wurde?«

Sie sah ihn verwundert an. »Nein. Hat dir Ethel Stuke das erzählt? Tut mir leid, ich weiß, ich sollte das gar nicht fragen.

Ich gebe mir wirklich Mühe, diskret zu sein und deine Schweigepflicht zu respektieren, aber das ist nicht so einfach, wenn man die Leute kennt.«

»Genau deshalb können wir nicht darüber reden. Denk an Murphys Gesetz. Ich würde gern deine Meinung hören, aber das kann ich dir einfach nicht antun. Und erwähne ihr gegenüber bitte nichts von dem Angriff.«

»Natürlich nicht.«

»Weißt du was, am besten solltest du überhaupt nicht im Cowdray Club sein. Kannst du nicht ein paar Nächte bei Ronnie und Lettice in der Maiden Lane schlafen?«

»Die beiden verbringen im Moment die meiste Zeit ihres Tages im Club. Ronnie meinte, ihr wächst das Anstaltsleben langsam ans Herz, und Lettice hat sich bis nächsten Mittwoch einen Tisch fürs Mittagessen reserviert.« Sie lächelte halbherzig. »Du meinst das ernst, oder? Wenn es dir damit besser geht, übernachte ich natürlich gern dort, wobei sie sicher nicht vor Dankbarkeit auf die Knie gehen werden. Bei ihnen ist die Hölle los.«

»Das ist schon in Ordnung, die Snipe kümmert sich ja darum. Sie freut sich bestimmt über dich. Mach aber nicht viel Wirbel darum. Du musst ja keinem Bescheid sagen, wenn du die Nacht anderswo verbringst, oder?«

Sie lachte. »Der Club ist kein Internat, Archie. Ich kann kommen und gehen, wie es mir passt.«

»Na gut. Ich richte der Snipe aus, dass sie dir ein Bett beziehen soll.«

»Sie muss sich aber nicht beeilen. Wenn wir früh genug zurück sind, wollte ich erst noch im Holly Place vorbeischauen. Du hattest recht mit dem, was du gestern gesagt hast – ich muss wirklich mit Marta reden.« Sie wartete ab, doch er schwieg. »Du hast mich gar nicht mehr danach gefragt.«

»Vielleicht will ich es ja gar nicht wissen.« Der Kommentar klang abweisender als beabsichtigt, doch wenigstens war er ehrlich.

»Es ist nicht so, wie du denkst.«

»Schön, dass du weißt, was ich denke; ich weiß es nämlich nicht.«

»Komm schon, Archie. Das ist doch nicht deine Art. Können wir nicht wenigstens darüber reden?«

»Nein, Josephine, ich glaube nicht. Mit wem du ausgehst und was du machst, ist deine Sache – das hast du schon immer deutlich gemacht. Du kannst doch nicht wirklich erwarten, dass ich hier sitze und den wohlmeinenden Kritiker gebe, während du herausfindest, was du fühlst? Ich bin kein verdammter Heiliger.« Er erkannte, dass er sie schockiert hatte, genau wie sich selbst, doch es war zwecklos, nun zurückzurudern. »Das musst du mit dir selbst ausmachen. Ich kann dir dabei nicht helfen.«

Sie saßen schweigend da, während sich der Zug durchs East End schlängelte. Als sie an der Liverpool Street ausstiegen, wartete zu Penrose' Überraschung Fallowfield auf dem Bahnsteig. »Ich habe ein paar Informationen für Sie, Sir, und ich dachte, je früher Sie die hören, desto besser.« Er lächelte Josephine an. »Kann ich Sie irgendwo absetzen, Miss Tey?«

»Nein, danke, Bill. Ich nehme ein Taxi.«

»Josephine, sei doch nicht albern«, sagte Penrose. »Wir können dich zumindest bis nach Hampstead mitnehmen. Ich meinte nicht, dass wir nie wieder ...«

Sie fiel ihm scharf ins Wort. »Nein, schon gut, du hast zu tun. Und du hast recht. Ich muss das mit mir selbst ausmachen. Sag mir nur eins: Hatten der Mord an Marjorie und Lucys Unfall etwas damit zu tun, dass ich Sach und Walters wieder ans Licht gezerrt habe?«

»Nein. Marjorie wusste nichts über ihre Familiengeschichte, da bin ich mir sicher.«

»Gut. Wir sehen uns bei der Gala.« Er nickte und wollte ihr einen Abschiedskuss auf die Wange geben, doch sie hatte sich bereits abgewandt.

13

Das Taxi ruckte langsam, aber stetig den Hügel hinauf, und Josephine fragte sich, was zum Teufel sie hier eigentlich machte. Die anfänglichen Bemühungen des Fahrers um Konversation waren auf eine derart ruppige Reaktion gestoßen, dass er sich rasch aufs Schweigen verlegt hatte. Die Stille half ihr jedoch nicht dabei, ihre Gedanken zu ordnen oder sich zu überlegen, was sie sagen sollte, wenn sie bei Marta vor der Tür stand. Archies Worte hatten einen Nerv getroffen, und nicht nur, weil er ziemlich aufgewühlt gewesen sein musste, um seine Gefühle so offensichtlich zu machen. Sie verstand ihre Situation selbst nicht und hatte keinen blassen Schimmer, wie sie sich daraus befreien sollte. Einer Sache war sie sich allerdings sicher – je länger sie wartete, desto mehr Schaden würde sie anrichten.

Hampstead lag ein Stück höher als der Rest der Stadt und fühlte sich sauber und ländlich an, selbst an einem grauen Novembernachmittag. Die Kirchturmuhr schlug zur halben Stunde, als sie aus dem Auto stieg, und der Kirchturm zwischen den Bäumen hätte genauso gut in ein Dorf in Südengland gepasst. Als sie auf die Holly Place einbog, wurde es noch stiller; sie betätigte die Klingel an Haus Nummer acht, und nur der Gesang der Vögel, die sich für die Nacht einrichteten, und das trockene Knistern von Laub auf dem Asphalt störten die Ruhe. Sie wartete, doch niemand öffnete, und sie klingelte erneut, wobei sich Erleichterung mit Enttäuschung darüber mischte, dass niemand zu Hause war. Das Haus erwachte immer noch nicht zum Leben, und sie wollte gerade davongehen, als eine Frau die Stufen des Nachbarhauses hinabgelaufen kam. »Sie ist im Garten«, rief sie Josephine über die Schulter hinweg zu. »Versuchen Sie es mal hinten.«

Sie tat, wie ihr geheißen, und folgte einem schmalen Weg am Haus vorbei. Das Herz sackte ihr in die Hose, als sie Martas Stimme hörte – sie wollte sich nun wirklich nicht unangekündigt einer Gruppe Fremder stellen –, doch sie widerstand der Versuchung, umzukehren. Marta war jedoch allein. Sie stand neben einem Erdhaufen an der Mauer am anderen Ende des Gartens und rang mit einer riesigen Säckelblumenwurzel, die sich standhaft weigerte, sich aus dem Boden zu lösen. Auf dem Rasen stand eine Schubkarre, in der sich tote Äste, Steine und Ziegelstücke häuften, daneben eine bunte Mischung aus Spaten, Schaufeln und Baumscheren, die ihr bei ihrer Aufgabe anscheinend kaum hilfreich waren. »Komm raus, du Miststück«, fluchte sie laut. Offenbar hatte sie nicht gemerkt, dass die umstehenden Bäume nicht ihre einzige Gesellschaft waren.

»Brauchst du Hilfe?«

Marta ließ die Wurzel fallen, als hätte sie sich daran verbrannt. »Josephine! Was machst du denn hier?«

»Passt es dir gerade nicht?«

»Doch, natürlich. Wobei, eigentlich nicht, aber eher wegen meines Stolzes. Guck doch nur mal, wie ich aussehe.« Sie deutete auf den Schmutz in ihrem Gesicht und die Zweige in ihrem Haar, sah allerdings nur noch umwerfender aus als sonst, und es war das erste Mal, dass Josephine sie wahrhaftig zufrieden erlebte. »Ich hatte bloß nicht gedacht, dass ich bei unserem Wiedersehen einen halben Garten im Gesicht haben würde. Falls es überhaupt ein Wiedersehen geben würde.«

Der zufriedene Ausdruck schwand aus ihrem Gesicht, und sie versuchte offensichtlich abzuschätzen, was Josephines Auftauchen fünf Tage vor dem verabredeten Termin zu bedeuten hatte. »Ein halber Garten steht dir gut«, erwiderte Josephine. »Wo soll ich anpacken?«

»Sei doch nicht albern. Du bist überhaupt nicht für Gartenarbeit angezogen.«

»Das stimmt. Vielleicht bin ich naiv, aber ich habe nicht damit gerechnet, dass du im November im Dunkeln Bäume ausgräbst. Aber wenn du schon darauf bestehst, dann kann ich dir genauso gut helfen.« Sie warf Hut und Pelzmantel, zusammen mit ihrer Handtasche, auf einen schmiedeeisernen Tisch. »Außerdem sind es nur Klamotten.«

Marta lächelte. »Ich kann dir zumindest was zum Drüberziehen holen.« Sie verschwand kurz im Haus und kehrte dann mit einer alten Tweedjacke, Handschuhen und einem Paar Stiefel zurück. »Mir ginge es besser damit, wenn wir beide lachhaft aussehen. Ich kann doch nicht in Lumpen herumlaufen, während du hier in Chanel stehst.«

Josephine streifte sich die Jacke über, die schwach nach Zigaretten und Martas Parfüm roch. »Hübsches Haus«, sagte sie. »Wohnst du schon lange hier?«

»Erst seit ein paar Monaten. Ich habe es mir wegen der Lage ausgesucht.« Sie nahm sich einen Spaten und machte sich wieder an die Arbeit. »Ich habe es in der Stadt nicht ausgehalten. Ich hatte genug davon, tagein, tagaus von Mauern umgeben zu sein. Nach meiner Entlassung habe ich mir eine Wohnung in Kensington genommen, aber dann wurde mir schnell klar, dass man nicht im Gefängnis sitzen muss, um sich gefangen zu fühlen. Der Einsamkeit auf dem Land wollte ich mich allerdings auch nicht stellen, und das hier ist der perfekte Kompromiss – allein mitten in London. Und du hast recht«, fügte sie hinzu und berührte die bröckelnde rote Ziegelmauer, die den Garten einschloss. »Diese Mauern haben etwas Besonderes. Überleg nur mal, wie viele Jahre Sommersonne darin stecken.«

»Irgendwann muss ich so etwas auch mal probieren.« Josephine musste lauter sprechen, da ein Flugzeug träge über sie hinwegklapperte. »Ich habe mir noch nie ein neues Zuhause eingerichtet.«

»Du hast immer im selben Haus gewohnt?«

»Nicht immer im selben, aber immer mit meiner Familie. Mit Studentenbuden, Pensionen, Hotels und anderer Leute Gästezimmer kenne ich mich aus, aber das ist nicht das Gleiche, wie sich etwas selbst auszusuchen.« Sie grub eine Mistgabel in die Erde und hob sie an, damit Marta die sehnigen Wurzeln durchtrennen konnte, die auf die Mauer zugekrochen waren. »Reine Faulheit. Als ich noch unterrichtet habe, hätte ich mir eine Wohnung nehmen können, aber mir war das hässlichste Zimmer lieber, solange ich nichts selbst machen musste.«

»Du solltest es mal mit dem Knast versuchen«, gab Marta trocken zurück. »Viel hässlicher wird es nicht, und das Kochen bleibt einem auch erspart.« Eine Zeit lang arbeiteten sie schweigend und hingen ihren eigenen Gedanken nach. »Hast du in Inverness einen Garten?«, fragte Marta schließlich.

»Ja, und der ist voll mit allen möglichen Gewächsen, von Hortensien über Affenbäume, um die sich alljährlich sorgsam gekümmert und gegrämt wird. Mir gefallen die Narzissen am besten, die jedes Frühjahr die Auffahrt füllen, ohne dass ich auch nur einen Finger rühren muss. Besonders originell ist das nicht, ich weiß, aber ich freue mich jedes Jahr auf sie und bin jedes Jahr wieder davon überrascht.«

Eine schmale Rauchsäule stieg von einem brennenden Laubhaufen in einem Nachbargarten auf und füllte die Luft, gleichzeitig nostalgisch und bitter, ein endgültiger Abschied vom Sommer. »Genau darum geht es doch in einem Garten, oder?« Marta wischte sich mit dem Handrücken Erde aus dem Gesicht. »Etwas, worauf man sich freuen kann, etwas Beständiges. Das will ich auch hier erschaffen – etwas, das den Verlauf des Jahres kennzeichnet. Mit Pflanztöpfen und Einjährigen kannst du mir wegbleiben, das ist mir alles zu vergänglich. Kaum hat etwas geblüht, überlegt man auch schon, womit man es ersetzen kann, und damit komme ich im Moment nicht zurecht. Ich brauche etwas, dass wiederkommt und mich davon überzeugt, dass ich hier sein werde, um es zu erleben.« Sie sah auf, peinlich berührt davon, den emotionalen Boden betreten zu haben, den sie bislang vermieden hatten. »So etwas wie deine Narzissen.«

Josephine ging in die Hocke und zog sich die Handschuhe

aus, dann wischte sie Marta sanft den restlichen Schmutz aus dem Gesicht und ließ die Hand an ihrer Wange ruhen. »Ich kann dir nicht bieten, was du brauchst«, sagte sie.

Marta lächelte traurig und bedeckte Josephines Hand mit der ihren. »Aber das tust du doch schon, genau das ist das Problem. Hier geht es nicht darum, dich zu verändern.« Die Abenddämmerung versetzte den Garten in melancholische Stimmung, und die Lichter aus dem Haus bildeten zusammen mit dem Rauch und dem Abenddunst eine blass-ockerfarbene Atmosphäre. Marta stand auf. »Um diese Tageszeit ist es immer deprimierend«, sagte sie. »Komm, wir gehen rein.«

Josephine folgte ihr ins Haus und wartete im Wohnzimmer, während Marta sich umzog. Das Innere entsprach ihren Vorstellungen – elegant, wenn auch nicht besonders ordentlich, und eher nach persönlichem Geschmack eingerichtet als nach aktueller Mode oder gesellschaftlichen Erwartungen. Innerhalb von zwei Monaten hatte Marta es geschafft, die Illusion einer längeren Anwesenheit zu erschaffen, und Josephine konnte sich vorstellen, wie viel Zeit sie in das Haus investiert, darin in der von Mary Size erwähnten Sicherheit gesucht hatte.

Das Wetter hatte sich verschlechtert, und sie trat an die Terrassentür, schaute in die Dunkelheit und genoss den Klang von Regen auf Glas. »Wenn man ihn sehen kann, ist der Ausblick ganz hübsch.« Marta legte einen Stapel Feuerholz vor dem Kamin ab. »Hinter der Mauer nur Bäume, dazwischen mal ein Dach oder zwei, und die Türme der Stadt im Hintergrund.« Sie deutete missfallend auf den Garten. »Zu dumm, dass wir dieses Niemandsland dazwischen haben.«

»Das bleibt doch nicht für immer so. Bis zum Frühjahr hast du es längst in Form geprügelt.«

»Da kannst du Gift drauf nehmen. Anscheinend zieht Beverley Nichols bald um die Ecke ein, ich muss mich also ranhalten.«

Sie benötigte auffallend lange, um das Feuer anzufachen, und war deutlich weniger entspannt als im Garten. Die Erfahrung unterschied sich vollkommen von Josephines Lektüre des

Tagebuchs, in dem Martas Innenleben und ihre Fähigkeit, sie zu analysieren, ihr das Gefühl gegeben hatten, sie wäre ein linkisches, unerfahrenes Schulmädchen. Sie war selbst schüchtern und zurückhaltend, wenn es nicht gerade um ihre Arbeit ging, und war es nicht gewohnt, andere Leute verlegen zu machen; jetzt allerdings schien sie die Oberhand zu haben und musste sich zu ihrer Schande gestehen, dass es ihr gefiel.

Marta schenkte ihnen beiden einen großzügigen Schluck Gin ein und setzte sich an den Kamin. »Dann erzähl mal, wofür du eigentlich gekleidet warst, wenn nicht für die Gartenarbeit.«

»Für einen Tag am Meer. Archie musste wegen eines Falls nach Suffolk, und er hat mich eingeladen.«

»Hat er etwa keine Sergeants mehr?« Ihre Miene ähnelte der Archies, wenn ihr Name fiel, und wenn die Dreiecksbeziehung nicht so ermüdend gewesen wäre, hätte Josephine laut gelacht. Am liebsten hätte sie sich der Situation entzogen und es die zwei unter sich ausmachen lassen. »Weiß er, dass du hier bist?«

»Ja.«

»Ich wette, das hat ihn so richtig glücklich gemacht.« Josephine schwieg. Sie wollte sich nicht in ein Gespräch verwickeln lassen, das ein schlechtes Licht auf Archie werfen würde, und verteidigen wollte sie ihn auch nicht, da es unverhältnismäßig gewirkt hätte. »Gibt es noch jemand anderen?«, fragte Marta, und Josephine schüttelte den Kopf. »Ich habe mich oft gefragt, ob du mit Lydia zusammenkommen würdest. Sie hat dich schon immer bewundert.«

»Wir sind befreundet, mehr nicht«, erwiderte Josephine ungehalten. Müsste sie jetzt sämtliche Beziehungen in ihrem Leben rechtfertigen? »Und daran wird sich auch nie etwas ändern.«

»Und wo ziehst du die Grenze? Zeit miteinander verbringen? Sachen zusammen mehr genießen als allein?« Sie leerte ihr Glas und stand auf, um sich nachzuschenken. »Miteinander schlafen?«

Sie verhielt sich absichtlich provokant, um nicht weiter in die Defensive zu geraten, aber ihre Frage war nicht so unkompliziert, wie es den Anschein hatte. Selbst jetzt war Josephines

Beziehung zu Marta anders als alles, was sie kannte: Mit Lydia verband sie Kreativität und gegenseitige Bewunderung, doch sie sah sich zunehmend gezwungen, sich in ihrer Gegenwart zu verstellen, und wenn man das Theater einmal beiseitenahm, hatten sie nur sehr wenig gemeinsam. Die Freundschaft zu Ronnie und Lettice war unkompliziert und machte Spaß, wurde abgelegt und wieder aufgenommen, ohne dass es ihrer Bedeutung geschadet hätte, und Archie – nun, es bestand kein Zweifel daran, dass sie Archie liebte und seine Gesellschaft jeder anderen vorzog; wenn er sie so bedrängen würde wie Marta, wüsste sie allerdings nicht, wie sie reagieren würde. Gleichzeitig wusste sie auch, dass er so etwas nie tun würde. Keine dieser Beziehungen war in irgendeiner Art und Weise riskant, keine von ihnen änderte etwas an der Welt, die sie in Inverness erwartete – ihrem wahren Leben. Aber mit Marta war es anders: Bei ihr drohten sämtliche Grenzen zu verschwimmen, die Josephine so sorgfältig gezogen hatte. Sie hatten bislang nur wenig Zeit miteinander verbracht, und das zumeist unter sich und ohne die Sicherheit, die eine größere Gruppe bot. So hatten sie sich in Situationen wiedergefunden, in denen absolute Offenheit erforderlich gewesen war. Daher wusste sie, dass Marta etwas in ihr erwecken konnte, ohne das sie glücklicher – oder doch zumindest zufriedener – wäre. Selbstgenügsam hatte Gerry es genannt, aber verängstigt hätte es besser getroffen.

Sie holte das Tagebuch aus der Tasche und legte es auf den Tisch. Marta wartete ab, dass sie etwas sagen würde. »Das hier ist mir alles so fremd, dass ich nicht einmal weiß, wie ich darauf reagieren soll«, sagte Josephine leise.

»Weil es von einer anderen Frau kommt?«

»Was? So ein Quatsch. Was sollte das für einen Unterschied machen? Nein, daran liegt es nicht.« Sie zögerte, da sie wusste, dass ihre Erklärungsversuche lediglich Mängel an ihrem eigenen Charakter aufzeigen würden, doch sie war Marta eine ehrliche Antwort schuldig. »Es liegt an der Intensität, Marta. Daran, wie stark deine Gefühle sind. Ich bin nicht hartherzig, und an Fantasie mangelt es mir auch nicht, aber ich habe so etwas noch nie für irgendwen gespürt. Deine Liebe zu mir – schau nur, wie unglücklich sie dich gemacht hat. Ich habe bislang noch selten Leute unglücklich gemacht.«

»Vielleicht haben sie es dir bloß nicht erzählt. Aber ich habe es dir nicht gegeben, damit du dir deswegen Vorwürfe machst. Mitleid war so ungefähr das Letzte, was ich mir erhofft hatte.«

»Ich weiß, und so meinte ich es auch gar nicht.« Sie stand vom Sofa auf und setzte sich zu Marta an den Kamin. »Du schreibst von Gefühlen, die mir Angst einjagen. Wer weiß, was uns das antun kann?«

Marta ergriff ihre Hand. »Du wusstest es wirklich nicht, kann das sein? Ich dachte erst, du wolltest es nur abtun, aber du hattest keine Ahnung, bis ich es dir gesagt habe.«

»Nein, ich wusste es wirklich nicht. Und rückblickend komme ich mir ziemlich dumm vor.« Sie lachte. »Sogar Lettice hat es gemerkt.«

»Du hast mit ihr über uns gesprochen?«

»Nein, nicht so richtig, aber sie hat vor ein paar Tagen beim Abendessen gemerkt, dass ich neben mir stand, und ich habe ihr erzählt, dass du dich gemeldet hast. Lydia war übrigens auch da, sehr zu meiner Überraschung. Du kannst dir wahrscheinlich vorstellen, dass es kein besonders einfacher Abend war.«

»Du hast doch nichts zu Lydia gesagt, oder?«

»Natürlich nicht, aber es hat mir den Magen verdreht, und wir können so nicht weitermachen.« Sie zog ihre Hand weg und starrte entschlossen in den Kamin. »Geh zurück zu Lydia. Sie liebt dich und kann die Liebe, die du zu geben hast, akzeptieren, und ich glaube nicht, dass mir das je möglich sein wird.«

»Das ist also deine Antwort? Du gibst die selbstlose Botschafterin für eine andere?« Sie stand auf und stellte sich vor den Kamin, sodass Josephine ihr ins Gesicht sehen musste. »Und wenn ich zu Lydia zurückkehre? Was dann? Wie würde sich das anfühlen? Sei ehrlich, Josephine.«

Sie musste nicht darüber nachdenken, da sie sich die Frage

schon oft gestellt hatte. »Eifersüchtig, nehme ich an. Missgünstig. Aber hauptsächlich erleichtert, dass die Dinge sich wieder normalisiert haben.«

»Normalisiert? Was soll das heißen? In Inverness sitzen, wo dich niemand erreichen kann? Mensch, Josephine, was stimmt eigentlich nicht mit dir? Wieso willst du dich mit einem halben Leben zufriedengeben, wo es doch sowieso schon so kurz ist? Willst du die Sonne etwa nie irgendwo anders aufgehen sehen als in Crown Cottage oder am Cavendish Square? Mal ein bisschen andere Luft schnuppern?«

Mittlerweile war Josephine an Martas spontane Ausbrüche gewöhnt und störte sich nicht daran. »Du verstehst das nicht«, setzte sie an. »Ich bin vollkommen zufrieden.«

»Das glaube ich gern, aber merk dir eins: Todkranke sagen oft, sie wollen allein sein, sie wollen sterben, aber wenn sie sich erholen, können sie kaum fassen, wie dumm sie waren.«

»Hier geht es also um Leben und Tod, ja? Und ich dachte, ich wäre arrogant. Wieso hörst du mir nicht mal kurz zu? Ich will nicht das, von dem du glaubst, ich sollte es wollen, und du kannst es mir auch nicht einreden.«

»Ach nein? Vielleicht ändert das hier ja etwas.« Marta trat auf sie zu. Josephine schmeckte den Gin an ihren Lippen, spürte ihre weiche Haut und merkte, dass sie unbedingt wissen wollte, wie es sich anfühlte, den Rest der Welt aus reiner Freude an einem einzelnen Menschen zu vergessen. Sie spürte, wie Marta zögerte, anscheinend überrascht von ihrer Reaktion; sanft legte sie eine Hand an Martas Wange und zog sie näher an sich. Sie hoffte, das plötzliche Wunder ihrer Vertrautheit könnte sie davor bewahren, wieder zu Sinnen zu kommen. Kurz machte ihr schierer Unglaube ihr weis, dass niemand davon verletzt werden, dass sie dieselbe bleiben würde; doch sosehr sie es auch verdrängen wollte, sie wusste, dass Marta sie verändern würde, und sie zog sich zurück.

Verwirrt und aufgewühlt stand sie auf, um davonzugehen, doch Marta war zuerst an der Tür und schlug sie zu. »Tut mir leid«, sagte sie. »Bitte geh nicht. Bleib einfach hier und rede mit mir, wir sind noch nicht miteinander fertig. Bitte, Josephine, so darfst du nicht gehen.«

»Nur damit ich das richtig verstehe – Sie wollen die Schriftführerin eines angesehenen Privatclubs festnehmen, die eine beeindruckende Karriere in der Krankenpflege und Sozialhilfe vorweisen kann, von jedermann bewundert und respektiert wird und die rechte Hand von Lady Cowdray war? Wegen zweifachen Mordes und versuchten Mordes, ohne auch nur den geringsten Beweis? Haben Sie den Verstand verloren, Penrose?«

Der Polizeichef blitzte ihn über den Schreibtisch hinweg an, und Penrose holte tief Luft. »Ich würde nicht sagen, dass wir überhaupt keine Beweise haben, Sir. Sergeant Fallowfield hat drei Frauen ausfindig gemacht, die kurz vor Celia Bannermans Abreise nach Leeds gestorben sind und nie identifiziert wurden. Zwei davon wurden aus der Themse geborgen, und die dritte ist unter eine U-Bahn geraten.«

Penrose war überzeugt, dass es sich bei einer der Frauen um Eleanor Vale handelte; in der Gegend um Leeds war jedenfalls keine Spur von ihr, und während sich daraus allein keine Rückschlüsse ziehen ließen – Leute verschwanden ständig, wie er Josephine erklärt hatte –, war ihm auch noch nichts begegnet, das seine Theorie entkräftet hätte. »Eigentlich ist es also dreifacher Mord und ein versuchter. Ich glaube, Celia Bannerman hat Eleanor Vale umgebracht, und die aktuellen Verbrechen ...«

»Ich habe kein Interesse am Tod einer ehemaligen Insassin von vor dreißig Jahren, und Ihnen sollte es da ähnlich gehen. Nach allem, was Sie mir erzählt haben, hätte sie sowieso an den Galgen gehört, und der Druck, den uns das Innenministerium macht, ist aktueller, als Sie zu glauben scheinen.«

»Aber genau darum geht es doch, Sir – es besteht eine direkte Verbindung zu den Fällen, die wir derzeit untersuchen.

Ich glaube, die Ermordung der Bakers und Lucy Peters' Sturz lassen sich damit erklären, dass Marjorie und ihr Vater von Vales Tod erfahren haben und so dumm waren, Miss Bannerman damit zu erpressen.«

»Jaja, Penrose, mir ist schon klar, was Sie glauben, das haben Sie mehr als deutlich gemacht. Aber ich frage Sie erneut – wo sind die Beweise? Drei unidentifizierte Leichen, die zufällig gerade dann aus dem Leben geschieden sind, als Celia Bannerman in einen Zug gestiegen ist, bilden keinen unbestreitbaren Beweis. In London wimmelt es nur so von Frauen, die verschwinden, ohne dass es jemanden interessieren würde, und damals war es noch viel schlimmer. Abgesehen davon passt das Bild, das Sie von Bannermans übermäßiger Hilfsbereitschaft während ihrer Arbeit in Holloway zeichnen, kaum zu jemandem, der einen anderen Menschen ermorden würde, nur weil es ihr besser in den Kram passt.«

Das stimmte, und deswegen hatte Penrose seine Theorie anfänglich auch selbst bezweifelt. In seinen Gesprächen mit Celia Bannerman hatte er jedoch eine stahlharte Ader ausgemacht, die Art von Hingabe und Selbstgerechtigkeit, bei der hin und wieder die Grenze zwischen Richtig und Falsch verschwamm, und er glaubte gern, dass ihr Kreuzzug im Namen der Barmherzigkeit in ihren Augen notwendige Übel rechtfertigte. Der Polizeichef hatte offensichtlich keine Lust darauf, die Nuancen der menschlichen Natur zu diskutieren, also hielt er sich an die wesentlichen Dinge. »Dann sind da noch die Postkarten, die ich in Lucys Zimmer gefunden habe«, sagte er. »Sie war offensichtlich mit Marjorie bei Ethel Stuke, und das hat mir die Besitzerin der Teestube in Suffolk bestätigt.« Zum Glück, denn das wundersame Beweisstück, das er auf Lucys Kamera zu finden gehofft hatte, war ausgeblieben: Der entwickelte Film zeugte lediglich vom Ausflug der beiden, was ihn im Nachhinein seltsam anrührte, doch mehr hatte sich darauf nicht gefunden.

»Ein Ausflug ans Meer und ein bisschen Klatsch und Tratsch reichen allerdings noch nicht für eine Festnahme.«

Penrose merkte selbst, wie dürftig seine Argumente waren, doch er fuhr fort. »Für sich genommen vielleicht nicht, aber zusammen mit Celia Bannermans Lügen und der Tatsache, dass sie bei Lucys Unfall vor Ort war, dürfte es für eine Befragung ausreichen.«

»Besteht irgendeine Verbindung zwischen Bannerman und dieser Baker, abgesehen davon, dass sie ihr ein Kleid genäht hat?«

»Nein, aber ihr Vater ...«

»Und sie hat ein Alibi?«

»Wasserdicht ist es nicht.«

»Aber nichts weist darauf hin, dass sie nach halb drei nachmittags noch einmal im Atelier war?«

»Nein, aber sie hatte in der Vergangenheit mit der Familie zu tun —«

»Genau, in der Vergangenheit. Was ist mit der Mutter der Kleinen? Sehe ich das richtig, dass sie kein Alibi hat, nicht mit ihrer Familie zurechtkam und sich auf der Straße mit Marjorie geprügelt hat? Oder haben Sie sich das ausgedacht, um Ihren Bericht aufzupolstern?«

»Natürlich nicht, Sir.«

»Dann würde ich vorschlagen, Sie konzentrieren sich auf die Frau, die Sie bereits festgenommen haben, und liefern mir ein Ergebnis, bevor irgendein Gutmensch von der Wohlfahrt behauptet, wir würden grundlos die sozial Benachteiligten verfolgen.«

»Ich habe sie heute Nachmittag nach meiner Rückkehr aus Walberswick erneut befragt, Sir.« Er verschwieg geflissentlich, dass sich die Befragung hauptsächlich um Eleanor Vale und Celia Bannerman gedreht und ihn kein bisschen weitergebracht hatte; falls Jacob Sach und Marjorie tatsächlich Informationen besessen hatten, waren sie ihr vorenthalten worden. Fallowfield hatte immer noch kein eindeutiges Alibi für Edwards aufgetrieben, was seiner Berufsehre zwar schwer zusetzte, bei Penrose jedoch keinerlei Zweifel hervorrief. Nach der Befragung war er mit ihr nach unten gegangen, damit sie Marjories Leiche identifizieren konnte, und ihre Trauer, die anscheinend umso stärker geworden war, je länger sie sich dagegen gewehrt hatte, war echt. Sie hatte die verfärbten Lippen ihrer Tochter so zärtlich berührt, wie sie es zu Lebzeiten sicher nie getan hätte, und schien viel zu bereuen – einen Mord allerdings nicht. »Wir haben keinen guten Grund, sie länger in Gewahrsam zu behalten«, sagte er so geduldig wie möglich. »Ich glaube wirklich nicht, dass sie es war.«

»Aber wissen tun Sie es auch nicht. Ich glaube, Sie sind etwas durcheinandergeraten, Penrose. Ich habe Sie gebeten, den Cowdray Club wegen ein paar anonymer Briefe und Kleindiebstähle unter die Lupe zu nehmen, und nicht darum, das Privatleben der Mitglieder und ihrer Schriftführerin zu zerpflücken.«

»Ich glaube aber, dass es miteinander zusammenhängt.« Das war die halbe Wahrheit; er gab Fallowfield recht, dass höchstwahrscheinlich Sylvia Timpson hinter den hasserfüllten Briefen steckte, aus Verbitterung über ihre eigene abgebrochene Karriere, doch das schloss nicht aus, dass Celia Bannerman einen Drohbrief aus anderer Feder erhalten haben könnte. »Marjorie hat am Freitagmorgen zwei Briefe im Club abgeliefert«, erklärte er. »Und nur einer davon war von meinen Cousinen, das habe ich überprüft. Ich glaube, Marjorie hat den anderen selbst verfasst und Celia Bannerman darin –«

»Können Sie das beweisen?«

»Noch nicht, Sir, aber es besteht Grund zur Annahme –«

»Es besteht überhaupt kein Grund zu irgendeiner Annahme, wenn man es mit so einer heiklen Sache zu tun hat. Hoffentlich waren Sie nicht so dumm, irgendjemanden in Ihre Theorien einzuweihen. Ich hatte doch ausdrücklich gesagt, Sie sollen diskret vorgehen.«

»Zu dem Zeitpunkt hatten wir es allerdings auch noch nicht mit zwei Morden zu tun. Plötzliche Todesfälle machen es einem mit der Diskretion etwas schwieriger.«

Er wusste sofort, dass er es zu weit getrieben hatte. Sarkasmus war beim Polizeichef nie eine gute Idee, insbesondere dann, wenn es um eine Angelegenheit mit einem derart ausgeprägten politischen Subtext ging. »Muss ich Sie wirklich daran erinnern, Inspector, dass die Mordfälle, von denen Sie sprechen, in einem knappen Kilometer Entfernung und in völlig anderen Geschäftsräumen stattgefunden haben?« Er sprach Penrose' Rang so aus, als handele es sich dabei um ein vorübergehendes Arrangement, das sich jederzeit auflösen ließe. »Geschäftsräume, die im Übrigen Ihrer Familie gehören. Vielleicht sollte ich Ihnen den Fall wegnehmen. Die Tatsache, dass eins der Opfer eine Angestellte Ihrer Cousinen war, bildet einen klaren Interessenkonflikt.«

Die Bemerkung war keine Antwort wert, und Penrose ignorierte sie; er kannte seinen Stellenwert und wusste, dass sein Chef es nicht riskieren würde, seine Integrität grundlos zu beleidigen. »Aber Lucy Peters war keinen knappen Kilometer entfernt, Sir.« Er hatte sich regelmäßig bei Miriam Sharpe nach ihrem Zustand erkundigt, und bislang hatte es keine nennenswerte Verbesserung gegeben. Die erste Gewalteinwirkung hatte sie zwar überlebt, doch es gab immer noch reichlich Anlass zur Sorge, wie Sharpe ihn gestern erinnert hatte. »Sie befand sich in den Räumlichkeiten des Cowdray Clubs.«

»Und sie ist die Treppe runtergestürzt. Natürlich ist das tragisch, aber daran lässt sich nichts ändern.«

»Aber nehmen Sie doch nur einmal kurz an, dass ich recht habe, Sir. Peters schwebt in Gefahr, weil die Sache noch nicht zu Ende gebracht wurde.« Er nannte Bannermans Namen absichtlich nicht, da er seinen Vorgesetzten nicht noch mehr reizen wollte. »Wollen wir das wirklich riskieren? Eine junge Frau kommt ums Leben, weil wir nachlässig gearbeitet haben? Das wäre ein echter Skandal.«

»Ihr Zimmer wird rund um die Uhr bewacht, richtig?«

»Ja, natürlich.«

»Dann verstehe ich nicht ganz, wo das Problem liegt.« Der Polizeichef war Celia Bannerman nicht in Lucys Zimmer begegnet, hatte die Angst in ihrem Blick nicht gesehen. Je länger Lucy überlebte, desto verzweifelter würde Bannerman werden. »Ich verstehe ja, was Sie mir sagen wollen, und normalerweise bewundere ich Ihren Spürsinn, das wissen Sie doch.« Penrose ließ die Herablassung mit zusammengebissenen Zähnen über sich ergehen. Die Schlacht war einstweilen geschlagen. »Aber dieses Mal glaube ich wirklich, dass Sie sich täuschen. Wir dürfen nicht vergessen, dass morgen Abend die Gala stattfindet, und der Minister kommt auch. Da kann ich nicht zulassen, dass Sie ohne ausreichend Beweise Unruhe stiften. Unterhalten Sie sich noch mal mit Baker oder Edwards, oder wie auch immer sie heißt.«

Penrose könnte sich bis zum Umfallen mit Edwards unterhalten, und die Antwort wäre immer noch die gleiche: Sie hatte weder ihre Tochter noch ihren Mann ermordet. Er verstand genau, wie Miriam Sharpe sich dabei fühlte, wenn die Gesellschaft ihr in die Quere kam, und er versuchte es ein letztes Mal. »Und wenn ich Ihnen beweisen kann, dass Bannerman die Finger im Spiel hat?«

Der Polizeichef betrachtete ihn, als wäre er eine Waffe, die in die falschen Hände gefallen war. »Dann dürfen Sie sie natürlich in Gewahrsam nehmen«, sagte er vorsichtig. »Du liebes bisschen, wir wollen hier doch nichts vertuschen. Aber verschwenden Sie keine Zeit, die Sie lieber mit dieser Baker verbringen sollten, und wenn Sie vor morgen Abend ein Geständnis von ihr haben, wirft das ein gutes Licht auf uns alle.«

Egal, ob sie die Richtige ist oder nicht, dachte Penrose, doch er wusste, wann er entlassen war. »Ich werde mein Bestes geben, Sir.« Mehr brachte er nicht hervor, ohne merklich an Höflichkeit zu verlieren.

»Und Sie kommen morgen Abend zur Gala?«

»Ja, Sir. Das lasse ich mir auf gar keinen Fall entgehen.« Lächelnd genoss Penrose die nervöse Miene seines Vorgesetzten.

»Ich kann mich hoffentlich darauf verlassen, dass Sie eine anständige Schau abziehen. Es kommen eine Menge wichtige Leute, und es wird Ihrer Karriere sicher nicht schaden, wenn Sie eine ordentliche Figur abgeben. Keine Sperenzchen, Penrose.«

»Natürlich nicht, Sir.« In Penrose brodelte es noch immer,

als er die Tür hinter sich schloss und sich auf die Suche nach Fallowfield machte. Vielleicht hatte der Polizeichef nicht völlig unrecht. Er dachte an den halb fertigen Umhang für Celia Bannerman, an dem Marjorie gearbeitet hatte: Eine anständige Schau morgen Abend wäre genau das Richtige.

»Ich habe überlegt, ob ich es veröffentlichen soll, das Tagebuch.«
»Gute Idee. Es ist wunderschön geschrieben. Ich kann mir vorstellen, dass Leserinnen und Leser ohne schlechtes Gewissen davon fasziniert sein werden. Und es gibt es einen großen Markt dafür, sich in anderer Leute Angstzuständen zu suhlen.«
Marta lachte. »Du hättest nichts dagegen?«
»Nein, nicht wirklich. Arbeitest du noch an etwas anderem?«
Die beiden waren zu einem zerbrechlichen Frieden gelangt und hatten sich stillschweigend auf zwangloses Geplauder geeinigt, um ihn zu beschützen. Josephine spürte, dass sie Zeit brauchten, um abzuschätzen, was zwischen ihnen vorging; Marta war unter dem Vorwand verschwunden, ihnen etwas zu essen zu holen, und als sie nach einer gefühlten Ewigkeit mit Obst und Käse zurückgekehrt war, hatte keine von beiden es angerührt. Josephine war dankbar um die Atempause, aber sie wusste, dass sie sich früher oder später ihren Gefühlen würden stellen müssen, da sie sonst etwas Kostbares verlieren würden. Sie hatte keine Lust, sich mit Marta auf oberflächliche Gespräche bei gesellschaftlichen Anlässen zu beschränken, und war überrascht, an wie viel Bedeutung die Beziehung für sie tatsächlich gewonnen hatte.
»Wie wäre es mit einem neuen Roman? Ich kann mir nicht vorstellen, dass du untätig herumsitzt.«
»Ich habe etwas angefangen, bin aber noch nicht besonders weit gekommen. Und du? Ich habe in der Zeitung immer mal wieder nach einem neuen Stück geschaut, aber da kam nichts.«
»Nein, ich bin wieder beim Verbrechen gelandet. Erscheint Anfang nächsten Jahres.«
»Sag bitte nicht, dass ich dich dazu getrieben habe.«
»Nicht zum Verbrechen, nein, aber es gibt eine Figur, die dir

bekannt vorkommen dürfte. Sie trägt deinen Namen und hat Lydias Charakter.«

»Irgendwie musstest du uns wohl verkuppeln.« Marta drehte die Flasche ein Stück auf dem Gitter, um die andere Seite zu erwärmen. »Wie geht es Lydia?«

»Mal so, mal so. Mit der Arbeit sieht es trostlos aus, aber das Cottage ist ein Traum. Soweit ich es mitbekommen habe, verbringt sie dort so viel Zeit wie möglich.«

»Soweit du es mitbekommen hast? Siehst du sie nicht so oft?«

»Nach dem, was am Ende von *Richard* passiert ist, sind wir ein bisschen auseinandergedriftet, und es hat auch nicht gerade geholfen, dass *Queen of Scots* ihr nicht den erhofften Karriereschub gebracht hat. Wir sind immer noch befreundet, aber im Moment ist es recht oberflächlich. Ich habe das Gefühl, sie vertraut mir nicht mehr.« Sie lächelte schief und schenkte ihnen Wein ein. »Und anscheinend ja auch aus gutem Grund.«

»Du hast mir das Leben gerettet, Josephine, und zwar im wahrsten Sinne des Wortes. Lydia hätte es nie geschafft, mich an die Zukunft glauben zu lassen, ihr wären niemals die richtigen Worte eingefallen. Und ich habe mich nicht einmal dafür bedankt, oder? Seitenweise Ergüsse meines Innersten, und ich habe es mit keinem Wort erwähnt. Das wirkt bestimmt undankbar, aber ich hatte das Gefühl, ich müsste es dir persönlich sagen, sofern ich dich je wiedersehen würde. Danke.«

Sie saßen eine Weile schweigend da und lauschten dem Knistern des Feuers. »Manchmal denke ich, es wäre barmherziger gewesen, dich nicht davon abzuhalten«, sagte Josephine schließlich. »Was du durchgemacht hast, war sicher nicht einfach. Ich war gestern in Holloway.«

»Warum, um alles in der Welt?«

»Um für mein neues Buch zu recherchieren, aber eigentlich deinetwegen.«

Marta steckte sich eine Zigarette an und musterte sie eindringlich. »Wieso hast du das gemacht?«

»Weil ich es verstehen wollte. Es gibt so viel, was ich nicht über dich weiß, Marta. Ich habe dich als Lydias Geliebte kennengelernt, und wir haben uns nur selten gesehen, und jetzt sitzen wir hier und reden über Liebe und überlegen, ob wir miteinander ins Bett gehen sollen.«

»Was willst du wissen, bevor du mich dir zu Willen machst?«

Josephine nahm Marta die Zigarette ab, sodass sie sich eine neue anstecken musste. »Jetzt sei doch nicht so flapsig«, sagte sie verärgert. »Du weißt genau, was ich meine.«

»Nein. Ich bin bloß erstaunt und gerührt, dass du dir die Mühe gemacht hast, dich in Holloway umzusehen, nur um zu verstehen, was ich durchgemacht habe, aber ich wüsste nicht, was sonst noch eine Rolle spielen sollte.«

»Das heißt, wenn du mich alles fragen könntest, was du willst, würdest du es bleiben lassen?«

Sie nickte. »Sofern es um die Vergangenheit geht. Das muss ich nicht wissen. Meine Gefühle für dich werden sich nicht ändern, bloß weil ich weiß, auf welche Schule du gegangen bist.«

Josephine errötete und kam sich vor wie ein naives Kind, das die schlichteste Wahrheit des Lebens nicht verstanden hatte. Ihre Oberhand, über die sie vorhin gestaunt hatte, war verschwunden, und die Machtverhältnisse hatten sich verschoben: Zu Beginn des Abends hatte Marta ihre Seele bloßgelegt und etwas von ihr gewollt; nun wollte Josephine es auch, und das machte sie verletzlich, was Marta nicht entging. »Machst du jemals das, was von dir erwartet wird?«, fragte Josephine wütend.

Marta hob beschwichtigend die Hände. »Tut mir leid. Ich wollte dir nicht das Gefühl geben, dass du eine viktorianische Mutter auf der Suche nach einer passenden Schwiegertochter bist, aber wundert es dich wirklich, dass ich nicht über Dinge nachbrüten will, die längst vorbei sind? Meine gesamte Vergangenheit ist tot, Josephine. Es gibt niemanden mehr, der etwas über die Person sagen kann, die ich die längste Zeit meines Lebens gewesen bin – keine Eltern, keine Liebhaber, keine Kinder. Von allen Menschen kenne ich Lydia am längsten, und das seit gerade mal zwei Jahren.«

»Klingt ziemlich befreiend. Du kannst sein, wer du willst.«

»Das ist nicht befreiend, das ist schrecklich. Fast so, als hätte ich nie existiert, weil meine ganze Geschichte mit den Menschen gestorben ist, die ich geliebt habe. Früher dachte ich immer, diese Qual wäre alten Menschen vorbehalten, aber jetzt verstehe ich, wie schnell das passieren kann. Ich will jemanden, der meine Zukunft bezeugen kann, nicht meine Vergangenheit. Ist das wirklich so unvernünftig?«

»Nein, natürlich nicht, aber wenn die Beziehung zu Lydia deine längste ist, wieso solltest du dann nicht daran festhalten?«

»Weil in meinen Händen alles zerbricht. Wie könnte ich ihr das antun?«

Josephine zog sarkastisch eine Augenbraue nach oben. »Aber mir tust du es gerne an?«

»Du bist anders, du kannst damit umgehen. Lydia ist nicht so stark wie wir, sie kehrt Dinge unter den Teppich. Das ist eine praktische Gabe, und ich liebe sie dafür, aber am Ende nützt es nichts. Sie gibt mir ein Pflaster und singt, wenn ich blute; du amputierst mir den Arm und sagst, ich soll mich nicht so anstellen.«

Der Kommentar war aufschlussreich und erinnerte Josephine daran, weshalb sie Martas Texte bewunderte. »Du liebst sie also noch?«

»Ja. Nicht so, wie ich dich liebe, aber sie ist mir immer noch wichtig.«

Mary Size hatte gesagt, Marta bräuchte etwas, worauf sie sich verlassen konnte, und tief drinnen wusste Josephine, dass damit nicht diese extremen Gefühle und heimlichen Stunden gemeint sein konnten. »Dann setz die Stücke eben wieder zusammen, Marta.« Sie hoffte, ihr war ihre Traurigkeit nicht anzuhören. »Deine Liebe zu mir wird dir dabei nicht helfen. Besonders viele Gliedmaßen hat man nämlich nicht zu verlieren.«

Marta seufzte ungeduldig. »Bei dir klingt es so einfach. Wieso sollte Lydia mich überhaupt zurückwollen, nach allem, was passiert ist?«

Zum ersten Mal klang es, als könnte Marta sich fügen, und

Erleichterung stand ganz unten auf der Liste von Gefühlen, die Josephine verspürte. »Koketterie steht dir nicht«, entfuhr es ihr. »Natürlich würde sie dich zurücknehmen. Hast du etwa nicht ihre Briefe gelesen?« Sie war überrascht von ihrer Eifersucht, und plötzlich wurde ihr klar, dass sie die beiden aus egoistischen Gründen zusammenbringen wollte. Solange Marta mit Lydia zusammen war, lief sie keine Gefahr, sie für immer zu verlieren. »Außerdem steht es mir nicht zu, dich wieder zu ihr zu schicken. Ich will bloß nicht, dass du meinetwegen nicht zu ihr zurückkehrst.«

»Genau so ist es aber. Verdammt noch mal, Josephine. Mein Kopf sagt mir, ich soll zu Lydia gehen, aber ich klammere mich immer noch an diesen verrückten Traum von einer gemeinsamen Zukunft mit dir. Als ich im Februar mit diesem beschissenen Tagebuch angefangen habe, hätte ich nie gedacht, dass ich im November immer noch niemand anders ansehen kann als dich, aber so ist es eben. Damals dachte ich, dass ein Treffen sicher eine Rosskur sein würde. Manchmal geht so eine Rosskur allerdings auch nach hinten los.« Sie leerte ihr Glas und rieb sich die Augen. »Außerdem hast du mir durchs Gefängnis geholfen, aber wenn ich damals gewusst hätte, was ich heute weiß – was dein Besuch mir heute klargemacht hat –, dann hätte ich mich wohl zur Wand gedreht und aufgegeben.«

»Was hat er dir klargemacht?«

»Dass kein Platz mehr für Stolz ist. Ich dachte immer, ich würde alles von dir wollen oder nichts, und wenn ich jemals den Mut haben sollte, dir davon erzählen, dann wäre ich auch stark genug, dir den Rücken zu kehren. Ich meinte das letztens ernst, dass ich dich nie wieder stören würde, wenn du Nein sagen würdest.«

»Und jetzt?«

»Jetzt?« Sie nahm Josephine das Glas ab und ergriff ihre Hände. »Jetzt denke ich, dass es schon aufregend genug ist, mit dir im selben Zimmer zu sein, dass eine Freundschaft mit dir spannender sein würde als die Liebe der meisten anderen. Sämtliche guten Absichten sind zur Hölle gefahren, als ich dich heute gesehen habe, und ich weiß, dass ich dich zwar wegschicken kann, aber früher oder später würde ich wieder angekrochen kommen und um Krumen betteln. Ich weiß, dass ich mir aus Liebe deine Freundschaft erlügen würde, dass ich meine Liebe leugnen würde, nur um dich zu Gesicht zu bekommen.« Mit einem Mal wurde sie verlegen und wandte sich ab. »Schon komisch, oder? Du sollst dich kein bisschen verändern, aber ich würde mich in alles Mögliche verwandeln, nur um in deiner Nähe zu sein – ich würde sogar nur mit dir befreundet sein.«

»Glaubst du nicht, dass das permanenter wäre? Wenn wir zusammen wären, würde es dir sicher schnell langweilig.«

Marta lachte verächtlich. »Du glaubst, ich will dich bloß, weil ich dich nicht haben kann? Das weißt du doch sicher besser, Josephine. Ich bin vierundvierzig Jahre alt, aber selbst mit sechzehn kannte ich den Unterschied. Ich habe drei Menschen in meinem Leben gesagt, dass ich sie liebe, und jedes Mal wusste ich, dass es für immer wahr sein würde, egal, was passiert. Ich habe es ernst gemeint, als ich es zu Lydia gesagt habe, und ich meine es ernst, wenn ich es zu dir sage.«

»Aber Marta, du kannst nicht einfach Geliebte sammeln, das weißt du doch sicher besser.« Josephine sah sie ungläubig an und zog ihre Hände weg. »Wenn du Lydia immer lieben wirst, verstehe ich nicht, wo da Platz für mich ist.«

»So meinte ich das nicht. Ich wollte dich bloß davon überzeugen, dass das hier keine billige Eroberung für mich ist. Und wenn es um Platz geht, mache ich mir nichts vor. Ich bin diejenige, die einen Platz in deinem Leben finden müsste. Ich weiß, dass du Verantwortlichkeiten hast. Egal, was wir heute tun oder lassen, irgendwann musst du wieder gehen. Wenn du hier übernachtest, musst du morgen früh wieder zum Cavendish Square; wenn du eine Woche hierbleibst, musst du auch irgendwann wieder weg, und dann werde ich mich nach dir sehnen.«

»Und so ein Leben wünschst du dir wirklich?«

»Ich wünsche mir dich. Und wenn das so ein Leben bedeutet,

dann kann ich es akzeptieren.« Marta war ihr so nahe wie möglich, ohne sie zu berühren, und ihr war offensichtlich klar, was sie mit dieser Zurückhaltung ausdrückte. »Falls du zögerst, weil du mich nicht in deinem Leben haben willst, dann geh bitte. Ich halte dich nicht noch einmal auf. Aber tu es nicht um meinetwillen. So etwas wie das hier passiert nicht oft. Wenn wir es ignorieren, entgeht uns etwas Wunderbares, und ich glaube, du willst es genauso sehr wie ich.«

»Woher willst du wissen, was ich will, wenn ich es selbst nicht weiß?«

»Weil wir gleich sind. Wir wünschen uns beide Frieden und Freiheit. Der einzige Unterschied zwischen uns besteht darin, dass ich glaube, man kann beides in einem anderen Menschen finden, und du musst erst noch davon überzeugt werden.«

»Und du bist der Meinung, dass du mich überzeugen kannst, nehme ich an.« Josephine erhob sich und stellte ihr leeres Glas auf den Tisch. Ausnahmsweise schienen Marta die Argumente ausgegangen zu sein. Josephines Entschlossenheit hatte sie entmutigt, und sie starrte schweigend in die Flammen. »Und?«, fragte Josephine ungeduldig.

Marta schaute verwirrt auf. »Was, und?«

»Glaubst du, du kannst mich überzeugen? Ich will überhaupt nicht recht haben, und wenn auch nur die geringste Chance besteht, dass du mir beweisen kannst, was du behauptest, worauf wartest du dann noch?«

»Ich verstehe nicht ganz.« Marta sprach zögerlich, wagte kaum zu glauben, was sie da hörte. »Bist du dir sicher?«

»Natürlich nicht. Ich bin mir mit gar nichts sicher, und je mehr wir darüber reden, desto unsicherer werde ich.« Ihre Angst ließ sie feindselig klingen, und sie ergriff Martas Hände, um die Worte zu mildern. »Dieses ganze Gerede bringt uns noch um«, sagte sie. »Wir müssen alles analysieren, und genau das gefällt mir an uns, aber manchmal ist es nicht nötig, und vielleicht ist das hier so ein Fall.« Der Waffenstillstand hatte so lange auf sich warten lassen, dass Josephine ihm nur ungern weitere Steine in den

Weg legen wollte, doch sie fuhr trotzdem fort. »Ich muss wissen, ob du es ernst gemeint hast. Dass du mein Leben verstehst und nichts daran ändern willst. Wenn du das nur so sagst und dann in einer Woche oder einem Monat oder einem Jahr mehr willst, dann sollte ich mich besser jetzt verabschieden.«

»In einem Jahr?« Marta grinste schalkhaft. »Wenn du mir ein Jahr gibst, ist es wohl ernst.«

»Mach keine Witze darüber. Das hier muss zwischen mir und dir laufen und niemandem sonst.«

Martas Grinsen verblasste, und sie betrachtete Josephine eine gefühlte Ewigkeit lang. »Ich hatte recht«, sagte sie schließlich. »Sie sind grau.« Sanft berührte sie Josephines Wange direkt unter dem Auge. »Das ist kein Witz, Josephine. Mir ist klar, dass das hier kein Wettstreit ist, aber du bist nicht die Einzige, die verletzlich ist. Wir müssen uns beide sicher sein.«

Zum ersten Mal erkannte Josephine, wie viel für Marta auf dem Spiel stand, und die Tatsache, dass ihr Band auf einer beidseitigen Zerbrechlichkeit bestand, bestärkte sie. »Tut mir leid. Das war egoistisch von mir. Es ist nur –«

Marta fiel ihr ins Wort. »Ich weiß, was es ist. Du musst dich sicher fühlen, und das verstehe ich. Aber das hier ist nicht Inverness, Josephine, und auch nicht das West End. Was zwischen uns in diesem Haus passiert, hat mit niemand anderem etwas zu tun.« Sie lächelte und stand auf. »Warte hier, ich brauche nicht lange. Ich muss doch nicht absperren, oder?« Josephine schüttelte den Kopf und lauschte, wie Martas Schritte sich entfernten. Ein paar Minuten später erschien sie in der Tür und streckte ihr die Hand entgegen. »Komm.«

Das Schlafzimmer lag im hinteren Teil des Hauses und hatte wunderschöne hohe Decken. Marta hatte ein Feuer entzündet, und die Flammen spiegelten sich matt im Mahagoniholz des Bettes, wodurch dessen Rotton nur noch satter wirkte. Die einzige andere Farbe im Zimmer fand sich in einem Ölgemälde einer Dorfstraße an der gegenüberliegenden Wand, das Josephine an einen Ort in Frankreich erinnerte, den sie als Kind besucht hatte. Alles andere war weiß, und dem Raum wohnte eine Ruhe inne, die Martas Versprechen von Frieden unterstrich. Josephine war plötzlich unsicher und ging zum Fenster, um in die Dunkelheit zu schauen; Martas Spiegelbild starrte ihr entgegen, verschwommen und unwirklich, und sie berührte es. Die Scheibe an ihren Fingerspitzen fühlte sich kalt an.

»Alles in Ordnung?«

Josephine nickte. »Nichts hiervon fühlt sich besonders echt an. Das klingt jetzt lächerlich, aber ich habe fast schon Angst davor, mich umzudrehen, für den Fall, dass du nicht da bist.«

Marta gab ihr einen Kuss auf den Nacken. »Wo sollte ich sonst sein, wo ich mir schon so viel Mühe gemacht habe?« Sie nahm Josephine bei der Hand und führte sie zum Bett. Langsam entkleideten sie einander. Josephine konnte den Blick nicht von Martas Rücken abwenden, als sie sich vorbeugte, von ihrem Haar, das über ihre Schultern floss, und sie musste sich ein Bedürfnis eingestehen, das sie länger unterdrückt hatte, als sie sich zurückerinnern wollte. Sie legten sich zusammen auf das Bett, und Marta zog sie näher an sich, küsste sie entschlossener, während sie erregter wurde, und führte Josephines Mund dann sanft zu ihren Brüsten; als Josephine spürte, wie Martas Brustwarzen sich unter ihrer Zunge versteiften, musste sie gegen ihr überwältigendes Verlangen ankämpfen, um dem Moment nicht vorauszueilen. Sie wusste, dass das erste Mal für immer etwas Besonderes bleiben würde, und erkundete Martas Körper Zentimeter für Zentimeter, strich ihr zärtlich über die Haut und ließ ihre Hand dann sacht über ihre Schambehaarung wandern. Die Berührung war anfangs noch zögerlich, wurde dann jedoch dringlicher, und Marta flüsterte ihren Namen mit einer Sehnsucht, die sie gleichzeitig rührte und verängstigte. Kurz versuchte sie, die emotionalen Auswirkungen der Situation zu verleugnen, aber als Marta aufschrie und sich an sie presste, wusste Josephine, dass es sinnlos war, so zu tun, als wäre die Freude, die sie in ihrer Verbindung fand, rein körperlicher Natur.

Die Intensität ihrer Gefühle überrumpelte sie völlig, und

sie konnte sie kaum ordnen, während sie mit den Fingerspitzen über Martas Bauch fuhr und die Konturen ihrer Brüste nachspürte, wobei ihr auffiel, dass Martas Haut vor Begehren errötet war. Marta küsste nacheinander all ihre Fingerspitzen, drehte sich dann um und drückte Josephine an sich. Ihre Hand strich liebevoll über ihren Rücken, und Josephine spürte eine Mischung aus Hochgefühl und Geborgenheit, die sie nie für möglich gehalten hätte. Instinktiv wollte sie die Augen schließen und ihre Sinne dem Genuss hingeben, doch es war unmöglich. Marta hielt sie mit ihrem Blick so sehr fest wie mit ihrem Arm, und sie hätte nicht wegsehen können, selbst wenn sie es gewollt hätte. Sie legte Marta eine Hand an die Wange, eine stille Entschuldigung dafür, an ihr gezweifelt zu haben, und Marta zog sie fester an sich, als sie kam, küsste ihr sanft die Tränen von Gesicht und Hals. In den friedvollen Augenblicken danach fragte sich Josephine, warum sie Marta je für gefährlich gehalten hatte.

Lange lagen sie schweigend nebeneinander. »Was denkst du?«, fragte Marta schließlich.

Josephine wich ihrem Blick aus, wollte nur ungern antworten. »Du willst doch nicht über die Vergangenheit sprechen.«

»Ausnahmsweise. Du siehst so traurig aus.« Ihren besten Bemühungen zum Trotz klang sie gezwungen und wenig überzeugend. »Denkst du an jemanden, den du geliebt und verloren hast?«

»Nein, natürlich nicht.« Josephine gab ihr einen Kuss. »Was sollte ich noch mehr wollen als das hier? Ich habe nicht an meine Vergangenheit gedacht, sondern an deine, und was du während deiner Ehe durchmachen musstest. Ich ertrage den Gedanken nicht, was er deinem Körper angetan hat, wie sehr er dir wehgetan haben muss.«

»Er hat meine Seele gebrochen, nicht meinen Körper. Da sind die eigentlichen Narben.« Sie lächelte traurig und fuhr Josephine durchs Haar. »Und selbst die verblassen allmählich. Jedes Mal, wenn du mich so ansiehst, tritt er einen weiteren Schritt in den Hintergrund.«

Josephine fiel es schwer, ihr zu glauben, aber sie widersprach nicht; falls Marta sich selbst überzeugen wollte, dass ihre Vergangenheit so leicht dahinschwinden könnte, würde sie ihr die Illusion nicht nehmen. Sie bezweifelte allerdings, dass die Erinnerung an ihren Mann – insbesondere an die Dinge, zu denen er sie getrieben hatte, indem er sie von ihren Kindern trennte – es Marta je erlauben würde, ihr Leben frei von Schatten zu leben. »Ich kann mir trotzdem nicht vorstellen, dass Holloway der beste Ort dafür ist, seinen Gespenstern zu entkommen«, sagte sie.

»Ich weiß nicht. Immerhin hatte ich reichlich Zeit, darüber nachzudenken. Ich weiß noch, dass ich mich gefragt habe, ob ich dich deswegen liebe – weil du es verstanden und mir die einzige Verbindung zu der Tochter geschenkt hast, die ich nie kennenlernen durfte.« Sie lächelte. »Mir wurde schnell klar, dass mehr dahintersteckt, aber du hast Elspeth kennengelernt, bevor sie ermordet wurde, und dadurch warst du mir wertvoll, von allem anderen einmal abgesehen. Ich habe versucht, in Kontakt mit Elspeths Adoptivmutter zu treten«, fügte sie zögerlich hinzu. »Ich habe ihr aus dem Gefängnis geschrieben, aber die Briefe kamen ungeöffnet zurück. Nach meiner Entlassung bin ich nach Berwick gefahren, um sie zu besuchen.«

»Was ist passiert?«, fragte Josephine leise.

»Nichts. Ich habe es nicht über mich gebracht. Ich habe stundenlang in dem kleinen Park am Ende ihrer Straße gesessen und versucht, den Mut zusammenzunehmen, aber ich habe es nicht einmal bis zur Tür geschafft. Am Ende bin ich einfach wieder in den Zug gestiegen.« Sie rieb sich wütend das Gesicht. »Wenn ich andere Teile meines Lebens so einfach aufgegeben hätte, wären die Dinge vermutlich anders verlaufen.«

Josephine griff nach Martas Hand und wischte ihr die Tränen ab. »Was wolltest du von ihr wissen?«

»Ich habe mir eingeredet, ich wollte mehr über Elspeths Leben erfahren«, antwortete sie. »Ich hatte die irre Idee, der Verlust eines Kindes könnte uns zusammenbringen und wir könnten einander helfen, aber das war natürlich Quatsch. Ich wollte, dass sie mir verzeiht, Josephine. Beziehungsweise, mehr noch. Ich wollte, dass mich jemand in den Arm nimmt und mir sagt, dass Elspeths Tod nicht meine Schuld war. Ich war bestimmt wahnsinnig. Wieso sollte die arme Frau auch nur den kleinen Finger rühren, um der Mörderin ihrer Tochter zu helfen?«

»Marta, du hast Elspeth nicht umgebracht.« Marta schwieg, doch Josephine spürte, wie sie sich anspannte, um die Tränen zurückzuhalten. »Sie war deine Tochter, deine und sonst niemandes.« Die Worte wirkten wie ein Auslöser, und Marta gab sich ihrer Trauer hin. Ihr Schluchzen war roh, brutal und intensiv und erschütterte sie beide, und Josephine klammerte sich an sie, als könnte sie Martas Leid in sich aufnehmen. So kurz nach ihrer Nähe erschreckte sie die Erkenntnis, dass sie immer etwas voneinander trennen würde, egal, wie sehr sie einander liebten. Egal, wie gut sie Marta kennenlernen würde, sie würde nie verstehen, wie sich der Verlust eines Kindes anfühlte. Diese Lektion mussten wohl alle Liebenden lernen, jeder auf seine eigene Weise, aber mit einem universalen Gefühl des Bedauerns; trotzdem hatte Josephine nicht damit gerechnet, so früh in ihrer Beziehung damit konfrontiert zu werden.

»Tut mir leid.« Marta hatte ihre Gedanken anscheinend nachempfunden. »Jetzt fragst du dich bestimmt, worauf zum Teufel du dich eingelassen hast.«

»Ich weiß, was ich hier tue, Marta. Und du musst dich nicht entschuldigen, das hast du schon oft genug getan.« Später liebten sie einander erneut, und dieses Mal war die Intensität von einer zärtlichen Zuversicht ersetzt worden, die für Josephine ebenso aufregend war, wenn auch nur, weil sie gleichzeitig auf Vergangenheit und Zukunft hinwies. Anschließend lag sie lange wach. Ihr Körper war angenehm erschöpft, doch sie litt an einem schlechten Gewissen, da sie in Marta eine Trauer ausgelöst hatte, die noch lange nach Josephines Abreise nach Inverness auf ihr lasten würde.

14

Celia Bannerman öffnete vorsichtig die Ledertasche und holte ihren Inhalt hervor: erst ein Maßband und ein faltbares Lineal, danach eine Rolle Garn und etwas Kupferdraht, eine Zange, zwei Lederriemen, eine weiße Kapuze und natürlich das Seil. Zu ihrer Überraschung lag ein Bündel in der Ecke der Tasche, das aussah, als wäre es in ein Säuglingstuch gehüllt. Sie konnte sich nicht daran erinnern, es eingepackt zu haben, aber sie nahm es trotzdem heraus und legte es auf den Tisch. Nachdem sie sich davon überzeugt hatte, dass alles seine Richtigkeit hatte, ging sie davon, um die Gefangene zu holen, doch der Weg aus der Zelle wurde ihr von zwei Männern in Anzügen versperrt, die rasch auf sie zukamen. Noch bevor sie verstand, was geschah, waren ihr die Hände hinter dem Rücken mit einem der Riemen gefesselt worden, und sie wurde aus der Zelle geführt. Das Seil, das sie vor wenigen Sekunden auf den Tisch gelegt hatte, hing nun aus irgendeinem Grund in einer Kammer am Ende des Flurs, und sie spürte, wie sie unaufhaltsam darauf zu gedrängt wurde. Sie wollte etwas sagen, wollte erklären, dass sie die Wärterin war, nicht die Gefangene, doch es nützte nichts. Eine weiße Kapuze wurde ihr übergestülpt, und sie bekam keine Luft mehr, erstickte an dem Stoff, der mit jedem Atemzug in ihren Mund gesaugt wurde. Irgendwer drückte ihr grob ein Bündel in den Arm, und als sie die Spannung nicht länger ertragen konnte, hörte sie, wie ein Hebel umgelegt wurde, und sie fiel.

Sie setzte sich in ihrem Bett auf, versuchte, ihren Atem zu beruhigen, während die Panik des Traums abebbte. Sie konnte nur schwer sagen, was schlimmer war: stundenlang wach zu liegen oder in kurzen Schlaf zu verfallen und von dreißig Jahren Verleugnung und unterdrückter Angst mit verzerrten Versionen ihrer Vergangenheit heimgesucht zu werden. Irgendwer hatte ihr einmal erzählt, ein Traum vom Galgen würde Glück bringen, doch so fühlte es sich nicht an. Jedes Mal, wenn sie nicht aufpasste, nutzten die Bilder ihre Erschöpfung aus und spielten sich vor ihrem inneren Auge ab wie zusammenhanglose Szenen eines Films, der nie hätte gedreht werden dürfen. Sie tastete nach der Lampe neben ihrem Bett und hoffte inständig, die Nacht wäre bald vorbei. Es war gerade mal drei Uhr morgens.

Wenn sie im Bett blieb, konnte sie nur verlieren, also streifte sie ihren Morgenmantel über und ging zum Telefon im Wohnzimmer. Die Krankenschwester am anderen Ende klang überrascht von der frühen Störung, gab Celia allerdings die Informationen, nach denen sie sich erkundigte. Nein, an Lucys Zustand habe sich nichts geändert, aber mit jeder Nacht gebe es mehr Anlass zur Zuversicht; sie sei offensichtlich stärker, als sie aussah. Das wusste Celia aus eigener Erfahrung. Jedes Mal, wenn sie an das Treppenhaus zurückdachte, erinnerte sie sich an Lucys verbrühten, mit Blasen übersäten Körper, der sich unter ihren Händen wand. Zum ersten Mal in ihrem Leben hatte sie jemanden unterschätzt, und es würde ihr nie wieder passieren.

Sie ging zum Fenster und starrte hinaus in die Dunkelheit. Irgendwo da unten lag der Cavendish Square, war um diese Uhrzeit unsichtbar, und ohne Tageslicht und Straßenlaternen konnte Celia die einzelnen Merkmale nicht verorten: Ein vertrauter Ausblick bildete den größten Luxus in einem Leben, das sie sich erst seit Kurzem als selbstverständlich hinzunehmen erlaubt hatte. Sie hatte gedacht, sie hätte endlich alles hinter sich gelassen, das Bedürfnis, ständig weiterzuziehen, doch nun schaute sie wieder ständig über die Schulter, und ihre Nervenkostüm war nicht mehr das, was es einmal gewesen war. Zögern wäre tödlich, und sie nahm ein Blatt Papier aus der Schublade und fing an zu schreiben.

Es war kurz nach zehn, als Penrose aus der Kantine kam, wo er sich bei einem schnellen Kaffee die Kehle verbrannt hatte. Er fuhr mit dem Aufzug in den dritten Stock, um seine Leute auf den neusten Stand zu bringen. Für gewöhnlich genoss er es, Informationen und Fortschritte in einem Fall zu teilen, aber als er an diesem Morgen den langen Flur zur kriminalpolizeilichen Abteilung hinabging, stellte er überrascht fest, dass er nervös war. Normalerweise trat er mit den Berichten von Chemikern, Gerichtsmedizinern und Fotografen im Rücken vor seine Leute, von einem erprobten System aus Analyse und Verfahrensweisen ganz zu schweigen; heute bat er sie jedoch, ihm zu vertrauen und nicht der Beweislage. Dieses Mal hatten ihm die Experten nicht helfen können, und selbst Spilsburys gründlicher Autopsiebericht zu Marjorie Baker und ihrem Vater hatte ihm nur erklärt, was nicht passiert sein konnte. Die Beschuldigung Celia Bannermans beruhte auf persönlicher Antipathie, wie Fallowfield bereits angemerkt hatte, sowie auf einer Narrative, die er aus unverlässlichen Quellen zusammengesetzt hatte, von denen eine nicht einmal so tat, als würde es sich um die Wahrheit handeln. Der Polizeichef hatte den Nagel auf den Kopf getroffen – er verlor anscheinend den Verstand –, aber seine Versuche, die Ernsthaftigkeit der Situation abzutun, machten ihn nicht völlig blind für die Tatsachen: Falls er sich täuschte, stand seine Karriere und alles, was sie ihm bedeutete, auf äußerst wackeligen Beinen.

Die vernünftige, geschäftsmäßige Atmosphäre im Konferenzzimmer beruhigte ihn etwas, wenn auch nur durch ihre Vertrautheit. Fallowfield hatte die Mannschaft bereits zusammengetrommelt, und alle schauten Penrose erwartungsvoll an. »Gut, meine Herren.« Er setzte sich auf eine Tischkante am Ende des Zimmers, sodass er eine Wand voller Karten der unterschiedlichen Londoner Bezirke im Rücken hatte. »Sie wissen alle, wieso Sie hier sind, und Sie sind mit den beiden fraglichen Mordfällen vertraut. Einige von Ihnen haben schon eine Menge Arbeit in den Fall gesteckt, aber mit Geduld und Beharrlichkeit sind wir nicht weitergekommen, also müssen wir einen Gang hochschalten. Ich muss allerdings betonen, dass das, worüber wir hier sprechen, diesen Raum nicht verlassen darf.« Er sah, wie ein paar Männer Blicke miteinander wechselten. »Der Cowdray Club und das College of Nursing sind angesehene Organisationen mit hochrangigen Verbindungen. WPC Wyles arbeitet bereits verdeckt im Club, und ich bringe sie nachher dort auf den neusten Stand, aber außer ihr wird niemand wissen, was wir vorhaben.« Er lächelte seine Kollegen schief an. »Wir wollen dem Polizeichef doch nicht den Abend ruinieren, oder?«

Gelächter ertönte, und Penrose öffnete die Mappe, die er mitgebracht hatte. »Das hier sind Grundrisse des Clubs und Fotos aus einer Ausgabe des *Tatler*, auf denen mehrere wichtige Clubmitglieder sowie das Opfer, Marjorie Baker, abgebildet sind. Bitte machen Sie sich mit den Gesichtern und dem Gebäude vertraut, das wird heute Abend wichtig sein. Ich bin am meisten an Celia Bannerman interessiert, Zweite von rechts. Sie ist die Schriftführerin des Clubs und eine Schlüsselfigur in der Verwaltung der Krankenpflege und Sozialarbeit. Ich werde Sie nicht mit ihren Errungenschaften langweilen, aber sie hat Queen Mary schon so oft die Hand geschüttelt, dass sie Schwielen davon hat.« Er hielt kurz inne, da er wusste, welche Wirkung sein nächster Satz haben würde. »Ich glaube, dass Bannerman Marjorie Baker und ihren Vater umgebracht hat, da sie etwas über ihre Vergangenheit entdeckt haben, das sie unter Verschluss halten wollte. Außerdem glaube ich, dass sie am Samstagabend versucht hat, Lucy Peters zu ermorden, und dass sie es zu Ende bringen wird, wenn sie die Gelegenheit dazu bekommt. Und da kommen wir ins Spiel.«

Er nickte Fallowfield zu, der kurz die Vergangenheit zusammenfasste, die Celia Bannerman am liebsten vergessen würde – oder zumindest Penrose' Version davon. Er rechnete es ihm hoch an, dass er sich nichts von den Zweifeln anmerken ließ, die er Penrose gegenüber geäußert hatte; Loyalität war eine seiner besten Eigenschaften, und falls er Edwards immer noch für die

Hauptverdächtige hielt, wären die jüngeren Kollegen nie auf die Idee gekommen. Penrose war dankbar: Der Abend konnte nur zum Erfolg werden, wenn alle daran glaubten, und er wusste, dass die Beamten Fallowfield ebenso sehr respektierten wie ihn. »Thompson und Daly haben das Archiv durchkämmt«, sagte Fallowfield, womit er sich auf das Lager vergangener Missetaten bei Scotland Yard bezog, in dem Hunderttausende Akten über alle möglichen Verurteilten und deren Kontakte aufbewahrt wurden. »Aber sie haben nichts gefunden, was uns mit Vale weiterhelfen würde. Natürlich kann es sein, dass sie nach ihrer Entlassung einen Neuanfang gestartet hat, oder vielleicht ist sie mit Bannermans Abreise einfach vom Erdboden verschluckt worden. Andererseits hat Bannerman seit der Stelle in Leeds eine beispielhafte Karriere hingelegt, wie Inspector Penrose schon sagte. Alle sprechen in den höchsten Tönen von ihr. Damit will ich nichts über ihren Charakter sagen, sondern darüber, wie viel für sie auf dem Spiel steht.«

Penrose übernahm wieder und hielt seinen Grundriss in die Höhe. »Die Gala heute Abend findet in der Memorial Hall statt«, sagte er. »Dort wird Bannerman einen Großteil des Abends verbringen, also konzentrieren wir uns darauf, wobei wir auch ein paar von Ihnen zwischen den Gästen an der Bar und dem Speisesaal positionieren werden. Ich will, dass sie ständig unter genauster Beobachtung steht. Sergeant Fallowfield wird Ihnen gleich Ihre Positionen mitteilen. Lucy Peters wird im zweiten Stock behandelt, der zum College of Nursing gehört. Über den Unterschied müssen Sie sich keine Gedanken machen. Auf dem Plan können Sie sehen, dass die beiden räumlich verbunden sind, aber das Gebäude ist kompliziert, und vor heute Abend müssen Sie sich dort auskennen wie in Ihrer Westentasche. Das hat Bannerman uns voraus. Es gibt zwei Treppenhäuser und einen Aufzug; die Treppen an der Henrietta Street sind der direkteste Weg zu Peters' Zimmer, aber nehmen Sie nichts als selbstverständlich hin.« Er schaute auf den Ablaufplan, den Wyles ihm für den Abend gegeben hatte. »Der Sektempfang ist um sieben, und das Unterhaltungsprogramm beginnt um halb neun, aber der Höhepunkt kommt erst später, nach der Pause. Falls Bannerman tut, was ich vermute, wird sie den Moment wählen, wenn Noël und Gertie auf die Bühne kommen – dann werden alle im großen Saal sein.«

»Nehmen Sie's mir nicht übel, Sir«, meldete sich einer der Beamten zu Wort. »Diese Miss Lawrence würde ich mir auch nicht entgehen lassen.«

Alle lachten, darunter auch Penrose. »Da bin ich ganz Ihrer Meinung, Ben«, erwiderte er. »Und falls wir alles erledigt bekommen, finden Sie mich in der ersten Reihe. Aber Spaß beiseite. Wenn bis dahin nichts Ungehöriges passiert ist, wird der Kollege, der vor Peters' Zimmer stationiert ist, auf ein Getränk nach unten kommen und einen Blick auf die Aufführung werfen. Er wird dafür sorgen, dass Bannerman ihn sieht – anscheinend schaut sie stündlich nach der Armen, also wird sie ihn mit Sicherheit erkennen.« Er holte tief Luft und legte so viel Überzeugung in seine Stimme wie möglich. »Dann wird sie den Saal verlassen und nach oben gehen.«

»Ist zu dem Zeitpunkt jemand bei Peters im Zimmer?«, wollte Merrifield wissen.

»Auf jeden Fall. Peters' Zustand darf auf gar keinen Fall gefährdet werden, er ist ohnehin schon fragil genug. Ich wünschte, wir könnten sie austauschen, aber Bannerman ist nicht auf den Kopf gefallen. Egal, wer von Ihnen im Zimmer ist, warten Sie so lange wie möglich darauf, dass unsere Mörderin sich strafbar macht, aber bringen Sie das Mädchen auf keinen Fall – auf gar keinen Fall – in Gefahr. Und falls Sie sich für eins von beidem entscheiden müssen, treffen Sie um Gottes willen die richtige Entscheidung. Es wird ohnehin schon schwer genug, Miriam Sharpe davon zu überzeugen, uns das Ganze überhaupt durchführen zu lassen, also enttäuschen Sie mich nicht.«

»Können wir ihr vertrauen, Sir? Miss Sharpe, meine ich.«

Die Frage kam von Fallowfield, und Penrose hatte bereits lange und ausgiebig darüber nachgedacht. »Ich bin mir recht sicher«, antwortete er. »Und wir haben keine andere Wahl. Ich bezweifle nicht, dass sie unseren Plan für sich behalten kann, und sie ist keine große Freundin von Celia Bannerman. Meine einzige Sorge ist, dass sie ein moralisches Problem mit der Aktion haben könnte. Aber wenn ich sie davon überzeugen kann, dass Lucy dadurch nicht in größerer Gefahr schwebt, wird sie vermutlich mitziehen. Sonst noch Fragen?«

»Wie wird Bannerman vorgehen, Sir?«

»Wahrscheinlich ersticken, oder durch eine Injektion. Es kommt darauf an, wie sehr sie für die richtige Gelegenheit vorbereitet ist.«

Eine Hand wurde zögerlich in die Höhe gestreckt, und Ellis warf einen nervösen Blick in die Runde, bevor er etwas sagte. »Was, wenn Sie falschliegen, Sir?«

Penrose lächelte. »Gute Frage. In dem Fall werde ich Ihnen auf meinem Weg nach draußen Detective Inspector Fallowfield vorstellen.« Der Scherz milderte die Anspannung im Raum, doch Penrose war sich durchaus darüber im Klaren, dass er eine ernste Seite hatte. »Ich überlasse Sie nun ihm, damit er die Einzelheiten mit Ihnen bespricht, und halten Sie sich bitte nicht mit Fragen zurück. Wir müssen so gründlich vorbereitet sein wie möglich. Schmeißen Sie sich in Schale, und viel Glück.«

Auf dem Weg zum Cowdray Club überlegte Penrose, wie er das Thema am besten Miriam Sharpe gegenüber anschneiden sollte, und beschloss, dass Ehrlichkeit die beste Taktik wäre. Als er jedoch ihr gegenüber an ihrem Schreibtisch saß, erkannte er, dass er einen langen Kampf vor sich hatte. »Natürlich schwebt sie in Gefahr, Inspector. Das Mädchen hat Verbrennungen dritten Grades auf einem Großteil ihres Körpers, und das geht mit zahlreichen Komplikationen einher. Sie mussten nun wirklich nicht den ganzen Weg vom Embankment hierherkommen, um mir das zu sagen.«

»Ganz so meinte ich das nicht, Miss Sharpe«, erklärte Penrose geduldig. »Das hier ist streng vertraulich, aber ich glaube nicht, dass Lucy Peters' Sturz ein Unfall war, und ich halte es für wahrscheinlich, dass heute Abend während der Gala ein zweiter Mordversuch stattfinden wird.«

»Das soll kein Unfall gewesen sein? Das ist doch unmöglich. Celia war sofort vor Ort, da hätte derjenige auf gar keinen Fall ungesehen verschwinden können.« Schweigend sah Penrose zu, wie Miriam Sharpe begriff, was zwischen den Zeilen stand. »Das ist doch lächerlich, Inspector«, sagte sie entsetzt. »Wir haben wirklich nicht viel füreinander übrig, aber sie hat ihre ganze Karriere, ihr ganzes Leben darauf aufgebaut, anderen Frauen zu helfen. Sie wäre unmöglich dazu in der Lage, kaltblütig ein junges Mädchen die Treppe hinunterzustoßen.«

»Wenn ich es richtig verstehe, hat sie seit dem Unfall ein ausgeprägtes Interesse an Lucys Zustand.«

»Ja, das stimmt, aber das ist doch auch völlig normal. Sie macht sich genauso viele Sorgen um unseren Ruf wie ich, und falls Lucy stirbt, steht ihre Position auf dem Spiel. Das Mädchen hätte niemals mit dem heißen Topf auf der Treppe sein dürfen.«

»Ich glaube, für sie steht mehr auf dem Spiel als nur ihre Position, Miss Sharpe.«

»Aber wieso, um alles in der Welt, sollte sie einer Bediensteten etwas antun wollen?«

»Das kann ich Ihnen im Moment leider nicht sagen.« Der schlichte, aufrichtige Satz vermittelte seinem Gegenüber jedes Mal etwas weitaus Bedeutsameres, und Miriam Sharpe bildete keine Ausnahme.

»Nun denn, Inspector«, sagte sie. »Mir bleibt wohl nichts anderes übrig, als Ihnen zu vertrauen, aber erklären Sie mir bitte, was Sie vorhaben. Ich werde nicht zulassen, dass den Interessen meiner Patientin entgegengewirkt wird.«

»Natürlich nicht.« Penrose umriss seinen Plan so selbstsicher wie möglich. »Wenn der Kollege an der Tür von Miss Peters nach unten geht, muss die diensthabende Schwester das Zimmer ebenfalls verlassen und in einem anderen Zimmer warten.«

»Sie glauben, das Mädchen schwebt in Gefahr, und da lassen Sie sie gänzlich schutzlos?«

»Ganz und gar nicht. Sobald die Schwester davongeht, wird einer meiner Kollegen hinter der Faltwand in –«

»Schon gut, Inspector, wir haben alle *Mord im Pfarrhaus* gelesen. Aber wie kann ich mich darauf verlassen, dass Ihr Kollege meine Patientin an erste Stelle setzt? Wie schwer wiegt das Leben einer Bediensteten – ein Leben, das schon in der Schwebe hängt – gegen Ihre Überführung?«

»Ich gebe Ihnen mein Wort. Sie wird keiner zusätzlichen Gefahr ausgesetzt. Ich riskiere keine Opfer, Miss Sharpe, besonders keine menschlichen, und es ist ebenso wenig Ihre Aufgabe wie meine, den Wert eines Lebens festzulegen.«

Mit seiner Selbstgerechtigkeit trug er den Sieg davon. Sie nickte widerwillig. »Falls etwas schiefläuft, werde ich allerdings alles daransetzen, dass Sie nie wieder einen Fehler machen können.«

Falls etwas schieflaufen sollte, dachte Penrose, würde sie sich damit hinten anstellen müssen, aber er bedankte sich bei ihr und stand auf. »Kann ich mich darauf verlassen, dass Sie diese Informationen für sich behalten?«

»Ja. Ich werde mich heute Abend persönlich um Lucy kümmern. Ich habe nicht das geringste Bedürfnis, an diesem Zirkus teilzunehmen, aber meine Krankenschwestern freuen sich bestimmt darüber.« Als er an der Tür war, fügte sie hinzu: »Außerdem will ich das hier sicher nicht an die große Glocke hängen.«

Lettice und Ronnie machten gerade Pause an der Bar, als er nach unten kam, und er war froh, dass er sie allein erwischte. »Kaffee?« Lettice schob ihm die Kanne zu.

Er schüttelte den Kopf. »Tut mir leid, keine Zeit. Ich habe gehofft, ich könnte kurz mit Wyles sprechen.«

»Ich weiß nicht, ob wir so lange auf sie verzichten können.« Ronnie grinste. »Im Ernst, Archie, sie ist ein echter Schatz und hat Hilda davon abgelenkt, was passiert ist. Falls ihr euch jemals gegen Frauen bei der Polizei entscheidet, kannst du sie getrost zu uns schicken.«

»Das hättet ihr wohl gern«, erwiderte er. »Ich brauche alle Hilfe, die ich kriegen kann, besonders heute. Ihr anscheinend auch, ihr seht ja völlig erschöpft aus.«

»Wir sind nur noch dank Kaffee bei Bewusstsein«, gab Lettice zu. »Wir waren die ganze Nacht hier. Anders schaffen wir es bis heute Abend auf gar keinen Fall.«

»Dann wisst ihr sicher nicht, wie es Josephine geht«, sagte Archie. »Ich hatte gehofft, ihr habt sie vielleicht beim Frühstück gesehen.«

»Josephine?« Ronnie wirkte verwirrt.

»Ja. Ich habe sie gestern Abend in die Maiden Lane geschickt. Hier ist im Moment einfach zu viel los, und mir ist es lieber, wenn sie aus dem Weg ist. Und ihr passt besser auch auf, wenn ihr schon unbedingt mitten in der Nacht durchs Gebäude streifen müsst.«

»Aber ich war gegen zwei kurz in der Maiden Lane, um etwas zu essen, und Josephine –«

»Und da hat Josephine schon geschlafen«, fiel Lettice ihr mit einem vielsagenden Blick ins Wort. »Aber ihr geht es gut, Archie. Wir haben sie heute Morgen gesehen, als sie ihr Kleid anprobiert hat. Aber lieb von dir, dass du dir Sorgen machst. Sie weiß es sicher zu schätzen.« Ronnie schaute sie verblüfft an, äußerte sich jedoch nicht weiter dazu. »Wir gehen wieder zu den Mädchen und schicken Lillian unter irgendeinem Vorwand zu dir. Bleibst du hier?«

Archie sah sich um und entschied sich letztendlich doch für Kaffee. »Ja, hier sind wir ungestört, und ich halte sie auch nicht lange auf. Und falls ihr Josephine noch mal begegnet, richtet ihr bitte aus, dass ich um halb sieben hier sein werde.«

»In Ordnung. Dann bis später.«

»Was zum Teufel sollte das?«, fragte Ronnie gereizt, während sie hinaus in die Lobby gingen.

Marta saß noch lange am Fenster, nachdem sich Josephine verabschiedet hatte, da sie fast schon Angst davor hatte, in einen anderen Teil des Hauses zu gehen. Ein klasse Trick, aus dem Alleinsein Einsamkeit heraufzubeschwören, aus ihrem Frieden Unruhe, und sie konnte nicht einmal genau sagen, wie Josephine es innerhalb nur weniger Stunden geschafft hatte. Ihre sorgsam aufgebaute Selbstgenügsamkeit war jedoch mit einem Taxi Richtung Cavendish Square verschwunden, und was ihr jetzt noch blieb, fühlte sich einsam und trostlos an.

Sie hatte genug von der Stille und ging zum Grammofon, um Musik aufzulegen, dann überlegte sie es sich anders und brühte stattdessen Kaffee auf. Sie hatte Kopfschmerzen, da sie zu viel Wein getrunken und zu wenig geschlafen hatte, und durchwühlte das Badezimmerschränkchen auf der Suche nach Aspirin, bevor ihr wieder einfiel, dass sie das Fläschchen am Vortag auf der Terrasse hatte stehen lassen, als ihr Rücken den Kampf gegen die Säckelblume verloren hatte. Sie streifte sich einen Mantel über den Schlafanzug und ging nach draußen. Der Garten sah schlimmer aus als je zuvor: Das überdrüssige, schmutzige Gefühl, das stets auf Schnee folgte, ging von ihm aus, und ihre Bemühungen, die Beete zu jäten, hatten lediglich dafür gesorgt, Schlamm, Totholz und Trümmer zu verteilen, wohin das Auge nur fiel. Während sie das karge, freudlose Stück Erde betrachtete, eine Ödnis ohne Hoffnung auf Frühling, fragte sie sich, wie sie je geglaubt hatte, ihr Unterfangen könnte einen Sinn haben.

Sie griff nach dem Fläschchen mit Tabletten und stellte es dann wieder ab, weil sie sich davor fürchtete, wie tröstlich es sich in ihrer Hand anfühlte. Inzwischen zählte sie nicht mehr mit, wie oft sich dieses Ritual bereits in ihrem Leben abgespielt hatte, doch langsam gingen ihr die Ausreden aus. Sie wandte sich ab, um wieder ins Haus zu gehen, die Tabletten in der Tasche, da fiel ihr Blick auf etwas an der Mauer – ein leuchtend gelbes Blitzen, das gestern noch nicht da gewesen war. Sie beugte sich vor, betrachtete voller Freude die Winternarzisse und lächelte darüber, dass sie sich ausgerechnet den heutigen Tag zum Blühen ausgesucht hatte.

Bevor sie es sich anders überlegen konnte, ging Marta wieder ins Haus, wobei sie mit dem Verschluss des Fläschchens kämpfte. Sie spülte zwei Aspirin mit einem Schluck kalten Kaffees herunter, dann holte sie eine Karte aus dem Papierkorb und ging zum Telefon.

Josephine betrachtete ihr Spiegelbild auf der Rückseite der Tür und beschloss, dass es nicht mehr besser werden würde. Ronnie und Lettice hatten sich um ihretwillen selbst übertroffen: Das Kleid basierte auf einem Entwurf von Lucien Lelong, das sie bei ihrem letzten Besuch im Atelier beiläufig bewundert hatte und dabei nie auf den Gedanken gekommen wäre, sie könnten es für sie nachschneidern. Das Kleid war am Rücken tief geschnitten und aus weichem Satinstoff, der sich an Taille und Hüften schmiegte. Größtenteils war es schwarz, abgesehen von einem eingedrehten Strang aus blutroten und smaragdgrünen Bändern, der die Wirbelsäule hinab bis zum Boden reichte. Es war umwerfend, und normalerweise wäre sie begeistert gewesen, aber heute Abend hatte sie wirklich keine Lust darauf, sich zur Schau zu stellen. Sie hoffte nur, sie hatte dankbarer gewirkt, als sie das Kleid vorhin anprobiert hatte.

Sie legte sich eine einreihige Perlenkette so um den Hals, dass sie an ihrem Rücken herabhing und den tiefen Ausschnitt betonte, dann ging sie rasch aus dem Zimmer, um dem Drang zu widerstehen, sich im Bett zu verkriechen. Auf dem Weg nach unten achtete sie darauf, nicht auf eines der eigenwilligsten Merkmale des Clubs zu treten – ein silbernes Kreuz, das in eine der Stufen eingelassen war, um an eine unglückliche Bewohnerin des alten Hauses zu erinnern, die bei einem Sturz ums Leben gekommen war und nun angeblich im ersten Stock spukte. Das war natürlich Unsinn, aber manche Mitglieder waren davon fasziniert, und Celia hatte schon immer jede Legende ausgenutzt, die dem Club neue Anmeldungen verschaffte. Einmal hatte Josephine sogar gescherzt, sie hätte das Kreuz vermutlich selbst dort angebracht. Nach dem tragischen Unfall am Wochenende war der Scherz jedoch nicht mehr lustig. Wie es Lucy wohl ging? Sie dachte daran, wie nervös und ungeschickt sie bei ihren beiden kurzen Begegnungen gewesen war; rückblickend wirkte es unausweichlich, dass dem Mädchen früher oder später etwas zustoßen würde, aber Josephine hätte sich niemals die entsetzlichen Verletzungen ausgemalt, die Celia ihr beschrieben hatte.

Archie wartete am Empfang, und sie lächelte ihn nervös an. Sie wusste nicht genau, wie schnell sie ihre Auseinandersetzung vom Vortag hinter sich lassen würden. »Du siehst toll aus.« Er gab ihr einen Kuss auf die Wange. »Wer ist überhaupt diese Gertrude Lawrence?«

Seine Worte waren freundlich, aber in seinem Gesicht spiegelten sich ihre eigenen Ängste, und sie führte ihn rasch zur Tür, außerhalb der Hörweite der Frauengruppe am Empfang. »Archie, das gestern tut mir so leid«, sagte sie. »Ich hätte nie damit rechnen dürfen, dass du mir Ratschläge zu Marta gibst, oder zu irgendjemandem sonst.«

»Ich muss mich entschuldigen, nicht du. Ich wollte nicht die Geduld verlieren, aber dieser Fall —«

Sie hob die Hand, um ihn zu unterbrechen. »Bitte gib nicht dir oder dem Fall die Schuld, wenn es meine ist. Bitte, Archie.«

Er lächelte. »Na gut. Sollen wir?«

Sie hakte sich bei ihm unter und war froh, dass er das Thema Marta anscheinend ebenso wenig anschneiden wollte wie sie. Sie waren allerdings noch nicht weit gekommen, da kam Lettice aus dem Speisesaal gestürzt. »Da seid ihr ja«, sagte sie. »Ich habe überall nach euch gesucht. Tut mir leid, Archie, aber ich muss mich kurz mit Josephine unterhalten. Du bekommst sie auch gleich wieder zurück.«

»Na gut, aber erst brauche ich etwas zu trinken«, sagte Josephine.

»Nein, ich muss mit dir reden, bevor du reingehst«, beharrte

Lettice, dann fügte sie etwas leiser hinzu: »Danach kannst du dir so viel hinter die Binde kippen, wie du willst, das hast du dann sicher nötig.«

»Worum um Himmels willen geht es?«

Bevor Lettice etwas darauf erwidern konnte, tauchte Lydia hinter ihnen auf und legte die Arme um sie. »Josephine, wie schön, dich zu sehen.«

»Lydia, ich muss mich kurz unter vier Augen mit Josephine unterhalten«, sagte Lettice ungehalten, und Josephine sah sie überrascht an. Sie verlor nur selten die Beherrschung; anscheinend hatten der Druck der Gala und der Schock über Marjories Tod ihre Spuren hinterlassen.

»Natürlich«, sagte Lydia. »Eins wollte ich allerdings unbedingt loswerden. Danke, Josephine.«

»Gern geschehen. Wofür?«

Lydia lachte. »Keine falsche Bescheidenheit. Für Marta natürlich. Sie ist hier, und sie hat mir erzählt, dass du mit ihr gesprochen und sie dazu ermutigt hast, sich bei mir zu melden. Ich bin dir so dankbar, Josephine.«

Lettice formte mit den Lippen eine Entschuldigung hinter Lydias Rücken, während Archie aussah, als wären Ostern und Weihnachten auf einen Tag gefallen. Josephine fragte sich, ob sie versehentlich in eine Vaudeville-Komödie gestolpert war, und gab die Art nervöses Lachen von sich, für die sie sonst gern andere Leute geohrfeigt hätte. »Marta ist hier?« Sie erkannte ihre Stimme kaum wieder. »O Gott, sie hat es ja wirklich eilig.«

»Ja. Ich habe ihr vor ein paar Wochen eine Einladung geschickt und hätte mir nie träumen lassen, dass sie zusagt, aber heute Morgen hat sie dann völlig überraschend angerufen.«

»Wir sehen uns gleich drinnen«, sagte Josephine zu Lettice und Archie. »Lydia und ich unterhalten uns nur rasch hier draußen, solange es noch ruhig ist.«

»Nein, nein, Lettice muss mit dir sprechen, und ich will euch gar nicht stören.«

»Schon gut«, gab sich Lettice geschlagen. »Das hat Zeit.« Sie verschwand mit Archie in der Menge und warf im Davongehen einen entschuldigenden Blick über die Schulter.

Lydia nahm Josephine bei der Hand und führte sie zum Fenster. »Komm, wir setzen uns kurz«, sagte sie. »Ich muss mich bei dir entschuldigen und bedanken.« Angesichts dieser zweiten unangebrachten Reuebekundung innerhalb weniger Minuten fragte sich Josephine allmählich, ob sie sich in einer Verschwörung befand, die darauf abzielte, ihr ein noch schlechteres Gewissen zu bereiten. »Seit Marta und ich uns getrennt haben, war ich dir keine sehr gute Freundin, oder?«

»Das war schwer für dich, das verstehe ich doch. Du liebst sie, und ihr wart voneinander getrennt. Natürlich ist man da manchmal verbittert.«

»Aber das ist nicht alles.« Sie wandte den Blick ab, und Josephine vermutete, dass sie überlegte, wie viel sie ihr anvertrauen sollte. »Ich habe dir die Schuld daran gegeben, dass wir nicht direkt nach ihrer Entlassung wieder zusammengekommen sind. Ich schäme mich zwar dafür, aber ich dachte, zwischen euch beiden wäre etwas – zumindest von ihrer Seite aus –, das uns voneinander ferngehalten hat.«

»Wieso hast du mir das nicht erzählt?« Als ich es noch wahrheitsgemäß hätte leugnen können, hätte sie am liebsten hinzugefügt. Stattdessen sagte sie schlicht: »Darüber hätten wir schon vor Monaten sprechen sollen.«

»Ich weiß, aber ich war wütend und verletzt und konnte Martas Schweigen nicht deuten, da wollte ich mich nicht auch noch dir gegenüber verletzlich machen.« Sie lächelte peinlich berührt. »Und was noch kindischer ist, ich wollte es nicht wissen, falls du mit ihr in Kontakt warst. Eifersucht ist nicht besonders großzügig, nicht wahr? Oder besonders attraktiv.«

»Nein, und sie schleicht sich immer dann an, wenn man am wenigsten damit rechnet. An deiner Stelle hätte ich mich wahrscheinlich auch nicht besonders großzügig verhalten. Und es tut mir leid, falls ich es schlimmer gemacht habe, das war nie meine Absicht.«

»Hast du nicht. Es lag bloß an dem Schreck und daran, dass Marta mit dir über Sachen reden konnte, die sie mit mir nie diskutiert hat. Ich dachte ja nie, dass ich das jemals sagen würde, aber es geht nicht nur um Sex, oder?« Josephine schüttelte den Kopf. »Ich habe mich gefragt, wie nah wir einander wirklich gestanden haben. Und dann war da noch Archie, und alles, was er für sie getan hat, als sie sich gestellt hat.«

»Was meinst du damit?«

»Er hat ihr einen Anwalt besorgt, vor Gericht zu ihren Gunsten ausgesagt, dafür gesorgt, dass ihr Geisteszustand berücksichtigt wird – du willst mir doch nicht weismachen, dass er das um Martas willen getan hat. Das war deinetwegen. Und ich habe mich gefragt, was für einen Gefallen er dir damit tun wollte. Wieso wäre es in deinem Sinne, wenn er Marta hilft?« Josephine war zu schockiert, um etwas darauf zu erwidern. Sie wäre nie auf die Idee gekommen, Archie könnte etwas anderes tun als das, was er für richtig und gerecht hielt, doch jetzt erkannte sie, dass Lydia recht hatte, und Martas Worte hallten ihr durch den Kopf: Wie oft hatte sie Archie schon unglücklich gemacht, ohne es zu merken? »Das war zwar dumm von mir«, fuhr Lydia fort, »aber je länger die Funkstille anhielt, desto bedeutsamer kam mir das alles vor. Ich habe es über alle Maßen aufgebläht, dabei musste Marta doch nur verarbeiten, was passiert ist, und das Gefängnis hinter sich lassen.«

»Hat sie das gesagt?«

»Nicht ausdrücklich, aber sie hat sich verändert, und die Dinge sind jetzt anders. Ich muss wahrscheinlich einfach nur Geduld haben.«

»Ihr werdet nie dort weitermachen können, wo ihr aufgehört habt, aber das ist nicht schlimm.« Sie betrachtete ihre Freundin in dem Wissen, wie zerbrechlich ihr neu gefundenes Glück war. »Ihr könnt euch etwas Neues aufbauen, etwas Stärkeres.«

»Hoffentlich. Wir haben noch nicht darüber gesprochen, wieder zusammenzukommen, und ich will sie auch nicht dazu drängen, aber Freundschaft ist schon mal ein Anfang, oder?«

Josephine war zu erschöpft, um Lydia die Hoffnung zu verweigern, nach der sie sich sehnte. »Ja, das ist ein guter Anfang. Und es ist eine gute Idee, ihr Zeit zu lassen. Nimm sie mit zum Cottage. Findet zusammen ein bisschen Frieden.«

Sie stand auf, weil sie ihre öffentliche Großmütigkeit nicht weiter auf die Probe stellen wollte, und gemeinsam gingen sie in den Festsaal. Lydia ging davon, um nach Marta zu suchen, und Josephine sah sich nach Archie um, konnte ihn allerdings nirgends entdecken. Sie wollte gerade zur Bar gehen, da drückte ihr jemand ein Glas in die Hand. »Feigling«, sagte Gerry. »Wie ich sehe, hast du doch beschlossen, Amor zu spielen.«

»Ganz so einfach ist es nicht.«

Ihre Stimme war weniger zweideutig als ihre Worte, und Gerry musterte sie aufrichtig besorgt. »Mensch, Josephine, das tut mir leid – ist alles in Ordnung?«

»Ja, solange ich wütend bleibe.«

»Auf sie oder auf dich?«

»Das will ich im Moment noch nicht entscheiden.« Sie trank einen Schluck Champagner. »Wie geht es dir? Celia ist anscheinend ja noch auf den Beinen.« Die beiden schauten zur anderen Seite des Saals, wo Celia mit Amy Coward, Mary Size und dem restlichen Clubgremium ins Gespräch vertieft war. Archie stand in der Nähe und unterhielt sich mit einem Mann, den sie nicht kannte. Josephine schlug einen ernsteren Ton an. »Mein Beileid zu Marjorie. Du hattest wirklich ein furchtbares Wochenende.«

»Du doch auch, oder? Wenn man jemanden verliert, verliert man ihn, egal, auf welche Art und Weise.«

»Kanntest du sie gut?« Sobald sie die Frage gestellt hatte, wurde ihr klar, dass Gerry vermutlich noch nicht wusste, dass Marjorie Lizzies Halbschwester gewesen war; Archie hatte ihr es während der Befragung höchstwahrscheinlich nicht erzählt, und er wäre ihr sicher nicht dankbar, wenn sie sich jetzt einmischen würde. Gerry müsste es allerdings irgendwann erfahren, und Josephine bezweifelte, dass es ihr damit besser gehen würde.

»Nein, nicht wirklich. Nicht gut genug.« Sie deutete zur Bar. »Wenn du immer noch wütend bist, wäre jetzt vielleicht ein guter Zeitpunkt. Sie ist allein. Und eins noch.«

»Ja?«

»Falls du später jemanden am Arm brauchst – natürlich nur, um dich zu revanchieren –, stehe ich gerne zur Verfügung.«

Gerry grinste, und zum ersten Mal an diesem Tag lachte Josephine aufrichtig. »Danke, ich behalte es im Hinterkopf.« Der Saal füllte sich allmählich mit Gästen, und es dauerte eine Weile, bis sie die Bar erreichte. Marta rührte sich allerdings nicht vom Fleck. »Was zum Teufel machst du hier?«, fragte Josephine zornig.

»Toll siehst du aus. Champagner?«

»Stell dich nicht so an. Wieso bist du hier?«

»Weil ich dich sehen wollte.«

»Also tauchst du einfach an Lydias Arm hier auf, ohne mich vorzuwarnen?«

»Wenn ich dich vorgewarnt hätte, hättest du dir irgendeinen Vorwand ausgedacht, nicht hier zu sein.«

»Mensch, du verlierst wirklich keine Zeit. Fast schon ein Wunder, dass da überhaupt jemand mitkommt. Ich dachte, nach ...«

»Wonach, Josephine?« Zum ersten Mal sah Marta sie direkt an, und zu Josephines Verwunderung glänzten Tränen in ihren Augen. »Nachdem du gegangen bist und ich durch mein Haus gewandelt bin und nichts mit mir anzufangen wusste? Nachdem ich mir nicht mehr vertraut habe, allein zu sein?« Sie hielt inne, bis sie sich etwas gefasst hatte, dann sagte sie: »Mir ist klar, wie es aussieht, und ich verstehe, wie wütend du bist, aber bitte versuch, es zu verstehen. Nachdem wir gestern Abend zusammen waren, wurde mir klar, wie sehr ich mich isoliert habe, und wie schädlich das sein kann. Ich brauche Gesellschaft, Freundschaft, Liebe – egal, wie du es nennen willst, und ich brauche es öfter, als ich je von dir verlangen könnte. Du hattest recht. Mit Lydia habe ich das, und ich kann sie glücklich machen – wirklich glücklich. Aber das ändert nichts daran, was ich für dich empfinde. Alles, was ich gestern Abend gesagt habe, was ich von dir verlangt habe – dazu stehe ich. Ich kann bloß nicht allein sein, während ich darauf warte, dass du nach London zurückkehrst.«

Martas Verletzlichkeit ließ Josephine sich nach der Intimität der vergangenen Nacht sehnen, doch es war unmöglich, sie in diesem vollen Saal in den Arm zu nehmen. Beiläufig schob sie ihr Glas ein paar Zentimeter auf der Theke weiter, bis sie Martas Finger berührte; die Berührung war ungemein dezent, für Außenstehende nicht wahrnehmbar, doch sie reichte aus, um den gesamten Raum aufzulösen. Sie erlaubten es dieser kleinen Geste, der Mittelpunkt von allem zu werden, das an ihrer Beziehung wundersam und schicksalhaft war, und der Augenblick war so intensiv, dass es eine Weile dauerte, bis Josephine wieder sprechen konnte. »Was sollen wir nur tun?«, fragte sie leise.

»Ich liebe dich.«

»Das beantwortet nicht meine Frage.«

»Mehr habe ich nicht. Fällt dir was Besseres ein?« Josephine schüttelte den Kopf. »Geh schon.« Marta drückte ihr die Hand. »Sieht so aus, als wirst du vor der Kamera gebraucht.«

»Das kann warten. Das hier ist wichtiger.«

»Ja, aber das hier kann ein Leben lang dauern, bis es geklärt ist, und wir haben ungefähr fünfzehn Sekunden.« Marta nahm sie in den Arm, und Josephine spürte, wie sie den Perlenstrang an ihrem Rücken so flüchtig entlangfuhr, dass sie es sich womöglich eingebildet hatte. »Dein Typ wird verlangt.«

»Wie bitte?« Josephine drehte sich um und sah, wie Celia Bannerman sie zu sich ans andere Ende des Raums winkte, wo ein paar Reporter Gäste aufreihten, um sie abzulichten. Sie stöhnte. »Das hat mir gerade noch gefehlt.«

»Warte, das hier gehört dir.« Marta hielt einen Ohrring in die Höhe. »Den hast du bei mir vergessen. Erst wollte ich ihn behalten, aber wenn man anfängt, Perlen als Geiseln zu nehmen, in der Hoffnung, dass ihnen jemand zur Rettung eilt, ist man wirklich verloren.« Sie lächelte. »Jetzt habe ich keine Tricks mehr im Ärmel. Entweder du kommst oder nicht. Ich hoffe, du kommst.«

Sie verschwand in der Menge, und Josephine bahnte sich widerwillig einen Weg durch den Saal, um für den *Tatler* zu lächeln. »Schön, dass Sie mal wieder in London sind, Miss Tey«, rief einer der Reporter. »Wir haben gehört, es erscheint bald ein neuer Inspector Grant von Ihnen.«

»Ja, Anfang des Jahres. Er heißt *Klippen des Todes*.«

»Na, hoffentlich spült er Ihnen ordentlich was in die Kasse. Sie wollen den Erlös für einen guten Zweck spenden, richtig?«

»Ja, an ein Krebskrankenhaus.«

»Und gibt es dafür einen persönlichen Grund?« Anscheinend bemerkte er ihre Miene, denn er fügte rasch hinzu: »Ich will gar nicht bohren, es wäre nur eine nette kleine Geschichte für den Artikel über den Cowdray Club. Alles hilft, was bei der Öffentlichkeit gut ankommt, oder?«

Das war ein billiger Trick, aber Josephine fühlte sich wie erwartet zu einer Antwort gezwungen. Genau deswegen konnte sie die Presse nicht ausstehen und gab keine Interviews. »Meine Mutter ist vor zwölf Jahren an Brustkrebs verstorben.«

»Das war sicher schwer für Sie.« Diese Aussage würdigte sie nicht einmal einer Antwort. Sie war am Boden zerstört gewesen, aber das würde sie sicher nicht der ganzen Welt mitteilen, auch nicht im Namen der Wohltätigkeit. Sie lächelte höflich und wollte sich entschuldigen, doch der Reporter war noch nicht fertig mit ihr. »Viele sind der Meinung, dass eine der Figuren in Mrs Christies neuem Buch auf Ihnen basiert.« Er grinste verschlagen. »Muriel Wills, die Stücke unter dem Namen Anthony Astor schreibt. Ist da etwas dran?«

»Woher soll ich das wissen? Ich lese Mrs Christie nur selten.« Eine bessere Retourkutsche war ihr auf die Schnelle nicht eingefallen; tatsächlich hatte sie das Buch gekauft, sobald ihr das Gerücht zu Ohren gekommen war, und war fuchsteufelswild gewesen, als sie eine grausige Gestalt vorfand, die einfältig lächelte und kicherte und ihr Haus mit Tand vollstopfte; die

Tatsache, dass die Bühnenschriftstellerin eine ausgeprägte Beobachtungsgabe hatte und mit der Feder töten konnte, linderte ihre Wut nicht.

»Ein bisschen freundlicher Konkurrenzkampf tut doch keinem weh, oder?«, fuhr der Reporter fort. »Ich habe mich bloß gefragt, ob Mrs Christie wohl in Ihrem neuen Buch auftauchen wird.«

»Wie bitte?« Josephine wurde von einem Tumult am Eingang abgelenkt. »Ob Mrs Christie darin auftauchen wird? Schwer zu sagen. Aber wenn Sie genau hinschauen, finden Sie einen Landstreicher mit einem ähnlichen Sinn für Humor. Und wenn Sie mich jetzt bitte entschuldigen würden, ich muss mit ein paar Leuten reden.« Dieses Mal kam sie leichter davon. Der Tumult signalisierte das Eintreffen der wahren Stars des Abends. Während die Würdenträger und Benefizdamen sich um Noël und Gertie scharten, suchte Josephine ihren Tisch und ließ sich dankbar auf den Platz neben Lettice sinken. »Ich fühle mich wie nach zehn Runden mit Jack Dempsey«, klagte sie. »Womit habe ich so einen Abend verdient?«

»Weil du in deinem Kleid zu toll aussiehst?«

»Du bist die Dritte, die mir das heute Abend sagt, und du kannst dir ja vorstellen, wer die beiden anderen waren. Das Kleid ist allerdings umwerfend, vielen Dank.«

Lettice schenkte ihr ein. »Tut mir leid, dass ich dich nicht zuerst erwischt habe«, sagte sie. »Ich wollte dich eigentlich vorwarnen, aber Lydia war schneller.«

»Mach dir keinen Kopf. Danke, dass du es überhaupt versucht hast. Wo ist Archie?«

Bevor Lettice etwas darauf erwidern konnte, wurden die Lichter gedimmt, und Celia Bannerman trat auf die Bühne. »Das wars, Mädels, der Spaß ist vorbei.« Ronnie stellte schwungvoll zwei Flaschen Champagner auf dem Tisch ab. »Die Wohltat höchstpersönlich ist am Zug.« Sie beugte sich zu Josephine. »Und wo hast du übernachtet? Wenn wir nicht so diskret wären, hätte bald ganz Scotland Yard nach dir gesucht.«

»Ihr und diskret?« Zum Glück für Josephines Selbstachtung wurde der Rest ihrer Antwort von Applaus übertönt. Celia hob die Hand, um das Publikum um Stille zu bitten. »Meine Damen und Herren, herzlich willkommen im College of Nursing und dem Cowdray Club zu diesem wunderbaren Anlass. Zunächst bitte ich Sie, mit mir recht herzlich unsere Ehrengäste zu begrüßen, Miss Gertrude Lawrence und Mr Noël Coward, die eine Pause von der Tour ihrer neusten Produktion eingelegt haben, um heute bei uns zu sein.« Der Scheinwerfer bewegte sich auf einen Tisch ganz vorn. »Später werden wir in den Genuss von zwei kurzen Szenen aus *Tonight at 8.30* kommen und sind damit das erste Publikum in London, das die neue Aufführung erleben darf. Ich bin mir sicher, wir werden es danach alle kaum erwarten können, dass es Anfang des Jahres im West End anläuft.« Nachdem der Jubel abgeebbt war, sagte Celia: »Unsere Gäste muss ich Ihnen nicht groß vorstellen, dafür würde ich Ihnen allerdings gerne etwas über eine der Organisationen erzählen, die wir mit dem heutigen Abend unterstützen.«

»Na toll«, raunte Ronnie. »Wenn sie damit fertig ist, ist das Stück im West End schon angelaufen.«

»Das Waisenhaus der Schauspieler, dessen Präsident Mr Coward ist, wurde vor fast vierzig Jahren gegründet und bietet heute bis zu sechzig Kindern ein Zuhause und Schulbildung. Ich muss Ihnen wohl kaum erklären, dass trotz der zahlreichen Verbesserungen in der Sozialhilfe im Laufe der letzten Jahre ungewollte Kinder oder Kinder, um die sich niemand kümmert, immer noch eins der traurigsten Opfer einer modernen Stadt sind. Schwere Zeiten treffen unsere Kinder am schwersten: Jetzt, da der Winter eingetroffen ist, die Tage trüb und die Straßen freudlos sind, jetzt, da Weihnachten näher rückt, ist es nur natürlich, dass wir Helligkeit in ihr Leben bringen wollen. Mr Coward und seine Kollegen arbeiten unermüdlich das ganze Jahr über daran. Dank ihnen und anderer Organisationen werden Frauen nicht mehr zu den drastischen Maßnahmen getrieben, zu denen sie sich früher gezwungen sahen, und mit jedem Tag werden die Lebensumstände unserer Kinder verbessert. Spenden, die diesem Zweck zufließen, sind eine lohnende Investition.«

Archie glitt auf den freien Platz neben Josephine, und sie schenkte ihm ein Glas Champagner ein. »Eins muss ich Celia lassen«, sagte sie. »Auf der Bühne gibt sie eine Spitzenfigur ab.« Er nickte, war aber zu sehr auf die Bühne konzentriert, um darauf zu antworten.

»Bevor wir auf den zweiten guten Zweck des Abends zu sprechen kommen, muss ich mich noch bei einer anderen Organisation bedanken. Sie alle kennen den Namen Motley – die fabelhaften Entwürfe für unsere Bühnen und Boutiquen bringen Romantik in unser Leben und Glanz in unsere Schränke, und ich bin mir sicher, ich bin nicht die Einzige, die ein Dankesgebet in den Himmel geschickt hat, dass sie für heute Abend von Motley eingekleidet wurde.« Ein anerkennendes Raunen ging durch die Menge. »Unsere Dankbarkeit ist angesichts der entsetzlichen Tragödie vor wenigen Tagen jedoch von Trauer gefärbt, und andere wären davon in die Knie gegangen. Von Lettice und Ronnie habe ich erfahren, dass das Kleid, das ich heute Abend trage, das letzte war, an dem Marjorie Baker vor ihrem Tod gearbeitet hat, und ich fühle mich geehrt. Die Erlöse des Abends fließen zwar unseren Wohltätigkeitsorganisationen zu, aber in Gedanken sind wir bei Marjorie, bei ihren Kolleginnen und Freunden, die ohne sie weitermachen müssen.«

Ronnie kramte umständlich unter dem Tisch nach einer Serviette, doch Archie wirkte weniger gerührt. »Meine Fresse«, murmelte er leise, und Lettice sah Josephine fragend an. Sie war jedoch ebenso verwundert über seinen Ausbruch und zuckte nur die Achseln.

»Kommen wir nun zu der Organisation, die mir und auch vielen von Ihnen am meisten am Herzen liegt. Von all den Menschen, die ich in meinem Leben kennengelernt habe, ist es mir das größte Privileg, mit der Dame gearbeitet zu haben, die diesem Club ihren Namen verliehen hat, und noch viel mehr als das. Annie, Viscountess Cowdray, war eine der aufrichtigsten und wahrhaftigsten Freundinnen, die eine Gruppe berufstätiger Frauen haben kann. Sie hatte einen ausgeprägten Verstand fürs Geschäftliche, fällte rasche, weise Entscheidungen und hegte ein tiefes Mitgefühl und eine tiefe Sehnsucht, sich denjenigen in den Dienst zu stellen, die Hilfe brauchten.« Sie deutete nach oben zu den drei Buntglasfenstern, die in eine Wand eingelassen waren und Putten in unterschiedlichen Positionen zeigten. »Heute Abend wachen die drei Symbole des Schwesternberufs über uns: Liebe, Tapferkeit und Glaube, wobei ein Sinn für Humor und ein starker Rücken oft als ähnlich unerlässlich gelten.« Josephine bemerkte, dass das meiste Gelächter von Krankenschwestern stammte. »Lady Cowdray besaß von allem mehr als genug, und ihr haben wir den Erfolg und das weltweite Ansehen des Clubs und des Colleges zu verdanken. Nun würde ich allerdings gerne mit einer persönlichen Bemerkung enden.« Sie hielt inne und sah sich langsam im Saal um. »Das hier ist meine letzte öffentliche Veranstaltung als Schriftführerin des Cowdray Clubs. Die letzten dreizehn Jahre haben mir viel Freude und Zufriedenheit bereitet, und ich hoffe zwar, dass meine Reserven an Liebe, Tapferkeit und Glaube so voll sind wie nie zuvor, aber mit voranschreitendem Alter mangelt es mir an den anderen beiden, und es ist an der Zeit, dass ich die Zügel weiterreiche. Ich hoffe, dass meine Nachfolgerin – wer immer sie auch sein mag – diese Arbeit ebenso lohnenswert und erfüllend findet wie ich. Vielen Dank, meine Damen und Herren. Viel Spaß bei der Aufführung, und spenden Sie, so viel Sie können.«

Sie überließ die Bühne der ersten Nummer, und Archie wandte sich an Josephine. »Wusstest du, dass sie das vorhat?«, fragte er fast schon vorwurfsvoll.

»Nein, ich hatte keine Ahnung. Ich habe sie das ganze Wochenende über kaum gesehen.« Sie war noch immer leicht verärgert über seinen Ton. »Ich nehme an, sie wollte gehen, solange sie noch den Respekt der meisten Mitglieder genießt. Die Szene mit Gerry am Samstag war sicher der Tropfen, der das Fass zum Überlaufen gebracht hat, meinst du nicht auch?« Archie schwieg, und obwohl sie noch mehrere Versuche machte, ein Gespräch in Gang zu bringen, wirkte er geistig viel zu beschäftigt, um auch nur ein Wort davon zu verstehen. Entnervt von seinem Schweigen, für das ihr nur eine Erklärung einfiel, nahm sie sein Gesicht in die Hände und drehte es zu sich. »Archie, wärst du glücklicher, wenn wir uns nicht mehr sehen?«

»Wie bitte?« Endlich hatte sie seine Aufmerksamkeit. »Sei doch nicht albern. Geht es um gestern? Tut mir leid, Josephine, aber ich bin nicht deswegen so abgelenkt.« Er legte eine Hand auf ihre und lächelte sie an. »Ich kann mir keine Welt vorstellen, in der wir uns nicht sehen. Nichts würde mich unglücklicher machen. Ich weiß ja, dass es nicht immer einfach ist, und ich weiß, dass es Dinge geben wird, die uns in die Quere kommen, Dinge, über die wir nicht miteinander reden können, aber nie im Leben würde ich deine Abwesenheit deiner Gesellschaft vorziehen, und ich hoffe, dir geht es ähnlich.«

Sie wollte gerade etwas darauf erwidern, da trat ein Kellner an den Tisch und reichte Archie eine Nachricht. »Mist«, sagte er und stand auf. »Tut mir leid, Josephine, ich muss los. Wir unterhalten uns später.«

»Ich dachte, Sie wollen es sicher sofort wissen. Lucy Peters ist vor zehn Minuten gestorben. Ich konnte nichts tun. Ihr Herz war so schwach, dass die Blutzufuhr zu den Organen nicht mehr gewährleistet war, und die Nieren haben sich nicht wieder erholt. Es tut mir leid.«

Miriam Sharpe bedauerte Lucys Tod, nicht dessen Bedeutung für seine Pläne, und normalerweise hätte er diese Priorität geteilt. Celia Bannermans Rücktrittsrede hatte ihm allerdings ein Gefühl der Dringlichkeit gegeben, das ihn ungewöhnlich taktlos reagieren ließ. »Wer weiß sonst noch davon?«, fragte er.

»Nur Sie und noch eine Schwester, und der Polizist, der gerade Dienst hatte. Aber ich kann das hier nicht unter Verschluss halten, wenn Sie mich darum bitten wollen. Wir haben Richtlinien zu befolgen und Angehörige zu informieren, von menschlichem Anstand einmal abgesehen.«

»Ich weiß, und ich würde Sie auch nie darum bitten, wenn es nicht unbedingt notwendig wäre.« Penrose versuchte verzweifelt, etwas Zeit zu gewinnen. Wenn Celia Bannerman erführe, dass Lucy tot war, bestände kein Anlass, ein Risiko einzugehen, und sie könnte fröhlich in den glorreichen Ruhestand davonziehen, ohne ihm auch nur den geringsten Beweis zu liefern. »Geben Sie mir bitte eine Stunde.«

Miriam Sharpe dachte eine gefühlte Ewigkeit lang nach, dann sagte sie: »Ich werde meine Pflichten nicht pausieren, aber ich werde Lucys Tod auch nicht an die große Glocke hängen. Im Moment sind alle unten beschäftigt, und das sollte Ihnen die Zeit verschaffen, um die Sie bitten. Hoffentlich muss ich Ihnen allerdings nicht sagen, dass ich keinen riesigen Polizeiauflauf an einem Ruheort brauche.«

Musste sie nicht. Obwohl er darauf brannte, Celia Bannerman zu schnappen, würde er die Leiche einer jungen Frau nicht als Köder benutzen. Er bedankte sich bei Miriam Sharpe und ging davon, um Wyles und Fallowfield über die Planänderung in Kenntnis zu setzen.

Nach der Pause wurden die Lichter erneut gedimmt, und das Publikum, das bislang mit höflichem Applaus auf das Programm reagiert hatte, sprang jubelnd auf, als sich der Vorhang für die Stars des Abends öffnete. Noël und Gertie waren als Varietékünstler verkleidet und standen vor einer gemalten Straßenszene, die den Hintergrund eines beliebigen Provinztheaters in England hätte bilden können. Beide trugen rote Lockenperücken und Matrosenkleider mit übertrieben ausgestellten Beinen, und beide hielten ein Teleskop in der Hand. Sie begannen mit ihrer ersten Nummer, und Archie hob sein Glas in Richtung eines älteren Mannes an einem nahe gelegenen Tisch, der misstrauisch lächelte und sein Glas ebenfalls hob. »Wer ist das?«, wollte Josephine wissen.

»Der Polizeichef.«

»Und wieso guckt er dich so an?«

»Weil er glaubt, dass ich ihm gleich beim Innenministerium Schande mache.«

Sie starrte ihn an. »Stimmt das denn?«

»Hoffentlich nicht.«

Sie wandten sich wieder der Bühne zu, auf der Gertrude Lawrence das zwielichtige Leben auf Tournee aufs Korn nahm, mit dem sie selbst ihre Karriere begonnen hatte; Cowards Musik und die spöttischen Gespräche zwischen den Liedern hielten die verzweifelte Atmosphäre eines Not leidenden Varietétheaters wunderbar fest. Josephine erinnerte sich aus ihren ersten Begegnungen mit dem Theater noch gut an jene Atmosphäre. Das Stück war unbeschwert, gleichzeitig liebevoll und sarkastisch, aber selbst die lachhaft überzogenen Kostüme konnten dem Zauber nichts anhaben; der strahlende, wenn auch zerbrechliche Glanz der Bühne hatte die Leute seit dem Krieg genährt und fesselte sie auch jetzt noch, da die meisten schon wieder fürchteten, von der Politik zur Geisel genommen zu werden. Josephine bezweifelte, dass auch nur ein einziger Mensch im Saal nicht dankbar dafür war.

Als das Orchester den Refrain aufnahm und das Bühnenehepaar ein paar schlechte Witze riss, sah Josephine, wie Mary Size aus dem Saal ging, dicht gefolgt von Fallowfield. Sie war überrascht, dass er sich auch nur eine Sekunde der Aufführung entgehen lassen würde. Im Vorbeigehen warf er Archie einen Blick zu, doch sie dachte sich nichts dabei. Sein Verschwinden sorgte für einen leeren Platz neben Mrs Snipe, der die Aufführung anscheinend weitaus besser gefiel als *Romeo und Julia*. Sie lächelte, als sich ihre Blicke trafen, und Josephine hoffte inständig, dass sie über das unbenutzte Bett in der Maiden Lane Stillschweigen bewahren würde. Sie wollte Archie nichts verheimlichen, war allerdings selbst noch nicht bereit, sich ihren Gefühlen für Marta zu stellen, geschweige denn, sie mit jemandem zu diskutieren.

Das in die Jahre gekommene Varietépärchen versuchte sich

an einem schmissigen Finale, aber Lawrence' Figur ließ das Teleskop fallen und ruinierte den Effekt. Ihr Mann warf ihr einen bösen Blick zu, der Vorhang fiel, öffnete sich jedoch fast sofort wieder und gab den Blick frei auf eine trostlose Umkleide. Noël und Gertie tauchten wieder auf, immer noch atemlos von ihrer Nummer, und blitzten sich wütend an; sie schleuderten die Perücken auf den Boden und rissen sich die Matrosenkleider ab, und der Anblick von Gertrude Lawrence in Büstenhalter und Seidenunterhose sorgte für Begeisterungsstürme. »Von wegen ›Wer ist überhaupt diese Gertrude Lawrence?‹«, raunte Josephine Archie zu, aber er war immer noch an einem völlig anderen Ort. Er nickte jemandem zu, und sie folgte seinem Blick zu Lillian Wyles. Wyles ging zum Tisch des Gremiums und flüsterte Celia Bannerman etwas ins Ohr. Dann reichte sie ihr einen Zettel und verließ den Saal. »Was ist los, Archie?« Plötzlich hatte Josephine Angst. »Erst Mary Size und jetzt Celia.« Wie auf Kommando erhob sich Bannerman und eilte aus dem Saal. »Du denkst doch nicht etwa –«

»Keine Angst«, sagte er. »Bleib einfach hier. Ich erkläre es dir später.« Damit stand er auf und folgte den beiden Frauen.

Vom Eingang der Memorial Hall aus beobachtete Fallowfield, wie Mary Size die Lobby des Colleges zur Treppe hin durchquerte, und folgte ihr dann in diskretem Abstand in den ersten Stock. Sie hielt auf dem Zwischengeschoss kurz inne, und er blieb ebenfalls stehen; kurz dachte er, sie wäre lediglich auf der Suche nach der Garderobe, und er atmete erleichtert auf, doch da drehte sie sich um und lief weiter die Treppe hinauf. Er beschleunigte sein Tempo und hoffte, der gedämpfte Jubel und Applaus von unten würde seine Schritte übertönen, folgte ihr über den nächsten Absatz zu den Behandlungszimmern im zweiten Stock. Es gab nur einen Ort, den sie zum Ziel haben könnte, und ihm fiel kein legitimer Grund ein, weshalb sie die Aufführung hätte verlassen sollen, um nach Lucy Peters zu sehen. Aber eine Gefängnisdirektorin? Lagen sie wirklich so falsch?

Er kam gerade rechtzeitig, um zu hören, wie Mary Size sich bei Miriam Sharpe beschwerte. »Komm schon, Miriam, lass mich kurz zu ihr. Ich bleibe auch nicht lang, und schaden wird es ihr ja auch nicht, oder? Nach allem, was ich gehört habe, kann es ja nicht mehr schlimmer werden.«

Miriam Sharpe schaute Fallowfield fragend an, und er nickte. »Da hast du recht, Mary«, erwiderte sie ernst. »Schlimmer kann es wirklich nicht mehr werden. Lucy ist vor Kurzem von uns gegangen.«

Fallowfield betrachtete Mary Size prüfend, entdeckte jedoch keine Spur von Erleichterung, nur eine tiefe Traurigkeit, die sie nicht zu verhehlen suchte. Er stellte sich vor und fragte dann sanft: »Darf ich fragen, weshalb Sie zu Miss Peters wollten, Ma'am?«

Es dauerte kurz, bis sie ihn verstanden hatte, dann hielt sie ihm ein Foto hin. »Ja, natürlich. Ich wollte ihr das hier auf den Nachttisch legen. Es sollte das Erste sein, das sie zu Gesicht bekommt, wenn sie wieder aufwacht.« Auf dem Foto war ein wunderschönes Kleinkind abgebildet, noch kein Jahr alt. »Ich habe sämtliche Regeln gebrochen, um daranzukommen. Wenn eine Adoption erst einmal abgeschlossen ist, sollte man niemals die neuen Eltern kontaktieren, aber ich bereue es kein bisschen. Lucy wollte doch nur wissen, ob es ihrem Kind gut ging. Ich dachte, wenn ich ihr diesen Frieden verschaffen könnte, würde ihr das vielleicht genügend Kraft verleihen, um diesen schrecklichen Unfall zu überstehen, aber anscheinend bin ich zu spät.« Sie löste die Seidenveilchen von ihrem Kleid und reichte sie zusammen mit dem Foto an Miriam Sharpe weiter. »Ich hoffe, sie hat ihren Frieden jetzt auf andere Weise gefunden. Kannst du ihr das hier trotzdem geben?«

Fallowfield wollte gerade etwas Tröstliches sagen, doch bevor er passende Worte gefunden hatte, ertönte ein Schrei aus dem Stockwerk unter ihnen.

Als Penrose den Saal verließ, war von Celia Bannerman keine Spur, doch er wusste genau, wohin er gehen musste. Er hatte Wyles angewiesen, sie in den Salon im ersten Stock zu lotsen, wo sich bereits zwei Beamte versteckt hatten, und er eilte die Treppe hinauf und den Gang entlang, vorbei an der Glaskuppel über dem Speisesaal und in den Teil des Gebäudes, der zum Cowdray Club gehörte. Die Tür war angelehnt, doch er hörte keine Stimmen dahinter. Ungeduldig wartete er ein paar Sekunden, dann drückte er vorsichtig die Tür auf. Seine Befürchtungen erfüllten sich: Der Raum war leer.

»Wo ist sie?«, rief er, wobei ihn die Panik wütend machte.

Swann und Christofi traten verwirrt aus ihren Verstecken. »Sie war nie auch nur in der Nähe«, sagte Christofi. »Wann hat sie die Gala verlassen?«

»Vor ein paar Minuten«, bellte Penrose, während er zurück zur Tür lief. »Na los. Wer weiß, was passiert, wenn Wyles mit der Hexe allein ist.«

Der Schrei, der ein Stück weiter den Flur hinab ertönte, bot ihnen mehr mögliche Erklärungen, als ihnen lieb waren.

Wyles hatte nicht damit gerechnet, dass Bannerman ihr so schnell folgen würde. Noch bevor sie die Treppe erreicht hatte, rief Bannerman nach ihr.

»Nicht im Salon.« Bannerman klang ruhig, von Zorn oder Angst war nichts zu hören. »Da könnte uns jemand stören. Wenn Sie mit mir sprechen wollen, gehen wir in mein Büro.«

Wyles zögerte. Es würde gegen alles verstoßen, was sie in ihrer fünfzehnjährigen Laufbahn bei der Polizei gelernt hatte, wenn sie ihr folgte; gleichzeitig wäre es genau die Gelegenheit, auf die sie so lange gewartet hatte. Sie wägte Penrose' Wut gegen seine Anerkennung ab, und Letztere obsiegte. Immerhin war die Frau schon um die sechzig; wenn sie damit nicht zurechtkäme, hatte sie bei der Polizei ohnehin nichts verloren. Zögerlich nickte sie Bannerman zu und folgte ihr in ihr Büro.

Bannerman schloss die Tür von innen ab und zog den Schlüssel aus dem Schloss. Wortlos ging sie auf die andere Seite des Raumes, holte einen Zettel aus ihrer Handtasche und legte ihn zusammen mit Lillians Nachricht auf den Schreibtisch. »In Ihrem Brief klang es, als wüssten Sie, was der letzten Person passiert ist, die mir einen Drohbrief geschrieben hat«, sagte sie. »Falls dem so ist, bin ich überrascht, dass Sie in ihre Fußstapfen treten wollen.«

Die verschleierte Bestätigung von Penrose' Verdacht schickte ihr einen Schauer über den Rücken, gleichzeitig triumphal und verängstigt. Sie starrte Bannerman trotzig an, um sie zu einem direkteren Geständnis zu zwingen. »Ich bin schlauer als Marjorie«, setzte sie an. »Und gierig bin ich auch nicht, mir reicht ein angemessener Preis. Außerdem können Sie nicht ewig so weitermachen, oder? Früher oder später muss es ein Ende haben, wieso dann nicht mit mir? Ich kann den Mund halten, ohne dass mit einer Nadel nachgeholfen werden muss.«

Das war riskant, lieferte Bannerman anscheinend jedoch den Beweis, nach dem sie gesucht hatte. Sie nickte und schloss die obere Schreibtischschublade auf. »Verstehe. Und was halten Sie für einen angemessenen Preis?«

»Zweihundert würden schon reichen.« Wyles musterte den Haufen aus Banknoten, den Bannerman aus der Schublade geholt hatte. »Oder etwas in der Größenordnung. Wie gesagt, ich bin nicht gierig.«

»Und woher soll ich wissen, dass Sie morgen nicht wiederkommen und mehr verlangen?« Bannerman kam mit ein paar Geldscheinen in der Hand auf sie zu.

»Weil Sie mir vertrauen können. Wieso sollte ich Sie reizen, wenn ich weiß, wozu Sie in der Lage sind?«

»Gute Antwort, aber nicht ganz die richtige.« Sie hielt ihr das Geld hin und sprach erst dann weiter, als Wyles die Hand danach ausstreckte. »Ich weiß, dass Sie morgen nicht wiederkommen, weil Sie nicht dazu in der Lage sein werden.« In dem Moment, da sich ihre Finger um die Geldscheine schlossen, nahm Wyles wahr, wie Bannermans anderer Arm nach oben schoss und eine

Linie über ihre Brust zog; sie sah die Klinge glänzen, bevor sie die Schmerzen spürte und nach unten schaute, wo das Blut ihr bereits durch das Kleid sickerte. Die Wunde war zum Glück nicht tief, doch der Schreck über den unerwarteten Angriff und die plötzliche Erkenntnis, in welcher Gefahr sie schwebte, drohten sie in Ohnmacht zu stürzen. Erneut kam Bannerman mit der Klinge auf sie zu. Es war ein chirurgisches Instrument, klein, aber tödlich, und kurz wunderte sie sich darüber, dass ein Gegenstand, der zur Lebensrettung erfunden worden war, sich so leicht in sein Gegenteil verkehren ließ. Mit ihrer restlichen Kraft packte sie Bannerman am Handgelenk und schlug ihren Arm auf den Schreibtisch. Sie schrie auf und ließ das Skalpell fallen, und Wyles nutzte ihren vorübergehenden Vorteil, um es über den Boden davonzutreten. Die Atempause war von kurzer Dauer: Bannermans Wut bestärkte sie, und Wyles war überrascht und entsetzt, mit welcher Leichtigkeit sie sie zu Boden stieß. Sie versuchte, sich zu wehren, doch die kurze Schmerzfrist, die stets auf eine Verletzung folgt, war nun völlig vorbei, und Wyles spürte, wie der Blutverlust sie schwächte. Bannerman witterte den Sieg, nagelte sie an den Boden und trieb ihr das Knie in die Wunde, bis sie um Gnade schrie. Sie glaubte, ein Lächeln auf Bannermans Lippen zu sehen, als sie sich das Tuch abnahm und es Wyles um die Kehle wickelte.

Rufe ertönten auf dem Flur. Für den Bruchteil einer Sekunde wurde Wyles von Erleichterung durchflutet – bis ihr klar wurde, dass Bannerman es nun nur noch eiliger haben würde, ihr Vorhaben zu beenden. Während sich jemand verzweifelt von außen gegen die schwere Eichentür warf, spürte sie, wie das Tuch um ihren Hals immer enger wurde, und wusste, dass der Kampf so gut wie vorbei war. Wenige Sekunden später hörte sie, wie Penrose ihren Namen rief, und merkte, wie er Celia Bannerman von ihr zerrte, doch sie verlor das Bewusstsein, bevor sie sich bei ihm bedanken konnte.

»Dich zu lieben, ist schwierig für mich – es macht mich zur Fremden in meinem eigenen Haus. Vertraute Dinge, gewöhnliche Dinge, die ich seit Jahren kenne, wie die Vorhänge im Esszimmer oder das hölzerne Behältnis mit dem Silberdeckel, in dem ich Kekse aufbewahre, oder das Aquarell von San Remo, das meine Mutter gemalt hat, kommen mir seltsam vor, als gehörten sie jemand anderem – wenn ich dich gerade verlassen habe, wenn ich nach Hause gehe, bin ich einsamer als je zuvor.«

Josephine hatte versucht, nicht zu oft hinüber zu Martas Tisch zu schauen, aber auf den Varieté-Sketch war eine wundervoll geschriebene Vignette gefolgt, die in einem Bahnhofscafé spielte. Der subtile, aber eindrückliche Monolog der von Gertrude Lawrence gespielten Figur brachte die Situation, in der sie und Marta sich befanden, derart präzise auf den Punkt, dass sie sich gezwungen fühlte, bei Marta nach Solidarität zu suchen – und sei es auch nur, um sich zu versichern, dass sie nicht als Einzige litt. Lydia wählte diesen Moment, um an die Bar zu gehen; als sie hinter Marta vorbeiging, legte sie ihr kurz eine Hand auf die Schulter, und Marta drückte sie liebevoll. Die Geste war unbewusst und nicht als Provokation gedacht, und eben weil sie so gewöhnlich war, wollte Josephine sie kein bisschen sehen. Sie zeugte von einem Band, das nicht ständig hinterfragt werden musste, einem Leben, das zu erfüllt war, um sich auf den Seiten eines Tagebuchs wiederzufinden, und sie unterschied sich so sehr von der Verbindung, die sie zu Marta hatte, dass sie es nicht länger aushielt. Sie stand auf, um frische Luft zu schnappen. Ob Noël und Gertie während einer Aufführung je so viel Unruhe im Publikum erlebt hatten? Die Stimmung beim Abendessen später dürfte unterirdisch sein.

Die Tür zum Henrietta Place stand offen, und eine Zeit lang betrachtete sie das Treiben auf der Straße. Sie war so froh um die Anonymität, dass ihr die Kälte nichts ausmachte. Sie verbannte Marta aus ihren Gedanken und fragte sich, wo Archie war; sie hatte längst aufgegeben, die Vorgänge zu verstehen – die Rückschlüsse, die sie zog, waren zu bizarr, um sich weiter damit zu beschäftigen –, aber sie machte sich Sorgen um ihn, obwohl er ihr versichert hatte, dass alles in Ordnung sei. Wie zur Antwort auf ihre Sorgen schrillten die Sirenen eines Krankenwagens durch das Brummen des Abendverkehrs auf der Oxford Street. Zu ihrem Entsetzen bog er kurz darauf um die Ecke und hielt vor dem Club, dicht gefolgt von zwei Streifenwagen, und sie ging zurück in die Lobby, um den Männern Platz zu machen.

Ein paar Leute, die den Tumult gehört hatten, waren ebenfalls in die Lobby gekommen. »Was zum Teufel ist hier los?«, fragte Gerry.

»Ich habe keinen blassen Schimmer«, erwiderte Josephine. »Ich hoffe nur, dass niemand verletzt ist.« Die Bemerkung kam ihr lächerlich vor, da mehr und mehr Uniformierte ins Gebäude strömten, doch ihr fiel nichts Besseres ein. Ronnie und Lettice traten an ihre Seite, doch sie hatte kaum zu einer Erklärung angesetzt, da erschien Archie am oberen Ende der Treppe. »Gott sei Dank«, sagte sie und sah dann verwundert zu, wie er eine Tür aufhielt, damit Celia Bannerman in einem blutverschmierten Kleid hindurchgeführt werden konnte. Fallowfield und ein anderer Kollege begleiteten sie vorsichtig nach unten, wo sich mittlerweile eine Menschentraube angesammelt hatte.

»Alles in Ordnung, Celia?«, fragte Josephine, doch als sie sah, dass Bannerman Handschellen trug, schaute sie besorgt zu Archie. »Was hat sie gemacht? Wer ist verletzt?«

»Lillian Wyles. Sie wird ins Krankenhaus gebracht, aber sie schwebt dank Miriam Sharpe nicht in Lebensgefahr.«

»Und was ist noch passiert?« Josephine ahnte die Antwort bereits, klammerte sich jedoch an die Möglichkeit einer anderen Erklärung. Archies Schweigen sprach Bände. Sie drehte sich zu Gerry, aber es war zu spät, um sie aufzuhalten.

»Du verdammte Schlampe«, schrie sie und ging auf Bannerman los. »Bist wohl auf den Geschmack gekommen, als du Lizzie hast sterben lassen. Was hat Marjorie dir je angetan?«

Archie zog sie zurück und hielt sie fest, bis sie sich beruhigt hatte. »Sie wird dafür büßen«, sagte er leise. »Die Schmerzen, die Marjorie gelitten hat, werden sie in ihrer Zelle heimsuchen, und ihre Angst wird tausend Mal schlimmer sein als alles, was Marjorie je erlebt hat.«

Ronnie starrte Celia Bannerman ungläubig an. »Marjorie? Sie haben Marjorie das angetan?«

Fallowfield wollte weitergehen, doch Josephine hielt ihn am Arm fest. »Warum, Celia?«, fragte sie sanft. »Ich habe zu Ihnen aufgeschaut, seit ich achtzehn bin. All die Leute, die Sie unterrichtet und betreut haben, all die Frauen, denen Sie einen Start ins Leben ermöglicht haben – bedeutet Ihnen das wirklich so wenig, dass Sie darüber hinwegtrampeln, als wäre es nie passiert?«

Celia Bannerman starrte sie an. »Geschichte lässt sich nicht umschreiben, Josephine, egal, wie sehr man es auch versucht. Meine Errungenschaften gelten noch immer, unabhängig davon, was ich sonst getan habe.«

»Da täuschen Sie sich. Die haben Sie in dem Moment beschmutzt, als Sie beschlossen haben, darüber zu entscheiden, welche Leben etwas wert sind und welche zerstört werden können.« Sie betrachtete ihre ehemalige Lehrerin und fragte sich, wie um alles in der Welt sie nach ihren Verbrechen so unberührt bleiben konnte. »Ich kenne Sie überhaupt nicht mehr.«

Bannerman lachte und trat einen Schritt auf sie zu. Josephine zuckte zusammen, als sie ihren Atem auf dem Gesicht spürte, und Archie wollte eingreifen, doch sie scheuchte ihn mit einer Handbewegung davon. Ihr Stolz verbot es ihr, zurückzuweichen, und außerdem hoffte sie immer noch auf irgendeine Erklärung, die ihr dabei helfen würde zu verstehen, wie sie so falsch hatte liegen können. »Kennst du dich denn selbst, Josephine?« Bannerman sprach leise, fast schon sanft. »Deine voneinander getrennten Leben, die Namen, hinter denen du dich versteckst – eines Tages wird das alles einstürzen, und dann stehst du allein da und fragst dich, wo der echte Mensch hin ist. Wenn ich dir eins beigebracht habe, dann lass es das sein.«

Sie wandte sich ab und ließ sich davonführen. Fallowfield

ging in Richtung des Eingangs Henrietta Street, doch Penrose hielt ihn auf. »Nein, Bill.« Er konnte sich eines raschen Blicks zum Polizeichef nicht erwehren. »Bring sie vorne raus. Sie hat Marjorie Baker so sehr gedemütigt, wie sie nur konnte. Soll sie ruhig sehen, wie es sich anfühlt.«

15

Penrose spähte durch das kleine Fenster im Verhörzimmer, wo Celia Bannerman auf ihn wartete. Sie wirkte ruhig, keine Spur von dem wahnhaften Zorn, der ihren Angriff auf Wyles befeuert hatte, und als er die Tür öffnete, bedachte sie ihn mit einem festen, leicht spöttischen Blick. Er nahm ihr gegenüber Platz, Fallowfield an seiner Seite, und holte zwei Blätter aus einer Akte.

»Bevor wir anfangen, Miss Bannerman – Sie haben rechtlichen Beistand während dieses Verhörs verweigert. Es ist meine Pflicht, Ihnen davon abzuraten und Sie zu bitten, es sich anders zu überlegen.«

»Ich bin mein eigener Rechtsbeistand, Inspector. Ich habe mich noch nie auf anderer Leute Hilfe verlassen, da fange ich jetzt bestimmt nicht damit an.«

»In Ordnung. Sie stehen bereits wegen des versuchten Mordes einer Polizeibeamtin unter Anklage. Diese Befragung bezieht sich allerdings auf die Morde an Marjorie Baker und Jacob Sach, auch bekannt als Joseph Baker, am Freitag, den 22. November, in der St Martin's Lane 66.«

Bevor er fortfahren konnte, fiel Bannerman ihm ins Wort, wobei sie ebenso unbewegt wirkte wie bei ihrer Befragung als Zeugin im Cowdray Club. »Ich nehme an, Sie haben keinerlei Beweise, dass ich etwas mit diesen Morden zu tun habe, sonst wäre dieser kleine Trick mit Ihrer Kollegin wohl kaum nötig gewesen.«

Sie hatte natürlich vollkommen recht. Bislang gab es keine Beweise, dass sie am Freitagabend in der St Martin's Lane gewesen war oder mehr hinter Lucys Unfall steckte als verlorenes

Gleichgewicht. Eine gründliche Durchsuchung ihrer Räumlichkeiten hatte sie nicht weitergebracht, aber damit hatte Penrose auch nicht gerechnet. Ein Blick in ihr Büro genügte, und er wusste, dass sie ihre Angelegenheiten nicht offen herumliegen ließ. Einen Trumpf hatte er jedoch noch im Ärmel, und er wählte seine Worte mit Bedacht, um eine Lüge zu vermeiden. »Gestern Abend stimmte das vielleicht noch, Miss Bannerman, aber heute Morgen sehen die Dinge schon anders aus. Haben Sie vielleicht Lucy Peters vergessen? Sie ist natürlich nur eine Bedienstete und für Ihre Zwecke nicht besonders wichtig, aber sie stand Marjorie Baker sehr nahe, und die beiden haben äußerst interessante Informationen miteinander geteilt.«

Sie lachte, doch die Zweifel, die kurz in ihrem Blick aufflackerten, ermutigten ihn. »Schwacher Bluff. Mit einem derart verbrannten Mund kann man nicht reden, egal, wie interessant die Informationen auch sind.«

»Das ist richtig. Schreiben kann man allerdings.« Er hielt kurz inne, dann schob er zwei Briefe über den Tisch. »Diese Nachrichten – eine von Miss Baker, die wir in Ihrem Schreibtisch gefunden haben, und eine von Lillian Wyles – beziehen sich auf ein Geheimnis in Ihrer Vergangenheit, das Sie lieber vergessen würden. Würden Sie mir wohl erzählen, worum es sich dabei handelt?«

Sie starrte ihn lange an. »Sie sprechen mit einer Toten, Inspector«, sagte sie schließlich.

Ihre Stimme war leise, doch es verstörte ihn, wie ruhig sie etwas aussprach, worüber die meisten Leute nicht einmal nachdenken wollten. »Wie schön, dass Sie Ihr Schicksal so stoisch hinnehmen können«, sagte er. »Besonders, da Sie so ein ausgeprägtes Verständnis dafür haben, wie Gerechtigkeit vollstreckt wird.«

Bannerman lehnte sich lächelnd zurück. »So meinte ich das zwar nicht, aber sprechen Sie bitte weiter. Wieso erzählen Sie mir nicht, was Sie über mein Leben zu wissen glauben?«

Dieses Mal weigerte sich Penrose, ihre Herablassung an sich heranzulassen. »Sehr gerne. Fangen wir doch vor dreißig Jahren an, als Sie Holloway verlassen haben, um eine neue Stelle in Leeds anzutreten. Damals hatten Sie engen Kontakt zu einer ehemaligen Gefangenen namens Eleanor Vale. Vale hatte Sie in Holloway angegriffen, aber Sie waren jung und passioniert und glaubten wirklich, Sie könnten sie rehabilitieren und ihr Leben auf die richtige Bahn bringen. Sie haben es gut gemeint, aber Ihre Bemühungen waren irregeleitet.« Befriedigt stellte er fest, dass seine Gönnerhaftigkeit sie zu ärgern schien. »Es hat Ihnen nicht gereicht, ihr zu verzeihen, also haben Sie sie bei sich aufgenommen, und als Ihnen klar wurde, dass Sie einen Fehler gemacht haben, war Vale derart auf Sie angewiesen, dass Sie sie nicht mehr loswurden. Es gab nur einen Ausweg, also haben Sie eine Stelle in Yorkshire angenommen und dafür gesorgt, dass sie Ihnen nicht mehr folgen kann. Eleanor Vale hat das höchste Opfer für Ihre Karriere gebracht: Sie ist dafür gestorben.«

Als er fertig war, klatschte sie beifällig in die Hände. »Geschichten können Sie erzählen, Inspector, und zwar akkurater als Ihre Freundin. Bis auf eine Kleinigkeit: Eleanor Vale ist nicht tot.«

Ihre Worte brachten Penrose kurz aus dem Konzept. Falls Vale noch lebte, war das gesamte Fundament seiner Anschuldigungen zerstört. Wieso sollte Bannerman plötzlich töten, wenn sie kein Verbrechen zu verschleiern hatte? Er versuchte, den Sinn ihrer Worte zu verstehen, und sie starrte ihn ungeduldig an – seine Verwirrung erzürnte sie offensichtlich. »Jemand wie Celia Bannerman hätte Eleanor Vale niemals umbringen können. Verstehen Sie das nicht?« Sie schlug mit der Hand auf den Tisch, und er zuckte zusammen. Der Aufprall war anscheinend zu viel für ihre verbrannte Haut, und er sah, wie frisches Blut durch die Bandage sickerte. Sie schien allerdings nichts davon zu bemerken. »Verstehen Sie das, oder muss ich es Ihnen buchstabieren? Celia Bannerman hat Eleanor Vale nicht umgebracht. Eleanor Vale hat Celia Bannerman umgebracht. Um genau zu sein, hat sie sie vor eine U-Bahn gestoßen und ist mit ihrem Leben davongezogen.«

Penrose hörte, wie Fallowfield scharf einatmete, und auf einmal verstand er genau, weshalb es ihm so schwergefallen war, die mitfühlende Gefängniswärterin, die Ethel Stuke beschrieben hatte, mit der Frau zu vereinbaren, die er für eine Mörderin hielt. »Sie sind Eleanor Vale, verstehe ich das richtig?« Er schüttelte ungläubig den Kopf. »Und Sie leben seit dreißig Jahren als Celia Bannerman. Wie zum Teufel haben Sie das geschafft? Sie war eine angesehene Wärterin und ausgebildete Krankenschwester mit einer leuchtenden Zukunft.«

»Und Eleanor Vale war bloß eine Gefangene? Eine Kinderquälerin ohne Recht auf eine andere Identität, die wegen einem einzigen Fehler für den Rest ihres Lebens gebrandmarkt war? Ich bin auch ausgebildete Krankenschwester, Inspector. Ich hatte eine Zukunft, und die vergangenen dreißig Jahre waren lediglich das Leben, das ich unter anderen Umständen geführt hätte.«

»Sie meinen, wenn Sie nicht zu zwei Jahren Zwangsarbeit verurteilt worden wären, weil Sie Kinder in Eisenbahnwaggons ihrem Schicksal überließen?«

»Fangen Sie jetzt bloß nicht mit Dingen an, von denen Sie nichts verstehen. Ich habe getan, was nötig war, um zu überleben, schon mein ganzes Leben lang. Nicht mehr und ganz bestimmt auch nicht weniger.«

»Und wieso war es nötig, eine Frau zu töten, die Ihnen helfen wollte?«

»Helfen? Sie hat mich aufgenommen und wieder fallen gelassen. Was glauben Sie, wie es sich anfühlt, als Projekt bearbeitet zu werden, bis sich eine bessere Gelegenheit bietet? Dankbar zu sein und dann herauszufinden, dass alles umsonst war? Ja, ich war auf sie angewiesen, aber das war ihre Schuld. Und wenn ich für sie so wegwerfbar war, wieso dann nicht auch andersherum?«

»Also haben Sie geplant, sie zu ermorden.«

»Nein, gar nicht. Ich wäre nie auf die Idee gekommen, dass ich dazu überhaupt in der Lage bin. Ich habe sie angebettelt, es sich anders zu überlegen und entweder bei mir zu bleiben oder mich mitzunehmen, aber sie meinte, das geht nicht. Am

Morgen ihrer Abreise habe ich zugesehen, wie sie zwei Koffer gepackt und ihre Unterlagen und tollen Referenzschreiben verstaut hat, und dann habe ich sie zur U-Bahn begleitet. Das war Mitte August, und es war unglaublich heiß in den Tunneln. Auf dem Bahnsteig war mehr los als sonst, weil London voller Touristen war, und ich weiß noch, wie ich immer verzweifelter wurde. Selbst da hätte ich nichts getan, aber als der Zug kam, gab sie mir einen Abschiedskuss und fragte: ›Wie sollst du nur ohne mich zurechtkommen?‹« Vale wischte sich über die Augen, versuchte wohl, eine dreißigjährige Wut unter Verschluss zu halten. »Das habe ich nicht ertragen. Nicht nur die selbstgerechte Arroganz, sondern das komplette Unverständnis dafür, was sie angerichtet hatte. Wahrscheinlich habe ich sie gestoßen, denn im nächsten Moment war sie unter dem Zug, und Leute haben geschrien, aber ich kann mich beim besten Willen nicht daran erinnern. Ich war von Wut und Missgunst zerfressen, und ich wollte sie los sein. Verstehen Sie mich bitte nicht falsch – das soll keine Ausrede sein, und es tut mir auch kein bisschen leid. Sie hat mit meinem Leben gespielt, mich dann für meine Schwäche verhöhnt, und dafür habe ich sie umgebracht. Aber wenn sie jetzt herabschaut, sieht sie genau, wie ich ohne sie zurechtgekommen bin.«

Penrose betrachtete sie skeptisch. Er glaubte ihr zwar, doch sie war damals ein großes Risiko eingegangen, und das sagte er auch.

»Was hatte ich schon zu verlieren? Ich bin mit den zwei Koffern davongegangen, wobei ich fast damit gerechnet habe, dass mir jemand folgt, aber es war zu viel los, als dass jemand gesehen hätte, was passiert war. Wahrscheinlich stand ich unter Schock, weil ich noch ewig weitergegangen bin, bevor mir klar wurde, dass ich die Chance auf ein anderes Leben in den Händen hielt. Ich bin noch einmal zurück zum Haus, um Eleanor Vales Sachen zu packen, und habe alles gespendet – Celia hätte das gefallen, und das meiste waren sowieso abgelegte Kleider von ihr. Dann bin ich in den Norden gefahren.«

»Und was war mit dem Tod, den Sie zurückgelassen haben?« Penrose hatte schon oft mit Aufräumaktionen in der U-Bahn zu tun gehabt und wusste, dass die Leiche unmöglich hätte identifiziert werden können; die angespannte wirtschaftliche Lage der letzten Jahre hatte dazu geführt, dass jedes Jahr zwischen dreißig und vierzig Personen einen Zug als Ausweg aus der Verzweiflung wählten, und zahlreiche Bahnhöfe brachten mittlerweile Vertiefungen zwischen den Schienen an, um diejenigen zu schützen, die den Versuch überlebten, bis das Gleis geräumt war. Trotzdem wurde normalerweise etwas Greifbares am Unfallort gefunden. »Waren Sie sich wirklich so sicher, dass sich nichts bei der Leiche befand, womit sie identifiziert werden könnte?«

»Alles, das von Celia Bannerman zeugte, war in ihrem Gepäck. Der einzig auch nur annähernd persönliche Gegenstand, den sie bei sich trug, war ein Medaillon, das ich ihr geschenkt hatte, als sie mich aufgenommen hat. Das war damals mein einziger wertvoller Besitz. Sie trug es nicht oft, aber an diesem Tag machte sie einen Riesenaufriss darum, ich musste die Kette für sie schließen, so als würde ich mich besser fühlen, wenn sie mich mit meinem Schmuck um den Hals verlässt.«

»Und Ihre Familie hat sich nicht gefragt, was aus Ihnen geworden ist?«

»Sie haben mich verstoßen, als ich verhaftet wurde. Nach meiner Entlassung bin ich zu ihnen, aber sie haben mich weggeschickt. Ich hatte nur noch Celia.«

»Aber irgendwer muss sie doch vermisst haben.«

»Sie hatte nur mit Leuten zu tun, mit denen sie auch arbeitete«, sagte sie. Das Gleiche hatte auch Ethel Stuke berichtet. »Und selbst ich war nur ein Projekt. Und niemand, mit dem sie beruflich bekannt war, hatte die Gelegenheit, ihr Verschwinden zu bemerken. Soweit sie wussten, hat Celia Bannerman ihre alte Stelle verlassen und sich vorschriftsmäßig für ihre neue gemeldet. Wenn jemand aus Holloway oder den Krankenhäusern aufgetaucht wäre, wo wir vorher gearbeitet haben, wäre es vorbei gewesen, aber Leeds war damals weit weg von London, und es spielte mir in die Hände, dass sie so weit weg von mir flüchten wollte wie möglich. Am Anfang habe ich mich natürlich möglichst unauffällig verhalten«, fügte sie lächelnd hinzu. »Unsere Celia war ungemein bescheiden. Sie hat das Rampenlicht gescheut und jedwede öffentliche Anerkennung ihrer Arbeit abgelehnt. Fast schon eine Heilige.«

»Bis jetzt. Das war ein sehr dummer Fehler, Miss Vale, sich so fotografieren zu lassen. Kein Wunder, dass Sie so wütend auf Marjorie waren. Ich nehme an, sie musste den Preis für Ihre Arroganz zahlen.« Sie schwieg, doch der Ausdruck in ihren Augen und die geballten Fäuste gaben ihm recht, und er nahm an, dass die Wut, die zu so einem gehässigen Mord geführt hatte, sie seit Marjories Tod begleitete. »Ich verstehe, wie Sie mit dem Mord an Celia Bannerman davongekommen sind«, sagte er leise. »Mich wundert allerdings, dass Sie es geschafft haben, ihr Leben zu führen.«

»Alles, was ich dafür brauchte, war in den zwei Koffern und hier drin.« Sie tippte sich an die Schläfe. »Sie hatte die Referenzschreiben, und ich hatte die Eigenschaften, um ihnen gerecht zu werden, und ich habe mein ganzes Leben lang nie jemanden so im Stich gelassen wie sie. Was ich anfange, bringe ich auch zu Ende.«

»Wie Marjorie Baker am eigenen Leib erfahren musste. Ich nehme an, sie und ihr Vater wussten das alles.«

»Um Gottes willen, machen Sie sich doch nicht lächerlich. Da trauen Sie den beiden zu viel zu. Ich bezweifle, dass sie je von Eleanor Vale gehört hatten. Aber sie wussten genug. Marjories Vater hat das Bild im *Tatler* gesehen und ihr gesagt, dass ich nicht Celia Bannerman bin.«

»Weil er sich daran erinnert hat, wem er sein Kind gegeben hat?« Sie nickte. »Und deswegen haben Sie auch darüber gelogen, dass Sie ihn während des Krieges besucht haben – um sich selbst eine gewisse Kontinuität zu verleihen. Aber Marjorie hat ihrem Vater nicht vertraut – für sie stand viel auf dem Spiel, und sie wollte überprüfen, ob es wirklich stimmte.«

»Ja. Ethel Stuke hat Marjories Schicksal so gekonnt besiegelt, als hätte sie sie persönlich erhängt.«

Endlich verstand Penrose, aus welcher Bemerkung von Stuke Marjorie ihre Schlüsse gezogen hatte. »Sie wusste, dass Sie nie angegriffen wurden, richtig? Sie war für Ihre Anproben bei Motley zuständig, und sie wusste, dass Sie keine Narbe haben.« Eine schlichte, weibliche Sache, die sich nicht bestreiten ließ. Marjorie hatte nie geahnt, in welche Gefahr sie sich damit begab, ihr Wissen zu nutzen. Jetzt erkannte er, dass ihre Ermordung eine bösartige, sadistische Parodie der Art und Weise war, in der sie an die tödliche Information gelangt war. Die eigentümliche Intimität der Anprobe hatte sie heimgesucht.

Vale nickte anerkennend. »Ja. Sie hat mich für Seide vermessen und mit Stahl durchbohrt. Der Brief kam kurz vor der letzten Anprobe.«

»Sie wollte Geld?«

»Natürlich, einfallsreicher war sie nicht. Ich habe so viele Frauen unterrichtet und genährt, für so viele Menschen um ein anständiges Arbeitsleben gekämpft, und diese kleine Schlampe dachte, ihr würde alles auf einem Silbertablett serviert. Als ich am Freitagnachmittag bei Motley war, habe ich ihr versprochen, ich würde ihre Forderungen später am Abend erfüllen. Ich habe mein Wort gehalten.«

»Und Sie haben dafür gesorgt, dass ihr Vater auch dort sein würde.«

»Nein. Ich wusste nichts von ihrem Vater, bis er betrunken bei Motley aufgetaucht ist. Marjorie hatte ihn nicht erwähnt, oder woher sie die Information überhaupt hatte, und ich hatte keine Ahnung, wer zu ihrer Familie gehörte. Er hat draußen auf sie gewartet und mich gesehen, als ich das Gebäude verlassen habe. Er hat irgendwas gelallt, von wegen, er hätte mich auf dem Foto gesehen, und dann hat er mir erzählt, er hätte die echte Celia Bannerman gekannt.«

»Hat er gesehen, was Sie seiner Tochter angetan haben, bevor Sie ihn die Treppe hinabstießen?«

»Spielt das noch eine Rolle?«

Penrose sah sie lange an, bevor er weitersprach. Er war erstaunt, dass sie kaum zu einem schlechten Gewissen in der Lage schien. »Bereuen Sie nichts davon?«, fragte er schließlich. »Wenn Sie noch einmal auf den Bahnsteig zurückkehren könnten, würden Sie das Gleiche tun?«

»Ja, wenn dadurch alles möglich würde, was ich seitdem erreicht habe. Menschen sind nicht entweder gut oder böse, sondern ihre Taten, und wir sind alle zu beidem in der Lage. Sehen Sie sich nur Amelia Sach an – eine gute Mutter, die das heilige Band zwischen anderen Müttern und ihren Kindern zerstörte, um daraus einen Vorteil zu ziehen. Und natürlich Celia Bannerman – ein Gewinn für die Gesellschaft, so selbstlos in ihren Bemühungen, und trotzdem hat sie ihr kleines Rehabilitationsprojekt in die Wüste geschickt, als ihr ein besseres Angebot in den Schoß fiel. Ehrgeiz, darum geht es. Darum geht es immer. Es behaupten zwar ständig alle, es wäre die Arbeit, die zählt, egal, wer sie verrichtet, aber tief drinnen wollen wir doch alle Anerkennung für unseren kleinen Beitrag zum Fortschritt.«

»Selbst wenn diese Errungenschaften von der Brutalität untergraben werden, auf der sie basieren? Was ist mit den Menschen, deren Leben Sie zerstört haben?«

»Eine Straftäterin, die den Rest ihres Lebens immer wieder hinter Gittern gelandet wäre? Ein Alkoholiker, der keinen Beitrag zur Gesellschaft geleistet hat und nicht einmal seine eigene Frau vor dem Galgen bewahren konnte?«

»Eine Polizistin?«

»Die selbst in einen Betrug verwickelt war.«

»Das wollen Sie doch jetzt nicht wirklich mit der Lüge vergleichen, die Sie seit dreißig Jahren leben.«

»Ich will überhaupt kein Urteil fällen. Ich meine damit bloß, dass wir uns und anderen etwas vormachen, um zurechtzukommen. Manche von uns machen es sich sogar zum Beruf.«

Die bissige Anspielung auf Josephine entging Penrose nicht, doch er ließ sich davon nicht ködern. »Was ist mit Lucy Peters?«

Er war mit der Befragung so weit fortgeschritten, dass er seinen eigenen Verschleierungsakt nicht mehr verstecken musste. »Wusste sie, dass es Ihnen nicht gereicht hatte, Marjorie zu töten? Dass Sie sie erst quälen und erniedrigen mussten?«

Vale musterte ihn argwöhnisch. »Sie wissen doch sicher, was ich zu Lucy gesagt habe, wenn Sie Briefe mit ihr am Krankenbett gewechselt haben.«

Penrose lächelte lediglich. »Eleanor Vale, Sie werden nun offiziell der Morde an Celia Bannerman, Marjorie Baker, Jacob Sach und Lucy Peters angeklagt und an einen ...«

»Schwein!« Vale stand auf und stieß ihm den Tisch in den Magen. Sie schlug nach seinem Gesicht, aber Fallowfield war schneller und erwischte sie am Handgelenk. Sie schrie vor Schmerzen, als sich seine Finger um ihre blasige Haut schlossen, schaffte es aber trotzdem, ihm die Hand zu entreißen. Ihre Wut entlud sich in einer weiteren Attacke – sie schnappte sich einen Stuhl und holte aus. Diesmal war Penrose allerdings darauf vorbereitet. Er trat zur Seite, und der Stuhl prallte von der Tür ab, während er Vale blitzschnell die Arme auf dem Rücken zusammenhielt und sie gegen die Wand drückte, sodass Fallowfield ihr die Handschellen anlegen konnte. Später würde er bereuen, dass er Emotionen gezeigt hatte, aber als er sie auf den Flur führte und Anweisungen gab, sie nach unten zu bringen, konnte seine Wut es mit ihrer aufnehmen. »Ich hoffe, für das, was Sie getan haben, schmoren Sie in der Hölle«, sagte er.

Josephine saß am Empfang von Scotland Yard und fragte sich, was Archie wohl von ihr wollte. Sie war von seiner Nachricht überrascht gewesen, gleichzeitig aber auch erleichtert, dem Cowdray Club für ein, zwei Stunden zu entkommen. Die Atmosphäre dort war unerträglich: Kriminalreporter, die von ihren Kollegen der Klatschpresse informiert worden waren, tummelten sich nun ebenfalls am Cavendish Square, und die Ankunft des Leichenwagens, der Lucys sterbliche Überreste abholte, würde so schnell niemand vergessen. Die Traurigkeit saß aber noch tiefer. Egal, wohin sie schaute, auf allen Gesichtern spiegelte sich ihr Gefühl des Verrats; eine berufsweite Trauer füllte das Gebäude, das Gefühl, über Jahre hinweg mit Regierungen und Rechtsgebung gekämpft zu haben und diese Arbeit nun aus den eigenen Reihen besudelt zu sehen. Sie waren von einer der Ihren enttäuscht worden und fühlten sich wütend, töricht und schuldig; Josephine konnte sich nicht daran erinnern, dass ihr Vertrauen schon einmal so komplett zerstört worden war.

Als Archie sie abholen kam, wirkte er blass und erschöpft. »Ich frage dich lieber nicht, wie es dir geht«, sagte sie. »Du lügst ja sowieso nur, und außerdem kann ich es dir an der Nasenspitze ablesen.«

»War eine ereignisreiche Nacht.«

»Wie geht es deiner Polizistin?«

Er lächelte über die Formulierung. »Sie wird schon wieder. Der Schreck sitzt ihr natürlich noch in den Knochen, und sie hat eine Schnittwunde an der Brust, aber Miriam Sharpe hat sich gut um sie gekümmert.«

Sie hatte so viele Fragen zu den Vorgängen des vergangenen Abends, aber sie wusste, dass sie ihn damit in eine unmögliche Lage bringen würde. »Wieso wurde ich hierher beordert?«

»Komm mal kurz mit.« Er führte sie hinaus aufs Victoria Embankment und deutete auf die andere Straßenseite.

»Wo soll ich hinschauen?«

»Siehst du die Frau da drüben auf der Bank?« Sie nickte. »Das ist Nora Edwards.«

Josephine starrte sie erstaunt an. »Was macht sie da?«

»Wir haben sie gestern Abend direkt entlassen und nach Hause gebracht, aber ein paar Stunden später war sie wieder da. Ich habe sie entdeckt, als es wieder hell wurde, aber wer weiß, wie lange sie schon da sitzt. Ich nehme an, sie weiß, dass wir die Mörderin ihrer Tochter gefasst haben.«

»Ich dachte, du hast gesagt, Marjorie wäre ihr egal?«

»Entweder habe ich mich getäuscht oder sie sich. Und so ganz allein nach Hause zu gehen, nach allem, was passiert ist, ist sicher auch nicht einfach. Sie hatte in ihrem Leben schon genug mit Klatsch und Vorurteilen zu kämpfen, und jetzt wird das alles wieder von vorne anfangen.« Josephine wusste genau, was er sagen würde, und gab sich Mühe, nicht entsetzt zu wirken. »Ich dachte jedenfalls, du willst vielleicht mit ihr reden. Ich kann es zwar nicht arrangieren, das wäre falsch, aber nichts hält dich davon ab, sie einfach anzusprechen.«

Josephine war hin- und hergerissen. Sollte sie die einzige Chance ergreifen, die sie je hätte, mit jemandem aus Claymore House zu sprechen? Gleichzeitig sträubte sie sich dagegen, sich selbst der Qual auszusetzen. »Ich bin mir sicher, sie hat schon genug durchgemacht, auch ohne ein Verhör von mir«, erwiderte sie skeptisch. »Außerdem wollte ich die ganze Sache sowieso sein lassen. Es ist zu schmerzhaft, zu viele Leute haben darunter gelitten.«

»Hast du das schon deinem Verleger erzählt?«, fragte er sarkastisch. »Du hast die Geschichte des Jahrzehnts am Haken. Es ist natürlich deine Entscheidung. Falls du es für unangebracht hältst, ist das völlig in Ordnung, aber ich wollte nicht, dass du dir die Chance entgehen lässt, ob du nun mit dem Buch weitermachst oder nicht.« Sie schwieg, und er fügte hinzu: »Sag ihr nur nicht, dass ich dich geschickt habe. Wenn sie herausfindet, dass du mit demjenigen befreundet bist, der sie die letzten zwei Tage lang beschuldigt hat, ihre Tochter und ihren Mann ermordet zu haben, wird sie sich dir wahrscheinlich eher nicht öffnen.«

»Wie soll ich ihr dann erklären, wer ich bin?«

»Dir fällt schon was ein.« Er lächelte, da er erkannte, dass sie ihre Entscheidung gefällt hatte. »Komm noch mal vorbei, bevor du wieder gehst. Ich sage am Empfang Bescheid, dass sie mit dir rechnen sollen.«

Josephine ging über die Straße und versuchte, Zeit zu schinden, indem sie am Westminster Pier zwei Becher Kaffee kaufte. Sie ging auf die Bank zu, verlor allerdings den Mut und ging einfach weiter. Dann wurde ihr klar, wie lächerlich ihr Verhalten wirken würde, wenn sie sich endlich vorstellte, und bevor sie es sich anders überlegen konnte, drehte sie um und blieb vor Edwards stehen. »Das klingt aus dem Mund einer Fremden sicher seltsam«, sagte sie leise. »Mein herzliches Beileid zu Marjorie.«

Die Frau sah erstaunt zu ihr auf. »Was wissen Sie darüber?«

Sie war etwa Mitte fünfzig, und es dauerte einen Augenblick, bis Josephine sich von der Zeitspanne gelöst hatte, mit der sie so beschäftigt gewesen war, und der Nora Edwards aus ihrer Geschichte dreißig Jahre hinzugefügt hatte. Edwards starrte sie weiter an, und verlegen hielt Josephine ihr den Kaffee hin. »Marjorie hat für zwei Freundinnen von mir gearbeitet.« Es klang selbst in ihren Ohren schwach, aber etwas Besseres fiel ihr nicht ein. »Darf ich mich kurz zu Ihnen setzen?« Edwards zuckte die Achseln und nahm den Becher entgegen. »Ich habe Ihre Tochter zwar nie kennengelernt, aber sie muss sehr begabt gewesen sein.«

»Ach ja? Da wissen Sie mehr als ich. Alle sprechen über jemanden, den ich nicht wiedererkenne.« Sie lachte verbittert auf. »Und niemand spricht über Joe, als wäre sein Leben überhaupt nichts wert gewesen.« Josephine schwieg. Es stimmte – Marjories Vater war in den letzten Tagen kaum erwähnt worden, es sei denn, in Bezug auf seine wahre Identität. Nur zu gerne hatten sie Celia vorgeworfen, einem Leben mehr Wert beizumessen als einem anderen, aber in Zeiten der Trauer kamen die eigenen Vorurteile ans Licht. »Wer sind Sie überhaupt?«, fragte Edwards.

»Ich heiße Josephine, und mir ist klar, wie das jetzt klingt, aber ich arbeite an einem Buch über Amelia Sach und Annie Walters.« Edwards stellte den Kaffee ab und wollte aufstehen, doch Josephine hielt sie am Arm fest. »Ich kannte Lizzie«, sagte sie. »Wir waren zusammen in der Ausbildung in Birmingham, und ich war dort, als sie ums Leben kam. Ich halte sie für ein weiteres Opfer von Amelias Verbrechen und dem öffentlichen Trubel, und von allen anderen Betroffenen haben Sie und Ihr Mann sicher am allermeisten gelitten. Darum geht es in dem Buch. Wenn Sie nicht mit mir sprechen wollen, verstehe ich das natürlich, und ich werde Sie in Ruhe lassen, aber bleiben Sie bitte sitzen. Ich gehe.«

»Und Sie kamen nur zufällig hier vorbei, was?« Edwards warf einen Blick Richtung Scotland Yard, aber sie wirkte nicht mehr ganz so argwöhnisch, und Josephine spürte, dass sie die richtige Herangehensweise gewählt hatte.

»So etwas in der Art. Hören Sie, Mrs Baker, ich behaupte nicht, ich wüsste irgendetwas über Ihr Leben oder die Beziehung zu Ihrem Mann, aber es muss sehr einsam sein, als Einzige zu wissen, wie es damals war. Ich kann mir vorstellen, dass so eine Erfahrung eine Verbindung schafft, die sich nur schwer zerbrechen lässt, ob das nun gut ist oder schlecht.«

»Jetzt ist sie jedenfalls zerbrochen.« Sie klang immer noch aggressiv, nahm jedoch wieder Platz und betrachtete Josephine mit frischem Interesse. »Am Anfang war ich erleichtert, aber es war dumm, zu glauben, es könnte jemals vorbei sein. Sie sind offensichtlich schlau und sagen die richtigen Dinge, aber ich nehme an, Sie wollen mehr über Amelia wissen, nicht über Joe.«

»Ist es überhaupt möglich, die beiden voneinander zu trennen?«, fragte Josephine. »Sie hat ihn sicher zu dem gemacht, was er war. Es hat sich bestimmt angefühlt, als wäre sie immer noch mit Ihnen im Zimmer.«

»Als er herausgefunden hat, was mit ihr passiert ist, hat ihn das endgültig zerstört«, sagte sie so leise, dass Josephine sie kaum hören konnte. »Vielleicht wären wir sonst irgendwann zurechtgekommen, aber er hat sich immer die Schuld daran gegeben, dass er Amelia hat weitermachen lassen, bis es zu spät war. Als er von der Hinrichtung erfahren hat, war es, als wäre sie zurückgekommen, um ihn persönlich zu quälen. Das Bild ist er nie wieder losgeworden, egal ob wach oder im Schlaf.« Das war verständlich. Josephine erinnerte sich noch gut daran, wie es sich angefühlt hatte, vor dem brandneuen Hinrichtungsbau zu stehen. Es gab wohl kaum etwas Entsetzlicheres, als sich die schrecklichen letzten Momente eines geliebten Menschen auszumalen. »Ich nehme an, sie haben Ihnen die offizielle Version erzählt«, fuhr

Edwards bitter fort. »Alles ging schnell, Amelia war bis zuletzt ruhig und gefasst, effiziente Gemeinschaftsleistung.« Sie lachte höhnisch. »So war es nicht.«

»Woher wissen Sie das?«

»Einer der Henker hat sich nach der Hinrichtung eine Menge Ärger eingehandelt. Hat getrunken, Streit gesucht und herumgepöbelt. Joe sind die Gerüchte zu Ohren gekommen. Von all den Dingen, mit denen die Leute uns hinterher verhöhnt haben, war das das Schlimmste. Wie gesagt, er ist nie darüber hinweggekommen.«

»Und was waren die Gerüchte?«

»Das Ganze war eine einzige Sauerei. Keiner von den Leuten im Gefängnis war Hinrichtungen gewohnt, und sie hatten keine Ahnung, wie sie damit umgehen sollten. Amelia ist schreiend zusammengebrochen, als der Henker und ein paar Wärterinnen sie zum Galgen gezerrt haben, und sie haben ihr gesagt, sie soll sich zusammenreißen. Dann wurde Walters an ihr vorbeigeführt, und es ging wieder von vorne los.« Edwards schüttelte den Kopf, und Josephine fragte sich, wie sie wohl selbst mit diesem Wissen leben konnte, da es doch ihre Aussage war, die Sach an den Strick geliefert hatte. »Sie war wahnsinnig vor Angst, und Walters hätte nicht ruhiger sein können.«

»Mir kommt es verrückter vor, ruhig zum Galgen zu gehen.«

Edwards nickte. »Amelia hat es nicht mal die paar Schritte zum Schafott geschafft«, sagte sie. »Sie war völlig hilflos und kaum noch bei Bewusstsein, und die Wärterinnen mussten sie hochzerren. Sie hatte in ihren letzten Sekunden keinen Frieden und stand auch nicht ruhig auf der Falltür und wartete darauf, dass jemand den Hebel betätigte. Sie mussten sie praktisch in das Loch schmeißen.«

Wie konnte je jemand behaupten, der Tod träte beim Erhängen sofort ein? Josephine versuchte, sich vorzustellen, was Amelia Sach gefühlt haben musste – die Demütigung, so nahe neben der Frau zu sterben, die sie so sehr verachtete, und zu wissen, dass sich die Rollen in ihren letzten Augenblicken vertauscht hatten und sie nun die Schwächere war. »Das waren sicher die längsten Minuten ihres Lebens«, sagte sie. Sie warf einen Blick zu Edwards und sah, wie sehr die Geschichte sie mitgenommen hatte, obwohl sie sich Mühe gab, sich nichts davon anmerken zu lassen. Gott weiß, was sie mit Jacob Sachs Geisteszustand angerichtet hatte. »Und das wussten Sie die ganze Zeit über?«, fragte sie sanft.

»Kurz danach. Dafür haben alle gesorgt. Ich nehme an, der Henker wollte sich das Gewissen erleichtern, indem er darüber gesprochen hat, aber die Leute sollten wirklich darüber nachdenken, was es mit den Hinterbliebenen macht, bevor sie den Mund öffnen. Amelia war vielleicht tot, wir aber nicht.«

Josephine wusste nicht, ob die letzte Bemerkung an sie gerichtet war. »Kein Wunder, dass es im Anschluss zu Protesten gegen die Hinrichtung von Frauen kam«, sagte sie.

»Von manchen Frauen zumindest. Wenn es um Säuferinnen und Prostituierte ging, war es allen egal, aber sobald Frauen aus der Mittelschicht wegen Mordes verurteilt wurden, hieß es, die Todesstrafe ist falsch.« Sie zuckte die Achseln. »Wegen Walters hat sich jedenfalls niemand empört, nicht, dass ich sie verteidigen will.«

»Sind Sie wegen Jacob, ich meine, Joe, nach der Geburt dortgeblieben, obwohl Amelia Sie dazu bewegen wollte, Ihr Kind aufzugeben?«

»Ich bin unter Verehrern nicht gerade ertrunken«, sagte sie, und nun war ihr der Sarkasmus wieder anzuhören. »Wo hätte ich sonst hingesollt? Aber ja, ich wollte ihn nicht verlassen, wobei ich in seinen Augen unmöglich mit ihr mithalten konnte.«

»Hat er Sie je gebeten, um Amelias willen zu lügen?« Die Tatsache, dass Jacob Sach den Rest seines Lebens mit der Person verbracht hatte, die für die Überführung seiner angeblich so geliebten Frau verantwortlich war, stellte einen der zahlreichen Widersprüche an dem Fall dar, die Josephine nicht verstand. »Und hätten Sie es getan?«

»Ich habe es angeboten, aber er wollte es nicht. Er wusste

nicht, wie er sie sonst davon abbringen sollte, ihrem Geschäft nachzugehen.« Sie bemerkte Josephines Gesichtsausdruck und fügte rasch hinzu: »Nicht, dass er sie am Galgen sehen wollte, natürlich nicht. Aber keiner von beiden dachte, dass es dazu kommen würde, und Joe war der Meinung, wenn sie eine Zeit lang hinter Gittern sitzt, jagt ihr das so viel Angst ein, dass sie alles hinschmeißt und sie so weitermachen können wie vorher, nur sie drei. Ich will ihn nicht beschützen – er war ein Arschloch zu mir und zu den Kindern, und wenn er nicht so ein Nichtsnutz gewesen wäre, wäre Marjorie vielleicht noch am Leben. Aber er war fest davon überzeugt, dass er ihr den Strick persönlich um den Hals gelegt hat.«

Josephine zögerte. Sie wollte die Sprache von Jacob Sach auf seine Frau lenken, Edwards allerdings auch nicht verärgern. »Sie müssen Amelia sehr gut kennengelernt haben«, setzte sie an.

»Ich war ihre Bedienstete, nicht ihre Freundin.«

Ganz genau, dachte Josephine. Wenn jemand je ein genaues Bild von ihr bekommen wollte, wäre er mit ihrer Haushälterin in Inverness besser beraten als mit Lydia oder Archie. »Sie haben trotzdem unter einem Dach gelebt. Wie war sie?«

Ihr war klar, dass die Frage allzu simpel war, doch wieso sollte sie sich verkünsteln? Edwards würde sie sofort durchschauen. Es dauerte eine Weile, bis sie sich eine Antwort überlegt oder sich entschieden hatte, ob sie überhaupt antworten wollte, doch schließlich sagte sie: »Sie war die Güte in Person. Als ich bei ihr vor der Tür stand, war ich im siebten Monat schwanger und verzweifelt. Ich hatte niemanden, an den ich mich wenden konnte, und ich wusste nichts übers Kinderkriegen. Haben Sie welche?« Josephine schüttelte den Kopf. »Dann können Sie auch nicht verstehen, wie es sich anfühlt, im eigenen Körper gefangen zu sein. Sie hat mich aufgenommen und sich um mich gekümmert und mir erklärt, was bei der Geburt passieren würde. Sie hat mir die Angst genommen. Ich verbinde Amelia Sach mit der Geburt meines ersten Kindes. Sie war so sanft, so fürsorglich und beherrscht – ich habe mich nie wieder so sicher gefühlt. Und sie war eine hingebungsvolle Mutter. Lizzie hat sie angehimmelt, und mein Sohn auch. Es gab nichts, was sie nicht für die beiden getan hätte.«

Josephine wunderte es nicht, dass Sach eine gute Mutter war, doch sie wäre nie auf die Idee gekommen, dass Edwards sie als eine Art sicheren Hafen betrachten könnte. Sie konnte die Informationen kaum verarbeiten, da fuhr Edwards auch schon fort: »Oder man könnte sie als zwanghaftes, manipulatives Miststück bezeichnen, das unschuldige Leben zerstören wollte und es auch einigermaßen hinbekommen hat. Ich habe sie mit diesen anderen Mädchen beobachtet, und sie war immer so beschützend, bis das Kind auf der Welt war. Danach war nichts mehr mit Wärme und Mitgefühl, nur ein kalter, losgelöster Prozess, bis sie das Kind aus dem Haus geschafft hatte. Sie hat die Kinder gehalten, als wären sie schon tot.«

Edwards bemerkte anscheinend Josephines Verwirrung, denn sie fügte hinzu: »Es hat keinen Sinn, sich daraus die Wahrheit zusammenreimen zu wollen. Wenn Sie nicht dabei waren, werden Sie nie verstehen, was Amelia Sach für ein Mensch war. Wie würden Sie sich dabei fühlen, wenn in fünfzig Jahren jemand ein Buch über Sie schreiben würde? Wäre das ein genaues Bild? Würde ich hinterher wissen, wie Sie wirklich waren?« Sie trank den letzten Schluck Kaffee und stellte den Becher hin. »Glauben Sie bloß nicht, ich will Sie von Ihrem Vorhaben abhalten. Mir ist das egal, schlimmer kann es ja nicht mehr kommen. Aber an Ihrer Stelle würde ich mir das abschminken. Es wäre nur die halbe Geschichte.«

Josephine betrachtete die Frau, die sie für die Schlüsselfigur in der Geschichte um Sach und Walters gehalten hatte, und sah bloß ein weiteres Opfer. »Was haben Sie als Nächstes vor?«, fragte sie.

»Die beiden beerdigen und weitermachen. Mich irgendwo anders verstecken und die Lüge von vorne leben, bis es wieder jemand herausfindet.«

Josephine erhob sich zum Gehen, doch diesmal wurde sie zurückgehalten. »Sie haben gesagt, Sie kannten Lizzie.« In Edwards' Stimme schwang eine schlichte Zuneigung mit, mit der sie bislang keinen ihrer Familienangehörigen bedacht hatte. »Ich wusste nichts von ihrem Tod, bis mir die Polizei davon erzählt hat. Was ist passiert?«

Josephine zögerte und entschied sich dann für eine Halbwahrheit, die Edwards hoffentlich keine zusätzlichen Qualen bereiten würde. »Sie hatte einen Unfall in der Turnhalle. Wir waren zusammen in der Ausbildung, und sie hat an einem Seil geübt.«

»Aber war sie glücklich? Ich habe mir nie wirklich dafür verziehen, dass ich sie und meinen Sohn aufgegeben habe, nur weil Joe einen Neuanfang wollte.«

»Ja, sie war sehr glücklich. Wie ich es verstanden habe, hatte sie eine wunderbare Kindheit und wurde sehr geliebt. Es war bestimmt schwer, sie aufzugeben, aber sie hat darunter nicht gelitten. Ich bin mir sicher, bei Ihrem Sohn war es genauso.«

Die Lüge belastete sie, und sie überließ Nora Edwards ihren Gedanken und ging zurück zu Scotland Yard. Archie hatte sie anscheinend beobachtet, denn er wartete bereits auf der Treppe auf sie. Sie gingen das Embankment in die andere Richtung entlang und setzten sich auf eine Bank mit Blick auf den Fluss. »Wie lief es?«, fragte er.

»Ich glaube, ich habe mehr erfahren, als ich wollte.« Sie berichtete ihm von der Hinrichtung. »Ich glaube nicht, dass ich in einer Welt leben will, in der so etwas möglich ist.«

»Ich weiß, was du meinst, aber wenn du versuchst, für so etwas Verantwortung zu übernehmen, machst du dich nur wahnsinnig. Glaub mir, ich habe im Laufe der Jahre schon genug Schlaf deswegen verloren.«

»Aber sind wir nicht alle verantwortlich? Wir haben gerade eine Wahl hinter uns, und angeblich leben wir in einer Demokratie.« Sie gestikulierte in Richtung des Parlamentsgebäudes. »Wenn der Haufen sich keine menschlichere Art der Bestrafung einfallen lassen kann, ist das dann nicht auch mein Problem? Sollte nicht jeder gewisse Grundrechte haben?«

»Und was ist mit Marjories Rechten?«

Josephine seufzte. »Ich weiß, was du meinst, und ich habe keine Argumente dagegen.« Sie wartete auf eine Pause im Verkehr, der über die Westminster Bridge rauschte, und fragte dann: »Hat Celia alles gestanden?«

»Ja und nein. Es ist leider ziemlich kompliziert. Das hier muss unter uns bleiben, aber die Frau, die wir in Gewahrsam haben, ist nicht Celia Bannerman.«

»Wie bitte?« Josephine sah ihn an, als hätte er den Verstand verloren. »Natürlich ist das Celia Bannerman, und ich sollte es doch wissen, schließlich habe ich in Anstey genug Zeit mit der Frau verbracht.«

»Mit der Frau, ja, aber nicht mit Celia Bannerman.«

Ungläubig lauschte sie Archies Erklärung. »Willst du mir also sagen, dass ihr halbes Leben eine Lüge war?«

»Was ihre Identität betrifft, ja. Ihre Persönlichkeit und ihre Errungenschaften sind allerdings echt, worauf sie mich mehrfach aufmerksam gemacht hat. Wir warten noch darauf, dass Ethel Stuke aus Suffolk eintrifft, um ihre wahre Identität zu bestätigen, aber ich habe keine Zweifel daran, dass es sich bei ihr um Eleanor Vale handelt.«

»Aber was ist mit den Informationen, die sie mir für mein Buch gegeben hat? Woher sollte sie das alles wissen?«

»Sie saß lange genug in Holloway, um sich mit dem Gefängnis auszukennen, und sie hat bei Celia Bannerman gewohnt, da haben die beiden sicher darüber gesprochen. Ich habe mir deinen Entwurf allerdings noch mal angeschaut, und im Grunde steht dort nicht viel, was nicht ohnehin allgemein bekannt ist. Und wie du gerade selbst herausgefunden hast, stimmt das meiste nicht einmal.« Dankbar nahm er die Zigarette an, die sie ihm anbot. »Ich bekomme diese Ansprache nicht aus dem Kopf. Das ganze Gerede von den Kindern der Nation, und die ganze Zeit über ist sie eine verdammte Kinderquälerin.«

Josephine schaute über den Fluss hinweg zur sichelförmigen Fassade der County Hall. »Glaubst du, sie hatte etwas mit Lizzie Sachs Tod zu tun?«, fragte sie leise. Der Gedanke, Lizzie könnte die Wahrheit über die Verbrechen und die Hinrichtung ihrer Mutter herausgefunden haben, verfolgte sie, seitdem Edwards sie ihr beschrieben hatte.

»Ich weiß es nicht. Die Polizei hat es damals für einen unkomplizierten Suizid befunden, falls man davon überhaupt sprechen kann.«

»Ich meinte nicht, dass Celia sie umgebracht hat, na ja, nicht Celia, du weißt schon. Ich kann sie mir nicht unter einem anderen Namen vorstellen. Ich habe bloß überlegt, ob sie Lizzie aus irgendeinem Grund den Tod gewünscht haben könnte – immerhin war sie eine Verbindung zur Vergangenheit und hat womöglich die echte Celia Bannerman gesehen.«

»Sie war vier, Josephine. Ich wage zu bezweifeln, dass sie sich an etwas erinnern konnte, das Vales Lüge gefährlich sein könnte.«

»Ich habe darüber nachgedacht, was du auf dem Weg nach Suffolk gesagt hast, und du hattest recht. Die natürliche Reaktion auf die Neuigkeiten über ihre Mutter wäre es doch gewesen, bei der Frau nach Bestätigung zu suchen, die sich so sehr für ihr Leben interessierte, statt einfach alles für bare Münze zu nehmen und sich in der Turnhalle zu erhängen. Würde man da vorher nicht ein paar Fragen stellen? Was, wenn Celia wusste, was sie vorhatte, und sie nicht davon abgehalten hat?« Er schwieg, doch Josephine erkannte, dass er ihrer Meinung war. »Archie, Gerry wird nie Ruhe finden, solange sie sich die alleinige Schuld an Lizzies Tod gibt. Wenn es auch nur die geringste Möglichkeit gibt, dass Celia etwas damit zu tun hatte, könntest du sie nicht wenigstens danach fragen?«

»Ich kann nicht versprechen, dass ich sie in ihrem derzeitigen Zustand überhaupt noch einmal befrage«, räumte er ein. »Und die drei jüngsten Todesfälle sind meine Priorität. Ich bin mir nicht einmal sicher, dass ich sie nach so langer Zeit noch für den Mord an Celia Bannerman drankriegen kann.«

»Ich dachte, sie hätte es gestanden.«

»Ja, aber für eine Verurteilung brauchen wir trotzdem unterstützendes Beweismaterial, und das weiß sie genau.«

»Du möchtest mir also durch die Blume sagen, dass ihr sie nur einmal erhängen könnt?« Sie schwieg kurz und versuchte, alles zu ordnen, das sich in den letzten Tagen in ihrem Leben als unsicher entpuppt hatte. »Wie weit wäre sie noch gegangen?«

»Sie hätte alles getan, um ihre Lüge zu beschützen«, erwiderte er. »Da bin ich mir immerhin sicher.« Er schaute auf die Uhr. »Tut mir leid, aber ich muss los. Soll Bill dich zurück zum Club bringen?«

»Nein, ich gehe lieber zu Fuß. Nachher sitze ich noch lange genug im Zug.«

Archie sah sie überrascht an. »Ich dachte, du bleibst bis zum Wochenende.«

»Planänderung – ich habe einen Nachtzug für heute Abend bekommen.« Sie stand auf und hoffte, um eine Erklärung herumzukommen. »London hat ein bisschen an Reiz verloren, und ich muss einfach raus.«

Er versuchte gar nicht erst, sie zu überreden. »Weißt du schon, wann du wieder hier bist?«

»Im Moment noch nicht.«

»Aber du rufst an, wenn du es weißt?«

»Natürlich.« Sie lächelte und gab ihm einen Kuss auf die Wange. »Vielleicht hast du bis dahin ja auch diese elenden Kisten ausgepackt.« Sie war fast schon an der Westminster Bridge, als er ihr etwas nachrief. »Was hast du gesagt?«, rief sie über den Verkehrslärm hinweg.

»Ich habe gesagt, du sollst an dich selbst denken.« Er schnippte die Kippe auf den Boden und stand auf. »Nicht an mich, nicht an Lydia und auch nicht an deine Familie. Nur an dich.«

16

Josephine schritt langsam den Hügel zum Crown Cottage hinauf, die neueste Ausgabe der *Film Weekly* unter dem Arm. Inverness war am späten Vormittag grau und nebelverhangen, und das Wetter schien sich auf einen Kompromiss geeinigt zu haben, irgendwo zwischen der absurd märzartigen Sonne, die das Grampian-Gebirge auf ihrem Weg Richtung Süden beleuchtet, und dem Schnee, der es bei ihrer Rückreise bis an die Wurzeln in Weiß gehüllt hatte. Die Natur hatte sich womöglich wieder eingekriegt, um den Dezember einzuläuten, aber ihre Welt stand immer noch in einem seltsamen Widerspruch. Sie warf einen Blick Richtung Bahnhof, hinter dem die trostlose, düstere Masse des Ben Wyvis aufragte, und sah zu, wie der Zug aus Edinburgh sich langsam hinaus in die Landschaft schob. Noch vor zwei Wochen hätte sie den Anblick eines Zuges nach London als lebensrettend betrachtet, jetzt war sie sich nicht mehr so sicher.

»Sie sind ganz schön beliebt heute«, rief eine fröhliche Stimme von der anderen Straßenseite.

Josephine winkte der Briefträgerin zu, doch beim Gedanken an Rechnungen, Bettelbriefe und Kataloge zog sich ihr Magen zusammen. Nach einer längeren Abwesenheit war die Post immer so langweilig, und es war sicher nur eine Frage der Zeit, bis die erste Weihnachtskarte selbstgefällig auf ihre Matte segeln würde. »Können Sie nicht einfach sagen, dass ich umgezogen bin?«, fragte sie trocken. »Wie schlimm ist es?«

»Acht Briefe und ein Päckchen. Hab ich für Sie auf die Veranda gelegt.«

Josephine bedankte sich und stieg die schmale Treppe hinauf, die direkt zur Hintertür führte, damit sie ihre Nachbarn nicht grüßen musste. Was verbarg sich in dem Päckchen? Vielleicht etwas aus der Wäscherei, aber hatte sie überhaupt etwas dorthin geschickt? Als sie es in die Hand nahm und das Etikett einer Buchhandlung auf der Oxford Street sah, lächelte sie und suchte nach dem Begleitbrief. Da war er ja, in Martas Handschrift; tatsächlich fand sie zwei Briefe von ihr.

Sie hatte kaum die Tür hinter sich geschlossen, da kam ihre Haushaltshilfe mit einem feuchten Geschirrtuch in der Hand aus der Küche. »Miss Tey, Gott sei Dank sind Sie wieder da. Der Kaminrost im Wohnzimmer ist kaputt, und jetzt haben wir ein Leck unter der Spüle. Ich habe das Gröbste aufgewischt, aber wenn das heute Nachmittag nicht repariert wird, steht bald das ganze Haus unter Wasser.«

Wie schnell einen doch die Realität einholt, dachte Josephine, während sie den häuslichen Katastrophen lauschte, die anscheinend innerhalb von anderthalb Stunden über Crown Cottage hereingebrochen waren. Ein Blick auf das besorgte Gesicht der jungen Frau reichte, und sie wollte einfach nur allein sein. Sie legte die Post auf den Tisch im Flur, nahm ihr das Geschirrtuch ab und führte sie zurück in die Küche. »Wieso nehmen Sie sich nicht den Rest des Tages frei, Morag? Sie hatten so viel zu tun, während ich weg war, da haben Sie ein bisschen Freizeit verdient.«

Morag schaute sie verwundert an. »Aber ich habe noch nicht mal Ihre Koffer ausgepackt.«

»Darum kümmere ich mich später«, erwiderte Josephine entschieden. »Gehen Sie ein paar Weihnachtseinkäufe erledigen oder so.«

»Aber was ist mit dem Leck?«

Sie hielt sich gerade noch rechtzeitig davon ab, einen Kommentar über das Leck abzugeben, auf den Ronnie stolz gewesen wäre. »Stellen Sie einen Eimer drunter, bevor Sie gehen, und ich sorge dafür, dass es repariert wird.« Sie half Morag in den Mantel. »Irgendwelche Nachrichten, während ich weg war?«

»Ihre Schwester hat angerufen. Sie und Mr Donald kommen nächste Woche Donnerstag statt Freitag. Und Ihr Vater ist zum Abendessen noch unterwegs, er hat gesagt, Sie sollen ohne ihn essen.«

Josephine atmete erleichtert auf, als Morags Schritte sich die Auffahrt hinab entfernten, und versuchte, sich daran zu erinnern, wann sie das Haus zum letzten Mal acht glorreiche Stunden lang für sich allein gehabt hatte. In den Räumen roch es immer noch nach Martas Blumen – der Duft war ihr von London nach Inverness gefolgt, hatte den Schlafwagen gefüllt und sie daran erinnert – als ob es einer Erinnerung bedurft hätte –, dass sich das, wovor sie davonlief, nicht so leicht abschütteln ließ. Sie nahm die Post mit in das winzige Wohnzimmer im hinteren Teil des Hauses, wo der Kamin noch funktionierte, und hielt die Füße ans Feuer. Das Buch war eine Ausgabe von *Sturmhöhe*, ein wunderschöner Lederband mit Goldlettern, dessen Seiten noch unbeschnitten waren; Marta hatte sie ungläubig angestarrt, als sie gesagt hatte, sie hätte es noch nie gelesen, und es offenbar als persönliche Beleidigung aufgefasst. Josephine hatte gewusst, dass es nur eine Frage der Zeit wäre, bevor das Buch in Inverness auftauchen würde. Sie murmelte eine Entschuldigung an Emily Brontë, legte das Buch beiseite und wandte sich Martas Briefen zu. Der eine Umschlag enthielt weitere Seiten ihres Tagebuches, von dem Marta ihr versprochen hatte, es ihr weiterhin zu senden, im anderen befand sich ein kurzer Brief:

> *Du hast mir keine Zeit gelassen, dir das hier selbst zu geben, also hoffe ich auf die Gunst der Königlichen Post und darauf, dass es an meiner statt die geheiligten Verteidigungsanlagen von Crown Cottage durchdringt. Anscheinend sind wir dazu bestimmt, unser Leben in Bahnhöfen zu verbringen, und überstürzte Aufbrüche werden zur Gewohnheit. Wieder einmal hast du mein Leben zerstört, indem du davongekommen bist, aber heute Abend fühlt sich Inverness näher an als sonst.*
> *Lydia hat mir erzählt, dass sie dich über Weihnachten zu uns*

nach Tagley einladen will. Ich bin gespannt, ob du zu- oder absagst. An deiner Stelle würde ich heimtückisch zusagen, nur um mich daran zu erfreuen, wie die Gastgeberin darauf reagiert, aber vielleicht verbietet dir das ja dein schottischer Ehrenkodex. Sei doch nicht so flapsig, höre ich dich sagen – aber Josephine, manchmal geht es nicht anders. Lass dich davon nie täuschen; zweifle nicht daran, dass ich dich liebe.

Das stand wenigstens nicht länger infrage. Josephine hatte es gewusst, als Marta sie zum ersten Mal berührte, hatte die Wahrheit in jeder Stunde gespürt, die sie zusammen verbrachten, und es war ihr peinlich, wie leichtfertig sie Martas Gefühle heruntergespielt hatte. Und falls die Beobachterin in ihr immer noch darauf beharrte, dass es keinen Sinn hatte, jemanden zu lieben, mit dem man nicht zusammen sein konnte, erklang zum ersten Mal in ihrem Leben eine zweite Stimme, die akzeptierte, dass die Liebe selbst keine Frage der Wahl war.

Rasch sah sie den Rest der Post durch – tatsächlich, eine Karte von Lydia – und legte sie für später beiseite. Erst musste sie noch etwas erledigen, etwas für Gerry, das sie bei ihrer Unterhaltung beim Frühstück noch für unmöglich gehalten hätte. Ob bewusst oder nicht, sie hatte Gerrys Liebe zu Lizzie Sach ebenfalls unterschätzt und als halbwüchsige Leidenschaft abgetan, die mit der Zeit abgeebbt wäre, aber nun wurde ihr klar, dass es ihr lediglich an Fantasie gemangelt hatte. Sie war fest entschlossen, es wiedergutzumachen, und setzte sich an ihre Schreibmaschine, um den Fall von Sach und Walters ein für alle Mal zur Ruhe zu legen. Das letzte Kapitel würde nur von einem Menschen je gelesen und war trotzdem jenes, das am meisten zählte.

(OHNE TITEL)
VON JOSEPHINE TEY
ERSTER ENTWURF

SPORTINSTITUT ANSTEY, BIRMINGHAM, MITTWOCH, 14. JUNI 1916

Lizzie klopfte fest an Celia Bannermans Bürotür und trat ein, ohne eine Antwort abzuwarten. Miss Bannerman saß an ihrem Schreibtisch und schaute nicht auf, während sie den Brief beendete, an dem sie gerade arbeitete. Die Arroganz, mit der sie in aller Seelenruhe die Seite beschrieb, drehte Lizzie den Magen um, und sie konnte ihre Wut kaum beherrschen. Schließlich sah Bannerman auf und lächelte.

»Miss Price, was kann ich um diese Uhrzeit noch für Sie tun?«

»Meinen Sie nicht eher Miss Sach?« Befriedigt registrierte sie, wie Bannerman kurzzeitig aus der Fassung gebracht war, und sie nutzte den Vorteil, indem sie den Brief auf den Schreibtisch fallen ließ – Gerrys Brief, den sie sich den ganzen Tag über aufgehoben, an den sie sich geklammert hatte wie an eine Rettung aus ihrem elenden Alltag, bis er mit seinem Inhalt zerstörte, was ihr Leben zusammenhielt. Sie wartete ungeduldig, während Bannerman ihn las. Sie ließ sich Zeit, las manchmal einen Absatz erneut, und Lizzie fragte sich, wie sie ihr jemals vertraut, sie jemals respektiert hatte.

»Geraldine hätte dir das nie erzählen dürfen«, sagte sie schließlich ruhig. »Das war unverantwortlich und leichtsinnig, und es tut mir leid, dass du es so erfahren musstest.«

»Natürlich hätte sie es mir erzählen sollen«, rief Lizzie. Der Mangel an Reue in Celia Bannermans Stimme fachte ihre Wut weiter an. »Sie können ihr nicht Ihre Fehler in die Schuhe schieben, Gerry trifft keine Schuld. Anscheinend ist sie der einzige Mensch in meinem Leben, der mir je die Wahrheit gesagt hat, und dafür danke ich dem Himmel. Immerhin gibt es eine Person, der ich vertrauen kann.« Sie hielt inne, dann fügte sie etwas leiser hinzu: »Aus Ihrer Haltung schließe ich, dass es stimmt? Und Sie wussten es die ganze Zeit über?«

»Ja, es stimmt, und ich weiß, wie sehr es dich verletzen muss, aber ...«

»Sie haben keine Ahnung, wie ich mich fühle, keine von euch. Ihr denkt alle, ihr wärt Gott weiß wie schlau, verwaltet mein Leben für mich und behandelt mich wie ein Kind, aber damit ist jetzt Schluss. Sie können Ihre tolle Schule und Ihre Karriere behalten, aber ich bleibe keinen Tag länger in diesem Knast.«

»Sei nicht albern, Elizabeth, und beruhige dich erst einmal. Wo um Himmels willen willst du denn hin?«

»Zu Gerry. Wir gehören zusammen. Sie hat Geld und kann sich um mich kümmern, bis ich Arbeit finde.«

»Das wird leider nicht gehen.« Bannermans kalte Stimme jagte Lizzie Angst ein. »Das war das letzte Mal, das du von Geraldine gehört hast.«

»Was meinen Sie damit? Ist ihr etwas passiert?«

»Nicht, dass ich wüsste. Aber deine Eltern ...« Lizzie warf ihr einen wütenden Blick zu, da das Wort seine Bedeutung verloren hatte, doch Bannerman nahm es nicht wahr und fuhr fort: »Deine Eltern und Lady Ashby halten deine Beziehung zu Geraldine für ... unangebracht. Und ich muss sagen, da haben sie recht.«

Lizzie starrte sie ungläubig an. »Sie glauben wirklich, Sie könnten uns voneinander fernhalten, oder?« Sie schnappte sich den Brief und hielt ihn Bannerman vors Gesicht. »Aber was sie hier schreibt, das stimmt. Sie liebt mich.«

Bannerman lachte leise. »Liebes, du bist noch so jung, aber eins musst du verstehen – Geraldine Ashby trägt eine große Verantwortung. Geld schafft Probleme nicht so einfach aus der Welt, wie du dir das vorstellst. Es erschafft sie.«

»Behalten Sie diesen Scheiß für sich.« Lizzie war von ihrem Zorn selbst überrascht, aber Celia Bannerman fuhr unbeirrt damit fort, alles zu leugnen, was Lizzie je für selbstverständlich hingenommen hatte. Nach und nach untergrub sie damit ihre Gewissheit und nahm ihr die Fähigkeit, sich zu wehren.

»Geraldine kann ihre Herkunft ebenso wenig kontrollieren wie du. Sie glaubt vielleicht, dass sie im Moment machen kann, was sie will, aber ihre Zukunft ist vorherbestimmt, und für eine Dienstbotentochter ist darin kein Platz.« Sie hielt inne, um sich zu vergewissern, dass Lizzie ihr auch zuhörte. »Und für das Kind einer verurteilten Mörderin ganz sicher auch nicht. Tut mir leid, dass ich so unverblümt mit dir rede, aber da du das Thema zur Sprache gebracht hast ...«

Bevor Lizzie das Ende des Satzes hören konnte, war sie schon aus dem Büro gestürmt. Sie rannte den Flur hinab, vorbei am Schwarzen Brett, wo sie den Brief am Morgen abgeholt hatte, zurück auf ihr Zimmer und kämpfte dabei gegen die Tränen an. Ein paar ältere Schülerinnen, die vor ihrer Tür standen, verstummten und sahen sie an, doch niemand sagte etwas, und Lizzie schloss die Tür hinter sich. Ausnahmsweise war sie froh, dass sie zu unbeliebt war, als dass sich jemand für sie interessiert hätte. Sie riss die obere Schublade ihres Schreibtisches auf und wühlte darin herum, wollte unbedingt das Einzige finden, das sie von ihrer Vergangenheit und ihrer Zukunft überzeugen konnte. Der Stapel aus Briefen und Fotografien steckte ganz hinten, und die instinktive Entscheidung, sie zu verstecken, als müsste sie sich dafür schämen, schien Bannermans Worten Gewicht zu verleihen.

Als sie eine Stunde später aus dem Zimmer ging, dachte sie nur an Gerry. In all den Jahren hatte Lizzie ihre Liebe nie hinterfragt, doch jetzt, indem sie analysiert hatte, was sie ihr bedeutete, war sie ihr durch die Finger geronnen, und der Verlust der Unschuld war schmerzhafter und endgültiger, als es eine Enthüllung über ihre Mutter je hätte sein können. Seit ihrer Ankunft in Anstey wusste sie, wie es sich anfühlte, jemanden zu vermissen. Gerrys Abwesenheit hing wie ein schwerer Nebel über ihrem Leben. Er war da, wenn sie abends ins Bett ging und wenn sie morgens die Augen aufschlug, und lichtete sich nur, wenn sie Gerrys Handschrift auf einem Umschlag sah. Es war erträglich, jemanden zu vermissen, solange Hoffnung bestand, doch das schwarze Band der Trauer streckte sich nun endlos vor ihr in die Ferne, ohne Aussicht auf Erlösung, und es war mehr, als sie ertragen konnte. Als sie die Tür zur Turnhalle öffnete und leise über den Boden schritt, hoffte sie, Gerry würde ihr verzeihen.

ANMERKUNG DER AUTORIN

Die Schatten alter Sünden ist ein fiktionales Werk, das von wahren Personen und Vorgängen inspiriert wurde.

Amelia Sach und Annie Walters wurden am 3. Februar 1903 im Gefängnis Holloway in London erhängt, womit das Todesurteil von Richter Darling vollstreckt wurde, trotz einer Gnadenempfehlung der Geschworenen. Ihre Hinrichtung war die erste, seit Holloway in ein reines Frauengefängnis umgewandelt worden war, und die letzte Doppelerhängung von Frauen in Großbritannien. Die sterblichen Überreste der beiden wurden im Jahr 1971 vom Gefängnisgelände auf den Friedhof Brookwood in Surrey verlegt.

Ein Großteil des Materials in Josephines unbetiteltem Roman stammt aus Zeitungsartikeln rund um die Festnahme und den Prozess. Amelia Sach hinterließ einen Ehemann und eine junge Tochter, aber sie hießen nicht Jacob und Lizzie, und ihr Schicksal, wie es in diesem Buch dargestellt wird, ist frei erfunden.

Im Jahr 1927 wurde Mary Size zur ersten weiblichen stellvertretenden Direktorin in Holloway. Ihre Verbesserungen reichten zwar nicht an ihre Ideale heran, aber die von ihr eingeführten Reformen – Spiegel und Fotografien in den Zellen, ein System, durch das die Insassinnen Geld verdienen konnten, ein Gefängnisgeschäft, finanzielle Unterstützung im Schuldenfall und das Bereitstellen von Kleidung bei der Entlassung – verliehen der Inhaftierung von Frauen eine neue Menschlichkeit und trugen stark dazu bei, die Standards in Frauengefängnissen denen in Männergefängnissen anzugleichen. Ihre Geschichte lässt sich in ihrer Autobiografie *Prisons I Have Known* nachlesen. Cicely McCalls Buch über Holloway, *They Always Come Back*, erschien 1938, und ihr verdanke ich die Details, von denen Josephine bei ihrer Gefängnisführung erfährt.

Josephine Tey war eines der beiden Pseudonyme von Elizabeth Mackintosh (1896–1952), die sie im Laufe einer erfolgreichen Karriere als Bühnenschriftstellerin und Romanautorin erschuf; erstmalig tauchte der Name, mit dem sie ihre verstorbene Mutter und ihre Urururgroßmutter aus Suffolk ehrte, im Jahr 1936 auf, und unter diesem ist sie bis heute am bekanntesten. Mackintosh veröffentlichte zwar nur wenige Werke als Josephine Tey, erschuf damit jedoch einige der einfallsreichsten und modernsten Kriminalromane der 1930er-, -40er- und -50er-Jahre, darunter *Nur der Mond war Zeuge*, *Alibi für einen König* (beides Nacherzählungen historischer Verbrechen) und *Der Erbe von Latchetts*. Der Spielort und einige Figuren in einem ihrer besten Werke, *Tod im College*, stammen aus ihrer Zeit am Sportinstitut Anstey in der Nähe von Birmingham. Ihr anderes Pseudonym, Gordon Daviot, benutzte sie hauptsächlich für Theaterstücke und historische Romane, und so wurde sie auch in ihrem Freundeskreis genannt.

Den Großteil ihres Lebens verbrachte Elizabeth Mackintosh in ihrer Heimatstadt Inverness, wo sie den Haushalt ihres Vaters führte, doch sie liebte England und verbrachte jedes Jahr mehrere Monate südlich der Grenze und gelegentlich auch in Europa. Wenn sie in London war, kam sie für gewöhnlich im Cowdray Club unter, einem Club für Krankenschwestern und berufstätige Frauen, in dem sie von 1925 bis zu ihrem Tod 1952 Mitglied war. Der Club war für sie nicht nur ein praktisches, bequemes Ausgangslager in der Stadt; zahlreiche Namen ihrer Figuren finden sich auf den Mitgliedslisten wieder, unter anderem eine Grant, eine Ashby, eine Blair, eine Farrar und eine Marion Sharpe. Den Club gibt es heute nicht mehr (nicht aufgrund von Mordfällen und Skandalen, das war meine Erfindung), doch das Gebäude am Cavendish Square ist nach wie vor das Hauptquartier des Royal College of Nursing.

Es wird gemeinhin angenommen, dass Mackintosh im Jahr 1916 einen Geliebten an der Somme verlor. Ihre frühen Arbeiten deuten zwar darauf hin, doch eine lebenslange Freundin aus Inverness, die während des Krieges mit ihr in Anstey war, wusste von keiner Beziehung, und Mackintosh scheute vor emotionalen Verwicklungen zurück. Die bedeutsamsten Beziehungen in ihren späteren Jahren bestanden fast ausschließlich zu Frauen, darunter viele aus dem West End, die sie während der ungeheuer erfolgreichen Laufzeit von *Richard von Bordeaux* kennengelernt hatte. Von April 1935 bis März 1936 führte eine dieser Frauen – die Schauspielerin Marda Vanne – ein Tagebuch, einen zwölfmonatigen Liebesbrief an Gordon Daviot. Die Worte, die Marta Josephine in diesem Roman zu lesen gibt, entstammen Mardas kunstvollem Ausdruck einer wahren und anhaltenden Liebe.

DANKSAGUNG

Es würde ein Leben lang dauern, wenn ich Mandy Mortons kreativem Beitrag zu dieser Reihe gerecht werden wollte: Ihre Ideen, Recherchen und Vorschläge haben jedes einzelne Buch – und meine Freude am Schreibprozess – ungemein bereichert. Mit einem Leben lang bin ich einverstanden.

Zahlreiche Menschen haben ihre Zeit und ihr Wissen großzügig mit mir geteilt, und besonderer Dank gilt Jenny Elliott vom Royal College of Nursing, die mir dabei geholfen hat, den Cowdray Club aus dem Jahr 1935 wiederauferstehen zu lassen, Susan McGann, der Archivarin des Royal College of Nursing, sowie den Mitarbeitern der London Metropolitan Archives für weiterführende Informationen, dem Birmingham Archives & Heritage Service und allen, die mich mit Informationen über das Sportinstitut Anstey ausgestattet haben, den Mitarbeitern der Cambridge University Library, die mir so viele Berichte über den Fall von Sach und Walters zur Verfügung gestellt haben, Peter Cox, der uns auf der Straße in Finchley einsammelte und uns mit der Geschichte der Hertford Road und der Familie Sach weiterhalf, Fiona und Catherine Cameron, Pat Wythe, Julia Reisz, Richard Stirling und Sally Morgan, die mich mit Details zu Inverness, Walberswick vor dem Krieg und anderen Spielorten des Romans versorgten, und schließlich Sir John Gielgud, der sich ausgiebig mit mir über Josephine Tey unterhalten und dadurch eines der Rätsel erschaffen hat, auf denen dieser Roman basiert.

Die Geschichte von Verbrechen und Hinrichtungen in der ersten Hälfte des zwanzigsten Jahrhunderts wurde ausführlich dokumentiert, am lebhaftesten jedoch in Albert Pierrepoints *Diary of an Executioner*, und ich bin besonders Stewart P. Evans dankbar, der so ausführlich zu dem Thema gearbeitet hat. Werke von Judith Knelman, Jerry White, Cicely McCall, Lilian Wyles, Sheridan Morley, Michael Mullin, Alison Bruce, Richard Clark,

Harriet Devine und Virginia Nicholson waren mir bei der Recherche zu diesem Buch von unschätzbarem Wert, und wieder einmal bin ich Dr. Peter Fordyce, Margaret Westwood, Dr. Helen Grime und den Mitarbeitern des Highland Council zu Dank verpflichtet; außerdem danke ich John Stachiewicz und dem National Trust dafür, dass ich weiterhin aus Elizabeth Mackintoshs Arbeit und ihrer Korrespondenz zitieren darf.

Liebe und Dankbarkeit an alle, die nach wie vor so sehr an diesen Büchern hängen: Walter Donohue und allen bei Faber, P. D. James und natürlich meine Familie, deren Unterstützung und Ermutigung mir so viel bedeutet wie schon mein Leben lang.

Und an Gordon Daviot und Marda Vanne, deren Korrespondenz und Freundschaft das Herz von *Die Schatten alter Sünden* bilden und die die Reihe weiterhin tragen werden; ein Teil des Erlöses aus dem Verkauf dieser Reihe wird dem Daviot Fund zugutekommen, der die Arbeit des National Trust in England unterstützt.